ET NÅDESLØST OPGØR

Hans T. Nielsen

ET NÅDESLØST OPGØR

BIND 2

Mit fulde navn er Hans Tommy Nielsen. Tilbage i 70'erne blev jeg uddannet som skolelærer. Forinden havde jeg læst både fysik, matematik og filosofi i hhv. Münster (Tyskland) og København. Det var nogle turbulente og spændende år, inden jeg afsluttede min lærereksamen på Frederiksberg. Jeg arbejdede efterfølgende som lærer i folkeskolen og sideløbende hermed tog jeg en exam. pæd-psyk uddannelse på Lærerhøjskolen. Jeg har arbejdet både som skoleleder og leder af et pædagogisk udviklingscenter, men da jeg så gik på pension, startede jeg på mine forskellige skriverier.

© 2025 Hans T. Nielsen
Forlag: BoD · Books on Demand, Strandvejen 100, 2900 Hellerup, bod@bod.dk
Tryk: Libri Plureos GmbH, Friedensallee 273, 22763 Hamborg, Tyskland
ISBN 978-87-4305-761-1

IDENTITETSKRISE

DET INDRE OPGØR

Jeg var min egen største modstander og gik aldrig på kompromis ligegyldig, hvor store og uoverskuelige problemerne tog sig ud, men denne gang stod jeg over for den ultimative udfordring.

Min beslutning var stort set på plads. Nu skulle jeg bare have styr på alle argumenterne – og ikke mindst på mig selv. Jeg havde en klar fornemmelse af, at den første identitetsnedsmeltning var afværget, og Tom Notning kunne igen bygge sig op til en ny og helt anderledes Tom Nolting – eller måske handlede det om, at jeg gik tilbage i min barndom og samlede nogle af de værdier op, som jeg dengang havde sat pris på og elsket overalt i verden.

Jeg nåede rutebilen til Bogense klokken tyve minutter over ni, og var hjemme på Alminden klokken fem minutter i elleve. Hele huset var oplyst og jeg var et kort øjeblik bange for, at mine forældre havde inviteret 'velkommen-hjem-gæster', men gudskelov var det kun min søster og Jørgen, som var hjemme.

Vi krammede og kyssede i flere minutter. Mine forældre blev fantastisk glade for at se mig, og jeg var naturligvis lige så glad for at se dem. Efter den hektiske velkomstscene fik jeg fremstammet noget om, at jeg godt kunne tænke mig et eller andet koldt at drikke, og min far gik straks ned i viktualierummet og hentede et par sodavand og nogle øl.

Bagefter skulle jeg naturligvis fortælle om alt det spændende, jeg havde oplevet på Kranzbach.

Jeg fortalte og underholdt i næsten en time om alt det, jeg havde lavet på Kranzbach, om de rare mennesker, jeg havde mødt og om de spændende bjergture, jeg havde foretaget. Jeg understregede også, at jeg selv oplevede at have ændret mig, og at jeg i dag var en anden, end da jeg tog af sted for fem uger siden – uden at gå i detaljer med, hvad det var, der var anderledes.

Jeg fik ikke sovet ret meget den nat. Jeg skulle have alle de praktiske ting og gøremål på plads, og jeg var simpelthen nødsaget til at lave en oversigt, så jeg kunne styre i hvilken rækkefølge de forskellige ting skulle gøres.

Allerførst skulle jeg snakke med Jørgen og Bodil for at høre, om jeg kunne bo hos dem i 6-7 uger – for så ville jeg prøve at finde et job i Århus.

Dernæst skulle jeg tilbage til Rungsted på søndag. Jeg skulle sige farvel til Kristine. Mandag og tirsdag havde jeg besluttet at lade som om, alt var ved det gamle – først om onsdagen ville jeg gå op til Grange og melde mig ud, aflevere mine bøger m.v. Om eftermiddagen ville jeg gå ned på stationen og købe en togbillet og samtidig sende min cykel i forvejen som rejsegods.

Resten af dagen ville jeg benytte til at sige farvel. Mogens, Anne-Grethe, Peter, Sune og Pavia m.fl. ville jeg invitere ned på kroen. Torsdag morgen ville jeg rejse tilbage til Fyn.

Fredag formiddag ville jeg ringe til Den Tyske Ambassade for at høre, hvordan jeg skulle forholde mig i forhold til opholds- og arbejdstilladelse i Tyskland, og om eftermiddagen ville jeg hente min cykel nede på jernbanestationen i Bogense, køre op i banken og hæve de 2.400 kr. som uddannelsesfonden helt sikkert allerede havde indbetalt - og så var der kun et besøg hos hr. Ågaard tilbage: Aflevere pengene, takke for den opbakning, jeg havde fået og forklare, at årsagen til at jeg havde meldt mig ud af gymnasiet var, at jeg hurtigst muligt flyttede permanent til Sydtyskland og højst sandsynligt til Garmisch-Partenkirchen eller Mittenwald.

Lørdag ville jeg hygge mig med mine forældre, søndag ville jeg cykle op til min søster og Jørgen i Skanderborg – hvis de altså sagde 'ja' til at jeg kunne bo hos dem - og om mandagen ville jeg tage ind til Århus og søge job.

Jeg var nødt til at tjene så mange penge som overhovedet muligt, inden jeg tog af sted, for hvis jeg ikke kunne komme tilbage til Kranzbach, skulle jeg have råd til at leje et værelse i Garmisch og herfra prøve at finde et job. Skulle det ikke lykkes, måtte jeg prøve i Mittenwald – men lige nu handlede det om at få lidt søvn.

Jeg vågnede ved at der blev banket på døren. Min mor kom ind og fortalte, at morgenmaden var klar. Jeg sagde 'tusind tak', kiggede på uret og konstaterede, at kl. var halv ni.

På vej ned til morgenmaden var jeg nødt til lige at forberede mig selv lidt på, hvordan jeg skulle fortælle, at jeg agtede at melde mig ud af gymnasiet, forlade Rungsted og flytte tilbage til Kranzbach...?

Først og fremmest skulle lige spørge Bodil og Jørgen, om de i det hele taget kunne have mig boende en 6-7 uger?

Der var en rar og hyggelig stemning ved morgenbordet. Vi snakkede om fælles barndomsminder både fra Odensevej og nede fra Mågeøvej sammen med lidt sladder om forskellige uheldige familiemedlemmer. Da hyggesnakken var ved at flade ud, begyndte jeg at fortælle om mine planer, og så dødede den afslappede og uforpligtende stemning fuldstændig.

– Hvad er det dog, du siger Tom? Både din mor og jeg troede, det gik så fantastisk godt i Rungsted, specielt efter den der test, og planerne om at gå op til eksamen et år før beregnet?

– Det er ikke fordi, det ikke går super godt i Rungsted, at jeg vil melde mig ud. Det er fordi, jeg vil noget andet. Jeg vil gerne prøve at leve det liv, som jeg tror gør mig lykkelig uden at tænke på karriere og statussymboler. Hellere 60 sekunder, hvor livet og tilværelsen fylder mig helt op rent mentalt end 60 mio. sekunder, hvor det hele bare er overflade og tomgang.

Jeg kunne se, at hverken min søster og svoger eller mine forældre forstod ret meget af det, jeg lige havde sagt, og prøvede derfor en helt anden tilgang til forståelse for min beslutning: En lille løgn koblet op på en klassisk problemstilling.

– Det handler om afgrundsdyb forelskelse, bogstavelig talt, i naturen og bjergene og i en spændende kvinde, der er små ti år ældre end mig, og både kærligheden til bjergene og til hende skal leves ud nu, og ikke om to år, hvor alt kan være for sent og forbi.

– Hvad så med den der studentereksamen? sagde Bodil. Har du helt opgivet den?

– Nej, det har jeg ikke. Ting kan altid gøres om, men de sekunder, minutter og timer du har levet, kan aldrig gøres om. Slår du tiden ihjel med ligegyldige ting og overfladiske bekendtskaber, så har din puls slået forgæves og du er i gang med at begå eksistentielt selvmord.

Jeg fornemmede lynhurtigt, at jeg igen havde ramt helt ved siden af, og skyndte mig at tilføje:

– Glem alt om det, jeg lige har sagt. Hvis jeg nu skulle komme hjem allerede om to eller tre år, så kan jeg jo stadig nå at tage den der studentereksamen, hvis det er det, jeg vil – det var bare det, der var min pointe.

Nu var det min mors tur til at bryde ind.

– Hvad hedder hun, hende pigen du er så dybt forelsket i på Kranzbach – og hvad laver hun, når hun nu er næsten ti år ældre end dig og vel må betragtes som en rimelig moden kvinde?

Jeg tænkte mig kun om et par sekunder før jeg valgte at gøre en lille løgn til en kæmpe en af slagsen.

– Hun hedder Margaret, hun er økonoma og uddannelsesansvarlig for 24 praktikanter på Kranzbach.

– Og hvad med dig? Hvad skal du lave Tom? spurgte min far tvivlende og ængstelig.

– Jeg fortsætter dér, hvor jeg slap for tre dage siden med alt muligt forefaldende arbejde. Ved siden af det skal jeg ud at klatre rigtig meget, og senere håber jeg på at aflægge bevis for opnået status som bjergfører. Herefter kunne Margaret og jeg jo overtage forpagterskabet af en af de store bjerghytter enten i Karwendelbjergene eller i Wetterstein?

– Jeg tror du har ret Tom, du har ganske rigtigt forandret dig. I påsken gav du udtryk for nogle helt andre drømme og forestillinger – og skulle du til udlandet, så var det for at studere et eller andet atomfysik eller noget i den retning, og nu er du parat til at droppe alt om uddannelse og bare tage af sted? svarede Jørgen uforstående og kritisk tilbage på det 'fantasifoster', jeg var ved at udvikle.

– Ja, sagde jeg, det har jeg. Men det er ikke mit eneste problem. Jeg er nødt til at tjene nogle penge, gerne rigtig mange, inden jeg tager af sted. Derfor har jeg tænkt mig at spørge dig og Bodil, om jeg kan bo hos jer i 6-7 ugers tid - og naturligvis betale for både kost og logi – og prøve at finde et arbejde inde i Århus.

Min søster og svoger kiggede kort på hinanden inden de nikkede godkendende til forslaget. Naturligvis kunne jeg det, men hvornår havde jeg tænkt mig at dukke op? spurgte de.

– På næste søndag, svarede jeg hurtigt. Så regner jeg med at have undersøgt alt om opholds- og arbejdstilladelse, afviklet Rungsted og skrevet et langt brev til hr. Pentz.

I den efterfølgende snak var det tydeligt at mærke, at min mor og far havde det svært med min nye beslutning. Min far mente også, at han sagtens kunne skaffe mig et arbejde i Bogense, men her var jeg nødt til at sige, at lige præcis det, var nok stort set det sidste, jeg ville vælge.

– Og legatet fra Ågaards, hvad har du tænkt dig at gøre der Tom? spurgte min mor ængstelig.

– Jeg regner med at hele legatportionen på de 2.400 kr. allerede er indsat på min konto, så selvfølgelig tager jeg ned og snakker med hr. Ågaard, afleverer pengene og fortæller, at jeg flytter til Sydtyskland.

– Men vi kan jo risikere, at Ågaard bliver meget skuffet og måske en smule vred over din beslutning?

– Ja det kan man godt forestille sig, men det må blive hans eller deres problem, og ikke mit.

Jeg lovede Bodil og Jørgen at ringe lige så snart jeg var tilbage i Bogense.

Senere på dagen ringede jeg til Kristine for at høre, om de var kommet hjem, og det var de. Vi snakkede sammen et kvarters tid, og blev enige om at ses i morgen eftermiddag.

Det var først under aftensmaden, jeg fik snakket tingene ordentlig igennem med mine forældre. Jeg gjorde meget ud af at få dem til at forstå, at det for mig var den eneste rigtige beslutning, og at jeg følte, jeg ikke kunne gøre andet. Som i tidligere tilsvarende situationer endte de med at bakke op om min beslutning – men jeg skulle 'højt og helligt' love at skrive eller ringe hjem mindst én gang om måneden, og det lovede jeg naturligvis.

Min far og mor havde mange bekymringer omkring en masse dagligdags ting: Hvad nu hvis du bliver syg eller falder ned og brækker både arme og ben under en klatretur? Hvem finder dig, og hvordan skal vi betale for lægehjælp, sygehusophold og hjemtransport? Hvad nu hvis hr. Pentz ikke har brug for dig alligevel, hvordan vil du så klare dig?

Vi fik snakket alle spørgsmål og bekymringer igennem, og bedst som jeg troede, jeg havde fået dem beroliget, brød min mor grædende sammen:

– Tom, jeg er så bange for, at vi aldrig for dig at se igen, når først du er taget af sted – at vi denne gang for alvor risikerer at miste dig?

Jeg kunne naturligvis både høre og mærke, at specielt min mor var hårdt ramt, hvor min far virkede lidt mere opgivende i forsøget på at affinde sig med min beslutning. Deres ængstelse og smerte gjorde dybt indtryk på mig, og et kort øjeblik vaklede jeg i min egen tro på, at jeg gjorde det eneste rigtige. Jeg lovede herefter, at de ville se mig mindst to gange om året – til jul og i sommerferien.

Søndag eftermiddag klokken halv fire ringede jeg på nede i Solkrogen.

Kristines mor åbnede døren og bød mig inden for.

– Gå bare ovenpå Tom. Kristine har ventet på dig den sidste time.

Vi kyssede og krammede i mindst fem minutter, inden vi kunne slippe hinanden. Vi havde meget at snakke om, men jeg lod Kristine fortælle om sin, eller måske snarere hende og Gertruds store sommerferiebeslutning om at tage et fælles gymnasieår i Paris. Kristine lagde ikke skjul på, at det faktisk var mig, der var årsag til deres vilde plan, fordi jeg bare gjorde de ting, jeg syntes kunne være interessant og spændende, og det havde de så også besluttet at gøre – på deres egen måde. Da deres forældre oven i købet også syntes, det lød som en god idé – ja så var beslutningen jo truffet.

– Herefter gik det stærkt med at få ordnet de forskellige papirer, og nu tager jeg altså til Paris på onsdag. Jeg tager toget fra København klokken 11.45 og regner med at være i Paris – Gare du Nord - ved ottetiden om aftenen. Gertrud og hendes mor kommer og henter mig, og jeg glæder mig vildt til at lave en masse spændende ting sammen med Gertrud – og så bare det at bo i Paris kontra Rungsted, det er jo i sig selv en kæmpe oplevelse.

– Hvad med jeres ferie i St. Tropez, hvordan gik den?

– Jeg siger dig Tom, den by er bare fantastisk – alene strandpromenaden, palmerne og de mondæne hoteller slår alt, hvad der er mellem Hellerup og Helsingør tyve gange. De mange eksklusive modeforretninger og hyggelige fortovscaféer, gjorde den bestemt heller ikke mindre interessant. Vi købte ikke noget – Gertrud og jeg - men nøjedes med at gå rundt og 'ose'.

– Hvad med din tur til Sydtyskland? ville Kristine så vide. Det du skrev lød meget spændende.

– Ja, og det var også fantastisk spændende. Jeg har mødt en masse rare mennesker, lært en masse praktiske og tekniske ting, og har mange dejlige oplevelser med hjem. Jeg har været meget ude at klatre – og måske et par gange til grænsen af, hvad der var helt forsvarligt, men dødspændende var det i hvert fald i ordets bogstaveligste forstand. Jeg har været både i Garmisch-Partenkirchen, Mittenwald og Innsbruck, men jeg nåede desværre ikke München.

– Og hvad gør vi to efter på mandag? indskød Kristine i en pause, hvor jeg ikke vidste, hvad jeg ellers skulle fortælle. Jeg kunne fornemme på det lidt ængstelige tonefald, at det var et problem, hun havde kokset rundt med i længere tid.

– Efter på mandag? svarede jeg eftertænksomt. Jo, ja – jeg har tænkt meget over det Kristine, lige siden jeg fik dit brev nede på Kranzbach. Når du tager toget til Paris på onsdag, er det forhåbentlig for at komme ned og få nogle rare og dejlige oplevelser sammen med Gertrud, og vores fælles arv af gode minder og tilsvarende dejlige oplevelser skal ikke ødelægges af misforståede hensyn, følelsesmæssige bindinger og forpligtelser, som alligevel ikke kan indfries.

– Mener du så, at vi ikke skal skrive sammen overhovedet, også selv om det ikke er decidrede kærlighedsbreve?

– Ja, det er faktisk det jeg mener.

– Hvad så hvis både Gertrud og jeg - eller måske kun mig - kommer tilbage i 3.g?

– Så er jeg ikke længere på Rungsted – det er det, der gør det hele så uoverskueligt og håbløst.

– Hvorfor er du ikke det?

– For godt to måneder siden aftalte jeg med rektor Grange, at jeg skulle gå op til studentereksamen allerede til næste sommer for at komme i gang med at studere så hurtigt som muligt.

– Hvad? Hvordan kan du det? spurgte Kristine aldeles målløs.

– Det er en længere historie, men det handler nok mest om mit projekt omkring atombomben og afslutningen af Anden Verdenskrig. Jeg var til møde med Michael Rechendorff inde på universitetet 14 dage efter, jeg havde fået deres tilbagemelding på projektet, og det var i forlængelse af dette møde, at idéen opstod.

– Jeg undrer mig stadig over, at du sådan bare lige kan gå til eksamen efter 2.g – er du sikker på, du kan du klare det, altså rent fagligt?

– Det håber jeg, men jeg skulle jo også gerne have nogle gode karakterer, svarede jeg grinende, for at Kristine ikke skulle tro, at jeg var alt for indbildsk.

– Jeg går op som privatist, men da det er Rungsted Statskostskole som indstiller mig, skal jeg ikke op i alle fag, men for de fag, der bliver udtrukket, skal jeg opgive fuldt pensum – det er i hvert fald sådan jeg har forstået det.

– Tom jeg fatter ikke, hvordan du bærer dig ad. Allerede fra din første dag på skolen har du skilt dig ud fra alle os andre. Gertrud og jeg snakkede i ferien netop om det med, at du altid skal være den dygtigste og bedste, at du hele tiden har projekter kørende ved siden af den obligatoriske undervisning, al din fysiske træning – du distancerer hele tiden alle andre med adskillige længder, og indimellem har jeg selv mærket, hvor svært det nogen gange har været bare at føle, at jeg havde kontakt med dig. Du har opbygget dit helt eget univers, blev Gertrud og jeg enige om, en verden hvor vi ganske kortvarigt har været på besøg, men aldrig blevet en del af, og det er også forståeligt nok vores alder taget i betragtning. Jeg er heller ikke i tvivl om, at du er yderst intelligent, og måske endda dobbelt så klog som os andre – men fortæl mig så lige, hvad det er, du har så travlt med at bevise?

Jeg var ved at opbygge en lille løgn over for Kristine samtidig med, at jeg følte mig ristet og gennemskuet af hendes skarpsindige iagttagelser, og alligevel delagtiggjorde jeg hende ikke i hverken IQ-testen eller mine aller seneste beslutninger, fordi jeg var bange for også her at komme til at såre hende – så hellere den lille løgn.

– Kristine, jeg har sådan set ikke noget jeg skal bevise – men inderst inde vil jeg gerne vise omverdenen, at jeg kan noget, kun de færreste kan leve op til. Det lyder forfærdelig egocentreret og selvhøjtideligt, og måske er det 'en besættelse', som jeg håber, jeg allerede i nær fremtid vil kunne slippe helt og aldeles.

– Først var jeg dybt forundret, så var jeg en anelse forvirret – og nu er jeg helt rundtosset! Du er en voldsomt kompliceret person, men hvad er du for et menneske, når det kommer til stykket? At du er en ener, er vi efterhånden en del, der ved, og personligt tror jeg også, at du er lidt af et geni. Du er i hvert fald ambitiøs, ærgerrig, målrettet, flittig og vedholdende, men hvordan vil du egentlig beskrive dig selv?

– Jeg synes du ramte tæt på pletten med dine fem pile, dog opfatter jeg ikke ligefrem mig selv som et geni. Jeg synes snarere, jeg mere er den eftertænksomme type med hang til det filosofiske og teoretiske - fristet til ind imellem at forfalde til det spekulative og konspiratoriske, og inden jeg glider over i den helt store selvforherligelse, synes jeg vi skal snakke om, hvad der skal ske i morgen.

Kristine kom over, satte sig på knæ ved siden af min stol og gav mig et kys.

– Tom, det var ikke for hverken at genere eller udfordre dig, at jeg stillede spørgsmål til dig som person og menneske, men at du går op til studentereksamen efter 2.g, det er bare prikken over i'et, sagde hun med et skævt smil og hævede øjenbryn.

– Tilbage til i morgen, sagde hun mens hun gik over til sin egen stol igen. Mandag kommer jeg kun over for at aflevere bøger, sige farvel til lærerne og alle dem, jeg kender. Jeg har fået lov til at holde en afskedsfest herhjemme om tirsdagen fra klokken fem til ni, men er blevet bedt om at begrænse mig til højst en 15-20 stykker, derfor har jeg også invitationerne med i morgen. Det er ikke en fest med dans og rockmusik, men tænkt som en mulighed for at få sagt farvel og snakket med de klassekammerater og øvrige venner på skolen, som jeg har haft et godt forhold til. Der er små pindemader og sandwichs, lidt forskelligt at drikke, og så håber jeg, alle vil hygge sig. Onsdag er det så endegyldigt farvel og på gensyn.

Pludselig trillede tårerne ned ad kinderne på Kristine:

– Jeg er bare så glad og spændt, og alligevel er jeg ked af at skulle sige farvel, ikke mindst til dig Tom, og ligegyldigt hvad der måtte ske, så håber jeg, vi ses igen.

Nu var det min tur til at fælde et par tårer.

– Selvfølgelig gør vi det. Jeg skal nok finde dig, også selv om der går 100 år.

På vej tilbage til skolen var jeg ved at brække mig over mig selv og mine mange løgne. Det havde i sidste ende været nemmere at fortælle Kristine, hvad det i virkeligheden var for planer, jeg tumlede rundt med – men nu følte jeg, at det rigtige tidspunkt var forpasset. Jeg var nødt til at holde fast i den plan, jeg havde lagt i går.

På vej ind ad døren til værelset gik jeg bogstaveligt talt lige ind i armene på Sune, og det var i sidste øjeblik, han undgik at få døren lige i hovedet.

– Hej Tom, velkommen tilbage!

– Tak Sune, selv velkommen tilbage på borgen. Hvornår kom du tilbage fra Færøerne?

– I fredags, næsten samtidig med Pavia.

– Ja, og hvor er han for resten?

– Han er inde hos sin moster i København, som sædvanlig – men vi kan snakke videre på vej ned til spisesalen, ellers kommer vi for sent til aftensmaden.

– Gud er klokken så mange!

Efter maden fik jeg snakket med Mogens og et par stykker andre, inden Sune og jeg gik tilbage på værelset. Jeg skulle have pakket ud og gennemtænkt min retræte, så ingen fattede mistanke før tidligst onsdag eftermiddag.

Næste dag ovre i klassen fik vi udleveret det nye skema for 2.x, bøger og diverse kladdehæfter. I dansk, engelsk, historie, biologi og fysik fik jeg også udleveret de bøger, der skulle bruges i 3.g. Poul Sørensen havde travlt med at fortælle os, at nu var prøveåret overstået, og at 2.g rent lektiemæssigt og fagligt, for de flestes vedkommende, ville blive et hårdt og slidsomt år, men til gengæld ville de flittige og dygtige elever høste frugten af dette arbejde i 3.g, mens de mere dovne ville mærke 'snoren stramme om halsen'.

Det var en kort dag. Vi skulle kun have to timer, så Kristine havde god tid til at komme rundt, sige farvel og dele invitationerne ud. De fleste af eleverne i 2.x og 2.y blev hængende for at snakke og sludre. Det varede heller ikke mere end et kvarters tid, før Mogens og Anne-Grethe kom hen til mig, mens jeg stod og fortalte Peter om min dramatiske klatretur i Wetterstein. Forinden havde Peter nået at fortælle om sit ophold i England på en sportshøjskole, hvor det kun handlede om tennis.

Mogens og jeg gav hinanden et stort 'knuserkram', mens Anne-Grethe måtte nøjes med et forsigtigt kindkys.

Snakken efterfølgende drejede sig naturligvis meget om Kristine og hendes exit fra Rungsted Gymnasium, og at hende og Gertrud skulle bo sammen og gå i skole sammen et helt år. Alle syntes, det lød vildt spændende.

– Men Tom, du må gerne vide, at jeg har gennemskuet, hvad det i virkeligheden handler om, sagde Mogens. Du sender dem i forvejen, og så følger du efter – to kvinder må jo et eller andet sted være dobbelt så godt som én?

– Mogens, dine perfiditeter må du gerne holde for dig selv, brød Anne-Grethe ind. Derefter handlede snakken om Kristines afskedsfest.

Tirsdag i første time stod der matematik på skemaet. På sin egen stille, tørre og humoristiske facon præsenterede Müller os for de 16 kapitler i bogen og tegnede et overordnet billede af de forskellige matematiske områder, som vi gerne skulle beherske, når året var omme. Og med hensyn til dig Tom, sagde han til slut, er vi nødt til at aftale pensum og opgaver én gang om måneden.

– Og hvad går det så lige ud på hr. Müller? dristede Jens-Ole sig til at spørge.

– Det er sådan, svarede hr. Müller, at skolen arbejder på at indstille Tom til studentereksamen allerede efter 2.g, og derfor skal han læse pensummet for både 2. og 3.g i år, ikke bare i matematik, men i alle fagene – er det ikke korrekt forstået Tom?

Jeg anede simpelthen ikke, hvad jeg skulle svare. Jeg var slet ikke forberedt på, at Grange allerede havde talt med lærergruppen, og nu sad hele klassen og kiggede over på mig. Jeg havde det mildest talt forfærdeligt, men følte mig presset til at svare.

– Jo, det er indtil videre planen, sådan som jeg aftalte det med Rektor Grange før sommerferien.

Klokken ringede, timen var forbi, og jeg var bestemt ikke fri for at føle mig reddet af 'gong-gongen' i sidste sekund – troede jeg.

Udenfor blev jeg nærmest overfaldet af både 'venner og fjender', som gerne ville vide, hvorfor jeg partout skulle gå op til eksamen allerede efter 2.g? Jeg svarede undvigende og fastholdt, at det endnu ikke var nogen klokkeren aftale, men Jens-Ole kastede endnu en bombe.

– Jeg har også fået at vide af min far, at du har skrevet en afhandling om slutningen på Anden Verdenskrig, som, hvis den blev offentliggjort, ville kunne udløse en diplomatisk krise i forhold til flere af de Allierede lande, og jeg undrer mig over, hvorfor du går her, hvis du er så forbandet klog?

Jeg mærkede tydeligt den negativ undertone i Jens-Oles spørgsmål, men var i første omgang mere interesseret i at få at vide, hvor i al verden hans far havde det fra?

– Min far er lærer inde på Christianshavn Gymnasium og tidligere kollega til Østerberg, og det er ham, der har fortalt om din afhandling.

– Det er som sådan ikke nogen afhandling, nærmere et projekt, Jens-Ole, men du skal i hvert fald have mange tak for oplysningen.

Nu ringede det igen, og vi skulle ind og have dansk med Poul Sørensen.

Under frokosten havde både Pavia, Sune og Mogens en masse spørgsmål, som de gerne ville have et fyldestgørende svar på. Jeg forholdt mig meget undvigende og appellerede til, at vi skulle snakke om noget andet.

Sidste time var historie, og Østerberg gik lige på og hårdt.

– Vi kunne selv orientere os i indholdsfortegnelsen, og han ville gennemgå de første 43 sider i del I, som skulle være læst til på torsdag. Derudover vil jeg kraftig opfordre jer til at tage notater, når I læser og til slut prøve, om I kan genkalde jer indholdet af det, I har læst ud fra jeres notater. Lige inden efterårsferien vil jeg bruge to timer på at gennemgå en model for kritisk notatteknik, kildeangivelser og objektiv historieskrivning, og så er det faktisk meningen, at I skal bruge jeres egne erfaringer til at opstille en god model for notatteknik.

Mens Østerberg gennemgik lektien til på torsdag, sad jeg længe og overvejede, om jeg efter timen skulle konfrontere ham med det, Jens-Ole havde fortalt, men besluttede at holde lav profil i forhold til min egen lille farveldemonstration på torsdag.

Om eftermiddagen følte jeg mig total mærkelig oven i hovedet og havde allermest lyst til at løbe en lang tur, men da jeg havde ladet både løbesko og tøj blive i Bogense, måtte jeg nøjes med at gå en tur.

Mogens og jeg fulgtes ad ned til Kristine klokken kvarter i fem. Han var meget nysgerrig efter at få at vide, hvordan vi havde tænkt os at holde forbindelsen ved lige, hvor ofte Kristine og Gertrud havde tænkt sig at komme på besøg i Rungsted, osv.

– Helt ærlig Mogens, vi er sgu da alt for unge til, at vi skal binde og forpligte hinanden i et forhold, som ikke har en realistisk chance for at overleve på en afstand af 800 kilometer. Kristine og jeg siger også 'farvel' til hinanden i aften. Vi har snakket det igennem og er helt enige om, at det må være den eneste rigtige måde at gøre det på, men skulle vi løbe ind i hinanden, og er både hende og Gertrud i Rungsted, vil jeg da enormt gerne hilse på dem.

– Men hvorfor kaster I håndklædet i ringen med det samme uden at vide, om det kunne lykkes at bevare kontakten og kærligheden?

– Vi kaster ikke håndklædet i ringen, sådan som jeg ser det, men prøver at forholde os til den virkelighed, der omgiver os i hverdagen, og det synes jeg udviser mere respekt for hinandens liv.

Snakken stoppede først, da vi mødte fire andre, som også var på vej til hen til Kristine.

Det blev en dejlig aften. Ulla og Hans-Ove gjorde meget ud af, at det skulle være hyggeligt og afslappet. Kristine og jeg gik rundt sammen og snakkede med de forskellige venner og klassekammerater og lagde ikke skjul på, at vi også sagde farvel til hinanden i aften.

På et tidspunkt, hvor jeg står for mig selv og betragter 'festen og de mange glade deltagere' kommer Kristines forældre hen til mig.

– Vi fik jo knap nok hilst på hinanden i søndags, var Hans-Oves indgangsreplik, men fortæl os lidt om, hvordan det gik nede på det der slot i Sydtyskland?

– Jo, ser I, begyndte jeg, det var i mange henseender en kæmpe oplevelse, men pludselig mærkede jeg en hånd, der tog fat i min venstre underarm – det var Kristine.

– Jeg fik snakket en masse tysk, lært nogle søde og rare mennesker at kende, og så var jeg ude at klatre hver eneste weekend.

– Kristine fortalte også, at du vil gå op til studentereksamen allerede efter 2.g, er det virkelig rigtigt?

– Ja, svarede jeg prompte i håbet om, at jeg kunne stoppe den videre snak, jeg har jo et par år jeg skal indhente.

Mit svar tilfredsstillede overhovedet ikke Kristines far.

– Du må endelig ikke misforstå mig Tom, jeg synes bestemt, du er et rart og intelligent ungt menneske, men er du så dygtig, så du selv kan vælge, hvornår du vil gå op til eksamen – og hvad med gymnasiet, rektor Grange mener jeg?

– Det er jo dem, der indstiller mig – det er ikke noget, jeg som sådan selv har foreslået eller ønsket.

Jeg kiggede på Kristine og gav hende en lille 'håndkrammer' inden jeg fortsatte:

– Og sagt i al fortrolighed, kan det godt tænkes, at jeg vælger en helt anden løsning oven på alt det postyr, der har været i dag.

Jeg havde fået foræret verdens bedste undskyldning for i morgen at fortælle rektor Grange, at nu var det bare for meget, jeg står af – melder mig ud.

Kristine og jeg fortsatte vores fælles rundtur, og alle havde travlt med at fortælle, hvor sørgeligt det var, at Kristine nu også flyttede til Paris.

Da alle gæsterne var gået var det min tur til at gå hen og sige farvel til Ulla og Hans-Ove, og jeg undlod ikke at fortælle hvilke dejlige mennesker de var. Kristine fulgte mig helt ud til havelågen, hvor vi en sidste gang gav hinanden et langt og inderligt kys. Jeg ønskede god tur og bad hende hilse Gertrud mange gange.

I pausen efter 2. time om onsdagen gik jeg op til Rektor Granges kontor for at melde mig ud, sige farvel og tak for alt, men fik at vide at rektor ikke var til stede før efter klokken tolv. Sekretæren spurgte høfligt, hvad det drejede sig om, fordi han havde nogle vigtige breve, som skulle skrives.

– Jeg vil gerne aflevere alle mine bøger, melde mig ud og sige pænt farvel – det er såmænd det hele, og det behøver ikke vare mere end et par minutter, og var allerede på vej ud af døren, da jeg blev kaldt tilbage.

– Om jeg måske troede, at jeg bare sådan kunne komme forbi og melde mig ud?

– Ja, det regner jeg da helt sikker med, jeg kan.

– Og hvad med dine forældre?

– De er naturligvis orienteret, men i øvrigt er det noget, jeg selv bestemmer, svarede jeg kort og afsluttende.

I stedet for at gå over at spise efter 4. time gik jeg op på værelset og pakkede alle mine bøger i to store bæreposer. Da jeg var sikker på, at kontorets middagspause var forbi, hankede jeg op i poserne og gik over mod rektors kontor.

Jeg bankede på og gik ind. Sekretæren viste mig videre med ordene:

– Rektor Grange venter.

Jeg satte poserne med bøgerne fra mig på gulvet og sagde pænt 'god dag' til Grange, hvorefter jeg begyndte at forklare mit ærinde.

Der blev lyttet til det, jeg fortalte, men Granges ansigtsudtryk viste ikke forståelse eller anden imødekommenhed over for mine ønsker og begrundelser.

– Jeg forstår ganske enkelt ikke, hvad der er gået galt Tom? Før ferien var det mit klare indtryk, at vi havde en aftale omkring din eksamen – et arrangement jeg allerede har brugt adskillige timer på at få kørt i stilling, og nu kommer du og siger, du vil meldes ud for at flytte til Sydtyskland og få et ufaglært arbejde. Har du overhovedet gennemtænkt, hvad det medfører af konsekvenser?

– Ja, det har jeg, og jeg vil gerne understrege, at jeg er glad for den støtte og hjælp, jeg har modtaget både fra min skole i Bogense og naturligvis her fra Rungsted Statskostskole, men samtidig også beklage, at jeg måske kommer til at skuffe de velmenende mennesker, som har haft store forventninger på mine vegne – men min beslutning står ikke til at ændre.

Rektor Grange lød en anelse vred og irriteret, da han spurgte mig, hvornår jeg så regnede med at forlade skolen.

– Min konto skal gøres op, og der er også et par andre småting, der skal ordnes. Hvis jeg kan vente til i morgen formiddag, vil jeg være meget taknemmelig.

Grange kiggede direkte på mig.

17

– Udmærket Tom, så vil de papirer, du skal underskrive, ligge klar ude hos fru Jespersen.

Jeg rakte hånden frem, sagde farvel og forlod kontoret.

Jeg valgte ikke at gå til undervisning – og hvad skulle jeg også det for nu, hvor jeg formelt set var udmeldt?

Jeg havde af gode grunde ikke det samme behov for de store 'farvelscener' som Kristine, så hvad de forskellige i klassen måtte mene om min pludselige exit, ville jeg overlade helt til dem selv – Pavia, Sune, Mogens og Peter ville jeg tilbyde en lille gåtur efter aftensmaden.

Jeg bankede på inde hos Christensen, og da jeg hørte hans stemme svare 'ja', åbnede jeg døren og gik ind.

Det endte med at blive en meget lang snak, og da jeg gik tilbage på værelset, vidste jeg helt sikkert, at Christensen var én af dem, jeg helt sikkert ville savne.

Jeg gik ned i kælderen og hentede min cykel og kørte ned på stationen. Her købte jeg en billet til Bogense, og sendte efterfølgende min cykel i forvejen som rejsegods. Da jeg kom tilbage på værelset, sad Sune og Pavia i hver sin lænestol og lignede to store måbende spørgsmålstegn.

– Hvad er der sket? spurgte jeg helt spontant.

– Og det spørger du *os* om Tom? sagde Sune. Østerberg fortalte klassen, at du i spisepausen havde været oppe hos rektor Grange og meldt dig ud? Pavia og jeg – og for den sags skyld også Mogens – fatter ikke en brik af, hvad der foregår inde i hovedet på dig! Du er en af de dygtigste, måske i virkeligheden den allerdygtigste her på skolen, var indstillet til at gå op til eksamen efter 2.g, og så hopper du fra?

Jeg kiggede på mine to værelseskammerater og vidste, jeg havde et forklaringsproblem, men inden jeg nåede at komme i gang med at fortælle og forklare, bragede Mogens ind ad døren.

– Tom for helvede – nu er filmen da for alvor knækket! Er du blevet vanvittig, eller er det bare et udslag af din egen indre galskab, at du melder dig ud bedst, som du nærmest står med en mægtig 'triumfpokal' inden for rækkevidde?

– Rolig Mogens, så er det heller ikke større eller værre – nu kan ballonen ikke pustes mere op. Ja, jeg har valgt at melde mig ud, fordi jeg lige nu vil noget helt andet, og det vil jeg gerne fortælle jer tre mere om, hvis I har tid og lyst til at lytte til en gal mands skriftemål?

Jeg begyndte at fortælle mere indgående om Kranzbach og det lille minisamfund og om menneskene på stedet. Jeg 'malede' et stort billede af naturen med floder, græsenge, slugter, skove og de barske og vilde bjergtinder med de mest farverige superlativer, jeg kunne finde i min lille sprogkiste. Beretningen sluttede med, at jeg inviterede alle tre plus Anne-Grethe og Peter med ned på kroen efter aftensmaden - og at jeg havde besluttet at lade radioen blive stående som et minde om 'Tom Nolting'.

Under morgenmaden næste dag var der mange, som kom forbi og sagde 'farvel'. En god halv time senere hankede jeg op i kufferten og stavrede ned ad trappen. Ved hovedindgangen stillede jeg kufferten fra mig og gik op på kontoret for at underskrive mine 'udskrivningspapirer'.

Solen skinnede og temperaturen var allerede oppe omkring de 20 grader, så da jeg kom ned på stationen lidt over ni var jeg totalt gennemsvedt.

Inde i kupeen trak jeg vinduet ned, lænede mig lidt ud og vinkede farvel til stationen, byen og et år af mit liv, som havde været både dejligt, spændende og udfordrende.

Jeg sad og kiggede på de mange duer, der fløj rundt oppe under det store buede tag på perron 2 på Københavns hovedbanegård, mens toget til Fredericia langsomt satte sig i bevægelse: Farvel København – måske vender jeg en dag tilbage for at bosætte mig permanent. I mit stille sind sammenlignede jeg Rungsted og København med to dejlige piger, som jeg havde nydt særdeles meget at være selskab med.

Med fraværende øjne sad jeg og kiggede ud i landskabet, mens toget drønede forbi marker, træer og mindre byer. Langsomt mærkede jeg hvordan en mørk skygge overhalede toget og gled ud over landskabet, som når en stor gråsort regnsky dækker for solen: Det var tvivlen.

Helt frem til Korsør Færgehavn dukkede det ene spørgsmål op efter det andet, og i samme øjeblik, hvor jeg havde et svar parat, kom der med det samme et nyt spørgsmål: Krigen mellem 'Nolting og Nothing' var brudt ud – det var sund fornuft, ambitioner, uddannelse og karriere mod livsglæde, oplevelser og en tilværelse med indhold og lykkelige stunder.

Jeg stod oppe ved rælingen på soldækket og kiggede ud over Storebælt, alt imens jeg fik forhandlet en våbenhvile mellem mine to stridende parter på plads. Tiden oppe hos Bodil og Jørgen skulle bruges til at skabe distance til både spørgsmålene, svarene og de efterfølgende diskussioner og drøftelser – og der var kun én måde, det kunne gøres på: At skrive det hele ned!

Det var stadig tidligt på eftermiddagen, da jeg vadede ind ad indkørslen ude på Alminden. Døren stod åben, men ingen svarede, da jeg kaldte. Gennem stuevinduet fik jeg øje på min mor ude i haven og gik ud til hende. Vi omfavnede hinanden, sagde 'hej'

19

og 'velkommen tilbage' og gik derefter om på den nye terrasse over for hovedindgangen og satte os.

– Åh nej, du må da være tørstig, hvis du har gået helt henne fra Tyrekroen med den store kuffert?

– Ja, svarede jeg. En tår at drikke var nok ikke det værste, der kunne ske.

Min mor gik straks ind og hentede to øl, og derefter fortalte jeg om mine planer for de næste tre dage. Min mor havde mange spørgsmål, men nogle af dem kunne jeg af gode grunde ikke svare på, da jeg ikke engang selv kendte svarene. Jeg gjorde alt for at give hende indtryk af, at jeg overhovedet ikke selv var i tvivl om, at det var det rigtige, jeg havde besluttet, fordi det handlede om at give min tilværelse indhold og livskraft. Vi blev siddende og snakkede næsten en time, inden vi gik ind. Min mor skulle så småt til at tænke på noget aftensmad og jeg skulle have pakket ud og i gang med at sortere tøj og bøger efter, hvad jeg skulle have med til hhv. Skanderborg og Sydtyskland.

Bunken til Skanderborg var rimelig hurtig overstået, da det handlede om, hvor meget der kunne være i rygsækken og en papkasse på bagagebæreren – og papkassen var primært tiltænkt bøger.

Jeg var i fuld gang med 'tysklandsbunken', da min far kom op og ønskede mig velkommen hjem. Vi sludrede lidt frem og tilbage om løst og fast, inden vi gik ned i køkkenet. Der var ti minutter, til maden var færdig, og jeg benyttede lejligheden til at informere ham om de forskellige ting, jeg skulle foretage mig i morgen, og han blev både glad og lettet over igen at høre, at jeg naturligvis ville tage ned og sige 'farvel' til Ågaards, takke dem for den støtte, de havde ydet og aflevere legatpengene, sådan som vi havde aftalt sidste weekend.

Efter maden gik jeg en lang tur ud over strandlodderne og over til Fogense strand. Turen vakte mange minder, men kun af den gode slags, som jeg kunne håndtere med et lille smil på læberne.

Tilbage fra min gåtur måtte jeg konstatere, at jeg havde to store hængepartier: Jeg havde ikke fået undersøgt noget om opholds- og arbejdstilladelse i Tyskland, og jeg havde heller ikke fået skrevet til hr. Pentz.

Tiden på døgnet taget i betragtning begyndte jeg bagfra – brevet til Kranzbach.

Jeg havde de sidste par dage tænkt meget over, hvad jeg skulle skrive, og hvordan jeg kunne formulere det, så jeg samtidig på en pæn måde refererede til de mange rosende ord omkring min person og min arbejdsindsats. Efter de indledende høflighedsfraser havde jeg besluttet mig for en 'lille løgn' som handlede om, at jeg var blevet stillet i udsigt, at jeg fra 1. oktober kunne få ti måneders orlov fra mit 'Internatsgymnasium' og mit studie og derfor gerne ville vende tilbage til Kranzbach i et ordinært ansættelsesforhold osv. osv.

Efter morgenmaden fik jeg renskrevet brevet til hr. Pentz, så jeg kunne sende det fra posthuset, når jeg hentede min cykel.

Derefter gik jeg i gang med at finde nummeret frem til den tyske ambassade, hvilket slet ikke var så vanskeligt, som jeg havde forestillet mig. Fra København blev jeg henvist til et ekspeditionskontor for opholds- og arbejdstilladelser i Odense. Jeg ringede derfor til Odense for at høre nærmere om, hvordan jeg skulle forholde mig. Efter godt fem minutter var det hele i første omgang på plads. De ville fremsende de nødvendige papirer til udfyldelse og underskrift. Derefter skulle de returneres sammen med mit pas, og efter ca. 14 dage ville jeg modtage passet igen med de nødvendige stempler.

Klokken var kun halv elleve, men jeg besluttede alligevel for at gå ind til Bogense. Først hentede jeg min cykel nede på jernbanestationen, og derfra kørte jeg op i banken. Ganske rigtig - 'Uddannelsesfonden' havde allerede den 2. august indsat 2.400,00 kr. på min konto. Jeg hævede beløbet, lagde pengene ned i inderlommen på min tynde sommerjakke og kørte en tur ned til havnen. Fra havnen kørte jeg hen over Kirkebakken, ned til Arken og videre ud til Stegø Mølle. Herfra fulgte jeg den smalle grusvej over til Langø Mølle – jeg skulle lige gense det sted, hvor Bent og jeg plejede at 'overnatte'.

På tilbagevejen overvejede jeg, hvad og hvor meget jeg skulle fortælle hr. Ågaard og kom hurtigt til den konklusion, at det helt og aldeles afhang af, hvor meget han selv spurgte ind.

Jeg ringede på nede i Æbeløgade og ventede højst ti sekunder, inden jeg kunne høre, der var respons på den anden side af døren. Det var som næsten altid fru Ågaard, der åbnede.

– Næh, god dag Tom, det er vel nok en overraskelse.

Jeg nåede overhovedet ikke at sige noget før fru Ågaard vendte sig om.

– Johannes, kaldte hun, det er Tom Nolting!

Hr. Ågaard kom ud til døren. Jeg rakte hånden frem og hilste på dem begge to.

– Jeg er kommet for at aflevere den legatportion, der blev indsat på min konto den 2. august, fordi jeg har meldt mig ud af Rungsted Statsgymnasium og derfor naturligvis ikke betragter det som mine penge. Senest 1. oktober regner jeg med at rejse til Sydtyskland og bosætte mig, så jeg kommer også for at sige farvel og tak for den støtte, I har givet mig.

De stod begge to og kiggede på mig, som om de ikke havde forstået ét eneste ord af det, jeg lige havde sagt.

Det var fru Ågaard der først reagerede.

– Unge mand – undskyld Tom – vær sød og komme med indenfor.

Først nu kom hr. Ågaard på banen.

– Det, du lige har fortalt os Tom, det passer bare ikke. Forhåbentlig har du ikke sådan uden videre meldt dig ud af gymnasiet og kostskolen?

– Jo hr. Ågaard det har jeg, fordi jeg vil et helt andet liv - have indhold i tilværelsen som handler om andet end karriere og statussymboler.

– Kom nu med indenfor, skyndede fru Ågaard, vi kan ikke stå her i døren og snakke hele eftermiddagen.

Jeg sad og snakkede med Ågaards i godt og vel en halv time. Jeg fortalte om mit historieprojekt omkring A-bomben og afslutningen af Anden Verdenskrig, om brevet til borgmesteren i Krün (Mittenwald), om opholdet på Schloss Kranzbach og om min begejstring for naturen og bjergene. Det var vigtigt for mig at sende et klart signal om, at min beslutning ikke handlede om, at jeg ikke kunne følge med rent fagligt i Rungsted, snarere tværtimod.

Jeg skulle tilbage til Kranzbach, for dernede kunne mit liv få indhold og puls i forhold til en oprigtig glæde og en følelse af lykke, som jeg ikke så mulighed for herhjemme, og oven i det kom yderligere de spændende udfordringer omkring klatring og bjergbestigning...

På vej op ad Æbeløgade mod Rådhuset mærkede jeg, hvordan en indre tilfredshed bredte sig ud i hele kroppen. Ågaard og legatet var på plads, og det havde endda virket ganske hyggeligt. Nu håbede jeg bare, at hr. Ågaard ville være stenen i vandet som spredte de rigtige ringe, når folk fik at vide, at Tom Nolting var sprunget fra gymnasiet, og nu ikke en gang havde en afslutning fra Bogense Realskole? – det måtte oplagt være en nærende grobund for en god bysladder.

Tilbage på Alminden fortalte jeg min mor om mødet med Ågaards. Hr. Ågaard havde indledningsvis været lidt irriteret og negativ indstillet, men undervejs i samtalen skiftede han holdning, og da jeg sagde farvel, ønskede de mig begge to 'held og lykke' fremover, og jeg kunne tydeligt både se og høre på min mor, at hun var mindst dobbelt så lettet som mig over, at det var endt godt og positivt.

Efter vores lille køkkensnak gik jeg op på værelset og pakkede al mit tøj ned i rygsækken, så jeg var klar til at køre til Skanderborg i morgen formiddag.

Da jeg kom ned i køkkenet igen, var min mor i fuld gang med at forberede aftensmaden. Jeg havde lovet min søster at ringe, inden jeg tog af sted, og det fik jeg naturligvis klaret lige efter aftensmaden.

Det var først på den anden side af Brenderup lige før Båring Bakke, at jeg igen for alvor blev i tvivl om, hvorvidt jeg havde truffet det rigtige valg. Både min mor og far havde ind imellem haft svært ved at skjule, at de var kede af det, usikre på, om jeg virkelig havde i sinde at bosætte mig i Sydtyskland, og lidt skuffede over, at mine store uddannelsesplaner var faldet fuldstændig fra hinanden.

Ved foden af Båring Bakke kunne jeg ikke lade være med at smile lidt over sammenfaldet mellem den mentale og den fysiske verden. Nu går det op ad bakke Tom Nothing, et langt sejt træk på tre kilometer med 6-7 % stigning – men der venter flere lange bakker forude.

Omkring klokken halv tre ringede jeg på hos min søster og svoger. Jørgen kom ud og bød mig inden for i deres nye hjem. Den næste times tid sad vi og snakkede om, hvordan vi kunne planlægge og indrette os de næste seks uger. Vi blev enige om, at jeg skulle betale tre hundrede kr. om ugen for kost og logi, hvilket også indebar, at jeg bare kunne tage mig en øl eller en vand, hvis jeg var tørstig – og jeg var naturligvis mere end velkommen til at supplere op, hvis kassen var ved at være tom.

Mit værelse var ikke på mere end 9-10 kvadratmeter, men alligevel stort nok til en stol og et lille bord, og andet havde jeg heller ikke brug for.

Det var længe siden, jeg havde cyklet over 100 kilometer i ét stræk, så jeg havde brug for at komme ud og gå en lille tur for at strække igennem. Vi blev enige om at gå en tur sammen, så kunne de samtidig vise mig byen og kvarteret omkring Banegårdsvej.

Søndag morgen gik jeg hen til bageren, købte et franskbrød, Århus Stiftstidende og Jyllandsposten. Under morgenmaden klippede jeg otte stillingsannoncer ud, alle sammen i Århus og prioriterede dem i samråd med Jørgen og Bodil.

Mandag morgen, da min søster og svoger var kørt på arbejde, tog jeg min cykel og kørte til Århus. Den først annonce drejede sig om et job på et trykkeri og bogbindervirksomhed, men da de ikke kunne give mig besked før tidligst på fredag, var interessen fra min side ikke så stor, selvom jobbet lød spændende.

Næste besøg var på et stort lager for tekniske reservedele til alle mulige motorer og hydrauliske systemer. Der var tale om en oplæring som lagermand med kendskab til de godt 4000 reservedelenumre, som firmaet forhandlede, så de var kun interesseret i en medarbejder, der kunne blive i mindst et år eller længere.

Tredje sted gav det endelig bonus. Vesterbro Mejeri skulle bruge en mand i tappe- og flaskerensningshallen. Mejeriet lå på Vestergade inde midt i byen. Jeg gik direkte ind fra Vestergade gennem en stor åben port, og inde i selve mejerigården fandt jeg en dør, hvor der stod 'Kontor og administration'. Herinde spurgte jeg efter afdelingsleder Carl Jeppesen, som der var refereret til i jobannoncen, hvorefter man bad mig vente et øjeblik. Fem minutter senere kom kontordamen tilbage med en mand klædt i hvidt fra top til tå: Hvide træsko, bukser, jakke og hat.

Jeg forklarede mit ærinde, alt imens manden tog mig nærmere i øjesyn. Han ville vide hvor gammel jeg var, og hvor jeg boede:

– Og du regner helt sikkert med, at du kan cykle frem og tilbage hver eneste dag? spurgte han tvivlende og så igen direkte på mig.

– Ja, svarede jeg, og gengældte hans direkte blik, og havde der været dobbelt så langt, havde det heller ikke været noget problem.

– Vi har droppet lørdagen som arbejdsdag for tre måneder siden, og det betyder så, at vi arbejder otte en halv time de fire første dage og syv en halv om fredagen, men det er der forhåbentlig ingen problemer med?

– Nej, svarede jeg blot.

Næste spørgsmål overraskede mig fuldstændig.

– Er det sådan, at du kan begynde i morgen tidlig?

– Ja, det kan jeg sagtens – ingen problemer dér.

Jeppesen gik over til kontorpersonalet og bad om en ansættelsesformular. Vi fulgtes ad ud til personaleopholdsstuen, gik gennem herrernes omklædningsrum, hvor han anviste mig et skab med træsko og fuld uniform.

Jeg kiggede på træskoene og gjorde opmærksom på, at de nok var lidt for store - nr. 43 ville være mere passende. Jeppesen gik hen til et stort hvidt skab og byttede træskoene. Skabet ved siden af er til bukser, strømper, T-shirts, jakker og huer. Vi skifter ikke tøj hver dag som over i produktionsafdelingen, men kun hver anden eller tredje dag, blev jeg gjort opmærksom på. Derefter gik vi ud i tappehallen, hvor produktionen af kakaomælk var i fuld gang og videre ned til vaske- og renseanlægget, hvor de mange forskellige flasker blev renset og desinficeret.

To medarbejdere kom omgående hen til Jeppesen og beklagede sig over, at de produktionsmæssigt var ca. en time bagud og at han var nødt til at skaffe en mand fra én af de andre afdelinger til 'vasketunnelen', ellers gik det helt galt.

– Vores nye mand står her. Er du frisk på at begynde med det samme? spurgte Jeppesen. Papirerne kan vi udfylde senere, hvis det er i orden med dig?

– Ja, det er helt i orden – giv mig lige fem minutter til at skifte tøj.

Jeppesen nikkede anerkendende.

– Det tegner godt, sagde han smilende til sine to medarbejdere og gik over for at genoptage sit eget arbejde.

Da jeg kom ud fik jeg en kort instruktion i, hvordan jeg skulle lægge flaskerne ind i maskinen. Hvert skift skulle helst bestå af 12 flasker, og hvis der var kapsel på nogle af flaskerne eller stoppet noget ned i flasken, skulle de sættes til side. Bag mig til venstre stod et helt 'bjerg' med kasser fyldt med tomme flasker – dem skulle jeg hente mellem skiftene. Hvis det gik for stærkt, og jeg ikke kunne følge med, sad der en knap lige over 'fangrummet', hvor jeg kunne stoppe maskinen.

– Det er sådan set i første omgang, hvad du skal vide – og for øvrigt hedder jeg Preben, sagde han og gav hånd, jeg håber, du holder til presset - og nu var det så op til mig.

Det blev en barsk start på mit nye job. 3-4 gange inden frokost måtte jeg stoppe maskinen, selvom Preben havde sat hastigheden to trin ned. Jeg kunne ganske simpelt ikke nå både at hente kasser, lægge flasker ind og sortere fra. Jeg havde ingen frokost med, så jeg spiste en halv liter yoghurt og drak en lille kærnemælk – alle mælkeprodukter var gratis.

Efter frokost gik det noget nemmere med at overskue de forskellige delfunktioner, og jeg skruede derfor et trin op for hastigheden, så vi måske kunne indhente noget af det forsømte.

Da hele hallen var spulet og rengjort kom Jeppesen og Preben hen til mig og gav mig hver et dask på skulderen.

– Flot klaret Tom.

– Det er skægt, sagde Jeppesen, mens vi sad på hans lille kontor og udfyldte ansættelsespapirerne, jeg mærkede med det samme, da vi hilste på hinanden tidligere i dag, at du ville kunne glide ind i vores lille team, hvorimod din forgænger, som skulle have været ferieafløser frem til slutningen af august, faldt helt ved siden af – han var alt for klog til os og til det arbejde, vi kunne tilbyde ham, så han ringede i sidste uge og sagde, han kom ikke mere.

– Nu gør vi det sådan, at vi skriver mandag på som fuld arbejdsdag, så har vi givet lidt begge parter, sluttede Jeppesen af, og mens han stak ansættelsespapiret ind i en mappe til kontoret, sagde han meget tørt og lakonisk.

– Men nu skal du jo ikke af den grund tro, du er kommet i himmelen – Herrens mark venter lige ude på den anden side af muren.

Det var først da jeg trampede op ad den lange bakke ved Jyllandsposten, at jeg begyndte at tænke nærmere over, hvad Jeppesen egentlig havde sagt: Den mand har vid og humor.

Da jeg kom hjem, var Jørgen allerede hjemme. Han var meget nysgerrig efter at høre, hvordan det var gået med mine jobannoncer, og da jeg fortalte, at jeg allerede havde været på arbejde en hel dag på Vesterbro Mejeri, troede han, jeg tog gas på ham.

– Hold nu op, du har sgu da ikke været på arbejde samme dag, som du søger job?

– Jo, svarede jeg, det har jeg, og jeg tror, det er en rigtig god arbejdsplads.

Senere på aftenen ringede jeg hjem for at fortælle mine forældre, at jeg havde fundet et job, og vi aftalte fremover at ringes ved i weekenderne.

Allerede i løbet af næste formiddag kunne jeg sætte maskinen op på max. hastighed uden at miste følelsen af, at have rimelig god tid til de andre funktioner, og under stop af andre årsager som fx flasker, der blev smadret under påfyldning, kunne jeg nå at vaske tomme kasser, så de var klar til de nye flasker.

I løbet af ugen blev de forskellige arbejdsgange til faste rutiner, og nu kunne jeg begynde at tænke egne tanker, uden det greb forstyrrende ind i rytmen eller proceslinien fra min plads og frem til de fyldte flasker i rene kasser, og fra om torsdagen havde jeg ikke haft et eneste provokeret stop fra 'helvedets forgård', et udtryk Preben havde brugt under frokostpausen dagen i forvejen til at beskrive lige præcis min arbejdsfunktion. De havde kun haft en eneste, der havde været ansat længere end et år på den plads.

Efter vi havde spulet og rengjort hallen om fredagen kom Jeppesen ind på personalestuen med en pose, som han satte midt på bordet.

– Jeg skylder jer alle en stor tak! Sidste uge sluttede med noget, der lignede lort, men i løbet af denne uge er der rettet op på alt vores 'bagslæb', så fra på mandag kan jeg sige 'ja tak' til alle udfordringer og opgaver, og det er helt jeres fortjeneste, tak venner.

Alle vidste hvad der var i posen, så Preben fordelte øller og sodavand til de rette personer, men da han skubbede en Havskum fra Ceres over til mig, kunne jeg ikke undgå at få associationer til Mogens og Rungsted.

– Hvorfor er jeg den eneste, der skal have Havskum? spurgte jeg og kiggede rundt på de andre.

– Det er fordi, der står 'til Tom' på bagetiketten, svarede Preben.

Det lille fredagsmøde varede 15-20 minutter, hvor vi sad og småsludrede og hyggesnakkede om den kommende weekends familiearrangementer og diverse udskejelser.

Turen hjem til Skanderborg var en ren lise for sjælen. Jeg nød den fysiske udfordring og trådte hårdt igennem på pedalerne, men havde stadig overskud til at 'gennemgå' mine nye arbejdskammerater ud fra mine iagttagelser og oplevelser, og jeg syntes bestemt, de var nogle hyggelige og rare kollegaer. Da jeg nåede Banegårdsvej, var det lige før jeg var ked af, at turen allerede var forbi.

Der var ingen hjemme, så jeg strøg ind på værelset og skiftede til løbetøj. Jeg skrev en seddel om, at jeg var ude at løbe og regnede med at være hjemme ved femtiden, og lagde den på køkkenbordet.

Da jeg kom tilbage, var min søster i fuld gang med aftensmaden. Jørgen havde dækket bord, trukket en flaske vin op og stillet på bordet, mens han selv sad med en øl og så motorløb i fjernsynet.

Jeg skyndte mig i bad og kom ind for at deltage i motorløbet. Jørgen hentede en øl og satte på bordet foran mig, og ville gerne høre, hvordan den første uge inde på Vesterbro var gået.

Jeg fulgte lidt med på Tv-skærmen, inden jeg svarede.

– Joh, efter omstændighederne ganske udmærket. Som helhed betragtet minder min første uge faktisk lidt om sådan et rally-løb med fuld speed, hårde opbremsninger og skarpe kurver.

– Har det været så slemt? spurgte Jørgen synligt overrasket.

– Nej, svarede jeg hurtigt. Det har været spændende og hektisk – det var bare det, jeg ville sige.

Et par minutter senere kom min søster ind med maden, og vi satte os til bords.

Jeg besluttede at slappe af resten af aftenen, og satte mig ind i stuen og så fjernsyn sammen med Jørgen og Bodil, men lørdag og søndag ville jeg prøve om jeg kunne få læst "Logik der Forschung" af Karl Popper færdig, så jeg kunne komme i gang med noget helt andet.

Lørdag formiddag ringede jeg hjem til mine forældre for at høre, hvordan det gik i Bogense, og hvordan de selv havde det. De havde det såmænd godt, og de havde endnu ikke hørt noget sladder omkring mig. Om torsdagen havde min far været nede ved Ågaards med is og fisk, og fru Ågaard havde bedyret, at hendes mand nok skulle tage mig i forsvar, hvis der var nogen på skolen, som omtalte mig negativt.

Uden for skolen var det stort set den samme kreds af mennesker, som for et år siden havde haft travlt med at mistænkeliggøre mine evner og min adkomst til det indstiftede studielegat, som prøvede at puste liv i de tidligere historier, men min mor regnede ikke med, at der ville gå mere end en uge, før det hele igen var glemt og ganske uinteressant.

Jeg fik også at vide, at papirerne fra ambassaden, eller rettere fra ekspeditionskontoret i Fraugde, var kommet, og vi blev derfor enige om, at det nok var det smarteste, hvis jeg kom til Bogense næste weekend.

Midt i Poppers filosofiske og logiske udredninger over videnskaben og dens problemstillinger, blev det mig pludselig for meget. Det var søndag eftermiddag, udenfor skinnede solen, og jeg sad herinde på mit lille værelse og kæmpede med at holde fokus på mine egne notater. Jeg skyndte mig at skifte tøj, skrev en lille seddel og lagde på køkkenbordet. På vej op ad Banegårdsvej besluttede jeg mig for at prøve, om jeg kunne finde en vej eller sti rundt om søerne.

Seddelen lå stadig på køkkenbordet, da jeg to timer senere kom tilbage. Jeg var kun lige kommet ud af badeværelset, da telefonen ringede. Det var Bodil, som fortalte, at de var på besøg hos en af Jørgens arbejdskammerater og regnede ikke med at være hjemme før ved nitiden. Der stod mad i køleskabet, som jeg kunne varme.

Om torsdagen i middagspausen spurgte Jeppesen om vi alle fem havde mulighed for at møde ekstraordinært om lørdagen. Det var en forespørgsel, der var kommet fra selve direktøren. Det drejede sig om en sending kakaomælk, altså 240 kasser, men ikke med vore egne etiketter, da det var et job fra en anden producent, nemlig Cocio i Esbjerg, og undtagelsesvis var vores egen direktør indstillet på at hjælpe sin kollega i Esbjerg – og da vi jo ikke længere arbejder om lørdagen vil han give jer alle et tillæg på 50 %. Har I mod på det?

Vi kiggede rundt på hinanden – alle nikkede.

– Tak, jeg giver straks meldingen videre.

– Skide godt, var Sørens kommentar, jeg har brugt alt for mange penge i ferien, så de falder på et tørt sted.

Jeg sagde klogelig ikke noget, men det passede også mig særdeles udmærket.

Jeg havde nu så meget styr på hele vaske- og rensningsanlægget, så jeg kunne gå rundt og planlægge mit forestående ophold i Tyskland, alt imens jeg håndterede flasker og kasser, sorterede og vaskede manuelt. Når der var stop ved etikettemaskinen eller ved påfyldningsbåndet, hentede jeg kasser og tomme flasker ude fra gårdspladsen. Jeg nød tempoet og de faste rutiner.

Om aftenen ringede jeg hjem til mine forældre for at fortælle, at jeg ikke kom hjem i weekenden, fordi jeg havde sagt ja til at arbejde om lørdagen. Jeg bad derfor min mor om at sende mig papirerne, så jeg kunne udfylde dem og sende dem tilbage her fra Skanderborg, da jeg rent tidsmæssigt ikke turde trække det yderligere en uge.

Næste dag kom der en mand hen til mig, mens jeg 'kastede' flasker i maskinen og vaskede snavsede kasser. Han ville gerne tale med mig om fagforeningen, for jeg var vel blevet oplyst om, at jeg ikke kunne arbejde på Vesterbro Mejeri uden at være medlem af fagforeningen.

– Du må komme tilbage i frokostpausen, jeg har ikke tid lige nu – det kan du vel nok se!

Han kiggede lidt arrogant og hovmodigt på mig.

– Nu er det altså ikke dig, der bestemmer, hvornår jeg skal snakke med mine medlemmer - men for denne ene gangs skyld.

Lidt senere spurgte jeg Preben, hvad det var for en 'arrogant stodder', der var henne og snakke med mig.

Han så på mig med et skævt smil.

– Det er vores fagforeningsrepræsentant og 'overtillidsmand' her på stedet – og du har ganske ret, jeg synes også, han er en idiot at høre på, men du kan lige så godt melde dig ind med det samme, inden der bliver ballade, både for din egen skyld, men også for vores.

I middagspausen blev jeg så meldt ind i fagforeningen som ufaglært arbejder i levnesmidelbranchen.

Lørdag morgen den 3. september satte jeg mig op på cyklen på Banegårdsvej – nu skulle jeg hjem og besøge mine forældre. Mine forskellige ansøgninger havde jeg fået postet allerede søndag aften, men jeg havde et problem. Jeg skulle personligt møde op i Fraugde med mit pas for at få stemplet med opholds- og arbejdstilladelse, og det betød, at jeg skulle stoppe senest torsdag den 30. september - underforstået at aftalen om at begynde på Kranzbach igen den 4. oktober faldt på plads. Gjorde den til gengæld ikke det, kunne jeg lige så godt tage fredagen med og tjene de penge og så møde op i Fraugde om mandagen.

Det holdt tørvejr helt ned til Lillebæltsbroen, inden det begyndte at regne. I begyndelsen var det en let og fin regn som ikke generede synderligt, men fra Brenderup og resten af vejen hjem til Alminden tæskede regnen ned i tykke tove, og da jeg satte cyklen fra mig under køkkenvinduet, løb vandet ned ad mig, som om jeg lige var stået op af havet efter en svømmetur.

Jeg gik ind i bryggerset og var i fuld gang med at tage tøjet af, da min mor kom ud inde fra køkkenet med et håndklæde. Jeg lagde alt det våde tøj henne ved afløbet i gulvet, tørrede mig med håndklædet og gik op på mit værelse for at tage noget tørt tøj på.

På vej ned igen så jeg ud af øjenkrogene, at der lå to breve på sofabordet. Jeg vendte om og gik hen for at se, hvad det var for breve. Det første var fra ambassadekontoret i Fraugde, og det andet – det andet var fra Kranzbach!

Jeg turde næsten ikke åbne brevet fra Kranzbach, men da jeg havde åbnet det, var det første jeg bemærkede, at det ikke var Herr Pentz, der havde skrevet under, og de bange anelser ramte mig som en massiv mur – hvad nu?

Min hånd rystede, jeg var varm og svedte over hele kroppen:

– Lieber Tom Nolting, begyndte brevet. Jeg har talt meget med hr. Sigwald Pentz om Dem og Deres arbejdsindsats her på Schloss Kranzbach og ikke mindst om Dem som person, Deres væremåde og høflige optræden. Dette naturligvis i forbindelse med Deres forespørgsel om en ordinær ansættelse i det år, hvor De har valgt at holde pause i studierne.

Jeg skal nok lige her forhåndsorientere Dem om, unge hr. Nolting, at jeg var på besøg på Kranzbach den sidste weekend i juli sammen med tre repræsentanter fra Det Evangeliske Kirkeråd i Dortmund, de formelle ejere af Slottet, for at aftale en overdragelse af lederskabet på Kranzbach, idet hr. Pentz havde givet udtryk for, at han gerne ville fratræde allerede her til oktober.

Som kommende leder af stedet har jeg tilladt mig at kontakte de øvrige medarbejdere for at høre, hvordan de så på din evt. tilbagekomst, og jeg har sjældent hørt en lignende positiv tilkendegivelse omkring en arbejdskollega, så derfor tilbyder jeg følgende:

De er særdeles velkommen til at genoptage Deres arbejde her på Kranzbach den 4. oktober, men det kræver opholds- og arbejdstilladelse, så vidt jeg er informeret.

Lønnen for Deres vedkommende vil andrage ca. 750 DM om måneden inklusiv kost og logi, og ansættelsesforholdet ophører automatisk pr. 1. august efterfølgende år.

De vil få tildelt samme værelse som det, De havde i sommers.

Jeg har lovet at overbringe en hilsen fra dine tidligere arbejdskolleger, og en ganske særlig hilsen fra Herr und Frau Pentz.

Vi glæder os til at høre fra Dem.

Venlig hilsen

Wolfgang Kretzmar und Familie

Jeg stod fuldstændig stille, trak vejret dybt og roligt, inden jeg eksploderede i et primatskrig:

– Yes, nu er jeg endelig på vej!

– Tom, hvad sker der? hørte jeg pludselig min far råbe nede fra bryggerset.

– Ikke noget, jeg kommer ned nu!

På vej ned hentede jeg tre øl i viktualierummet, før jeg gik ind i køkkenet til mine forældre.

– Så må I godt begynde at sige farvel. Jeg har fået tilbudt arbejde på Kranzbach fra 4. oktober – hvad siger I så?

– Vi synes naturligvis, det er dejligt at høre, fordi det var vel det, du havde håbet aller mest på, men vi vil heller ikke lægge skjul på, at vi har det dårligt med, at du er så langt væk – og hvornår får vi dig at se igen, når først du er rejst?

– Lad os ikke tage sorgerne på forskud, skyndte jeg mig at sige, men derimod skåle på en god start i det sydtyske.

Efter vi havde skålet, fortalte jeg om mit arbejde på Vesterbro Mejeri. Jeg havde nogle superskønne arbejdskolleger og var faldet godt ind i gruppen allerede efter den første uge, og sidste lørdag, hvor vi arbejdede over, var jeg efterfølgende gået i byen med tre af kollegerne, inden jeg cyklede hjem til Skanderborg.

– Hvorfor bliver du ikke bare i Århus? ville min far vide. Du har tilsyneladende et rigtig godt job, og det skulle vel ikke være umuligt at finde en lejlighed i Århus?

– Far, det er slet ikke dér, jeg er. Min adresse er Kranzbach, Garmisch-Partenkirchen, finito – og jeg elsker det sted.

Det var tydeligt, at mine forældre ikke kunne forholde sig til min sprudlende begejstring, men da jeg foreslog, at de kunne komme ned og besøge mig til sommer, og jeg naturligvis ville sørge for et dejligt dobbeltværelse, blev de pludselig eftertænksomme.

– Mener du det helt oprigtigt? spurgte min mor.

– Ja, naturligvis mener jeg det, svarede jeg, og pludselig havde de fået noget at tænke over.

På vej tilbage til Skanderborg næste dag, havde jeg også selv fået noget at tænke over. Brevet fra Wolfgang Kretzmar virkede næsten alt for korrekt og høfligt, så gad vide, hvad han var for en mand i forhold til hr. Pentz? Men omvendt underskrev han sig med 'sin familie', så den vej rundt måtte han jo have både kone og børn?

Hvad med Margaret – mon hun var orienteret om, at jeg kom tilbage? Og skulle jeg vove at skrive til hende, jeg kunne jo bare lade være med at sætte afsender på brevet?

Da jeg hen på eftermiddagen nåede Banegårdsvej havde jeg undervejs truffet mange beslutninger, og for nogles vedkommende omkring noget, der rakte et helt år ud i fremtiden.

Bilen holdt i indkørslen, så jeg gættede naturligvis på, at både Bodil og Jørgen var hjemme – og ganske rigtig, det var de.

Jeg hilste mange gange fra vores forældre og fortalte dernæst om brevet fra Kranzbach, hvilket også betød, at de slap af med mig allerede torsdag den 30. september, hvor jeg agtede at køre til Bogense direkte fra arbejdet.

Efter aftensmaden snakkede jeg med min søster og Jørgen om, hvornår jeg skulle give besked inde på Vesterbro om, at jeg stoppede den 30. september.

De var begge to enige om, at det var et rimeligt varsel, hvis jeg gav besked mandag den 20. – så kunne de stadig nå at sætte en annonce i avisen.

Fredag den 17. satte både Jeppesen og Preben en pose 'weekendguf' på bordet. Jeppesen var glad fordi afdelingen kørte så godt, så selv direktøren havde bemærket det – og det ville han gerne honorere for egen regning. Preben gav øl, fordi han havde fødselsdag på søndag.

Det blev ganske hyggeligt, men jo mere vi snakkede og grinede, jo større blev min dårlige samvittighed: I alt, hvad der blev sagt, fornemmede jeg tydeligt, at alle omkring bordet regnede med, at jeg også var en del af holdet om et eller to år.

I sidste uge var jeg begyndt at løbe både onsdag, lørdag og søndag og efter løbeturen tog jeg nu 50 knæbøjninger og 50 armbøjninger efterfulgt af tre knæbøjninger på venstre ben og tre knæbøjninger på højre ben inden jeg gik ind i bad. Jeg ville gerne optimere min kondition og fysiske styrke til de kommende klatreture.

Den forestående weekend bød både på afslapning, læsning og hård træning. Bodil og Jørgen kørte til Fyn lige efter morgenmaden. De skulle besøge Jørgens storebror i Munkebo, Jørgens forældre i Bogense, og så skulle de også lige nå at kigge forbi ude på Alminden, så de regnede under ingen omstændigheder med at være tilbage før sent søndag aften.

Da de var kørt, ryddede jeg af bordet inde i stuen og vaskede op efter morgenmaden. Derefter skiftede jeg tøj og gjorde klar til løbeturen, og da jeg to timer senere stod inde i badet og mærkede de varme stråler falde ned i ansigtet, mens jeg lod tankerne kreds om bjergene, Kranzbach og Margaret, fik jeg en dejlig fornemmelse af evig lykke.

Efter badet smurte jeg mig et par mader til frokost og gik ind på værelset og hentede en bog: Menschheitsdämmerung – et dokument om den tyske ekspressionisme. Det var en bog, som jeg havde købt i en boghandel på hovedbanegården i München for at have noget andet at læse under togrejsen tilbage til Danmark, men jeg fik kun bladet den igennem og læst lidt sporadisk hist og her. Det var en digtsamling, og hovedparten af digtene stammede fra det produktive og kunstnerisk udadvendte årti, 1910 – 1920. Jeg vidste heller ikke helt, om det i virkeligheden var mig at læse digte, men nu, hvor jeg var alene en hel weekend, ville jeg kaste mig ud fra skyerne og svæve ned gennem 'denne symfoni af Tysklands yngste digtning'. Maskinen, der skulle bringe mig op i de højere luftlag, hed Kurt Pinthus, som skrev både forord og præsentationen af de 23 digtere, som tilhørte kredsen af tyske ekspressionister. Min bog var femte reviderede oplag fra 1963 og indeholdt derfor både et forord fra 1. udgaven i 1920, forfattet i Berlin i efteråret 1919 – og et forord 40 år senere skrevet i New York sommeren 1959.

Forord fra Berlin handlede meget om rædslerne fra 1. Verdenskrig og de politiske og kulturelle omvæltninger, der fulgte med, mens forordet fra New York var en opsummering og litteraturhistorisk gennemgang af bogens helt specielle sammensætning og opdeling i temaer – altså ikke en blodløs antologi – men også et forsvarsskrift for alle de misfortolkninger og vanvittige motiver, som eftertiden havde tildelt 'ekspressionisterne'. Fra udlandet blev de beskyldt for 'med deres sortsyn og nihilistiske verdensopfattelse' at forberede vejen for nazismen samtidig med, at nazisterne havde travlt med at arrestere og henrette de overlevne forfattere.

Først hen på eftermiddagen havde jeg fået lastet maskinen med den litterære baggrundsviden og alle de nødvendige biografiske og bibliografiske informationer, jeg skulle bruge som baggrundsforståelse for at læse digtene i deres rette optik, forstå de voldsomme billeder, høre den underliggende musik og fornemme den uudgrundelige angst, når tonaliteten blev spændt til det eksplosive, men det lidt ældre sportsfly 'Pinthus' var så tungt lastet, at det var lige før, vi ikke kunne lette.

Senere på aftenen, efter at have læst, oplevet og gennemlevet en 3-4 digte fra hvert af de fire temaer: Sturz und Schrei – Erweckung des Herzens – Aufruf und Empörung – Liebe den Menschen, forstod jeg først, hvad det var Pinthus refererede til.

– ... man skal således ikke kun lytte til de enkelte instrumenter og stemmerne i det lyriske orkester: Violinernes opadsvævende længsel, celloens efterårsklagende melankoli, udbasuneringen af den purpurfarvede opstandelse, klarinetternes ironiske staccato, sammenstyrtningernes paukeslag, trompeternes fremtidslokkende marchtoner, oboernes dybe, mørke rumlen, bassernes brusende vandfald og bækkenslagenes blikagtige nydelseshungrende dødedans - men derimod ud fra de larmende dissonanser, de melodiske harmonier, akkordernes bombastiske fremadskridende, kunne høre motiverne og temaerne fra den vildeste og mest ødsle tid i verdenshistorien.

Der var således ikke tale om en symfoni i tre satser, men snarere i fire eller flere, og jeg måtte igen spørge mig selv: Hvad er det, du mener, du har forstået?

Om søndagen fordybede jeg mig mere i de forskellige forfattere og temaer, og jeg fandt hurtigt frem til fire forfattere, som jeg syntes var dem, der sagde mig allermest, skrev digte, som gik direkte ind under huden og videre op i hjerteregionen. To af dem blev skudt i slutningen af krigen, én begik selvmord, og den sidste blev henrettet af nazisterne – det gav lige Tom Nolting stof til eftertanke. Jeg var dybt fascineret og nærmest voldført på det oplevelsesmæssige plan af lyriske faunaer og dæmoner, af skarpe kontrastbilleder til det, som kunne have været et lykkeligt liv.

Jeg havde forberedt mig godt til snakken med Jeppesen næste dag, så da der var frokostpause, og han gik over i sit lille halkontor for at afstemme produktionsprotokollen, fulgte jeg stille og roligt efter. Jeg gav ham tid til sit papirarbejde, inden jeg gjorde opmærksom på, at jeg gerne ville tale med ham. Vi fulgtes ad over til personalestuen, men inden vi gik ind, fortalte jeg ham, at jeg gerne ville sige op med virkning fra 30. september.

Jeppesen havde allerede hånden på dørhåndtaget, men slap det som om han havde brændt fingrene og vendte sig om mod mig.

– Det du lige sagde, var bare en dårlig joke, er vi enige om det Tom?

– Nej, desværre Jeppesen - jeg har allerede sagt ja til et andet job.

– Men Tom for helvede, det kører lige så godt. Det er mit helt klare indtryk, at du har været glad for at være her, men hvis det handler om et par kroner mere i timen, vil jeg sagtens kunne fikse det, allerede fra i dag, hvis det kan ændre din beslutning?

– Jeppesen, jeg er meget glad for at være her, og jeg synes, jeg har nogle af de bedste arbejdskammerater, man overhovedet kan ønske sig. Jeg har imidlertid fået tilbudt et job som 'Hausmeisterassistent' på et stort højfjeldshotel i Sydtyskland med tiltrædelse den 4. oktober – et ønskejob, jeg ikke kan sige nej til.

– Ja, men sig mig lige en gang, er du håndværkeruddannet, siden du får tilbudt sådan et job, og så i udlandet?

– Nej, men det er en længere historie, og det med, at det er i Sydtyskland, kan jeg fortælle mere om senere.

– Ja det håber jeg sandelig også, specielt med henblik på de fire kolleger, som sidder og venter inde i frokoststuen, og lige her fik Jeppesens stemme en snært af bitterhed.

Da vi kom ind og satte os ved bordet, tog jeg min madpakke frem, men inden jeg nåede at pakke den ud, tog Jeppesen ordet:

– Jeg har en meget kedelig meddelelse. Tom stopper her på Vesterbro Mejeri på næste torsdag – vi tør simpelt hen ikke risikere at fastansætte sådan en sløv padde.

– Nu må du lige styre dig Jeppesen. Hvad fanden foregår der? Har du fået en hjerneblødning? røg det lige ud af munden på Søren sammen med lidt madrester og en efterfølgende hosten.

– Nej spøg til side, svarede Jeppesen. Tom har lige fortalt mig, at han gerne vil stoppe den 30. september, fordi han har fået et job i Tyskland – og du må undskylde Tom, hvis jeg lød lidt negativ før, men jeg havde virkelig håbet, du ville blive vores faste mand.

– I Tyskland, nærmest udstødte Preben. Hvad fanden vil du dernede, og hvad med sproget, kan du i det hele taget tale tysk?

Frokost eller ikke frokost – nu måtte det være min tur.

– Ja det kan jeg godt Preben. Det er et job som alt-mulig-mand på et stort hotel og rekreationshjem, et slot dybt inde i bjergene. Jeg var der i sommers i en slags praktik, og da jeg tog hjem, afleverede jeg en ansøgning om fast ansættelse, men hørte ikke noget før her i fredags. Hele weekenden har jeg spekuleret frem og tilbage. Jeg er enormt glad for at arbejde her på mejeriet og rigtig glad for, at jeg har fået lov til at falde ind i en gruppe som jeres, men naturen omkring Garmisch-Partenkirchen og Mittenwald, bjergene og klatreturene i weekenden gjorde udslaget – derfor stopper jeg på næste torsdag.

– Det kan du ikke være bekendt, sagde Sonja med et dybt beklagende suk. Nu har jeg lige fortalt min datter, at der arbejder sådan en sød fyr her i afdelingen, som hun gerne måtte invitere en tur i biografen – og så er du her slet ikke alligevel.

De sidste ti minutter af frokostpausen snakkede vi om andre ting, og jeg nåede lige at få spist min mad, inden pausen var overstået.

På vej hjem til Skanderborg var jeg ganske godt tilfreds med forløbet af snakken, og at jeg havde fået sagt op i god tid og på en åben og 'næsten ærlig' måde - og hvad kunne Jeppesen eller de andre bruge til, at jeg på forhånd kun havde haft i sinde at være der i 6-7 uger?

Midt på den lange seje bakke hentede jeg en knallert og lagde mig på baghjulet af ham, lige indtil han drejede af tre kilometer før Skanderborg. Jeg tog et bad og gik ind på værelset og kastede mig over 'Menschheitsdämmerung'.

De næste ti dage trænede jeg helt vildt, og det var nærmest afslappende at være på arbejde. Jeg nød mit arbejde, og der var ingen sure miner eller tilsvarende dumme bemærkninger om, at jeg havde svigtet eller ikke fortalt hele sandheden, da jeg søgte jobbet. Fredag den 24. havde jeg bedt folk om ikke at tage madpakke med, fordi jeg gerne ville give et par stykker smørrebrød til frokost - og en stor pose weekendguf, når vi havde spulet og renset hele hallen.

I weekenden var jeg nået så langt med 'Menschheitsdämmerung', så jeg selv begyndte at skrive, og det blev faktisk til to digte – på tysk altså!

Om mandagen præsenterede Jeppesen to nye 'kandidater' til mit job, og allerede om tirsdagen fortalte Jeppesen, at det havde været ganske nemt at vælge 'den rigtige', da den ene havde trukket sig, fordi arbejdet virkede alt for hektisk og stressende.

Onsdag aften, efter jeg havde fået en opringning fra Salomonsen, pakkede jeg alle mine ting og fik sagt tusind tak til min søster og svoger. Jørgen gav udtryk for, at det bestemt havde været ganske hyggeligt at have mig på 'besøg', og at selv deres få men veloverveje bekymringer, var kommet helt til skamme. Bodil supplerede med, at jeg nogle gange havde været nærmest usynlig, fordi jeg enten trænede eller sad inde på værelset og læste, og det, de havde været lidt nervøs for på forhånd, var, om jeg ville komme til at fylde alt for meget i deres egen hverdag.

– Men sig mig en gang Tom, fortsatte min søster. Laver du virkelig ikke andet end at arbejde, træne og læse? Faktisk er vi lidt bekymrede for dig – går du aldrig ud for at få lidt sjov og ballade, i biografen eller på diskotek?

– Nej, svarede jeg, det har jeg ikke umiddelbart behov for. Jeg har jo også 'et venindebekendtskab' på Kranzbach, som jeg skal ned at prøve at opdyrke igen - og gerne til det helt store og hotte - så nej, det siger mig ikke noget.

Vi sludrede videre indtil jeg fornemmede, at vi hver især gerne ville trække os tilbage.

– Så er der lige betalingen for kost og logi, sagde jeg og lagde femogtyve hundrede på bordet. Jeg ved godt, det er lidt mere end vi har aftalt, men uden jeres hjælp og støtte havde jeg måske slet ikke fået noget job, og slet ikke så godt betalt som på Vesterbro Mejeri.

Jørgen var den første til at reagere.

– Det kommer overhovedet ikke på tale Tom. Vi har lige siddet her og været rørende enige om, hvor godt det er gået med at have dig boende.

– Og jeg vil gerne bede jer om at tage imod betalingen, og hvis I synes, det er for meget, så lov mig at bruge det, der er 'for meget' på en hyggelig weekend – men I må bare ikke afslå.

– Tak Tom, sagde min søster. Vi kan godt bruge pengene og lidt af dem til at hygge os for, men du må bare ikke stå i Tyskland og mangle noget, så får vi det først rigtig dårligt, forstår du?

– Ja, naturligvis, men I skal også forstå, at når først jeg er tilbage på Kranzbach, så mangler jeg ikke noget. Alle de penge, jeg tager med, er reserve og kapital til senere brug.

Vi sluttede aftenen af med en godnat bajer, og så var det bare i seng, for i morgen havde jeg en ganske lang tur foran mig.

Da vi næste dag skulle til at spule og rengøre hallen kom Jeppesen hen og sagde:

– Så er det slut Tom. Tak for indsatsen og din måde at være på. Jeg har fået afregnet al din løn til og med i dag, fordi du jo rejser til Tyskland – men dine feriepenge kan du ikke hæve før om otte måneder.

– Men jeg er jo ikke færdig med at spule og rengøre maskinen?

– Nej, det ved jeg godt, men det klarer vi for dig i dag. Du skal helt til Fyn på cykel, så se nu bare at komme af sted.

Selvom det sikkert var helt uden for etiketten, da han jo var min nærmeste forsatte, gav jeg alligevel Jeppesen et kram og sagde tak for alt, hvorefter jeg gik rundt til de andre og sagde farvel.

For sidste gang smed jeg min snavsede og halvvåde uniform i vaskekurven, skiftede til cykeltøj og forsvandt ud af porten.

Jeg trillede ind ad indkørslen på Alminden omkring klokken halv otte, og mine foræl-dre var lige ved at få et chok. De sad ude på terrassen og nød de sidste varme stråler fra efterårssolen og drejede først hovedet, da det knirkede i perlestenene.

– Gud er det allerede dig Tom? udbrød min mor højt og synligt forbavset.

Jeg gik hen og gav begge to et kærligt kram.

– Du har jo tabt dig, sagde min mor, mens hun tog mig nærmere i øjesyn.

– Nej vel har jeg ej. Du skal lige huske på, at muskler vejer mere end fedt, og jeg har bare motioneret rigtig meget de sidste seks uger.

Men observationen var ikke helt forkert – så sent som i eftermiddags, da jeg trådte ud af badet inde på Vesterbro Mejeri og så mig i spejlet, var den samme tanke strejfet mig: Tom, pas på du ikke taber dig for meget, det er ikke spor pænt.

Efter den glædelige gensynshilsen gik vi over i køkkenet. Vanen tro havde min mor forberedt maden, så det var egentlig bare at sætte det hele i gang, og der var derfor god tid til at sætte os og få en snak og en tår at drikke.

– Nu har du vel betalt din søster og Jørgen for opholdet? ville min far vide.

– Ja, svarede jeg, og alligevel har jeg over fem tusinde kroner med hjem, så kom ikke og sige, at jeg har ligget på den lade side.

– Nej, det ved vi godt, svarede min mor. Bodil har haft ringet en del gange og fortalt, at det gik godt, og at du arbejdede hårdt.

– Men i morgen handler det om Fraugde. Jeg skal ned og have de to tilladelser stemplet ind i passet, og så skal jeg have købt en togbillet til Garmisch, og når det er gjort, så skal jeg bare pakke og gøre klar til på lørdag.

– Tom du virker så sikker og målbevidst, men jeg tror først det gik rigtig op for din mor og mig i går, hvad det egentlig er for en chance og uddannelsesmæssige karriere du lægger bag dig, når du på lørdag rejser til Tyskland. Vi er blevet ringet op af rektor Grange fra Rungsted, som havde snakket med én hvis hr. Ehrenreich eller Rechendorff fra Københavns Universitet. Vi blev bedt om at opfordre dig til at overveje din beslutning. Du skulle efter deres udsagn være et af de mest begavede unge mennesker på hele gymnasiet, og så vælger du at vende det hele ryggen for et ufaglært arbejde på Kranzbach uden nogen fremtidsperspektiver?

– Ja det gør jeg, men det er ikke rigtigt, at der ikke er nogen fremtidsperspektiver – jeg synes der er mange, men det er nogle helt andre end dem, rektor Grange og Michael Rechendorff refererer til.

Og i onsdags må I være vidende om, at landsretssagfører Salomonsen ringede til mig hjemme hos Bodil og Jørgen – da det jo kun kan være jer, der har givet ham deres nummer - for at spørge mig, hvor mit projekt 'Brainstorm' blev af, I ved det jeg skrev på i påsken. Jeg kontaktede ham selv i begyndelsen af juni for at få en juridisk bedømmelse, men fik aldrig fremsendt noget, da alting pludselig gik så stærkt. Denne gang har jeg lovet at sende et kopi samt en oversigt over alt mit baggrundsmateriale inden jeg tager af sted til Tyskland igen – men lige nu handler det for mig om noget helt andet, der er meget mere værd: Kranzbach, Margaret og klatreturene.

– Godt ord igen Tom, sagde min far. Du må gerne vide, at din mor og jeg, overhovedet ikke kan gennemskue, hvad alt det her hurlumhej handler om, men vi har stor tillid til, at du vælger det, der er bedst for dig, og så har vi bare at være glade på dine vegne, så langt vi nu kan følge med.

– Tak, og jeg forstår udmærket godt, at I er ved stå af – og tro nu ikke, at jeg slet ikke har været i tvivl, naturligvis har jeg det, men jeg prioriterer et lykkeligt liv med udfordringer og spændende oplevelser frem for karriere og jagten på statussymboler, for sådan kunne jeg sagtens udvikle mig, eller sagt på en anden måde: Måske er det lykkedes mig at kvæle den store kamæleon fra mit dybe indre Jeg er stadigvæk kun 18 år, og skulle jeg en skønne dag fortryde, regner jeg med rimeligt hurtigt at kunne indhente det forsømte.

Det var tydeligt at mine forældre var i vildrede med, hvad det egentlig var, jeg satsede mit fremtidige liv på, men de virkede trods alt meget fortrøstningsfulde.

Da jeg kom tilbage fra Fraugde med mine vigtige stempler i passet, skyndte jeg mig ned på jernbanestationen for at købe en billet til Garmisch-Partenkirchen og da jeg først, altså efter et kvarter, havde billetten, gik jeg ind på posthuset og sendte en pakke til Salomonsen med min afhandling/mit projekt og alt baggrundsmaterialet. I det vedlagte brev lovede jeg, hurtigst muligt at omformulere nogle af de mest belastende og spektakulære konklusioner og udmeldinger, da jeg i mellemtiden havde fået læst Karl Poppers 'Logik der Forschung' og i forlængelse heraf, havde udarbejdet nogle nye videnskabsteoretiske forskningsmodeller som gjorde hele mit projekt mere 'vandtæt' og troværdigt. Jeg lovede også, at han senest om 14 dage ville modtage det vigtige appendix til selve afhandlingen sammen med et oplæg til, hvordan det skulle passes ind i det overordnede projekt.

Da pakken var sendt, kørte jeg op til Gösta Vædeles 'Taske & Lædervareforretning' for at købe en ekstra kuffert. Den var dyr, men jeg var nødt til at have to kufferter plus min rygsæk for at have plads til alt det, jeg skulle have med.

Hjemme igen gik jeg med det samme i gang med at pakke, og inden aftensmaden var alt klappet og klar – nu var det et spørgsmål om timer.

Vi fik en fantastisk hyggelig aften sammen. Vi lo og grinede, fortalte små og mindre pæne historier om nogle af familiemedlemmerne, men blottet for enhver sarkasme og ondskab – det var virkelig kun for sjov.

Næste formiddag ringede min mor efter en taxa. Jeg kunne simpelthen ikke gå med to store tunge kufferter og en rygsæk på skuldrene helt op til Tyrekroen.

Det var Madsen selv, der kom i taxaen, men da han fik at vide, hvor jeg skulle hen, kiggede han på min mor og sagde:

– Giv mig en halvtredser, så kører jeg knægten helt til Odense.

Jeg syntes, det lød ganske fortræffeligt, og skyndte mig at finde en halvtredser frem af pungen.

– Og tak for det flotte tilbud.

På banegården i Odense havde jeg nu ikke bare en halv time, men næsten en hel time, jeg skulle vente, så jeg tog en bog frem og gav mig til at læse.

Efter et kvarters tid opgav jeg helt at læse. Der var alt for mange forstyrrende tanker, som for rundt i hovedet på mig, til at jeg kunne koncentrere mig om det, jeg læste. Jeg gav mig i stedet til at sidde og betragte de mange forskellige typer af mennesker, som kom ind i banegårdshallens venteafdeling, og det var faktisk en ganske spændende beskæftigelse. Nogen havde tilsyneladende travlt og virkede stresset i deres adfærd, mens andre derimod havde god tid og var meget afslappet – de forskellige kropsholdninger og ansigtsudtryk skiftede i ét væk mellem unge smarte kvinder, ældre damer, mænd med sorte mapper og mere sindrige ægtepar.

Da jeg sad i toget til Fredericia, begyndte jeg for alvor at sige farvel til Fyn, og fra Fredericia gik det sydpå til Hamborg, og så var det 'farvel Danmark' og tak for denne gang.

I Flensborg skulle vognene rangeres om, og det tog tid, og efter min målestok virkede det næsten dræbende, selvom jeg på billetten kunne se, hvornår vi rent faktisk skulle være i Hamborg – og den plan så i det mindste ud til at holde.

Det var først, da Münchentoget trillede ud af Hamborg Hauptbahnhof, at jeg kunne begynde at slappe af – og lod de mange tanker og forventninger bundfælde sig.

Jeg havde benyttet ventetiden i Hamborg til at få noget at spise, og så havde jeg i øvrigt købt en ny bog: Die fröhliche Wissenschaft, af Friedrich Nietzsche, (Goldmanns Gelbe Taschenbücher, altså en paperbackudgave). Jeg kendte intet til Nietzsche, men titlen og billedet af ham selv – en kultegning – på forsiden havde straks fascineret mig. Jeg bladede bogen flygtigt igennem, læste lidt i forordet og bemærkede en blanding af rim, digte, aforismer og kortere tekststykker. Ud fra indholdsfortegnelsen kunne jeg se, at rimene var et forspil til selve 'La gaya Scienza', som var delt op i fem underbøger, og digtene eller viserne var tilskrevet en hvis Prins Vogelfrei – det hele forfattet med ironi og distance til bogens emne og tysk videnskab generelt.

Kupeen var kun fyldt halvt op, så vi havde i første omgang god plads og kunne indrette os mageligt i hver sit hjørne.

Jeg gik i gang med Nietzsche, og det var virkelig både spændende og udfordrende. Jeg havde aldrig før læst noget lignende, hvor jeg skiftevis følte mit eget intellekt udfordret og var fuld af beundring over mandens vid, selvironi og spiddende skarphed i sin kritik og udfald mod den etablerede videnskabsfilosofi. Bog 1 havde undertitlen: Læren om tilværelsens formål.

Jeg vågnede med et sæt, da det gav 2-3 kraftige ryk i togstammen. Jeg blev brutalt revet ud af en bizar drøm, hvor jeg med en anklages rettigheder over for en meget fordømmende dommer, som til forveksling lignede Nietzsche med det meget kraftige overskæg, skulle redegøre for mit menneskelige ophav. Jeg var ikke fri for at være en anelse forvirret eller omtumlet, fordi drømmebillederne blev hængende i min bevidsthed, men jeg fik mig dog taget sammen til at spørge én af mine medpassagerer, om han vidste, hvor vi var?

– Kurz vor München, höchstens zehn Minuten noch, dann sind wir da, lød svaret fra den ældre herre.

Hvad? München? Jeg var målløs og ganske forvirret.

Jeg takkede, kiggede på klokken og begyndte at pakke mine ting og sager ned i rygsækken. Det passede også godt med, at jeg havde små tyve minutter til at skifte tog på München Hauptbahnhof, men da jeg vidste, hvor jeg skulle hen, var jeg knap så bekymret.

Jeg kiggede mig rundt i kupéen og konstaterede, at det kun var den unge pige på omkring 18-19 år og jeg, der var gengangere fra Hamborg – de fire andre må være kommet til senere, altså mens jeg havde sovet.

Svedende og rimelig forpustet nåede jeg i god tid over på perron 22 for at konstatere, at det oprindelige tog til Garmisch-Partenkirchen var aflyst.

Passagerer til Garmisch og Mittenwald kunne benytte det gennemkørende tog til Innsbruck fra perron 20, som afgår om en halv time. Passagerer til andre rejsemål skulle vente til næste ordinære tog klokken 9.00.

Jeg satte mig ned på en bænk for lige at slappe lidt af, inden jeg skulle hanke op i de to kufferter igen, og mens jeg sad og pustede ud, kom hende den unge pige fra kupéen forbi. Hun kiggede op på informationstavlen og gik derefter lidt længere ned ad perronen. Efter ganske få minutters tid kom hun tilbage slæbende med sin kuffert, og hele hendes ansigt og kropsholdning signalerede problemer og usikkerhed.

– Undskyld, er det ikke dig, jeg har rejst med fra Hamborg? var hendes indgangsreplik.

– Jo, svarede jeg, det har du fuldstændig ret i – og?

– Jeg er lidt usikker på, om jeg skal tage det gennemgående tog, eller vente?

– Hvor skal du hen? spurgte jeg.

– Jeg skal til en lille by, der hedder Klais ca. 15 km uden for Garmisch-Partenkirchen.

– Til Klais – hvad i alverden skal du der? røg det lige ud af mig, hvorefter jeg skyndte mig at undskylde for mit indiskrete spørgsmål.

– Det behøver du ikke undskylde. Det er helt i orden med mig, at du spørger. Jeg skal ned og arbejde eller snarere i uddannelsespraktik på et Hochgebirgserholungsheim, Schloss Kranzbach, som ligger 2-3 km fra Klais.

– Til Kranzbach? spurgte jeg vantro. Nu står verden ikke længere – det skal jeg også. Jeg arbejder på Kranzbach, selvom jeg altså godt nok kommer helt fra Danmark.

Jeg rakte hånden frem og præsenterede mig:

– Tom Nolting.

– Og jeg hedder Angelika Kühnel og kommer fra en mindre by uden for Bremerhaven – Schiffdorf hedder den.

Vi stod lidt og kiggede hinanden an. Mit blik havde strejfet uret, og vi blev enige om at gå over på perron 20, mens vi stadig havde god tid.

I toget fra München til Garmisch fik vi fortalt en hel del om os selv. Vi snakkede utroligt godt sammen, og mens Angelika sad og fortalte om sine seneste ungdomsår i

Schiffdorf, fik jeg i smug studeret hende nøjere: En ganske smuk eller køn pige, lyse-blondt hår med en frisure, hvor noget af håret faldt ned i panden, mens resten var redt over til venstre fra en lav skilning i højre side. Hendes øjne var mørkebrune og meget levende, mens hun fortalte, men det, der betagede mig allermest, var nok den proportions-mæssige harmoni mellem den høje pande, øjnene, hendes næse og mund, som var flot markeret i forhold til hagepartiet, uden at det overhovedet virkede skarpt eller kantet, men snarere gav hende et lidt bekymret eller spekulativt udtryk. Overkrop og brystparti mindede meget om Gertrud, så jeg fik lige en kort association til mine to 'franske piger'.

– Er jeg godkendt? hørte jeg pludselig Angelika sige, løsrevet fra det andet hun var ved at fortælle.

Jeg følte mig totalt afsløret og meget forlegen over, at jeg ikke havde været i stand til at gøre mine 'studier' lidt mere diskret.

Jeg havde gudskelov mandsmod nok til at se direkte på hende inden jeg svarede, og da hun sad og smågrinede over min forlegenhed, turde jeg godt komme med min uforbeholdne beundring.

Angelika havde studeret tre semestre på en Fachhochschule (faghøjskole) i Bremer-haven, og skulle nu gennemføre den sidste vigtige studiepraktik inden det afsluttende semester. Hun var 19 år, havde boet hjemme under hele forløbet, men var kommet lidt på kant med sine forældre. Faren var præst og diakon (evangelisk) og kendte Wolfgang Kretzmar, den nye leder, fra deres studietid i Münster, og derigennem var praktikken på Kranzbach kommet i stand. De andre praktikanter på Angelikas hold var mødt for fire dage siden, men da hendes storebror var blevet gift i går, havde hun fået lov til at deltage i brylluppet og først møde op i dag.

Inden vi nåede Garmisch, havde jeg også fået fortalt lidt om mit liv gennem det sidste års tid, om mit ophold på Kranzbach i ferien, om mine klatreture, og hvorfor jeg havde besluttet mig for at vende tilbage.

Vi skulle vente en lille time i Garmisch, så vi satte os ind på banegårdsrestauranten og bestilte to kaffe, en øl og en Fanta.

En time og et kvarter senere stod vi af toget i Klais, hankede op i vore kufferter og gik ud foran stationen, hvor der stod en telefonboks. Jeg ringede til Kranzbach og spurgte om det var muligt for Walther at hente mig og den nye praktikant, som skulle begynde i dag. Frau Ortmann fortalte, at Walther var ude at køre med gæster, men vi kunne aflevere vores bagage til opbevaring og tage gåturen op til Kranzbach. Frau Ortmann ville så bede Walther om at hente bagagen, når han kom tilbage senere på eftermiddagen.

Efter en kort drøftelse blev vi enige om at tage en taxa og dele udgifterne.

Taxaen kørte op foran hovedindgangen. Jeg betalte for turen og sagde til Angelika, at vi kunne afregne senere. Jeg lod al min bagage stå og gik sammen med hende op til receptionen. Frau Ortmann blev særdeles overrasket over at se os allerede, men skyndte sig at ringe efter Frl. Scholz. Margaret kom ned ad trappen og hen i receptionen for at hente Angelika, og fik mildest talt et meget spørgende blik i øjnene, da hun så os stå sammen, og jeg forklarede kort at Angelika og jeg havde rejst sammen siden Hamborg. Der blev hilst og sagt velkommen, hvorefter Margaret og Angelika gik over mod østfløjen.

Frau Ortmann ringede herefter op til hr. Kretzmar for at fortælle, at jeg var ankommet. Jeg fik nøglen til mit værelse og besked om at møde oppe i privatboligen hos Kretzmar kl. halv tre. Jeg havde således god tid til at slæbe mine kufferter ned på værelset og så småt gå i gang med at indrette mig. Der lød stille musik ovre fra Pauls værelse, så jeg gik naturligvis over og bankede på. Han blev fantastisk glad for at se mig og nåede mindst to gange at fortælle mig, at der var meget arbejde, som skulle laves – men det kunne jeg alt sammen få mere at vide om i morgen.

Under middagen fik jeg hilst på både Leni, Monika og Marlene, to praktikanter fra i sommers, men ellers var der kun Dorothé og tre andre tilbage fra det gamle hold, som jeg kendte. Karli var i Mittenwald fortalte Paul, så ham måtte jeg hilse på senere. Margaret kom kun lige flygtigt forbi et par gange og havde tilsyneladende ikke tid til at sætte sig et øjeblik.

Mødet med Kretzmar var meget hyggeligt og informativt. Jeg hilste på konen Birgitte og børnene Stefan og Ingefried. Familien kom oprindelig fra Neumünster i Nordtyskland, men havde de sidste ti år boet i Dortmund, og nu var de så flyttet herned på Kranzbach. Det var meningen at Wolfgang Kretzmar skulle stå for en nænsom modernisering af hele slottet for at omdanne Kranzbach til en decideret hoteldrift i luksusklassen, så i første omgang passede min 'ansøgning om arbejde' udmærket ind i den plan, som var udarbejdet i august. Senere i forløbet regnede hr. Kretzmar dog ikke med, at man kunne undgå at hyre arbejdskraft og firmaer udefra, men i første omgang var der ikke afsat andre økonomiske midler end de direkte indtægter fra selve driften, og i den sammenhæng er det rart for mig at vide, at du er meget afholdt i hele personalegruppen – du skal huske, at vi er et meget sårbart miljø her på Kranzbach, fordi vi både bor og arbejder her allesammen, og fordi vi har nogle kristne evangeliske værdier og kirkelige traditioner vi hæger om.

Derefter snakkede vi løn og ansættelseskontrakt ud fra hvad hr. Kretzmar havde meddelt mig tidligere, altså i brevet.

Senere nede på værelset havde jeg behov for lige for alvor at lande og mærke følelsen af at være tilbage. Jeg satte en stol ud under vinduet, tog en jakke på og satte mig ud og kiggede over på Wetterstein, op mod Dreitorspitze – jo, jeg var hjemme igen!

Efter knap et kvarters tid begyndte jeg at føle mig rastløs. Der skulle ske noget, og derfor besluttede jeg mig for at gå en tur over til Elmauer Gut, inden vi skulle have aftensmad. Da jeg stod og spændte klatrestøvlerne, kom jeg helt uvilkårligt til at tænke på Margaret. Gad vide, hvad hun egentlig selv tænkte og havde af forestillinger? Lige nu havde jeg nærmest indtryk af, at hun bevidst undgik mig?

På vej ned ad den lange bakke mod Schloss Elmau kunne jeg se, at der sad en person på den samme bænk under de tre grantræer, hvor jeg for godt tre måneder siden, på min allerførste dag på Kranzbach, havde siddet og mediteret over tilværelsens besynderlige tildragelser. At bænken var optaget interesserede jeg overhovedet ikke, men associationen til at det var mig selv, der sad der, kunne jeg godt gå og smile over.

Jeg var næsten kommet forbi inden det gik op for mig, at det var Angelika, der sad oppe på bænken. Jeg gik hen imod hende, sagde 'hej' og spurgte, om hun ikke havde lyst til at gå en tur.

– Jo, men hvor skal vi gå hen?

– Jeg er på vej til Elmauer Gut, en hyggelig kro et kvarters gang herfra for at drikke en øl og genopfriske nogle herlige minder fra i sommers.

– Men jeg har ingen penge med.

– Nej, men det har jeg – ingen problemer.

Inde i 'kaminstuen' var alt optaget, men allerede mens vi stod og overvejede at gå ind i lokalet ved siden af, var der et ældre ægtepar, der rejste sig, og vi overtog straks det ledige bord. Tjeneren kom og ryddede af og spurgte, hvad vi ville drikke.

– En stor øl, svarede jeg og kiggede over på Angelika.

– Det samme til mig, sagde hun med et underfundigt smil.

Vi sad begge to et øjeblik og kiggede rundt i lokalet. Der hang trofæer af store kronhjorte, stenbukke og mufloner – gad vide, hvor de var skudt? tænkte jeg og var på et splitsekund 'tilbage' på Korsika...

Pludselig mærkede jeg en hånd på min venstre underarm.

– Hvad tænker du på Tom? Du er total fjern i blikket.

– Jo ser du, begyndte jeg og var i samme åndedrag allerede rykket tilbage i 'kaminstuen', samtidig med jeg lagde min højre hånd oven på Angelikas.

Den bænk under grantræerne, hvor du sad, er den samme bænk, hvor jeg sad og filosoferede den første dag, jeg kom til Kranzbach for mere end tre måneder siden, og nu gør du præcis det samme – det er da et mærkeligt sammentræf? Oveni det stiger vi på toget i Hamborg og af alle mulige rejsemål i hele Tyskland, skal vi begge to til

Kranzbach – det lyder næsten som optakten til større skæbnespil, eller hvad vi nu skal kalde sådan noget forudbestemt.

Tjeneren satte vores øl på bordet, vi skålede og satte igen glassene fra os.

– Tror du på skæbnen? ville Angelika vide.

– Nej, selvfølgelig gør jeg ikke det, og i bund og grund ved jeg ikke, hvad jeg selv tror på, men set i matematisk sammenhæng grænser det til det usandsynlige, at netop de to hændelser skulle falde sammen?

– Nå, og hvad betyder så lige det?

– Det betyder nok ikke noget som sådan – det er bare et sammentræf, som giver en mærkelig fornemmelse i maven.

– Er du klar over, at Frl. Scholz allerede har advaret mig om, at jeg vil blive sendt hjem, hvis jeg indlader mig på noget som helst med de unge mandlige gæster eller med nogen udefra, også med f.eks. dig. Man skulle tro Kranzbach var et kloster?

– Ja, det kan jeg godt nikke genkendende til, men hr. Kretzmar har overhovedet ikke nævnt noget direkte over for mig omkring hverken jer praktikanter eller gæsterne i forhold til, hvad jeg må og ikke må som ansat.

– Sig mig helt ærligt Tom, havde du slet ikke noget kørende med nogen af pigerne i sommers, eller er det mig, der ikke forstår at læse mellem linierne?

– Nej det havde jeg faktisk ikke, men jeg var på vandretur med fem af dem og nogle gæster, men der kørte ikke noget underliggende – jo og så var jeg på klatretur med Frl. Scholz en weekend, og ja - det var det. De praktikanter, der havde fri om søndagen, var mere interesseret i at komme på Tanz-café i Mittenwald og møde nogle af soldaterne fra kasernen, og det er nok det, der refereres til 'med nogen udefra', men det vil du sikkert høre meget mere om de næste par uger. Jeg havde til gengæld fri både fredag, lørdag og søndag, så for mig handlede det om at komme ud at klatre mest muligt.

– Er det så også derfor, du er kommet tilbage?

– Ja, det kan man godt sige, men inderst inde er det nok, fordi jeg føler, jeg hører til hernede – min sande identitet ligger et eller andet sted inde i hjertet af Karwendel-bjergene.

– Du lyder nærmest som sådan en indfødt bjergbonde – undskyld udtrykket – det var ikke noget jeg sagde for at nedgøre din begejstring for naturen og bjergene, men hvad med uddannelse? Hvor gammel er du egentlig Tom?

– Det var mange spørgsmål på en gang. Jo, ser du, jeg er reelt omkring tyve, men dåbsattesten vil nok ikke gå højere end atten – og uddannelse? Ja det er noget, jeg må forholde mig til, når det bliver aktuelt. På nuværende tidspunkt kan det gå i mange forskellige retninger – jeg har ikke så travlt.

– Det havde jeg heller ikke - men det havde mine forældre – og da min studentereksamen ikke var så god, kunne jeg jo altid begynde på en faghøjskole, så jeg begyndte at uddanne mig til økonoma, og måske er det slet ikke mig, når det kommer til stykket? - det sidste sagde hun i en opgivende tone og med et dybfølt suk.

Vi havde drukket ud, men inden jeg bestilte på ny, kiggede jeg lige på uret, og besluttede mig for, at vi hellere måtte betalte og gå tilbage til Kranzbach.

Turen tilbage blev på flere måder interessant – meget endda!

Allerede i toget fra Hamborg havde Angelika siddet og betragtet mig mens jeg sad og læste, og var blevet enig mig sig selv om, at jeg var en type hun godt kunne falde for – og det var ganske 'gratis', for om nogle timer sås vi aldrig mere. Senere i München var hun selv blevet mærkelig berørt over, at vi ikke bare skulle til Garmisch-Partenkirchen begge to, men til Kranzbach!

Vores snak i toget havde også været vældig hyggelig, og da hun opdagede, at jeg sad og studerede hende nøje, kunne hun simpelthen ikke lade være med at trække på smilebåndet – og nu gik vi her otte timer senere midt imellem Elmau og Kranzbach...?

– Og ved du hvad? afbrød hun pludselig sig selv, der mangler kun én ting: Har du lyst til at holde mig i hånden?

Jeg fandt hendes hånd og behøvede derfor ikke at svare verbalt, men i samme øjeblik vore fingre gled ind i hinanden, vidste jeg, den var helt gal: Margaret?

Lige inden indgangen til Kranzbach skiltes vi, jeg drejede til højre og fugte vejen videre hen til 'Spazierweg nach Kranzbach' – det vi kaldte bagindgangen – mens Angelika fortsatte op til hovedindgangen.

Det var først efter desserten om aftenen, Margaret kom hen og satte sig for at snakke lidt. Paul rejste sig smilende og fortalte, at han ville overlade bordet til os unge. Jeg vidste ikke rigtig, hvor og hvordan jeg skulle begynde min snak med Margaret, så jeg fortalte bare, at jeg havde glædet mig enormt meget til at komme tilbage og håbede selvfølgelig, det ville være et signal til, at hun også ville give udtryk for, hvad hun selv havde tænkt og følt – men nej, det holdt hun helt for sig selv. Derimod gjorde hun et stort nummer ud af at fortælle, at hr. Kretzmar havde indført en 'obligatorisk' Singstüberlaften hver tirsdag og torsdag – man var naturligvis ikke tvangsindlagt, men det blev forventet, at alle bidrog til at styrke fællesskabet i personalegruppen.

Jeg syntes det lød udmærket, da jeg flere gange havde oplevet, at det hyggelige lokale i kælderen overhovedet ikke blev brugt. Herefter rejste hun sig og sagde:

– Vi ses på tirsdag.

Jeg blev siddende et lille øjeblik, inden jeg rejste mig og gik ned til mig selv.

Det blev en lorteaften. Jeg havde det rent ud sagt ad helvede til. Margaret havde overhovedet ikke vist nogen gensynsglæde over, at jeg var tilbage, og omvendt var det måske kun i mit eget hoved at forestillingen om et tæt og intimt forhold eksisterede, men jeg følte selv, jeg havde kigget hende ud – og det havde jeg så måske slet ikke!

Turen til Elmauer Gut kunne ikke undgå at minde mig om Det Lille Apotek og Anne-Sophie: Det er mig der lægger op til Angelika, og da hun på vej hjem bider på krogen, er jeg straks fuld af selvbebrejdelser over, at jeg haler fangsten i land og på en eller anden måde signalerer, at det er den store lykke.

Tom Nolting: Grundlæggende set er du et stort fjols. Du spænder ikke kun ben for dig selv, men også for andre.

Inden jeg faldt i søvn, besluttede jeg, at den plan jeg havde lagt hjemmefra skulle effektueres hurtigst muligt – det kunne måske give mig lidt afstand til de følelsesmæssige ting, jeg åbenbart var en skvadder Mikkel til at håndtere.

Næste dag, lige efter morgenmaden, var der arbejdsmøde oppe på tømmerværkstedet hos Robert, hvor jeg fik lejlighed til at sige goddag til på både hr. Musil og Robert. Vi var fem mand høj til mødet: Kretzmar, Musil, Robert, Paul og jeg.

Kretzmar skitserede kort lidt om den samlede udbygningsplan som indebar, at det lille blokhus, hvor Frau Ortmann boede, skulle rives ned, for at der kunne bygges et nyt hus med to lejligheder på hhv. 3 og 5 værelser, hvor han selv og hans familie skulle bo sammen med Frau Ortmann naturligvis. Huset skulle bygges op i rå teglsten, og senere beklædes med træ på alle udvendige vægge.

Hvis huset blev skilt ad med omtanke, så var Roberts bud, at tømmer og planker kunne videresælges for omkring 10-20 tusinde kroner, og i forhold til et meget skrabet budget var det en stor gevinst, selvom nedrivningen så ville vare et par uger eller tre længere.

– Og dertil kommer, at Paul og Tom sagtens kan klare 3-4 mands arbejde, så på længere sigt er der måske tale om en dobbelt fortjeneste, og det sidste sagde han med et stort grin og en løftet hånd.

Frau Ortmann var allerede flyttet ind i et dobbeltværelse ved siden af Kretzmars, så Paul og jeg skulle bare flytte de resterende møbler og øvrigt 'habengut' over i Musils smedeværksted og dække det af med plastik.

Op til middagspausen var vi færdige med flyttearbejdet. Walther havde kørt to gange med traktoren og den lille fladvogn og endda hjulpet med at bære nogle af de lette ting ind i værkstedet, og Musil havde i mellemtiden koblet al el og vand fra.

Efter middagsmaden gik jeg op i receptionen for at hilse på Frau Musil. Hun var overstrømmende glad for at se mig, og hun snakkede om alle de praktikanter, der havde forladt Kranzbach siden jeg var rejst, men efter ca. ti minutter kom jeg endelig til orde:

– Kan du ikke skaffe mig telefonnummeret til Deutscher Alpenverein i Garmisch?

– Hvad i alverden skal du bruge det til? spurgte hun fuldstændigt bramfrit.

– Jeg skal bruge deres adresse og åbningstider – jeg skal meldes ind.

– Lige et øjeblik, det kan jeg hurtigt klare, sagde hun og trak en telefonbog frem under disken.

– Hindenburgstrasse 38, tlf. 88 21 27 01. Man. – fre. 8.30 – 12.30. Ons. og tors. 17.00 – 19.00.

Jeg takkede mange gange og skyndte mig ned på værelset.

Om eftermiddagen fik vi stort set pillet alt tagpap af taget, alle dækningslister, vindskeder og sternbrædder. Jeg arbejdede på taget, og Paul sorterede alt, hvad jeg smed ned.

Tirsdag begyndte så det mere nænsomme arbejde, hvor vi skulle skille tingene ad uden at beskadige træværket mere end højst nødvendigt, men under Roberts kyndige vejledning gik det fint.

Om aftenen ved halv nitiden gik jeg ned i Singstüberl og fik en glædelig overraskelse: Ud over de 15-16 praktikanter var også både hr. Kretzmar, Margaret og Leni til stede i lokalet.

Jeg gik hen til det bord, hvor Kretzmar, Margaret og tre praktikanter sad og snakkede, sagde 'god aften' og satte mig ved siden af Margaret. Jeg hilste på de tre piger og præsenterede mig. Jeg havde tilsyneladende afbrudt deres snak, så jeg valgte at gå op til baren og hente mig en 'Paulaner'.

Da jeg kom tilbage med min øl, var snakken igen i fuld gang omkring vægtningen af praktikdelen i deres samlede uddannelse. Jeg prøvede at få øjenkontakt til Margaret, men det lykkedes overhovedet ikke. Små ti minutter senere rejste både Kretzmar og Margaret sig, sagde 'god nat' og overlod lokalet til os med en bemærkning om, at vi skulle være ude senest klokken ti.

Lidt senere rejste Leni sig og kom over til vores bord for at sige 'god nat'.

Jeg rejste mig for pænt at give hånd, men hun valgte at overse min halvvejs fremstrakte hånd og gav mig i stedet et stort kram.

– Hvor er det dejligt at se dig her igen Tom, sagde hun.

Det var først, da hun var på vej ud af lokalet, at det slog mig, at hun var den første, der havde ønsket mig velkommen tilbage med et kærligt kram, og det på trods af, at vi i sommerens forløb kun havde snakket forholdsvis lidt med hinanden – bortset fra den sidste aften nede i Klais hos Udo.

Jeg tror, jeg stadig lignede et stort spørgsmålstegn, da Angelika og Monika kom over og satte sig ved bordet.

– Der kan man bare se - selv hos de ældre damer er du populær, sagde Monika med et sødt grin om munden, alt imens de tre nye praktikanter kiggede spørgende på Monika.

– Ja åbenbart, men de er heller ikke så komplicerede som visse andre, fik jeg fyret af lidt for hurtigt, men for at undgå at uddybe det nærmere, foreslog jeg straks at hente noget at drikke oppe i baren. Monika ville gerne have en Karamalz, Angelika var træt af Fanta og ville gerne have en rigtig øl, og de tre nye havde stadig noget i glassene, så de takkede pænt nej.

Jeg havde knap nok nået at sætte flaskerne på bordet før Angelika spurgte:

– Hvad mente du egentlig med den bemærkning for lidt siden?

Jeg tænkte mig lynhurtigt om. Jeg kunne jo ikke så godt referere til, at det egentlig var Margaret, jeg havde haft i tankerne – så jeg var nødt til at komme med en god forklaring, for at Angelika ikke skulle føle, at bemærkningen var møntet på hende:

– Jeg mente ikke andet, end at Leni eller Frau Ortmann kan jeg godt give et kram eller en omfavnelse, hvad enten det er oppe i receptionen eller nede i køkkenet, uden at nogen overhovedet vil se noget forkert i det, men hvis det var dig eller Monika for den sags skyld, ville det straks blive udlagt, som om jeg havde stået og gramset på jer, og så ville helvede være løs – det var bare det.

– Helt så slemt er det altså ikke mere Tom, sagde Monika. Hr. Kretzmar virker en del mere tolerant end hr. Pentz.

Herefter snakkede vi mere generelt om, hvad man i det hele taget kunne lave eller foretage sig, når man havde en fridag ud over at vandre eller bare gå en tur – og det gav en heftig debat, hvor også de to andre borde blev inddraget.

Næste dag var hr. Musil over i blokhuset for at afmontere alle stikkontakter og elkabler, mens Paul og jeg fortsatte med at pille huset fra hinanden.

Da jeg skulle ind til Garmisch om aftenen og meldes ind i DAV, fik jeg lov til at stoppe allerede klokken fire, så jeg både kunne nå at få et bad og være i Garmisch-Partenkirchen, inden det blev alt for sent.

Lidt over klokken seks fandt jeg Hindenburgstrasse 38. Jeg kom ind i et stort rummeligt kontor med en sekretariatsafdeling, et lille bibliotek med diverse klatrebøger, magasiner og lign., og til venstre i lokalet var der en afdeling med klatreudstyr, reb isøkser, steigeisen m.v. Foruden mig var der fire andre lokale medlemmer til stede. Jeg stod og kiggede mig lidt omkring, inden jeg henvendte mig til en 'Maria Heggmann, sekretariatsmedarbejder'.

Jeg fortalte, at jeg gerne ville meldes ind i DAV Sektion Garmisch, og hun fandt straks papirerne frem, som jeg omhyggeligt udfyldte efter bedste evne. Da jeg var færdig, gennemgik vi i fællesskab de to indmeldelsesblanketter, og hun studsede naturligvis straks over, at jeg var født og opvokset i Danmark og nu havde fast bopæl på Schloss Kranzbach bei Klais.

– Undskyld mig, sagde Frau Heggmann henvendt til mig, og kaldte på en hr. Hillmaier, som var en af de fire andre i lokalet.

– Kom lige over og hils på vores nye medlem fra Danmark.

En ældre herre i 50′erne kom over for at byde velkommen, og da vi havde snakket lidt sammen om forholdet Danmark/Kranzbach, var han ganske enkelt dybt benovet.

– Jeg forstår ikke, hvordan et ungt menneske som dig, kan tale et fremmedsprog så flydende – og endda med bayersk accent. Men nu skal vi vise dig lidt rundt her i vores to dejlige rum, sagde han og kaldte de tre andre hen til os.

Bibliotek og udstyr var til udlån for medlemmer, og da Ludwig Hillmaier spurgte mig, hvor meget udstyr jeg selv rådede over, rakte jeg to fingre i vejret:

– Men gode ting!

– Og hvad er det så for to gode ting? ville han gerne vide.

– Et par gode klatrestøvler og en jernhård kondition, svarede jeg en kende for selvsikker.

– Det er ikke nok unge mand, sagde Hillmaier. Du skal bruge mindst fem ting mere, nemlig: Steigeisen, isøkse, reb, sikringer og masser af slynger.

Derefter gik vi over til en plakat som viste Zugspitze nede fra Höllentalangerhütte, og under billedet var der vedhæftet en lille plastikboks med tilmeldingsblanketter til:

Lørdag den 16. oktober - Zugspitze fra Hammersbach gennem Höllental og tilbage gennem Reintal og Partnachklamm!

Hvem er hurtigst? Meld jer, hvis I mener I kan klare turen på syv timer eller derunder.

– Denne tur eller konkurrence er for de af vore medlemmer, som både er til klatring, vandring og langrendsski, da de stort set træner ud fra samme koncept – og tro mig, der er nogle virkelig seje gutter imellem, sagde Hillmaier konstaterende.

– Jeg vil gerne deltage som nyt medlem, hvis det er muligt, sagde jeg henvendt til Hillmaier.

Hillmaier så over på en anden person:

– Hvad siger du Sepp?

Sepp Winther var åbenbart koordinator og primus motor for 'Zugspitzbestigningen', og det var også hans personlige signatur der stod på plakaten.

– Unge mand du er oppe mod mindst fem af vores bedste 'Bergläufer', men naturligvis kan du deltage, hvis du realistisk mener, du kan klare skæret omkring de syv timer – men du er nødt til at låne et par steigeisen og en isøkse, da det er minimum udstyr for at få lov til at deltage på grund af gletscherpassagen ovenfor Höllentalangerhütte.

Mens jeg udfyldte tilmeldingsblanketten, ville Sepp Winther gerne lige vide om jeg kendte ruten, og hvad jeg ellers havde lavet af ture og bestigninger. Undervejs i min korte opremsning nikkede han anerkendende to gange:

– Det bliver spændende at se, om du kan blande dig med vore gode 'Berglaüfer', eller det trods alt er en lidt for stor mundfuld for en 'Flachlandstyroler' fra Danmark, sagde han med et godmodigt glimt i øjet.

Over hos Frau Heggmann skulle jeg udfylde en låneseddel på steigeisen og isøkse, og betale DM 50 i depositum samt DM 28 i indmeldelsesgebyr og kontingent resten af året – og gudskelov havde jeg taget penge nok med.

Klokken lidt i syv forlod jeg Hindenburgstrasse med mit nye medlemskort og det obligatoriske udstyr til 'Zugspitzbestigningen'.

Jeg gik ned i Wienerwald på Bahnhofstrasse og spiste en halv kylling med pomfritter.

Næste dag under morgenmaden kom Margaret hen til Karli, Paul og jeg – Stresows spiste aldrig morgenmad sammen med os andre, da det var det tidspunkt, hvor han havde aller mest travl inde i bageriet - og satte sig et par minutter for at snakke. Jeg fortalte, at jeg havde været inde i Garmisch og meldt mig ind i DAV, og at jeg i den sammenhæng også havde tilmeldt mig Zugspitzbestigningen på næste lørdag.

– Og hvad går det så lige ud på? spurgte Margaret.

– Hvem der er hurtigst til at bestige Zugspitze fra Hammersbach gennem Höllental og tilbage gennem Reintal og Partnachklamm.

– *Og det* har du meldt dig til? – du er ikke rigtig klog Tom, var Margarets kommentar.

Karli rystede på hovedet og Paul smågrinede som altid.

Da Margaret var gået, drøftede Paul og jeg kort dagens arbejde, inden vi rejse os og forlod rummet.

Det meste af dagen gik jeg og spekulerede over Margarets besynderlige adfærd. Det var tydeligt, at hun bevidst havde valgt at lægge afstand til mig allerede fra første dag eller snarere, som om der var rejst en usynlig mur imellem os?

Jeg gættede ikke på, at det var noget, som hr. Kretzmar på nogen måde var indblandet i, for så ville han helt sikkert også have givet mig et praj under vores snak i søndags. Det måtte være Margaret selv, der ikke ønskede, at vores 'kammeratlige' forhold skulle udvikle sig til noget med kærlighed og intime følelser – og det kunne meget vel være aldersforskellen?

Til sidst orkede jeg ikke at blive ved med både at stille spørgsmål og finde fiktive svar, og valgte derfor at fokusere på et godt kollegialt forhold og undgå, at der på nogen måder kom følelser i spil, som ingen af os efterfølgende kunne håndtere.

Efter aftensmaden gik jeg hurtigt ned på værelset og klædte om til løbetøj.

Min plan var, at jeg både i aften og i morgen tog turen ned til Klais og tilbage igen så hurtigt jeg kunne – med løbesko! Lørdag ville jeg – stadig med løbesko – tage turen til Mittenwald over Elmau og Ferchensee og tilbage igen i skiftende tempo. Søndag morgen ville jeg tage toget til Garmisch/Hammersbach og løbe, vandre og klatre hele turen igennem: Fra Hammersbach til Eingangshütte Höllental ville jeg bruge løbesko og det samme fra Bockhütte og helt ind til Garmisch. Turen skulle bruges til at kigge alle de steder ud, hvor jeg kunne presse tempoet en tand ekstra. Både væskemæssigt og vægtmæssigt burde jeg kunne klare mig med én drikkedunk, da jeg både i Höllental-angerhütte, Münchener Haus og Reintalangerhütte kunne drikke og fylde op på ny.

Mandag, tirsdag og onsdag hed det igen løbetur til Klais for fulde hammer, men torsdag og fredag skulle jeg slappe af og lade op til lørdagens 'final cut'.

Da jeg kom tilbage fra løbeturen, tog jeg et hurtigt bad og gik ned i Singstüberl for at få mig en kold øl.

Der sad kun en 8-9 piger i lokalet, da jeg trådte ind, men gudskelov var Angelika blandt de tilstedeværende. Jeg gik hen til køleskabet i baren og tog en øl. Derefter gik jeg hen til det bord, hvor Angelika sad sammen to andre praktikanter, Ilse og Maria og satte mig.

Vi hilste på hinanden, inden jeg spurgte, hvor alle de andre var henne.

– De sidder til et lysbilledforedrag oppe i fællessalen, svarede Angelika med et lille grin og et blink i øjet. Det er en personlig beretning om en enmandstur over Atlanter-havet i en lille 23 fods sejlbåd, men da der ikke var ret mange gæster, der havde meldt sig, inviterede Kretzmar hele personalet.

– Det lyder da ellers ret så spændende, sagde jeg med et flashback til min egen lille sejlbåd, som jeg aldrig fik.

– Ja vær så god, hvis du har lyst, svarede Angelika, det begyndte for en halv time siden.

Naturligvis blev jeg siddende, specielt fordi Angelikas udstråling dirrede af flirt og oplæg til noget mere, og det passede mig særdeles godt i forlængelse af dagens mange overvejelser omkring Margaret, som jeg i mit stille sind havde afskrevet én gang for alle.

Maria kom fra Aachen og underholdt os andre i næsten en halv time om byens for-træffeligheder, dens historiske og kulturmæssige betydning helt tilbage fra romertiden – men mest om byens hektiske og nærværende ungdomsliv og de mange hyggelige in-steder med levende musik. Mens Maria sad og fortalte, gik det langsomt op for mig, hvorfor Tanz-café havde så stor tiltrækningskraft. Efter 5-6 uger på Kranzbach var mange af pigerne parat til næsten alt blot for afvekslingens og underholdningens skyld.

Da vi lidt senere sad og snakkede om vandreture, hvor man kunne gå hen, og hvor der var specielt smukt, fortalte jeg om de to ture, jeg syntes, var en stor oplevelse hver gang: Ferchensee over Elmau og så den lidt hårdere tur op til Schloss Schachen forbi

51

Wetterstein Alm – og pludselig siger Angelika, at hun godt kunne tænke sig at lære at klatre, altså sådan for alvor med reb og sikringer.

Jeg fortalte at jeg dagen i forvejen havde været inde og melde mig ind i DAV, og at Sektion Garmisch lavede en del klatrekurser i løbet af sommeren, så hvis hun også meldte sig ind, kunne vi deltage sammen. Alternativt kunne vi selv lave nogle ture både her i efteråret og til sommer.

– Det lyder rigtig spændende Tom, men min praktik stopper 31. marts, så de der sommerture er nok ikke særlig aktuelle, sagde Angelika med et opgivende suk.

– Det havde jeg lige overset, men så må vi selv lave noget her i oktober, skyndte jeg mig at svare.

– Hvad med næste weekend? – jeg tror helt bestemt, jeg har fri både lørdag og søndag.

– Så skal det være søndag, for om lørdagen er jeg på vej hen over Zugspitze i forhåbentlig flyvende firspring.

– Og hvad er så lige det for et arrangement? spurgte Ilse og Angelika i munden på hinanden.

– Det handler om 'bestigning af Zugspitze på hurtigste tid' fra Hammersbach og tilbage gennem Reintal, forklarede jeg – og nu på søndag laver jeg en testtur for at kigge de mest krævende passager ud og lægge en strategi. Derfor er mit forslag, at vi tager op til Meilerhütte om søndagen, og dem der vil med, kan bare melde sig, ellers går Angelika og jeg alene – ok?

– Hvor ligger Meilerhütte? spurgte Ilse.

– Kom med over til kortet og kig, sagde jeg og rejste mig.

Mens vi stod over ved vandrekortet på væggen og snakkede, kom to af pigerne fra det andet bord over til os, for at høre, hvad det var, der var så interessant.

– En vandretur? Nåh ja, hvorfor ikke – hvad skal vi ellers lave? var kommentarerne.

Belært af erfaringerne fra den første fællestur undlod jeg *ikke* at gøre et stort nummer ud af, at det var vigtigt at være i god form for i det hele taget at kunne nyde en tur på 6-7 timer med alt, hvad det nu en gang indebar af fysiske udfordringer – men jeg understregede også, at der var ti dage til at skrue lidt op på konditionen.

I den videre snak lignede det mest af alt, at det kun var Angelika og mig, der ville op til Meilerhütte, mens de fire andre hellere ville gå turen over til Ferchensee.

Lørdag den 16. oktober var vi 13, der mødtes på parkeringspladsen ved Hotel Hammersbach sammen med fire repræsentanter fra 'Sektion Garmisch'. Klokken var halv ni, og det var først lige blevet lyst for tre kvarter siden. Der var to andre foruden mig, der havde valgt både bjergstøvler og lette sko – men ellers betragtede de fleste turen mere som et fællesarrangement snarere end en benhård konkurrence. Det var hyggelige mennesker at stå og snakke med, og det var naturligvis også en helt anden stemning, end den der hersker, ti minutter før et cykelløb bliver skudt i gang. En del af dem ville gerne snakke med mig omkring Danmark og var meget interesseret i at høre, hvordan i al verden jeg var havnet lige præcis her i den sydligste del af Bayern, og med hensyn til turen hen over Zugspitze, var der to, der meldte sig til at 'samle mig op', hvis jeg gled alt for langt bagud.

Et par minutter i ni kaldte Sepp Winther os sammen for at ønske os god tur og på gensyn – og understregede, at vi skulle vægte den personlige udfordring og sikkerheden højere end den omstændighed, at det var en konkurrence på tid.

– Men hvis nogen af jer kommer under 6 timer og 21 minutter, som er rekorden fra sidste år, sat af Martin Ostler, vil det bestemt være spændende - eller om Martin i dag vil være i stand til at overgå sin egen tid? sluttede Sepp af og sendte os af sted præcis klokken 9.

Efter ti minutter var vi fem mand, der havde skilt sig ud fra de øvrige deltagere. Jeg lagde mig op foran og øgede tempoet og efter yderligere 10-15 minutter var vi kun to mand tilbage – og det var ikke Martin, der var med, men en der hed Mattias Rösler.

Ved Eingangshütte til Höllentalklamm var vi stadig sammen, men da jeg skulle bruge et par minutter på at skifte til bjergstøvler, kom Mattias foran, men ikke mere end at jeg hentede ham lige før udgangen af 'Klammen'.

Ved Höllentalangerhütte løb vi fortsat side om side, men allerede ovre på den anden side af floden startede en lang sej stigning op til 'Brættet', og her kunne jeg forcere uden at bruge alt for mange ressourcer. På min testtur i søndags havde jeg kigget tre steder ud, hvor jeg mente, det skulle være muligt at hente tid: Strækningen her var den første.

Der gik ikke mere end små femten minutter før Mattias var 'stegt' og langsomt gled længere og længere bagud. Oppe over 'Brættet' er der først en passage gennem et område med klipper og fyrbuske, og derefter en lang zigzagstrækning op gennem et stort 'Geröllsteinfeld' – og den trækker søm! Det var det andet sted, hvor jeg mente, jeg kunne hente tid.

Jeg lagde ud med en kadence, som muliggjorde, at jeg stille og roligt kunne øge tempoet helt frem til gletscheren, og da jeg tyve minutter senere nåede frem til selve iskanten, holdt jeg en lille pause, mens jeg spændte mine steigeisen fast på klatrestøvlerne. Tyve minutter senere – og godt forbi den dybe gletscherspalte – var jeg fremme ved opstigningen på den østvendte klippevæg, og herfra var der kun små 600 meter op til tinden.

Oppe ved det gyldne tindekors holdt jeg ti minutters pause, hvor jeg spiste og drak alt det, der var tilbage i rygsækken. Da jeg rejste mig og gjorde klar til etape 3 havde jeg brugt lige knap tre timer, og det var præcis, hvad jeg havde skudt mig ind på i søndags – så jeg var ved godt mod.

Jeg gik ikke tilbage mod Münchener Haus (DAV-Hütte) på Zugspitzeplatauet for at følge stien ned til Schneeferner Haus, som jeg gættede på alle andre deltager ville gøre, men fortsatte ud af 'Jubilæumsgraten' over mod Alpspitze.

Efter godt ti minutter i et opskruet og nærmest dansende tempo ud over bjergkammen nåede jeg et dybt saddelpunkt, hvor jeg ikke skulle følge ruten videre op mod den første tinde, men i stedet klatre ned til 'Geröllfeldet' og springe, traversere skråt ned mod Knorrhütte – her regnede jeg med at spare over en halv time!

Når man springer i et Geröllfeld, sætter du alle stenene omkring dig i bevægelse og bremser op ved hele tiden at sætte hårdt igennem med hælen.

Da jeg nåede Knorrhütte, havde jeg indhentet over 30 minutter i forhold til den tidtagning, jeg havde lavet seks dage forinden, og fra nu af var det for mig bare 'vildt løb' mod Garmisch! Jeg drak alt det vand, jeg kunne, fyldte drikkedunken og var af sted igen på mindre end fem minutter.

Nede ved Bockhütte skiftede jeg til løbesko, holdt fem minutters pause og fortsatte i højt tempo samtidig med, at jeg koncentrerede mig om at kontrollere vejrtrækningen og slappe mest muligt af.

På den brede vej lige inden indgangen til Partnachklamm kiggede jeg på uret og vidste helt sikkert, at jeg havde skåret næsten en time af den eksisterende rekord.

Da jeg kom ud af Partnachklamm totalt udmattet og på det nærmeste faldt om i armene på Sepp Winther, havde jeg ikke luft til at sige ret meget, men pegede bare på uret.

– Det er umuligt. 5 timer og 13 minutter! Det kan man ganske simpelt ikke, sagde han mere henvendt til Hillmaier, Frau Heggmann og to andre end til mig.

– Jo naturligvis, fik jeg fremstammet, bare man vælger den rigtige vej og forstår at udnytte de allersidste reserver.

Der var sat borde og bænke op til hyggelig modtagelse og efterfølgende samvær – hvis vejret tillod det, og det gjorde det lige præcis i dag.

Med hjælp fra Hillmaier fik Sepp sat mig ned ved det første bord, og Hillmaier kom hen for at spørge, hvad jeg kunne tænke mig at drikke. På bordet ved siden af stod der en hel kasse øl og to flasker Obstler.

– En øl og en Obstler, tak.

De kom alle fem hen og satte sig for at høre, hvordan jeg havde disponeret turen, hvor meget jeg under vejs havde spist og drukket osv., og da jeg fortalte, at jeg var fortsat ud af Jubilæumsgraten frem til det første dybe saddelpunkt og var klatret ned til det store Geröllfeld, var det lige før de troede, det var en joke.

Der gik næsten time inden Martin Ostler kom ud fra Partnachklamm: 6 timer og 11 minutter blev han noteret for. Han havde passeret Mattias på vej ned mod Knorrhütte og havde egentlig ventet at indhente 'danskeren' – ud fra det Mattias havde fortalt – omkring Reintalangerhütte, og da han ikke havde set mig overhovedet, var han næsten sikker på, at jeg var gået forkert et eller andet sted efter Bockhütte.

– Det skal du ikke være, sagde Sepp, Tom sidder her henne ved bordet.

Martin kom hen og satte sig for at høre, hvad der var sket, siden jeg allerede var i Garmisch.

Igen var det Sepp, der svarede på mine vegne.

– Der er ikke sket andet, end at Tom kun har brugt fem timer og tretten minutter, selv om han også lige var en tur ud over det første stykke af Jubilæumsgraten.

– Hvad? ... Næsten en time hurtigere? Det lyder som den rene mystik i mine ører. Hvor mange år har du tilbragt i Tibet? Det kan da umuligt være i Danmark, du har lært at svæve hen over bjergene? var Martins umiddelbare kommentar og anerkendelse af min præstation.

Jeg havde i mellemtiden drukket både min Obstler og min øl, så Martin bestilte to sæt hos Hillmaier, og nu var han meget nysgerrig og interesseret i at høre, hvordan jeg trænede. Jeg fortalte hvordan jeg havde forberedt mig, men at jeg derudover var speciel god til - fra min tid som cykelrytter – at kunne sætte mig 100 % op til en målrettet præstation.

– Jeg klatrer og løber, mens jeg har en melodi kørende på 'sløjfe' inde i mit hoved, og derfor kan jeg i meget lang tid kompensere for den fysiske anstrengelse ved rent mentalt kun at have musikken eller melodien på 'replay all the time', og i dag var det en Rolling Stones melodi: You can´t allways get what you want – og den passede for en gangs skyld perfekt ind i mit mentale koncept.

Mens Martin og jeg sad og snakkede kom Mattias og tre andre i mål, og derefter gik det hurtigt med de sidste. Under den videre snak blev jeg klar over, at jeg havde fået et nyt navn i DAV Sektion Garmisch: Alle kaldte mig 'danskeren'.

Klokken blev lidt over fem inden vi pakkede sammen. Jeg havde højtideligt lovet både Frau Heggmann, Sepp og et par stykker flere, at jeg ville komme til Garmisch på onsdag, men lige nu handlede det for mig om at komme op til stationen og få et tog til Klais. Jeg var heldig – jeg behøvede kun at vente syv minutter på et tog, som kørte til Innsbruck og stoppede ved alle stationerne frem til Mittenwald.

I Klais gik jeg direkte over til Udos 'Schnell Imbiss' og fik noget at spise. Da jeg godt en time senere var tilbage på Kranzbach og havde været i bad, gik jeg op i Singstüberl i forhåbningen om, at Angelika ville have tænkt ligesom mig, og jeg blev ikke skuffet.

Mærkeligt nok – aftenen taget i betragtning – var der nærmest helt fyldt af mennesker i Singstüberl. Jeg spottede hurtigt, hvor Angelika sad og gik over og fik mig møvet ind ved siden af hende. Margaret sad ved samme bord, men det kunne jeg ligesom ikke lave om på. Der var ikke meget plads på bænken, så det virkede ikke så påfaldende, at jeg gav Angelika et kram og et lille klap på hånden.

Angelika fortalte at hun om formiddagen havde været inde i Mittenwald og købe et par bjergstøvler, og Frl. Scholz havde sagt god for dem, inden de blev taget i brug – og i eftermiddags havde hun været ude at gå i næsten en hel time.

– Hvordan gik din Zugspitzetur i dag Tom? spurgte Margaret tværs hen over bordet.

– Det var ikke den store fornøjelsestur, svarede jeg Margaret, men jeg kan godt lide at udfordre mig selv og andre for den sags skyld – og det gjorde jeg så helt frem til sidste meter og sidste sekund.

– Men det siger jo ikke noget om, hvor længe du var om det? fortsatte Margaret med et spørgende blik.

– Nej, men hvis du gerne vil vide det, så brugte jeg præcis 5 timer og 13 minutter.

– Du er vanvittig – det kan man ikke, var Margarets umiddelbare kommentar, inden hun spurgte mig direkte om det var sandt.

– Ja naturligvis er det sandt, men som jeg startede med at sige, så var det bestemt heller ikke nogen fornøjelsestur.

Margaret rystede på hovedet, og jeg skyndte mig at foreslå, at vi snakkede om turen i morgen:

– Hvor mange skal med? spurgte jeg Angelika.

– Vi starter seks i alt, men ved Schloss Elmau deler vi os. Der er kun dig og mig, der går helt op til Meilerhütte med mindre Frl. Scholz har lyst til at tage med?

– I morgen kan jeg desværre ikke, og jeg synes oprigtig talt også, I bare skal tage turen for jer selv, sagde hun med et glimt i øjnene, der viste, at hun havde gennemskuet, hvad der var under opsejling mellem Angelika og mig – og tilsyneladende var det heller ikke noget, hun ville gøre til et problem.

Vi startede først klokken otte næste morgen. Årstiden taget i betragtning var vejret ganske flot, selvom det stadig var lidt mørkt og overskyet, men dog med en temperatur på 14-15 grader. Angelika viste sig at være langt mere udholdende, end jeg havde forestillet mig. Da vi kom op til Schachenhäuser, var der lukket og slukket for i år, og vi gættede på, at det så nok også gjaldt Meilerhütte, men da det reelt set nok var vores sidste chance for at nå derop i år, besluttede vi at fortsætte. Jeg foreslog Angelika at gå forrest, så hun kunne sætte tempoet, og det ville hun gerne. Flere gange undervejs måtte jeg erkende, at hun virkelig var både sej og hårdfør. Da vi endelig nåede helt op, måtte vi konstatere, at vores formodning var rigtig. Alt var lukket og slukket, og terrassen var ryddet for borde og bænke.

Vi satte os på trappetrinnet ind til hytten, spiste vores sidste madder og delte resten af vandet vel vidende, at vi kunne tanke op nede ved Schachenhäuser på tilbagevejen.

Da solen gik væk, fulgte vi med om på den anden side for at få den sidste varme, inden turen tilbage til Kranzbach. Vi fandt et ganske rart sted, hvor vi halvt siddende og halvvejs liggende kunne nyde de sidste stråler fra solen. Vi kyssede længe og inderligt, før vi rejste os og begyndte turen ned.

På bænken under de høje grantræer på bakken op mod Kranzbach satte vi os og krammede inden den sidste etape på ti minutter. Vi valgte også at gå det sidste stykke vej sammen, holde i hånd og først sige farvel til hinanden foran hovedindgangen.

Om mandagen kom det ventede vejromslag med regn og temperaturfald på 8-10 grader. Vi manglede stadig at afmontere en stor del af bjælkehytten, og Robert foreslog, at vi med det samme gik i gang med at bygge en overdækning, så vi kunne fortsætte arbejdet hvad enten det regnede eller sneede. Hr. Musil sluttede op om ideen, og dermed var det faktisk vedtaget.

Paul og jeg hentede lægter oppe hos Robert og gik i gang med at bygge et stillads eller 'skelethus', som pressendingerne skulle spændes ud over. Robert havde vist os, hvordan konstruktionen skulle være, for at pressendingerne kunne være med til både at afstive stilladset og øge bæredygtigheden, når regnen gik over til sne på et senere tidspunkt.

Lige efter aftensmaden om onsdagen kørte Walther Angelika og mig til Garmisch. Jeg havde foreslået hende at tage med ind i Den Tyske Alpeforenings Garmisch-afdeling for at hente den præmie, Sepp Winther havde stillet mig i udsigt i lørdags under snakken efter 'Zugspitzbestigningen'.

Angelika havde straks sagt ja, og havde spurgt hr. Kretzmar om hun kunne få fri fra sin aftenvagt, og da han fik at vide, hvad det drejede sig om, havde han straks sagt ja og bedt Walther om at køre os ind til Garmisch, og så måtte vi i øvrigt selv finde ud af at komme hjem.

Walther satte os af direkte ud for Hindenburgstrasse nr. 38 klokken tyve minutter over seks, så vi havde stadig 40 minutter inden kontor- og klublokale lukkede.

Da Angelika og jeg trådte ind af døren, var vi lige ved at blive blæst baglæns af applaus og høje tilråb. Hele lokalet var fyldt af mennesker, og alle ville være med til at hylle 'Unser neue Bergläufer, der Däne'.

Jeg var totalt overvældet og målløs. Det var slet ikke noget i den stil, jeg havde forestillet mig, ever never.

Sepp kom hen og hilste på Angelika og mig, og præsenterede mig derefter for alle de fremmødte mennesker. Personligt glædede jeg mig meget over at kunne nikke til alle de øvrige 12 deltagere, men ellers kendte jeg ikke nogen af de andre i lokalet lige bortset fra Heggmann og Hillmaier.

Der gik to damer rundt med sektglas (tysk champagne), og da vi alle havde fået, tog Sepp ordet, bød alle velkommen til denne ekstraordinære præmieoverrækkelse og sagde skål.

Til min store overraskelse var det Martin Ostler, der nu tog ordet:

– Jeg tror, jeg vil begynde med at sige velkommen til vores nye medlem, Tom Nolting, og skynde mig at sige, at vi er glade for at se dig. Vi var begyndt at blive bekymret for, om du i det hele taget ville dukke op, så hjertelig velkommen i Sektion Garmisch.

Og Tom, jeg er nødt til at fortælle dig, at der skete rigtig meget her på sektionskontoret i lørdags, mere end du overhovedet kan forestille dig. Først var vi en del, der onsdagen forinden blev gjort bekendt med, at vi havde fået et nyt medlem fra Danmark, men som arbejdede og boede fast på Schloss Kranzbach – og *han* havde meldt sig til 'hen over Zugspitze på hurtigste tid', og da Sepp viste os din tilmelding, var vi et par stykker, der nok grinede lidt for meget – og det er helt ærligt sagt.

Hvor om alting er, så fik jeg overtalt to af de deltagende til at samle dig op, hvis du gik fuldstændig ned – men sådan startede løbet slet ikke.

Dig og Mattias lagde jer i front op mod Eingangshütte, og vi var igen et par stykker der trak på smilebåndet, men personligt var jeg overhovedet ikke i tvivl om, at jeg nok skulle indhente jer, spørgsmålet for mig var blot, hvor og hvornår.

Du knækkede Mattias allerede på vej op til 'Brættet', og derfra mistede vi forbindelsen til dig. Jeg indhentede Mattias på vej ned mod Knorrhütte, og fra det øjeblik var det for mig kun et spørgsmål om minutter, før jeg ville klappe dig på skulderen og sige: Du gjorde et godt forsøg.

Men jeg så dig aldrig, og selv da jeg kom i mål, var jeg overbevist om, at du var faret vild, og jeg havde vundet med noget, der lignede en afhøvling af tiden fra sidste år på godt ti minutter – og så sidder du gud hjælpe mig henne ved bordet sammen med Hillmaier, og jeg bliver præsenteret for, at du har gjort turen omkring 50 minutter hurtigere end mig!

Jeg sagde til dig i lørdags, at 'du måtte have svævet hen over Zugspitze som munkene i Tibet', og det mener jeg stadig ét eller andet sted, er noget, du kan videregive til nogen af os andre.

Jeg skal overrække dig et par Steigeisen– med direkte anbefaling fra Hillmaier - som det synlige bevis på din suveræne indsats i lørdags, og derudover er du inviteret med på vores 'Hochalpine kletterkurs' næste sommer i Stubai, sluttede Martin.

Det blev på mange måder en uforglemmelig aften, og personligt var det, der glædede mig aller mest oplevelsen af 'at være velkommen og høre til', men da Angelika og jeg forlod vore nye venner og bekendte i Hindenburgstrasse, havde vi rigtig travlt – tiden var løbet fra os.

Op ad Bahnhofstrasse var det vores tur til at løbe, men desværre nåede vi ikke det første tog mod Mittenwald og skulle vente 40 minutter på det næste.

Vi satte os ind på restauranten. Angelika bestilte en Fanta, men jeg havde for en gangs skyld ikke lyst til noget.

I Klais tog vi en taxa op til Kranzbach, men alligevel kom Angelika over en halv time for sent hjem.

– Hvis der bliver problemer, må du bede Frl. Scholz om at hente både hr. Kretzmar og mig, så må vi tage den derfra, ok? sagde jeg og gav hende et let kys på kinden.

Der blev ingen problemer. Angelika fortalte næste dag, at Frl. Scholz ganske rigtig havde siddet og ventet på hende, men var blevet informeret af hr. Kretzmar om, at jeg muligvis kom senere hjem, da jeg var i Garmisch sammen med dig for at hente din præmie - og det kunne jo godt tænkes, at der skulle fejres lidt efterfølgende.

Torsdag aftenen i Singstüberl fornemmede jeg hurtigt, at alle ganske stille og roligt tog til efterretning, at Angelika og jeg havde noget kørende, uden at der i øvrigt kom dumme kommentarer eller spørgsmål.

I slutningen af oktober og begyndelsen af november fik jeg gennemarbejdet og redigeret min 'Brainstorm' ud fra mine nye forskningsmodeller. Jeg var selv meget tilfreds og overbevist om, at ingen nu på nogen måde kunne klandre det videnskabelige grundlag for at være uredeligt ligesom ingen af de ved navn nævnte personer fremstod i injurierende sammenhæng – og nu var det op til Salomonsens vurdering.

I midten af november faldt den første sne. Vi var helt færdige med afmonteringen af bjælkehytten, og 'hele samlesættet' var blevet hentet af en stor lastbil fra Scharnitz. Paul og jeg var gået i gang med at grave ud til de nye fundamenter, men det var et hårdt og slidsomt arbejde. Der havde været en specialmaskine med både hammer og skovlforsats og gravet ud til kloakering og ny septiktank, men Walther, Paul og jeg skulle selv lægge de nye kloakrør, og støbe fundamentet. Vi var heldige at frosten lod vente på sig, og derfor var vi stort set færdige med alt støbearbejdet torsdag den 25. november.

Fra Lørdag den 27. november og frem til lørdag den 11. december var Kranzbach lukket for gæster og hele slottet skulle gennemgås for div. reparationer og udbedringer, som mest drejede sig om el og badeværelser, dvs. vandhaner, håndvaske, afløb m.v., men oven i det kom også det indvendige malerarbejde, altså skrammer på døre, paneler og gerichter, lidt løst eller flosset tapet osv.

I bedste 'Meister Musil' stil afsatte han en hel dag til at give mig endnu et lynkursus i VVS og el – så var jeg uddannet til at kunne håndtere mindre skader og udbedringer.

Nede i receptionen var der hængt tre oversigtskort op, hvor samtlige værelser, gangarealer og fællesrum var vist, og når vi meldte et værelse eller en afdeling klar, skulle vi kvittere med et grønt 'flueben' det pågældende sted.

Bortset fra aftenerne nede i Singstüberl var det meget lidt Angelika og jeg havde set til hinanden i hele november og december måned, men onsdag den 22. december, hvor hun ikke var på aftenholdet, aftalte vi, at vi skulle gå en tur sammen efter aftensmaden og lade det sive ud, at vi gik en tur ned til Klais.

Det var fuldmåne og tre graders frost. Det havde sneet ganske lidt de sidste to dage, og alle stierne var ryddet. Lige så snart vi kom ned i 'synsskjul' bag huset, hvor Stresows, Karli, Paul og jeg boede, smuttede vi om bag huset, hvor jeg havde ladet vinduet ind til mit værelse stå åben.

Vi skyndte os at trække gardinet for og satte os hen i de to små lænestole. Endelig var vi helt alene.

Jeg havde købt noget chokoladeguf oppe hos Frau Musil tidligere på dagen og gik ud i gangen og hentede to øl fra fælleskassen.

Vi havde meget at snakke om, så den første halve time gled nærmest ud mellem fingrene på os, men da vi lagde os over på sengen for at kæle mere intimt med hinanden, vidste vi naturligvis godt begge to, hvad det ville ende med. Gudskelov havde jeg to kondomer i toilettasken fra dengang Kristine og jeg kom sammen, og den stod lige over ved håndvasken.

En time senere hjalp jeg Angelika ud af vinduet og sørgede for, hun kom velbeholdent ud på gangstien til Klais – og enhver der måtte træffe hende nu, havde ingen grund til at tro andet, end at hun kom nede fra Klais.

Det blev den 29. december inden vi var sammen igen.

Efter vi havde elsket og ligget og hyggesnakket, var det 'Problemernes indmarch' der tonede frem på nethinden. Om to måneder var Angelika tilbage i Bremerhaven, tilbage på faghøjskolen for at gøre sin uddannelse færdig.

Jeg så egentlig kun to muligheder: Enten hyggede vi os så meget, vi havde lyst og mulighed for, og så var det 'farvel for ever', når Angelika tog hjem – eller også kom hun tilbage, når hun var færdiguddannet - måske ikke lige til Kranzbach, men så i hvert fald et eller andet sted her i nærheden?

Angelika så flere muligheder, men lige nu handlede det ikke om at låse hinanden fast i en beslutning, som måske aldrig blev ført ud i livet alligevel, og det var vi begge to enige om lød meget fornuftigt.

Vi var sammen seksuelt en del gange de næste to måneder uden at blive afsløret, men hver gang var det som om den mentale pagt blev udbygget mere og mere. Vi havde åbenbart begge to et behov for at binde os tættere og tættere sammen.

Vinteren blev meget atypisk for området. Det var kun en 4-5 gange temperaturen røg ned under 10 graders frost, ellers lå den og svingede mellem +3 og -3 grader, så hver gang det havde sneet voldsomt, så tøede det hele igen et par dage efter. For byggeriet var det et kæmpe plus, at vi kun ganske få gange måtte stoppe arbejdet. Paul lærte mig at mure med de her tyske teglblokke med luftkanaler og hulrum. I Danmark sætter man en formur og en bagmur og lægger isolering ind imellem. Hernede murer man en massiv mur af de der røde blokke, og pudser facaderne både indvendig og udvendig til sidst. Da jeg først havde lært at lægge stenene og holde dem i lod og vater, så gik det til gengæld også stærkt.

Det var først i slutningen af februar, at Angelika og jeg fik snakket os frem til en løsning, som vi begge var enige om, var den bedst tænkelige ud fra omstændighederne.

Angelika havde undersøgt forskellige muligheder, men var til sidst blevet enig med sig selv om, at hun naturligvis gerne ville færdiggøre sin uddannelse så hurtigt som muligt - altså tilbage til Faghøjskolen i Bremerhaven og afslutte med diplom i slutningen af juli. Denne løsning indebar også, at vi kunne holde 2-3 ugers vandre- og klatreferie sammen i august. Derefter måtte vi se, hvad der bød sig af arbejde både for Angelika og mig selv i området omkring Garmisch.

Den første weekend i marts var skiftedag for praktikanter. Angelika og de øvrige på hendes hold havde sidste arbejdsdag den 3. og om søndagen den 4. ankom det nye hold. Frl. Scholz – jeg tænkte ikke længere på hende som Margaret – havde travlt både med at udfylde de sidste praktikpapirer og tjekke, om der var gjort ordentlig rent på værelserne, så de nye piger kunne flytte ind.

Om fredagen havde Paul og jeg taget presenningerne af stilladset og skilt det hele ad igen. Det havde småregnet stort set hele ugen, men lige i dag var det heldigvis tørrevejr og vejrudsigten for de kommende dage var ganske flot årstiden taget i betragtning. Overvejende tørt med lidt sol og mellem, 8-11 grader.

Jeg havde taget fri mandag og tirsdag, så jeg kunne følge Angelika til München. Vi havde aftalt at leje et hotelværelse og bruge et par dage på at se og opleve byen, og derfor var det naturligvis ekstra rart, at forårsvejret slog igennem lige netop nu.

Fra Klais og til München rejste vi sammen med Ilse og Maria, og de var overhovedet ikke misundelig over, at vi kunne gå rundt og opleve München uden at tænke på, om nogen så os – vi havde ingen, vi skulle stå til regnskab over for.

Fra Hovedbanegården gik vi ned ad Schützenstrasse mod Karlsplatz. Angelika havde min rygsæk og sin egen håndtaske og jeg baksede rundt med hendes store kuffert, men gudskelov fandt vi ret hurtigt et rimelig billigt hotel, som vi bookede os ind på. Vi fik et dobbeltværelse med morgenmad for 310 kr. pr. nat mindre end 500 meter fra Karlsplatz.

Vi gik op på værelset for at pakke ud og gøre os klar til at gå ud og finde et sted, hvor vi kunne få noget at spise.

Jeg lagde mig på sengen for at slappe af, mens Angelika tog et hurtigt bad. Da jeg pludselig mærkede en varm og fugtig kvindekrop hen over mig, tror jeg ikke det varede mere end et sekund eller to inden den indre glød brændte totalt igennem.

En times tid senere var vi på vej ned ad Neuhauser Strasse mod Marienplatz med det arkitektonisk flotte gamle rådhus. På den anden side af pladsen, lige bag Frauenkirche, en stor klosterkirke opført i røde munkesten, fandt vi en hyggelig restaurant, hvor vi bestilte noget at spise og drikke.

Vi sad og holdt i hånd hen over bordet og nød friheden til at kunne give hinanden et kys uden at skulle skele hverken til højre eller venstre.

Da vi havde spist, gik vi et smut ned omkring Isartor-pladsen og fandt et ledigt bord på en lille fortovsrestaurant, hvor eftermiddagssolen stadig gav en dejlig varme, selvom den stod lavt på himmelen.

Hele næste dag gennemtravede vi den gamle bydel på kryds og tværs. Vi var ude i Altstadt Lehel, en stor flot bypark – vi var på Viktualienmarkt – vi var inde på Pschorr-bräu-restauranten og nede på Gärtnerplatz, en blanding af Frederiksberg Runddel og Kongens Nytorv. Mens vi gik rundt, fortalte jeg Angelika en masse om København, om ligheder og forskelle, om smukke og grimme sider af en storby, og mærkede pludselig, hvor meget jeg i grunden savnede København, de små pladser og stemningen i Det lille Apotek, Gråbrødre Plads med Peder Oxe og Hvids Vinstue.

Snakken i løbet af dagen handlede naturligvis meget om os selv. Vi var enige om at prøve noget sammen, når Angelika havde fået sit diplom og var færdiguddannet, men det var først sent ud på eftermiddagen, mens vi sad og slikkede solskin på Gärtnerplatz, at Angelika med tårer i øjnene afbrød mine fremtidsvisioner og forestillinger om, at vi kunne finde en lejlighed i Garmisch, og om 3-4 år, når jeg havde taget alle de nødvendige klatre- og bjergførerkurser, så kunne vi lægge billet ind på en forpagtning af en af bjerghytterne i området.

– Kære Tom, jeg ved ikke, hvordan det er i Danmark, men vi kan overhovedet ikke leje nogen lejlighed i Garmisch eller omegn uden som minimum at være ringforlovet og endda lyve med, at vi også er gift, og nogen steder skal man på forhånd forevise en vielsesattest for i det hele taget at komme i betragtning til at få en lejlighed...?

Jeg husker ikke hvor længe jeg sad inden jeg svarede, men der var ingen tvivl om, at Angelika havde ret.

– Kig dig lidt omkring, begyndte jeg, solen skinner, og vi sidder og nyder hinandens selskab – et ganske godt billede på vores forhold. Hvis to ringe blokerer for vores mulighed for at afprøve et liv i fællesskab, så er det nok det mindste problem i hele verden.

At blive forlovet må være en aftale mellem to mennesker, og hvis vi begge to er enige om, at det er et forsøg værd, så må det være det vi gør – og skulle det vise sig at gå helt galt, forventer eller håber jeg, at vi sammen og i fællesskab også løser det problem.

På vej tilbage til hotellet stødte vi på ikke mindre end tre guldsmedeforretninger, underforstået, at nu var det pludselig noget, der fangede vores interesse.

Senere på aftenen fik vi endda lagt en plan for, hvordan forlovelsen skulle foregå: Dagen før Angelika skulle modtage sit uddannelsesdiplom skulle jeg komme til Schiffdorf og være med til overrækkelsen dagen efter. Om aftenen ville vi så proklamere vores forlovelse og tage tilbage til Garmisch et par dage senere. I Garmisch ville vi starte med at leje en lille ferielejlighed og efter vandreturen skulle vi så prøve at finde en rigtig lejlighed og arbejde.

Afskeden på banegården næste dag var både svær og meget følelsesladet, men da først toget til Hamborg trillede ud af stationen, fik jeg travlt med at finde perron 22 og toget til Innsbruck. Jeg var tilbage på Kranzbach lidt over fire, tidsnok til at give Leni besked om, at jeg spiste med ved aftensmaden.

Mens jeg snakkede med Leni nede i køkkenet, kom Frl. Scholz hen til os.

– Fik du sendt Angelika godt af sted, spurgte hun med et drillende smil.

– Ja, svarede jeg uden at lægge skjul på min glæde, og vi fik også nogle dejlige dage i München, og byen er lige så skøn og betagende, som jeg havde forestillet mig.

– Du skal bare se det nye hold – der er rigtig mange flotte piger imellem, og jeg har naturligvis allerede advaret dem, sagde Leni drillende.

Jeg gik hen og gav hende et kærligt kram.

– Jeg tror lige, jeg skruer ned for charmen et stykke tid – men så må du finde dig i, at det kommer til at gå ud over dig.

Både Frl. Scholz og Leni grinede højlydt, mens pigerne (de nye) kiggede uforstående på os: Hvad var det lige, der foregik?

På de to dage, jeg havde været i München, havde Paul nået at gøre de fire udvendige mure færdig, så vi nu i fællesskab kunne fastgøre remmene, som skulle understøtte tagspærene. Robert havde samlet alle spærene, så nu handlede det kun om at få dem rejst og fået slået finerplader på. Når det var sket, var planen, at vi igen trak presenningerne hen over taget og gik i gang med alt det indvendige. Næste etape bestod i montering af el, vand og varme og det arbejde skulle hr. Musil og jeg udføre, mens Paul gik og pudsede væggene op – ideen med et firma ude fra var helt droppet.

I maj/juni når vejret var mere stabilt, kunne vi slå de store træspåner på og gøre taget færdigt – og så manglede vi egentlig kun den udvendige træbeklædning og alt malerarbejdet.

Dagen efter jeg kom tilbage fra München, begyndte jeg også på et langsigtet trænings-program. Der lå stadig en del sne forskellige steder, men det var ingen hindring for min løbetræning: Mandag og onsdag – Klais og tilbage i max. tempo derefter styrketræning med armbøjninger i skift mellem 10 på begge arme, så to alene på højre; derefter igen 10 på to arme og to alene på venstre – 5 skift i alt. Benbøjninger efter det samme mønster.

Tirsdag og torsdag – løbetur til Ferchensee med intervaltræning på samme måde som i Rungsted.

Jeg havde skrevet til mine forældre ca. en gang om måneden. Der var ikke så meget vanvittigt nyt at fortælle om fra gang til gang, og derfor var brevene egentlig bare en konstatering af, at jeg havde det godt – men i 'aprilbrevet' fortalte jeg for første gang om Angelika og vores fremtidsplaner.

Allerede en uge efter modtog jeg et langt brev fra min mor, sammen med et brev fra landsretssagfører Salomonsen.

Hjemme på Alminden var de meget glade, men også en del bekymret over, at jeg nu pludselig havde planlagt hele mit liv sammen med en pige, de overhovedet ikke kendte, og at det virkede som om, det var mine fritidsinteresser, der var styrende for hele 'parløbet', mere end hendes karrieremuligheder i forhold til hendes uddannelse. De var også meget bekymrede over, hvornår de fik mig at se igen, eller snarere os begge to, da vi jo nu havde besluttet os for at blive ringforlovet – om vi ikke kunne komme hjem bare et par dage i sommerferien? Og så ville de også gerne vide, hvad jeg ønskede mig i fødselsdagsgave?

Til sidst undskyldte min mor, at de i det forrige brev havde glemt at fortælle, at sag-fører Salomonsen havde haft ringet, og da hun fortalte, at jeg var flyttet til Sydtyskland, ville han skrive et brev, som han bad os om at videresende til dig.

Da jeg havde læst brevet, blev jeg med det samme klar over, at jeg havde fortalt alt for meget – men omvendt havde jeg fuld forståelse for, at de gerne ville se mig eller os en gang i løbet af sommerferien, og i vores kalender kunne det kun blive umiddelbart efter forlovelsen, altså inden vi tog tilbage til Garmisch.

I brevet fra Salomonsen fortalte han kort, at da han jo kendte både min oprindelige opgave og den reviderede, syntes han, det var lykkedes mig ganske godt at få drejet formuleringerne, hypoteserne og specielt, at jeg havde fået mine konklusioner passet ind i nogle anerkendte forskningsmodeller gjorde, at hele projektet virkede troværdigt og gennemarbejdet. Rent juridisk ville det blive meget kompliceret at køre en sag mod mig for injurie og videnskabelig uredelighed – selv min unge alder og manglende uddannelse taget i betragtning. Der ville således, ud fra hans bedste vurdering, ikke være noget til hinder for at offentliggøre den nye udgave sammen med det materiale, han tidligere havde fået tilsendt. Det havde for ham været spændende læsning, og ud fra hans eget kendskab til historien, var han tilbøjelig til at mene, at jeg havde fat i nogle revolutionerende pointer, og han ville gerne være behjælpelig med at finde et forlag, der ville udgive mit projekt om 'Atomkapløbet'. Jeg behøvede blot at give en tilbagemelding, så skulle han nok klare resten på mine vegne.

Nu havde jeg for alvor fået noget at tænke over, men i forhold til 'Brainstorm over Manhattan og Dresden' var jeg ikke et øjeblik i tvivl: Hvis Salomonsen kunne finde et forlag, så skulle den selvfølgelig offentliggøres – det var allerede snart et år siden, jeg havde afleveret mit første oplæg til Østerberg og Rechendorff.

Jeg satte mig med det samme og skrev til Salomonsen. Jeg takkede ham for hans interesse, og gav ham frie hænder til at finde et forlag eller andet medie, som ville offentliggøre min Brainstorm. Jeg bad ham kommunikere direkte med mig, og huskede denne gang at opgive både adresse og tlf. nummer til Kranzbach, hvis der skulle opstå en eller anden situation, hvor det var vigtigt at komme i kontakt med mig hurtigt.

Derefter skrev jeg til Angelika, at vi nok blev nødt til at tage et smut omkring Danmark, inden vi drog tilbage til det sydtyske, da mine forældre insisterede på at se os – og selvfølgelig også gerne ville møde deres kommende svigerdatter. Jeg fortalte også, at jeg var blevet informeret om, at Hochalpinturen til Stubai var blevet ændret til Ôtztaler Alpen og skulle foregå fra den 7. – 10. juli og indbefattede bestigningen af Wildspitze og Weisskogel, og jeg glædede mig helt vanvittigt
    Fjorten dage senere fik jeg et brev fra Angelika, hvor hun fortalte, at hun syntes det var en rigtig god idé, at tage op forbi Danmark, når vi var så tæt på - samtidig med at hun lige gjorde mig opmærksom på, at hun havde fødselsdag den 9. maj, men at vi ventede med at udveksle gaver til vi sås den 28. juli i Bremerhaven – så var den på plads.
    PS: Lov mig nu at passe godt på dig selv, ok!

Jeg huskede at sende et flot fødselsdagskort til Angelika, som jeg havde købt tre dage forinden, da jeg var i Garmisch, men jeg blev nødt til at løbe ned til Klais den 7. om aftenen og putte det i postkassen for at sikre mig, at det nåede rettidigt frem.
    Jeg havde været inde til den første briefing omkring 'Ôtztalturen'. Vi var 14 deltagere,

og der blev dannet tre grupper eller rebhold: To grupper på 5 og en på 4 deltagere. Jeg kom i den lille gruppe sammen med tre erfarne klatrer/bjergbestigere, som til gengæld havde lovet både Sepp og Hillmaier, at de nok skulle 'undervise' mig efter det hårde og direkte koncept - den ene af de tre var Mattias, og det glædede mig meget.

Min egen fødselsdag fejrede jeg hos Udo. Walther kørte Robert, Leni, Paul, Karli og mig til Klais. Vi havde spist hjemmefra, så vi skulle bare have noget at drikke. Walther fik jeg med besvær overtalt til at tage en enkelt øl, inden han kørte tilbage til Kranzbach. Det var første gang Karli var med, og han viste sig at være ganske underholdende med sin negative indgang til stort set alt, der blev bragt på bane – og det mest humoristiske ved det hele var: Han vidste det godt selv og spillede på det – det var ham, der grinede af os.

Da vi havde fået et par runder kom vi desværre også til at snakke lidt for internt om den stilfulde hr. Musil og hans meget snaksalige kone, som nogen gange havde lidt for travlt med at lufte div. historier om andre.

Leni fortalte, at Frl. Scholz stoppede til august - vist nok først i slutningen - og én af grundene hed 'Frau Musil'. Samme Musil havde på et tidspunkt haft lidt for travlt med at fortælle andre, hvordan Frl. Scholz havde forført en ung feriearbejder fra Danmark.

Stemningen gled pludselig ned i gulvhøjde, og det var kun Karlis gnæggende grin, der fik os hevet op i bordhøjde igen.

– Det er præcis, hvad jeg har sagt de sidste ti år – det kvindemenneske er satans datter, sagde han, men ingen har gidet lytte til mig.

Vi grinede alle over Karlis prædikantagtige djævelforsværgelse, men da der igen var ørenlyd, kunne jeg ikke lade være med at spørge Leni:

– Hvad skal Margaret så lave efter Kranzbach?, og det var først da jeg havde stillet spørgsmålet, at det gik op for mig, at jeg havde sagt 'Margaret'.

– Hun har fået et job som økonoma og køkkenchef på et helt nyt hotel i Kitzbühel.

– Og hvor er det så lige henne?

– Det ligger i Østrig, mellem Zell am See og Innsbruck. Det skulle efter sigende være en fantastisk spændende by, og hun glæder sig helt enormt.

– Og hr. Kretzmar ved godt hun stopper i slutningen af august? spurgte jeg afklarende.

– Ja, naturligvis, men ingen andre ved noget endnu, da det vist først er faldet på plads for tre dage siden.

Pludselig så jeg Margarets mærkelige opførsel gennem nogle helt andre briller, og jeg forstod fuldt ud, at hun i første omgang havde været nødt til at reagere, som hun gjorde, og at hun nærmest havde været positiv stemt over for Angelika og mig, og måske vidste hun endda, at Kretzmar og Angelikas far kendte hinanden?

Stemningen var trods alt ikke til at redde, så efter næste runde fik Robert Udo til at ringe efter en taxa.

Det var først da jeg lå hjemme i sengen og ikke kunne falde i søvn, at det strejfede mig, at det kunne være en fantastisk chance for Angelika, hvis hun var parat til at tage udfordringen op – hun kendte stedet, hr. Kretzmar, Leni og alle rutinerne? Men måske var hun lige 2-3 år for ung til rollen som Frl. Kühnel?

Om søndagen var der dømt hård træning. Efter morgenmaden, hvor jeg smurte et par ekstra pølse- og ostemadder kom Margaret (jeg var igen begyndt at betragte hende, som den person, der på et tidspunkt havde betydet meget for mig!) hen og spurgte, hvor jeg skulle hen?

– Jeg skal op til Meilerhütte, og er ikke hjemme til middagsmad, hvis du vil være så rar og give det videre til Leni.

– Meilerhütte, sagde hun, den er ikke åben før i begyndelsen af juni. Du må da også snart træt af den lange tur op forbi Wetterstein Alm og Schachenhäuser?

– Jo, det er også derfor at jeg tager 'opstigningen' hen over Wettersteinwand frem til Meilerhütte og løber tilbage ned over Schachenplatauet, svarede jeg en anelse overmodigt.

– Og det kan du nå inden aftensmaden klokken halv seks?

– Nej så lang tid regner jeg bestemt ikke med at bruge. Jeg kender turen, og jeg skulle gerne være tilbage på et eller andet tidspunkt mellem klokken fire og fem.

– Du er bindegal Tom. Hvad bliver det næste, du finder på?

– Det næste bliver at foreslå sektion Garmisch at lave en dobbeltbestigning af Zugspitze: Fra Hammersbach til Zugspitze og derfra ned over Gatterl til Ehrwald og derfra på ny opstigning til Zugspitze. Tilbage over Knorrhütte, Reintalangerhütte og Partnachklamm – det hele inden for minimum 18 timer.

– Og det tror du, Sektion Garmisch vil være med til? Det er jo en ren dræberrute.

– Det er nok lige i overkanten, men du har ret. Det er kun for nogen med super kondition og masser af hårde træningstimer i rygsækken.

Under morgenmaden den efterfølgende mandag fortalte Margaret, at hun havde fået et nyt job og stoppede på Kranzbach den 13. august. Fremover ville det så være Frau Kretzmar, der var uddannelsesansvarlig i samarbejde med den nye økonoma og Leni. Indkøb og disponering herunder borddækning og servering skulle stadig høre under den nye økonoma, mens selve vaskeriet og rengøringsopgaverne skulle ind under Frau Kretzmars domæne. Alle vagtplanerne for køkkentjanserne ville stadig blive styret og fordelt af Leni.

Jeg prøvede et par gange under resten af morgenmåltidet at få øjenkontakt til Margaret, men uden held.

67

Paul og jeg rejste os og gik ud til arbejdet.

Taget på det nye hus var for længst færdigt, og sammen med Robert var vi fuld gang med at beklæde huset med 'fremhævede bjælkebrædder', så det kom til at ligne et kæmpe stort blokhus.

Hr. Kretzmar havde insisteret på, at der skulle være skodder til alle vinduerne, så nu var Robert sat til at lave 22 skodder til de 11 vinduer.

Om torsdagen var der prøveopsætning af de to første skodder, og de passede perfekt, da Robert først havde justeret hængslerne. Uafhængig af hinanden var vi imidlertid enige om, at det virkede noget tomt, når skodderne var slået fra – altså skulle de males, måske i samme rød-hvide felter, som på slottet, hvis det vel at mærke ikke var et alt for stort stilbrud.

For at det hele ikke skulle gå op i træning og arbejde var jeg begyndt at læse igen – og jeg fik også skrevet tre nye digte. Hver anden onsdag var jeg inde i Sektion Garmisch, og jeg havde allerede foreslået Sepp, at de til oktober skulle arrangere en dobbeltbestigning af Zugspitze. Omkring Ôtztalturen havde jeg forespurgt, hvor meget udstyr jeg selv skulle råde over eller snarere indkøbe og medbringe. Mattias fortalte, at hvis jeg bare købte en Eispickel, så havde de rigeligt med sikringer, slynger, karabiner og reb, men samtidig undlod han ikke at fortælle mig, at det var en god idé, at gå i gang med at opbygge mit eget personlige udstyrsdepot.

Lørdag eftermiddag havde jeg bedt om at få et møde med hr. Kretzmar for at få afklaret min fremtidige jobsituation. Jeg valgte at fortælle ham om Angelikas og mine planer for fremtiden, og at jeg dermed heller ikke forventede at genoptage mine gymnasiale studier i Danmark, men se mig om efter et fast arbejde her i Garmisch-området. Jeg ville prøve at trække på nogle af mine mange nye bekendtskaber i DAV, både med henblik på arbejde og lejlighed, og når jeg fyldte tyve næste år, ville vi gifte os.

– Jeg synes det lyder spændende og dejligt, det I har aftalt og planlagt, begyndte hr. Kretzmar. Jeg vil heller ikke fortie, at jeg de sidste par måneder har snakket med Angelikas far adskillige gange. Først var han meget fortørnet over, at *jeg* havde ladet jer 'kæreste' uden at gribe ind. Jeg svarede ham helt nøgternt, at ingen praktikanter her på stedet er overvåget alle døgnets timer, og at det i øvrigt var en hotelvirksomhed – eget af Den Evangeliske Kirke, ja – men ikke noget kloster.

Næste gang vi talte sammen var han meget interesseret i at vide, hvem du var, og jeg gætter på, at han må have haft en lang snak med sin datter. De to sidste gange vi har snakket sammen, tror jeg roligt, jeg tør fortælle dig, at han glæder sig til at hilse på dig – og at I skal forloves, er heller ikke en stor nyhed i mine øre. Herefter var der en lille pause, inden Kretzmar fortsatte:

– Men nu skal du høre, hvad vi har tænkt Tom. Som du måske fik forståelsen af i mandags, da Frl. Scholz bekendtgjorde sin exit her fra Kranzbach, så er det meningen, at min kone Birgitte skal have ledelsesmæssige opgaver og indgå mere synligt i arbejdsfællesskabet fra midten af august, men det åbner samtidig for, at en mindre erfaren økonoma kunne gå ind og køre driften sammen med Leni og min kone – hvad tror du Angelika ville sige til det? Og hvis du selv har interesse i at fortsætte et år eller to her på Kranzbach, kunne dig og Angelika overtage den lille lejlighed oven på Musils?

Den efterfølgende tavshed må have været øredøvende. Tiden stod stille selv om jeg kunne høre sekunderne tikke inde i hovedet.

– Hr. Kretzmar, fik jeg endelig taget mig sammen til at sige, jeg kan ikke svare på Angelikas vegne, men umiddelbart er det næsten som den perfekte løsning på alle vores problemer og udfordringer. Jeg vil enormt gerne blive her på Kranzbach, og for Angelikas vedkommende er det vigtigt, at hun selv melder ud – så hvis jeg kan få lov til at ringe til hende om ti minutter nede fra receptionen, kan vi måske få det afklaret med det samme?

– Ja selvfølgelig, svarede Kretzmar og fortsatte. Og din løn Tom, vil jeg pr. 1. september hæve til samme niveau, som det Robert oppebærer, for dermed også at tilgodese din store indsats.

Jeg tror, jeg fik takket tusind gange, inden jeg fik rejst mig.

Jeg gik ned i receptionen til Frau Ortmann og sagde, at hr. Kretzmar havde givet mig lov til at ringe til Angelika Kühnel i Bremerhaven, og at samtalen var meget privat.

– Så må du hellere sætte dig ind ved mit skrivebord, sagde Frau Ortmann uden nogen spørgende attitude.

Samtalen med Angelika kom til at vare over tyve minutter, men så havde vi stort set også alting på plads: Job, karriere, lejlighed og fælles fritidsinteresse.

Jeg gik straks tilbage til hr. Kretzmar for at meddele, at både Angelika og jeg takkede ja, og at vi naturligvis var indstillet på at yde vores bedste og leve op til den tillid, der blev vist os.

Hr. Kretzmar bad mig dog lige vente nogle dage, inden jeg fortalte andre 'den gode nyhed'. Forstår du Tom, det med lejligheden vil jeg gerne lige først have helt på det rene med hr. og fru Musil – de er katolikker og kunne måske gøre et stort problem ud af, at I kun er ringforlovede.

Selvom der lige her og nu var sat en dæmper på begejstringen, tillod jeg dog mig selv at være himmelhenrykt og ubeskrivelig lykkelig over, at jeg sidste sommer havde lyttet til min egen indre stemme, og at tingene nu faldt i hak på en måde, så livet virkede som en drøm, der langsomt gik i opfyldelse. Desværre kunne jeg ikke delagtiggøre andre i min store glæde, så efter aftensmaden 'tog jeg mig selv i hånden' og gik over til Elmauer Gut, for at mindes Angelikas og min første aften sammen.

Om søndagen den 5. juni havde jeg lagt et hårdt program, men jeg havde brug for at brænde totalt igennem. Morgenmaden var overstået klokken ti minutter i syv. Jeg havde fået smurt fem store klapsammenmader og sammen med drikkedunken og mine bjergstøvler var den lille rygsæk proppet til bristepunktet. Jeg ville denne gang løbe hele vejen til Mittenwald ad landevejen fra Klais, og lige efter kasernen for 'Die deutschen Gebirgsjäger' ville jeg dreje over mod opstigningen til Westliche Karrwendelspitze – halvvejs oppe var første pause lagt ind. Her skulle der skiftes til klatrestøvler, spises og drikkes. Fra Westliche Karrwendelspitze videre ad bjergkammen til den midterste tinde og derfra videre til den østlige tinde: Pause!

Efter pausen, nedstigning til Krün, skifte fodtøj og hjemad mod Kranzbach.

Onsdag formiddag da Paul og jeg var ved at lægge sidste hånd på taget i det nye hus, kom Kretzmar over til os og bad mig lige komme ned et øjeblik. Da jeg kom ned havde han allerede fortalt Paul, at han kunne regne med at beholde mig som arbejdskollega det næste årstid eller to, og det var han tilsyneladende meget glad for at høre, for det første han gjorde, var at give mig et stort kram.

– Og den unge Frl. Angelika kommer også tilbage, sagde han med et underforstået tonefald, som kun han mestrer med et stort smil.

Hr. Kretzmar fortalte mig, at der dog lige var en lille ændring. Angelika og dig får i stedet den lille lejlighed her i det nye hus, fordi Frau Ortmann og Frau Musil har snakket sammen, og nu vil hun meget hellere bo i taglejligheden ovenpå Musils – men det er forhåbentlig ikke noget problem for jer? sluttede Kretzmar.

– Hvad? Nej bestemt ikke, snarere tvært imod. Jeg synes det er en super lækker lejlighed, skyndte jeg mig at svare, og hvis Paul havde smilet smørret og underfundigt for et øjeblik siden, så lignede han nu nærmest en flækket træsko.

I løbet af dagen vidste stort set hele personalet, at Angelika og jeg skulle giftes, at hun kom tilbage til Kranzbach som nyuddannet økonoma, og at vi skulle bo over i det nye hus sammen med familien Kretzmar.

I slutningen af juni var det nye hus helt færdig til indflytning. I mellemtiden havde jeg modtaget et langt brev fra Angelika, hvor hun naturligvis gav udtryk for, at hun glædede sig helt vildt, til vi skulle ses til dimissionsfesten – og den proklamerede forlovelse. Og, og, og nu skulle jeg ikke begynde at indrette vores lejlighed udelukkende med aflagte 'kranzbachmøbler'. Hun ville gerne være med til at vælge nye møbler inde i Garmisch, når hun kom tilbage.

De sidste fire hverdage i juni stod i 'flytningens tegn': Frau Ortmann blev installeret i sin lejlighed, og familien Kretzmar rykkede over i deres nye lejlighed. Der kom to biler fra et møbelfirma i Garmisch, så det var ikke kun Angelika, der gerne ville have noget nyt.

Om fredagen kørte Paul og jeg de ting op i min/vores lejlighed, som jeg havde brug for, for at det ikke skulle virke alt for tomt. Mens vi sad og drak en flyttebajer, gik det pludselig op for mig, at der ikke længere var noget der hed 'fælleskassen' – jeg måtte lave min egen aftale med Walther.

De værelser, hvor familien Kretzmar havde boet i, skulle nu laves om til en luksussuite, og de to værelser Frau Ortmann havde disponeret over skulle omdannes til en minisuite – og alle fire mand (Robert, Musil, Paul og jeg) var sat på for hurtigst muligt at effektuere det mondæne tilbud.

Onsdag aften den 7. juli kørte Walther mig ind til Garmisch.

Der var fællessamling i klublokalet på Hindenburgstrasse inden vi skulle videre med bus til Ötztal. Der blev på forhånd lavet skema for, hvordan bestigningen af Wildspitze og Weisskogel skulle foregå. På Wildspitze var det Mattias, Klaus, Sebastian og Tom (mig) der havde teten hele vejen op, men på Weisskogel var alle tre hold fritstillet til at lave det, de selv fandt mest udfordrende og spændende.

Det blev tre dage med de mest ekstreme udfordringer i klatreteknik, det at føre og sætte sikringer, holde styr på hvem der er inde og ude af rebholdet, og hvor hver enkelt deltager befinder sig. Under de mest ekstreme udfordringer oplevede jeg, at tidsopfattelsen blev slået fra. Jeg anede ikke, om der var gået en halv time eller halvanden time. Jeg snakkede med Mattias om det, og han fortalte, at sådan havde de det allesammen: Det var dét, der var så fantastisk ved at klatre – tiden ophørte, tanker og problemer var lysår borte, og man eksisterede kun i nuet.

På Weisskogel fik jeg lov til at føre over to reblængder, og her blev jeg virkelig presset. Derefter skulle jeg være ankermand, og sidste mand i rebet er også den, der samler sikringerne og vurderer, hvor godt eller sikkert de var sat i tilfælde af et styrt.

Lørdag aften faldt dommen over de 17 sikringer jeg havde sat: 1 var direkte livsfarlig, da den ikke kunne modstå selv et lille træk oppe fra, og det var den store sekskantede aluminiumsblok,– 2 var sat lidt for yderligt i forhold til et faldtræk på 3-400 kg – men resten var helt i orden og godkendt.

Jeg fik megen ros specielt i forhold til, at det var første gang jeg gebærdede mig i et 'professionelt regi'.

Resten af aftenen sad jeg bare og sugede til mig, når alle de andre fortalte om deres erfaringer, spændende klatreture og diverse styrt. Jeg nød det tætte kammeratlige forhold, der var mellem os 14 deltagere, og måske specielt det, bare at være et respekteret medlem af Sektion Garmisch, men da så Mattias og Peter begyndte at underholde med, at Sepp havde foreslået, at der til oktober blev lavet en dobbeltbestigning af Zugspitze – så vidste alle, hvor forslaget kom fra. Jeg gik til bekendelse og vedstod, at det kom fra mig, og at jeg mente, det kunne gøres på mellem 13-15 timer, men 18 timer var max. grænse for deltagelse. Nu var der pludselig flere, der gerne ville vide, hvordan jeg forberedte mig og trænede, og da jeg var færdig med at fortælle og forklare, rystede de på hovedet.

– Det kan vi andre jo overhovedet ikke leve op til, når vi både har arbejde, kone og børn osv.

Hjemturen i bussen til Garmisch næste dag bar meget præg af, at vi havde fået rigeligt af de våde varer aftenen i forvejen. Stort set hele selskabet sad og sov eller læste - der var usædvanlig stille i bussen.

Jeg havde bedt om ferie fra mandag den 25. juli til søndag den 7. august, og det havde hr. Kretzmar godkendt. Angelika og jeg havde aftalt, at jeg kom til Schiffdorf den 27. Om torsdagen den 28. var der diplomoverrækkelse med efterfølgende festivitas og forlovelse, om fredagen slappede vi af og om lørdagen tog vi til Danmark. Tirsdag eftermiddag den 3. august ville vi gerne være tilbage på Kranzbach.

Diplomoverrækkelsen på Fachhochschule Bremerhaven blev en helt speciel og dejlig oplevelse. Udover sit flotte eksamensbevis med et af de højeste karaktergennemsnit blandt de 38 dimittender, fik hun også en check på 750 DM for sit flotte uddannelsesresultat af tyske Raiffeisen Bank.

Fagskolen havde lavet en flot buffet med sandwich, pindemader og diverse drikkevarer, men klokken fem trak familien Kühnel sig tilbage sammen med venner og bekendte, fordi en anden fest skulle starte op hjemme på Ulrichstrasse i Schiffdorf: Vores forlovelsesgilde.

Det var godt, vi havde afsat hele fredagen til at slappe af. Jeg havde det mildest talt ad helvede til. Jeg havde været ude på toilettet og brækket mig to gange i løbet af natten, og kunne ganske enkelt ikke forstå, hvordan jeg var blevet så fuld. Jeg var flov og bestemt ikke fri for også at føle mig skamfuld over for Angelikas forældre, men da Franz, Angelikas far, fortalte mig, at det var en tradition ved forlovelsesgilder her i Schiffdorf, at manden skulle drikkes 'skide fuld', tog jeg det lidt mere roligt og afslappet. Hver gang jeg havde kigget væk fra mit ølglas, var der blevet hældt en 'dobbelkorn' (snaps) ned i glasset.

Min fuldesyge var dog ikke værre, end at vi fik en rigtig hyggelig aften ud af det – trods alt.

Næste morgen fik vi sendt alt Angelikas bagage (to store kufferter på omkring 30 kg stykket) til Garmisch som rejsegods, og derefter gik turen op mod Danmark.

Ved firetiden stoppede rutebilen ude ved Tyrekroen. Solen skinnede, og vi besluttede os for at tage gåturen ud til Alminden og ikke, som jeg egentlig havde regnet at stå af ved 'Madsens Taxa' længere inde på Odensevej. Undervejs 'tegnede og fortalte' jeg både om mine forældres hus og om Bogense.

Bodil, Jørgen og mine forældre sad ude på terrassen, da Angelika og jeg gik ind ad indkørslen.

Gensynsglæden var stor, og det varede heller ikke mange sekunder, før tårerne trillede ned ad kinderne på min mor.

Jeg præsenterede Angelika, mens vi stolt viste vores forlovelsesringe frem. Jeg fortalte om Angelikas flotte afslutning, om forlovelsesfesten og om, hvor syg og dårlig jeg havde været.

Vi havde knap nok nået at sætte os, før min far spurgte, hvad vi kunne tænke os at drikke.

– To øl, det ville gøre underværker, svarede jeg hurtigt.

Vi blev enige om at tale engelsk, fordi det var det eneste sprog, hvor vi i det mindste var fire, der kunne kommunikere med hinanden – min far og mor kunne hverken tale engelsk eller tysk, så for dem var det et fedt, hvad vi snakkede.

Da vi havde drukket vores øl og sludret færdig, gik Angelika og jeg op på værelset med vores bagage. Min far havde fået lavet loftet rigtig flot: Der var sat plader op, så der ikke længere var åbent ud til spær og tagsten, tapetseret og malet.

Inde på mit gamle værelse var der også blevet malet, og jeg kunne tydeligt se, at min mor havde gjort alt for, at der skulle være hyggeligt og rart, når vi kom hjem.

Vi stod og krammede, kælede og kyssede, da jeg ud af øjenkrogen fangede et glimt af en kuvert på det lille sofabord: Nysgerrigheden var vakt.

Jeg gjorde mig fri og gik over for at kigge nærmere på brevet. Det var en officiel konvolut fra Københavns Universitet, og jeg gættede straks, at det måtte være fra Michael Rechendorff.

Jeg åbnede brevet og begyndte impulsivt at læse...

– Tom ist das denn wirklich so wichtig? hørte jeg pludselig Angelikas stemme efter nogle minutter.

– Ja, der Brief ist von der Universität in Kopenhagen, von einem Freund und docent in Geschichte mit Speciale in Europäische Konflikte im 20. Jahrhundert.

– Und – was geht dir dass an, wo du nicht einmal Abitur abgelegt hast?

– Das ist eine lange Geschichte Angelika, die erzähle ich später.

Michaels brev var en forespørgsel om, hvorvidt det var rigtigt, at jeg havde overgivet alt mit materiale til en landsretssagfører i Odense, som nu skulle være primus motor i en offentliggørelse af min et år gamle rapport? – og hvis det var rigtigt, så ville han da meget gerne vide, hvorfor jeg havde kørt så store kanoner i stilling, når jeg selv var forsvundet fra arenaen?

Brevet sluttede med, at han på mine vegne håbede, at jeg havde indkalkuleret mulige konsekvenser af diverse sagsanlæg, ellers skulle jeg hurtigst muligt stoppe mit forehavende.

Min første reaktion var en ubehagelig følelse af, at noget var rivende galt: Hvorfor bekymrede han sig om sagsanlæg mod mig, når jeg netop havde 'engageret' en landsretssagfører? Eller handlede bekymringerne i virkeligheden om noget helt andet? Kunne det tænkes at Michael Rechendorff havde brugt oplysninger og endda direkte passager fra min 'Brainstorm', som værende egne observationer og overvejelser i noget han havde offentliggjort i forskningsmæssig sammenhæng? Og hvorfor havde jeg forresten ikke hørt fra Salomonsen? Pludselig var der mange spørgsmål, som trængte sig på, men naturligvis havde Angelika ret: Det behøvede ikke at være lige nu, det hele skulle afklares.

Da vi kom ned i køkkenet, spurgte jeg min mor, om Salomonsen havde haft ringet inden for de sidste 3-4 dage, men det havde han ikke.

– Derimod ligger der et brev fra Københavns Universitet oppe på værelset – det kom i fredags, sagde hun, mens hun gjorde klar til at gå i gang med madlavningen.

– Ja, svarede jeg. Det har jeg læst – det var derfor jeg spurgte ind til Salomonsen. Jeg besluttede mig for at ringe både til Rechendorff og Salomonsen i morgen.

Angelika ville gerne hjælpe min mor med at tilberede maden, men det ville hun ikke høre tale om. Vi skulle bare slappe af og hygge os.

Vejret var dejligt og vi satte os udenfor sammen med min søster og svoger.

Angelika fik hele historien med mit arbejde på Vesterbro Mejeri, at jeg havde boet hos dem i seks uger i Skanderborg, 27 km uden for Århus og alligevel cyklet frem og tilbage hver dag – alt sammen for at jeg kunne tjene penge, som jeg kunne tage med til Tyskland, og min kære søster gjorde et stort nummer ud af, at hun var rigtig stolt af sin lillebror.

Angelika og jeg underholdt Bodil og Jørgen om vores fremtidsplaner, og da Angelika skulle ind på toilettet fik Bodil travlt med at fortælle mig, at hun var en fantastisk sød pige, at vi som par gik godt i spænd, da vi var meget målbevidste begge to – men hun virker også som en pige med ben i næsen, så I skal nok få jeres kampe om både det ene og det andet, fik min søster sagt med et smil og et grin, som straks fik mig til at tænke på Paul.

Efter aftensmaden kørte Bodil og Jørgen hjem til Skanderborg, Liane gik op for at læse, og jeg fik mulighed for at snakke med mine forældre.

Næste formiddag kørte vi ind til Bogense. Selvom jeg havde et meget ambivalent forhold til byen, så var der stadig mange ting jeg var stolt af at vise frem og fortælle om. Vi kørte ned til havnen, satte cyklerne ude ved Jomsborg. Vejret var varmt og dejligt selvom solen ikke brændte hårdt igennem. Der var naturligvis en masse mennesker i vandet, og badeanstalten var nærmest overfyldt.

Vi gik ud på molen og satte os på bænken ved fyrtårnet, og mens vi sad og kiggede over mod Æbelø, fortalte jeg Angelika om vores skæbnesejlads tre år forinden, og om hvordan Bent blev slynget udenbords i det mørke og kolde vand. Jeg fortalte også om Gert, om hvordan vi havde siddet lige præcis her og filosoferet over livet, og efter den sidste snak valgte han seks uger senere at begå selvmord, endda op til jul. Der er ingen ungdomsvenner tilbage her i byen, som betyder noget for mig – det er sikkert også derfor, det har været så nemt for mig at falde til i Garmisch og på Kranzbach.

– Hvad med dine forældre?

– Ja, hvad med dem? De må komme ned og besøge os en gang til næste sommer.

Jeg ringede til Salomonsen så snart vi var tilbage på Alminden, og det blev en lang snak.

Da han havde modtaget mit brev, havde han haft meget travlt, og først langt senere fik han kontaktet Michael Rechendorff omkring, hvem der kunne være interesseret i at publicere min 'Brainstorm', men samme Rechendorff frarådede på det kraftigste, at der blev offentliggjort noget som helst, og han kendte ikke noget videnskabeligt forlag, som turde gå ind og tage ansvar for redeligheden i konspirationsteorien, da der var alt for mange injurierende og spektakulære konklusioner. Kontakten til Rechendorff bragte altså ikke Salomonsen videre.

Gennem en god bekendte, som i al fortrolighed fik lov til at læse 'Brainstorm over Manhattan og Dresden', blev han rådet til at få materialet oversat til engelsk, fordi der i England ville være langt større interesse for at udgive noget så kontroversielt som det, jeg gennem mine studier var nået frem til. Oversættelsesarbejdet stod på i en hel måned, og i begyndelsen af maj blev forskellige forlag og medier kontaktet.

Den 23. juli havde Salomonsen modtaget en spændende tilbagemelding: Avisen 'Daily Sun' og forlaget 'Herbert Corporation' ville gerne købe rettighederne til hele materialet for 100.000 kr., og de ville sætte en historiker, en journalist og en manuskriptforfatter på, til at følge op på både historien og mediedækningen, men jeg skulle samtidig være deres fortrolige og ikke udtale mig til andre medier – og det skulle jeg skrive under på. Derudover havde Salomonsen et udlæg på 8.500 kr., som han naturligvis gerne ville havde dækket ind, hvis aftalen faldt endelig på plads.

Salomonsen fortalte også, at han allerede dagen efter havde skrevet til mig på min adresse i Sydtyskland og for en sikkerheds skyld også havde ringet dagen efter. Under samtalen fik han at vide, at jeg var rejst til Bremerhaven, men at jeg højst sandsynligt også skulle besøge mine forældre, inden turen gik tilbage til Kranzbach. Salomonsen foreslog til slut i samtalen, at det allersmarteste ville være, at jeg kiggede forbi i morgen, inden vi tog videre sydpå, og det sagde jeg naturligvis 'ja' til – også selv om vores billetter skulle laves om!

Det var først, da jeg lagde røret på, at jeg opdagede, at både min mor og Angelika sad på sofaen ved siden af telefonen og lignede to store spørgsmålstegn.

– Angelika, vi er rige! Jeg har lige scoret små 30.000 DM, råbte jeg på det nærmeste ud i stuen. Hvad siger du så?

– Hvad skal jeg sige? Jeg aner ikke hvad du snakker om Tom.

Først skulle jeg lige fortælle min mor, at det var lykkedes for Salomonsen at 'sælge' mit projekt om 'Atomkapløbet under Anden Verdenskrig' til en avis og et forlag i London, hvis jeg var parat til at overdrage alle materialer og rettigheder til forlaget – og det havde jeg bestemt ingen problemer med.

Dernæst skulle jeg prøve at forklare Angelika, hvad det hele gik ud på – så kort som muligt – og det så ud, som om det lykkedes.

– Jeg forstår godt, hvad du siger, men fatter ikke helt sammenhængen? Du har stadig ingen studentereksamen, men har alligevel afleveret et kritisk videnskabeligt arbejde på Universitetet, som kraftigt frarådede at det blev offentliggjort. Var det også det, brevet fra Universitetet handlede om?

– Både ja og nej, men apropos brevet, så havde jeg i min egen begejstringsrus helt glemt Michael Rechendorff – ham skulle jeg jo også lige ringe til.

Da Angelika og jeg begyndte at tale tysk, gik min mor ud i køkkenet for at lave frokost.

Samtalen med Rechendorff blev på det nærmeste afbrudt, da jeg fortalte, at jeg havde solgt alt mit materiale og rettigheder til et forlag i London, og papirerne skulle underskrives i morgen.

– Én ting må jeg medgive dig Tom Nolting: Det er nok det mest geniale træk, du kunne foretage, for hermed er det også forlaget, der påtager sig det juridiske ansvar.

Jeg var i fulde gang med at forklare, at det ikke var et træk, jeg havde udtænkt, da røret blev lagt på.

Jeg skulle lige til at ringe op igen, men fortrød inden jeg havde drejet de fem første tal: Hvis der var noget, der skulle følges op på, måtte det være Rechendorff, der ringede.

Jeg gik hen og gav Angelika et stort smækkys og et kærligt kram.

– Nu kan vi købe alle de møbler, vi vil, når vi kommer til Garmisch, sagde jeg jublende lykkelig.

– Ja, hvis det virkelig passer, er det nok lige noget af en drømmestart, svarede hun med et skeptisk smil.

Under frokosten var det min mor, der fik lov til at lufte nogle af hendes mange bekymringer, og jeg gjorde mig meget umage med at svare, så hun selv følte sig afklaret og sikker på, at Angelika og jeg havde styr på tingene.

Efter maden foreslog jeg Angelika, at vi gik en tur over til stranden, Fogense Strand. Turen hen over strandlodderne og videre ad den hemmelige sti gennem 'sumpen' fascinerede hende helt vildt. Vi gik ned til strandkanten og kastede 'smutsten' i en indbyrdes konkurrence om, hvem der kunne lave flest.

Herefter gik vi en lang tur langs strandkanten over mod Hugget. Gåturen med bølgeskvulpene som underliggende 'pulsslag' inspirerede til en lang og fortrolig snak om vores gamle venner hver især, tidligere kærester og hvad vi ellers havde lavet.

Vi var ikke tilbage før klokken halv fem, og pludselig kom jeg i tanke om, at jeg skulle ringe til DSB for at få lavet vores billetter om.

Det var i aller sidste øjeblik, da det normalt kun kan lade sig gøre min. 24 timer inden planlagt afrejse, men vi var heldige. Der var en hurtig forbindelse til München med afgang fra Odense Banegård kl. 11.48, og så ville vi være i München kl. 22 - men det var for sent at købe pladsbillet.

Jeg fik hurtigt overtalt Angelika til at vi tog en overnatning på hotellet i Schützenstrasse og hyggede os en aften i München, inden vi tog videre til Garmisch.

Angelika og jeg havde lige sat os til rette ude på terrassen med hver sin bog, da min far kom hjem fra arbejde. Han kom over og hilste på, og lovede at vende frygtelig tilbage, når han havde været i bad.

Ganske rigtigt – et kvarter senere kom han ud til os med tre øl på en lille grøn serveringsbakke.

Han var lige at sprænges af nysgerrighed efter at få at vide, hvad det var for en masse penge ham advokaten fra Odense havde stillet mig i udsigt, og så måtte jeg forklare det hele en gang til.

– Og hvad er det så, du skal skrive under på i morgen? spurgte han meget skeptisk.

– Jeg skal bekræfte, at jeg overdrager alt mit materiale og alle rettigheder til et forlag i London – og hvorfor skulle jeg ikke gøre det? Lige nu ligger det bare og samler støv, og ved du hvad far, Angelika og jeg kan rigtig godt bruge de penge, og i vores målestok er det ganske mange penge vi snakker om: 100.000 kr.

– Ja, og det lyder næsten for godt til at være sandt, men lad os håbe det bedste og se, hvad du får ud af det, sagde han med en mistroisk undertone i stemmen.

Vi snakkede videre om andre ting og emner, indtil vi blev kaldt ind til aftensmad. Menuen stod på gammeldags oksegrydesteg med hvide kartofler og ribsgele og min mors fremragende citronbudding til dessert.

Da vi havde spist, satte vi os uden for på terrassen og nød den lune augustaften. Det var meget svært - for ikke at sige umuligt - for Angelika at deltage i snakken, men hun gjorde sig de største anstrengelser for bare at kunne følge en lille smule med, og senere oppe på værelset gav hun udtryk for, at dansk var et meget svært sprog, meget sværere end hun havde forestillet sig.

Min far skulle møde nede på havnen klokken syv, så vi var alle sammen oppe klokken seks og spiste morgenmad sammen.

Ved ottetiden krammede vi farvel med min mor, og var et par minutter senere på vej op til Tyrekroen. Jeg havde aftalt med Salomonsen, at vi skulle mødes klokken halv ti inde på advokatkontoret på Albani Torv.

Vi kom ti minutter for sent, fordi vi i første omgang overså skiltet med 'Advokatfirmaet Eigenbrot & Salomonsen'.

Da vi endelig fandt opgangen til kontoret, og meddelte sekretæren vores ærinde og hvem vi var, blev vi straks vist ind på hr. Salomonsens kontor, hvor der var allerede linet op med kaffe, the og wienerbrød.

Vi hilste, gav hånd og jeg præsenterede Angelika. Mens vi drak kaffe og spiste wienerbrød, fortalte Salomonsen alt om den kontrakt, jeg skulle underskrive, og han gjorde meget ud af at forklare mig, at jeg så fra i dag ikke længere offentligt måtte kommentere på indholdet eller mit researchmateriale med mindre, det foregik gennem forlaget.

– Det lyder meget firkantet Tom, men ud over selve det juridisk bindende ved underskriften, vil de gerne sikre sig, at ingen andre får kendskab til din Brainstorm – og jeg kan i den sammenhæng fortælle dig, at de med det samme lod sig fascinere af titlen. En anden ting du skal vide, inden du skriver under er, at avisen og forlaget har frie hænder til at gøre med dit arbejde, hvad de selv finder mest rentabelt rent forretningsmæssigt, og jeg har dem svagt mistænkt for at lave en stor krigsroman for efterfølgende at sælge filmrettighederne – de betaler ikke dig 100.000 kr., hvis ikke de på forhånd selv regner med at tjene det fem dobbelte – sådan fungerer forretningslivet nu en gang.

– Ja, men det er vel et eller andet sted fair nok, selv om jeg måske sælger 'et lille hjørne af sjælen' – men er det ikke sådan arbejdsmarkedet i princippet også fungerer, hvad enten det er fysisk eller åndeligt arbejde, der bliver solgt?

– Jo, det synes jeg, du kan have ret i Tom, og jeg mener også, det er den helt rigtige holdning til tingene, sagde Salomonsen og lagde en kontrakt på engelsk foran mig.

Jeg læste den hurtigt igennem, kiggede kort på Angelika og satte min underskrift forneden i højre hjørne.

– Jeg har også lige en fuldmagt, du skal underskrive Tom. Fuldmagten giver mig ret til at hæve 8.500 kr., når pengene fra London er overført hertil. Jeg overfører så 91.500 kr. omregnet til DM til en bankkonto i Garmisch-Partenkirchen, som du opgiver mig – er det en aftale?

– Ja bestemt, men hvad med Deres arbejde hr. Salomonsen?

– Bare rolig Tom. Det er indbefattet i de 8.500 kr. Du skal imidlertid regne med, at der nok går ca. 14 dage inden det hele er på plads, og pengene overført.

– Har du tilfældigvis kontonummeret og bankens navn eller afdeling på dig?

– Ja, hvis jeg får et stykke papir, kan jeg skrive det hele ned, svarede jeg.

Da det forretningsmæssige var overstået, kiggede jeg på uret. Vi skulle til at skynde os, men gudskelov havde vi hentet de nye billetter.

Jeg takkede tusind gange for den store indsats, inden vi gav hånd og sagde farvel.

På vej ned ad Store Kongensgade mod jernbanestationen måtte jeg fortælle Angelika om alt det, jeg havde snakket med Salomonsen om.

– Og ved du hvad? Om 14 dage er vi rige.

– Jeg håber inderligt, du har ret Tom – og for mig har besøget her efterladt et uudsletteligt indtryk af, at Danmark er ét stort eventyrland, sagde Angelika og gav mig et stort kys på kinden.

Perronen var fyldt med mennesker, så vi skulle nok ikke gøre os nogen forhåbninger om, at komme til at sidde ned før efter Fredericia, og det var også med nød og næppe, vi fik os mast ind i toget.

Det var faktisk først efter Flensborg, vi fik en siddeplads, og konduktøren var så venlig at fortælle os, at der var stor mulighed for at tilkøbe en pladsbillet i Hamborg til den videre rejse.

Vi havde 25 minutter i Hamborg, og det lykkedes os at få to pladsbilletter til München, men skulle skifte togvogn i Würzburg.

På vejen til Würzburg fortalte jeg Angelika, hvordan jeg havde mødt Salomonsen og om alt det, der efterfølgende var sket.

Jeg fortalte om mit 'brainstormarbejde', hvor meget tid jeg havde brugt, hvor meget jeg havde læst og undersøgt, inden det hele blev sammenfattet og skrevet ned. Hele det spektakulære plot handlede om, at Nazityskland kun var få uger fra at komme før USA og De Allierede med prøvesprængning af den første atombombe.

Angelika var forundret eller snarere rystet over, hvad jeg fortalte. I hele hendes eget gymnasieforløb havde de ikke hørt et eneste ord om noget af alt det, jeg sad og snakkede om? Og så var det ovenikøbet et tysk videnskabeligt forlag og et engelsk naturvidenskabsmagasin, der havde leveret dokumentationen – hun var målløs.

– Nu fatter jeg til gengæld overhovedet ikke, hvorfor i al verden du sprang fra allerede efter 1.g Tom? – og medmindre du kan give mig en god grund, lyder det i mine øre nærmest dybt tåbeligt?

Jeg skulle lige til at forklare Angelika noget om livsværdier, tidsopfattelse og det at opleve tilværelsens kvaliteter som en del af ens eget åndedræt, men sagde i stedet for det, der var allermest nærliggende.

– Hvis jeg ikke havde valgt at springe fra, havde jeg aldrig mødt dig.

– Nej Tom, den holder ikke. Der findes da mange andre søde piger.

– Ja, det gør der helt sikkert – det er bare ikke min 'målestok'. Der findes kun et eneste par i verden, som er dig og mig, og så længe vi holder sammen, kan vi også selv målsætte den fælles lykke, som er min største ambition her i livet. Identitet handler for mig helt banalt om at høre sammen med én om noget, begge værdsætter.

– Det er i orden Tom, der fik du mig – tusind tak, sagde hun smilende og gav mig et kys på kinden.

I Würzburg havde vi ti minutter til at finde vores nye kuppe. Denne gang skulle vi sidde over for hinanden, helt henne ved døren, så vi valgte at tage bøgerne frem.

Da vi nåede München, var vi frygtelig sultne begge to. Vi skyndte os hen til hotellet i Schützenstrasse, hvor receptionisten først fortalte os, at alt var optaget, men hvis vi havde tid til at vente et par minutter, ville han lige gå alle værelserne igennem. Vi havde ikke siddet mere end fem minutter, før han kom over og fortalte os, at der var et ledigt værelse, men efter planen skulle det først rengøres i morgen tidlig. Hvis vi ville have det, ville han få det gjort rent inden for en halv time.

Vi takkede 'ja', fortalte ham, at vi under alle omstændigheder skulle ud at have noget at spise, så det var helt i orden med os. Vi gik over og skrev os ind og han fortalte, at vi roligt kunne lade vores bagage stå i receptionen. Det tilbud tog vi naturligvis imod, og nu var det bare om at komme ned mod Karlsplatz.

Vi fandt hurtigt den samme hyggelige restaurant, som vi havde spist på for små fem måneder siden, og fandt også et ledigt bord. Tjeneren havde set os og kom hen og lagde to menukort på bordet, og på spørgsmålet 'om vi ønskede noget at drikke', kiggede jeg på Angelika og sagde 'ja tak, to øl'.

Vi var ikke kun sultne, men også meget tørstige, så da tjeneren kom tilbage for at tage imod bestilling, havde vi næsten drukket vores øl. Jeg spurgte Angelika om hun havde lyst til et glas hvidvin, og det havde hun bestemt, så jeg bestilte en flaske Riesling fra Alsace, gerne årgang 62-63 og på is. Derefter bestilte vi to oksemørbradbøffer og en flaske Ripasso Valpollicella.

– Er du ude på at drikke mig fuld? spurgte Angelika og kiggede skævt over på mig.

– Nej ikke direkte, men jeg synes vi har brug for at slappe af og nyde hinandens selskab og dvæle lidt ved tanken om, at vi har råd til det og kan bestille lige, hvad vi har lyst til, sagde jeg og tog hende i hånden.

Da tjeneren kom med hvidvinen, beklagede han, at de kun havde en 64'er, men hvis det var i orden, ville han trække den op? Vi nikkede og godkendte.

Da vi havde skålet i en dejlig iskold Riesling og efterfølgende sad og nød atmosfæren omkring os, spurgte Angelika helt uventet og overraskende.

– Hvem er du egentlig Tom?

Hendes spørgsmål gav genlyd helt ind i det inderste af min bevidsthed, og på et split-sekund var det som om et lyn skar ned gennem det beroligende blålys i min indre verden, min lykkelige indre verden, og som et ekko hørte jeg spørgsmålet gentaget og gentaget.

– Du må endelig ikke misforstå mig Tom, men du ligner én, der har fået et slag i hovedet, og det var slet ikke meningen. Jeg undrer mig bare over, hvor godt du passer ind alle steder, og altid er den bedste, hvad enten vi snakker cykelløb, almindelig løb, 'universitetsmiljø', Kranzbach eller bjergbestigning? Er du sådan et overmenneske, der kan alt det, vi andre går og drømmer om at kunne en lille smule af? Jeg holder rigtig meget af dig Tom – jeg elsker dig. Vi er allerede startet på et liv sammen, men du må love mig, at jeg ikke er oppe mod et fantom, hvor jeg hele tiden skuffer, fordi jeg ikke kan leve op til dit tårnhøje præstationsniveau?

– Kære Angelika, stop. Du er den, du er, sådan som jeg har set og oplevet dig. Og glem aldrig, at det er dig, jeg er forelsket i, og netop ikke nogle mærkelige genspejlinger af mig selv. Jeg er ikke narcissist, og har bestemt heller ikke behov for underdanighed i forhold til mine egne evner og præstationer – jeg elsker modspil og kærlig modstand.

Vi tog hinandens hænder, kyssede hen over bordet og skålede.

Tjeneren må have fulgt os på afstand og måske hørt lidt af vores snak, for et øjeblik senere kom han over og spurgte om vi var interesserede i at trække maden en 10-15 minutter, og det takkede vi pænt 'ja' til.

I morgen, den 3. august, ville vi være tilbage på Kranzbach. Angelika skulle først begynde at arbejde den 13., og jeg ville prøve om jeg kunne 'købe' mig fri ekstra fem dage i forhold til det, jeg havde aftalt med Kretzmar. Hvis det faldt i hak, så havde vi ni dage til en klatreferie, og den kunne vi jo lige så godt begynde at planlægge her i disse superhyggelige omgivelser.

Jeg foreslog Angelika, at vi lavede en 7-dagestur ind i hjertet af Karwendelbjergene fra Scharnitz og op til Karwendelhaus og derfra videre til Falkenhütte, Alpengasthof Eng for til sidst at slutte af i Lamsenjochhütte, altså nærmest en kopi af min egen tur for et år siden, men med den store forskel, at vi denne gang havde mere end dobbelt så lang tid til vores rådighed.

Vi lod resten af hvidvinen stå i vinkøleren, da tjeneren serverede to store bøffer sammen med Ripassoen. Han skænkede en mundsmag op i mit glas for at jeg skulle sige god for kvaliteten, men jeg valgte at række glasset over til Angelika for at lade hende bedømme, om det var en vin, hun sagde god for.

Hun nikkede til tjeneren og sagde 'udmærket'.

Mens vi sad og nød den dejlige mad, spurgte Angelika, hvorfor det pludselig skulle være hende, der godkendte vinen, og om det havde noget at gøre med snakken før?

– Jo lidt. Jeg tror, jeg skal blive god til *ikke* hele tiden at være på og være styrende. Du må da være mindst lige så god til det, som jeg er – hvorfor skal det altid være manden?

– Men du virkede så 'vinkenderagtig' da du bestilte en Ripasso Valpollicella – jeg så det på tjenerens udtryk, da du afgav bestillingen. Hvor har du alt det fra?

– Det har jeg fra en neonreklame på Karlsplatz. Det lød bare helt fantastisk, og den ville jeg gerne prøve – og jeg glædede mig allerede på forhånd til at smage den.

– Men ved du også, hvad den koster Tom?

– Nej, og det interesserer mig heller ikke lige nu.

Klokken var næsten halv et inden vi var tilbage på hotellet. Vi fik en nøgle og vores bagage og gik direkte op i seng.

I Garmisch hentede vi Angelikas to store kufferter i bagageopbevaringen, og gik over på perron 3 for at vente på det næste tog til Klais. Da vi kom ud af stationen i Klais, holdt der tilfældigvis en taxa og ventede, og ham hyrede vi lynhurtigt.

Jeg havde kun lige nået at betale chaufføren, før Frau Musil stod henne i hoveddøren parat til at ønske os velkommen tilbage. Jeg lod de to tunge kufferter stå foran hovedindgangen med den bagtanke, at dem kunne jeg hente senere med en trækvogn, men mens vi stod og snakkede med Frau Musil, kom først hr. Kretzmar og Margaret og lidt senere også Paul for at byde os velkommen tilbage til Kranzbach – velkomsten var naturligvis specielt rettet på Angelika.

Jeg fik Paul til at hente trækvognen, så vi kunne få vores kufferter over i lejligheden – Angelika overlod jeg til hr. Kretzmar og Margaret.

Godt en halv time senere dukkede hun op med hr. Kretzmar. Han beklagede, at han havde glemt at ønske os tillykke med forlovelsen, men det rådede han bod på nu. Kretzmar hentede sin kone, og Birgitte havde en flaske sekt og fire glas med, da de kom tilbage.

Der blev skålet og ønsket tillykke op til flere gange. Angelika var vildt betaget af vores lille lejlighed, og gav over for Hr. og fru Kretzmar udtryk for, at hun havde glædet sig helt vildt til at komme tilbage.

Da Kretzmars var gået satte vi os ned på gulvet og krammede, glade og lykkelige.

– Er du klar over, at det er præcis ti måneder siden, at vi sammen ankom til Kranzbach for første gang, spurgte jeg Angelika.

– Ja Tom, og ved du, hvad jeg har aller mest lyst til?

– Nej, hvad?

– Jeg kunne godt tænke mig, at vi gik en tur. Først op til bænken og dernæst ned til Elmauer Gut. Da du dengang kom hen til mig, og inviterede mig med til Elmauer Gut, og da vi senere gik hjem, og du sagde 'ja' til at holde hånd, havde jeg en besynderlig fornemmelse af, at du godt kunne være den mand, jeg ville giftes med.

– Det lyder dejligt – selvfølgelig går vi en tur.

Om aftenen pakkede vi ud og konstaterede straks, at alt vores tøj naturligvis ikke kunne være i det klædeskab, jeg havde taget med nede fra værelset, så en af Angelikas kufferter måtte fungere som 'tøjdepot', indtil vi fik købt de nye møbler.

Dernæst pakkede vi vores rygsække, så vi var klar til at tage af sted lige efter morgenmaden.

Vi havde god tid og besluttede os for at gå til Mittenwald over Elmau og Ferchensee. Fra Mittenwald hed det 'Fussweg' til Scharnitz, og derfra var der en 3-4 timer op til Karwendelhaus.

Ud på eftermiddagen nåede vi Karwendelhaus. Angelika var helt flad og udkørt, men jeg havde overladt til hende at sætte tempoet – og hun brokkede sig heller ikke.

Det var dejligt varmt, og vi slog os ned ude på den store terrasse ved et bord, hvor vi kunne sidde og læne os op ad husvæggen og nyde den sene eftermiddagssol.

Da tjeneren kom ud, bestilte vi to øl og gjorde opmærksom på, at vi skulle overnatte, og at vi begge to var medlem af DAV.

Mens vi sad og nippede til øllet, foreslog Angelika, at vi afkortede turen med en dag:

– Hele vejen op har jeg gået og 'indrettet' lejligheden, men jeg tror til gengæld også, at det er vigtigt, at vi giver os god tid til at vælge møbler, så vi ikke køber noget, som vi fortryder en måned senere.

– Det synes jeg lyder meget fornuftigt, sagde jeg og klappede hende kærligt på armen.

Efter et øjeblik at have tænkt over tingene tog jeg kortet frem og kiggede nærmere på tinderne omkring Falkenhütte. Der var masser af muligheder. Hvis vi tog fem overnatninger, kunne vi hver dag udse os en ny og spændende tur og om onsdagen tage vejen ned gennem Johannestal til Hinterriss og derfra med bussen til Krün.

Jeg forelagde Liane min nye plan og fortalte samtidig, at vi derved fik hele to dage til at købe møbler i og indrette os i lejligheden.

– Det synes jeg lyder fantastisk spændende, sagde hun.

Det blev kun til to klatreture. Om Lørdagen tog vi de tre 'Falketinder': Steinfalk, Risser Falk og Lalider Falk. Det blev en gudetur.

På direkte klatrepassager, hvor jeg gerne ville sikre mig, at Angelika følte sig tryg, var hun bundet fast i rebet, men hun klatrede i øvrigt sikkert, var hurtig til at finde de gode greb og steder at sætte fødderne uden at komme ud af balance, og viste ingen tegn på angst eller tøven.

Næste dag blev det også til tre tinder, som endda alle var 3-400 meter højere. Vi havde begge to fået lidt mere blod på tanden, og ville gerne prøve noget lidt sværere

På den direkte vej op til Kaltwasserkarspitze måtte vi imidlertid vende om 300 meter under tinden, da ruten viste sig at være for risikabel og farlig uden et større udvalg af sikringer, karabiner og slynger – jeg havde kun udstyr med til at etablere standplads med egensikring og 'topsikring' for Angelika.

Vi klatrede tilbage og fandt længere nede en nemmere rute op til bjergryggen og kunne følge den helt op til toppen uden de store klatrermæssige udfordringer. Herfra fulgte vi bjergkammen rundt til Birkkarspitze, og på tilbagevejen gik vi – stadig helt oppe på bjergkammen – videre sydover til 'De fire savtænder', en tinde, der som navnet siger, består af fire mindre tinder på 40-60 meter. På Die Sägezähne brugte vi til gengæld masser af tid på at træne oprettelse af standplads med topsikring, så Liane senere også kunne sikre mig.

Under tilbagevejen til Falkenhütte lavede vi en 'indkøbsliste' for klatrergrej og besluttede allerede på torsdag, hvor vi jo alligevel var i Garmisch, at udbygge det nuværende udstyr til en komplet grejbank for to personer.

Vi var først nede ved hytten klokken lidt over syv og bestilte straks noget at spise og drikke. Efter aftensmaden satte jeg mig til at overføre den mentale indkøbsliste til et stykke papir, så jeg på torsdag ikke behøvede at bruge tid på at genoverveje hvert enkelt køb eller stykke udstyr.

Bagefter studerede vi i fællesskab kortet for at kigge en spændende rute ud til næste dag: Die Laliderwände – Laldidererspitze og Dreizinkenspitze.

Aftenen var dejlig varm, men luften stod stille, og det var ikke fri for at virke lummert. Vi sad stadig udenfor, og da jeg gik ind for at bestille to øl, spurgte jeg værten ud om ruterne – der var tre forskellige – på Laliderwände. Mens han skænkede øllet op, kiggede han på mig, og da han satte det på bardisken, løftede han pegefingeren og rystede på hovedet:

– Ikke i morgen, kære venner. For det første bliver det tordenvejr med kraftig regn lige over middag, og dernæst har alle tre ruter mindst to reblængder med IV+, og det har I slet ikke udstyr nok med til at kunne klare, så vidt jeg har kigget ud – men selvom I havde, så er Laliderwände nok det sidste sted, man skal lade sig overraske af tordenbyger.

Jeg gik ud til Angelika med den deprimerende nyhed. Under alle omstændigheder skulle planerne laves om. Udgangspunktet var, at vi havde haft to fantast-dage med god klatring og dejligt vejr, så hvorfor ikke i første omgang gå over til Alpengasthof Eng og så afvente, hvordan vejret udartede sig. Hvis det blev godt vejr igen om tirsdagen kunne vi gå op til Lamsenjochhütte, og hvis der var udsigt til vedvarende regn, kunne vi tage bussen til Krün.

Vi var totalt gennemblødte, da vi nåede ned til Alpengasthof Eng. Allerede på vej hen over Hohljoch hørte vi de første voldsomme tordenskrald, og ganske kort tid efter kom regnen.

Inde på Alpengasthof Eng gik vi ud på toiletterne og skiftede tøj. Vi bestilte frokost og noget at drikke. Selvom vi på ingen måder havde travlt, valgte vi alligevel at tage den næste bus til Krün, da tjeneren fortalte os, at regnen ville blive hængende et par dage.

Fra Krün ringede Angelika til Leni for at fortælle, at vi gerne ville deltage i aftensmaden.

Resten af aftenen diskuterede vi indretning, og vi endte med at blive enige om at skifte det hele ud.

Onsdag formiddag tog vi ind til Garmisch. Vi var rundt i tre møbelforretninger og brugte to timer, inden vi fandt alt det, vi gerne ville have, og vi besluttede at betale hver halvdelen af den samlede regning. Da vi endelig var færdige og stort set mente, vi havde fået alt, hvad vi havde snakket om, gik vi hen på Wienerwald og spiste frokost.

Fra Wienerwald gik vi over til Winther Sport og fik pakket en trækasse med alt det udstyr jeg havde skrevet ned på seddelen, men da hele indkøbet blev gjort op, kunne jeg med det samme se, at så mange penge havde jeg ikke længere stående på kontoen.

Jeg skyndte mig at forklare ekspedienten, at vi nok blev nødt til at tage noget af det op af kassen igen, da vi lige havde været ude at købe møbler og nok brugt lidt flere penge, end vi på forhånd havde regnet med, så jeg kunne desværre ikke betale hele beløbet her og nu.

– Du betaler det du kan i dag, og så kan du betale resten om en måned eller to. Vi kender dig jo, og hvis ikke Winther Sport kan gøre 'der Däne' en tjeneste, hvem skulle så?

Jeg takkede mange gange for venligheden, hvorefter Angelika og jeg gik over i banken for anden gang i dag, og denne gang hævede jeg alt på nær 10 DM.

Vi havde købt udstyr for 925 DM, og jeg havde hævet 785. Jeg stak 100 DM i pungen som reserve. Da vi kom tilbage til forretningen, var både Sepp Winther selv og ekspedienten i gang med at betjene hver sin kunde, så Angelika og jeg gik rundt og kiggede, mens vi ventede.

Sepp var først færdig og kom over og hilste på.

– Skal du til at lave din egen klatreskole? spurgte han og pegede over på trækassen.

– Nej, det skal jeg i hvert fald ikke – først og fremmest skal jeg selv lære at klatre. Det der i kassen er til Angelika og mig i fællesskab.

– Er i kørende i bil? spurgte Sepp.

– Nej, svarede jeg, det er vi ikke.

Nu var ekspedienten også færdig med sin kunde, og kom straks over til os, og præsenterede sig.

Uwe oprettede en konto til os, så vi altid kunne købe udstyr og betale inden for tre måneder. I dag betalte jeg så 685 DM og skulle så blot betale de sidste 240 DM inden for tre måneder.

– Hvor har I for resten købt jeres møbler? spurgte Uwe.

– Tre forskellige steder, men de fleste hos 'Möbelhaus Hermann', svarede jeg.

– Og hvornår bliver de kørt op til Kranzbach?

– Det gør de i morgen.

– Fint, sagde han, så får jeg dem til at tage alt jeres udstyr med.

Vi sagde pænt tak for den ekstreme gode betjening, hilste af med Sepp og Uwe og satte kurs mod banegården.

Med alt det for øje, der skulle ske i morgen, gik vi forholdsvis tidligt i seng og hyggede os med bare at være os selv, og det var mindst lige så smukt og dejligt, som en spændende klatretur.

Lige over middag næste dag kom den første møbelbil, og det var også den, der havde vores klatreudstyr med. Ud over chaufføren var der også en ekstra mand med i bilen til at løfte og hjælpe med at sætte på plads. Mindre end en time senere kom den næste bil, og nu blev både hr. og fru Kretzmars nysgerrighed for alvor vakt: Hvad var det dog vi havde købt?

Da vi senere på eftermiddagen var færdig med indretningen, inviterede vi dem over til en lille rundvisning.

De var meget benovet over vores smag og sikre stilfornemmelse, og det handlede både om stuen og soveværelset, men specielt spisebordet med de fire sorte læderstole blev Birgitte forelsket i lige med det samme.

Angelika aftalte med Wolfgang Kretzmar, at vi i aften ville komme ned i Singstüberl begge to.

Under morgenmaden om fredagen præsenterede Margaret officielt Angelika som sin nye afløser. Angelika skulle fra i morgen stå for alt indkøb til køkkenet og restauranten sammen med Leni og have ansvar for mødeplanerne i restaurantafdelingen og køkkenet og Birgitte Kretzmar overtog ansvaret for rengøring og vaskeri.

Margaret fik gaver af både praktikanterne og Kranzbach samt personale. Den sidstnævnte gave, som blev overrakt af Frau Ortmann, var en stor stentøjsfigur, der både kunne forestille en samling mennesker og et bjerglandskab. I dagens anledning deltog også både hr. og fru Musil samt Robert og hans kone.

Margaret sluttede morgenmadsseancen af med at invitere alle ned i Singstüberl til fri bar klokken ni i aften.

Jeg er overbevist om, at det var Kretzmars fortjeneste, at Margarets afskedsaften blev et hyggeligt og underholdende farvel. Gæsterne var på forhånd informeret om, at der var afskedsfest for Frl. Scholz nede i kælderen, så hvis de skulle høre lidt støj og larm, håbede ledelsen på at de ville være overbærende og forstående.

Det blev også den aften, hvor Margaret for første gang helt offentligt gav mig et kæmpe kram og ønskede mig og Angelika held og lykke på Kranzbach.

Angelika startede næste morgen klokken seks. Vi stod op sammen, og da hun var gået, lavede jeg en kande kaffe og satte mig ind i stuen for at læse.

Vi mødtes ved morgenmaden, frokosten og aftensmaden. Angelika havde pause mellem klokken 14-17, hvor hun tog sig en løbetur, og var på igen arbejdsmæssigt fra 17-20, så når vi kyssede farvel om morgenen, var vi først rigtig os selv igen efter klokken halv ni om aftenen.

Efter aftensmaden gik jeg hjem og styrketrænede et kvarter til tyve minutter. Derefter tog jeg løbeskoene på og tog en tur over til Ferchensee og tilbage igen, og når Angelika så kom hjem, havde jeg både været i bad og det hele.

Vi havde aftalt med Kretzmar, at Angelika og jeg havde fire sammenhængende fridage hver fjerde uge, altså fra onsdag aften til mandag morgen.

Der gik ikke en gang 14 dage, før vi havde fundet os tilrette med den daglige rytme, men det var svært at vænne sig til, at vi kun havde en 3-4 timer sammen om aftenen. Angelika var nødt til at gå i seng senest klokken tolv

Det nærmeste sted, jeg kunne træne og finpudse min klatreteknik, var væggene og tinderne oppe ved Meilerhütte. Lørdag morgen 'løb' jeg op til Meilerhütte og blev der til søndag eftermiddag. Jeg havde udset Leutascher Dreitorspitze – den rigtig svære - som 'øvebjerg'. Allerede i løbet af den første weekend udviklede jeg en speciel teknik, så jeg kunne sikre mig selv mens jeg klatrede: Jeg klatrede i dobbeltreb og brugte 'abseilsotte-tallet' som stichbremse, satte 6-7 sikringer, brugte den sidste som topsikring, abseilede ned til den første og tog de fire nederste sikringer med på vej op igen. Denne teknik gav mig en aktionsradius på 15-20 meter pr. sløjfe.

Søndag den 28. sad jeg med en stor kold øl og evaluerede de to sidste weekender ude på terrassen foran hytten, inden jeg skulle hjem. Det var overskyet, men stadig dejligt varmt. Hytteværten Jochen kom hen til mig for at høre, om jeg var i gang med at etablere en fast rute med jernbolte op til toppen af Leutascher Dreitorspitze?

– Det havde jeg godt nok ikke overvejet, men det var da en spændende mulighed, svarede jeg på hans indirekte spørgsmål.

Jeg fortalte, at jeg næste weekend skulle af sted tre dage med min forlovede, at vi ville tage Leutascher Dreitorspitze første dag og derefter Scharnitzspitze længere vestpå.

– Med alt det udstyr jeg har set dig bakse rundt med, ville jeg i jeres sted tage alle tre dage i Oberreintalhütte, som efter min bedste mening er et rent klatrerparadis, men gemt væk i en lille lukket dal og måske derfor meget overset og ikke særlig agtet for sine mange spændende ruter op til hhv. Karlspitze, Schüsselkarspitze og Teufelspitze med sværhedsgrader fra II+ til V – men nu er jeg jo ikke klatrerguide, det var bare et forslag, sagde han og gik ind igen.

Jeg tog kortet frem, fandt hurtigt Oberreintal og hytten. Jeg så også straks flere af de rutemuligheder Jochen lige havde omtalt og undrede mig over, at jeg også var en af dem, der helt havde overset dette paradisiske område?

Jeg var tilbage på Kranzbach tidsnok til at jeg kunne nå at give Angelika et knus og et kys på kinden, inden hun skulle møde på arbejde.

– Jeg har noget spændende at fortælle dig senere i aften, fik jeg sagt, mens hun var på vej ud af døren.

Om aftenen fortalte jeg Angelika om min snak med hytteværten oppe i Meilerhütte, og i løbet af ganske kort tid blev vi enige om, at selvfølgelig skulle vi prøve Oberreintalhütte.

Torsdag morgen den 1. september regnede det – nej, det nærmest væltede ned fra himmelen med vand. Den lokale vejrudsigt lovede imidlertid, at det var en forbipasserende byge, som ville stilne af i løbet af formiddagen, og over middag ville det klare op med høj flot sol.

Lidt over klokken ti stoppede det med at regne, og vi gjorde klar til at tage af sted. Det var godt tre uger siden, vi havde været på tur sammen, så bare det at gå med hinanden i hånden var i sig selv en skøn oplevelse.

Vi havde ikke travlt, så der var ingen grund til at presse tempoet, og vi var da også først oppe ved hytten ved halv totiden. Himmelen var nærmest azurblå uden en eneste sky og solen bragede bare igennem. Oberreintalhütte lå et stykke oppe af et gammelt Geröllfeld som nu var groet til med gæs og træer, og det var først et godt stykke oppe af zigzagstien, at den hvide hytte pludselig tonede frem mellem træerne. Et par hundrede meter bag hytten var der en stejl klippevæg, som mindede meget om 'Brættet' over i Höllental, og lige over Oberreintalbrættet lå alle tinderne på rad og række – et fantastisk betagende syn, og nu forstod jeg, hvad Jochen havde ment med et paradisisk klatrerområde.

Vi meldte vores ankomst til hytteværten, skrev os ind til tre overnatninger med morgenmad og aftensmad og bestilte to øl. Vi satte os udenfor og slappede af i solen med hver sin bog. Jeg havde fundet endnu en bog af Nietzsche inde i Garmisch, 'Also sprach Zarathustra', og den havde jeg taget med.

Hele næste dag brugte vi på to bestigninger: Karlspitze og Schüsselkarspitze.

Det var de to nemmeste, var vi blevet belært om af hytteværten, men netop derfor også udmærket som træning. Vi skulle øve 'rebskift', etablering af standpladser (selvsikring) og placering af sikringer på de 25 m, jeg i første omgang besluttede, skulle være maksimum reblængde.

Vi startede med Schüsselkarspitze. Oppe ved tindekorset var vi imidlertid enige om, at det var en rute vi i en anden sammenhæng godt kunne have klatret uden reb og sikringer.

Op til Karlspitze var vi derimod helt klar på, at det i hvert fald to steder var helt oplagt at sikre os, så selve klatringen ikke blev en anspændt udfordring, hvor det hele tiden handlede om *ikke* at styrte.

Ved firetiden var vi tilbage i Oberreintalhütte og satte os ud på terrassen.

Vi bestilte noget at drikke, og mens vi nippede til den kolde øl, kiggede vi de to ruter ud, vi havde klatret. Angelika var hel høj af begejstring over dagens resultater og anstrengelser. Vi roste hinanden for, at det hele var foregået uden nogen form for panik eller ophidset stemning, hvilket godt kunne have forekommet, når det nu var første gang - men det var bare ikke os.

Vi hentede vores bøger, satte os til at læse og slappede af.

Efter aftensmaden kom vi helt tilfældigt til at snakke bryllup, og vi havde begge to vilde planer for, hvordan hele seancen skulle spænde af. Vi sludrede og snakkede frem og tilbage uden at blive helt enige – bortset fra, at det skulle være en fantastisk dejlig dag og en stor oplevelse for alle vores gæster.

Næste dag skulle vi vælge mellem Scharnitzspitze og Teufelspitze, da vi ikke skulle regne med at kunne bestige begge to samme dag. Vi valgte den sidste, for så kunne vi altid overveje, om vi orkede Scharnitzspitze om søndagen.

Første step var at komme op over Brættet, og derfra skulle vi op gennem Oberreintalkar, et langt sejt Geröllfeld med en zigzagsti, der kun var markeret med små 'Steinmenschen'. Herefter gik ruten op gennem Teufelskar på en sti, som nærmest ikke var til at få øje på. Vi brugte over et kvarter på bare at finde det røde mærke, der markerede indgangen i klipperne op mod tinden.

Vi holdt en lille pause, mens vi gjorde alt udstyret klar. Angelika ville gerne have prøvet at føre en reblængde eller to i dag, men da vi stod inde under klipperne og kiggede op, blev vi hurtigt enige om, at det måtte vente til i morgen.

Omkring klokken elleve startede vi på den første reblængde, og i løbet af en time var vi kommet godt 200 m op til en lille afsats, hvor vi også kunne holde pause og få noget at drikke.

De første 10 m op fra afsatsen var ekstrem vanskelige, fordi grebene ikke var store nok til, at jeg efterfølgende kunne stå på dem og hvile ordentlig ud i benene, men da jeg først var kommet forbi, så det næste stykke ikke helt så vanskeligt ud. Jeg stoppede op, sikrede mig og råbte ned til Angelika:

– Er du med?

– Ja, jeg er med, ok!

Jeg lod slyngen sidde i sikringen, trak rebet igennem og klatrede videre. De næste 7-8 m bød ikke på de helt store udfordringer, og jeg satte derfor først den næste sikring, hvor det igen blev rimeligt stejlt. Til gengæld var der knaldgode greb, og jeg havde nærmest følelsen af, at jeg klatrede op af en stige, og var lige ved at glemme at sætte de nødvendige sikringer.

Da jeg stod og var i færd med at få anbragt den sidste sikring, hørte jeg pludselig et højt råb:

– Jeg falder!

– Inden jeg kunne nå at reagere, blev jeg selv revet ud af balance. Jeg havde ikke nået at sætte sikringen forsvarligt i klippen, og styrtede 4-5 m ned til den næste sikring. Da jeg passerede, kom der et voldsomt ryk i rebet – og pludselig blev sikringen trukket ud som en prop i en vinflaske, og jeg fortsatte nedad hængende vandret i klatreselen.

Det var først da jeg hørte et højt smertensskrig fra Angelika, at det gik op for mig, at vores klatretur kunne ende i en frygtelig katastrofe. Det sidste jeg husker og ser for mig, er, da jeg brager ind i klippevæggen med hoved og skulder først. Kort før jeg besvimer, når jeg kun at tænke én tanke: Endelig var der en sikring der holdt...

Det næste jeg har et svagt billede af i min erindring er, da Angelika og jeg bliver sat ind i bunden af en redningshelikopter på hver sin båre. Angelika ligger med lukkede øjne, og da jeg vil række armen ud for at stryge hende blidt på kinden, kan jeg ikke mærke eller finde min højre arm, og midt i min forfærdelse mærker jeg, hvordan jeg langsomt glider ned i et mørkt hul og ser porten til min indre verdens ydre verden lukke sig.

Derefter mærker jeg en massiv smerte i hele kroppen med røde tågebilleder fra klatreparadiset i Oberreintal, men da jeg langsomt åbner øjnene og kigger mig rundt, befinder jeg mig i et totalt oplyst rum, hvor alt er hvidt.

– Du er død, tænker jeg.

Og lidt senere:

– Hvis jeg er død, kan jeg vel ikke tænke? Hvor er jeg så?

Jeg kigger mig omkring i rummet og bliver hurtig klar over, at jeg ligger på en hospitalsstue, og langsomt vender bevidstheden tilbage sammen med en voldsom hovedpine.

Klatreturen op til Djævletinden, det var der, det gik galt. Hvor er Angelika?

Jeg kigger mig rundt i hele rummet igen. Jeg er mutters alene?

Jeg prøver at bevæge mine arme og ben, og mærker i hvert fald en delvis kontrol over alle fire lemmer.

Jeg prøver at løfte overkroppen. Det lykkedes ikke helt, men fornemmelsen af kontrol er der trods alt.

Jeg får øje på en hvid snor med et lille håndtag: Alarm står der med rødt oppe på væggen, hvor snoren går ind. Jeg kæmper med min højre hånd for at fange håndtaget, og da det endelig lykkedes, falder jeg helt udmattet tilbage i sengen.

Lidt senere står der en sygeplejerske og en læge foran mig.

Jeg prøver at få øjenkontakt for at spørge til Angelika, men jeg kunne næsten ikke forstå, hvad jeg selv spurgte om.

Manden (overlægen) kom helt hen til mig:

– Hvad er det du gerne vil vide Tom?

– Angelika, svarede jeg, hvor er Angelika? og nu lykkedes det mig at få spurgt, så det kunne forstås.

Manden i den hvide kittel så på mig med et medfølende udtryk i ansigtet, og jeg følte, der gik flere minutter inden han endelig svarede:

– Tom, Angelika er død og blev begravet for otte dage siden.

Jeg lukkede øjnene.

– Det passer for Guds skyld ikke, tænkte jeg højt, alt imens intethedens og meningsløshedens sorte kappe ganske stille lukkede sig om min krop og min bevidsthed, selvom jeg prøvede at kæmpe imod.

ANSVAR OG SKYLD

At se ind i fremtiden betyder at fremkalde et billede af nogle hændelser, som endnu ikke har fundet sted rent tidsmæssigt, hvis tiden altså udelukkende er et naturvidenskabeligt fænomen, et logisk aspekt ved en fysisk observation. Måske har tiden også andre dimensioner end den rent logiske, måske er den flettet ind i en 'verdensgang', som både kan køre frem og tilbage ud fra en her-og-nu position?

Selvom det er kompliceret at forklare, hvad det vil sige at kunne se ind i fremtiden, har det aldrig skortet på mennesker, der var villig til at prøve. Hvis vi går ud fra, at der findes en almægtig guddom eller anden magt, som kontrollerer det, der sker og kortlægger fremtiden, skulle det være muligt at få del i denne viden ved simpelthen at spørge. Den efterfølgende meddelelse kan være enkel eller så kompliceret, at den fortolkningsmæssigt rummer stort set alle tænkelige udfald.

I det 4., 5. og 6. århundrede før Kristus var guden Apollon midtpunkt for en populær kult i Grækenland. Grækere strømmede til Pythia, oraklet i Delfi for at søge råd og vejledning. Oraklet holdt til på et helligt sted, som var et af de få steder, hvor guderne kunne kontaktes, konsulteres og formåes til at afgive et svar. Meddelelserne blev kanaliseret gennem et medium, en præstinde, som blev holdt i en trancelignende tilstand via dufte og dampe fra euforiserende stoffer. Ofte var svarerne så kryptiske og flertydige at de skulle afkodes af kyndige præster.

Under indflydelse fra filosofferne Platon, Aristoteles og Pytagoras bevægede grækerne sig gradvist væk fra Oraklet og frem mod astrologien som et middel til forudsigelser. Stjernernes position, planeternes baner og linier tegner også livsforløb for mennesker på jordkloden afhængig af det stjernetegn, man er født under.

Der opstilles et prognostikon på grundlag af astrologiske tegn, således også for både Zarathustra, Jesus og Tom Nolting.

Jeg blev udskrevet fra hospitalet i Garmisch-Partenkirchen mandag den 26. september – 23 dage efter bjergredningstjenesten havde indleveret os i akutmodtagelsen.

Fire dage forinden havde jeg fået klaret de tre mest presserende opgaver.

Jeg ringede til Angelikas forældre. De var helt indforstået med, at jeg besøgte hendes gravsted i Schiffdorf for at tage en sidste afsked, men de følte til gengæld ikke, at vi havde noget fællesskab, de ønskede at pleje eller opretholde fremover. Jeg havde taget deres datter fra dem, ligegyldigt hvordan sagen blev vendt og drejet, og den sorg kunne de ikke håndtere i forhold til mig. Faren beklagede meget, men beslutningen stod ikke til at ændre. Når jeg kom til Bremerhaven, skulle jeg bare ringe, og så ville han være der i løbet af en halv time.

Jeg ringede også og snakkede med mine egne forældre. Sygeplejersken havde fortalt mig, at de havde besøgt mig tre dage efter ulykken, da jeg stadig lå i dyb koma. De havde været hos mig i fire timer, og derefter var de taget tilbage på 'Hotel am Bahnhof' og var kommet igen næste dag, inden turen gik tilbage til Danmark.

Hospitalet havde lovet at ringe med det samme, hvis min tilstand ændrede sig afgørende i negativ retning – men nu var det så endelig mig, der kunne ringe og fortælle, at jeg havde det godt og snart ville blive udskrevet.

Jeg fortalte, at Angelika var død og fik at vide, at det var de blevet informeret om, ligesom de også vidste, at hun var blevet bisat for godt 14 dage siden. Dernæst fortalte jeg, at jeg hurtigst muligt ville tage til Schiffdorf for at besøge Angelikas gravsted, og havde lavet en aftale med hendes far. I den sammenhæng ville jeg så komme hjem et par dage eller tre, inden jeg tog tilbage til Kranzbach.

Sygeplejersken fortalte mig også, at Hr. Kretzmar havde besøgt mig adskillige gange og spurgt meget ind til min tilstand og udvikling.

Da jeg ringede til Wolfgang Kretzmar, var det for at fortælle, at jeg vendte tilbage til Kranzbach, så snart de havde fjernet min forbinding om hovedet. Jeg var også nødt til at fortælle hr. Kretzmar, at jeg ikke måtte lave noget fysisk arbejde de første 6-7 uger efter hjemsendelsen, og derfor ville tage til Schiffdorf så hurtigt som muligt, og efterfølgende besøge mine forældre i Danmark.

Jeg fik næsten et chok, da jeg så mig selv i spejlet, inden de fjernede forbindingen om hovedet. Da jeg var blevet tjekket og undersøgt, fik jeg et plaster på operationssåret og en mindre forbinding om hovedet, som jeg kunne gemme under en hue, så jeg ikke gik rundt og lignede Frankenstein.

Walther kom og hentede mig små to timer senere. Jeg bad ham stoppe op ved den store sportsforretning ved siden af banegården, så jeg lige kunne smutte ind og købe en hue til at dække forbindingen, og samtidig gå over i Reiffeisen Bank og hæve nogle penge. Derudover udvekslede vi ikke ret mange ord med hinanden på vejen op til Kranzbach. Jeg havde det frygtelig svært, fordi jeg ikke havde lyst til at snakke med nogen om noget, som jeg følte kun vedkom Angelika og mig selv.

Tilbage på Kranzbach var jeg rundt og hilse på alle mine arbejdskolleger. Det var tydeligt, at de var meget berørt af det, der var sket – specielt naturligvis omkring Angelikas død, men glade for, at jeg trods alt havde overlevet. Jeg satte stor pris på, at ingen spurgte ind til, hvordan det var sket, og hvorfor det i det hele taget kunne gå så galt.

I min personlige snak med hr. Kretzmar en time senere havde jeg allerede ændret mine planer drastisk. Jeg havde forinden siddet i vores lejlighed og bare kigget tomt ud i stuen, deprimeret og modløs, mens jeg i tankerne gennemgik de sidste minutter inden det fatale styrt, og i en blanding af desperation og smerte måtte jeg erkende, at min tid på Kranzbach var slut.

Jeg forelagde hr. Kretzmar mine overvejelser og det uudholdelige i, at jeg hele tiden ville se Angelika i alt, hvad jeg foretog på stedet her fremover.

Kretzmar lyttede indgående til alt, hvad jeg fortalte, men fik mig dog overbevist om, at vi skulle vente med at foretage os en hel masse, til jeg kom tilbage fra Danmark, og måske ville jeg ikke opleve smerten på helt samme måde til den tid?

– De store beslutninger og efterfølgende konsekvenser har det bedst, hvis de modnes over en periode på 8-14 dage, var Kretzmars ord til mig.

Angelikas far kørte mig ud til kirkegården, viste mig gravstedet og trak sig derefter tilbage i respekt for mit ønske om at være alene med mindet om hans datter.

En halv time senere kørte han mig ind til Bremerhaven.

Undervejs undskyldte han flere gange, at de virkede så ugæstfrie og afvisende, men de havde det fortsat meget svært med at forholde sig til Angelikas død. Langt hen ad vejen følte de, at ulykken som sådan ikke var min skyld, men der hvilede et stort ansvar på mine skuldre for den tragiske udgang af vores bjergtur – og hele 'Kranzbachkonceptet' var i det store og hele min idé.

For min del udtrykte jeg forståelse for, at de naturligvis havde det svært, og at de endelig ikke måtte bebrejde dem selv noget i forhold til mig, men de skulle også forstå, at jeg havde store problemer med overhovedet selv at komme videre i min egen tilværelse. Jeg havde på den anden side ikke overlevet for efterfølgende, i skyldfølelser over Angelikas død, at tage mit eget liv.

Vi tog afsked foran banegården og gav hinanden hånd på, at det ikke var forbudt at tage kontakt, hvis noget gik helt galt for enten dem eller mig, men ellers var det farvel *uden* nogen tak for noget som helst.

I toget til Danmark havde jeg god tid til at vende mit sidste farvel til Angelika. Inderst inde havde jeg nok frygtet, at jeg ville bryde sammen i anger og dårlig samvittighed, for set ud fra en højere retfærdighedsinstans, var det mig, der burde være død og ikke Angelika – men sådan gik det ikke.

Den psykiske nedsmeltning varede kun 15-20 sekunder. Mine religiøse og følelsesmæssige gener var overhovedet ikke i kontakt med hinanden. Den lille halve time jeg tilbragte foran det glatslebne 'granitikon' med Angelikas navn, fødsels- og dødsdato indgraveret i guld, gav mig ingen forståelse af, at det var hende, der lå to meter nede under jorden i en kiste ventende på vores genforening, og den åndelige samhørighed jeg havde håbet skulle opstå, mens jeg knælede foran graven, udeblev.

Det handlede ikke om manglende empati, men de varme følelser og dejlige oplevelser, vi havde haft sammen, krympede nærmest en anelse i den kolde efterårsluft.

Hele vejen fra Flensborg til Odense 'kørte der en indre film', hvor jeg igen og igen fremkaldte alle de lykkelige stunder, vi havde haft sammen, vores bjergture, hendes smil og ansigtsudtryk og ikke mindst hendes bemærkninger i de forskellige situationer, hvor hun enten var udmarvet af træthed eller glad og ovenpå.

I Odense skulle jeg vente en halv time på rutebilen til Bogense, og brugte derfor noget af ventetiden på at ringe til mine forældre og fortælle, at jeg var på vej.

På vejen hjem til Alminden ude fra Tyrekroen begyndte min skulder at gøre ondt som ind i helvede, selv om den var bundet op i en slynge.

Det var en brændende og gennemborende smerte, som gik helt nede fra albuen, op gennem skulderen og ned i ryggen. Jeg havde fået strenge ordre om, ikke at tage slyngen af de første 4-5 dage, og hvis det gjorde meget ondt, skulle jeg i første omgang glemme alt om det øvelsesprogram, jeg havde fået med fra hospitalet og bare lade skulderen slappe af.

Min far og mor må have set mig komme, for de stod begge to i indkørslen og tog imod mig. Det blev et meget bevæget gensyn, hvor ingen af os kunne holde tårerne tilbage, men efter et par minutter med kram og knus gik vi indenfor.

Først skulle jeg vise dem, hvordan min skulder var bundet op og fortælle om de forskellige operationer – altså stort set, hvad jeg selv havde fået fortalt. Derefter tog jeg min grå strikhue af - den hue jeg havde købt til at dække over plasteret og det hvide gazebind. Jeg fortalte, at jeg var blevet opereret i hovedet to gange, og at det var lykkedes dem at fjerne den lammelse, jeg havde pådraget mig i stort set hele højre side – og så ikke mere snak om operationer og hospital.

Jeg takkede dem for, at de var taget ned for at besøge mig, selvom vi ikke havde kunnet kommunikere overhovedet, og de skulle naturligvis vide, at jeg var blevet overordentlig glad, da sygeplejersken fortalte mig, at de havde været der to dage i træk.

Jeg havde naturligvis også forberedt mig på, at de ville spørge om, hvordan ulykken skete, og da spørgsmålet kom, kunne jeg fortælle om skæbneturen til Oberreintal uden at blive alt for berørt af det tragiske udfald – jeg græd lidt, men mistede ikke fatningen på noget tidspunkt.

Vanen tro havde min mor forberedt aftensmaden på forhånd, så da jeg var færdig med at fortælle, satte vi os til bords.

Efter maden handlede snakken mere om den nærmeste fremtid, og hvilke tanker jeg havde gjort mig i den forbindelse.

Jeg fortalte, at jeg ikke måtte arbejde de første 6-7 uger, men at jeg alligevel havde aftalt med hr. Kretzmar, at jeg i første omgang vendte tilbage til Kranzbach direkte fra

Danmark. Hvad der derefter skulle ske, havde jeg på nuværende tidspunkt ikke noget konkret bud på, men et eller andet ville jeg foretage mig, inden jeg genoptog mit arbejde, det var helt sikkert.

Det var først senere på aftenen, at min mor og far spurgte mere indgående ind til, hvordan Angelikas forældre havde reageret på ulykken. Jeg fortalte om min samtale med faren, herunder også vores aftale om kun at kontakte hinanden, såfremt det var noget virkelig alvorligt. De havde ikke noget ønske om at pleje kontakt med den person, der mere eller mindre direkte var skyld i deres datters død.

Min mor sad lidt inden hun meget eftertænksomt svarede, at hun havde fuld forståelse for deres sorg og frustration, og at hun naturligvis håbede, jeg respekterede deres afvisende holdning, som en måde, hvorpå de kunne håndtere deres egen smerte og vrede over at miste.

– Når det er sagt Tom, så håber din far og jeg naturligvis, at det med bjergbestigning og klatring ikke er noget, du har presset Angelika til, men noget, hun også selv har ønsket?

– Selvfølgelig var det noget, vi var fælles om. Vores bjergture rummer nogle af de største oplevelser og glæder, vi har haft sammen. Jeg har ikke presset Angelika til at gøre noget, hun ikke selv havde lyst til – det kunne jeg ikke drømme om

– Forstå os ret Tom. Jeg spørger kun, fordi din far og jeg har vendt problematikken i lyset af det tragiske udfald på jeres sidste tur - specielt da vi besøgte dig på hospitalet i Garmisch-Partenkirchen. Naturligvis mener vi ikke, du er skyld i Angelikas død, men et eller andet sted var det vel dit ansvar? Så vidt vi forstod det, overlægen fortalte os, skulle du være endda temmelig god til det med at klatre i bjerge.

Min mor havde knap talt færdig, før det gik op for mig at Angelikas død sammenholdt med den omstændighed, at jeg trods alt havde overlevet, alligevel havde betydet meget mere for dem, end de i første omgang havde givet udtryk for, og måske havde ulykken også udløst en konflikt eller krise i deres forhold? Min far sagde ikke noget? Jeg prøvede at ryste de ubehagelige tanker af mig, inden jeg sagde noget.

– Naturligvis sidder jeg tilbage med en ubehagelig følelse af, at ulykken kunne have været undgået, hvis bare sikring nummer to i det mindste havde kunnet klare presset og vægten – men det kunne den ikke. Først nummer fire holdt, men da var det for sent i forhold til Angelika. Det var mig, der havde sat sikringerne, så naturligvis er det mit ansvar, og det ansvar prøver jeg ikke at fralægge mig, men derfor er det ikke min skyld, at Angelika er død – det er ikke mig, der har slået hende ihjel.

– Nej Tom, det ved vi godt. Det, jeg sagde før, var ikke ment som nogen anklage, tværtimod - men vi håber inderligt, du får bearbejdet det hele de næste par uger eller måneder, så ulykken ikke kommer til at hænge over dig som en mørk skygge resten af livet. Og har du brug for, at vi sammen snakker om det, så gør vi det gerne - naturligvis.

– Ja, det ved jeg, svarede jeg og gjorde tegn til at gå op i seng.

Det varede længe, inden jeg faldt i søvn. Holdningen hos mine forældre kom bag på mig – og alligevel ikke. Jeg kendte dem jo – eller gjorde jeg, når alt kom til alt? Hvor meget havde hospitalet, lægen fortalt dem? Det gik langsomt op for mig, at jeg var fuldstændig alene, isoleret i et hjørne af mit eget eksistentielle rum, og nu skulle jeg passe på, at murene ikke begyndte at lukke sig om mig.

Næste dag, torsdag den 29. september, kørte jeg ind til Bogense, tog en tur ned omkring havnen, og undlod selvfølgelig ikke at gå en tur ud på molen. Jeg satte mig på bænken ved fyrtårnet og kiggede ud over havet, en handling der nærmest var blevet et ritual.

På tilbagevejen gik jeg først ind i banken og vekslede de 3000 DM, jeg havde hævet i Garmisch. Jeg satte 4000 kr. ind på min gamle konto og stak de resterende 6710 kr. i inderlommen på min jakke.

På vej ud ad Adelgade besluttede jeg helt impulsivt at aflægge 'Skrædderen' et besøg.

Da jeg trådte ind i forretningen og 'klokkeklimperiet' var ved at fortage sig, var det Viktor Hultberg, der kom ud fra værkstedet.

Det tog et sekund eller to, inden han genkendte mig, og så blev hans ansigtsudtryk til ét stort spørgsmålstegn:

– Tom, hvad er der dog sket, spurgte han både forskrækket og medfølende.

Jeg undrede mig over, hvor hurtig Viktor var til at læse situationen, men svarede blot:

– Jo ser du, Hultberg, toget er stoppet. Der er ikke flere stationer på linien.

– Kom med indenfor. Der er vist lige noget, du skal fortælle, sagde han opfordrende, mens han gik hen og vendte skiltet på døren: Lukket.

Vi satte os ind i værkstedet. Hultberg fortalte at Emilia havde pådraget sig en kraftig halsbetændelse og havde ligget syg i snart en uge.

Pludselig vidste jeg ikke, hvor og hvordan jeg skulle begynde, men besluttede mig til at fortælle om alt det, jeg havde været igennem, om de mange lykkelige timer med Angelika og til sidst om katastrofen for snart fire uger siden. I næsten et helt år havde vi levet en vidunderlig paradisisk tilværelse, hvor lykken var noget, vi selv opbyggede og nærmest tog for givet - og nu var det hele forsvundet.

Viktor havde lyttet uden på noget tidspunkt at afbryde mig, men da jeg var færdig, havde han to ting, som var vigtig for ham at få sagt.

– Tom, der er ikke noget, der hedder en 'endestation' i den kamp, du nu skal kæmpe. Hvis sporerne er stoppet, så må du selv ud at lægge nye skinner, og er der ingen station, så må du bygge en – det var sådan jeg kæmpede i over fire år under krigen, og når jeg kunne, så kan du også.

Dernæst skal du vide, at skyldfølelsen er den kristne tros værste svøbe. Du må for alt i verden ikke give dig selv skylden for, at det gik galt. I tog ikke på klatretur for at én af jer eller jer begge to skulle dø, men tilfældet ville bare, at katastrofen indfandt sig. Skyld og ansvar er et farligt makkerpar, som kan blotlægge vores dybeste angst og inficere livet med en sygelig gift.

Jeg erindrer ikke præcis, hvor længe vi sad og snakkede, men jeg kunne mærke knuden i maven blive mindre – det havde været en god snak. På vej hjemad mod Alminden, begyndte en ny idé eller plan at tage form inde i mit hoved, alt imens min skulder gjorde forfærdelig ondt, men det var ikke kun skulderen, der gjorde ondt. Min indre verden var indhyllet i en smertetåge, så iskold og ødelæggende, at den truede med at nedfryse hele mit livsmod og min selvrespekt. Min identitet ville stille og roligt krakelere og falde fra hinanden, hvis ikke jeg holdt fast i den nye plan, jeg havde lagt. Viktor havde tændt min livsflamme igen, selvom den endnu kun brændte ganske svagt.

For enden af Adelgade svingede jeg cyklen rundt og kørte tilbage til Rasmussens 'Avis & Tobak' kiosk for at købe nogle aviser.

Da jeg satte cyklen fra mig ovre ved vognporten, havde jeg svært ved at forestille mig, at jeg allerede om to dage skulle lægge slyngen fra mig og begynde på mit træningsprogram, men omvendt glædede jeg mig til at komme i gang trods smerter og gener.

Jeg havde købt tre aviser for at undersøge boligmarkedet i København, men sagde ikke noget til mine forældre om den skjulte hensigt. Jeg fortalte derimod, at jeg havde besøgt skrædderen, og fået en god snak med hr. Hultberg.

Senere på eftermiddagen gav jeg min mor 4000 kr. til dækning af deres udgifter i forbindelse med rejsen til Garmisch-Partenkirchen, men det var først, da jeg insisterede tredje gang, at hun sagde ja til at modtage pengene. Da jeg senere i samtalen fortalte, at jeg havde besluttet at tage af sted allerede i morgen, reagerede hun nærmest med forfærdelse:

– Du er jo slet ikke rask, kære Tom.

– Nej mor, men det håber jeg at blive hurtigst muligt. I overmorgen skal jeg have plasteret fjernet fra hovedbunden for at de kan vurdere, hvor pænt hovedskallen er vokset sammen, og om såret er helt lægt. Lægen sagde godt nok, at jeg gerne måtte lade sygehuset her i Bogense gøre det, hvis jeg valgte at blive i Danmark lidt længere, men jeg er oprigtig talt nok mest tryg ved, at det bliver gjort af de samme mennesker, som har opereret mig, specielt med hensyn til skulderen, da jeg er bange for at den kommer til at volde mig store problemer. Når mine aftaler med Kretzmar og Kranzbach er på plads her om en små 4-5 dage, overvejer jeg stærkt at tage et eller andet sted hen i en

14-dages tid for at koble fuldstændig fra – men hvor, har jeg endnu ikke taget stilling til, måske bliver det Rom.

– Du kunne jo også overveje at tage hjem igen, foreslog min mor i et tonefald, som ikke lod noget tilbage omkring, hvad hun selv ønskede.

Ja, og det indgår også i mine overvejelser, men det bliver bare ikke de første 3-4 uger.

Den efterfølgende snak kom meget til at handle om Bodil og Jørgen, fordi Bodil ringede op for at høre, hvordan det gik mig, og da jeg havde snakket færdig med min søster, kunne min far ikke lade være med at komme med en bemærkning om, at man sagtens kunne have et spændende og dejligt liv uden at have studentereksamen og rejse udenlands. Jeg følte mig en smule provokeret af min fars bemærkninger, men mærkede også lynhurtigt, at det hverken var tidspunktet eller stedet, hvor min tilværelse skulle måles på, hvor meget min søster og svoger allerede havde opnået af de ting, som mine forældre satte pris på.

Resten af snakken kom uundgåeligt til at handle om livet i Bogense, og specielt hvem der snakkede med hvem, og hvad der blev snakket om. Folk vidste godt at jeg havde været ude for et alvorligt styrt under en bjergtur, og nær havde mistet livet.

Vi stod alle tre op kl. 6 næste morgen for at spise morgenmad sammen. Min far skulle som sædvanlig møde på arbejde kl. 7, og jeg skulle med rutebilen lidt over kl. 8.

Afskedsscenerne, først med min far og dernæst med min mor, blev lige så følelsesladet, som gensynet havde været tre dage forinden.

Da jeg havde sagt farvel til min far, satte min mor og jeg os ude i køkkenet og snakkede. Her fortalte jeg hende, at jeg havde besluttet mig for at komme tilbage til Danmark, men jeg ville prøve at finde en lille lejlighed i København, og det var bl.a. derfor, jeg i går havde købt tre aviser.

I mellemtiden havde jeg fået en hel anden idé. Jeg ville prøve at kontakte hr. Salomonsen for at høre, om han havde mulighed for at skaffe en 2-værelses lejlighed enten på Vesterbro eller på Nørrebro.

Det blev min mor glad for at høre.

– Men hvad skal du så lave i København? spurgte hun med tårevædede øjne.

– Jeg har set en annonce i én af aviserne for 'Akademisk Studenter Kursus', hvor man kan tilmelde sig enten et etårigt eller et toårigt forløb, men man kan også vælge at gå op som privatist i fuldt pensum – og det kunne jeg så overveje at gøre allerede til juni.

– Og bagefter, spurgte min mor.

– Bagefter, altså til september, agter jeg at påbegynde et studium, men hvad det konkret indebærer i forhold til fagområde, kan jeg på nuværende tidspunkt ikke en gang selv svare på.

Vi fulgtes ad op til Tyrekroen. Min mor trak cyklen med min sorte sportstaske på bagagebæreren, og jeg havde min skrivemaskine i en skuldertaske over venstre skulder. Vi stod foran den lille købmandsforretning og ventede på rutebilen, og da vi fik øje på den inde på Odensevej, krammede vi farvel en sidste gang.

Jeg havde ikke fortalt mine forældre noget om, hvad der var den egentlige årsag til, at jeg gerne ville af sted så hurtigt. Det kunne jeg altid fortælle dem, når lejlighed bød sig, men lige nu ville det (jeg) bare forvirre dem endnu mere.

Klokken 20.15 var jeg i München og overvejede et kort øjeblik at gå hen i Schützen-strasse og bestille et værelse, men blev enig med mig selv om, at det var bedre at tage en taxa fra Garmisch til Kranzbach – så skulle det være muligt at være tilbage på Kranzbach ved 23-tiden. På vej over til perron 22 løb jeg bogstaveligt talt lige ind i en stor opsat udstilling om 'En togrejse til Venezia'.

Et kvarter over elleve satte jeg nøglen i døren til vores lejlighed på Kranzbach.

Jeg havde en tid på hospitalet næste dag kl. 13.30, og da jeg ikke havde meldt afbud, gik jeg ud fra, at den stadig var gældende.

Næste formiddag bad jeg om et kort møde med hr. Kretzmar. Jeg fortalte ham, at jeg havde besluttet mig for at tage tilbage til Danmark og genoptage mine studier, og at jeg regnede med at tage af sted allersenest om fire uger. Ud over selve hospitalsbesøget havde jeg et par andre småting, jeg skulle ordne i Garmisch, men når jeg kom tilbage hen under aften, ville det glæde mig, hvis han kunne afsætte tid til, at vi i fællesskab kunne sætte det sidste punktum for min tid og mit arbejde på Kranzbach. Kretzmar var meget forstående og sagde, at jeg bare kunne banke på, når jeg var tilbage.

Undersøgelserne på hospitalet var alt i alt meget positive. Hovedet var det, der havde det bedst, både selve kraniebruddet og såret var helet ganske fantastisk, så jeg var velkommen til at smide tophuen allerede fra i dag. Der var ingen spor eller skader på nervebanerne tilbage fra selve lammelsen, så det betragtede de som et afsluttet kapitel. Undersøgelsen af skulderen varede næsten 20 min., men både læge og sygeplejerske var yderst tilfredse med resultatet – nu var det op til mig selv at få den tilbage til sit tidligere funktionsniveau. Det øvelsesprogram, jeg rent faktisk allerede havde fået udleveret, blev gennemgået endnu en gang. Det blev også pointeret flere gange, at det var op til mig selv, hvor hurtigt jeg ville tilbage i klatresammenhæng – alle øvelserne skulle gennemføres tre gange om dagen, hver dag de næste tre måneder.

Da jeg forlod hospitalet, var jeg meget glad og fortrøstningsfuld. Tre måneder følte jeg ikke som nogen stor udfordring til min selvdisciplin.

Derimod havde jeg en helt anden udfordring, som jeg skulle have klaret i dag, hvis det var muligt, nemlig at få ringet til Salomonsen. Det varede lidt, inden jeg kom igennem til Odense, og jeg havde knap nok nået at fortælle, hvem jeg var, før jeg fik at vide, at jeg ville blive stillet om.

– Hallo Tom, det er Salomonsen. Hvad har du på hjertet?

– Jo, forstår du, jeg har været ude for et alvorligt styrt under en bjergtur, hvor min forlovede mistede livet. Nogle dygtige læger forærede mig en ekstra 'livline', og nu vil jeg gerne vende tilbage til Danmark og gøre mine studier færdig.

– Det er jeg meget ked af at høre. Hvornår skete det?

– Det skete for en lille måned siden, og jeg har det oprigtig talt stadig ad helvede til. Men i forhold til at flytte tilbage til Danmark, så har jeg brug for en lille lejlighed enten på Vesterbro eller på Nørrebro, altså ikke i Odense, men i København, og jeg fik den tanke, at du som advokat med samarbejdspartnere i København måske kunne være mig behjælpelig – mod salær naturligvis.

– Og hvor hurtigt skulle det så i givet fald foregå?

– Jeg ringer fra Garmisch-Partenkirchen og regner med, at jeg om senest et par dage tager på en 'slags genopbygningsrejse' til Italien, så om ca. tre uger og senest om 4-5 uger ville jeg gerne kunne flytte ind. Lyder det som en realistisk mulighed, eller er det det rene utopi?

– Jeg vil ikke på forhånd sige, at det er umuligt, men omvendt tør jeg slet ikke love dig noget, da jeg normalt ikke har noget med ejendoms- eller lejlighedsformidling at gøre. Ring til mig, når du er landet i Italien, altså om en 5-6 dage, så har jeg måske fundet ud af noget.

– Tusind tak hr. Salomonsen. Jeg ringer, når jeg er kommet til Italien og har fundet et sted at bo.

Næste opgave handlede om noget helt andet igen, noget som jeg sagtens kunne forholde mig til på min yndlingsrestaurant med terrasse ud til Partnachfloden, og inde i mit hoved var forberedelsesscenen allerede på plads: En stor øl, en gullaschsuppe og vandet, der brusede forbi mig mindre en tre meter væk, alt imens jeg ville prøve at få lidt struktur på min plan.

På vej hjem til Alminden efter min snak med Viktor Hultberg for tre dage siden havde jeg fået en fantastisk ide. Min historieopgave om Viktor og Emilia ville jeg skrive om til en roman om kærlighed og krig, om forhåbninger, lidelser og troskab, og jeg ville lægge alt det ind i historien, som Angelika og jeg ikke havde fået lov til at gennemleve i den korte tid, vi havde haft sammen. Jeg havde taget alt mit materiale fra 'Viktor – en sejr for menneskeheden' med, og under mit ophold i Italien, skulle jeg i første omgang prøve at få styr på et handlingsforløb, som i min forestillingsverden drejede sig om:

– Den store forelskelse, begyndelsen til alt

– En smertelig og problematisk adskillelse

– Viktors kamp,og ikke mindst Emilias kamp

– Genforening, fælles kamp og forløsning,

Og disse fem kapitler i deres liv skulle jeg nu prøve at sætte ord og hændelser på, så det forhåbentlig blev en levende og medrivende menneskeskildring. Titlen havde jeg i mellemtiden også på plads 'Viktor og Emilia', men lige bortset fra de to navne skulle alle andre relationer til de autentiske mennesker i Bogense sløres. Når jeg så kom til København, ville jeg udbygge og finpudse alle mine notater og skriverier, bygge selve historien op og prøve, om jeg kunne have det endelige manuskript færdig til februar.

Min sidste udfordring handlede om, hvor jeg skulle tage hen i Italien?

Næsten samtidig med at idéen opstod, tænkte jeg naturligvis på Rom. Jeg blev først i tvivl, da jeg på banegården i München så den udstilling om Venedig: En efterårsoplevelse af de helt store! Mærk den specielle venetianske stemning, der svinger mellem livsbekræftende glæde og en romantisk melankoli afstemt efter sensommerens skiftende vejrlig.

Venedig er kærlighedens og begærets by. Jeg havde givet mig tid til at kigge lidt nærmere på udstillingens billeder fra hhv. Markuspladsen, Rialtobroen, Gondolerne på Canale Grande, hyggelige fortovsgader med caféer og restauranter og så et fra en lille kirkeplads, som osede af mystik.

Da jeg drak den sidste slurk af min øl og satte glasset fra mig, havde jeg truffet min beslutning: Venedig.

Lidt over fire bankede jeg på ovre hos familien Kretzmar. En halv time senere var alle aftaler på plads. Jeg ville få løn til og med den 14. oktober, men skulle ikke være ude af lejligheden før senest den 29. og fik således god tid til at pakke mine ting sammen, når jeg kom tilbage fra min rekreationstur til Italien. Kranzbach overtog Angelikas og mine møbler til samme pris, som vi havde betalt, mod at Kretzmar fik alle fakturaerne, og det var jeg naturligvis glad for. Den dag, jeg skulle rejse, var Kretzmar indforstået med, at jeg blot sagde farvel nede ved morgenmaden og efterfølgende gik rundt til de andre 7-8 personer, som ikke var med ved morgenmaden – og det var det.

Tidligt om morgenen næste dag kørte Walther mig ned til Klais. Fra Innsbruck skulle jeg have et tog til Verona, og derfra videre til Padova og Venedig. Hele turen tog kun godt seks timer.

På den store moderne banegård i Venedig gik jeg over til Turistinformationen for at finde et hotel. Jeg fik lov til at kigge i en bog, hvor alle hotellerne var linet op efter hinanden begyndende med de billigste. Det tog mig over et kvarter at finde et hotel, som både prismæssigt og beliggenhedsmæssigt passede til såvel min økonomi som min forestilling om byen ud fra det lille bykort, jeg stod med i hånden. Hotellet lå midt imellem San Marco og Castello for enden af Calle Sant`Antonio og hed Hotel Malibran.

Kvinden i turistinformationen ringede hotellet op og fik bekræftet, at de havde et værelse ledig og videregav mit navn til receptionen. Herefter fortalte hun mig, at jeg skulle gå ned til Canale Grande og praje en vandtaxi – ikke en gondol - til hotellet.

Opholdet i Venedig blev på mange måder en mærkelig og fantastisk oplevelse.

Når jeg tænker tilbage, ved jeg egentlig ikke, hvad jeg konkret havde forestillet mig ud over de plakater og billeder, jeg havde set i München, men Venedig overgik selv mine vildeste forventninger. Allerede i vandtaxien sad jeg med en fornemmelse af, at det hele var en drøm. Turen ned ad Canale Grande med alle de smukke husfacader, balkonerne, og de farvestrålende markiser, anløbsbroerne og de flot dekorerede pæle i vandet – videre til Rialtobroen, hvor vi drejede ind i nogle sidekanaler og kort tid efter lagde til ved et lille anløbssted. Alle disse indtryk kunne jeg slet ikke få til at passe ind i nogen virkelig verden.

’Chaufføren’ udpegede en lille bro, som jeg skulle gå over, og ca. 100 m nede til venstre lå mit hotel. Jeg takkede og betalte for turen.

Midt på broen stoppede jeg op, kiggede mig omkring og rystede uforstående på hovedet. Det *måtte* være en drøm. Spørgsmålet var kun, hvornår den sluttede.

Da jeg var installeret på mit værelse og havde pakket ud, tog jeg min notesblok og bykortet under armen og gik ud for at finde en hyggelig restaurant, hvor jeg kunne få noget at spise – jeg var hundesulten.

Dybt fascineret af de mange små pladser, kirker og broer gik jeg omkring i det, jeg opfattede som måtte være den gamle bykerne. Selv om vi var inde i oktober måned, var der stadig ganske mange mennesker, hovedsagelig turister selvfølgelig, og trængslen ved de små broer var stor. Efter en god halv times tid fandt jeg en dejlig restaurant med borde lige ud til kanalen – og her slog jeg mig ned. Temperaturen var omkring en 17-18 grader, så det at sidde udenfor var ikke noget problem for mig i hvert fald.

Tjeneren var der ganske få minutter efter, jeg havde sat mig. Jeg bestilte en stor øl og en pizza, Quádro Stagióne.

Øllen fik jeg serveret ganske kort tid efter, jeg havde åbnet notesbogen.

Jeg var nødt til at lave en plan for, hvordan jeg skulle arbejde, ellers ville jeg bare daske rundt og lege turist hele dagen – og det var ikke kun det, jeg var kommet herned for, men fristelsen var stor, fordi det hele var så ekstremt betagende og fantastisk anderledes.

I morgen ville jeg være turist. Jeg skulle sejle i gondol ned ad hele Canale Grande, se

Dogepaladset, Markuspladsen og alle de andre herligheder. Jeg ville finde nogle små hyggelige pladser, hvor jeg kunne slappe af og filosofere lidt over min egen tilværelse.

Dernæst, altså fra onsdag og helt frem til den 15. oktober, handlede det om at skrive, og desuden skulle jeg også lige huske at ringe til Salomonsen.

Morgen, middag og aften skulle jeg lave mine øvelser.

Efter morgenmaden ville jeg gå en lille tur udelukkende med 'Viktor og Emilia' i tankerne, så jeg vidste, hvad jeg skulle skrive, når jeg kom tilbage.

Ved aftenstid, når jeg havde brug for et break, ville jeg gå herhen på lige præcis denne restaurant og tænke på Angelika, da det jo i lige så høj grad handlede om vores forhold, som om Viktor og Emilia.

Da jeg havde spist min pizza og nydt et glas Chianti, var det i mellemtiden blevet mørkt. Jeg betalte og begav mig hjemad mod hotellet i roligt tempo – jeg havde bestemt ikke travlt.

Det var først efter en time, da jeg tilfældigvis stod foran samme restaurant, at det gik op for mig, at Venedig var en stor labyrint af små gader, broer og kanaler. Pludselig var jeg ikke helt så afslappet – nu handlede det om at finde Hotel Malibran.

Hele næste dag blev en kæmpe stor oplevelse. Alene det at sidde på Markuspladsen i høj sol og nyde en øl til 35 kr. var både til at grine og græde over – men jeg havde valgt at være turist. Jeg sejlede rundt i kanalerne, ganske som jeg havde planlagt aftenen i forvejen, og så Frari-kirken, Rialtobroen og Palazzo Ducale (Dogepaladset) og alle de andre herligheder ude fra vandsiden. Det irriterede mig lidt, at jeg ikke havde givet mig selv tid til at sætte mig ind i, hvad alle de forskellige smukke bygninger, paladser, kirker og indbydende pladser hed ud over lige de aller mest kendte, men allerede efter en halv time opgav jeg at følge med på kortet og lod sanseindtrykkene tale for sig selv uden nogen historisk eller 'kulturel følgetale'.

Torsdag var der omslag i vejret. Det blev tåget med en svag regndis i luften. Jeg fik skrevet en masse, fik mig levet ind i det liv, som jeg forestillede mig, Viktor og Emilia havde været igennem. På restauranten om aftenen, den restaurant jeg havde døbt til 'Angelikas og mit mødested', kunne jeg ikke sidde udenfor. Inde i restauranten fandt jeg et lidt afsides bord til to. Tjeneren smilede til mig, som om jeg allerede var en del af familien. Jeg bestilte en pizza Gorgonzola og en hel flaske Chianti, og vidste udmærket på forhånd, at det ville ende med, at jeg blev lidt småberuset, men det var en trang eller lyst, som pludselig kom over mig.

Jeg tænkte meget på Angelika, så meget at jeg på et tidspunkt næsten var overbevist om, at hun sad over for mig på den tomme stol. Da jeg senere gik tilbage på hotellet, havde jeg flere gange oplevelsen af, at en skygge fulgte efter mig, uden at det virkede uhyggeligt. Jeg vidste jo, hvem det var.

Næste dag regnede det støt og roligt hele formiddagen, men over middag klarede det op, og jeg valgte at gå en tur.

Da jeg kom tilbage fra min lille udflugt, lavede jeg mine gymnastiske øvelser. Skulderen gjorde stadig meget ondt, men smerten var ikke længere så skarp og stikkende og derfor også meget nemmere at udholde.

Jeg havde også lige et andet lille opgør med mig selv. Den selvsuggestion jeg havde udøvet i går aftes - godt hjulpet af en god italiensk rødvin - i forhold til Angelika, skulle drosles ned, inden det blev til en sygelig besættelse, eller noget med, at jeg bare skulle have en 3-4 glas rødvin for at håndtere de ubehagelige tanker. Naturligvis skulle jeg ikke forbyde mig selv at tænke på Angelika, men jeg skulle heller ikke dyrke et spøgelsesagtigt minde for at tilfredsstille en selvudslettende og destruktiv trang hos mig selv. Angelika er død, ligegyldigt hvad jeg måtte gøre mig af tanker og forestillinger.

Herefter kastede jeg mig for alvor over Emilias kamp, hendes kamp med sig selv, håbet og overbevisningen om, at Viktor ville komme tilbage. Opgøret med forældrene fyldte meget i hendes bevidsthed og kom efterfølgende til at spille en stor rolle i hendes liv. Hun lærte at tro på sig selv og holde fast ved det, som for hende næsten var et alt eller intet – og hun lærte at tilgive, både sig selv og sine forældre.

Denne aften blev også på anden måde skelsættende. For ikke at blande alt for meget 'Tom og Angelika' ind i romanen om Viktor og Emilia, begyndte jeg at skrive min egen livshistorie. Jeg ville tilstræbe at få skrevet et par sider hver dag indtil jeg var 'up to date', og derefter kunne jeg nøjes med løbende at supplere med de vigtigste ting og begivenheder en gang om ugen.

Lørdag den 8. oktober hvilede der igen en tæt klam tåge over hele Venedig.

På min formiddagstur blev jeg slået af det spøgelsesagtige indtryk, jeg oplevede af husene, kanalerne med de høje anlægspæle og de små pladser, som tonede frem i tågedisen, mens jeg bevægede mig rundt i den venetianske labyrint af smalle gader og små forbindelsesbroer. Alle de kendte omgivelser blev forvandlet til noget uhyggeligt og fremmed, fordi jeg knap nok kunne genkende de steder, hvor jeg plejede at færdes - og nogle gange anede jeg ikke, hvor det gik videre. Kanalernes tunge, sorte spejlagtige overflade med de tågede silhuetter af anløbspæle og husfacader dæmpede al lyd og den normale støj fra diverse aktiviteter: Det var stilhedens dødståge, der havde lagt sig over Venedig, og når der pludselig dukkede et andet menneske frem af tågedisen, undveg jeg forskrækket i overbevisningen om, at vedkommende måske kunne finde på at skubbe mig ud i den kolde og fugtige grav.

Efter en lille halv times tid besluttede jeg mig for at finde tilbage til hotellet og bruge resten af dagen til at skrive, men på tilbagevejen mistede jeg flere gange fuldstændig orienteringen og måtte spørge om vej igen og igen.

Søndag var åbenbart den store gå-tur-dag, for der var et mylder af mennesker overalt. Solen skinnede, og det var atter dejligt lunt i vejret. Venedig indtog sin vante rolle som kærlighedens, sanselighedens og begærets by og gårsdagens tyngende og deprimerende oplevelser virkede nærmest som 'et falsk drømmebillede'.

På min formiddagstur valgte jeg at følge kanalen ned mod Sestiere Castello og der, hvor den delte sig, lå det skønneste lille torv med et springvand ude i midten. Mellem de to broer var der en fantastisk hyggelig Restaurant & Hotel lige ud til kanalerne. Der var mulighed for både at side ude foran eller inde i den yndigste lille gårdhave, og da jeg havde set gårdhaven, var jeg slet ikke i tvivl.

Der var fire små runde borde, hvoraf tre af dem allerede var optaget, så det var meget nemt at finde ud af, hvor jeg skulle sidde. Jeg havde taget Nietzsches bog om Zarathustra med, men det var første gang, jeg åbnede den siden Oberreintalhütte. Jeg var allerede i gang med at læse om 'Den barmhjertige og givende dyd', sidste afsnit i 1. bog, da en ung smuk servitrice kom hen til bordet. På italiensk spurgte hun, hvad jeg ønskede at bestille, og jeg svarede tilbage på italiensk, at jeg gerne ville have pizza med parmaskinke og gorgonzola – og en stor øl. Hun smilede sødt tilbage, og havde åbenbart forstået mit 'tøvende selvlærte italiensk'.

Jeg var i gang med den 'passage', hvor Zarathustra taler til sine tilhørere og følgesvende og irettesætter dem for bare blindt at tro i stedet for at søge sig selv, da hun kom tilbage og satte et stort koldt glas øl foran mig. Jeg kiggede kort op, nikkede som tak og læste videre.

–... og nu skal I miste mig, for at finde jer selv! Og først når I alle har fornægtet mig, vender jeg tilbage.

Sandelig siger jeg jer: Med andre øjne vil jeg lede efter mine mistede, og med en anden kærlighed vil jeg elske jer. Og endnu en gang skal I være mine venner, børn af det nye håb. Så vil jeg for 3. gang være hos jer for at fejre den store middag sammen med jer.

Jeg lagde bogen fra mig, tog en slurk af min øl og fortrød, at jeg ikke havde taget min notesbog med. I stedet tog jeg en serviet – en kuglepen havde jeg altid ved hånden, når jeg læste – og noterede mig, at det *her* var oplagt, at man skulle få associationer til Getsémane Have og Den sidste nadver, satte et stort udråbstegn og skrev: Hvad kommer så?

Jeg tog en tår mere af øllen, inden jeg igen lod mig indfange af Zarathustras tale, hvor han beskrev den store middag som det måltid, mennesket skal indtage i midten af sin livsbane mellem dyr og overmenneske på dets vej til aftenstunden og fejre det som det største håb - thi det er vejen til en ny Morgen, hvor de, der går under, de fortabte, vil velsigne sig selv og være en 'overgænger' og lade sin erkendelses sol stå i middagsposition. Døde er alle guder. Nu vil vi, at Overmennesket skal leve, og det vil ske på vores sidste viljes store middag...

Nu var det ikke lige min sidste viljes middag, der blev serveret, og den duftede dejligt af spegeskinke og gorgonzola.

Mens jeg spiste, spekulerede jeg meget over, hvor meget Nietzsche mon forholdt sig til den autentiske zarathustrisme og de historiske forudsætninger. Jeg blev hurtig enig med mig selv om, at jeg nok skulle læse bogen som Nietzsches subjektive tolkning af Zarathustras lære – men senere kunne jeg jo prøve, om det var muligt at opsnuse originallitteratur om religion og samfund i Indien og Iran.

Jeg spiste færdig og fordybede mig i mine 'servietskriverier' og reagerede først anden gang på en forespørgsel 'Om der var en ledig plads ved bordet?'

Da forespørgslen var stillet på tysk, svarede jeg helt naturligt tilbage på tysk.

– Bitte schön, nehmen Sie ruhig platz!

En ung mand, måske et par ældre end jeg selv, tog plads over for mig. Han tog en bog og et 'Kollegieheft' (notesblok) med spiralryg frem fra sin skuldertaske og lagde på bordet foran sig. Da servitricen kom hen til bordet, bestilte han en øl og en grappa.

Da han lidt senere gik ind på toilettet, kastede jeg et blik på bogen, som var efterladt på bordet med ryggen opad: Arthur Rimbaud – Une saison en enfer (En sæson i helvede). Bogen var på fransk, men ud fra de få ord, vi havde udvekslet, var jeg dog overbevist om, at manden var tysker – altså en tysker, der også beherskede det franske.

Bogens titel havde pirret min nysgerrighed, og jeg glemte for et øjeblik helt Nietzsche og Zarathustra, og hengav mig til mine egne forestillinger om helvede. Vore blikke mødtes ti minutter senere, da vi begge to gerne ville bestille en øl mere. Vi nikkede til hinanden og skålede som en almindelig høflighedsudveksling, og i den sammenhæng kunne jeg ikke dy mig for at spørge, hvad det var for en forfatter og bog, han var i gang med at læse.

Spørgsmålet udløste en samtale, der kom til at vare mere end en time, hvorunder vi også præsenterede os for hinanden.

Klaus læste litteraturvidenskab og filosofi ved universitetet i München, og var pt. i fuld gang med at fordybe sig i den franske poesis 'verdensforståelse' i slutningen af det 19. århundrede. Det var her digtere eller poeter som Charles Baudelaire, Paul Verlaine og Arthur Rimbaud var interessante, ikke kun ud fra deres lyriske formåen, men også ud fra deres indflydelse på datidens litterære miljøer både i Paris og i London.

Klaus fortalte om, hvordan Baudelaire med sin store personlige digtsamling "Les Fleurs du Mal" (Syndens blomster) nærmest havde sat overskrift på en hel epoke i litteraturhistorien. Det var et værk, hvor han havde sat 'Form und Gestalt' på sit inderste jeg, sine mange bitre erfaringer og sin dybeste smerte – og ikke mærkeligt har han for efterfølgende generationer været ungdommens store afgud.

Derefter fortalte han videre om Verlaine og Rimbaud. Rimbaud blev født to år før, Les Fleurs du Mal blev udgivet, og blev allerede som ganske ung én af frontfigurerne i den modernistiske digtning. 15 år gammel flygtede Rimbaud første gang ned til Paris fra Charleville i Nordfrankrig, og i løbet af de næste to år blev det til adskillige 'flugtture' til Paris, inden han i 1871 bosatte sig permanent. Rimbaud havde i mellemtiden lært den 10 år ældre franske digter Verlaine at kende. Verlaine var den franske Bohémes absolutte afgud, og vel nok også samtidens fremmeste lyriker. Rimbaud og Verlaine indledte et seksuelt forhold, som bestemt ikke var uden problemer og kriser. Den følsomme og stilbeherskende Verlaine havde nogen gange svært ved at styre sin unge elsker, når han ved digteroplæsninger rejste sig op og sagde "lort, og atter lort", hvis han syntes det, han havde hørt, bare var for dårligt. Baudelaire og Rimbaud var mere bizarre og groteske i deres poetiske billeder og udtryk, og derfor følte han heller ikke, at han overtrådte nogen normer for noget som helst, for han havde ingen.

Forholdet mellem Verlaine og Rimbaud varede kun to år. i 1873 skød Verlaine Rimbaud i hånden under et personligt opgør, og dermed var det slut, og to år senere vendte Rimbaud lyrikken ryggen for altid.

Jeg havde lyttet meget betaget af det Klaus havde fortalt og stort set ikke sagt mere end 20 ord sammenlagt selv, fordi jeg ganske enkelt ikke kendte de omtalte digtere og deres poetiske formåen, men der var alligevel opstået et uforklarligt fællesskab, for inden vi skiltes, aftalte vi, at mødes igen næste dag klokken fire samme sted.

Jeg var meget fascineret af Klaus og tænkte på ham hele vejen tilbage til mit eget hotel. Han var en høj flot fyr med let krøllet mørkt hår, sporty af udseende selvom han nok vejede 15 kg mere end mig – og virkede yderst intelligent uden at føre sig frem som arrogant og bedrevidende.

Jeg stod tidligt op og spiste morgenmad allerede klokken syv. Jeg gennemførte mit træningsprogram, som jeg havde gjort hver eneste dag, siden jeg forlod hospitalet i Garmisch. Øvelserne dulmede kun ganske svagt mine smerter i skulderen, men min bevægelighed i skulderledene blev trods alt langsomt bedre og bedre.

Efter min korte morgentur gik jeg i gang med at skrive. Jeg arbejdede intensivt på Viktor og Emilia i over fem timer, inden jeg kapitulerede og trak papiret ud af skrivemaskinen overmandet af en ubændig længsel efter Angelika blandet med et ubevidst begær efter den smukke servitrice, jeg havde set i går og tænkt på flere gange under skriveriet.

Følelsesmæssigt var det ind imellem frygtelig svært at skrive om Emilia og Viktors kamp for at få et liv sammen, og jeg mærkede tydeligt, hvordan jeg lod de to romanfigurer smelte sammen med personlige træk fra mig selv, men specielt Emilia fik tillagt sider af sin personlighed fra både Gertrud, Kristine og ikke mindst Angelika. De var de tre eneste piger, jeg havde haft stærke følelsesmæssige relationer til, og som jeg derfor kunne beskrive i et troværdigt rum. Viktors familiebaggrund og opvækst lod jeg ligge fuldstændig ubeskrevet. Derimod gjorde jeg meget ud af Emilias opvækst og familiens sociale anseelse i Holbæk og forældrenes dominerende indflydelse udlagt som 'beskyttelse og omsorg'. Opgøret med forældrene og den efterfølgende genforening lod jeg også fylde forholdsvis meget i relation til de forskellige personers overvejelser, fortrydelser og forhåbninger.

Selv om jeg var oppe på 137 maskinskrevne A4-sider, havde jeg stadig et godt stykke at tilbagelægge, inden jeg var i mål og kunne sætte det sidste punktum.

På vej hen til den hyggelige restaurant, hvor Klaus og jeg skulle mødes, gik jeg og bearbejdede meget af det, jeg havde skrevet i løbet af dagen. Et eller andet sted må jeg have forpasset tiden, for da jeg nåede frem, var klokken næsten halv fem.

Jeg fik straks øje på Klaus, som sad og læste ved præcis samme bord som i går. Vi hilste på hinanden, mens jeg fangede 'min smukke servitrices' blik, og bestilte to øl på afstand – på italiensk forstås.

Snakken i dag kom hurtigt til at handle om os selv, og hvorfor vi befandt os i Venedig lige netop i det mest troløse efterårsvejr og ikke havde valgt forårets betagende og kærlighedsstemte vejrudsigt.

Jeg lagde ud med at fortælle, hvor tilfældigt det i virkeligheden var, at jeg var havnet i Venedig. Jeg fortalte om min kamp for at komme tilbage til livet efter den tragiske bjergtur op til 'Djævletinden' i Wettersteinwand, at jeg var taget herned for at skrive på en roman, en kærlighedsroman om to menneskers kamp for at få hinanden, og at mine skriverier skulle hjælpe mig til at forstå, at Angelika, min tidligere kæreste og forlovede, endegyldigt var ude af mit liv. Jeg skulle lære at leve med, at jeg ikke var skyldig, og at vores tragiske uheld og voldsomme styrt havde ladet mig overleve og ikke Angelika. Jeg skulle lære at holde fast i den sidste tynde livline, lægerne havde givet mig, for at bevise, hvor meget jeg værdsatte livet og muligheden for at leve det.

Klaus havde lyttet intenst og været meget opmærksom på mine reaktioner i forhold til det, jeg havde fortalt. Og den omstændighed at jeg var dansker kom fuldstændig bag på ham, og han troede i begyndelsen, at det var en eller anden fiks idé, jeg legede med rent identitetsmæssigt, fordi jeg gerne ville være en anden, end den jeg var, så det grinede vi lidt af, inden Klaus begyndte at fortælle.

Hans fulde navn var Klaus von Blauenburg und Braunstein. Han var 23 år. Hans familie, fra morens side, var af adelig herkomst og kunne føres flere hundrede år tilbage, hvor de havde haft familiesæde på borgen Blauenburg i Frankenwald, 60 km. nord for Bayreuth. Under 2. Verdenskrig okkuperede den tyske hær borgen, hvilket indebar, at den blev bombet og fuldstændig ødelagt af De Allierede – og i dag var der kun adelstitlen tilbage. Han havde først læst teologi i to semestre, fordi hans far var superintendent, en provstetitel i den evangeliske kirke. Da han skiftede til litteraturvidenskab og filosofi, havde han haft det første opgør med familien, uden at de dog af den grund fratog ham den økonomiske støtte til sine studier. Via et opslag på Instituttet havde han for tre måneder siden søgt og fået en lille 2-værelseslejlighed i Zeppelinstrasse på den anden side af Isarfloden set i forhold til den gamle bydel. Det sidste halve år havde han arbejdet som videnskabelig assistent for professor Helmuth Schrödinger, som han skulle promovere under om et lille års tid. I samarbejde med Schrödinger havde han også allerede fået udgivet sit første videnskabelige arbejde, som var en analyse af magasinerne Stern og Spiegel i forhold til, hvordan de to medier brugte udvalgte fotos til at tolke, dokumentere eller endda fordreje et givent sagsforløb i stedet for at understøtte forståelsen og selve formidlingen. Både Stern og Spiegel havde straks efter offentliggørelsen meldt bål og brand og ville trække både Schrödinger og Klaus i retten og have underkendt udgivelsen som 'videnskabeligt arbejde'. Det hele endte imidlertid med en konfrontation i et TV-debatprogram i ZDF 14 dage senere, hvor Klaus kunne trække tre klokkerene eksempler frem, som understøttede de konklusioner, de var kommet med i bogen. Det havde været en hektisk tid, men da professor Schrödinger havde annonceret, at den unge Blauenburg var i fuld gang med sit doktorarbejde og kun ventede på at promovere for at kunne aflevere sin afhandling til bedømmelse, havde der alligevel rejst sig kritiske røster blandt kollegerne på Instituttet, da det samtidig lå i luften, at Klaus ville få et nyoprettet professorat i 'Medier og Litteraturvidenskab' stillet i udsigt, når han havde forsvaret sin doktorafhandling.

Klaus lagde ikke skjul på, at han betragtede sig selv som én af de skarpeste og mest vidende på sit felt, og at hans karriere stort set var sat på skinner. Han var taget til Venedig udelukkende for at slappe af sammen med sine franske yndlingspoeter. Stort set hele juli og august havde han arbejdet inde på Instituttet, både for Schrödinger og på sin egen 'doktor'. Og så det mest utrolige, sagde Klaus til slut:

– Det er den samme udstilling på banegården i München, som har ført os sammen her i Venedig. Jeg overvejede længe at tage enten til Paris eller London, men droppede det helt, da jeg så de dejlige billeder på udstillingen – det må være både en skål og et venskab værd.

Vi drak ud og bestilte en flaske Chianti Riserva for at fejre det nye venskab.

Vi snakkede godt sammen, og var begge to lige overrasket over den gensidige fortrolighed, der var opstået. Mens vi sad og sludrede og nippede til rødvinen, blev mit blik ustandselig indfanget af 'min smukke servitrice', der graciøst bevægede sig rundt mellem bordene på den lille plads – jeg kunne både dufte og mærke hendes nærvær. Lidt senere spurgte jeg.

– Hvad så Klaus, har du slet ikke nogen kæreste eller fast veninde?

Han sad et par minutter og så meget spekulativ ud, før han svarede.

– Både ja og nej. Forstår du mine venner – nok de allerbedste måske – er kvindelige studerende, som jeg kan diskutere med på et fagligt højt plan, og selv om bølgerne går højt, bliver vi ikke uvenner. Mine veninder eller kærester Tom, har alle sammen drengenavne som du og jeg – så jeg er med andre ord bøsse. Men bliv ikke forskrækket – jeg har set de blikke, du har sendt efter vores unge servitrice. Jeg kunne ikke drømme om at lægge an på dig, og håber derfor heller ikke, at vores gryende venskab løber ud i sandet, fordi jeg har fortalt dig, at jeg er homoseksuel?

Nu var det min tur til lige at sidde et øjeblik og tænke mig om.

– Nej det håber jeg heller ikke, men jeg vil ikke lægge skjul på, at du var lige ved at sparke benene væk under mig med din udmelding – det havde jeg overhovedet ikke kigget ud. Med hensyn til os to, har jeg det bare sådan, at vi kan kramme og knuse og lægge det i det, som vi hver især føler – ingen problemer med mig, men din kæreste bliver jeg aldrig.

Klaus sad lidt og så på mig, før han rejste sig op, kom over og gav mig et tæt kram:

– Tak Tom, det var rart at høre.

Herefter handlede det om at få stillet den værste sult. Vi bestilte en gang pasta i begamelsauce med skinke, champignon og bacon – og endnu en Riserva.

Mens vi sad og spiste, fortalte jeg Klaus, at jeg regnede med at rejse tilbage til Danmark i meget nær fremtid og ville prøve at finde en lejlighed i København. Jeg håbede også på, at jeg ville kunne afslutte min studentereksamen allerede næste sommer, men forhåbentlig havde nået at aflevere manuskriptet til min roman i februar.

Klaus tyggede af munden inden han spurgte:

– Undskyld, hvis jeg går for tæt på, men er dine forældre virkelig indstillet på at betale for, at du rejser rundt i Europa og hygger dig på din egen bohemeagtige facon? – og du skal naturligvis ikke svare Tom, hvis du synes det ikke vedkommer mig.

Jeg så over på Klaus for at fange hans blik.

– Hvis du vil høre historien, fortæller jeg den gerne – men ellers er svaret 'nej, det er de ikke.

Svaret kom prompte:

– Jeg forstår slet ingenting lige nu, så du er nødt til at sætte mig ind i, hvad det så handler om.

Herefter fortalte jeg om min afleveringsopgave i historie, som jeg nu var ved at omskrive til en kærlighedsroman. Dernæst fortalte jeg – kort ganske vist – om mit store projekt fra 2. Verdenskrig: "Brainstorm over Manhattan og Dresden". Jeg refererede til de mange kontroversielle problemstillinger omkring en eventuel offentliggørelse, da flere af de personer, der optrådte i forbindelse med fremstillingen af en tysk A-bombe var nulevende og kunne forventes at rejse sag om injurie og bagvaskelse. Derfor valgte jeg sluttelig at sælge hele afhandlingen med alt researchmateriale og alle rettigheder til et forlag i London, og det indbragte mig næsten 30.000 DM – og det er de penge, jeg nu bl. a. lever af her i Venedig.

Klaus sad stille og roligt og smågrinede for sig selv:

– Tom du tager pis på mig, men du gør det med stil og elegance, det indrømmer jeg gerne. Et kort øjeblik fik jeg en fuldstændig skæv association til 'Greven af Monte Cristo' – er det dér, vi er?

– Nej Klaus, sagde jeg grinende, hvis det var tilfældet, så sad jeg slet ikke her, og så kan du i øvrigt selv vælge.

– Men 30.000 DM Tom? Det er 6 gange så meget som Schrödinger og jeg fik tilsammen – det må være et meget kontroversielt materiale, du har fået strikket sammen, eller også er du bare knald god til at skrive. Og den roman du skriver på, hvornår er den færdig?

– Først troede jeg, det ville blive en gang til februar, men nu regner jeg faktisk med, jeg kan få den færdig i juleferien, og så må se, om der i det hele taget er et forlag, der vil udgive den.

Da vi skiltes, havde Klaus stadig et smørret grin om munden - og det smittede.

Om aftenen sad jeg længe og kiggede ud af vinduet, ned gennem 'kanalgaden'. Ind imellem kom der en gondol forbi og forstyrrede mine tanker.

Jeg spekulerede meget over det, Klaus havde fortalt om sig selv, og lige bortset fra, at han var homoseksuel, kunne jeg ikke slippe tanken om, at vi lignede hinanden ufatteligt meget, og hvis jeg ikke var flyttet til Kranzbach, så ville min akademiske karriere nok havde mindet meget om det forløb, Klaus havde været igennem. Min billedskønne servitrice spøgte også hver gang, der var en lille tænkepause. Gad vide om Klaus havde et forhold til Schrödinger?

Lidt senere sænkede der sig et køligt aftenmørke over Venedig. En let brise strøg ind gennem kanalerne og fik de lysende genspejlinger fra gadelamper og vinduer til at flakse hen over vandoverfladen som små knuste spejle.

På vej i seng slog det mig pludseligt, at jeg for anden dag i træk havde glemt at ringe til Salomonsen – men i morgen skulle det være!

Midt på formiddagen ringede jeg til Eigenbrot & Salomonsen, men desværre sad han i møde frem til kl. 14. Da jeg fortalte, hvem jeg var, og hvad det handlede om, fik jeg oplyst et nummer, jeg kunne ringe på mellem kl. halv tre og tre.

Jeg fik skrevet syv sider på romanen og lavet mine skulderøvelser. Kl. præcis fem minutter over halv tre gik jeg ned i receptionen og ringede til Salomonsen.

Tyve minutter senere gik jeg helt euforisk op på mit værelse. Salomonsen havde skaffet en 2-værelses lejlighed med eget toilet og bad i Husumgade, som er en sidevej til Jagtvej, lige over for Assistens Kirkegården. Stedet og gaderne sagde mig ikke en pind, for jeg kendte overhovedet intet til Nørrebro. Det var en andelslejlighed, og andelen kostede 20.000 kr., men til gengæld var den månedlige husleje kun på små 2.000 kr. Jeg var himmel henrykt. Jeg kunne nu tage til Bogense, være sammen med mine forældre et par dage, hvor det alligevel var efterårsferie og så få sendt alle mine ting og sager til København, og stadig nå at indrette mig, inden ferien var slut – og så hed det 'Akademisk Studenter Kursus' for fuld udblæsning.

Da jeg havde sundet mig en halv times tid, gik jeg ned og ringede til mine forældre. Jeg fortalte, at jeg kom hjem om 5-6 dage, men regnede med hurtigst muligt at tage videre til København, da Salomonsen havde skaffet mig en lejlighed inde på Nørrebro. Derudover fortalte jeg, at det gik rigtig godt med min skulder og mig selv, og at jeg havde mødt en god ven her i Venedig. Han var tysker og studerede i München. Til sidst i samtalen skulle jeg selvfølgelig også lige fortælle hvilken fantastisk by Venedig var, en enestående perle, der ikke kan sammenlignes med nogen andre byer.

Klaus havde insisteret på at spendere en afskedsmiddag på det hotel, hvor han boede. Han skulle rejse i morgen, mens jeg først skulle af sted om lørdagen.

Klaus sad uden for ved hotel Locanda la Corte, da jeg dukkede op. Jeg gik hen og gav ham et kæmpe kram og et knus – han var jo den eneste, jeg kunne vise min glæde. Den varme modtagelse overraskede ham åbenbart rigtig meget.

– Sig mig, har du lavet en aftale med den smukke servitrice, siden du virker så overstrømmende?

– Hende? Nej desværre ikke – jeg tror helt oprigtigt, at det er sådan én af de her følelsesmæssige forblindelser, man skal lade sig begejstre over, og hurtigst muligt glemme igen. Nej det er noget helt andet – jeg har fået en lejlighed i København.

Klaus så på mig og smilede over hele ansigtet. Nu var det hans tur til at give et kram.
– Tillykke, det skal fejres.

Kulden fra i går aftes var blevet hængende, så vi kunne desværre ikke sidde udenfor og spise. Vi gik ind i det lille restaurationslokale, hvor der kun sad to mennesker foruden os. Klaus bestilte omgående to øl, så vi kunne skåle på min nye lejlighed i København.

Efter en fremragende middag udvekslede vi adresser og ideer til, hvordan vi kunne udbygge vores venskab, også rent studiemæssigt. Jeg lagde ikke skjul på, at jeg de næste otte måneder fik ekstremt travlt, fordi jeg skulle indhente og genopfriske tre års pensum. Men når jeg havde fået min studentereksamen, kunne jeg bestemt godt tænke mig at studere et par semestre i München, og hvis Klaus havde lyst til at besøge København, var han naturligvis altid velkommen til at bo hos mig.

Det var svært at sige farvel, men det skulle jo gøres og helst inden vi blev alt for berusede.

Næste dag besluttede jeg mig for at læse 'Zarathustra', men allerede midt på eftermiddagen kunne jeg ganske simpelt ikke rumme mere, og jeg valgte at kaste håndklædet i ringen og gå en lang tur.

Lørdag middag fik jeg hotelværten til at bestille en vandtaxa, hvorefter jeg hankede op i min kuffert og gik over til den lille anløbsplads. Det var med ambivalente følelser, jeg sagde farvel til Venedig, men udsigten til meget snart at flytte til København overskyggede alt andet.

I Verona skulle jeg vente over en time på et tog til Innsbruck. Jeg brugte ventetiden til at få et solidt måltid mad.

Klokken lidt over syv stod jeg af toget i Klais, og mindre end en halv time senere bankede jeg på hos Kretzmar for at fortælle, at jeg var tilbage.

Jeg havde lagt planer og taget beslutninger i Venedig, og nu handlede det om at få sagt farvel og afslutte den epoke af mit liv, hvor Angelika på sin egen kærlige og diskrete facon havde givet livet indhold for os begge to.

Søndag formiddag pakkede jeg alle mine ting i to store kufferter og overtalte Walther til at køre mig til Garmisch, hvor de blev indskrevet som rejsegods.

Eftermiddagen brugte jeg på at gå rundt og sige farvel og sluttede af inde hos hr. og fru Kretzmar. Vi fik afregnet vores mellemværende, og jeg takkede dem inderligt for alt, hvad de havde gjort og betydet for Angelika og mig selv i det år, der var gået.

Næste morgen da Walther og jeg kørte ud ad dobbeltaléen på Kranzbach var det for alvor opgørets time. Både i konkret og overført betydning var et skelsættende kapitel i mit liv lukket og slut. Mit nye venskab med Klaus kunne måske give en spændende åbning til nye stjernebilleder på min indre himmelrand.

På Hovedbanegården i München gik jeg hen i Oplysnings & informationsafdelingen for at høre, hvornår den hurtigste forbindelse til Hamborg med tilslutning til Danmark afgik. Der gik et tog om tyve minutter, men så ville jeg være i Odense klokken halv to om natten – ventede jeg fem timer ville jeg være i Odense kl. 7 om morgenen, hvilket passede mig langt bedre.

Jeg afleverede min lille rejsekuffert i bagageopbevaringen og tog på sightseeing i München. Jeg ville besøge alle de steder, hvor Angelika og jeg havde været tidligere og genopleve den kærlighed, som vi ikke fik lov til at leve ud.

Undervejs fandt jeg et posthus og gik ind og ringede til mine forældre for at fortælle, at jeg regnede med at være hjemme i morgen tidlig ved ottetiden. Min mor blev glad for at høre min stemme og glædede sig bare til, at jeg kom hjem.

Næste morgen kl. fem minutter over syv steg jeg af toget i Odense, og et kvarter senere sad jeg i en taxa til Bogense – min skulder var allerede rimelig overbelastet, så jeg droppede simpelthen rutebilen.

Næsten på slaget otte kørte taxaen ind i indkørslen på Alminden.

Min mor havde dækket op med morgenmad, og der var både æg, havregryn, marmelade og friskbagt franskbrød.

Jeg fortalte min mor om alle Venedigs fortræffeligheder, men at det helt sikkert var en by, der ville efterlade én med et helt andet indtryk, hvis man besøgte den i maj måned, hvor solen for alvor begyndte at få magt. Jeg fortalte om mit møde med Klaus – undlod dog at fortælle at han var homoseksuel. Vi havde mødtes nogle gange i Venedig og besluttet at holde forbindelsen ved lige. Vi havde aftalt at besøge hinanden i hhv. København og München.

– Og hvordan går det egentlig med at finde en lejlighed? Fik du nogensinde ringet til Salomonsen? brød min mor ind.

– Ja, og jeg har fået en lejlighed fra på lørdag, en andelslejlighed inde på Nørrebro, og jeg skal til Odense allerede i eftermiddag for at underskrive papirerne og indbetale andelen på de 20.000 kr. Jeg fik overført alle mine penge fra Garmisch til min konto oppe i Bogense Bank, inden jeg tog til Venedig. Hr. Kretzmar overtog alle de møbler, Angelika og jeg nåede at få købt, så jeg har stadig en del penge på kontoen, selv når jeg har betalt andelen og de forskellige omkostninger, som der uden tvivl vil være en del af, gætter jeg på. Når jeg kommer til København, vil jeg prøve at finde en forretning, som sælger brugte møbler. I første omgang er der ingen grund til at foretage den helt store investering, men min seng køber jeg fra ny af.

Jeg hjalp min mor med at rydde til side efter morgenmaden. Klokken var efterhånden blevet over ti. Jeg gik op på værelse for at lave mine øvelser og gennemgå, hvor meget af det jeg havde her på Alminden, der skulle med til København. Da jeg efterhånden blev så rastløs, at jeg ikke længere kunne koncentrere mig om hverken det ene eller det andet, besluttede jeg at køre ind til Bogense og hæve nogen penge.

Der blev kigget og hvisket i krogene, da jeg præsenterede mig og bad om at få udbetalt 25.000 kr.

– Har De i det hele taget så mange penge på kontoen unge mand, spurgte damen ved kassen lidt irettesættende og nedladende.

Jeg mærkede vreden stige op i mig, men beherskede mig.

– Det skulle jeg mene, og rent faktisk skulle der stadig gerne være over 36.000 kr. tilbage på kontoen, men giv mig lige et kontoudtog, så kan jeg selv tjekke, svarede jeg i samme irettesættende tonefald, som hun havde benyttet.

Damen gik hen og kontaktede en ældre herre. De talte lavmælt med hinanden et kort øjeblik og kom derefter hen til skranken, hvor jeg stod og ventede.

– Bankdirektør Kromann, præsenterede manden sig. Vi har lige drøftet, om du ikke evt. var interesseret i at få pengene på en bankcheck, så du ikke risikerer at tabe dem. Det koster kun 15 kr.

– Nej tak. Jeg kan godt passe på mine penge, men jeg vil naturligvis gerne have dem i store sedler.

Jeg fik pengene i en hvid kuvert, takkede en ekstra gang og forlod banken.

Af kontoudtoget fremgik det, at der stadig var 36.217,33 kr. tilbage.

Jeg var i Odense klokken halv tre, og selv om det var begyndt at småregne, besluttede jeg alligevel at gå hele vejen hen til Albani Torv, hvor Salomonsen & Eigenbrot havde deres kontorer. Jeg blev bedt om at tage plads ude i hallen og vente til Salomonsen var færdig med en meget kompliceret forhandling, som havde stået på siden klokken et. Det varede næsten en time, inden han kom ud for at hente mig. Vi hilste åbenhjertigt på hinanden, og han beklagede meget, at jeg måtte vente så længe. Jeg skyndte mig at afbryde beklagelserne for at fortælle, at jeg havde brugt tiden til at læse, og at en time eller to i den sammenhæng ikke spillede nogen større rolle for mig.

Da vi kom ind på kontoret var sekretæren i fuld gang med at rydde op efter mødet. Hun spurgte Salomonsen, om hun skulle lade et par øl og nogle vand stå til os, hvilket han bekræftede.

Salomonsen fandt en stor gul mappe frem, og vi satte os hen til konferencebordet.

Han virkede glad og opstemt, hvilket undrede mig i forhold til min fuldstændig ubetydelige rolle i hans virksomheds- eller arbejdsliv.

– Jeg har tre ting, vi skal snakke om, indledte hr. Salomonsen, men allerførst, kunne jeg godt tænke mig at vide, hvordan du har det efter det alvorlige styrt og Angelikas død.

– Jeg har det ærligt talt ikke så godt, men de 14 dage i Venedig har været en lise for både sjæl og legeme. Jeg er i fuld gang med at skrive på en kærlighedsroman, og når den er færdig, håber jeg på, at de sidste følelsesmæssige ting mellem Angelika og mig er afklaret.

– Det glæder mig at høre Tom. Jeg synes vi skal begynde i København. Andelslejligheden, som du køber, overtager du efter vores partners datter, som har haft den i tre år. Vi har arbejdet sammen med Andersen & Molin de sidste ti år. Datteren Charlotte læser jura på 4. år og er allerede flyttet sammen med kæresten i en stor lejlighed på Frederiksberg. Der står en del møbler tilbage i lejligheden, som du kan overtage, hvis du er interesseret – de koster ikke noget. Lejligheden kommer til at koste dig 23.756 kr. med tinglysningsafgifter og hele molevitten gældende fra 1. november, men du kan for den sags skyld flytte ind i morgen, hvis du har lyst – jeg har fået lov til at overdrage dig nøglerne, når pengene er betalt.

Jeg takkede mange gange og kunne næsten ikke holde mit glædesudbrud tilbage. Herefter var der en masse papirer, der skulle underskrives og bagefter gik jeg ud til sekretæren og betalte de 23.756 kr.

– Hvad med salæret? spurgte jeg, da jeg kom tilbage.

Der er ikke noget salær Tom. Det var Molin selv, der foreslog mig købet på dine vegne – derfor blev vi enige om, at der ikke skulle figurere noget mæglersalær. Men vi er ikke helt færdige endnu. Jeg har jo naturligvis fortalt Molin, hvordan jeg har lært dig at kende – i øvrigt var han én af dem jeg havde haft møde med på D'Angleterre, da vi to i sin tid mødtes derinde – og da han fik at vide, at du havde meldt dig ind på ASK for at færdiggøre din studentereksamen og skrev udmærket på maskine, spurgte han straks, om du var interesseret i et job ved siden af dine studier, f.eks. 20 timer om ugen. Jeg lovede at spørge dig, og hvis du er interesseret, kan vi i principet ringe med det samme.

Jeg tænkte mig kun om i ganske få sekunder.

– Ja, det er jeg meget interesseret i.

Salomonsen ringede op og talte med Molin i 5-6 minutter. De aftalte, at jeg skulle komme forbi På Vester Farimagsgade 33 på fredag mellem 16-17.

Jeg takkede og tillod mig selv også at give luft for min spontane glæde og lykke, og Salomonsen gav udtryk for, at han også glædede sig på mine vegne.

Jeg sad lidt og vidste ikke rigtig om jeg skulle rejse mig, men inden jeg fik gjort alvor af mine overvejelser, fortsatte Salomonsen.

– Nu synes jeg vi har fortjent en tår at drikke. Hvad kunne du tænke dig Tom?

Jeg sad lidt, inden jeg turde spørge, om det var i orden, hvis jeg bad om en øl.

– Selvfølgelig, sagde Salomonsen. Vi har meget, vi skal fejre – og vi er slet ikke færdige endnu.

Jeg sad lidt og kiggede over på manden, som jeg efterhånden respekterede højere end noget andet menneske, fordi han havde håndteret ting og sager omkring mig, som jeg ikke tror, nogen anden ville have gjort eller påtaget sig.

– Jeg har modtaget et ekspresbrev og en indbydelse fra forlaget i England, begyndte han - og nu skal du blot lytte et par minutter. Der er blevet lavet både filmmanuskript og et stort romanforlæg på baggrund af hele dit materiale, men da to engelske historiker for 14 dage siden gik forlaget på klingen og krævede dokumentation fra den oprindelige forfatter i en kritisk debatudsendelse i BBC, var programmet lige ved at vælte, da det kom frem at materialet stammede fra en 18 år gammel gymnasieelev, der havde brugt et halvt år af sin fritid på at researche bag de officielle tyske – og De Allieredes – udmeldinger fra 1938 og ti år frem.

Først blev der grinet og hånet højlydt, fordi forlagsdirektøren fra Herbert Corporation ikke ville opgive navnet på den historiker, som ikke selv turde stå frem, eller afsløre sine konspiratoriske kilder, og forlaget derfor var parat til at forsvare 'en grotesk historie' under kildebeskyttelsens hellige navn.

Da direktøren så besluttede at opgive dit navn og fortælle, at de havde købt alt materialet for mindre end 10.000 £, var hele auditoriet, hvor programmet blev optaget, nærmest præget af tumultagtige scener, sådan som forlagsdirektøren efterfølgende fortalte mig i telefonen.

Den 5. november, altså om små tre uger, har BBC arrangeret et nyt debatprogram, som - hold fast Tom - skal foregå på Farm Hall i Sydengland, hvor de tyske atomfysikere var interneret.

Hvis du siger ja til at deltage, får du alt betalt: Flybillet, hotel fra torsdag til søndag og endda 1000 £ oveni – men der vil blive stillet mange nærgående spørgsmål specielt til dig, og du risikerer en masse beskyldninger for usaglig historisk fordrejning af hændelser, du slet ikke har indsigt i. Chefredaktør Gillmore på Daily Sun har fået oplyst af BBC, at der også vil være journalister til stede fra USA og Tyskland. Selvom det rent historisk kan blive en fantastisk spændende konfrontation, er du nødt til at medtænke din egen situation, sådan som du har det lige nu – er du i det hele taget parat til at gå spidsrod?

Jeg var fuldstændig overvældet. Alt, hvad Salomonsen refererede til, var noget jeg havde lagt bag mig, men ingen skulle komme og fortælle mig, at jeg havde fusket med min research, og kunne jeg støtte avisen og forlaget i forlængelse af, hvad de havde betalt mig for mit arbejde, så var der meldt krig på troværdighed og redelig forskning. Jeg havde studeret Popper rigtig grundigt, og kunne i dag fremlægge et 'vandtæt' forsvar for

118

alle mine konklusioner. Derudover havde jeg stadig trumfer i baghånden, jeg ikke havde fyret af i mit materiale, men måske kunne de nu præsenteres for verdensoffentligheden og give yderligere omtale af både film og bog.

– Tom, spurgte Salomonsen, er du med?

– Ja, jeg er fuldstændig med. Og tro mig, hvis nogen forstår at sætte sig op til 'the final cut', så er det Tom Nolting. Jeg tror ikke på, at de kan rokke ret meget ved mine påstande, selvom det *er* hypoteser, så er de fantastisk godt underbygget, men hvis jeg kan lokke dem på glatis og fremprovokere usaglige spørgsmål, så kan jeg bruge mine trumfer som et frontalangreb på deres troværdighed. 'Farm Hall mødet' kan efter mine bedste begreber godt munde ud i en revurdering af afslutningen på 2. Verdenskrig – det skal i hvert fald ikke skorte på argumenter fra min side.

Jeg siger naturligvis 'ja tak' til invitationen. Jeg havde aldrig forestillet mig, det skulle komme så langt.

– Der er lige en ting mere Tom, sagde Salomonsen og skubbede kuverten hen foran mig. Fredag skal du mødes med en masse mennesker inde på Daily Sun ved Trafalger Square. Man vil gerne sikre sig, at du bliver klædt på til at kunne stå for skud i hele den time, debatprogrammet varer – og du må ikke give personligt interview til andre aviser end Daily Sun under dit besøg i London, da de jo rent faktisk betaler det hele. Du skal i første omgang selv lægge ud til flybilletten, men når du i morgen ringer til Gillmore, vil han sørge for hotel og forplejning.

– Det synes jeg lyder som en fair aftale, ingen problemer med mig.

Da jeg en halv time senere forlod Albani Torv med retning mod banegården, var der pludselig en ny dimension af Tom Nolting, der trådte i karakter. Jeg vidste helt præcis, hvad jeg skulle følge op på, og de afsløringer jeg havde i ærmet, kunne der ikke 'smalltalkes' på i et BBC program fra Farm Hall. Det måtte handle om 'den omvendte bevisbyrde'.

Inde på hovedbanegården fik jeg indløst min rejsebagage og omdirigeret de to kufferter til fragtmandsgods: Husumgade 12 2. th. 2200 Nørrebro.

Det var først på vejen hjem oppe fra Tyrekroen, at tingene begyndte at falde på plads inde i mit kaotiske hoved. De næste 14 dage ville blive ekstrem hektiske med indflytning i min nye lejlighed, opstart på ASK og oveni det turen til London.

Klokken var halv otte, inden jeg trådte ind ad døren til køkkenet i Alminden.

Mine forældre havde spist for en time siden, og nu var de lige ved at blive nervøse for, om der var sket mig noget. Min mor var parat til straks at gå i gang med at lave noget aftensmad til mig, men det sagde pænt 'nej tak' til.

– Jeg har tre store projekter, jeg skal have styr på, og jeg vil gerne fortælle, hvad det handler om.

Jeg begyndte med at fortælle om lejligheden i Husumgade. Så fortalte jeg om mit job hos sagførerfirmaet Andersen & Molin, og til slut landede vi så i England, og mine forældre var meget forvirrede.

– Tom, hvad er der sket med dig? Vi føler ikke vi kender vores egen søn. For godt seks uger siden, da vi besøgte dig på hospitalet i Garmisch, troede både din mor og jeg, at vi ville miste dig. Endelig bliver du rask og kommer hjem, men forlader os allerede to dage senere for at tage tilbage til Kranzbach og derfra videre til Venedig. Så kommer du hjem fra Venedig, og nu flytter du til København i morgen. Du skal starte på 'det der studenterkursus', samtidig med at du har sagt ja til et job i et sagførerfirma – og nu skal du pludselig til London om en fjorten dages tid. Forstår du, hvis vi har svært ved at finde os selv i alt det her – og alle de mange penge? Du skal ikke engang med færgen til England, du skal flyve som alle de rige forretningsfolk, du får det hele betalt og endda 10.000 kr. oveni, det som jeg er godt og vel tre måneder om at tjene. Tom, vi kan bare ikke følge med i dine mange gøremål og aktiviteter, men håber inderligt, at du selv ved, hvad du foretager dig.

Min far var ikke desperat eller totalt opgivende, men rigtigt - hvordan i alverden skulle de kunne sætte sig i mit sted, når vi samtidig var ved at glide væk fra hinanden følelsesmæssigt, socialt og rent fysisk?

Jeg valgte at begynde helt forfra, da jeg havde en ganske klar fornemmelse af, at det var meget vigtigt, og måske vores sidste chance for at forstå hinanden – der var kun denne ene mulighed, inden jeg tog til København. Jeg var for alvor ved at blive fremmed for dem, og det havde de det meget dårligt med, mens jeg nok syntes, at det var en naturlig proces.

Snakken kom ganske rigtigt til at vare flere timer. Der var mange problemer, vi så forskelligt på, og derfor handlede det ikke kun om, at vi skulle være enige. Der dukkede mange ting op undervejs, som gav uenighed på grund af forskellige holdninger og tilgange til de udfordringer, jeg anså for at være vigtige i mit liv. Samtalen sluttede på et meget rart 'helle'. Ligegyldigt, hvad den nærmeste fremtid måtte bringe, så var de mine forældre, og jeg var deres søn – vi ville aldrig komme helt derud, hvor vi fornægtede hinanden.

Efter morgenmaden næste dag samlede jeg de sidste af mine personlige papirer og notater, som jeg skulle have med til København – og gudskelov fandt jeg også de kontroversielle sider, jeg havde valgt fra allerede i mit første udkast til 'Brainstorm over Dresden'. Det drejede sig om syv sider, men lige nu havde jeg ikke tid til at nærlæse dem – det måtte jeg gøre, når jeg kom 'hjem' i Husumgade 12 2.th.

NEDSMELTNINGS-
SYNDROMET

TILBAGE I KØBENHAVN

Jeg var i København klokken halv tre. Jeg havde både min skuldertaske, rejsekufferten og sportstasken at slæbe på, og det var lige før, det var for meget. Jeg havde valgt at køre med Taxa-Madsen til Odense, så det havde jeg klaret uden nævneværdige smerter, men nu skulle jeg helt over til Rådhuspladsen og finde en bus, der kørte til Nørrebro Runddel. Jeg kæmpede mig op ad trapperne nede fra perron 3, ud gennem banegårdshallen, og da jeg nåede ud foran, hvor alle taxaerne holdt, kapitulerede jeg og tog en taxa til Husumgade.

Trappen var forholdsvis stejl, og jeg besluttede at tage turen tre gange. Da jeg kom op sidste gang og lige skulle puste ud et øjeblik, gik det op for mig, at jeg ikke havde motioneret i over ti uger – og det skulle der snarest muligt rådes bod på.

Jeg havde bare sat min bagage foran døren, men da jeg satte nøglen i låsen og åbnede ind til min nye lejlighed, dirrede jeg nærmest af spænding.

Der var en lille entré med elmålerskab til venstre for døren ind til toilettet. Til højre lå der en stor lys stue med to vinduer, og til venstre var der et mindre værelse med et enkelt vindue og med direkte udgang til et lille hyggeligt køkken, hvor der også var et vindue ved siden af døren ud til bagtrappen. I det lille værelse stod der en udmærket seng et lille spisebord og et chatol. Inde i det store værelse stod der en massiv reol, et stort arbejdsbord og en sofa med et ternet betræk. Foran sofaen stod der et lille mahognibord med en kæmpe buket blomster. Ved siden af vasen lå et ekstra sæt nøgler og et brev fra Charlotte.

Hun bød mig velkommen og håbede jeg ville blive rigtig glad for lejligheden. Alle skabene, gryder og pande og servicet i køkkenet var vasket af, så jeg kunne bare gå i gang med at lave mad. Efter aftale med Carl Christian Salomonsen havde de ladet tiloversblevne møbler m.v. stå, og det, jeg ikke ønskede at overtage, måtte jeg skaffe mig af med hen ad vejen.

Jeg var totalt benovet over den dejlige og personlige velkomst – og jeg behøvede ikke at bruge tid på at købe ekstra møbler, før jeg kom hjem fra London – foreløbig kunne jeg sagtens klare mig, men en dyne og en hovedpude var jeg nødt til at købe allerede i dag.

Jeg satte mig i sofaen og kiggede på den smukke buket blomster og faldt helt i svime over min egen lykke. For anden gang skulle jeg nu til at indrette og møblere et hjem - ikke vores, men *kun* mit, og forhåbentlig ville det denne gang holde i flere år.

Jeg blev revet ud af min trance af to hårde bank på døren. Helt forskrækket og desorienteret rejste jeg mig og gik ud for at åbne. Det var fragtmanden med mine to store kufferter, og det var lige før, jeg havde givet ham et kæmpe kram af bar glæde. Jeg takkede tusind gange og gav ham en 'femmer' i drikkepenge.

Klokken var efterhånden blevet fire, og jeg besluttede mig for at gå ned og sondere området omkring Nørrebro Runddel. Jeg havnede helt ovre på Nørrebrogade, før jeg fandt en forretning, hvor jeg kunne købe sengelinned, dyner og hovedpuder. På tilbagevejen købte jeg lige nogle sodavand og lidt øl.

Da jeg havde redt sengen, satte jeg mig og lavede en indkøbsseddel – nu var det madvarer, det handlede om.

Mens jeg stod og lavede mad, kom jeg pludselig til at tænke på Kristine og Gertrud. Gad vide om de stadig gik på gymnasiet i Paris, eller om de trods alt havde valgt at afslutte 3.g på Rungsted? Der skete jo ikke noget ved at prøve at ringe til Kristine, for at få tilfredsstillet min nysgerrighed, men foreløbig havde jeg rigeligt at se til. Om fredagen valgte jeg at gå hele vejen ind til Andersen & Molin på Vester Farimagsgade. Jeg fulgte Nørrebrogade hen over Dronning Louises Bro og drejede derefter ned ad Nørre Farimagsgade.

Vester Farimagsgade 33 var en åben port med låste opgange til begge sider. Det store velpudsede messingskilt til venstre forkyndte, at der var seks firmaer, der havde adresse her. Ud for 3. sal stod der: Advokatfirmaet Andersen & Molin. Jeg trykkede på dørklokken, og da der lød en summen fra dørlåsen, gættede jeg på, at jeg bare skulle åbne døren – og ganske rigtig.

Jeg kom op i et stort forkontor, hvor der sad fire damer fuldt optaget af deres arbejde. Jeg gik hen til en lille skranke, som markerede 'modtagelsen' i selve forkontoret. Efter mindre end et minut rejste én af damerne sig og kom hen til skranken:

– Hvad kan jeg gøre for dem unge mand?

Jeg fortalte hvem jeg var, og at det handlede om et studenterjob.

– Lige et øjeblik så henter jeg hr. Molin.

Da jeg sagde god dag til hr. Molin, kunne jeg godt genkende ham inde fra D'Angleterre. Vi fulgtes ad ind på hans kontor, som næsten var på størrelse med forkontoret. Der stod to store ens skriveborde i hver sit hjørne, og i midten af rummet var der et konferencebord, hvor vi gik hen og satte os. Der var dækket op med tre kuverter, og jeg vidste ikke rigtig, hvor jeg skulle sætte mig.

– Vær så god, tag bare plads, sagde hr. Molin.

Den unge kvinde, der sad og arbejdede ved det ene skrivebord, kom hen til os og satte sig ved siden af Molin.

– Jeg hedder Charlotte Molin, og det er min andelslejlighed, du har købt, sagde hun og rakte hånden frem.

– Det er så mig, der er Tom Nolting, sagde jeg, hvorefter vi udvekslede håndtryk.

– Jeg vil gerne sige tusind tak for den flotte velkomst, jeg mødte i lejligheden. Brevet og den smukke buket blomster, der stod på det lille sofabord, tror jeg aldrig, jeg vil glemme – det var bare fantastisk.

Charlotte smilede:

– Det er jeg glad for at høre.

– Tom, nu skal du høre, hvad vi har forestillet os omkring en mere konkret arbejdsbeskrivelse, fortsatte Molin. I forbindelse med udarbejdelsen af Charlottes hovedopgave, har hun brug for sekretærhjælp, da hun også varetager mindre opgaver her på kontoret. Da vores fælles bekendte, Carl Christian Salomonsen, fortalte, du var ekspert i maskinskrivning, slog det mig, at der måske kunne laves en kombination mellem noget arkivarbejde for selve advokatvirksomheden og lidt sekretærarbejde for Charlotte – alt i alt noget med 20-25 timer om ugen. Lyder det overkommeligt i dine ører?

Jeg kiggede først på Charlotte for at aflæse hendes ansigtsudtryk, inden jeg igen vendte blikket tilbage på hr. Molin.

– Jeg synes det lyder rigtig spændende, men er det i orden, hvis jeg først begynder mandag den 7. november. I næste uge regner jeg med at bruge en del tid på at organisere mit studieforløb inde på ASK, og torsdag den 3. november flyver jeg til London, så de næste 14 dage er jeg presset rimeligt hårdt – og jeg skal også lige have et par dage til at forberede mødet i London.

Far og datter kiggede på hinanden og nikkede.

– For vores skyld gerne. Jobbet som sådan er af gode grunde ikke noget, der haster – så lad os bare sige mandag den 7.

Jeg var ved at rejse mig, da Molin løftede hånden og signalerede, at jeg skulle blive siddende, og i samme øjeblik kom én af damerne ude fra forkontoret ind med tre store rejemader og en flaske hvidvin.

– Nu skal du ikke tro, det foregår sådan hver fredag, men Charlotte og jeg vil gerne byde dig velkommen til København og takke dig for en god handel, sagde Molin, mens han skænkede op i glassene. Vi skålede og nikkede pænt og høfligt til hinanden.

– Jeg har naturligvis også snakket med Carl Christian om dig Tom, fordi noget af det arkivarbejde, du skal lave, kan handle om yderst fortrolige oplysninger, som ikke på nogen måde, må komme videre ud i offentligheden – og det handler både om virksomheder og konkrete privatpersoner. Salomonsen havde overhovedet ingen betænkeligheder med din person i den sammenhæng – kun rosende ord. Charlotte og dig må hen ad vejen finde ud af, hvad det er, hun har behov for, du skal lave, men du bliver ikke arbejdsløs det næste års tid.

Mens vi spiste, blev der pludselig totalt stille. Jeg bemærkede det og overvejede, hvad jeg skulle sige, for at bevare den stemningsfyldte atmosfære.

– Hvad har du så lavet de sidste par måneder, siden du først begynder inde på ASK på mandag, spurgte Charlotte hen over vinglasset.

Jeg ved ikke, hvor jeg rent tankemæssigt var henne i verden, men spørgsmålet kom fuldstændig bag på mig.

– Ja, hvad har jeg lavet? Det er et godt spørgsmål, sagde jeg og så opgivende hen mod vinduet.

– For fire dage siden kom jeg hjem fra et 14 dages 'rekreations- eller måske snarere et personligt genopbygningsophold' i Venedig, og inden da lå jeg godt tre uger på Bezirkskrankenhaus i Garmisch-Partenkirchen efter et voldsomt styrt under en bjergtur, hvor min forlovede omkom - og havde hun ikke mistet livet, havde jeg slet ikke siddet her i dag.

Charlotte skyndte sig at beklage, at hun havde spurgt, men jeg stoppede hende og sagde, at det var helt i orden, da jeg stort set var afklaret med ulykken og den følelsesmæssige belastning, den havde afstedkommet – at jeg selv havde overlevet, skyldtes udelukkende nogle dygtige lægers indsats.

Hr. Molin fangede lynhurtigt det sårbare i situationen og spurgte straks ind til noget helt andet.

– Du er lige kommet hjem fra Venedig, fortæller du, men hvad skal du så lave i London om 14 dage, siden det er noget, du skal forberede dig til?

– Kort fortalt så lavede jeg for godt og vel halvandet år siden en rapport eller snarere en afhandling om atomkapløbet under Anden Verdenskrig, men blev kraftigt frarådet at offentliggøre den af min tidligere historielærer og en lektor fra det historiske fakultet her på universitetet i København, da jeg helt sikkert ville blive trukket i retten for injurie og bagvaskelse. Jeg valgte at omformulere nogle af mine konklusioner og omskrev ligeledes nogle af de meste spektakulære afsnit med afsæt i Karl Poppers forskningsmodeller uden at gå på kompromis med selve indholdet.

Forudgående havde jeg allerede solgt hele afhandlingen plus mit researchmateriale til en avis og et forlag i London, en kontakt som Salomonsen havde etableret for mig. Nu er der imidlertid skabt voldsom furore omkring både det filmmanuskript og den roman, der er skrevet på baggrund af mit projekt. Mens jeg var i Venedig, lavede BBC et debatprogram, hvorunder forlaget blev presset til at opgive navnet på forfatteren til det oprindelige materiale – og nu laver BBC et nyt debatprogram den 5. november, og det er det, skal jeg medvirke i.

Hr. Molin rystede lidt uforstående på hovedet.

– Men du er jo hverken historiker eller journalist Tom?

– Nej, det kan jeg ikke prale med, men der er åbenbart en masse mennesker, der mener, at jeg bevæger mig tæt op ad en farlig afgrund – det er derfor, jeg skal forberede mig.

Charlotte så tvivlende over på mig, mens hun skænkede den sidste vin op i glassene.

– Og du er slet ikke bange for at stille op over for et panel af historieeksperter og journalister? Jeg spørger måske lidt dumt, men jeg ved jo ikke en gang, hvad det er for en konfrontation, der er lagt op til – du skal bare vide, at BBC er én af verdens mest seriøse Tv-stationer.

– Nej tværtimod. I mit stille sind har jeg nok gået og ventet på en chance til at uddybe og forklare mine metoder og analyser. Første gang jeg havde muligheden, gik jeg totalt i baglås, fordi jeg følte mig angrebet rent personligt – det sker ikke nu.

Da jeg gik ud ad porten til Vester Farimagsgade 33, var det med en kæmpe lykkefølelse i brystet. Jeg kunne godt være bror eller fætter til Klods Hans: Uden jeg selv havde gjort så forfærdelig meget, lå hele verden så at sige igen åben for mig, men naturligvis fornemmede jeg, at en hvis hr. Salomonsen havde en finger med i spillet.

Jeg havde mødt to meget sympatiske mennesker, som jeg skulle arbejde for det næste års tid, mens jeg gjorde min studentereksamen færdig. Jeg gik over og fangede Studiestræde ved Pumpehuset og fortsatte ned til Gråbrødre Torv. Jeg oplevede min situation i dag som en ny begyndelse, og det ville jeg gerne fejre og satte mig ind på 'Peder Oxe'.

Det var ikke voldsomt ophidsende at sidde og skåle med sig selv, så da jeg havde drukket min øl, besluttede jeg mig for at gå tilbage til Husumgade.

Jeg ville bruge weekenden på at forberede mig til 'Farmer Hall', og med Charlottes ord 'in mente' var der to forskellige scenarier – ét hvor programværten fra BBC kørte hele 'showet' ud fra nogle velforberedte spørgsmål og problemstillinger, og et andet hvor de forskellige journalister, historikere og jeg selv skulle byde ind med forklaringer og redegørelser i forhold til konkrete begivenheder.

Da jeg var tilbage i lejligheden, fandt jeg de 7 sider notater og bemærkninger frem, som jeg *ikke* havde brugt eller indskrevet direkte i projektet.

Baggrundshistorie med øjenvidneberetninger. Udgivet som tillæg til 'Jahresberichtung der Naturwissenshaften', Wissenschaftliche Buchgesellschaft, Darmstadt 1951:

'Som var det i går huskede Cläre Werner den eksplosion, hun ved et tilfælde kom til at overvære ved borgen Wachsenburg, hvor hendes far var bestyrer. Fra et vindue kunne hun se ud over det militære øvelsesområde ved landsbyen Ohrdruf ved Erfurt små 100 km sydvest for Leipzig. Den 3. marts 1945 om aftenen så hun en søjle af ild rejse sig. Det var så lyst, beretter hun, at man kunne læse avis ved vinduet. Ildsøjlen voksede opad og så ud som et træ med en kæmpestor løvkrone. Det gik meget hurtigt og bagefter kunne vi intet se, men jeg mærkede nogle voldsomme vindstød. Efter den mystiske oplevelse fik hun en kraftig hovedpine og næseblod.

Et andet øjenvidne kunne bakke hendes beretning op: Heinz Wachsmut fra det lokale mineselskab blev dagen efter udkommanderet til at hjælpe SS-folk med at bygge ligbål til de mange kz-fanger, der angiveligt var omkommet ved eksplosionen. En SS-officer fortalte Heinz, at de havde afprøvet noget helt nyt – noget som hele verden vil omtale. HWA (hærens våben- og forskningsafdeling) gjorde efterfølgende atomfysikeren Kurt Diebner ansvarlig for eksplosionen i Ohrdruf, som han gennemførte uden godkendelse fra Werner Heisenberg, som rådede over en klippehule med en reaktor, men på grund af uranmangel fik han aldrig startet en kædereaktion op, fordi det splittede tyske forskersamfund manglede penge, udstyr, uran og tungt vand.

Problemet var, at selvom det var øjenvidneberetninger og virkede meget troværdige, så kunne de i mine modeller ikke sidestilles med videnskabelig dokumentation, altså operative data. Omvendt var det rart at have med, hvis nogen alligevel skulle finde på at spørge ind til øjenvidneberetninger som en fristelse for at få mig på glatis. Mine notater rummede imidlertid andre spændende ting, som godt kunne indgå i min præsentation, så jeg læste videre, sorterede og renskrev på ny.

I løbet af en time lykkedes det mig at rekonstruere alle de faktiske sammenhænge, hvor mine konspiratoriske påstande så at sige pr. automatik ville afføde et eller flere spørgsmål, og alle de tænkelige spørgsmål skulle skrives ned, og jeg skulle have troværdige svar parat til dem alle. Det var en mærkelig procedure, jeg arbejdede mig ind i. Jeg havde alle svarene, og herudfra skulle jeg formulere de mest oplagte spørgsmål.

Klokken blev over ni, inden jeg lagde kuglepennen fra mig og besluttede at stoppe for i dag.

Jeg var i mellemtiden blevet godt og grundig sulten. Jeg valgte at gå over mod Skt. Hans Torv for at se, om jeg undervejs eller ovre på selve torvet kunne finde en hyggelig restaurant eller café, hvor jeg kunne få noget at spise for en rimelig pris. Der var et spændende leben af mennesker omkring Skt. Hans Torv, og jeg valgte at sætte mig ind på Sebastopol, som var en stor restaurant med en god stemning, der gik direkte ind. Det blev meget sent, inden mit hoved ramte hovedpuden, men det havde på mange måder været en god dag.

Jeg stod sent op næste morgen. Da jeg lavede mine skulderøvelser, bemærkede jeg for første gang ingen stikkende smerter. På mandag ville jeg begynde at bygge et løbeprogram op igen.

Efter morgenmaden gik jeg igen i gang med forberedelserne til 'Farm Hall'. Det var kun den 22. og der var 12 dage til, jeg skulle med flyet. Hvis jeg var rigtig skarp, burde der ikke være noget, der kunne bringe mig ud af fatning. Om torsdagen skulle der være møde på redaktionen på Daily Sun, og her ville jeg præsentere avisen og forlaget for 'det 3. scenarie' – nu skulle der satses.

Jeg ville ikke risikere at blive kørt ud på et sidespor af nogle journalister og historikere, der var velbevandrede i det 'medieshow', der ét eller andet sted var lagt op til. Jeg skulle simpelthen fastholde at opfølgningen på det første debatprogram måtte handle om at præsentere mig som den, der havde skabt 'Brainstorm over Manhattan og Dresden' samt de videnskabelige forskningsmodeller, jeg havde anvendt undervejs i min udredning.

Jeg brugte hele lørdagen og søndagen på at køre den 3. mulighed i stilling, som det, jeg ville kræve for at deltage i programmet. Jeg blev også enig med mig selv om, at jeg skulle arbejde meget strategisk. Jeg kendte ikke mine modstandere, venner eller fjender, så jeg skulle bestræbe mig på at være tre skridt foran alle andre.

Akademisk Studenter Kursus lå kun små 15 minutters gang fra Husumgade.

Titangade 9B lignede slet ikke et gymnasium eller studenterkursus. Det var en tidligere industriejendom, hvor ASK havde lejet sig ind i 1961.

Jeg fandt et skilt og en dør, hvor der stod ADMINISTRATION, og her gik jeg ind. En lille times tid senere var jeg indskrevet som privatist på den matematisk-naturvidenskabelige linie med eksamenstermin juni 1968. Inden terminsprøven i slutningen af januar skulle jeg aflevere mindst tre skriftlige opgaver i hhv. dansk, historie, engelsk, tysk, geografi, biologi matematik og fysik/kemi for at der sammenholdt med terminsprøven kunne gives en årskarakter, som var obligatorisk i forhold til at gå op til den afsluttende eksamen – alle opgaveforelæggende kunne hentes på administrationskontoret. Jeg underskrev en låneseddel med erstatningsansvar, hvorefter jeg fik udleveret 18 bøger.

Resten af ugen brugte jeg på at organisere de enkelte fag – altså så at sige lave mit eget skema for, hvornår jeg læste dansk, engelsk, matematik osv.

Torsdag aften greb jeg mig selv i tre gange at sidde og tænke på Niels-Otto Hoffman, og pludselig var det som om en djævel for i mig. Jeg gik ned på Nørrebro Runddel og ringede hjem til Kristine.

– God aften, det er Ulla Sauer.

– Ja god aften, det er Tom Nolting. Jeg håber ikke jeg forstyrrer.

– Tom, gud er det dig. Det er sandelig længe siden. Nej, du forstyrrer ikke, men pigerne er ovre hos Anne-Grethe, og jeg går selvfølgelig ud fra, at det var Kristine eller Gertrud, du vil snakke med. Hvor er du i øvrigt henne i verden? For godt og vel et år siden fik vi at vide, at du havde meldt dig ud af gymnasiet og var flyttet til Tyskland.

– Ja, det er også ganske rigtigt. Jeg har boet i Tyskland et år, men nu er jeg tilbage i København. Er det i orden, hvis jeg prøver at ringe igen om en time?

– Ja selvfølgelig. Jeg tror faktisk jeg begge to vil blive glade for at få et livstegn fra dig.

Jeg lagde røret på og fortrød bitterligt, at jeg havde ringet. I virkeligheden handlede min opringning ikke om Kristine og Gertrud, da jeg ikke havde noget ønske om at gribe forstyrrende ind i deres liv – den djævelske plan var, at Gertrud skulle fortælle sin far, at jeg var på vej til London for at forsvare min 'Brainstorm' i et direkte program fra BBC, og at det måtte være muligt for ham fra Paris, forestillede jeg mig at se programmet via ambassadens internationale TV-opkobling. Nu havde jeg måske sat noget i gang, som slet ikke var min hensigt. Jeg var også nødt til at spørge mig selv, hvad det var for en revanche jeg drømte om i forhold til Niels-Otto Hoffman. Jeg burde da snarere ringe til lektor og dekan Michael Ehrenreich, hvis det var oprejsning jeg higede efter.

Jeg ringede ikke tilbage, ligesom jeg heller ikke ringede til Ehrenreich om fredagen. Jeg havde sagt ja til en udfordring, og det var den, der skulle takles hårdt og kontant – og ikke noget med nogen skjulte dagsorden til højre og venstre.

Mandag i uge 44 hentede jeg mine første opgaveforlæg inde i Titangade. Inden den 14. november skulle jeg aflevere skriftlige opgaver i dansk, engelsk, tysk og matematik, men jeg havde stadigvæk en hel uge til rådighed, når jeg kom hjem fra London.

Jeg brugte stort set hele onsdagen og torsdagen på at gennemgå, hvordan det 3. scenarie skulle iscenesættes, og ikke mindst, hvordan jeg skulle præsentere det over for Gillmore på Daily Sun og Herbert Corporation på det møde, der var aftalt om fredagen.

Jeg kom ud af 'Arrival-slusen' på Heathrow Airport klokken 17.15 bærende et stort navneskilt: Tom Nolting Denmark.

Jeg tror ikke, jeg stod mere end 2-3 minutter, før en herre i sort chaufføruniform kom hen imod mig. Vi hilste på hinanden, hvorefter han tog min kuffert og bad mig følge med.

Jeg blev indlogeret på et lækkert hotel mellem Piccadilly Circus og Trafalgar Square på Whitecomb Street. Under indskrivningen pointerede min chauffør, at 'all sevices are payed for', jeg skulle med andre ord ikke betale for hverken mad eller drikkevarer, men blot opgive mit navn og værelsesnummer. Jeg boede på tredje sal, værelse 17.

I morgen klokken 13 ville han komme og hente mig, og så skulle jeg helst stå parat. Jeg lovede at være ved receptionen på det aftalte tidspunkt.

Da jeg havde pakket ud, gik jeg ned i Hallen, hvor der var både bar og 'a la carte' restaurant. Jeg gik ind i restauranten for at få noget at spise. Jeg satte mig ved et 2-mandsbord, og næsten inden jeg havde rykket stolen på plads, stod der en tjener med et menukort, som han lagde foran mig.

Da jeg ti minutter senere havde afgivet min bestilling og gav mig tid til at sidde og kigge rundt i den stilfulde restaurant, kunne jeg slet ikke forholde mig til, at det var mig, Tom Nolting, der sad i London, på Hotel The Royal Trafalgar by Thistle, og bare ventede på, at maden ville blive serveret.

Efter maden gik jeg en tur ned ad Whitecomb mod Trafalgar Square. Jeg havde orienteret mig hjemmefra om de største seværdigheder i London, og hvor de lå i forhold til hinanden, men jeg var kun lige kommet ned til den store statue af Lord Nelson, da det begyndte at regne. På vej tilbage til hotellet kom jeg til at tænke på, hvad jeg egentlig ville stille op, hvis hverken avisen eller forlaget ville acceptere min plan og måske allerede havde lavet deres egen plan for, hvordan de ville styre debatudsendelsen? Og mine egne krav for at deltage, var det overhovedet relevant? Jeg nåede tilbage til hotellet uden at blive synderlig våd og gik op på værelset for at prøve, om jeg kunne få styr på mine frustrationer og få afklaret, hvilken rolle jeg selv skulle spille, da jeg jo havde overdraget alle rettigheder til køberne – men hvad var så idéen med at få mig til London, og at BBC ville køre programmet fra Farm Hall?

'Operation Epsilon' slog det pludselig ned i mig. Selvfølgelig ligger én af nøglerne til De Allieredes hemmelighedsfulde missioner de tre sidste krigsår i kodenavnet for interneringen af de tyske atomfysikere: Epsilon er det femte bogstav i det græske alfabet – nu skulle jeg bare finde de fire andre nøgler eller kodenavne, og to af dem havde jeg allerede nemlig 'alfa' (operation Alsos, nr. 1) og 'gamma' (operation Gomorrah, nr. 3).

Klokken blev over et, inden jeg kom i seng.

Straks efter morgenmaden gik jeg i gang med at reorganisere de forskellige scenarier ud fra mit nye syn på sammenhængen mellem kodenavne, operationer og missioner.

Jeg begyndte med at lave en tegning af en stor firkant, 'the big puzzel'. Derefter inddelte jeg firkanten i 5 forskellige brikker og gav dem de græske bogstaver. Den store åbenbaring i går aftes var, at hvert bogstav repræsenterede sit eget puslespil, men det var først, når de blev sat sammen på den rigtige måde, at konturerne af det spektakulære billede i det store puslespil trådte frem og pludselig kunne tolkes direkte ud fra den forskningsmetode, jeg havde brugt, sammenholdt med mine videnskabsteoretiske modeller som nu var udvidet med en supermodel fra 'Logik der Forschung' af Karl Popper.

Jeg havde altså desværre lige fra starten brugt alt for megen tid og energi på at finde de mange brikker, der manglede i mit eget 'konspirationspuslespil' – men der manglede ingen brikker. Rammen i det store puslespil repræsenterede mine hypoteser og mine velunderbyggede konklusioner. Jeg havde dødtravlt, hvis jeg skulle nå at kunne tegne et rimeligt klart og forståeligt billede af min idé allerede til mødet klokken et. I aften og i morgen formiddag kunne jeg så koncentrere mig om det, der skulle foregå på Farm Hall, da jeg gik ud fra, at Gillmore ville være i stand til at fortælle en hel del mere end det, jeg vidste for øjeblikket.

Jeg nåede ikke at få noget at spise. Da klokken var halv et begyndte jeg at samle mine papirer og div. tegninger i den rigtige rækkefølge, så jeg ikke risikerede at fremstå som et forvirret hoved, der sprang fra det ene emne til det andet. Jeg skulle overbevise dem om, at jeg kunne levere varen.

Præcis klokken et blev jeg hentet i hotelvestibulen. Køreturen varede kun 6-7 minutter i alt.

Foran en kæmpestor hvid bygning stoppede chaufføren og bad mig stige ud.

Jeg hankede op i min skuldertaske og steg ud på fortovet foran Daily Sun, kiggede på det gule skilt med de sorte bogstaver og neonreklamerne.

Jeg havde knap nok nået at tage de første tre skridt, før to herrer kom ud af den store glasdør for at tage imod mig. Den høje og lidt korpulente ældre mand præsenterede sig som chefredaktør Gillmore. Manden ved siden af rakte hånden frem og præsenterede sig som Stephen Wright, journalist og forfatter. Stephen var en del yngre end Gillmore med et sporty look, mørke briller og rødt hår. Inde i forhallen gik vi direkte over til elevatoren og kørte op på 2. sal, hvor redaktionskontorerne befandt sig. Jeg kiggede mig rundt og sugede alle de nye indtryk til mig. Der var ikke nogen tvivl om, at det var Gillmores kontor, vi gik ind på. Navnet stod på glasdøren.

Inde ved mødebordet sad der allerede tre personer og ventede. Direktøren for Herbert Corporation (HC) – Clarence Gailford, jurist på Daily Sun John Langley og manuskriptforfatter Allan Morrison. Jeg hilste på alle tre og fik anvist en plads.

Da alle havde sat sig, tog Gillmore ordet.

Jeg blev endnu en gang budt velkommen, hvorefter der blev spurgt ind til mine sprogkundskaber i engelsk. Jeg svarede, at det måtte komme an på en prøve, men mente ikke selv, det var noget problem, da mange af de ord og begreber, der ville blive spurgt ind til, var inde for områder, som jeg beherskede på både tysk, engelsk og delvis fransk.

Der blev stille omkring bordet, mens Clarence Gailford kiggede over på Langley og Morrison.

– Tom Nolting, da vi sagde ja til at købe din afhandling inkl. alle rettigheder, fik vi naturligvis en historiker til at komme med en bedømmelse, og allerede dagen efter meldte han tilbage, at det var noget af det mest geniale og spektakulære, han havde læst de sidste 10 år. Du skal også vide, at Herbert Corporation ejer 30 % af aktierne i Daily Sun, og der er meget på spil for os i morgen på Farm Hall, både økonomisk og anseelsesmæssigt.

Jeg tillod mig at se direkte på direktør Gailford:

– Ja, det ved jeg, men hvorfor valgte I overhovedet at invitere mig?

– Vi lod os i første omgang presse, fordi der under det første debatprogram var en del spørgsmål, som Wright og Morrison ikke kunne svare på. Programværten er selv en meget skarp journalist og slipper ikke sit bytte, hvis han lugter blod, men han er også 'fair', derfor nævnte Morrison, at det var et materiale, vi havde købt i Danmark, og så var hullet ikke til at stoppe, før dit navn kom på banen, og hvad der derefter skete, er jeg sikker på din advokat i Danmark har fortalt dig.

Jeg fik en mærkelig fornemmelse i hele kroppen, da Clarence Gailford sagde, 'din advokat i Danmark'.

– Vi, hr. Gillmore, John Langley og jeg er indstillet på at dække dig ind så godt, vi kan ud fra de givne omstændigheder, men indstil dig på, at det kan risikere at blive temmelig 'tough and rough' (hårdt), da der er nationale følelser på spil både i USA og her i UK og måske også i Frankrig – de føler sig i hvert fald ramt på deres stolthed. Omtalen af programmet i aviserne næste dag øgede oplaget af Daily Sun med over 5 %. Dette er også årsagen til, at vi på forhånd valgte at stille dig en klækkelig gage i udsigt, da vi er overbevist om, at udsendelsen i morgen vil skabe endnu flere avisoverskrifter. Én ting mere, vi synes du skal vide, er, at William Ryle, programværten, som for øvrigt er søn af filosoffen Gilbert Ryle, var vildt betaget af titlen på afhandlingen og har fået lov til at kalde debatudsendelsen for ' Brainstorm over Farm Hall'. Han har også fået en kopi af den 2. udgave af din afhandling, som han har fået lov til at lade de inviterede historikere og journalister læse igennem med det forbehold, at senere gengivelse af indholdet vil blive retsforfulgt iflg. engelsk lovgivning.

Alle fem vendte automatisk blikket over mod mig. Hvordan ville jeg reagere?

Min første reaktion var at kigge tilbage på hver enkelt omkring bordet for at få en forhåndsfornemmelse af, om jeg havde 'fjender' omkring bordet - hvilket bestemt ikke var mit indtryk – før jeg selv tog ordet:

– Hjemme i København overvejede jeg meget, om det var Daily Sun og Herbert Corporation, der stod for skud, eller om det ville blive mig, man I givet fald var ude på at korsfæste. Jeg har givet jer både A-udgaven, B-udgaven, samtlige materialer og rettigheder. A-udgaven blev jeg direkte frarådet at offentliggøre, derfor lå det hele stille i 8 måneder, inden jeg besluttede at udarbejde en B-udgave. Det var min sagfører, C.C. Salomonsen, som fik den oversat til engelsk og også ham, I har forhandlet købet med. Når det er sagt, har jeg noget, jeg gerne vil lægge åbent frem. Jeg er ikke kommet til London uden egne ambitioner og forventninger – og her snakker jeg overhovedet ikke penge. Jeg er blevet klækkeligt betalt, og har egentlig nu bare behov for at levere varen. Vi vender lige billedet 180 grader et øjeblik. Jeg har forberedt mig grundigt, også til mødet her i dag. Jeg har overhovedet ikke brug for at blive 'nurset', men derimod for sparring og feedback, specielt med Langley. Jeg har udarbejdet en masse ekstra materiale fra notater og publikationer I ikke kender, da jeg tidligere valgte at sortere det fra. Jeg har forberedt alle mulige tænkelige spørgsmål ud fra, at jeg kender svarene. Jeg skal imidlertid bruge de sidste tre numre af Naturwissenschaften, fagtidsskrift for eksperimentel og teoretisk fysik (atomfysik) og Jahrgangsbuch 1943-44 og A-udgaven. Jeg skal bruge det til mine forberedelser i aften og i morgen formiddag. Jeg er parat til at fremlægge en ny måde at tænke historieskrivning og historiefortolkning på - og vil heller ikke være bleg for at gå ind i en debat om historiemanipulation, hvilket som regel foregår ved at vigtige dokumenter forsvinder, eller der bliver udøvet kraftig censur. Jeg har brug for at I, enten Gillmore eller Gailford, kontakter William Ryle på BBC og fortæller, at han for min skyld gerne må åbne programmet med to eller tre kritiske spørgsmål til min 'Brainstorm over Manhattan og Dresden', som præsentation af mig og forklaring på min tilstedeværelse - men jeg *skal* indledningsvis bruge mindst en halv time på selv at præsentere de mest problematiske afsnit, herunder min videnskabelige metode og hvordan teori og modeller er bygget ind i hinanden. Derefter stiller jeg gerne op som 'gladiator' over for de sultne og vilde løver.

Der blev stille omkring bordet, folk kiggede på hinanden.

– Er du fuldstændig klar over, hvad du i givet fald siger 'ja' til? spurgte Gillmore med et tvivlende udtryk i ansigtet. Det her program er ikke noget pænt 'københavnermøde', men en journalistisk krigserklæring bakket op af mindst to engelske historikere, som er meget kritiske og negativt indstillet på forhånd. Måske vil der også være et par stykker fra USA og Tyskland – både journalister og historikere?

– Jeg tror roligt, jeg tør sige, at jeg har været ude for det, der er langt værre. Så længe man kan snakke sammen, er der stadig håb om en løsning eller et kompromis.

– Vi snakker om 5-6 mio. seere, fortsatte Gillmore. Tom, hør lige her. Undskyld at jeg lyder skeptisk, men tror du selv på, at du kan underholde *og* fastholde dem i 20-30 minutter – husk det er et debatprogram - med din egen historiske fremlægning af atomkapløbet og afslutningen på Anden Verdenskrig? Og kan du i givet fald det, så er det lige før, jeg har en stilling åben her på Daily Sun som medieredaktør med tiltrædelse mandag morgen.

Nu var tiden kommet til, at jeg i nærmere detaljer skulle forklare min plan for i morgen.

Efter cirka en halv time sad alle fem målløse tilbage, og det føltes, som om der gik flere minutter, hvor ingen sagde noget som helst.

Clarence Gailford forløste den trykkende stilhed:

– Tom, hvis du kan gøre det i morgen, så er Daily Sun med et slag blevet *avisen* i England, og Herbert Corporation vil stadig være et agtet og troværdigt forlag med publikationer, som har afsæt i autentiske historiske hændelser. Romanforlægget, som Wright har arbejdet på i to måneder, bevarer din oprindelige titel med undertitlen '- en autentisk historisk roman fra 2. Verdenskrig'. Det er undertitlen vi er blevet bedt om at fjerne sammen med indholdet i de to kapitler, hvor der bliver stillet spørgsmål ved De Allieredes etik og moral – og derudover er der fra flere sider blevet antydet noget om forræderi mod krigens sande helte og ofre. Det er dér, vi står i dag – og vores intention med at få dig herover handlede også om selv at klare frisag og i bedste fald at undgå en ophedet debat om 'store nationale følelser', og det siger jeg helt ærligt, så du ved, hvor du har os.

– Godt, så lad os ringe til BBC og snakke med William Ryle, så jeg ved, om jeg skal slås for at få ordet, eller han vil lade mig forklare, hvad min 'Brainstorm' i virkeligheden dækker over, sagde jeg indirekte henvendt til chefredaktør Gillmore.

Gillmore rejste sig, gik over til reolen, løftede telefonrøret og drejede et ufattelig langt nummer. Det tog mindst fem minutter før han var igennem til William Ryle. Derefter snakkede de sammen et helt kvarter, inden han lagde røret på.

Gillmore blev stående ovre ved reolen og kiggede over på os andre med en alvorlig mine:

– Du får 20, aller højst 25 minutter til at forklare dig Tom, og gør du det ikke godt nok til at bevare seertallet, vil han ganske enkelt afbryde dig og starte debatten, og så er vi for alvor i 'infight'. Bliver du til gengæld ikke afbrudt, vil ordet først blive givet fri, når du er færdig - og det er kun de inviterede journalister og historikere, der må stille spørgsmål og komme med kommentarer. Sendetiden vil William søge udvidet med en halv time, svarende til den tid, du har brugt på din egen fremstilling, da han gerne vil have debatten til at køre mindst én time – og der er ganske rigtig journalister med speciale i historie til stede fra både Tyskland og Frankrig. De sidste 15 minutter vil blive lavet med spørgsmål og kommentarer fra publikum. Han spurgte også, om der var brug for tolk, og det afviste jeg blankt, da jeg ikke i de godt to timer, vi har siddet her og snakket, har bemærket nogen nævneværdige sprogproblemer. Men kan du eller vi klare 90 minutter i ringen i en hård fight om point? spurgte Gillmore til slut.

– Ja, svarede jeg, bare jeg får de materialer, jeg efterspurgte tidligere, så tør jeg i hvert fald garantere, at vi ikke bliver 'knockoutet' de første 30 minutter af debatten. Skulle *jeg* undervejs komme til at sige nogle ting omkring navngivne personer, som er på kanten af det juridisk tilladelige, beder jeg dig, Langley, om at løfte venstre arm og klø dig i hovedbunden som signal til, at jeg skal tage mig i agt – ok?

– Tom, sagde Stephen Wright, mødet her i dag har løftet en stor byrde fra mine skuldre – du har præcis samme styr på dine omgivelser, som det der tænder interessen og nysgerrigheden hos læseren i din afhandling. Du virker troværdig i alle dine udmeldinger, og fra at have frygtet mødet på Farm Hall i morgen, sidder jeg nu med en god fornemmelse i maven i forventning om et spændende og interessant opgør.

– Det var godt du lige nævnte det Stephen, sagde Gillmore og fortsatte. Vi skal være oppe på Farm Hall i Godmanchester lige uden for Cambridge i morgen senest klokken 17.00. Der er med andre ord afgang her fra Daily Sun senest klokken tre – og Tom, det er næsten nemmest for dig bare at gå herover, når du har spist frokost. Vi to kan så lige lave den sidste briefing, ok?

Klokken var 16, og der skulle være redaktionsmøde i lokalet om en time, så lige bortset fra Gillmore rejste vi os alle og gik ud til elevatoren.

Nede i forhallen bad Stephen mig lige vente ti minutter, mens han hentede de efterspurgte materialer fra depotet nede i kælderen.

John Langley kendte en rigtig hyggelig pub lige i nærheden, som hed Two Greyhounds, og lokalet (huset) kunne føres mindst 300 år tilbage, og han var sikker på, at Mrs. Gailford gerne ville spendere en øl.

Da Stephen kom op fra depotet, gik vi alle fem ud for at tage 'The two Greyhounds' nærmere i øjesyn.

En time senere var jeg tilbage på hotellet, og besluttede at få noget at spise med det samme. Efter aftensmaden satte jeg mig hen ved det lille skrivebord på hotelværelset og gik i gang med arbejdet.

Fem timer senere lagde jeg mig på sengen, foldede hænderne bag hovedet og lod tanker og indtryk flyve ud og ind af min bevidsthed.

Om formiddagen brugte jeg to timer på at lave en ny liste med de mest kritiske spørgsmål, jeg kunne formulere ud fra teksten i A-udgaven. Jeg opfattede det selv som en leg, og mens jeg sad og 'spurgte mig selv', stod det med ét lysende klart for mig, at det var et perfekt 'game' til i morgen – publikum skulle være den tavse dommer. Jeg havde set et stativ med nogle store stykker papir ovre på Gillmores kontor, hvor man kunne stå og skrive eller tegne hele siden fuld og derefter folde papiret om på bagsiden af stativet – sådan et stativ skulle jeg have med og en fed sort tusch. Under briefingen med Gillmore skulle jeg lave en modeltegning, en oversigt, som viser metodesammenhængen og en tegning af 'The big puzzel' med 5 brikker angivet med de fem første bogstaver i det græske alfabet. Dernæst ville jeg prøve, om jeg kunne provokere spørgerne ved at sætte nr. på deres spørgsmål ud fra den liste, jeg havde udarbejdet.

Drøftelserne med Gillmore næste dag varede en hel time. Jeg fik lavet de tre tegninger, jeg skulle bruge i min præsentation, og Gillmore lyttede nærmest andægtigt, mens jeg stod og forklarede og fortalte, og da jeg viste ham min 'spørgsmålsliste' så han for første gang skeptisk på mig.

– Hvor har du den fra Tom? Hvordan kan du vide, hvad en killer (dræber) som Ryle og de 10-12 andre indbudte vil spørge om på forhånd?

– Det var bl. a. dét, jeg skulle bruge A-udgaven og de tre numre af 'Naturwissenschaften' til – og tro mig, de fleste af disse spørgsmål vil blive stillet i aften.

Gillmore tog sig til hovedet og grinede.

– Det bliver bedre og bedre, men helt ærligt Tom – jeg er nødt til at advare dig én gang til. William Ryle er ekspert i at spidde folk, når de kommer på gyngende grund,

135

og det er ikke for ingenting, at han er én af de bedst betalte programværter i BBC. Men du har en pointe - det der i militærsprog hedder 'et strategisk overraskelsesangreb', tror jeg nok – og lad os så håbe, det er nok til, at vi klarer os igennem alle 12 omgange. Du skal ikke være i tvivl om, at vi har tillid til, at du vil gøre dit allerbedste, og resten er op til Gud, om du vil.

– Ikke Gud Gillmore, men Satan. Jeg har klatret på 'Djævelens Bjergkam' og set ham direkte i øjnene, og han lignede ikke William Ryle.

Farm Hall er et lille bombastisk udseende 'herregårdsslot' mere over i den franske arkitektur end den engelske, var mit første indtryk, da vi kørte op foran hovedindgangen. Vi ankom klokken lidt over fem i tre biler fra London, og havde møde med Ryle små tyve minutter senere.

Vi var 11 i alt, men det var kun de fem af os, der var med i inderkredsen, hvilket betød, at de andre indbudte kunne stille spørgsmål til os, og vi kunne så til gengæld komme med bemærkninger og stille uddybende spørgsmål til dem.

Gillmore præsentere Ryle for den 'flipover', vi havde taget med fra redaktionen (så fik jeg da endelig at vide, hvad det der stativ hed!), som jeg gerne ville have lov at gøre brug af under debatudsendelsen. Der kom et misbilligende blik fra Ryle, som dog accepterede. I min egen huskeliste noterede jeg: Første overraskelse.

Debatprogrammet skulle optages i det, der oprindelig havde været Riddersalen, men nu åbenbart fungerede som en slags mødesal. Rummet var inddelt i tre afdelinger: Publikum 1 med en tyk rød silkesnor som adskillelse til kamera- og lydfolk, og en debatarena bygget op som et miniamfiteater med særlig indbudte gæster på sæderne bag selve arenaen (publikum 2).

I midten af arenaen var der sat 6 stole op til Daily Sun og Herbert Corporation over for 12 stole, løftet 30 cm. op på et rapos, til kritikerne. Jeg kiggede lynhurtigt over på Clarence Gailford og Gillmore, og rystede på hovedet. Langley, Wright og Morrison skulle sidde oppe blandt de 12 kritikere. Gillmore konfererede med Ryle, og vi fik lov at 'bygge' om på opstillingen. Jeg fjernede helt den stol, hvor der stod 'Tom Nolting' og rykkede de to andre stole længere væk fra 'flipoveren', så jeg havde plads til at agere i min egen lille arena. Da vi var færdige med diverse omrokeringer, kom William Ryle hen og satte sig ved siden af Clarence og mig.

– Jeg nåede ikke at hilse personligt på dig, da I ankom, men velkommen til Farm Hall Tom Nolting. Ryle rakte hånden frem, og vi hilste på hinanden eller snarere tog mål af hinanden.

– Jeg er glad for, at Daily Sun og specielt Herbert Corporation fik dig overtalt til at komme herover helt fra København, men jeg er også sikker på at specielt Gillmore har advaret dig om, at det kan blive en hård aften. Vi har valgt at imødekomme dit ønske om selv at præsentere din såkaldte historiske afhandling mod, at vi udvider den samlede sendetid, hvilket jeg fik igennem med programledelsen i går aftes. Jeg er også blevet informeret om, at der vil være en lektor fra Københavns Universitet og en politisk journalist til stede blandt publikum. I fuld forståelse med at du har begået et historisk værk, som enten er spektakulær fiktion – det er den pæne version - eller skoledannende for en mere moderne måde at tænke historie og samtidsforskning på, så er du i aften udfordret af nogle af vores dygtigste journalister og historieeksperter, som nok ikke stiller sig selv tilfreds, før der bliver vist knæfald. Dernæst skal du selvfølgelig vide, at vi har 20 medarbejdere ved telefonerne til at ringe potentielle seere op for at høre, om de stadig er med på programmet, og hvis der er et frafald på 10 % afbryder jeg dig i din præsentation og kaster dig for løverne.

For første gang så jeg William Ryle direkte i øjnene, og jeg kunne godt lide det blik, jeg mødte. Ryle udstrålede fight og overblik.

– Jeg er også selv glad for, at jeg trods alt valgte at sige 'ja tak' til indbydelsen, specielt fordi optagelsen af debatprogrammet foregår her på Farm Hall, som referencemæssigt i højere grad er min hjemmebane end et BBC-studie i London. At vi så befinder os lige uden for Cambridge, hvor to af mine største forbilleder har undervist i videnskabsteori og filosofi tilbage i 30'erne og 40'erne, gør det bestemt ikke mindre attraktivt. Dernæst kan jeg godt lide iscenesættelsen af debatprogrammet, som minder om et lille græsk amfiteater – hvilket passer perfekt ind i mine forberedelser, så for min skyld må debatten gerne ende i et mindre drama. Til slut vil jeg gerne rette en lille misforståelse. Det er mig, der har både svarene og spørgsmålene, så jeg ved ikke rigtigt, hvem der er oppe mod hvem.

Ryle så på mig, og jeg nåede lige at fange et vantro og panisk blik, inden den stilsikre overflade brød igennem. Han var ramt, og det var nok for mig.

Da Ryle var gået, havde jeg lige to minutter til at overveje, hvem den lektor fra KU kunne være: Michael Ehrenreich, hvem ellers?

Et halvt minut før udsendelsen var vi alle bænket og klar. Jeg havde forinden hilst på de '12 kritiske opponenter', men kun udvekslet ganske få ord med dem hver især, og helt uden negative vibrationer. Jeg prøvede også, om jeg kunne se Ehrenreich oppe bag mig blandt publikum 2, men det direkte modlys skærmede fuldstændig af.

Da de tre røde lamper blinkede, blev lyset slukket, og der blev helt stille i salen. To sekunder senere lød der et brag, hvorefter lyset langsomt blev tændt igen, mens et tæt røgslør lagde sig over arenaen. Ud af 'røgsløret' trådte William Ryle og bød velkommen til det mest sete debatprogram i BBC.

– Titlen for programmet i aften er 'Brainstorm over Farm Hall', og jeg håber og forventer, at der vil rejse sig en storm af tanker og spørgsmål inden for den næste halvanden times tid, men programmet handler ikke kun om de sidste 8 måneder af 2. Verdenskrig, hvor ti af de meste indflydelsesrige tyske atomfysikere var interneret netop her på Farm Hall. Vi vil i aften udfordre den unge historiestuderende fra Danmark, hvis afhandling udgør grundmateriale både bag romanen og filmmanuskriptet, som Herbert Corporation i samarbejde med londonavisen Daily Sun enten vil frigive i morgen eller måske vælge at trække tilbage. Lad mig derfor byde velkommen til den unge Tom Nolting, til Clarence Gailford fra Herbert Corporation, James Gillmore fra Daily Sun og de 12 specielt indbudte journalister og historikere fra hhv. England, Tyskland og USA.

Min velkomst gælder naturligvis også publikum og tilhørere her på Farm Hall og alle jer, der sidder hjemme i stuerne.

Ryle blev afbrudt af en højlydt applaus.

– Inden jeg overlader ordet til den unge Nolting, har jeg lige selv et par kritiske spørgsmål. Herefter stillede Ryle to spørgsmål eller rent faktisk tre, idet der kom et følgespørgsmål til det andet.

Første spørgsmål handlede om 'Københavnermødet' i 1941 mellem Bohr og Heisenberg, mens de to næste drejede sig om 'Dresdengruppens' eksistens og resultater.

Jeg takkede for spørgsmålene. Stillede mig op ved siden af min 'Flipover' og henvendte mig direkte til publikum foran mig.

– Jeg håber, vi får en spændende og dramatisk aften. Vi er i gang med opbygningen af et græsk drama i fem akter, men i aften skal publikum, både dem derhjemme i stuerne og jer her på Farm Hall være dommere. Jeg vil i løbet af de næste 20 minutters tid klæde jer på til at være aktive i jeres egen debat, men også kompetente og kvalificerede omkring de ting og uhyggelige hændelser, der vil blive diskuteret og stillet spørgsmål ved her i aften. Nu er det jo desværre kun de 12 særlig indbudte, der har haft mulighed for at læse min nye version af 'Brainstorm over Manhattan og Dresden', men til gengæld for I forhåbentlig en tilsvarende 'aha-oplevelse', som da jeg for små tre år siden begyndte at stille spørgsmål til den eksisterende og anerkendte historieskrivning. Jeg har den fordel, at I kan være fuldstændig uenige med mig og sidde derhjemme og råbe – og jeg kan ikke høre jer. Min præsentation handler heller ikke om at hverve 'rygklappere'. Det vil glæde mig, hvis I er kritiske og får en god debat – også hjemme hos jer selv. Erkendelse kan kun udvikle sig gennem en kritisk holdning.

Jeg vil bruge de første ti minutter på at anskueliggøre den videnskabelige model jeg har opbygget. Dernæst vil jeg guide jer gennem den metode, jeg har brugt til opstilling af mine hypoteser og I vil få flere eksempler på min argumentationsform i direkte relation til de opsigtsvækkende konklusioner, jeg har draget undervejs i 'Brainstorm over Manhattan og Dresden'. Nogle af mine største læremestre i videnskabsfilosofi og naturvidenskabelige forskningsmetoder har undervist her i Cambridge og i London tilbage i 30'erne og 40'erne – men i aften handler det også om 'common sense', etik og moral bag militære operationer. Jeg vil præsentere jer for den største manipulation i nyere historieskrivning, et mægtigt puslespil sammensat af fem mindre puslespil benævnt med de fem første bogstaver i det græske alfabet. I aften er det jer seere og publikum, det handler om, fordi det er jeres dom, som i sidste ende er interessant. Det betyder at programvært mr. Ryle og hans 12 indbudte opponenter skal stille nogle meget skarpe, nærgående og kritiske spørgsmål for at løfte debatten op på dramaplan – men jeg har forberedt mig og lagt min helt egen strategi for denne lille uskyldige 'krigsskueplads'. Jeg tror, jeg kender alle spørgsmålene og de fleste af svarene. Jeg har lavet en liste på 51 spørgsmål, hvor jeg tør vædde 1000 £ på, at de 40 bliver stillet i aften. Mr. Ryles udfordrende spørgsmål i indledningen af udsendelsen er nr. 3 og nr. 7 (med tillæg fordi jeg vidste der ville komme et følgespørgsmål) på min liste. Listen lægger jeg her på bordet mellem mr. Gillmore og mig selv.

Inden jeg går i gang med selve modellen, har jeg lige nogle vigtige pointer, I skal have i baghovedet stort set hele aftenen:

1 – Krigens første offer er sandheden. Krig har altid været en beskidt affære, og den sejrende part har brug for at glorificere sin indsats og sine tab af soldater og civile.

2 – Militære personer, generaler m.m. skal ikke beskyldes for at være nogle af de mest tænkende og filosofiske mennesker i denne verden. Spørger man dem om deres vision, svarer de enstemmigt: At vinde krigen! Og spørger man om missionen bag krigen lyder svaret lige så tåbeligt og enstemmigt: At afslutte krigen hurtigst muligt.

3 – Herefter følger propaganda og løgn, som afløses af ny propaganda og nye løgne i én lang manipulationsproces gennemtrumfet af den øverste militærkommando, hvad enten vi snakker Nazityskland eller De Allierede.

4 – Til slut er det sejrherren, der sætter dagsordenen for efterkrigstiden og straffer taberen for krigsforbrydelser begået i ond hensigt.

Nu vendte jeg alle bladene på Flipoveren og præsenterede min model.

Modellen var bygget op omkring tre søjler, hvor hele midtersøjlen handlede om de tre forskellige planer, man befandt sig på: Metaplan – Hypoteseplan – Dataplan. Højre og venstre søjle i modellen beskrev den videnskabsteoretiske forskel på en 'analytisk slutningsform' og en 'syntetisk slutningsform', men i samtidshistoriske udredelser og forklaringer er det vigtigt, at alle tre søjler eller dimensioner er aktive – og hver gang der bliver stillet spørgsmål ved troværdigheden af mine konklusioner og hypoteser, vil jeg i alles påsyn forfølge kritikken ned gennem modellen.

I forlængelse heraf har jeg også lige et par bemærkninger omkring kildemateriale og kildekritik. Ingen krigsherre efterlader belastende materiale i relation til militære operationer – og slet ikke, hvis nogle af dem kører helt af sporet. Mange af de dokumenter, der dukker op efter krigens afslutning, er bevidst udfærdiget som røgslør og handler om at vaske hænder rent etisk og moralsk. Det bedste eksempel på, hvor smart det kan gøres, er det puslespil jeg nævnte for ti minutter siden, og spørgsmålene og debatten i aften skal hjælpe mig med i fuld offentlighed at samle 'det mest sandsynlige billede' af, hvad der skete, da De Allierede knaldede helt ud. Jeg har fået at vide, at puslespil er en yndet beskæftigelse her i England, og derfor er jeg sikker på, at mange af jer har forståelse for den dybe frustration, jeg oplevede, da jeg skulle samle et 'krigspuslespil', hvor brikkerne i æsken ikke svarede til det officielle billede på historiens forside, og når man opdager at brikkerne ikke passer, er man ofte tilbøjelig til at smide det hele væk. Mit problem var, at jeg vidste, de på en eller anden måde *skulle* passe sammen. Pludselig en dag opdagede jeg, at der var tale om seks forskellige puslespil: Det store puslespil, som slet ikke hang sammen, bestod i virkeligheden af mindre selvstændige puslespil med kodebetegnelser fra de fem første bogstaver i det græske alfabet, og først når de efterfølgende blev skubbet rigtig sammen faldt det 6. puslespil på plads.

Til slut kun lige et par ord om, hvilket 'fantastisk held' man 'helt tilfældigt' løber ind i, da de amerikanske fortropper okkuperer universitetet i Heidelberg og finder en liste over de ti mest indflydelsesrige atomfysikere i Nazitysklands Uranklub, altså deres atomprogram – og endda med nøje angivelse af, hvor de befinder sig. Man skal ikke være professor i historie eller i matematisk spilteori for at gennemskue, at det nok ikke var helt så tilfældigt. Der var en muldvarp på spil. Men der var også spioner og agenter på jagt efter den person, som i hvert fald én af de høje generaler stadig troede ledede det tyske atomvåbenprogram uden at være vidende om, at de var ved at likvidere deres egen muldvarp.

Det var ordene rent indledningsvis, og jeg takker BBC og mr. Ryle for at jeg måtte få - jeg kiggede på uret - præcis 23 minutter af den kostbare sendetid til mig selv og min mission.

Inden Ryle tog over, kiggede jeg flygtigt over på Gillmore, som sad med hænderne foldet foran sig, og da vore blikke mødtes, løftede han venstre hånd med tommelfingeren pegende opad.

Først ville Ryle gerne have svar på de spørgsmål, han indledningsvis havde stillet mig for derefter at lade kritikerne overtage skuepladsen.

Hans første spørgsmål handlede om Heisenbergs rolle som leder af det tyske atomvåbenprogram og hans besøg i København, og dernæst hvilket belæg jeg havde for min påstand om det senere dobbeltspil mellem ham og Schumann.

– Det hele var aftalt på forhånd mellem Diebner, Heisenberg, Schumann og Generalmajor Ernst Macher fra HWA. Diebner dækkede eventuelle spor, meldte grønt lys til Schumann og lod sig arrestere et par uger senere for efterfølgende at blive ført til England, hvor de ni andre allerede var interneret. Alle ti atomfysikere her på Farm Hall vidste, de blev aflyttet og lavede deres egen 'game' og kode, og hvis nogen historiker tror på, at udskrifterne fra Farm Hall aflytningerne er blåstemplet kildemateriale, burde de nok lige tænke sig om en ekstra gang.

Det andet spørgsmål omkring 'Københavnermødet' fik jeg lukket ned rimelig hurtigt, fordi det var i forlængelse af det møde, at Heisenbergs stolte fædrelandsfølelse over for den tyske Nation stille og roligt begyndte at slå revner.

Kritikernes første 10-15 spørgsmål handlede om mig som person, min uddannelsesmæssige baggrund for at udtale mig, som jeg gjorde, og jeg tog imod med kyshånd.

– Spørg dommerne undervejs. Lad være at spørge mig med mindre I ligefrem appellere til en direkte konfrontation mellem undertegnede og jeres egen selvforståelse som hhv. journalister og forskere, men hvis I tror, jeg har skrevet noget, som er direkte usandt, så spørg dog ind til det, til emnet og substansen og ikke min person.

Én af opponenterne gik i fælden og spurgte mig direkte, om jeg kunne *bevise*, at Schumanns kontrolgruppe havde overtaget ledelsen af det tyske atomvåbenprogram og var identisk med den gruppe af atomfysikere, der arbejdede på det nye laboratorie for teoretisk og eksperimentel fysik i Dresden?

– Det mener jeg godt jeg kan svare 'ja' til. Lad os gå hen på modellen og eksemplificeret svaret, som jeg tidligere lovede, så publikum og seere kan følge med. Vi laver nu en ny hypotese, som siger: Vi antager at Dresdengruppen slet ikke fandtes. Så kigger vi på vores observationer (som i parentes bemærket er foretaget af amerikanske militære efterretningspersoner) og de relevante erfaringer. Herefter går vi ind på test- og eksperimentplanet for at se, om den syntetiske slutningsform kan holde over for min modhypotese.

Først de tre forudsætninger eller præmisser i den nye hypotese:

1- I og omkring Dresden var der 110 fabrikker, som producerede våben til den tyske hær med over 50.000 ansatte

2- Dresden skulle være et vigtigt kommunikationscenter og trafikknudepunkt for hele den østlige del af Tyskland

3- Broer og veje omkring Dresden skulle bombes for at få standset krigen hurtigst muligt.

Disse tre begrundelser kan overhovedet ikke strategisk retfærdiggøre den totale udradering af Dresden der fandt sted mellem den 13.-15. februar 1945 gennemført af RAF og USAAF. Totalbombningen med et muligt menneskeligt tab eller drab på over 200.000 civile kan slet ikke forklares ud fra de anførte argumenter, og hvis nogen stadig vil påstå, at det var i orden, så mener jeg både Eisenhover og Winston Churchill skulle have været stillet for en krigsdomstol – MEN i virkeligheden er det et skoleeksempel på propaganda og løgn af den værste klasse, for operationen dækkede over noget helt andet.

Herefter gik der helt 'ged' i spørgepanelet. Der blev stillet aggressive spørgsmål på tysk vedrørende bombningen af både Hamborg og Dresden.

Jeg svarede tilbage på tysk i dyb forståelse over deres frustration, men bad om at få konkretiseret spørgsmålene, og skyndte mig efterfølgende at oversætte både spørgsmål og svar til engelsk, så seere og publikum var vidende om, hvad vi diskuterede.

Ryle var lige koblet ud af værtsrollen en 5-7 minutter, fordi jeg havde svaret så hurtigt tilbage på tysk. Han indskærpede over for de indbudte kritikere, at alle spørgsmål skulle stilles på engelsk.

Den næste halve time kom alle de spørgsmål, som jeg kunne krydse af på min liste, hvilket jeg gjorde demonstrativt ud mod publikum og seere, og svarene faldt dræbende sikkert og præcist.

De to næste spørgsmål blev stillet af en amerikansk og en engelsk historiker.

Laboratoriet i Dresden er et hjernespind fra din side unge Nolting. Allerede i efteråret 1943 indstillede tyskerne arbejdet i Heereswaffenamt med at fremstille en atombombe, og det har vi masser af dokumenter, som enslydende bekræfter, men hvilke dokumenter kan du referere til som bevis for dine påstande og konklusioner? Og hvorfra ved du, at det kun var et spørgsmål om 2-3 uger inden de ville kunne foretage en prøvesprængning?

– Jeg skal gøre mit yderste for at svare så kort som muligt, selvom spørgsmålene i erkendelsesmæssigt sammenhæng lægger op til en debat, der sagtens kunne strække sig over flere timer. Vi har øjenvidneberetninger fra området mellem Erfurt og Dresden, som allerede i mats 1945 oplevede en eksplosion, som udviklede sig til en paddehattesky. Når vi kigger på min model og mine metoder, betragter man samtidig en helt anden måde at forholde sig til dokumentation og kildekritik på, og uden tvivl også en helt anden måde eller tilgang til historieskrivning i det hele taget. Hundrede dokumenter beviser ikke, hvad der reelt har fundet sted, hvis de udelukkende er lavet for at misinformere. Men lad os tage den én gang til, og formulere en ny hypotese:

H-n, som siger, at min udgangshypotese er falsk, og at det forsvar for bombningen af Dresden, som general Joseph W. Angell, fremførte otte år efter krigens afslutning, er troværdigt og sandt. Jeg tilføjer nu en fjerde præmis eller forudsætning i forhold til efterkrigstidens historiske udredninger af, hvad man (dvs. historikerne sammen med det militære informationsapparat) efterfølgende mener, der er foregået i en konkret krigsoperation. Den tabende part vil langt hen ad vejen prøve at tilintetgøre flest mulige dokumenter, som både under og efter krigen kan blive en belastning. Den vindende part producerer bevist dokumentation for, at alle krigshandlinger kan retfærdiggøres ud fra nogle konkrete modtrusler og etiske beslutninger.

I min model efterlader den nye hypotese endnu flere ubesvarede spørgsmål, som f.eks.: Tilbage i 1942-43 arbejdede der omkring 70 anerkendte atomfysikere rundt om på laboratorierne i Tyskland, og i april 1945 blev 9 af dem arresteret ud fra en liste, som amerikanerne fandt på universitetet i Freiburg – og hvad tror I så de 61 andre fremragende atomfysikere lavede?

Kurt Diebner blev først 'lokaliseret' omkring 10-12 dage senere (som jeg tidlige fortalte), fordi han lige havde noget, han skulle klare, inden han lod sig arrestere. Laboratorierne i Halle, Leipzig og Dresden skulle helt op i det røde felt, hvis Tyskland skulle gøre sig forhåbninger om at fremstille en atombombe før amerikanerne, men de manglede både penge, udstyr, laboratorieansatte, uran og tungt vand. Til sammenligning havde amerikanerne allerede i 1944 over 30.000 personer ansat i relation til atomkapløbet og herunder 9 af de fremmeste atomfysikere.

Dernæst undrer det mig, at ingen endnu har spurgt ind til sådan noget som spioner og agenter – muldvarpe eller forrædere. Spørgsmålet er nu: Var der agenter og muldvarpe på spil i atomkapløbet? Ja, det var der uden tvivl alene ud fra den kendsgerning, at den militære leder af Manhattan projektet rådede over spioner fra OSS (Office of Strategic Services) og agenter fra CIA (Central Intelligence Agency), som både kunne gå ind og likvidere enkeltpersoner, der udgjorde en trussel for det amerikanske projekt, og på egen hånd undersøge forhold, som sandsynliggjorde, hvor langt tyskerne var fremme. I det tyske projekt var der i hvert fald to muldvarpe – én der informerede De Allierede, og én der informerede Schumann. Jeg har et godt bud på, hvem de er, men kan af juridiske grunde ikke offentliggøre navnene i aften, men jeg håber det kommer med i det filmmanuskript, som Allan Morrison er ved at lægge sidste hånd på.

Mod slutningen af debatten var der en fransk journalist, der blev lidt for ophidset og begyndte at stille spørgsmål og komme med kommentarer på fransk. Ryle kiggede over på mig, jeg vendte pegefingeren ind mod mit eget bryst, hvorefter vi nikkede begge to.

Jeg svarede tilbage på fransk, men denne gang ikke nær så forstående som tidligere, da Ryle netop havde indskærpet at alle spørgsmål skulle stilles på engelsk i respekt for publikum og seere. Jeg oversatte meningsudvekslingen, så alle kunne forholde sig til, hvad der foregik og forventede et spørgsmål på engelsk, som imidlertid udeblev.

William Ryle kiggede rundt i kredsen af kritikere, og da der ikke var nogen, der meldte sig med nye spørgsmål, var han nærmest parat til at runde udsendelsen af lidt før tiden, indtil Gillmore løftede armen.

– Jeg mangler at se, hvordan Tom Nolting vil samle det 6. puslespil, og det tror jeg ikke, jeg er den eneste, der har ventet på den sidste time.

Ryle, som på det tidspunkt kun stod ca. en lille meter fra mig, bød ud med venstre arm som invitation til, at jeg kunne overtage – og det gjorde jeg.

På omkring 5 minutter gennemgik jeg lynhurtigt operation alfa og mission delta, fik skubbet de tre andre brikker på plads og kunne fremvise et troværdigt billede af, hvad der var foregået de tre skæbnesvangre dage i februar 1945.

Dernæst videre til august 46, hvor USA brugte sit nye atomvåben over for Japan, der militært og politisk allerede var i knæfaldsstilling, men USA havde behov for at vise hele verden, at de var en atommagt, og at de var parat til at bruge det nye våben. De godt og vel 100.000 japanere, der blev udraderet i hhv. Hiroshima og Nagasaki, blev opofret blot for, at USA skulle vise USSR, at det kunne blive dem næste gang, hvis ikke de stoppede deres fremrykning i Europa.

– Til sidst vil jeg sige tusind tak, fordi jeg fik lov til at møde op her i dag. For mig har det været spændende, og derfor håber jeg ikke, at jeg har skræmt alt for mange seere væk fra programmet, men har overbevist en del af jer om, at 'Brainstorm over Manhattan og Dresden' er bygget op omkring en troværdig historietolkning, da alternativet ville være en forbrydelse mod menneskeheden – og når I diskuterer videre med venner og bekendte, så husk at minde hinanden om, hvem der er krigens allerførste offer frem for, hvem der var de største helte. Tak til alle jer der var med.

Publikum klappede så højlydt, så Ryle havde svært ved at komme til orde. Da det endelig lykkedes, takkede han publikum for deres engagement og gode disciplin, han takkede seerne for deres interesse og glædede sig over, at seertallet havde været stigende i løbet af hele udsendelsen. Til slut takkede han de 12 indbudte kritikere for deres mange nærgående spørgsmål, samtidig med at han måtte indrømme, at ingen rigtig havde fået skovlen under den unge dansker. Derefter gik han over og lagde venstre arm rundt om min højre skulder og roste mig for en meget stilsikker og fair optræden:

– This young guy can very soon be the coming man in one of our BBC programmes. Thank you very much to Tom Nolting, you managed excellently!

Efter udsendelsen mødtes vi ude på p-pladsen ved bilerne. Clarence insisterede på, at vi skulle køre ind i Buntingford, hvor hun kendte en fantastisk hyggelig kro, og hun lagde ikke skjul på, at der var noget at fejre. Fra Buntingford var der kun ca. 40 km til London.

På vej til 'The Sportsman' i Buntingford snakkede jeg meget med Allan om, hvilke spændingsmomenter, det var vigtigt at bygge op i filmen, og at jeg i hvert fald syntes, han skulle gøre brug af agenter med 'likvideringsopgaver' over for de 20-30 dygtigste atomfysikere i Tyskland. Gennem muldvarpen havde De Allierede nemlig alle navnene, og nu skulle agenten finde ud af, hvor de arbejdede og opholdt sig. Midt under snakken drejede bilen brat ind til venstre, standsede helt op et par sekunder senere. Vi var fremme ved 'The Sportsman'.

Clarence og Gillmore sad og tog imod os, da vi kom ind i lokalet – og det var virkelig en fantastisk hyggelig kro. Vi nåede knap at sætte os, før to tjenere kom med 7 store glas øl og satte på bordet. Glassene blev fordelt, og der blev skålet.

– Allerede inden vi forlod Farm Hall, ringede jeg til trykkeriet. De starter mandag morgen og går i gang med at trykke de første 50.000 eksemplarer, som i sig selv er en stor satsning for en debutroman, sagde Clarence, mens hun rejste sig – og vi bevarer undertitlen: En roman, som bygger på autentiske begivenheder. Men det er ikke kun undertitlen. Jeg ved Stephen har arbejdet meget loyalt ud fra dine konklusioner og hypoteser i 'afhandlingen' Tom, så derfor var det bestemt ikke lige meget, hvordan debatudsendelsen i aften forløb. Det var en fornøjelse at se, hvordan du nød at få lov til at folde dig ud, og at ingen rigtig for alvor turde modsige dig eller udfordre dig direkte, selv ikke dér, hvor jeg ved, du kun har indirekte beviser for dine påstande – så måske skal vi allerede i aften ønske dig tillykke med dit nye job?

– Mit nye job? spurgte jeg aldeles uforstående.

– Tom, tog Gillmore over, den gestus fra William Ryle her i aften tror jeg roligt, du kan opfatte som en jobgaranti – han vender tilbage, det kan du være overbevist om. Og dét job på Daily Sun, jeg tidligere omtalte, vil slet ikke kunne matche det, BBC i givet fald vil tilbyde.

Jeg så rundt i kredsen af smilende mennesker og turde derfor godt sige *det* højt, jeg selv sad og tænkte:

– You are crazy. Jeg er 20 år og skal hjem for at afslutte min High School og regner med derefter at tage til München for at studere, og alle kiggede på mig, som om jeg havde talt russisk.

Nu blev maden serveret. Folk var sultne, så snakken dødede hen et kvarters tid eller tyve minutter.

Inden vi rejste os for at køre tilbage til London, blev det aftalt, at Clarence Gailford, Stephen Wright, Allan Morrison og jeg skulle mødes inde på forlaget på Shaftesbury Avenue kl. 11 for at sige farvel og aftale et evt. genvisit i forhold til filmmanuskriptet.

I forlængelse af vores snak i bilen havde Allan noteret sig, at jeg tænkte meget i billeder og visuelle processer, så derfor kunne han godt tænke sig, at vi lavede en forlænget weekend i London, inden han lagde sidste hånd på værket. Vi sad stadig og snakkede, da de andre begyndte at gå ud til bilerne, og jeg lagde ikke skjul på over for Allan, at jeg syntes, det kunne være rigtig spændende at få lov til at være med i den allersidste fase.

Da vi trådte ud af The Sportsman og et øjeblik stod i lyset fra lamperne ved indgangsdøren, lød der pludselig to skud, to høje skarpe knald lige efter hinanden. Vi kunne mærke lufttrykket fra projektilerne, som suste lige forbi os. Vi stod begge to som lammede i 5-6 sekunder, inden vi kunne nå at reagere og kastede os ned på jorden nærmest som en refleks. Jeg ramte jorden med min højre skulder først og skreg som en vanvittig. Smerten var så voldsom, at jeg var lige ved at besvime, og jeg ved ikke, hvor længe det varede, inden jeg genkendte Gillmores ansigt og stemme:

– Er du ramt Tom? Svar mig for guds skyld!

Jeg ved heller ikke, hvor mange gange jeg hørte spørgsmålet, før jeg løftede venstre arm og vinkede afværgende.

– Nej jeg tror ikke jeg er ramt, men jeg landede på den skulder, jeg smadrede for 4-5 måneder siden, og det gør bare så infamt ondt, så jeg næsten ikke kan klare det.

Gillmore fik mig op at stå for at tjekke, om jeg var ramt. Vi gik ind i krostuen og satte os ved det bord, som vi kort for inden havde rejst os fra.

Alle var i chok. Der var tale om et mordattentat, det var ingen af os i tvivl om. Til venstre for Allan var der et hul i muren, hvor projektilet havde ramt, og til højre for mig havde det boret sig ind i den massive egetræsdør og sad der stadigvæk.

Kort tid efter, vi havde bænket os ved bordet, ankom to betjente fra det lokale politi, men da de fik vores version af hændelsen, tilkaldte de assistance fra Skotland Yard i London.

De tre kriminalassistenter fra Skotland Yard så med alvor på sagen. Det mest uhyggelige var, at de efter deres første foreløbige undersøgelser meldte tilbage, at der var tale om en 'advarsel'. Hvis snigskytten havde haft ordre om at dræbe, så ville jeg havde været stendød ud fra, hvor tæt på begge skud havde ramt – og måske ville Allan være røget med.

Klokken blev to om natten, inden vi var tilbage i London. Den lokale læge i Buntingford havde givet mig en smertestillende indsprøjtning og ti smertestillende piller, som jeg kun måtte tage to af i døgnet. Gillmore og de to journalister tog direkte videre på arbejde. Der skulle laves tre stort opsatte artikler om hhv. debatmødet på Farm Hall, om romanen og filmmanuskriptet - og om mig, der på vej tilbage til London blev udsat for et mordforsøg. Jeg insisterede på, at der ikke skulle være billeder i artiklen om skudepisoden, men Gillmore fortalte mig, at de mennesker, som på den ene eller anden måde ville mig til livs, vidste præcis, hvem jeg var, og hvordan jeg så ud – de har fulgt efter os lige siden vi kørte fra parkeringspladsen ved Farm Hall.

Vi fastholdt mødet næste formiddag hos Herbert Corporation.

Da jeg var tilbage på hotellet, bad jeg receptionisten om at sørge for vækning senest kl. 10

Mødet næste dag på Shaftesbury Avenue havde helt skiftet fokus i forlængelse af begivenhederne aftenen i forvejen. Gillmore ringede allerede kl. 11.30 for at fortælle, at de var i gang med at trykke tredje oplag af dagens avis, og at fire store landsdækkende aviser havde ringet for at få et interview med danskeren, Tom Nolting – hvilket var blevet afvist grundet de alvorlige omstændigheder og mit ønske om at optræde så anonymt som overhovedet muligt

Mindre end tyve minutter senere, hvor Stephen, Allan og jeg endelig var nået frem til at diskutere handlingsforløb i forhold til filmmanuskriptet, blev vi afbrudt af en kriminalassistent og en fotograf fra Skotland Yard. Man havde fra Kriminalpolitiets side kigget optagelserne fra debatudsendelsen igennem op til flere gange og besluttet, at min ordinære hjemrejse skulle ændres, forstået på den måde, at de ville lade en anden person rejse i mit sted – forklædt så vedkommende lignede mig – for at se, om der evt. ville blive lavet et nyt forsøg på at 'advare mig eller slå mig ihjel'. Projektilerne stammede fra en nyere amerikansk militæriffel. Kriminalbetjenten understregede dog, at det også kunne være bevidst vildledning. Ligegyldigt hvad der måtte ske eller ikke ske, så skulle jeg mandag morgen kl.7 tage et fly til Amsterdam og derfra videre til København for at sløre min tilbagerejse – billetterne var bestilt.

Fotografen tog 20-30 billeder af mig i forskellige positioner. Kriminalbetjenten bad om min adresse og telefonnummer i København. Telefonnummer kunne jeg af gode grunde ikke give ham, men han fik min adresse, og mens jeg sad og udfyldte div. papirer og erklæringer, kom jeg pludselig til at tænke på mine forældre. Hvad nu hvis TV-avisen derhjemme i aften kunne finde på at bringe et indslag om attentatforsøget i Buntingford, hvor en ung dansk gymnasieelev var involveret – jeg var nødt til at ringe hjem.

Jeg spurgte Clarence Gailford, om det var i orden at jeg lige ringede til mine forældre for at informere dem om, hvad der var sket, såfremt dansk TV skulle finde på at bringe et kort indslag i aftenens TV-avis.

To minutter senere havde jeg drejet nummeret hjem til Alminden. Der gik over et halvt minut, inden jeg hørte min fars stemme sige 'Hallo'.

– Hej far, det er Tom. Jeg ringer fra London for at fortælle jer, at jeg har det udmærket, og jeg har i bogstaveligste forstand haft et særdeles spændende ophold her i London. Skulle der mod alle forventninger dukke noget op i aftenens TV-avis om mit ophold herovre, skal I vide, at jeg lever i bedste velgående og tager tilbage til København i morgen tidlig, da jeg jo skal på arbejde i morgen eftermiddag. Jeg ringer til jer, når jeg er i København – er det i orden?

– Ja naturligvis, men hvad er der egentlig foregået? Det lyder i mine ører, som om du vil advare os mod ét eller andet indslag i TV-avisen, eller har jeg misforstået noget?

– Nej far, det har du for så vidt ikke, men jeg tror, der er tale om en ubehagelig misforståelse. I skal bare vide, at jeg har det godt og kommer hjem i morgen.

Jeg lagde røret på og løftede begge armene som tegn på at jeg kapitulerede.

Lige nu kunne jeg ikke rumme noget som helst seriøst, da jeg var på sightseeing i mit eget indre kaos.

– Yes, sagde Allan højt. Det er et knald godt billede: På sightseeing i sit eget kaos. Rent filmisk kan det bruges flere gange og skabe spændende overgange mellem de forskellige scener. En person, der vader rundt i kaotiske omgivelser og langsomt finder ud af, at det er hans egen bevidsthed – en genial scene.

Jeg viftede med begge arme for at signalere til Allan, at jeg var stået af.

– Ok, sagde Stephen, så går vi hen på 'The Two Greyhounds', nu hvor du ikke skal hjem før i morgen.

– Er I sikre på, at det er en god idé, lød det klart og nøgternt fra Clarence?

– Ja, sagde Stephen. Jeg tror Gillmore har ret – toget er kørt omkring det at være anonym.

Det blev et meget personligt farvel og på gensyn med Clarence Gailford. Som tidligere lovet afleverede jeg et helt ringbind med nye materialer, alt det jeg havde lavet og forberedt både her i London og i København:

– Og I behøver ikke få det oversat, det hele er skrevet på engelsk, sagde jeg smilende.

På vej hen mod trappen kaldte hun os tilbage. Da vi kom ind på kontoret igen, pegede hun på telefonen:

– Mr. Ryle vil gerne tale med dig Tom.

Jeg gik over og tog telefonen. Ryle havde naturligvis læst Daily Sun plus andre aviser, og var selv dybt foruroliget over den ubehagelige episode i Buntingford, men undrede sig også over, at to af aviserne havde tegnet et mystificeret billede af mig som 'den unge dansker', der vidste noget om Anden Verdenskrig, som ingen andre åbenbart vidste og kunne lave historieforskning på baggrund af nogle metoder og en model, som heller ingen andre betjente sig af i deres forskning. Debatprogrammet fra Farm Hall havde afsløret en yderst intelligent ung mand, som derudover også tydeligvis beherskede TV-mediet, så man nærmest fik indtryk af, at det var et drama, han selv havde iscenesat og instrueret. I BBC´s Nyheds- og debatafdeling var man begejstret, og i forlængelse af skudepisoden – som alle beklagede dybt – var de skarpe hjerner blevet enige om, at jeg i hvert fald vidste noget, som ikke alle var lige begejstret for. Ryle sluttede med at invitere mig hen på BBC tirsdag eftermiddag for at drøfte mulighederne for et nærmere samarbejde.

Jeg vidste med det samme, at det skulle jeg ikke. Jeg skulle ikke skjule mig, men jeg skulle heller ikke udfordre skæbnen. Tre gange havde det været tæt på at gå rigtig galt, og med de foranstaltninger, Skotland Yard havde taget i dag, var jeg slet ikke i tvivl. På et splitsekund fik jeg en association til den dag, jeg stod foran Ordrup Cykelbane og valgte at vende om og gå min vej i stedet for at genoptage mit cykelløb og starte en stor karriere, og nu havde jeg samme usvigelig sikre fornemmelse af, at jeg skulle se at komme tilbage til København og bare køre lav profil det næste halve års tid.

Mit svar til Ryle blev derfor et høfligt og kort 'nej tak', men at vi kunne snakkes ved om 6-8 måneder, og han kunne til enhver tid kontakte mig via Clarence Gailford og Herbert Corporation.

Jeg undskyldte over for Stephen og Allan, at det havde varet så længe, men som de sikkert havde forstået ud fra samtalen, så tog jeg til København for at blive.

Vi havde ikke gået mange hundrede meter på Shaftesbury Avenue før det begyndte at regne. Vi prajede lynhurtigt en taxa og blev sat af lige foran 'The Two Greyhounds'.

To timer senere insisterede jeg på at gå alene tilbage til 'The Royal Trafalgar'. Vi havde haft en god og spændende snak, og jeg havde fået to nye venner for livet. Vi tog afsked med hinanden ude foran pubben, og Allan lovede at give besked, når han var nået dertil, hvor vi skulle mødes.

Jeg var ikke helt 'appelsinfri' og havde i allerhøjeste grad brug for at bevæge mig, så jeg gik en lille omvej ad Coventry Street og derfra ned mod Leicester Square og videre hjem til hotellet. Jeg havde en masse spørgsmål til mig selv, spørgsmål som indikerede at omgivelserne var ved at 'voldføre mig', uden at jeg selv havde en levende chance for at følge med. Det handlede både om Daily Sun, Herbert Corporation og BBC. Jeg agerede i en rolle, der bestemt fascinerede mig meget, *men* det var ikke mig. Dybest set kunne jeg ikke genkende mig selv, og det var ved at udvikle sig til et alvorligt problem, at jeg i bund og grund ikke vidste, hvem jeg selv var. Tiden på Kranzbach, hvor jeg valgte at vende tilbage, rummede alle de følelser, der bragte mig i samklang med den person, jeg gerne ville være og de aktiviteter, der havde givet mit liv indhold og værdi – og i dag gik jeg rundt i Londons gader i skyggerne af en person, jeg slet ikke kendte. Hvordan skulle mine forældre kunne forholde sig til en søn, der ikke en gang over for sig selv kunne sætte ord på, hvem og hvad han var?

Da jeg nåede tilbage på hotellet, gik jeg direkte op på værelset og lagde mig til at sove. Jeg vågnede først tre timer senere, men tids nok til at jeg kunne nå at få et bad og gå ned i restauranten og få et solidt måltid mad.

Klokken fem næste morgen kom der en taxa og hentede mig. Ude i lufthavnen blev jeg modtaget af en civilklædt betjent, som guidede mig gennem lufthavnen.

I Schiphol, lufthavnen i Amsterdam, havde jeg halvanden time, hvor jeg skulle vente på at komme med et KLM-fly til København.

Da jeg kom ud gennem ankomstslusen i Kastrup, gik jeg direkte hen til taxaholdepladsen og bad om at blive kørt til Husumgade på Nørrebro.

Jeg steg ud af taxaen, hankede op i min sportstaske og gik ind ad døren til nr. 12 – jeg skulle lige samle mine tanker og sidde lidt for mig selv, før jeg ringede hjem.

På vej ned ad trappen kom jeg i tanke om, at jeg nok hellere måtte købe et par aviser for at se, om der i det hele taget var nævnt noget som helst om debatudsendelsen fra Farm Hall og den efterfølgende skudepisode.

Jeg gik hen på Nørrebro Runddel og købte Politiken og BT, og ingen af de to aviser havde noget som helst, hverken om det ene eller det andet. Jeg fandt en telefonboks og ringede hjem. Det var min mor, der tog telefonen.

– Gud hvor er det dejligt at høre din stemme Tom og vide, at du er tilbage i København. Verner syntes du havde lydt så kryptisk i går, så efter I havde snakket sammen, var vi for alvor blevet urolige, men hvis du siger, alt er i den skønneste orden, kan vi sagtens slappe af igen.

– Jeg forstår udmærket, far opfattede vores samtale som meget kryptisk. I dag er jeg overbevist om, at mine uheldige oplevelser i London skyldtes en personforveksling og en misforståelse. Derudover skylder jeg jer at fortælle, at det var nogle fantastiske og dejlige dage i London. Jeg mødte nogle rare og venlige mennesker og har allerede aftalt at komme tilbage lige inden jul.

– Kommer du så ikke hjem juleaften, ville min mor vide.

– Jo, naturligvis gør jeg det. Hvis jeg tager derover igen, bliver det fra den 16.-19. december.

Herefter snakkede vi om min søster, som var gravid og skulle føde i begyndelsen af marts, og hjemme i Bogense gik det hele stille og roligt. Ingen spurgte længere ind til, hvordan det gik med mig, og det var de faktisk glade for, da de jo heller ikke selv vidste, hvad jeg i virkeligheden foretog mig ud over, at det var noget, hvor der åbenbart var mange penge involveret.

Da jeg gik ud af telefonboksen, slog det mig, om det ikke var smart at ringe til Salomonsen for at fortælle ham, hvad der var sket i London, men jeg besluttede, at det måtte vente til i morgen eller i overmorgen.

Jeg ringede på ud for Andersen & Molin i porten til nr. 33 klokken fem minutter i to. Der lød en skratten i den lille højtaler. Jeg fortalte hvem jeg var, og så lød der en summen, døren kunne åbnes.

Charlotte tog imod mig i forkontoret og bad mig følge med ind på sin fars kontor. Molin selv var ikke til stede. På konferencebordet var der sat to store papkasser fyldt med brune sagsmapper frem, men inden vi satte os fortalte hun, at jeg skulle ringe til Salomonsen – der lå en besked fra sekretæren om, at han havde ringet ved 1-tiden. Jeg var velkommen til at bruge telefonen på hendes skrivebord.

Jeg gik hen til telefonen, løftede røret og drejede nummeret til Salomonsen & Eigenbrot. Sekretæren meddelte mig at landsretssagfører Salomonsen ikke var tilbage på kontoret før kl. 15. Jeg fortalte hvem jeg var, og at jeg ville ringe igen senere.

Charlotte havde i mellemtiden taget en masse sagsmapper op af den ene papkasse. Jeg gik hen og satte mig ved siden af hende for at høre, hvad jeg skulle gøre med de mange forskellige mapper, men inden hun gik i gang med at fortælle, hvad hendes far havde tænkt sig, ville hun allerførst høre, hvordan det var gået i London.

– Ja, sagde jeg med et dybt suk og skubbede stolen lidt væk fra bordet, det var fantastisk spændende. Jeg blev indkvarteret på et lækkert hotel ungefähr midt mellem Trafalgar Square og Piccadilly Circus, men det var hårdt arbejde. Selvom jeg havde forberedt mig grundigt hjemmefra, skulle jeg disponere om på meget af mit forarbejde, fordi jeg fik lov til at lave min egen introduktion imod at den samlede sendetid blev forlænget tilsvarende, og jeg syntes selv, det gik rigtig godt – i hvert fald lykkedes det ikke for nogen af de indbudte journalister og historiker at korsfæste mig for videnskabelig fusk og usande påstande. Jeg fik et par gode venner og var sammen med en masse søde og rare mennesker, og vi har aftalt, at jeg vender tilbage lige inden jul.

– Men det foregik vel på engelsk, eller hvad?

– Ja naturligvis, svarede jeg, men der kom også kritiske indlæg på både tysk og fransk.

– Og alt det kunne du godt håndtere, eller oversatte programværten spørgsmålene?

– Nej tvært imod. Det var mig der svarede og oversatte til engelsk.

– Det vil sige, du taler både flydende engelsk, tysk og fransk.

– Både ja og nej, men stort set.

Charlotte rystede på hovedet:

– Du overrasker mig virkelig Tom Nolting, og jeg er slet ikke i tvivl om, at du vil blive en knaldgod 'opgaveassistent'. Inden vi går i gang med at snakke om selve sagsmapperne, vil jeg lige vise dig vores nye arkivdepot.

Vi gik ud af kontoret og hen ad gangen i modsat retning af forkontoret. For enden ad gangen til venstre var der en dør med et skilt, hvor der stod 'Arkiv og Depot'.

Rummet var på 8-10 kvadratmeter med fire store grå dobbelte stålskabe delt op i seks store skuffer til at trække ud – alle skabene var helt nye. Hver skuffe rummede mellem 20-25 hængemapper. Lige inden for døren var der sat et lille arbejdsbord op, hvor det var meningen jeg skulle sidde, og på den modsatte side stod der 7-8 store papkasser fyldt med sagsmapper.

Tilbage på kontoret valgte Charlotte tre tilfældige sagsmapper, som vi gennemgik sammen for at opstille en 'arkiveringsprofil', som alle i firmaet kunne forholde sig til, når de blev bedt om at gå ned på depotet for at hente en sag.

– Jeg ved godt, at det ikke er det mest udfordrende eller spændende arbejde, men ikke desto mindre er det meget vigtigt, for os her i firmaet, at der er styr på alle sagerne. Alle hængemapperne i de nye skabe har en 'søgeprofil' på forsiden, som du skal udfylde Tom. Derved kan man hurtigt få et overblik uden at skulle stå og rode en masse papirer igennem, sådan som det rent faktisk foregår i dag, fordi alle sagsmapper ligger i alfabetisk orden ud fra klienternes navne uden henvisninger til, om sagen er ført i byretten, landsretten, om det er en 'firmasag' eller et personligt søgsmål, om den er afsluttet og i givet fald hvornår, om den er tabt eller vundet og hvad præmisserne for en given domsafsigelse omhandler – og alle disse oplysninger plus en del flere skulle man helst kunne indhente ved blot at se på hængemappens forside i forhold til nye eller verserende sager.

Klokken var i mellemtiden blevet næsten halv fire. Jeg spurgte Charlotte, om det var i orden, at jeg lige prøvede at ringe til Salomonsen igen, inden jeg gik i gang med mit arkiveringsarbejde.

– Ja, vær så god, sagde hun og pegede på telefonen.

Jeg snakkede med Salomonsen i over et kvarter. Først var han meget bestyrtet over, hvad der var hændt mig under min tur til London. Clarence Gailford havde ringet sidst på formiddagen for at informere Salomonsen om alt det, der var sket både i London, Cambridge og Buntingford – og Skotlands Yards 'standin' *var* blevet kontaktet i køen ved check-in skranken i Heathrow under en tumult mellem tre andre passagerer af en ældre udseende herre i en lang trenchcoat og en rejsemappe under armen med ordene 'Last warning, Mr. Nolting', og var forsvundet inden han (kriminalbetjenten) kunne nå at foretage sig noget som helst. På spørgsmålet fra Salomonsen om, hvor mange der kendte min adresse i København, kunne jeg hurtig svare, at det var der kun Gillmore, Gailford, Wright, Morrison og Skotland Yard fra London, og her i Danmark kun ham selv, mine forældre og Molins. Det beroligede åbenbart Salomonsen, men han bad mig alligevel holde lav profil og ringe til mine forældre omgående for at fortælle dem, at de ikke måtte oplyse noget om min adresse og opholdssted til nogen personer, som skulle finde på at ringe til dem for at få kontakt til mig. Berlingske Tidende og Ekstrabladet havde allerede fundet frem til advokatkontoret på Albani Torv, men var blevet afvist med henvisning til, at ingen vidste, hvor jeg opholdt mig, og hvis jeg kunne holde meget lav profil de næste 3-4 måneder, ville det helt sikkert gavne mit helbred særdeles meget. Til slut bad Salomonsen mig om at ringe ham op, når jeg havde læst aviserne i morgen. Både Berlingske Tidende og Politiken havde kontakter og journalister i London, så det ville være meget nemt for dem at stykke en artikel sammen.

Jeg må have set meget betænkelig ud både under og lige efter samtalen, for jeg havde knap nok nået at lægge røret på, før Charlotte spurgte, om der var noget galt.

Jeg tillod mig for første gang at se Charlotte direkte i øjnene:

– Ja, sagde jeg, jeg har meget brug for både at være usynlig og anonym de næste par måneder, så mine studier, skriverier og arbejdet her passer perfekt i et 'forsvindingsnummer', så hvis nogen inden for den næste månedstid skulle ringe hertil for at snakke med mig, er det vigtigt, at der bliver sagt, at der ikke arbejder nogen her på kontoret ned det navn. Der er intet kriminelt i det, men jeg har en drøm om at blive mindst 30 år – og det er der åbenbart nogen, der vil sabotere. I er velkommen til at ringe til Salomonsen for yderligere oplysninger, hvis I er utrygge ved min tilstedeværelse her på kontoret.

Charlottes øjne var fuldstændig opspilede:

– Hvad er det, du snakker om? Jeg fatter ikke en brik. Er der nogen, der vil slå dig ihjel på grund af din optræden i det der BBC-program?

– Ikke på grund af min deltagelse som sådan, men jeg fik åbenbart sagt nogle ting, som ikke alle var lige begejstrede for, eller snarere sat madding på to kroge, kastede snøren ud, og nu er der bid. Jeg ved godt, hvad det handler om, og nu *ved* jeg for første gang, at jeg har fat i den lange ende i forhold til mine udredninger af, hvad der reelt foregik fra april 45 og til august 1946 – så hvad er ét liv målt mod 1 mio. uskyldige ofre?

– Du snakker sort Tom. Jeg kan slet ikke følge med.

– Nej, det forstår jeg godt. Jeg aner bare ikke lige nu, hvor jeg skal begynde, men fra i morgen har jeg brug for én her på kontoret, der ved, hvad det handler om i forhold til mig og hele situationen omkring min person. To aviser vil i morgen have debatprogrammet fra Farm Hall med min deltagelse enten på forsiden eller på side 3. Der vil sikkert også blive gjort et stort nummer ud af 'Mordforsøget i Buntingford', og hvor er det så lige denne Tom Nolting gemmer sig? Det er mærkeligt med mig, fordi jeg synes, jeg har prøvet noget tilsvarende et par gange før.

– Er der virkelig nogen, der forsøgte at myrde dig?

– Både ja og nej. Det var i virkeligheden en advarsel, men projektilet strøg 5 cm forbi min højre kind, så det var under alle omstændigheder tæt på.

– Jeg er til forelæsninger hele dagen i morgen, og Peter er i Århus, så hvis vi skal have snakket noget igennem, er det oplagt, at vi gør det nu – men jeg gider bare ikke, at det skal foregå her på kontoret. Lad os gå over på Gråbrødre Torv, der kender jeg en lækker restaurant, og så kan vi få noget at spise, når vi er færdige med at snakke.

– Det lyder som en rigtig god idé, og hvis du tænker på Peder Oxe, så er jeg bare på – det er en rigtig hyggelig restaurant.

– Pas. Du er lige kommet hjem fra Tyskland, har købt min lejlighed, har været i England i 5 dage – og så kender du allerede Peder Oxe. Der er åbenbart meget mere, vi skal snakke om, når vi kommer over på Gråbrødre Torv.

– Inden vi går, er jeg nødt til at ringe hjem til mine forældre for at forklare dem, at de under ingen omstændigheder må fortælle nogen, hverken hvor jeg opholder mig, eller hvor jeg bor.

Klokken var næsten fem, inden vi nåede hen på Peder Oxe.

Charlotte bestilte med det samme to glas Chardonnay, og da tjeneren kom med vinen, havde jeg besluttet, hvor meget jeg ville fortælle.

– Skål, sagde Charlotte, og lad os håbe, at du ikke kun bliver 20 eller 30 år, men forhåbentlig omkring de 80.

Jeg fortalte ganske kort om opstarten for min interesse i historie, om 'Korsikaneren' og om 'Viktor – en sejr for menneskeheden'. Dernæst fortalte jeg om min meget inspirerende fysik og kemilærer på Rungsted Statskostskole, som havde ansporet mig meget til at læse filosofi og naturvidenskab på det lettere eller meget populære plan. Det førte til, at jeg fordybede mig og selv begyndte at stille spørgsmål specielt i forhold til Anden Verdenskrig og atomkapløbet mellem Tyskland, De Allierede og USSR, men i virkeligheden var det nok min veninders far, som provokerede mig til at gå endnu dybere ind i en kontroversiel problematik. Jeg lavede min egen lille afhandling om 'Jagten på atombomben', hvor også det historiske fakultet på Københavns Universitet fik et eksemplar. Imidlertid blev jeg frarådet overhovedet at offentliggøre noget som helst, da jeg helt sikkert kunne risikere både sagsanlæg, og det der var endnu værre. Jeg blev slået helt ud rent personligt, men kontaktede alligevel fire måneder senere Salomonsen og valgte at omformulere nogle af de mest kontroversielle afsnit, og så skulle han vurdere de juridiske aspekter ved en evt. offentliggørelse. Det hele endte med, at jeg via Salomonsens mellemværende solgte alt materiale og rettigheder til Herbert Corporation i London. Der skulle skrives både en roman og laves et filmmanuskript – og det fik jeg 100.000 kr. for.

Herbert Corporation har specialiseret sig i historiske romaner, men kort før den gik i trykken, var der to historikere og en litteraturkritiker, der havde fået lov til at smuglæse bogen – og det udløste et ramaskrig, som BBC, eller nærmere William Ryle, opfangede lynhurtigt, og lavede en live debat, hvor indholdet blev diskuteret ud fra en ren økonomisk spekulation i et ikke holdbart historisk materiale. Da det så kom frem, at det var en 19-årig dansk gymnasieelev, der havde 'fabrikeret' hele baggrundsmaterialet, var det lige før programmet var endt i én stor tumultagtig scene, men Ryle skar igennem og lovede at invitere denne unge Tom Nolting, som skulle være ophavsmanden bag de meget spektakulære udredninger – hvis han altså findes, havde han tilføjet med en åben gestus over mod Gailford og Gillmore.

– Ja, og resten kender du jo, sagde jeg og løftede opgivende på skuldrene.

Charlotte havde for længst tømt sit glas, mens jeg havde over halvdelen tilbage. Hun fangede tjenerens opmærksomhed, og da han kom over til bordet, bad hun om menukortet og en flaske St. Emillion og to glas.

– Hvis du fik 100.000 kr. for dit projekt og dit baggrundsmateriale, hvad fik du så for at møde op til BBC-udsendelsen?

– 10.000, sagde jeg og nippede til hvidvinen, alt imens jeg prøvede at fange Charlottes blik for at se, om det, jeg havde fortalt, overhovedet havde fæstnet sig et eller andet sted i hendes indre forestillingsverden – og det havde det helt afgjort.

Under maden prøvede jeg at dreje snakken over på hendes jurastudie, hvad hende og Peter lavede i fritiden, og hvor meget hun egentlig var engageret i sin fars firma. Nu var det min tur til at læne mig tilbage og lytte, og Charlotte fortalte gerne. At hun skulle læse jura, var nærmest bestemt på forhånd, for så kunne hun i første omgang indtræde i sin fars advokatvirksomhed. Peter og hende havde kendt hinanden længe og følte begge to, at de passede perfekt sammen, da han også læste jura. De havde det rart og dejligt inde på Frederiksberg, og det eneste, der generede Charlotte var, at hun ikke havde selvdisciplin nok til at gennemtrumfe, at hun i det mindste bare én gang om ugen tog en løbetur på 4-5 kilometer.

Charlottes lille beklagelse fik mig til at tænke på, at jeg også selv skulle i gang med at træne igen senest om et par dage eller en uge.

Klokken lidt i otte forlod vi Peder Oxe. Vi var blevet gode venner og samarbejdspartnere, og andet var der bestemt ikke i det.

Tirsdag morgen stod jeg tidligt op, og som noget af det første gik jeg ned på 'Runddelen' og hentede Berlingeren, Ekstrabladet og to rundstykker.

I Berlingske Tidende var der en artikel over to små spalter på side 3, som fortalte om BBC`s udsendelse fra Farm Hall, hvor ti tyske atomfysikere havde siddet interneret i 7-8 måneder i krigens slutfase. Der blev gjort et stort nummer ud af mine vilde spekulationer og utroværdige påstande set i lyset af de faktiske historiske kendsgerninger og hele den europæiske historieskrivning. Alle mine konklusioner og udredninger var spekulative i både historisk og økonomisk sammenhæng og burde som sådan slet ikke have så megen bevågenhed i medierne.

Ekstrabladet havde valgt den stik modsatte tilgang med deres to artikler.

– Ung dansk gymnasieelev påpeger krigsforbrydelser begået mod civilbefolkningen i Tyskland under dække af militærstrategiske bortforklaringer fra De Allieredes side, med stort billede af mig foran min model på 'flip-overen' fra udsendelsen på Farm Hall. Tyske atomfysikere og teknikere arbejdede i det skjulte intensivt på at nå frem til at kunne foretage en prøvesprængning en gang i april eller maj, og De Allierede svarede igen med en totalbombning af byerne Halle, Leipzig og Dresden, men ud fra helt andre forudsætninger og begrundelser. 200.000 mennesker skulle lide døden for at dække over militær arrogance og politiske løgne – eller hvad?

Avisen havde skrevet det i et rigtigt provokerende opsæt for at skabe videre debat og interesse, og det syntes jeg bestemt var godt gået.

Næste artikel handlede om mordforsøget i Buntingford, og den var bestemt ikke mindre provokerende i sin opsætning. Noget måtte denne unge mand vide, siden man fra 'international' side var parat til at likvidere et vigtigt vidne? Eller nulstille og slette den vidensbank, han havde opbygget. Hvorfor havde ingen af eksperterne sat ham til vægs og pillet ham ned som en uduelig amatørhistoriker, hvis det han fremlagde som de mest sandsynlige hændelsesforløb var det rene opspind og løgn? Artiklen sluttede med en beklagelse af, at det ikke var lykkedes avisen at få et interview med Tom Nolting selv, men ingen ønskede åbenbart at fortælle, hverken hvor han opholder sig eller pt. bor – og det kan der naturligvis være en særdeles god grund til. Vi glæder os til at bogen udkommer på dansk og skal nok love at anmelde den.

Det var ikke helt så slemt, som jeg havde frygtet, ud fra det Salomonsen havde fortalt mig i telefonen, og jeg var overbevist om, at det ville være glemt senest om en måneds tid, hvis jeg bare fik lov til at være mere eller mindre usynlig.

Efter morgenmaden gik jeg i gang med at lave et skema for mine lektier og studier, mit arbejde, mine skriverier og min løbetræning. Under snakken med Charlotte i går aftes besluttede jeg at genoptage min løbetræning senest i morgen og starte stille og roligt op og prøve at lave nogle af mine skuldreøvelser, mens jeg løb. På vej ind til Farimagsgade havde jeg set en forretning på Nørrebrogade, som solgte brugte møbler, så i weekenden ville jeg møblere lejligheden færdig.

Klokken fem minutter i to ringede jeg på hos 'Andersen & Molin'. Da jeg kom op i forkontoret, stod Molin sammen med en anden herre og tog imod mig og begge to gav hånd og sagde 'velkommen til'.

– Jeg hedder for øvrigt Preben Andersen, sagde han efter vi havde trykket hånd, og er kompagnon med Svend Aage. Og du har rigtig været i aviserne i dag må jeg sige, men bare rolig, vi har snakket med Charlotte. Ingen her på kontoret kender dig, hvis nogen skulle ringe.

Vi fulgtes ad ned på arkivdepotet. De ville gerne lige sikre sig, at jeg havde forstået, hvordan den omfattende forside på hængemapperne skulle udfyldes.

Da det var afklaret kiggede de to herrer på mig.

– Der er lige én ting, vi er nødt til at snakke om, sagde Molin, hvis der mod al forventning bliver alt for meget postyr omkring din person i medierne i løbet af de næste 14 dages tid, er vi desværre nok nødt til at overveje, hvor hensigtsmæssigt det er, at du sidder og laver arkivarbejde for os – men lad os se, hvad der sker.

Jeg blev lidt overrasket over udmeldingen, men forstod med det samme pointen. De kunne risikere at blive part i en sag, der var advokatvirksomheden fuldstændig uvedkommende.

Jeg sad og læste sagsmapper igennem i fire stive klokketimer. Jeg havde kun nået at få syv hængemapper på plads og vidste ikke rigtig, om jeg arbejdede for langsomt.

Preben Andersen sad stadig og arbejdede, da jeg gik forbi hans kontor. Døren stod åben og jeg bankede ganske let på.

– Kom bare ind.

Jeg fortalte om min tvivl i forhold til resultatet og bad om, at han og Molin lige tog en stikprøve i morgen for at vurdere, om det var lavet sådan, som de forestillede sig, det skulle gøres - og om det var i orden, at jeg kun havde nået syv hængemapper.

– Nu er det ikke sådan, at tempoet er det vigtigste i det her arkivarbejde. Det nye arkivsystem er startet op for at skabe større overblik og gennemskuelighed i vores sager, så hellere arbejde omhyggeligt og grundigt end hurtigt og overfladisk, men jeg skal nok lige tjekke et par sager sammen med Svend Aage i morgen formiddag og lægge en besked til dig i arkivet.

På vej hjem til Husumgade ringede jeg hjem til mine forældre for at fortælle, at alt stadig var i den skønneste orden. Om aftenen genoptog jeg arbejdet med 'Viktor og Emilia' og jeg levede mig forbavsende hurtigt ind i denne verden af fiktive forestillinger og autentiske hændelsesforløb, og imens jeg sad og skrev, blev jeg mere og mere overbevist om, at jeg kunne nå at afslutte romanen inden jul.

Jeg genoptog min løbetræning efter at have spist en let frokost og valgte at bruge lejligheden til at kigge nærmere på Fælledparken. Det blev en meget hård opstart. Jeg var fuldstændig ude af form, og det ville blive en drøj kamp at vende tilbage til det niveau, jeg havde for bare fire måneder siden.

Inde på Farimagsgade lå der en besked til mig på mit arbejdsbord næste dag:

– Vi har tjekket op på tre af hængemapperne og er ovenud tilfreds med dit arbejde. Hverken Preben eller jeg selv kunne have gjort det ret meget bedre – så for guds skyld intet hastværk – hilsen Molin.

Det var en rar fornemmelse at vide, at det, jeg havde lavet, var godkendt og værdsat. Jeg arbejdede konstant i næsten fire timer, inden jeg kastede håndklædet i ringen og lukkede den sidste hængemappe.

Én af de sager, jeg havde gennemlæst og arkiveret handlede om økonomisk bedrageri, som var blevet afsløret ved en tilfældighed. Preben Andersen havde ført sagen på fire klienters vegne og tabt den på grund af manglende bevisførelse for, at der var tale om en kriminel handling. Sagsøgte havde udnyttet eksisterende regler og lovgivning, godt nok meget groft, men ikke nok til at han kunne dømmes.

Under aftensmaden, hvor sagen stadig med mellemrum dukkede op i min bevidsthed, blev jeg klar over, at jeg var nødt til at finde på en måde at forholde mig på i forhold til de sager, jeg læste. Jeg måtte opbygge mit eget mentale arkiveringssystem ligesom den gang, jeg arbejdede med min 'Brainstorm'.

Det var først, da jeg havde spist, jeg kom i tanke om, at det nok var meget smart lige at se, hvad Ekstrabladet havde valgt at bringe som opfølgning på gårsdagens artikler, og valgte derfor at gå hen på Runddelen og købe en avis, før jeg satte mig til at skrive.

Jeg åbnede avisen lige så snart, jeg var kommet ud af kiosken, og det jeg læste, var ikke nogen opmuntring for mig.

Under overskriften

NÅR EN VINDER GÅR OVER STREGEN,

var der gengivet et målfoto fra dengang, jeg vandt begyndermesterskabet på Odense Cykelbane.

I respekt for, at hverken Tom Noltings forældre eller advokatfirmaet i Odense ville oplyse noget om, hvor han opholder sig, havde de lavet en research på Rungsted Gymnasium og Statskostskole og på Universitetet – nogen måtte kunne fortælle noget om denne unge mand.

Nyudnævnt dekan Michael Rechendorf fra Københavns Universitet havde først afvist at deltage i nogen som helst snak om Tom Nolting, men indvilligede lidt modvilligt, fordi det blev fremhævet, at avisen plus et par journalister undrede sig over, at ingen overhovedet bakkede op om denne unge begavelse.

Rechendorf fortalte nu, hvordan han første gang var kommet i kontakt med Tom, og det handlede om en terminsopgave i historie på Rungsted Gymnasium, som var langt ud over det sædvanlige. Næste møde med Tom var omkring hans 'Brainstorm over Manhattan og Dresden', et projekt eller en afhandling om atomkapløbet under Anden Verdenskrig. Han havde udviklet en supermodel og nogle metoder, som vi så ham optræde med under BBC's debatprogram her for nylig. Den argumentation, han fremfører som belæg for sine konklusioner, er så sammenhængende, så det er svært at tilbagevise, og så er der nok en del, der ligefrem kan mærke eller fornemme, at han ved endnu mere end det, der er blevet sagt – alene den omstændighed, at han på forhånd selv havde formuleret hovedparten af de spørgsmål, der blev stillet, kan få enhver til at blive tavs. Hvor problematisk og farlig indholdet i hans 'Brainstorm' er, fik vi efterfølgende bevis for lørdag nat i Buntingford.

– Omkring BBC-programmet brugte du vendingen ' som vi så ham'. Var De selv til stede i Cambridge, hr. Rechendorf ?

Rechendorf tøvede et øjeblik.

– Ja, jeg var til stede på Farm Hall sammen med en kollega fra Universitetet i Lund, som udgav sig for at være journalist fra Politiken – men vi gav os ikke tilkende, da der sad et helt batteri af personer fra Daily Sun og Herbert Corporation.

– Undrer det jer så ikke, på trods af, hvad du lige har fortalt, at ingen formåede at trænge ham op i en krog og for alvor afsløre ham, spurgte journalisten igen.

– Jo, i første omgang undrede det mig meget, men efter nærmere omtanke – nej, så undrer det mig egentlig ikke. Jeg har som sagt selv mødt ham, og han har tre våben, som kun de færreste vil sætte sig op imod: Han er lynende intelligent, gennemskuer ting og sammenhæng, som vi andre ikke en gang ser eller bemærker. Han har en ufattelig stor viden om mange ting og en hukommelse, hvor han kan genkalde sig sit eget vidensrepertoire til mindste detalje, hvilket hans terminsopgave i historie var det første tydelige bevis på, men prøv at tage op på Rungsted Gymnasium, og hør, hvad rektor Grange eller nogle af lærerne i givet fald kan fortælle.

Besøget i Rungsted tilføjede ikke så forfærdelig meget nyt til min person, sådan som jeg læste artiklen. Grange afviste at drøfte detaljer, men selv da jeg uden varsel og nærmest med en aftale om det stik modsatte, var kommet op på kontoret for omkring halvandet år siden og meldt mig ud af gymnasiet, vidste han inderst inde, at det ikke var sidste gang, han hørte og så mere til Tom Nolting. Tom er en vindertype. Han har aldrig deltaget i noget for at være næstbedst – han er en ener ud i det ekstreme. Dagen før han begyndte her på Rungsted var han blevet Fynsmester i sprint på Odense Cykelbane og på vej hjem om aftenen blev han kørt ned bagfra af en spritbilist, men mødte alligevel op her på kostskolen næste dag klokken et. Derefter fik journalisten og fotografen besked om, at de ikke behøvede at kontakte nogen af lærerne, da de alle var blevet bedt om ikke at udtale sig.

Jeg stoppede med at læse, foldede avisen sammen og gik ned ad Jagtvej. Jeg var højst kommet 50 m, da jeg vendte om og gik tilbage til kiosken for at købe to øl: Ingen skriverier i aften.

Det ærgrede mig, at Michael Ehrenreich havde fremstillet mig på en måde, så mange læsere nemt kunne få det indtryk, at jeg ligefrem var en farlig person, ikke rent fysisk, men intellektuelt. Til gengæld glædede det mig, at Grange havde holdt stand og egentlig blot givet udtryk for, at jeg havde store ambitioner med mit liv.

Det må have været William Ryle, der havde kontaktet Københavns Universitet, og det var tydeligt at læse ud af artiklen, at han, Ehrenreich, selv havde takket 'nej' til at stille op som kritisk opponent, men hvorfor havde han overhovedet ikke givet sig til kende og nærmest skjult sig? Og hvorfor var han i det hele taget kommet? Der var kun én måde at finde ud af det på, men det lå ligesom også i kortene, at det var noget, der måtte vente en månedstid eller to.

Torsdag morgen var jeg afklaret ud fra den simple konstatering, at jeg ikke kunne ændre på noget, der var sket og skrevet. Jeg gad ikke bruge mere energi på Michael Ehrenreich og hans bevæggrunde for at udtale sig, som han havde gjort. Formiddagen gik med engelsk og matematik, og efter frokost tog jeg min løbetur.

I Farimagsgade var der ingen, der kommenterede artiklen i Ekstrabladet fra i går, og jeg havde sikret mig, at der ikke var noget om min person i dagens udgave, så jeg håbede i mit stille sind, at det allerede nu var slut. Jeg gik ind i arkivdepotet og gik i gang med at læse næste sag.

Når jeg havde afsluttet 'en hængemappe' øvede jeg mig i at arkivere den under en simpel kode i min egen hjerne og derefter slette den fra min hukommelse, så den ikke forstyrrede mine tanker og min koncentration i det videre forløb.

Klokken blev næsten seks inden jeg hang dagens sidste mappe på plads i arkivskabet. Både Molin og Andersen arbejdede stadigt, da jeg gik forbi, bankede let på og sagde farvel.

Skriveriet senere på aftenen skred rigtig godt frem. Jeg nød at sætte mig i Viktors sted og nærmest skifte identitet og lægge nogle af Angelikas mest elskelige træk ned over Emiliafiguren.

Om fredagen bankede det på døren ind til depotet mindre end et kvarter efter, jeg var mødt. Det var Charlotte, og hun havde en avis i venstre hånd.

– Hej Tom, sagde hun, og lagde avisen oven på de sagsdokumenter, jeg var ved at læse. Der var kun én stol i det lille lokale, så hun satte sig på hjørnet af arbejdsbordet. Jeg kunne dufte hendes parfume og kiggede op på hende.

– Har du selv læst avisen? spurgte hun meget nøgternt.

Jeg kiggede på datoen, onsdag den 9. november:

– Ja, svarede jeg, og...?

– Og, spørger du bare. Personligt kunne *jeg* godt tænke mig at vide, hvad det er for et menneske, der gemmer sig bag navnet Tom Nolting?

Jeg vidste godt, hvad hun sigtede efter, men valgte ikke at gå ind på nogle af de ting rechendorf havde nævnt:

– Mig, ham du snakkede med i mandags, ham du drak et glas Chardonnay sammen med, ham du delte en flaske St. Emillion fra 1961 med, og ham du spiste en engelsk bøf sammen med – det er ham, der er mig.

– Tom, jeg har snakket med både min far og Preben. De tjekkede ikke kun op på to af de sager, du havde arkiveret, men valgte bevidst de fire mest komplicerede, og jeg tør godt sige, at de var meget benovede. Du havde trukket lige præcis de ting frem på forsiden af hængemappen, som var essentielle for den pågældende sag uden at lade dig forvirre af kompleksiteten. Genialt tror jeg endda Preben sagde og tilføjede: Jeg håber Tom bliver mindst et halvt år, så skulle vi gerne have fået styr på hele arkivet. I dag inde på universitetet lå den her avis og flød på en hylde i kantinen ved siden af afsætningsstativet. Jeg tog den med tilbage til bordet i den tro, at det var dagens avis. Jeg bladrede rundt i den og kunne hurtigt fornemme, at jeg kendte til det meste af det, der stod omtalt og vidste dermed også, at det ikke var fredagsudgaven. Jeg var i færd med at lægge avisen fra mig, da overskriften 'Når en vinder går over stregen' fangede min interesse. Billedet sagde mig i første omgang ikke noget, men da jeg læste lidt videre, blev jeg klar over, det handlede om dig, og til slut var jeg meget usikker på, om det i det hele taget var den samme Tom Nolting, jeg havde siddet sammen med på Peder Oxe – derfor spurgte jeg.

– Det er helt i orden med mig, at du spørger, og jeg føler jeg har svaret. Vi skal ikke gå rundt og fortælle hinanden, hvem vi er. Min opfattelse af mig selv, skal jeg ikke pålægge andre – jeg, eller du for den sags skyld, er den disse andre oplever, mærker, ser og hører. De fleste gange passer forestillingerne godt sammen, og andre gange går det bare helt skævt, specielt når det handler om følelser, gensidig tillid eller troskab. Vi kan ændre os i forhold til adfærd, men ikke i forhold til grundkernen i ens jegopfattelse, og hvis nogen prøver at ændre på noget her, så giver de køb på deres egen troværdighed - sådan ser jeg i hvert fald på det.

– Men du svarede mig ikke.

– Nej Charlotte, for det kan jeg ikke, hvis jeg samtidig gerne vil være oprigtig over for mig selv. Forstår du, hvad jeg mener?

– Ja, jeg tror, jeg har forstået din pointe.

– Tak, det glæder mig, måske mere end du aner.

– Og hvad mener du så lige med det?

– Ikke andet end, at når jeg skal bistå dig med renskrivningen af din hovedopgave, er det vigtigt, at vi gensidigt har afstemt vores forestillinger om hinanden, så der ikke opstår misforståelser i den ene eller anden retning.

– Det tilslutter jeg mig fuldstændigt, svarede Charlotte og rejste sig fra bordet.

De næste 14 dage arbejde jeg så at sige uden forstyrrelser – mediemæssigt var jeg glemt eller i hvert fald skubbet i 'venteposition', hvis noget pludselig skulle dukke op.

Jeg stod op hver morgen klokken seks, spiste morgenmad, lavede lektier i 4-5 timer, spiste frokost og tog efterfølgende en løbetur, som ved periodens slutning var udvidet til at vare en god times tid med indlagte øvelser og intervaltræning.

Mellem klokken 1-2 mødte jeg op i Farimagsgade og arbejdede frem til klokken seks. Om aftenen skrev jeg på romanen, og mit skriveri virkede nærmest som 'et mentalt afslapningsrum', som et stort frikvarter langt væk fra de faktiske opgaver og problemer, hvor jeg hengav mig til min egen indre verdens oplevelsesscenarier.

Søndag den 27. november var det lidt trist og gråt i vejret, kun ca. 3-4 graders varme. Om formiddagen ringede jeg hjem og snakkede med mine forældre. Jeg havde besluttet at holde 'hviledag', og i min uafbalancerede rastløshed valgte jeg at tage kystbanen til Rungsted. Jeg steg ud af toget og gik direkte ned mod havnen. Bare det at gå ud af Rungsted Station var en genoplevelse af tidligere følelser og sindsstemninger, som var helt utrolige, og nu var jeg her uden nogen bestemt hensigt eller mål, blot for at indsnuse fordoms lykkelige stunder.

Det var som sagt rimeligt koldt, så efter et kvarters tid ude på molen, valgte jeg at sætte kurs mod kroen.

Jeg bestilte en øl og bad om at få menukortet. Tjeneren kiggede på uret og fortalte, at der ikke blev serveret varm mad før efter kl. 16. Jeg drak min øl i ro og mag, mens jeg sad og kiggede ud på vejkrydset mellem Bolbrovej og Rungstedvej, og der skete stort set intet, selv om der kun var små hundrede meter ud til Strandvejen.

På vej op til stationen undrede det mig, hvorfor jeg i det hele taget var taget herop. Da jeg gik ud gennem døren til perronen, stødte jeg ind i en flok unge mennesker, som helt sikkert var på vej tilbage til kostskolen fra weekendbesøg derhjemme. Der var over ti minutter til toget mod København ankom, så jeg gik lidt frem og tilbage på perronen for at holde varmen. Da toget endelig nærmede sig, mærkede jeg pludselig én, der tog fat i min venstre arm og ganske lavmælt spurgte:

– Og hvad laver Tom Nolting så lige her på en dødssyg søndag?

Stemmen var som et lyn, der slog ned i mig. Jeg vidste med det samme, det var Gertrud, men da jeg drejede hovedet, stod der ingen på min venstre side. En kuldegysning for gennem kroppen. Jeg var rystet. Det havde virket så fuldstændig troværdigt, og jeg kunne stadig fornemme, hvordan hun havde taget fat i min arm, da jeg gik ind i toget. Jeg kunne heller ikke undgå at få en association til Venedig omkring Angelika.

Jeg stod af på Østerport Station. Det var begyndt at regne, men situationen taget i betragtning var det vist godt med en lang gåtur.

Mandag den 28. november kom Charlotte ind på arkivet for at meddele mig, at nu havde de fået emnerne til hovedopgaven, men i første omgang kunne jeg tage det stille og roligt. Det emne, hun havde valgt, betød rent faktisk, at hun skulle repetere alt det, hun havde læst om statsret, forvaltningsret og civilret, før hun kunne begynde på det skriftlige oplæg, så før jul blev der ikke meget renskrivning og opsamling, men efter jul skulle det gå stærkt, og her regnede hun med, at vi skulle bruge mindst 10-12 dage i januar – tirsdag den 1. februar kl. 12.00 skulle det skriftlige oplæg være indleveret. Den mundtlige eksamination ville finde sted fra den 21. – 24. februar.

– Og emnet, spurgte jeg. Hvad er det for et emne, du har valgt?

– Vil du virkelig vide noget om det? Det siger dig bestemt ikke en hylende fis: Kammeradvokaturen belyst i et samfundshistorisk perspektiv analyseret i krydsfeltet mellem statsret, forvaltningsret og civilret. Redegør for fordele, ulemper og konsekvenser.

– Du har ganske ret. Vi snakker om en by i Rusland, men hvis jeg har fire uger, kan jeg godt nå at lære lidt russisk.

– Lære russisk? Hvorfor skulle du lære russisk? spurgte Charlotte totalt desorienteret.

– Jeg prøvede bare med en dårlig joke. Hvis du giver mig titlerne på de grundbøger, I har brugt inden for de tre retsområder, så kan jeg i det mindste forholde mig til, hvad det er, jeg sidder og renskriver.

– Du er vanvittig mand. Vi snakker om forelæsningsrækker over fire semestres undervisning, men naturligvis lægger jeg gerne nogle titler til dig, hvis du selv tror på, du får tid og lyst til at læse jura som 'godnatlæsning' de næste 4-5 uger, men hvis du skal låne dem inde på Kultorvet, så får du travlt.

Dagen efter lå der en seddel fra Charlotte med fire titler, og på vej hjem gik jeg forbi hovedbiblioteket og lånte alle fire bøger plus en bog om 'Kammeradvokaturen gennem 250 år', en gennemgang foretaget af det internationale Juristforbund – sådan.

Torsdag den 8. december modtog jeg et langt brev fra Clarence Gailford. Hun inviterede mig til London den 15.-19. december. De havde lige færdiggjort trykningen af 3. oplag og var nu oppe på at have trykt 120.000 eksemplarer af 'Brainstorm over Manhattan og Dresden'. Der var stor interesse for bogen, også internationalt. Den skulle nu udgives i både USA, Tyskland, Frankrig, Belgien og Holland, men desværre var der ikke noget forlag i Danmark, som pt. havde vist interesse. Bestyrelsen i Herbert Corporation havde efter BBC-udsendelsen og skudepisoden i Buntingford besluttet, at når salget oversteg 150.000 eksemplarer, skulle der automatisk tilfalde mig 1 % af overskuddet, og pengene skulle udbetales én gang årligt.

Herbert Corporation havde modtaget et sagsanlæg fra tre navngivne tyske atomfysikere, men John Langley, havde pure afvist efter drøftelser med en kollega, der var ekspert i international ret – yderligere krav og kontakt skulle foregå via domstolene, og jo mere sagen bliver blæst op i medierne, jo større bliver interessen for bogen og filmen.

Stephen Wright havde foreslået hende, at de efter jul skulle overveje at trykke en revideret udgave, som medtænkte meget af det nye ekstramateriale jeg havde overladt dem. Det ville helt sikkert øge interessen og give bogen endnu større 'historisk autoritet'.

Allan Morrison har færdiggjort filmmanuskriptet, sådan som I snakkede om for godt en måned siden. Uden at røbe for meget, kan jeg fortælle, at Allan har været inde og bytte lidt rundt på begivenhederne, og tre steder anvender han 'flashback-teknikken' for at intensivere spændingen – og det er bl.a. det, de gerne vil snakke med dig om.

Tre filmproducenter har allerede vist interesse for at få lov til at producere filmen baseret bl.a. på dine kommentarer fra BBC-udsendelsen og på bogen naturligvis. Desværre får vi ikke hilst på hinanden, da jeg flyver til New York samme dag, som du lander her i London. Du skal bo på samme hotel som sidst, og hotellet er informeret om, at de ikke må oplyse dit navn og værelsesnummer til nogen som helst udefra kommende, der ikke kan legitimere sig. Vi håber naturligvis, du kommer. Jeg håber og regner med, at du kan lægge ud for flybilletten, og lige så snart du har bestilt den, skal du sende flynummer og ankomsttid til mig. Jeg sørger for afhentning, og jeg har aftalt med Skotland Yard, at der vil være en mand i lufthavnen til at holde øje med dig. Jeg giver Allan en check med dit navn, så jeg er sikker på, du får dækket dine udgifter.

Jeg glæder mig til at møde dig på et senere tidspunkt.

Best regards

Clarence Gailford

Jeg købte flybilletterne allerede om fredagen hos British Airways salgskontor for enden af Vester Farimagsgade, lige ud til Vesterbrogade.

Derefter gik jeg tilbage til nr. 33 og gik i gang med mit arkivarbejde. På vej ud ad døren ved sekstiden, bankede jeg på hos Molin for at fortælle, at jeg ikke kunne komme den 15. og 16. december, da jeg skulle til London.

– Til London? Nu håber vi ikke, at det bliver lige så dramatisk som sidste gang.

Hvad drejer det sig om denne gang, hvis jeg må spørge?

– Vi skal gennemgå den endelige udfærdigelse af filmmanuskriptet, og manuskriptforfatteren Morrison vil gerne have mig med ind over – og jeg skal i øvrigt ikke optræde i nogen mediemæssig sammenhæng. Jeg aftalte med Molin, at jeg først mødte igen den 3. januar.

Efter aftensmaden satte jeg mig til at skrive til Clarence Gailford.

Jeg takkede for invitationen og glædede mig til igen at skulle være sammen med Morrison og Wright. Jeg takkede naturligvis også for, at bestyrelsen i HC havde påtænkt mig i forlængelse af, at de havde deres fortjeneste, omkostninger og investeringer sikret. Jeg bakkede helt og holdent op bag Stephens forslag om en revideret udgave ligesom jeg også var enig i argumentationen.

Dernæst fortalte jeg om min nye roman 'Viktor og Emilia', som var en barsk autentisk kærlighedsroman, der udspillede sig fra 1939 til 1946 og foregik i Italien, Polen, Litauen, Rusland, Finland og Danmark. Hvis Herbert Corporation var interesseret, ville jeg få den oversat til engelsk efter jul og sende et eksemplar til hende personligt. Jeg kunne på forhånd garantere, at den handlingsmæssigt overhovedet intet har til fælles med 'Brainstorm'. Personligt ville jeg imidlertid gerne have HC-forlaget og England som udgangspunkt for en evt. udgivelse.

Jeg beklagede, at vi ikke fik mulighed for at mødes, men håbede at muligheden opstod igen en gang til februar eller marts.

Til sidst oplyste jeg om flynummer og ankomsttid.

Best regards

Tom Nolting

Jeg så slet ikke Charlotte, inden jeg tog til London, men hendes far fortalte, at både hende og Peter havde travlt med at læse og udarbejde notater til deres opgaver.

Da jeg landede i London, stod Allan Morrison og tog imod mig, og denne gang var der ikke noget 'skilt' med mit navn, og den civile betjent bemærkede jeg overhovedet ikke. Vi kørte direkte til Hotel The Royal Trafalgar. Efter selve indskrivningen var overstået, og jeg havde været oppe på værelset med min sportstaske – jeg boede denne gang på 4. sal i et kæmpe stort værelse - satte vi os over i de store lædermøbler i forhallen. Allan havde allerede bestilt to øl, og nu havde vi lige nogle formalia, der skulle klares, inden vi gik ud for at spise.

Allan gav mig en kuvert fra Clarence Gailford, som jeg skulle åbne, mens vi sad her.

Vi skålede, mens jeg åbnede kuverten. Der var et langt brev fra Clarence, som jeg tillod mig straks at læse. Hun beklagede igen, at vi ikke kunne være sammen, men håbede meget at vi ville få et par interessante og spænde drøftelser de næste par dage. Tirsdag aften havde hun underskrevet en kontrakt med et engelsk datterselskab til Paramount Pictures i USA, og hvis de kunne nå det til fredag evt. lørdag, ville de gerne deltage i drøftelserne med én eller måske to mand.

Både det amerikanske og tyske forlag havde store forhåndsforventninger til bogen, så hendes besøg i New York var nærmest at betragte som et festarrangement, og lige efter jul skulle hun til Frankfurt, og her ville hun gerne have lov til at trække på mine sprog-kundskaber og min viden omkring alt, hvad der emnemæssigt tangerede selve bogens indhold, men hun ville give nærmere besked, når hun var tilbage i London.

Dernæst havde hun den glæde som forlagsdirektør at kunne meddele mig, at besty-relsen mandag aften havde besluttet at udbetale mig et engangsbeløb som 'goodwill' fra forlaget, dækkende alle videresalg af rettigheder til både filmselskab og div. forlag rundt om i verden. Jeg vedlægger en check på beløbet. Den roman, du omtalte I dit brev, vil jeg meget gerne have et eksemplar af, og hvis den er lige så spændende, som du selv giver udtryk for i brevet, så tror jeg ikke, der er ret langt til den næste kontrakt med Herbert Corporation

Hils Allan og Stephen. Vi ses forhåbentlig snart.

Best regards

Clarence Gailford

Jeg kiggede herefter på bankchecken og det maskinstemplede beløb:

£ 11.250, næsten 120.000 d.kr.

Jeg fink en klump i halsen, og det varede et godt stykke tid, før jeg turde prøve at sige noget.

Allan kom over og gav mig et blidt og varsomt klap på skulderen:

– Clarence havde informeret mig om checken på forhånd, og jeg synes helt bestemt, du fortjener det. De £ 1.250 er til flybilletter og opholdet her de næste fire dage, lige bortset fra hotellet, som er betalt.

Jeg kiggede på Allan:

– I er de mest fantastiske mennesker, jeg nogen sinde har truffet, fik jeg sagt uden at blive alt for grødet i mælet.

Inden vi gik ud for at spise, gik jeg først over til receptionen med kuverten og bad dem opbevare den i 'safeboksen', indtil jeg skulle af sted søndag formiddag. Jeg modtog en kvittering på indholdet med angivelse af beløbet på checken.

Allan havde kigget en restaurant ud, som lå på en sidegade til Leicester Square, men der var ikke længere, end vi sagtens kunne gå. Det var for længst blevet mørkt. Vejret var koldt og fugtigt, så det føltes som en hel lettelse eller befrielse, da vi kom ind i et lyst og varmt lokale udstyret som jeg forestillede mig en typisk engelsk kro, lidt hen i retningen af 'The Sportsman' i Buntingford. Da vi havde sat os, spurgte jeg efter Stephen, hvordan han havde det, og hvornår vi skulle mødes i morgen.

– Spørg ham selv, når han kommer. Jeg regner med, han er her om et kvarters tid, svarede Allan med et stort smil.

Der gik næsten en halv time før Stephen dukkede op. Han havde en artikel til avisen, som skulle være færdig, inden han forlod redaktionen, og mens han var ved at lægge sidste hånd på skriveriet, kom Gillmore og fortalte, at Clarence havde ringet fra New York: Vi skulle ringe til British Paramount Studios i morgen kl. 9 og tale med en Amy McClelland. De vil prøve, om de kan nå at 'frigøre' den instruktør, de har udset til at lave filmen – i givet fald deltager han fra fredag middag kl. 12.

Vi kiggede alle tre på hinanden og tænkte stort set det samme: Det her kan blive fantastisk spændende. Filmen kan gøres meget mere omfattende rent dramatisk og fortællingsmæssigt end bogen.

Vi bestilte tre øl og bad om menukortet, mens Allan allerede var i fuld gang med at fremlægge den filmiske virkning af de tre 'flashback', han havde lagt ind. Filmen skulle begynde med skudepisoden i Buntingford, og her var det vigtigt, at den lydmæssige oplevelse blev skruet helt op, så man nærmest sad inde i biografen og mærkede skuddene brage forbi én selv.

De næste scener skulle handle om min optagelse eller ankomst til Rungsted Statskostskole, og hvordan jeg videre udviklede min interesse for naturvidenskab frem til, hvor jeg første gang begyndte at stille kritiske spørgsmål, og der blev kigget skævt til mig fra flere sider. Er der noget vi englændere elsker, så er det 'kostskolelivet', og det gør i virkeligheden filmen meget engelsk.

Jeg kiggede undersøgende over på Allan:

– Hvor ved du det fra? Det er overhovedet ikke nævnt i noget af det materiale, jeg har videregivet til jer.

Jeg har lavet research kære Tom. Jeg ville vente med at inddrage dig direkte, til vi mødtes her i dag. Jeg har bl.a. snakket med en rektor Grange, som efterfølgende har sendt mig tre billeder af Kostskolen. Jeg har også snakket med en ung pige, der hedder Kristine Sauer, og det var snakken med hende, der overbeviste mig om, at jeg skulle arbejde videre med min idé.

– Kristine, røg det lige ud af munden på mig. Hvornår har du snakket med hende?

– For godt og vel 14 dage siden, og hun sluttede samtalen med at sige, at du var velkommen til at ringe til hende, hvad enten du opholdt dig i London eller København.

Et ganske kort øjeblik mistede jeg fuldstændig fokus og kunne slet ikke koncentrere mig om at spørge ind til det videre forløb. Maden blev serveret, og vi holdt en lille pause i vores snak.

Efter maden genoptog Allan sin fremlæggelse af, hvordan han forestillede sig det overordnede forløb rent filmisk i forhold til, hvorledes hændelser og billeder skulle klippes sammen.

– Næste 'flashback' foregår på Instituttet for eksperimentel fysik i København, hvor både Werner Heisenberg, lederen Niels Bohr med flere optræder, og nu er vi tilbage til perioden 1927-33, hvor københavnerdoktrinen bliver formuleret.

Nu sker der noget helt afgørende i Tyskland, nemlig spaltningen af uranatomet, og optrapningen til 2. Verdenskrig tager sin begyndelse.

Fra 1939-43 sker der ikke noget afgørende omkring atomkapløbet, men fra foråret 1944 begynder tingene at udkrystallisere sig. Efter brandstormen over Hamborg kommer det næste flashback til BBC-udsendelsen fra Farm Hall, og derfra bevæger filmen sig tilbage til gruppen af atomfysikere på laboratoriet i Dresden for sluttelig at ende med en billed- og lydmæssig eksplosion: Totalbombningen af Dresden, Leipzig og Halle.

Stephen og jeg kiggede over på Allan med to uafklarede blikke: Hvem er hovedpersonen i filmen?

Allan så på os med et opgivende udtryk i ansigtet:

– Jeg har ikke gjort det godt nok. I forstår ikke, eller ser ikke min filmiske nyskabelse. Hovedpersonen er Tom Nolting altså en skuespiller, der skal spille dig, og det er gennem hans øjne hele filmen bliver til. Tidsmæssigt springer vi fra 1927 til 1967, hvor hovedpersonen iscenesætter andre personer for at vende tilbage til filmens udgangspunkt, nemlig Buntingford.

Allan fik overtalt både Stephen og mig om, at det var et genialt plot, og nu skulle det så bare 'sælges' til dem, der skulle producere filmen.

Vi mødtes næste morgen klokken præcis ni på forlaget. Vi havde fået stillet et mindre kontor til rådighed til vores arbejde og drøftelser. Allan ringede til det telefonnummer, Stephen havde givet ham. Det tog flere minutter, inden han fik Amy McClelland i røret. Det var åbenbart en meget kontant dame, for mindre end fem minutter senere, var der lavet en aftale: Inden for de næste 3-4 timer ville Michael Howard dukke op på Herbert Corporation, og vi skulle forberede en overordnet præsentation af det samlede filmmanuskript.

– Michael Howard, sagde Allan, der tror jeg lige British Paramount har skudt papegøjen. Skal vi virkelig holde møde med ham?

– Og hvem er så lige ham Michael Howard? spurgte jeg ganske intetanende.

– Michael Howard er det hotteste instruktørnavn i England for øjeblikket, sagde Allan storsmilende, men jeg ved desværre også, at han plejer at have sin egen manuskriptforfatter med ind over, så vi må hellere se at få smøget ærmerne op og komme i gang.

Allan skaffede lynhurtigt en 'flipover', og så gik det bare derudad. Mange af de ting han havde snakket om i går aftes, var tilføjelser til det oprindelige manuskript, så de skulle føjes ind i det eksisterende materiale.

Jeg syntes det var vigtigt at få lavet nogle 2-dimensionale kurvediagrammer, som illustrerede, hvordan vi forestillede os spændingen skulle udvikle sig op gennem filmen, og hvordan handlingsforløbet blev 'overruled' af de indlagte flashback og miljøskift – og hvis hovedpersonen skulle være 'Tom Nolting', så skulle skuddet i Buntingford være dræbende - hvilket imidlertid først måtte afsløres til sidst i filmen – for at bringe slutningen på højde med totalbombningen af Dresden. De sidste 5-7 minutter skulle vise prøvesprængningen i Amerika af den første atombombe. Derefter skulle nedkastningen over Hiroshima og Nagasaki billedliggøres med billed- og lydeffekter, som ikke måtte lade nogen biografgænger være i tvivl om, hvad det var for et helvede, disse bomber havde skabt.

Vi diskuterede, tegnede og snakkede i uafbrudt tre timer, og lige pludselig klingede det ud. Vi var færdige og parat til at møde Michael Howard.

Stephen bestilte nogle sandwicher, fire øl, fire sodavand og en flaske god fransk rødvin og fire glas over telefonen.

Mad og drikkevarer kom næsten samtidig med, at vi fik besked om at Michael Howard ventede nede i receptionen, hvorefter Allan skyndte sig ned for at hente ham. Vi var tørstige, så Stephen åbnede de fire øl.

Det blev en fantastisk spændende eftermiddag. Da vi præsenterede os for hinanden, var Michael Howards kommentar:

– Oh, so you are the young Dane in the BBC-program from Farm Hall. At the very beginning I had had no intention in seeing the whole program – honestly - but your performance, the way you managed to direct and rule all the 'best educated critics' amused my professional feeling and background – so I stayed on the channel all 90 minutes. I am a good director, but that evening I saw and experienced a divine superior force exercised by a young 'gladiator' without any insecurity, only targeted at exhibiting 'the big lion' as a pet. I have been looking forward to meeting you, Tom. You act excellently, it was very great.

– Oh no, mr. Howard. I didn't act. It was a war game: Them or me or a chess party between the death and the growing morning of life. But you are right - they were not able to destroy my staging.

– Yes, that was exactly what I meant.

Vi jokede videre et par minutter omkring 'game and reality'. Vi var fuldstændig på bølgelængde, selvom vi kun havde kendt hinanden i 8-10 minutter.

Nu var tiden kommet til, at Michael Howard ville høre noget mere konkret omkring selve filmmanuskriptet, og hvad mr. Morrison ellers havde at fortælle om projektet, og derudover ville han gerne have et eksemplar af Wrights roman med, når han senere forlod os.

Allan begyndte at fortælle, forklare og beskrive, hvilket han gjorde i næsten en hel time, før Michael Howard bad om en pause. Det undrede mig, at han i al den tid kun havde stillet meget få spørgsmål, og måske var han slet ikke interesseret?

Stephen åbnede de fire sodavand og rødvinen og opfordrede os til at tage en sandwich, men Howard løftede afværgende hånden og forlod lokalet med en melding om, at han var tilbage lige om ti minutter.

Det tog over 20 minutter, før Michael Howard kom tilbage. Allan, Stephen og jeg havde i mellemtiden spist en sandwich og drukket en sodavand – rødvinen stod stadig urørt.

Det var en glad Howard, der endelig dukkede op.

– Jeg har givet grønt lys for, at British Paramount overtager manuskript og filmrettigheder underforstået, at instruktøren hedder Michael Howard. Jeg synes, det er et fantastisk spændende manuskript - og det undrer mig, at jeg ikke tidligere har stødt på dit navn Allan i forbindelse med filmmanuskripter. Det, du har lavet, er ganske enkelt fremragende. Du laver tilsyneladende et basismanus – det jeg har læst - og så begynder du at improvisere og modulere ud fra dit faste udgangspunkt. Og det er lige præcis den indstilling til tingene, jeg værdsætter, så én af forudsætningerne for 'the deal' er, at du og jeg fortsætter og udbygger et tæt samarbejde. Under din fremlæggelse mærkede jeg tydeligt, hvor billedstyret du er i din tankegang. Dine breaks og flashback er en nyskabelse i britisk filmproduktion, og jeg kan godt lide, at du i grafisk sammenhæng, har styr på både filmens handlingsforløb, spændingsmomenter og specielt dine 'points of no return'. For mig betyder det nemlig, at du *også* har en god indføling med, hvordan publikum vil reagere.

Stephen havde i mellemtiden skænket rødvin op i de fire glas for at vi kunne skåle og ønske hinanden tillykke.

Vi skålede, og Howard fortsatte:

– Denne film kan måske danne skole for, hvordan man klipper fiktion og reality sammen, altså nærmest parallelt kører med både dokumentar- og spillefilmsscener på tre forskellige planer: Bombningen af Hamborg og Dresden kan genskabes via de historiske og militære filmarkiver samtidig med, at vi følger de tyske atomfysikeres kamp for at rede sig selv og deres projekt. Efter bombningen af Hamborg rykker vi direkte til Rungsted og en ung mand, der begynder at stille spørgsmål, og derfra direkte videre til 'Det nye institut for eksperimentel fysik' i København og den unge Heisenbergs forelæsninger. Jeg glæder mig usigeligt meget til at komme i gang, men jeg har også lige et andet filmprojekt, der skal gøres færdig, så måske bliver det først en gang til marts, vi kan begynde filmoptagelserne.

Vi skålede igen alt imens vi diskret nikkede til hinanden. Michael, Allan og Stephen 'kørte en filmsnak', jeg ikke rigtig havde forudsætninger for at deltage i. Efter en lille halv times tid gjorde Howard tegn til, at det var på tide at komme videre i dagens program. Han pakkede sine ting og bad Allan om at eftersende alt det ekstra materiale, han havde snakket ud fra i dag, inden han gav hånd og sagde farvel.

Allan fulgte ham ned i hallen, og da han kom tilbage, så han meget alvorlig og eftertænksom ud. Stephen og jeg så kort på hinanden, og jeg tror vi begge havde de samme bange anelser.

– Forestil jer, at jeg skal arbejde sammen med Michael Howard om 3-4 måneder, udbrød han i en glædesrus, hvor han totalt skiftede ansigtsudtryk og kropsholdning.

– Venner, det her skal fejres! Lad os opsøge 'The two Greyhounds' med det samme. Stephen og jeg havde lige nået at rejse os, da Michael Howard pludselig igen stod i døren.

– Jeg glemte i min egen begejstring en meget vigtig detalje, som vi er nødt til at få snakket igennem. Vi satte os hen til bordet igen.

– Det handler om den research du lavede på kostskolen i Danmark, Allan. I den sammenhæng skal jeg bruge dig, Tom, som den autentiske ophavsmand. Jeg regner med vi kan lave alle optagelserne på 8-10 dage i sommerferien og evt. få nogle af dine tidligere lærere og klassekammerater til at deltage. Hvad siger du selv Tom?

– Mr. Howard jeg er ikke skuespiller. Det er ikke sikkert, det går helt så glat, som du forestiller dig?

– Det ved jeg godt, men det jeg så dig 'perform on your own' på udsendelsen fra Farm Hall, skulle jeg have brugt mindst tre uger på at instruere, hvis det skulle have været opført som skuespil eller teater over halvanden time.

Det var nu, jeg skulle tænke tingene grundigt igennem, inden jeg sagde ja til noget som helst, og pludselig lod jeg mig rive fuldstændig med i et helt nyt scenario: Besøget på universitetsbiblioteket, Niels-Otto Hoffmann, Gertrud/Kristine, Østerberg, Ehrenreich og skriverierne i påsken ude på Alminden.

Jeg gik over til 'flip-overen' og begyndte at beskrive mine forestillinger, lavede nye diagrammer for handlingsforløbet, nye breakpoints og sluttede af med en undskyldende bemærkning til Howard om, at det efterhånden var blevet til en helaftensfilm – og hvor interessant er nu lige det?

Der var dyb stilhed i lokalet, og jeg var bange for, jeg havde snakket helt hen over hovedet på de tre professionelle.

– This is great, sagde Howard, da han rejse sig og overtog min plads ved flip-overen. Nu ved jeg også, hvor du har dine diagrammer fra, Allan.

Howard brugte kun et kvarter på at tegne og gengive den optik, han nu så 'vores' filmprojekt' i – og ja, Tom, det bliver en helaftensfilm, sagde han henvendt til mig som svar på mit suk.

Ti minutter senere sagde vi igen farvel til hinanden ude foran forlagets hovedindgang. Howard havde rullet alle de beskrevne sider fra flip-overen sammen og bar dem under venstre arm – de skulle ikke eftersendes, dem skulle han have med her og nu.

På vej hen til 'The two Greyhounds' havde jeg virkelig fået noget at spekulere på: Filmoptagelserne i Rungsted, rektor Grange, Christensen og lærerne, Gertrud og Kristine, Mogens, Sune, Pavia og alle de andre?

Jeg trådte først ud af min spekulative trance, da jeg sad ved det runde bord med en stor øl foran mig.

Allan var nok den, der var mest begejstret for, hvordan dagen var forløbet. Med ét slag havde han pludselig en karriere foran sig, som han for blot 3-4 måneder siden ikke havde turdet drømme om – og det ville han gerne skåle på og takke både Stephen og mig for, men i morgen havde han brug for vores kritiske kommentarer og hjælp til at indarbejde alle de nye tanker og ændringer i et revideret manuskript til Michael.

Stephen måtte skuffe Allan med, at han først kunne dukke op ved 2-tiden, og han var overbevist om, at vi godt kunne klare os uden ham så længe.

Naturligvis blev det en hyggelig aften, men da jeg kom tilbage til hotellet, gik jeg direkte ind i restauranten for at få noget at spise.

Da jeg afgav min bestilling til tjeneren, kiggede han på uret og drejede afværgende på hånden:

– Jeg er bange for, at køkkenet allerede har lukket ned mr. Nolting, men jeg går gerne ud og spørger.

Ganske få minutter senere vendte han tilbage.

– Vi kan tilbyde en engelsk bøf med pommes frites og salat, hvis det er ok?

– Ja tak, det vil jeg sætte stor pris på – og en flaske god rødvin, gerne italiensk.

Mens tjeneren skænkede rødvinen op i glasset foran mig, måtte jeg et kort øjeblik tag mig til panden for at sikre mig, at jeg ikke befandt mig i en eller anden fantasiforestilling.

Vinen smagte fortræffeligt. Mine tanker kredsede stadig meget om kostskolen, Gertrud, Kristine og hvad der ellers havde været, og det gik op for mig, at jeg i et helt år overhovedet ikke havde skænket Rungsted en tanke lige bortset fra den misforståede opringning til Kristine og turen med kystbanen...? Hvad var det nu lige, jeg prøvede at fortælle mig selv?

Da maden blev serveret fra et sølvfad og ganske fornemt præsenteret på tallerkenen foran mig, kunne jeg ikke undgå at få associationer til Klaus' bemærkninger om 'Greven af Monte Cristo' tilbage i Venedig.

Kødet var mørt og smagte fantastisk dejligt, og mens jeg sad og nød den delikate spise, trak uvejret op ude i den mentale horisont:

– Hvem og hvad er jeg i virkeligheden, når de yderste lag skrælles af? Og hvor er min selvforståelse? Min indre verdens ydre verden er ikke længere to sider af samme sag, men to selvstændige planeter, der kredser rundt om gåden om Tom Nolting: Drengen, der ikke gad skolen de første 5-6 år for så pludselig at gå helt amok?

Jeg fik lette kuldegysninger ned ad ryggen, men da jeg var færdig med at spise, havde det indre stormvejr lagt sig, og jeg havde igen styr på mine forskellige verdener.

Det holdt hårdt om lørdagen, og vi fortrød flere gange, at vi havde ladet Michael

Howard tage alle flipoversiderne med. Stephen kom ved 2-tiden som aftalt, men klokken blev næsten syv, inden Allan glad og tilfreds bekendtgjorde, at nu kunne vi reelt ikke komme længere – resten var op til Howard og ham selv på et senere tidspunkt.

Søndag formiddag blev jeg fulgt til lufthavnen af en civilklædt betjent. Det hele gik glat og problemfrit, og klokken kvarter over et landede jeg i København.

Det havde sneet, mens jeg havde været væk, og selv om det meste af det var smeltet igen, virkede det meget koldt i forhold til London. Jeg tog en taxa hjem til Husumgade, klædte om til en løbetur rundt om søerne.

Da jeg en time senere stod under bruseren, begyndte jeg at planlægge, hvad jeg skulle lave de tre næste dage.

Mandag formiddag gik jeg hen i Handelsbanken for at sætte min check ind på kontoen, men det viste sig ikke at være helt så simpelt, som jeg havde forestillet mig. For det første var beløbet i fremmed valuta, dernæst var det en check, så banken skulle først undersøge, om der var dækning, inden jeg kunne hæve én eneste krone, og sluttelig var beløbet så stort, at det skulle anmeldes til banktilsynet, så jeg skulle ikke regne med, at pengene var gået ind før tidligst den 28. december. Det var ikke noget problem for mig, men jeg ville gerne have, at de samtidig overførte 50.000 kr. til en bankkonto i Bogense Bank. Det kunne de ikke. Når det var så stort et beløb, skulle jeg møde op personligt – altså når checken var 'clearet' - og foranledige pengene overført, men også her ville der gå mindst to døgn, inden pengene var til rådighed.

Jeg rystede på hovedet og kiggede på det forvirrede kvindemenneske på den anden side af skranken:

– Glem det. Jeg ordner det, når jeg kommer tilbage i begyndelsen af januar.

Kun 50 m fra banken var der en telefonboks. Jeg ringede først til Molin, som jeg havde lovet.

– Charlotte, Andersen & Molin.

– Det er Tom. Jeg lovede din far at ringe, når jeg var tilbage fra London, for at høre, om der var brug for mig inden jul.

– Goddag Tom, og velkommen tilbage fra London. Jeg ved, at hverken Preben eller min far regner med at se dig i forhold til arkivarbejdet før efter den 1. februar, hvor jeg har afleveret min opgave, men hvis du har et par timer til overs i morgen, ville jeg meget gerne snakke med dig om, hvordan vi griber det hele an efter juleferien.

Vi aftalte at mødes kl. et inde i Farimagsgade.

Efter samtalen med Charlotte ringede jeg til mine forældre. Min mor blev glad for at høre, at jeg var kommet velbeholden hjem fra England. Vi snakkede sammen i ca.

ti minutter, så havde jeg ikke flere mønter, men jeg nåede da lige at sige, at jeg glædede mig til at komme hjem og fejre jul på Alminden.

På vej tilbage til Husumgade brød solen glimtvis igennem skydækket, og jeg besluttede mig for at tage en løbetur og derefter gå i gang med at kigge på de jurabøger, jeg havde lånt, men jeg tog også en anden vigtig beslutning: Jeg ville bruge juleferien til mit lille private jurastudie, og derefter skulle det igen handle om mit arbejde med romanen og mine lektier og forberedelser til ASK.

Næste dag inde på advokatkontoret nåede jeg at få hilst på både Preben og Svend Aage, inden Charlotte og jeg satte os hen for at snakke.

Jeg fortalte Charlotte, hvordan jeg forestillede mig dagene i januar skulle forløbe, og at den tid, hun kunne disponere over, var mellem klokken et og seks de fire første dage i ugen, og fredag, lørdag og søndag handlede det udelukkende om studier og opgaver til ASK.

Charlotte så helt opgivende og forskrækket ud i ansigtet:

– Du er sindssyg Tom. Sådan kan man da ikke leve. Du får jo hverken venner eller bekendte – for slet ikke at snakke om en kæreste – hvis du agter at leve sådan helt frem til slutningen af juni?

– Nej, det har du sikkert ret i, men jeg har også lige et problem med at være mest mulig 'usynlig' et godt stykke tid endnu, og derudover har jeg to ting ved siden af arbejdet for dig og advokatfirmaet her, som jeg prioriterer meget højt: Min roman skal være færdig og gennemarbejdet senest 1. marts. Oprindelig havde jeg kalkuleret med at få lavet det meste i juleferien, men de planer er blevet ændret. Dernæst har jeg en studentereksamen, jeg skal have klaret og helst med så gode karakter, så jeg selv kan bestemme, hvad jeg vil studere og hvor – og først derefter kan jeg begynde at tage lidt mere afslappet på tingene.

– Hvad er det for en roman, du er i gang med?

– Det troede jeg, jeg havde fortalt. Det er en kærlighedsroman fra Anden Verdenskrig, en historisk krigsroman.

– Er det noget, du regner med, der skal udgives?

– Ja, det håber jeg da. Jeg har allerede skrevet de to tredjedele, så det virker rimeligt overkommeligt – selvom den skal oversættes til engelsk.

– Til engelsk? Du kan da ikke få den oversat, før den er udgivet på dansk.

– Jo, det kan jeg da sagtens. Hvem siger, at den i det hele taget skal udgives i Danmark? Foreløbig har jeg kun kontakt til et engelsk forlag, og hvis de vil udgive den, køber de også alle rettigheder. Men lige nu handler det om din store opgave, og hvordan du forestiller dig det hele skal tilrettelægges?

– Jeg har naturligvis snakket med Peter, men den måde ham og hans to studiekammerat arbejder på, kan jeg slet ikke bruge. Omkring alt det formelle har vi fået udleveret en 'tjekliste', så vi kan sikre os, at normer og standarder er overholdt – ingen problemer med det. Det drejer sig mere om substansen eller nerven i selve opgaven, fordi jeg allerede føler, jeg har valgt det forkerte emne. Jeg ved godt, det er hamrende uretfærdigt at appellere til din forståelse for noget, du sikkert ikke aner en skid om, men jeg havde bare brug for at snakke med én, der ikke er så satans klog på jura, én at snakke de praktiske ting igennem med uden at føle mig dum.

Jeg fik straks en association til, hvordan Michael Howard havde siddet og lyttet til Allan i over en time uden at komme med nogen 'overkloge' bemærkninger, men kun hvad og hvordan spørgsmål og først efterfølgende havde reageret.

– Du har ganske ret Charlotte. Det er ikke voldsomt meget, jeg ved om jura, men jeg har arkiveret og læst så mange sager, så jeg forventer at kunne forstå, hvad du siger. Hvis jeg husker rigtigt, var emnet for opgaven: Kammeradvokaturen belyst i et samfundshistorisk perspektiv analyseret i krydsfeltet mellem statsret, forvaltningsret og civilret. Hermed er der budt ind på ikke mindre end tre af de grundbøger, du gav mig titlerne på - plus de overliggende specialområder. Men jeg kunne godt tænke mig at begynde et helt andet sted. Hvis du kan præsentere din nuværende 'opgavestatus' i forhold til det krydsfelt, du skal forholde dig til, så selv jeg forstår, hvordan du har tænkt dig at skrue opgaven sammen, så er du allerede godt på vej. Jeg foreslår vi går ned i arkiveringsdepotet, så vi ikke ustandselig forstyrres. Hvad siger du til det?

– Tom, det kan jeg da ikke uden at have forberedt mig.

– Naturligvis kan du det. Du har ikke bestilt andet end at forberede dig lige siden, du besluttede dig for emnet. Jeg skaffer en tusch og noget tape eller klisterbånd, mens du begynder at overveje, hvordan du vil starte. Jeg taper på forhånd fem stykker A3-papirer op på sidegavlen af et af arkivskabene, og derefter er scenen din.

Charlotte så ikke videre begejstret ud, men indvilligede dog i at prøve. Da jeg var færdig med at sætte A3-siderne op på skabet, gav jeg Charlotte tuschen og bad hende tegne eller illustrere over for mig, hvad opgaven egentlig drejede sig om.

I begyndelsen var hun meget usikker og det første ark papir blev overtegnet med streger og ord uden noget indlysende mønster. Forkastet – næste ark, og nu begyndte hun at virke mere overbevisende og struktureret. Jeg stillede kun afklarende spørgsmål i forhold til min egen forståelse, men hun svarede hver gang uddybende og fremadrettet. Da der var gået godt og vel en halv time afbrød hun pludselig sig selv:

– Tom du har udført et mirakel, du er fantastisk. Jeg har styr på det. Mit snigende mareridt er pludselig blevet til spændende udfordring, sagde hun i en højlydt glædesrus.

– Ja, det har jeg tydeligt kunne mærke de sidste 10-15 minutter. Din perspektivering rummer en meget interessant problematik – men husk lige, at jeg kun har lyttet og spurgt ind til din egen 'opgavestatus'. Det er helt dig selv, der har fortalt og fremlagt – ikke mig. Måske har jeg i bedste fald været formidler og 'jordmoder', men barnet er helt og holdent dit eget værk.

– Nu snakker du igen sort Tom. Hvad mener du?

– Jeg mener såmænd bare, at du er i gang med at færdiggøre en opgave, som tegner til at blive rigtig spændende, vurderet fra en lægmands perspektiv. Jeg foreslår, du får læst og skrevet så meget som overhovedet muligt fra nu af og frem til den 3. januar, så vil jeg til gengæld love at have læst alle fire grundbøger. Vi gentager samme seance som i dag, men nu må du finde dig i, at jeg også vil prøve at optræde som opponent. Du kan lige så godt begynde at øve dig på din 'doktor'.

– Tom, du er total crazy. Jeg har virkelig aldrig, aldrig nogensinde mødt én som dig – forestiller du dig at læse alle fire bøger i juleferien? Det gør man ikke, hvis man bare er rimelig normal.

– Jeg har ingen ambitioner om at repræsentere 'en standard norm' for noget som helst. Jeg foretager mig kun de ting, jeg selv har lyst til og interesse i, og med mit nuværende potentiale til at skaffe mig selv modstandere og fjender, vil jeg fremover få megen gavn af en udvidet indsigt i juridiske tvister og søgsmål. Undskyld, hvis det lyder lidt højrøvet, men jeg gør det også for min egen skyld.

Inden vi skiltes, aftalte vi at mødes på 'Peder Oxe' den 3. januar kl. fem til en god middag og en konstruktiv planlægning.

Onsdag formiddag pakkede jeg min store sportstaske med alt, hvad jeg skulle have med til Bogense. Kl. 11 tog jeg bussen ind til Hovedbanegården, og kl. lidt over fire stod jeg af rutebilen ude ved Tyrekroen.

Det sneede ganske svagt, og lige netop i dag nød jeg gåturen ud til Alminden.

Jeg havde knap nok taget de første tre skridt ind ad indkørslen, før hoveddøren blev åbnet, og mine forældre kom ud for at tage imod mig. Vi krammede og var alle tre glade for at se hinanden. Vi gik ind i køkkenet, satte os ved det lille spisebord og først da, mærkede jeg, der var noget galt.

Mor hentede tre øl og satte dem på bordet:

– Verner har afleveret sit kørekort i fredags, efter han havde været hos lægen, da han indimellem ser dobbelt eller meget sløret. Lægen tør ikke sige om det er noget forbigå-ende eller en vedvarende skade, men under alle omstændigheder må han ikke køre bil. Den 12. januar skal han ud på Sygehuset i Odense og undersøges grundigt.

Min mor lød meget trist og opgivende. Det undrede mig, at hun omtalte min far, som om han ikke var til stede.

– Hvordan synes du selv, det går far, spurgte jeg og så direkte på ham.

– Åh, det er svært at bedømme. I dag har der fx ikke været ret mange udfald eller synsforstyrrelser, så jeg håber da, det går i sig selv i løbet af et par uger, så jeg kan få mit kørekort tilbage og komme på arbejde igen. Skulle det imidlertid ikke ske, er det ikke sikkert, vi kan blive boende her mere end et halvt års tid, da vores lån i banken er helt oppe over 30.000 kr. i forbindelse med ombygningen, og det er jo penge, der skal afdrages på hver måned. Vi kan måske få henstand 2-3 måneder, men så tror jeg også det er slut. Arbejdsløshedsunderstøttelsen vil i givet fald ikke kunne dække vores månedlige udgifter, og det sidste sagde han i samme opgivende tonefald, som det jeg lige havde hørt fra min mor.

– Hvad nu hvis jeres lån bliver betalt ud inden nytår, og der desuden står 25.000 kr. på kontoen, vil I så kunne klare jer resten af det nye år? spurgte jeg samtidig med, at jeg gjorde mig umage for at virke seriøs.

De så begge to på mig med et lidt bebrejdende udtryk:

- Tom, det er ikke den slags ønsketænkning, der løser vores problemer lige nu, og det er jo slet ikke sikkert, det går så galt med Verners syn – lad os nu se tiden an. Lige nu skal vi koncentrere os om juleaften, og 2. juledag har vi inviteret til stor julefrokost. Otto har lovet at handle for os i morgen. Vi bliver 12 i alt med Bodil, Jørgen og lille Tina – åh ja, så for du da for resten også din lille niece at se.

– Gud ja, det glæder jeg mig virkelig til. Jeg skal under alle omstændigheder ind til Bogense i morgen for at købe julegaver. Hvor mange bliver vi juleaften?

– Vi bliver kun os tre ligesom for to år siden, svarede min mor og prøvede at smile, uden at det lykkedes helt.

– Hvad med din tur til England? Gik det godt denne gang? spurgte min far.

– Ja, det var en kæmpe oplevelse, og jeg har fået endnu et par rigtig gode venner i London. En gang her i det nye år skal jeg til Frankfurt sammen med forlagsdirektøren, og det glæder jeg mig meget til.

Næste dag lånte jeg min fars cykel og kørte ind til Bogense.

Første stop var telefonboksen lige ud for købmand Nees på Adelgade. Jeg ringede til Handelsbanken på Nørrebro, og til min store overraskelse fik jeg at vide, at de allerede om tirsdagen havde modtaget en banktelefax med garanti for det anførte beløb, så mine penge var sat ind på kontoen allerede i går. Jeg takkede mange gange og lagde røret på.

Følelsesmæssigt og rent personligt stod jeg nok tilbage med en stor gæld til mine forældre. De havde altid bakket mig op selvom jeg var årsag til, at de mistede både status og anseelse i Bogense, og byen nærmest blev delt i venner og fjender af familien Nolting. Oven i det kom så det med min fars synsproblemer som fra den ene dag til den anden var ved at slå benene væk under dem, og i mit stille sind roste jeg min far for, at han som

177

noget af det første selv havde afleveret sit kørekort – mange andre ville sikkert have valgt at fortsætte til den bitre ende og forårsage en alvorlig ulykke?

Efter telefonsamtalen og mine indre overvejelser og selvbebrejdelser kørte jeg direkte op i Bogense Bank. Jeg bad om at snakke med bankdirektøren, men det virkede nærmest som om, jeg havde sagt et eller andet uforskammet. Jeg insisterede og gav udtryk for, at jeg naturligvis sagtens kunne vente et kvarters tid, hvis hr. Kromann-Møller var optaget.

Det varede kun godt fem minutter, før bankdirektøren personligt kom hen til kundeskranken og spurgte til mit ærinde. Jeg begyndte at forklare, hvad det handlede om, og straks slog han klappen op og bød mig indenfor.

Inde på hans eget kontor fremlagde jeg min 'juleplan': Han skulle foranledige, at der fra min konto i Handelsbanken på Nørrebrogade 47 blev overført 60.000 kr. til min konto her i banken. Dernæst skulle han indfri det bolig- og byggelån mine forældre havde her i banken, og derudover indsætte 25.000 kr. på deres almindelige bankkonto – resten af pengene skulle sættes ind på min egen konto her i banken.

– Unge Tom Nolting, en overførsel af den art varer normalt 1-2 døgn. Det er ikke noget, banken kan ordne på et par timer, hvis det er det, du forestiller dig.

– Det er rent faktisk præcis, hvad jeg forestiller mig hr. Kromann-Møller. Jeg ved at De kan foranledige en ekspresoverførsel, og jeg betaler gerne det ekstra gebyr, der er forbundet med en sådan overførsel. Det er en julegave til mine forældre, så jeg håber naturligvis, De er parat til at gøre en ekstraordinær indsats.

Han kiggede længe på mig:

– En julegave, det må jeg nok sige. Jeg skal gøre, hvad jeg overhovedet kan. Kom tilbage efter kl. tre og hent de forskellige papirer og dokumentationer, men du skal vide, at jeg kun gør det, fordi jeg tilfældigvis er informeret om din fars sygdom.

Efter samtalen med bankdirektøren gik jeg over til kassen og hævede 3.000 kr. På vej ud af banken smilede jeg, mens jeg genkaldte mig hr. Kromann-Møllers ansigtsudtryk. Hvilken kæmpe hykler. Alt hvad han foretog sig de næste fire timer, handlede kun om at sikre sig bankens egne penge, netop fordi han vidste, at min far højst sandsynligt ville blive fyret på grund hans synsproblemer.

Fra banken kørte jeg over til Engebæks Isenkram, som lå lidt længere nede ad Adelgade.

– Jeg vil gerne se på et af de nye køleskabe til el, svarede jeg på ekspedientens venlige 'Hvad kan jeg gøre for dig'.

– Lige et øjeblik, så henter jeg fru Engebæk.

Efter ganske få minutter blev jeg præsenteret for en sød ældre dame.

– Du ville gerne se på et af de nye elektriske køleskabe, er det rigtig forstået?

– Fuldstændig rigtigt.

Fru Engebæk bad mig følge med ned bagerst i forretningen for at vise mig, hvad de havde på lager.

– Vi har kun to modeller hjemme: Ét på 60 liter til 1.250 kr. og ét på 100 liter til 1.975 kr.

Jeg åbnede det store på 100 liter og kiggede på indretningen.

– Det køber jeg, og jeg vil gerne have det bragt ud i morgen formiddag. Det skal køres ud på Alminden til Verner og Karen – er det i orden?

– Ja, men vi beregner 25 kr. i udbringningsgebyr?

– Det betaler jeg gerne.

Jeg gik hen til kassen med fru Engebæk og betalte de 2.000 kr.

– Du må være Tom, Karen og Verners søn?

– Ja, svarede jeg. Det er korrekt.

– Du skal bare vide, at vi er nogle af dem, der altid har været på din side gennem alt det, der er sket de sidste 4-5 år.

– Tak, sagde jeg, og stoppede kassebonen i lommen, mens jeg i mit stille sind konstaterede: Endnu en kæmpe hykler.

På vej ned ad Adelgade ud mod Odensevej fik jeg pludselig en indskydelse.

Jeg vendte cyklen og kørte op til købmand G.V. Larsen i Østergade.

Jeg bad ekspedienten om at pakke to store julekurve til 200 kr. stykket. Den ene ville jeg gerne have med, og den anden skulle afleveres i Æbeløgade hos familien Ågaard med en hilsen fra Tom om alt godt i det nye år.

Jeg ventede over en halv time, men da jeg havde god tid, generede det mig overhovedet ikke.

Jeg fik den ene kurv udleveret og lovning på, at den anden ville blive bragt ned til Ågaards inden for en time.

Da jeg kom ud til cyklen, måtte jeg erkende, at kurven var alt for stor og tung til at jeg turde køre med den på styret eller stangen. Jeg lod cyklen stå og gik hele vejen ned til skrædderen.

Det klimtede og bimlede, da jeg gik ind ad døren. Det varede næsten et minut, inden Emilia kom ud inde fra værkstedet.

– Hvad kan jeg gøre for dig unge mand, sagde hun nærmest totalt fraværende. Jeg fik med det samme fornemmelsen af, at der var noget galt: Viktor?

– Kære Emilia, det er Tom. Jeg kommer for at ønske 'god jul'.

– Åh nej, er det dig Tom. Det må du meget undskylde.

– Du skal ikke undskylde noget som helst, men hvor er Viktor?

– Viktor er syg, og jeg er dybest set bange for, at det er noget alvorligt.

– Tror du han har lyst til at snakke med mig – jeg har masser af tid.

– Ja oprigtig talt. Det tror jeg han vil sætte stor pris på.

Vi gik ind i privaten, og inde i stuen sad Viktor i sin store øreklapstol med et tæppe over sig. Det var tydeligt, at han havde det skidt, men han livede fantastisk op, da han så mig komme ind sammen med Emilia. Han genkendte mig med det samme.

– Tom, du aner ikke, hvor meget jeg har tænkt på lige præcis dig de sidste par uger. Hvordan går det?

– Helt ærligt må jeg nok 'bryde sammen' og tilstå, at det går over al forventning i forhold til, hvordan jeg havde det for godt 4 måneder siden, så jeg har ikke noget at klage over, men det ser til gengæld ikke ud til, at du er helt ovenpå?

– Inden I kommer alt for godt i gang, skal du lige se den flotte julekurv, Tom har med til os, sagde Emilia og satte kurven på gulvet foran Viktor.

Klokken lidt over to sagde jeg 'farvel og god jul' til Emilia og Viktor. Jeg gik tilbage til købmanden for at hente min cykel, og da jeg stadig havde en god times tid, inden jeg skulle være henne i banken, besluttede jeg mig for at køre en tur over til Stegø mølle og videre ud til Langø.

Det blev til en lang cykeltur tilbage i fortiden, og jeg nåede først tilbage til banken ti minutter før, de lukkede. Bankdirektøren havde lagt alle papirerne klar i tre kuverter. Den største af kuverterne indeholdt papirer og dokumenter vedrørende det banklån, der var blevet indfriet. De to andre kuverter var saldoopgørelser på hhv. mine forældres og min egen opsparingskonto. Jeg takkede Kromann-Møller for hans imødekommenhed og ønskede 'god jul'.

Det var over lukketid, da jeg forlod banken, og hele vejen ud mærkede jeg, hvordan personalet fulgte mig med øjnene.

Da jeg kom hjem på Alminden var der stor opstandelse, fordi der lige forinden havde været en varebil fra Engebæk med en kæmpe papkasse med et køleskab, og det var ikke noget, hverken min far eller mor havde købt eller bestilt.

– Nej, sagde jeg, det er klart, for det er min julegave til jer, men den skulle først være kommet i morgen formiddag.

– Er du vanvittig knægt, udbrød min far. Sådan et moderne køleskab koster flere tusinde kr.

– Ja og hvad så? Lad os få det pakket ud og finde ud af, hvor det skal stå, når det nu er kommet. Jeg tog kuverten med garantibeviset, lagde kassebonen fra forretningen ned i den og gav den videre til min mor.

Det var ikke umiddelbart muligt at få det placeret i køkkenet, så det faldt ind i det øvrige inventar, så det måtte min far klare efter jul – i første omgang blev det sat på et lille bord nede i viktualierummet.

De glædede sig begge to til at vise det frem til julefrokosten, så jeg fik kram og tusind tak for julegaven mindst ti gange, inden vi var færdige med at flytte rundt.

Under aftensmaden fortalte jeg, at jeg havde fire store bøger med hjem, som jeg skulle have læst, mens jeg var hjemme på juleferie, og at jeg derfor ville opholde mig meget oppe på værelset, hvilket jeg håbede, de havde forståelse for. Det var alt sammen noget, jeg skulle læse i forhold til mit job på advokatkontoret.

– Vi har undret os en del Tom. Hvad laver du på et advokatkontor uden nogen uddannelse?

– Jeg arkiverer afsluttede sager og skriver på maskine, og de bøger, jeg gerne skulle nå at få læst, er egentlig kun for, at jeg selv ved lidt mere om, hvad det er, jeg sidder og skriver.

Efter morgenmaden juleaftensdag gik både min far og mor i gang med forberedelserne. Jeg havde travlt med at få læst. I går aftes var jeg startet på statsret, og på mig virkede det egentlig meget interessant, så jeg ville prøve at få læst bogen færdig hurtigst muligt, og der var ikke noget med notater og kommentarer ud over det, der gled på plads i min egen hukommelse.

Klokken halv to besluttede jeg mig for at løbe en tur, fordi jeg tankemæssigt havde brug for at få ryddet op. Jeg løb ud over strandlodderne til Fogense og videre ned mod Hugget Strand, og herfra fulgte jeg landevejen tilbage mod Alminden.

Efter badet genoptog jeg min læsning og var godt og vel halvt henne i bogen, da min far bankede på for at fortælle, at julemiddagen var serveret. Jeg takkede mange gange:

– Giv mig lige et par minutter, så er jeg klar.

Jeg stak de to kuverter – som nu var forsynet med et rødt julebånd – ind under skjorten og gik ned til den helt store julemiddag.

Midt på stuegulvet stod et lille juletræ pyntet efter alle forskriftens regler. Der lå tre pakker under træet, og jeg gik i min påtagede nysgerrighed over for at se, hvem de mon var til, mens jeg diskret placerede de to kuverter under den pakke med mit navn.

Efter maden sad vi og snakkede om alt og ingenting. Jeg fortalte, at jeg havde været oppe hos G.V. Larsen og købt to store julekurve, én til Ågaards og én til Skrædderen – og den sidste havde jeg selv bragt ud. Jeg spurgte så ind til, om mine forældre var vidende om, at Viktor tilsyneladende var alvorlig syg, men det havde de slet ikke nogen anelse om.

Min mor blev nærmest overstrømmende glad over, at jeg havde medtænkt både Skrædderen og Ågaards med en julekurv.

– Men sig mig lige en gang Tom. Bruger du overhovedet ingen penge på dig selv? spurgte min mor.

– Jo selvfølgelig gør jeg det. Jeg lever i bedste velgående, jeg har mad og drikke og et dejligt sted at bo. Jeg er ovenud tilfreds.

Da vi havde sunget de tre obligatoriske julesange med samme 'flotte stemmeføring' som for to år siden, pakkede vi vores gaver ud, mens min far serverede tre kolde øl fra køleskabet.

Jeg havde fået et par pæne bukser, en hvid og en lyseblå skjorte samt to slips, der passede til hhv. den ene og den anden skjorte med et stort ønske fra min mor om, at jeg ville begynde at klæde mig pænere, i forhold til de der fornemme steder, jeg åbenbart færdedes.

Der gik næsten et kvarter inden min mor fik øje på de to kuverter med det røde julebånd.

– Hvem er det fra? spurgte hun henvendt til min far og mig.

– Det er fra mig til jer, svarede jeg.

– Vi har jo allerede fået en kæmpe julegave fra dig Tom. Hvad er nu det?

Min mor løsnede det røde julebånd og kiggede på kuverten. Bogense Bank stod der nede i højre hjørne, og på selve kuverten stod der bare: Til mor og far fra Tom.

Langsomt åbnede hun brevet og foldede to lånedokumenter ud. På det oprindelige lånedokument var der med rødt stemplet indfriet hen over siden. Det andet stykke papir var en opgørelse af lånet med angivelse af, at der den 23. december var indbetalt 31.219,85 kr., og at saldoen hermed var gået i nul. Det varede et helt minut, inden min mor løftede hovedet og kiggede på mig. Tårerne trillede ned ad kinderne, og hun lignede én, der var lige ved at besvime. Jeg rejste mig hurtigt og gik over og satte mig på hug foran hende.

– Træk vejret dybt og ånd stille og roligt ud, sagde jeg, fordi jeg ikke anede, hvordan jeg ellers skulle takle situationen.

– Hvad sker der? lød min fars forskrækkede stemme. Er du dårlig Karen?

– Nej, fik min mor fremstammet, men jeg forstår bare ikke, hvad der sker, sagde hun og rakte ham brevet og papirerne.

Det varede lidt, inden han reagerede, og imens havde min mor lagt venstre arm hen over min skulder.

– Tom, sagde min far, så mange penge kan vi jo ikke betale tilbage, hverken på et år eller to. Først det nye køleskab og nu det her – har du virkelig så mange penge?

– Ja helt ærligt, og det synes jeg, I også gerne må nyde godt af.

Min far rystede på hovedet:

– I går spurgte jeg, om du var blevet vanvittig, og nu er det mig, der føler, jeg er ved at blive tovlig oven i hovedet. Du er nødt til at forklare, hvad det her handler om.

Min mor var faldet til ro igen. Jeg gav hende et kys på kinden og et kram, gik hen til det lille juletræ og tog den anden kuvert. Denne gang rakte jeg den til min far, men bad ham ikke åbne den, før jeg havde fået fortalt, hvordan tingene hang sammen.

Jeg fortalte kort om min tur til London, og at forlagsdirektøren havde givet mig en check med hjem på over 100.000 kr., så længere er den historie ikke. Pengene kommer alle sammen fra London, og egentlig kun indirekte fra mig.

De takkede mig flere gange, inden min far opdagede, at han stadig sad med den anden kuvert i hånden. Den var også oppe fra banken. Han kiggede lidt skævt over på mig, som om han næsten ikke turde åbne den. Indholdet var en saldoopgørelse på deres opsparingskonto, og det var tydeligt at se, han mente, der var noget galt, da han rakte det videre over til min mor.

– Den opgørelse passer overhovedet ingen steder, eller også er jeg for alvor ved at blive skør i bolten.

Min mor kiggede på opgørelsen: Den 23. december indsat 25.000 kr. Nuværende saldo 25.487,15 kr.

– Tom, sagde hun mens tårerne igen trillede ned ad kinderne, jeg er både glad, stolt og flov på én og samme gang. Hvordan i al verden kan vi tage imod alle de penge?

Først nu var det, som om min far vågnede op.

– Vil det sige, at det tal på over femogtyve tusinde, der stod som indestående på kontoen er vores, altså penge vi kan bruge af?

– Ja, svarede jeg, og i virkeligheden var det en beslutning, jeg traf allerede på vej hjem fra England – og nu er jeg tørstig. Lad os skåle og ønske hinanden 'god jul'.

Øllet var i mellemtiden blevet lunkent, og jeg spurgte, om det var i orden, at jeg hentede en kold ude fra køleskabet.

– Ja selvfølgelig, svarede min far, og du må gerne tage en med til mig fra kassen på gulvet.

Da jeg kom tilbage, prøvede jeg tøjet, og både bukser og skjorter passede perfekt. Nu skulle jeg bare finde en jakke, der matchede både skjorterne og bukserne, så var garderoben til Frankfurt klar.

Vi snakkede, spillede kort og hyggede os et par timer, før jeg gik op og genoptog læsningen.

1. juledag læste jeg stort set hele dagen, bortset fra måltiderne. Under frokosten fortalte min far, at ham og Karen var blevet enige om, at de efter nytår ville tage ind til sagfører Jacobsen og få lavet et stykke papir på, at jeg havde 32.000 kr. til gode i huset for, at der ikke skulle blive nogen problemer den dag, de solgte huset, eller arven skulle gøres op.

Jeg fornemmede tydeligt, det var noget, de havde snakket meget om, og at det betød meget for deres egen værdighed og selvværd, og gav udtryk for, at det måske var en god idé.

Jeg nåede næsten at gøre bogen færdig om 'Statsret og samfundsorden' 2. juledag, inden Bodil og Jørgen kom op og bankede på døren.

– Er læsehesten hjemme, råbte Bodil ude på den anden side af døren.

– Ja, svarede jeg, kom bare ind.

De havde lagt Tina ud at sove i barnevognen og ville gerne høre noget om alt det, der var foregået i England. Uden at dramatisere begivenhederne for meget, fik jeg fortalt, hvad der var foregået. Jeg fortalte om min lejlighed, om mit job hos advokatfirmaet og at jeg regnede med at gå op til studentereksamen til sommer som privatist fra Akademisk Studenterkursus i København – og hvad med jer, hvordan går det i Skanderborg? Og med min lille niece?

Vi blev siddende og snakkede næsten en halv time, før vi gik ned for at høre, om der var noget, vi kunne hjælpe med, inden de øvrige gæster dukkede op.

Der var styr på det hele. Der var dækket op inde i den store stue, så vi satte os ved bordet i dagligstuen.

– Det må jeg nok sige, der er sandelig en ung mand, der har pengepungen i orden. Ved du, hvad Tom har givet far og mor i julegave, spurgte Bodil Jørgen, da hun kom tilbage med tre øl?

– Nej, hvor skulle jeg vide det fra.

– Et køleskab, det helt store på 100 liter.

Bodil var helt benovet og slæbte Jørgen med ned i viktualierummet for at vise ham køleskabet.

Da de kom tilbage, skålede vi og genoptog snakken oppe fra værelset.

– Hvad laver du egentlig i det der advokatfirma, når du hverken er student eller kontoruddannet? spurgte Jørgen.

– Primært er jeg ansat til at arkivere afsluttede sager ud fra en arkiveringsnøgle med 12 punkter/områder således, at en hvilken som helst medarbejder nærmest kan rekonstruere 'sagen' ud fra hængemappens forside. Det er et arbejde omgæret af stor fortrolighed, og det er Salomonsen, der har skaffet mig jobbet. Her i januar skal jeg hjælpe datteren til én af advokatfirmaets ejere med at renskrive hendes hovedopgave til hendes afsluttende juraeksamen, og det er i den sammenhæng, jeg skal have læst noget om både statsret, forvaltningsret og civilret. Og når hele det cirkus er overstået omkring 1. februar, regner jeg med, at jeg skal til Frankfurt sammen med forlagsdirektøren fra London engang i begyndelsen af februar.

– Tom, jeg kan slet ikke kende dig fra dengang vi begge to boede hjemme, og du gik i skole og spillede fodbold i BG & IF, og jeg var i lære oppe i Schous Sæbehus. I dag er vores verdener så langt fra hinanden, så man nærmest skulle tro, at vi ikke var søskende eller kommer fra samme familie. Det var dejligt at have dig boende oppe i Skanderborg, og både Jørgen og jeg har mange positive minder fra den tid, men pludselig gik det forfærdeligt stærkt, da du flyttede til Sydtyskland. Vi overtalte far og mor til at tage ned og besøge dig på hospitalet i Garmisch, fordi det måske var deres sidste chance til at se dig i live, men du lå i dyb koma, og Angelika var allerede død på det tidspunkt. Så blev du udskrevet efter en lille månedstid, kom hjem for en kort bemærkning, tog tilbage til Kranzbach, videre til Venedig på et 14 dages rekreationsophold – hvis jeg har forstået det rigtigt – og herefter tilbage til Alminden. Tre dage senere havde du købt lejlighed i København og flyttede allerede midt i oktober. En måned senere kommer Jørgen hjem fra arbejde og lægger Ekstra Bladet foran mig ude i køkkenet og siger, jeg skal læse den artikel, der er inde i avisen om dig, og jeg kan slet ikke genkende, at det er min lillebror, det handler om. Da jeg så ringede hjem til mor og far senere på aftenen for at høre, hvor meget de var informeret om, så vidste de rent faktisk næsten ingen ting ud over, at de havde fået at vide, at de ikke måtte fortælle nogen fremmede, at du opholdt dig i København, eller hvor du boede. Forstår du, at vi undrer os, og nogle gange spørger os selv om, hvad du laver, og hvor du har de mange penge fra til at kunne rejse rundt i Europa?

– Det var godt nok en stor omgang, og jeg ved næsten ikke, hvor jeg skal begynde, for at forklare jer, hvad der rent faktisk er foregået, men da Angelika og jeg var hjemme her i begyndelsen af juli og vi sad herude på terrassen sammen med jer, fik jeg udbetalt de første 100.000 kr. for min afhandling om atomkapløbet mellem Tyskland og USA. Da jeg så var i London her for otte dage siden, fik jeg endnu en check med hjem på over 100.000 kr.

– Vil det sige, at du allerede har scoret over 200.000 kr. på de der skriverier om Anden Verdenskrig. Det svarer til, hvad din søster og jeg tjener tilsammen på to år. Hatten af for det Tom. Det er suverænt gået, sagde Jørgen og gav mig et klap på skulderen.

– Inden de øvrige familiemedlemmer dukker op, må jeg nok også hellere fortælle jer, at jeg har indfriet mor og fars huslån og sat penge nok ind på deres opsparingskonto til at de under alle omstændigheder kan klare det næste års tid, hvad enten far bliver rask eller ej – og så skulle der vist heller ikke være flere hemmeligheder.

– Hvad har du? spurgte min søster vantro. Hvor mange penge snakker vi om?

– Kan det ikke være lige meget, når blot vi ved, at de i hvert fald ikke kommer i bekneb for penge det første års tid eller to. Jeg ser også meget gerne, at det ikke er noget, vi snakker om – der behøver ikke at være andre end os, der ved noget om de penge.

Bodil kom over og gav mig et kram og et knus:

– Tom, du er alle tiders lillebror og måske også den bedste i hele verden.

Det blev en dejlig og underholdende julefrokost. Min farbror Otto er god til at holde snakken kørende, mens Kette samler op og spørger ind til den enkeltes ve og vel. De var meget opsat på at drikke mig fuld, men jeg løftede afværgende hånden, hver gang de ville skænke snaps op.

Klokken syv blev der ringet efter to taxaer, og en halv time senere lagde jeg mig på sengen og foldede hænderne under hovedet.

Jeg havde tilbudt min mor at hjælpe til med at rydde til side efter frokosten, men det ville hverken hun eller min far høre tale om. Bodil og Jørgen var kørt op i Østergade til hans forældre og mentalt forberedte jeg mig på seks dages intensiv læsning. Nytårsaften skulle min far og mor ud til Otto og Agda, og de havde insisteret på, at jeg også skulle med, men jeg bad min mor om at hilse fra mig og fortælle, at jeg var meget ophængt af mine studier og derfor gerne ville blive hjemme og læse.

Søndag den 2. januar tog jeg tilbage til København, og nåede at få læst de resterende 61 sider i den sidste af de fire bøger, jeg havde lånt.

Da jeg kom hjem i lejligheden, lå der en nytårshilsen fra Charlotte. Hun havde fået fantastisk meget ud af snakken om tirsdagen før jul. Den havde givet hende så meget overblik og struktur på opgaven, så hun nu nærmest følte sig ovenpå i forhold til Peter og hans to studiekammerater. Hun havde skrevet og læst det meste af juleferien – specielt de dage, hvor Peter havde været hjemme hos sine forældre – og nu lå der 30 håndskrevne sider og ventede til den 3. januar.

Kærlig hilsen Charlotte

PS. Du skal også lige have ros for, at du er knaldgod til at lytte, tak.

Vi mødtes klokken et inde i Farimagsgade, og satte os straks ud i arkivdepotet. Vi brugte den første halve time på at læse de 33 sider, som det i mellemtiden var blevet til, igennem i fællesskab. Derefter skulle Charlotte fremlægge selve strukturen i opgaven og fortælle mig, hvor siderne passede ind i forhold til de drøftelser, vi havde haft for små 14 dage siden.

– Du er sandelig en krævende herre, Tom Nolting, men jeg tror du har fat i en god pointe. Jeg er glad for, at det er dig, der arbejder for mig og ikke omvendt. Hvad med de bøger du lånte, forresten - fik du overhovedet kigget i nogen af dem?

– Ja naturligvis. Rent faktisk fik jeg læst alle tre plus en ekstra, jeg havde lånt. Jeg er nødt til at vide en lille smule om, hvad det hele går ud på, når jeg skal agere opponent.

– Du tager pis på mig. Hold nu op – du har ikke læst alle fire grundbøger på mindre end 14 dage, og så i juleferien?

– Jo, og hvis jeg skal være helt ærlig, synes jeg faktisk, den om statsret og samfundsorden var meget interessant. Der er i hvert fald en hel del opfattelser og begreber, der har skiftet plads inde i hovedet på mig i løbet af julen.

– Jeg tror simpelthen ikke på dig Tom, men hvis det er rigtig, ved jeg ikke helt, om jeg skal frygte de næste fire uger eller glæde mig.

– Glæd dig bare, det koster det samme, sagde jeg med et smørret grin.

Mens jeg gjorde klar ved det lille skrivemaskinebord, brugte Charlotte fem minutter på at skitsere, hvad hun ville fortælle i forhold til afgrænsning, problematisering og perspektiveringen.

Fremlæggelsen tog en lille halv time, og den efterfølgende snak varede højst en 5-10 minutter – herefter var jeg i gang ved skrivemaskinen, og lagde et stykke karbonpapir imellem, så vi altid havde en kopi. Charlotte gik ind på sin fars kontor og satte sig ved sit eget skrivebord.

Lidt over klokken fire var jeg færdig med renskrivningen og gik ind og bankede på ind til Molins kontor, hvor både Charlotte og Svend Åge sad og arbejdede.

– Gud er du allerede færdig, sagde Charlotte, da jeg lagde papirerne foran hende. Hvad gør vi så i morgen og på onsdag? Jeg tror bestemt ikke, jeg har mere, der skal renskrives før på torsdag.

– Hvis det stadig er i orden med Dem hr. Molin, sagde jeg henvendt til Svend Åge, vil jeg gerne vente med at genoptage arkiveringsarbejdet til efter den 1. februar og så holde fri de næste to dage. Jeg har selv en masse skrivearbejde, jeg skal have fra hånden.

– Det synes jeg er en fin aftale Tom. Du må bare ikke stå og mangle de penge, som du i givet fald kunne have tjent.

– Det gør jeg heller ikke – ingen problemer der.

Charlotte og jeg aftalte at mødes kl. to på torsdag, og så ville hun bestræbe sig på at få skrevet så meget som muligt.

På vej hjem besluttede jeg, at jeg i morgen ville ringe til telefonselskabet og bede om at få oprettet en telefon – det ville gøre mange ting en del nemmere.

Jeg lavede mad med det samme, jeg kom hjem, og gik derefter i gang med romanen. Jeg vågnede klokken halv to om natten med hovedet mellem hænderne hen over skrivemaskinen.

De næste to dage var meget effektive. Løbetræningen midt på dagen var en kærkommen afbrydelse. Jeg var begyndt at lave mine arme- og skulderøvelser ude på ruten, og det virkede umiddelbart som en god idé.

Onsdag eftermiddag ringede jeg til Salomonsen og ønskede godt nytår. Vi snakkede sammen i næsten tyve minutter, og han var meget interesseret i at høre, hvordan det gik med mit job hos Andersen & Molin. Jeg fik efterhånden drejet samtalen hen på, at jeg naturligvis kendte navnet på den person, der havde oversat min 'Brainstorm', men jeg ville også gerne have adresse og telefonnummer, da jeg var ved at være færdig med min roman, der også skulle oversættes til engelsk. Samtalen sluttede med, at vi kunne snakkes ved tirsdag den 11. januar, fordi han alligevel var i København til et møde med Svend Aage Molin omkring en sag inde i Landsretten, der skulle for den 26. januar.

Da jeg kom ind i Farimagsgade om torsdagen, var Charlotte endnu ikke dukket op, så jeg gik ned i arkivdepotet for at lave de indledende forberedelser. Fem minutter senere åbnede Charlotte døren, og undskyldte at hun kom for sent. Hun havde kun fået lavet 12 sider, men de var til gengæld meget komprimerede rent indholdsmæssigt. Vi snakkede siderne igennem for at sikre os, at jeg kunne 'tyde de molinske kragetæer' og diverse rettelser, hvorefter jeg gik i gang med skriveriet og Charlotte gik ind på kontoret for at læse og lave nye notater.

Knap en time senere bankede jeg på døren, hilste kort på Svend Aage og gik over til Charlotte og afleverede seks maskinskrevne sider.

– Hvad med i morgen? spurgte jeg lidt tøvende.

– Jeg har snakket med min far om, at han skal hjælpe mig med at få en større helhed i selve opgaven i løbet af weekenden, så hvis vi springer over i morgen, vil det passe mig meget fint. På mandag synes jeg så, vi begynder med, at jeg fremlægger. Derefter forestiller jeg mig, at du nok skal bruge et par timer eller tre til at renskrive opgaven stort set forfra – er det i orden?

– Ja, det er helt fint med mig. Det betyder nemlig, at jeg stort set bliver færdig med min roman og kan bruge hele næste uge på at læse korrektur, inden jeg afleverer den til oversættelse.

Jeg var hjemme i Husumgade allerede klokken lidt i fem, og ti minutter senere sad jeg ved skrivemaskinen.

Om fredagen fik jeg et brev fra ASK. Jeg skulle aflevere skriftlige opgaver i dansk, matematik, engelsk og tysk senest den 14. januar. Terminsprøverne blev afholdt fra onsdag den 19. til fredag den 21. fra kl. 9-13 – under forudsætning af, at de obligatoriske opgaver var afleveret.

Søndag formiddag satte jeg det sidste punktum i romanen, og jeg var selv ovenud tilfreds med, hvordan slutningen var landet. Jeg klædte hurtigt om til løbetøj, samlede alle mine opgaver i et dobbelt plastikchartek, og startede min løbetur med at løbe over i Titangade, aflevere opgaverne i postkassen og videre ned ad Universitetsparken til Borgmester Jensens Allé og derfra ned gennem Fælledparken og ud til søerne.

Under hele løbeturen var der én tanke, der blev ved med at køre rundt inde i hovedet: Der var noget galt med Charlotte i forhold til hendes opgave – hvorfor havde hun pludselig problemer med overblik og struktur? Inden løbeturen sluttede, havde jeg taget min helt egen beslutning.

Mandag begyndte Charlotte vores fælles arbejde og drøftelser med at fortælle, hvad hun og hendes far havde fundet ud af i løbet af weekenden. Derefter lagde hun alle papirerne foran mig og bad mig sammenfatte og renskrive det nye opgaveoplæg. Jeg brugte næsten tre timer på at få lavet en sammenskrivning med de nye notater og henvisninger til div. lovtekster og paragraffer. Inden jeg gik ind til Charlotte for at aflevere papirerne, samlede jeg kopierne og stak ind under skjorten.

– Vær så god, sagde jeg til Charlotte og lagde de nye papirer foran hende på skrivebordet. Og hvad gør vi så lige i morgen?

Charlotte tænkte sig om i lang tid, inden hun svarede:

– I morgen mødes vi på 'Peder Oxe' klokken tre.

Jeg fangede hurtigt Charlottes blik og fornemmede straks, at det var alvor.

– Scheisse, tænkte jeg højt for mig selv. Der *er* noget galt.

Tidlig tirsdag formiddag ringede jeg til Salomonsen for at fortælle, at jeg havde aftalt at mødes med Charlotte Molin inde på Gråbrødre Plads kl. tre for at drøfte hendes opgave, og forventede at snakken ville vare ca. to timer – hvordan det passede ind i hans planer?

– Perfekt. Jeg har møde inde i Farimagsgade med Preben og Svend Aage klokken to, så for min skyld passer det fint, hvis vi aftaler at mødes ved femtiden. Hvor sidder I?

– På Peder Oxe, svarede jeg.

– Godt sagde Salomonsen, så dukker jeg op kl. fem.

Inde på 'Peder Oxe' lagde Charlotte ud med at fortælle, at det for øjeblikket ikke fungerede særlig godt mellem hende og Peter. De var lidt hektiske og stressede begge to, så der skulle ikke mange forkerte ord til, før de snerrede ad hinanden.

– Min far ville gerne støtte og hjælpe, men det betyder også, at han blander sig i selve opgaveskrivningen, og det har jeg det rigtig dårligt med. Jeg synes selv, jeg er dygtig og ved en masse om jura, så jeg har som sådan ikke brug for hjælp, men snarere en kritisk ven, der kan stille spørgsmål, hvis du forstår?

– I mine ører lyder det ganske fornuftigt, og du må for guds skyld ikke lade nogen tage initiativet fra dig. Din skriftlige opgave skal også være en udfordring til dig selv, én du er stolt over at aflevere, men er du parat til at genstarte hele processen, eller hvor står du selv for øjeblikket?

Charlotte tænkte længe over spørgsmålet, fangede i mellemtiden tjenerens blik og bestilte en flaske Chardonnay på is.

– Der er tre uger til opgaven skal afleveres – lad os bare starte forfra, jeg er parat.

– Men vi er helt enige om, at min opgave er at stille provokerende, dumme og kritiske spørgsmål. Du formulerer dig efterfølgende ud fra din viden og faglige indsigt i div. problematikker, laver notater og udkast og skriver alt det ned, der falder dig ind. Jeg samler op og renskriver, det du afleverer, og så kører vi bare i sløjfe derudad, ok.

– Det lyder som den bedste manuduktion, jeg har fået de sidste seks måneder. Jeg glæder mig næsten allerede til at komme hjem og begynde at skrive.

Jeg kiggede på hende med et stort smil og rystede på hovedet.

– Glæd dig ikke for tidligt. Jeg tillod mig at tage kopierne med hjem i går, og har allerede forberedt det første spørgsmål. og du kommer på hårdt arbejde de næste 4-5 dage, hvis det altså er det, du vil.

Tjeneren kom med vinen, skænkede op og satte flasken tilbage i spanden med is.

– Hvordan kunne du i går vide, hvad jeg ville snakke med dig om her i dag?

– Lad os kalde det en forudanelse. Det var sådan en fornemmelse i maven, jeg fik, da du sagde 'Peder Oxe', og en dybfølt bekymring nærmest lyste ud af øjnene på dig.

– Tom, du overrasker mig igen og igen. Skål. Hvordan gik din tur til London forresten – det har jeg helt glemt at spørge om?

– Det gik fremragende og helt uden problemer. Skotland Yard var med i baggrunden alle fire dage. Filmprojektet er solgt og vedtaget, og både i København og på Rungsted Statskostskole skal der laves optagelser her i juli måned. Jeg skal spille mig selv som kostskoleelev, og derudover regner instruktøren med at få lov til at anvende alle BBC's optagelser fra mødet på 'Farm Hall', hvilket indikerer, at jeg rent faktisk indtager én af hovedrollerne – vi snakker om en helaftensfilm på over tre timer.

– Tom for helvede. Du er hverken historiker, journalist eller skuespilleruddannet og alligevel virker det, som om du har frit valg fra den øverste præmiehylde? Du har ikke en gang en studentereksamen – undskyld, det var ikke ment som en fornærmelse. Jeg forstår overhovedet ikke, hvad der foregår. Er det i det hele taget noget, du bliver betalt for?

– Det var mange spørgsmål på én gang. Men ja, det er noget jeg får penge for, endda rigtig mange synes jeg selv. Uddannelse? Nej, det har jeg ikke endnu, men jeg kan tilsyneladende noget, ikke ret mange andre kan, og mere er der sådan set ikke i det. Skål Charlotte.

Vi kiggede på hinanden, smilede og grinede lidt.

– Tilbage til din opgave. Det frække spørgsmål: Er du klar over, at kammeradvokatembedet ikke indikerer, at den pågældende person har en juridisk embedseksamen – apropos uddannelse.

– Hvor ved du det fra? Det kommer helt bag på mig.

– Det er naturligvis noget jer har læst, og mere får du ikke at vide. Hvis spørgsmålet provokerer dig, må du gå ind og undersøge, hvad der ligger bag.

Det var tydeligt, at Charlotte tænkte, så det bragede. Vi nippede til vinen i gensidig fortrolig og behagelig tavshed.

– Det frække spørgsmål fører over til det mere seriøse og provokerende, fortsatte jeg, inden Charlotte nåede at sige noget. Hvordan synes du selv din præsentation og indledning fungerer?

– Det er en historisk præsentation af kammeradvokaturen siden 1712.

– Ja, men vi er også enige om, at du læser jura og ikke historie – eller?

– Tom, sig nu, hvad du synes, der er galt.

– Charlotte, det kan jeg ikke. Men jeg kan fortælle dig, at der mangler gnist og gejst og mod til at turde udfordre den 'juridiske højborg'. Din historiske redegørelse mangler fuldstændig bid. Der er ikke ændret en skid i selve kammeradvokaturen siden oprettelsen i begyndelsen af det 18. århundrede, så vidt jeg har forstået, mens det omliggende samfund har gennemgået store omvæltninger – synes du ikke, det skaber stof til eftertanke?

Der blev helt stille. Jeg benyttede lejligheden til at skænke vin op i glassene.

– Du har ret Tom. *Jeg* begynder helt forfra. Jeg kan tydeligt høre, at du gerne vil have, at min historiske udredelse er mere samfundskritisk og peger frem mod min senere perspektivering, og det tror jeg er rigtig set i forhold til, at jeg gerne vil demonstrere min juridiske viden og faglige indsigt på flere områder.

– Det glæder mig, men du må selv sige til, hvis du synes, jeg bliver for meget, men også hvis spørgsmålene er for ledende i forhold til dine egne forestillinger og tanker.

– Naturligvis, det behøver du ikke være bange for.

Vi sad igen og kiggede på hinanden med en oplevelse af, at opgavesnakken var slut, og ganske naturligt kom vi til at snakke parforhold. Charlotte havde haft to faste forhold, inden hun mødte Peter. Hun indrømmede blankt, at det ikke var nogen 'vild forelskelse', men de holdt meget af hinanden. Peter var dygtig og meget afholdt af de andre studiekammerater og i deres fælles vennekreds. De havde kendt hinanden i godt et år, før de flyttede sammen inde på Frederiksberg.

– Hvor længe nåede Angelika og dig at bo sammen, spurgte Charlotte.

– Det blev desværre kun til to måneder og tre dage, så fik det sin egen bratte slutning.

– Og I havde jeres helt egen lejlighed?

– Ja vi nåede faktisk at indrette en ganske hyggelig lejlighed, men jeg kunne simpelthen ikke holde ud at være der, da hun var væk, og så besluttede jeg mig for at flytte tilbage til Danmark – og jeg skal jo også lige have den skide studentereksamen i hus. Derefter kan alt stort set ske. Måske flytter jeg til München eller London for at studere, eller også bliver jeg ganske enkelt boende i København de første par år? Jeg har ikke besluttet mig for noget som helst endnu.

Vi sad stadig og snakkede, da Salomonsen kom ind. Det var tydeligt, at Charlotte og Carl Christian Salomonsen kendte hinanden. Hun rejste sig, og han kom hen og gav hende et kys på kinden. Der var masser af sne på Salomonsens jakke, så jeg gættede allerede på, at jeg ville få en flot og hyggelig tur hjem til Husumgade senere på aftenen.

Salomonsen kiggede på flasken i icecooleren og bestilte en ny – og ny is.

Det blev lige et minuts pause, hvor ingen rigtig kunne finde ud af at sige noget, før Charlotte åbenbart følte, hun skyldte Salomonsen en forklaring.

– Tom og jeg har siddet og drøftet min eksamensopgave. Ud over at renskrive mine egne notater og skriverier, har han også lovet at stille dumme og provokerende spørgsmål til hele processen, og foreløbig er det den bedste manuduktion, jeg har modtaget de sidste seks måneder.

Tjeneren kom over og skænkede op i glassene og satte flasken tilbage i en ny gang is.

– Det er hyggeligt at møde jer begge to, sagde Salomonsen med et smil og et lille nik, men sig mig en gang Tom, ved du så meget om jura, så du kan stille spørgsmål til Charlotte om indholdet i hendes eksamensopgave?

Jeg nåede end ikke at overveje et svar, før Charlotte var på banen.

– Det kan han C.C., fordi han har brugt juleferien på at læse alle fire obligatoriske grundbøger plus lidt mere, så vidt jeg kan forstå, da ét af spørgsmålene til mig i dag bestemt ikke refererer til nogen af grundbøgerne, og naturligvis har jeg fortalt Tom, at han på det nærmeste er lige så vanvittig, som han er superintelligent, sagde Charlotte med et stort smil og et humoristisk glimt i øjet.

– Det må jeg nok sige, sagde Salomonsen. Du skal måske alligevel overveje at komme til Odense og arbejde for mig. Det siger jeg selvfølgelig, fordi jeg har snakket med Preben og Svend Aage om deres nye arkiveringssystem, og det er på det nærmeste genialt, men det kræver, som Preben selv sagde, at ham eller den, der foretager arkiveringen, er næsten lige så skarp, som den advokat, der har ført sagen – og det er nok den største ros, jeg nogensinde har hørt fra Prebens mund. Undskyld mit lille sidespring, men hvad kunne I unge mennesker tænke jer?

– Du skal ikke regne med mig C.C. Jeg skal hjem og arbejde, og Peter sidder måske allerede og venter på, at jeg skal dukke op og bikse noget aftensmad sammen.

– Godt så bestiller Tom og jeg noget at spise. Salomonsen bad tjeneren om menukortet.

Vi skålede og drak ud. Charlotte rejste sig, tog sin frakke på og sagde farvel.

– Og London, sagde Salomonsen spørgende uden nogen indledning, hvordan gik det denne gang?

– Det gik fantastisk godt. Filmrettighederne har Herbert Corporation allerede videresolgt til British Paramount, og optagelserne begynder i maj-juni. I juli måned skal der være optagelser i Rungsted og København, og Michael Howard, instruktøren, så meget gerne, at jeg var med som frontfigur eller i virkeligheden spillede hovedrollen, om du vil – og jeg har naturligvis fortalt, at jeg ikke har spillet hverken teater eller skuespil – men han havde set hele BBC-udsendelsen fra Farm Hall og rent faktisk beundret min "totalt overlegne performance", som han udtrykte det. På et tidspunkt var han endda overbevist om, at det hele var indstuderet og aftalt på forhånd. Først sagde jeg nej til at medvirke, men nu har jeg vænnet mig til tanken og synes, det lyder spændende.

– Hvad med din roman? Jeg kan forstå, at du ikke vil prøve at få den udgivet her i Danmark, men igen lade Herbert Corporation byde ind, men oversættelsen kommer nok til at koste mellem 3-5.000 kr. afhængig af sideantal.

– Det betaler jeg gerne. Jeg har kun én betingelse og det er, at den engelske oversættelse skal ligge på Gailfords skrivebord senest den 1. april, men allerhelst engang i marts.

– Man skulle næsten tro, du kendte forlagsdirektøren personligt?

– Det synes jeg helt ærligt også, at jeg gør. Det er min oplevelse, at jeg nu har mindst en 4-5 gode venner eller bekendte i London, så måske ender det med, at jeg en skønne dag flytter til London. Der er bogmesse i Frankfurt her i begyndelsen af februar, og Clarence Gailford, har inviteret mig derned. Hun skal mødes med to store tyske forlag omkring 'brainstorm romanen', og har bedt mig om at være med, fordi jeg kan sproget, kan oversætte mellem tysk og engelsk, og så er jeg nok den, der bedst kan svare på de mange spørgsmål om indholdet, specielt på tysk.

– Det må jeg nok sige. Det synes jeg lyder spændende, men du får forhåbentlig også et honorar for din indsats?

– Ja, og jeg bliver godt betalt hr. Salomonsen. Her i december havde jeg en check med hjem på over 120.000 kr.

– Hvad havde du? Salomonsen var lige ved at få maden galt i halsen.

– Og det var ikke penge, jeg selv havde bedt om – og for mig var det ikke noget honorar, men en fyrstegage.

– Med så mange penge på bankbogen, behøver du jo slet ikke at arbejde inde hos Andersen & Molin, men bare bruge de næste 5-6 måneder på at forberede dig til din studentereksamen.

– Det gør jeg så sandelig også. Jeg laver lektier 4-5 timer hver formiddag, spiser frokost og løber en times tid, hvad enten det sner, regner eller stormer.

Derefter er jeg inde i Farimagsgade små 4 timer, og når jeg har spist aftensmad, skriver jeg på min roman.

– Tom det mener du ikke seriøst. Sådan er der ikke noget menneske, der kan leve – det er jo nærmest som at være i kloster eller sidde i fængsel.

– Sådan føler jeg det også lidt selv, med det er en meget effektiv måde at gøre sig usynlig på. Der er kun 7 mennesker i Danmark, der ved, hvor jeg bor. Jeg har først lige fået telefon og ingen på Nørrebro, eller i København for den sags skyld, kender mig. Hokus pokus, så er du usynlig.

– Vil det sige, at Skotland Yard ikke har sluppet dig endnu?

– Ja, i hvert fald når jeg kommer til London. Tilbage til London og de mange penge. Jeg har tre ting i den forbindelse, jeg gerne vil spørge om. Vedkommende der oversatte 'Brainstorm', hvordan får jeg fat i ham eller hende?

– Han hedder Poul Mørch, underviser på Fyns Studenterkursus i historie og engelsk og har sit eget oversætterfirma ved siden af jobbet som gymnasielærer. Her er adresse og telefonnummer, ring til ham og lav en aftale.

– Den anden ting handler om de penge, jeg har forventninger om vil blive udbetalt i den nærmeste fremtid. Jeg har jo læst jura i juleferien, som du lige er blevet gjort bekendt med. Det smarteste og sikreste ville være, at du oprettede en klientkonto for firmaet 'Tom Nolting' i din advokatvirksomhed. I oplyser Skattevæsnet om 'mine arbejdsindtægter' i udlandet og indbetaler skatteandelen rettidigt, så jeg ikke lige pludselig får et kæmpe skattesmæk. Det handler om løbende indtægter fra Herbert Corporation og British Paramount. Den check, jeg fik med hjem i december, opfatter jeg de 100.000 som kompensation for det, der overgik mig i Buntingford, resten var honorar og dækning af afholdte udgifter. 'Brainstorm over Manhattan og Dresden' har oplagsmæssigt allerede passeret de 120.000 eksemplarer alene i England, og fra nu af får jeg hvert år i begyndelsen af januar udbetalt 1% i 'goodwill' af forlagets overskud på salget af 'min' roman, ligegyldigt hvor i verden den bliver solgt – og det kan ende med at blive rigtig mange penge, og de penge er jeg nødt til at have nogen til at forvalte. Hertil kommer så salget af min roman 'Viktor og Emilia', såfremt Herbert Corporation vælger at udgive den.

– Det lyder som en særdeles fornuftig idé, hvilket bringer mig tilbage, til det Charlotte fortalte. Har du virkelig – hånden på hjertet – læst over 1500 sider jura i juleferien udelukkende for at kunne stille kritiske spørgsmål til Charlotte og renskrive hendes forskellige oplæg og løbende ændringer?

– Ja, jeg har læst de fire grundbøger plus 'Retsplejeloven af 1916', en bog min mor gav mig, som min morfar brugte, mens han sad i byrådet, men jeg har kun læst dem - jeg har jo hverken lavet noter, resuméer eller opgaver.

– Alligevel, det er mange sider og mange timer. Personligt ville jeg være gået 'død' efter senest tre dage. Du havde et spørgsmål mere Tom.

– Ja, og det handler om mine forældre. Jeg vil gerne have, at der hvert år den 23. december overføres 15.000 kr. på deres konto i Bogense Bank.

– Det er ikke noget problem, det kan vi sagtens klare, var Salomonsens nøgterne kommentar, og de skal overføres fra klientkontoen, kan jeg forstå.

– Ja, svarede jeg, det var sådan set det, jeg havde forestillet mig.

– Det overrasker mig i virkeligheden ikke, at du medtænker dine forældre i din egen fremgang og succes.

– Tak, det er jeg glad for at høre.

De næste 15-20 minutter snakkede vi om min lejlighed og om det at gå på ASK som privatist.

En halv time senere sagde vi farvel og aftalte, at jeg skulle ringe, når jeg kom hjem fra Frankfurt. Hele vejen hjem gik jeg op spekulerede på Charlotte og hendes forestående opgave. Det ville glæde mig, hvis hun havde viljestyrke til at gennemtrumfe sit forehavende og overvinde sin egen usikkerhed, både i relation til faren og Peter. Jeg opfattede hende som meget dygtig, selvom jeg på ingen måder havde forudsætninger for at konkretisere min opfattelse rent fagligt i forhold til hendes studie, men det undrede mig alligevel, hvorfor hun partout skulle gøre sig så afhængig af, hvad hhv. hendes far og Peter mente.

De næste 18 dage var da også meget 'op ad bakke' udtrykt i en cykelryttertermologi. Mandag den 17. indrettede vi skrivestue hjemme i min lejlighed. Vi mødtes kl. to, drøftede forskellige ændringer og snakkede det nye igennem, som Charlotte havde skrevet sammen med de spørgsmål, jeg havde stillet dagen i forvejen. Denne proces varede som regel små to timer. Herefter tog Charlotte hjem og jeg gik i gang med skrivearbejdet. Det passede mig fint, at jeg ikke skulle bruge så meget tid på at gå frem og tilbage fra Farimagsgade. Nu kunne jeg gå ud i køkkenet og lave aftensmad, så snart jeg var færdig og derefter gå i gang med mine egne skriverier.

Jeg havde sat søndag den 23. som deadline for redigering og korrekturlæsning af 'Viktor og Emilia'. Allerede om onsdagen efter mødet med Salomonsen havde jeg ringet til Poul Mørch, for at høre om han var interesseret at påtage sig oversættelsesopgaven, og det havde han sagt 'ja tak' til nærmest med det samme - det virkede lidt som om han havde snakket med Salomonsen på forhånd?

Da jeg kom hjem fra terminsprøven i matematik onsdag den 19. var der endelig brev fra Klaus. Han var ked af, at han først nu havde haft tid til at svare på mit brev fra december, men lige siden han var kommet hjem fra Venedig, havde han haft vanvittig travlt.

Derudover var der 'røster' i instituttet, som åbenlyst antydede, at mit tætte faglige samarbejde med Schrödinger grundede i et intimt seksuelt forhold, men var der noget Schrödinger ikke var, så var det 'bøsse' i ordets bedste forstand. Parallelt med de seksuelle anklager var der også kørt to politiske fløje i stilling. En rød og en brun. Alt dette indebar, at der pt. var et studiemiljø på Instituttet, som på det nærmeste var uudholdeligt. Folk skændtes og bagtalte hinanden, og ingen vidste helt præcis, hvad det handlede om. Jeg regner med at afslutte min kandidateksamen til april her i München som planlagt, og så tager jeg måske til Stokholm i to semestre for at afslutte min doktorgrad, men jeg forventer ikke at vende tilbage til München de første 5-7 år.

Brevet sluttede med, at Klaus inviterede mig til Paris i påsken. Han ville gerne vise mig 'Latinerkvarteret' og andre eksotiske steder, hvor bl.a. Paul Verlaine og Rimbaud havde optrådt med deres digte.

Lige præcis i år faldt påsken meget gunstigt. Kandidatopgaven skulle afleveres to dage før påske, og de mundtlige eksaminer begyndte først midt i maj.

Jeg skrev derfor tilbage til Klaus, at jeg syntes det lød meget spændende, og at jeg glædede mig til, at han skulle være min guide i Paris. Med hensyn til problemerne i Instituttet opfordrede jeg blot til, at både Schrödinger og Klaus selv trådte frem og redegjorde for deres videnskabelige samarbejde og seksualitet, for kun derved kan I mane alle spekulationer om forhåndsbegunstigelser til jorden.

På vej ind til terminsprøven i dansk næste dag puttede jeg brevet til Klaus i postkassen.

Da jeg kom tilbage efter løbeturen, spiste jeg en ½ l. yoghurt med müesli. Under løbeturen havde jeg overvejet ikke mindre end tre spørgsmål, som Charlotte skulle tage stilling til.

Den første time brugte vi på at gennemgå de fem nye sider, der var blevet skrevet siden i går, og jeg mærkede tydeligt, at jeg for hver dag, der gik, stille og roligt øgede min viden om jura og samfundsforhold ud fra det, Charlotte fremlagde. Efter gennemgangen gav jeg Charlotte de tre spørgsmål og satte mig hen til skrivemaskinen. Det varede fem minutter før Charlotte gav lyd fra sig.

– Det er totalt vanvittigt, eller også er det nu, det er ved at blive farligt. To af de spørgsmål, du stiller, sad jeg selv og overvejede i går aftes. Det virker som om, vi er ved at komme lidt for tæt på hinanden i forhold til, hvad og hvordan vi tænker – forstår du, hvad jeg mener?

Jeg drejede stolen væk fra skrivemaskinen og vendte mig over mod Charlotte.

– Ja, svarede jeg efter et par sekunders tænkepause, og i min terminologi betyder det også, at du nu er parat til at tage de afgørende føringer, og hvis du er lidt udspekuleret og modig, så kører du fra hele feltet et par hundrede meter før målstregen. Du har bragt dig selv i en sikker vinderposition. Din eksamensopgave bliver en superopgave.

– Tak Tom, det var pænt sagt.

– Pænt? Det var ikke en skid pænt. Det var en ganske konkret og kritisk vurdering fra 'djævelens advokat'.

– Ja nu du selv siger det. Jeg tror faktisk godt, du kunne optræde som djævelens advokat, men derudover er du en flink fyr, og jeg holder meget af dig.

– Tak Charlotte, det var pænt sagt – sagde jeg tilbage - og du skal vide, at det er gensidigt.

Charlotte pakkede sine ting og gjorde klar til at gå.

– Vi ses i morgen. Hej så længe.

– I morgen er der for resten terminsprøve i både engelsk og tysk, så vi er nødt til at skubbe mødetidspunktet til kl. 16 – er det i orden?

– Ikke noget problem med mig. Kl. 16 er helt ok.

På vej hjem fra terminsprøverne næste dag slog det mig pludselig, at det var længe siden, jeg havde snakket med mine forældre, så jeg skyndte mig at ringe til dem, da jeg kom hjem.

Jeg snakkede med min mor i over tyve minutter. Min far havde været til undersøgelse på Odense Hospital og havde fået at vide, at han skulle slappe af og tage det stille og roligt de næste 3-4 uger, hvilket min mor udlagde som, at han dermed også var fyret fra sit job om senest fire uger, og de anede ikke, hvad de skulle have gjort uden mig. Dernæst snakkede vi om Bodil og Jørgen og om livet i Bogense, og forresten skal jeg lige huske at fortælle, at skrædder Hultberg dødede for fem dage siden, og at fru Hultberg har lukket forretningen, foreløbig i 14 dage.

Samtalen med min mor satte tusinde af tanker i gang. I begyndelsen af næste uge ville jeg ringe til fru Hultberg og kondolere. Dernæst ville jeg spørge, om det var i orden, at jeg i romanen bevarede deres oprindelige navne og tilknytning til Bogense, fordi jeg nu opfattede min roman som et efterskrift for den rigtige, den oprindelige Viktor.

Charlotte dukkede op kl. kvarter over fire.

Det var først da vi skulle kramme og sige hej, at jeg bemærkede, at hun havde et stort indkøbsnet i højre hånd ud over sin skuldertaske.

Charlotte diskede op med rødvin og franske kartofler.

– Og hvad er det lige, vi skal fejre, spurgte jeg lidt afventende. Der er stadig ti dage til afleveringsterminen, og helt færdig er du i hvert fald ikke. Du er gået i udbrud, og jeg gætter på, du fører suverænt – men der er stadig 10 km. hjem.

– Dig og dit cykelsprog. Ja det ved jeg godt, men i går aftes havde jeg den store fornøjelse, fuldstændig at tage fusen på min far. Han var bange for, at jeg var gået helt i stå med eksamensopgaven og bad om at få lov til at læse, hvad jeg havde skrevet indtil nu, og det havde jeg bestemt ikke noget imod, men jeg ville hellere fremlægge det for ham mundtligt, og det syntes han lød fantastisk spændende.

Det tog godt og vel 40 minutter, og bagefter var han vildt benovet over mine skarpe pointer og min viden om alle tre områder, og måske var han i virkeligheden allermest fascineret over den struktur, jeg havde lagt ned over krydsfeltet mellem de forskellige retsområder, så det skortede ikke på ros og lovord fra hans side.

Da jeg så fortalte, at det var dig, der spillede 'djævelens advokat' og hver dag satte pejlemærker og nye pointer for opbygningen af opgaven, var han lige ved at falde ned af stolen.

Tom, hvad ved han om jura og samfundsforhold? Jeg troede, han bare skulle renskrive dine håndskrevne sider, havde min far ytret sig med vantro i stemmen, og da jeg så fortalte, hvad du havde brugt din juleferie på, havde han rystet på hovedet og sagt, at han, ud fra det der havde været skrevet i Ekstrabladet tilbage i oktober og den suveræne måde arkivopgaverne var løst på, naturligvis var klar over, at du var mere end bare almindelig intelligent, men et sådant 'juramaraton' lyder jo nærmest bindegalt – og det, du har lavet Charlotte, lyder som en super godt disponeret og velskreven opgave, var hans slutbemærkning.

– Den anerkendelse min far viste mig, besluttede jeg mig for, jeg ville fejre med dig i dag – derfor rødvinen og de franske kartofler.

Jeg åbnede flasken, satte to glas på bordet og fyldte de franske kartofler op i en skål. Det var først, da Charlotte var gået, at det slog mig, at Peter ikke var inde i samtalen én eneste gang.

Søndag eftermiddag var jeg helt færdig med romanen og pakkede de 193 maskinskrevne A4-sider (svarende til ca. 360 normalsider) ned i den kasse, jeg havde købt mit skrivemaskinpapir i. Jeg pakkede den ind i noget brunt karduspapir og gjorde den klar til at blive sendt næste formiddag.

Inden jeg gik en tur over til Sct. Hans Torv, ringede til Poul Mørch for at fortælle, at opgaven var på vej. Jeg snakkede med Poul Mørch i næsten ti minutter, og lovede at betale ekstra, hvis oversættelsen kunne klares på små tre uger. Jeg gik ind på Sebastopol for at fejre, at jeg i det mindste var kommet godt i mål på den første etape.

Jeg var både sulten og tørstig. Servitricen kom hen med menukortet næsten i samme øjeblik, jeg havde sat mig. Mens jeg sad og nød den kolde fadøl, mærkede jeg, hvordan en fremmed og ukendt følelse af ensomhed langsomt sneg sig ind i min bevidsthed. Jeg havde ingen venner, ingen jeg kunne fejre min egen lille sejr med. De venner, jeg følte jeg havde, var mange hundrede kilometer væk. Jeg var i ordets bogstaveligste forstand fuldstændig alene og for første gang i meget lang tid var det en erkendelse, der gjorde ondt helt ind i sjælen.

På vej hjem fra Sebastopol blev jeg irriteret på mig selv, fordi jeg havde overgivet mig til min ensomhedsfølelse uden at sætte noget alternativ op. Jeg havde været på vej ud i selvmedlidenhedens sump, fordi jeg i samme ombæring var kommet til at tænke på Gertrud og Kristine – Kristine havde jo sagt til Allan, at jeg bare kunne ringe? Og hvad med Angelika?

Jeg stod tidligt op næste morgen og læste matematik og fysik frem til klokken 11 for så at gøre mig klar til min daglige løbetur. Jeg rundede posthuset på Nørrebrogade, inden jeg tog turen rundt om søerne. Under løbeturen fik jeg diskuteret voldsomt med mig selv om, hvad det egentlig var for nogle følelser, jeg for øjeblikket havde så svært ved at håndtere.

Da Charlotte kom ved totiden mærkede jeg med det samme, at hun var helt oppe at ringe over ét eller andet – og ganske rigtigt. Hun havde læst en stort opsat artikel i Børsen Weekend, hvor der blev sat spørgsmålstegn ved hele berettigelsen af Kammeradvokaturen. Fra sagkyndigt hold er der i den senere tid rejst tvivl om fordelene ved at overlade al statens advokatarbejde til én enkelt advokat. Dette havde lic. polit. og forsker ved Københavns Universitet, Søren Kristian Sørensen udtalt til avisen på baggrund af kammeradvokatens rådgivning omkring sagen om Herning Nordbanks krak tilbage i november.

Fremover ville det nok være en fordel for staten at bryde monopolet, så man i stedet for ét enkelt advokatfirma knyttede måske 5-6 advokatfirmaer med hver deres ekspertise til sig.

Længere nede i artiklen blev det også fremført, at der aflønningsmæssigt var alt for stor forskel på kammeradvokatens jurister og de private advokatfirmaer, som var part i samme sag.

– Og Tom, det er jo lige den 'linie' jeg i min perspektivering har antydet problematikken i, men nu har jeg valgt at tage skridtet fuldt ud. Jeg har omskrevet hele min perspektivering i weekenden, aftalt et møde i morgen med Søren Kristian Sørensen, og så må du hjælpe mig med at lave et brag af en eksamensopgave de næste 6-7 dage.

Jeg kiggede over på Charlotte og glædede mig over den begejstring, der lyste ud af hende. Vi snakkede og diskuterede i over halvanden time, før jeg satte mig over til skrivemaskinen, og naturligvis gav jeg hende ret i, at de øvrige afsnit også skulle tilrettes den nye og meget kritiske tilgang til hele opfattelsen af, hvad det egentlig var for en statsforståelse, kammeradvokaturen repræsenterede.

Vi mødtes igen onsdag den 26., og da havde jeg alle rettelser og omskrivninger på plads, så hele opgaven nærmest fra første sætning udstrålede, at her var der en studerende, der havde viden og baggrund til at stille spørgsmål til hele 'kammeradvokatur-institutionen'.

Charlotte brugte næsten en time på at læse det hele igennem, mens jeg sad og læste Nietzsche. Da hun var færdig, kom hun over og gav mig et kæmpe kram.

– Tom ligegyldigt hvad, den opgave er færdig. De næste to dage snakker vi mundtlig fremlæggelse.

Næste dag fik jeg brev fra Clarence. Hun glædede sig meget til, vi skulle mødes, men undlod ikke at indskærpe, at jeg skulle forberede mig godt, da der ville blive stillet meget nærgående spørgsmål til min research, men omvendt – klarede vi skærene, havde Herbert Corporation en ganske god og fordelagtig indtjening i udsigt. Til slut i brevet spurgte hun ind til min roman i forhold til, om jeg kunne have en oversættelse med, når jeg kom til Frankfurt.

Jeg satte mig og svarede tilbage på brevet med det samme.

Fredag den 28. klokken 17.35 blev det sidste blad vendt i Charlottes opgave – den var færdig og klar til aflevering.

– Tom du skal vide, at de sidste fire uger har været nogle af de mest givende i min studietid, fordi jeg har fået øjnene op for, at advokatstanden er et samfund i samfundet, og at det i forskellige sammenhæng kan virke meget reaktionært. Jeg går ud som cand.jur. med en helt anden indgang til samfundet, end den jeg havde for bare to måneder siden, og det meste af denne holdningsændring skyldes dig og dine 'kantsættende' spørgsmål og den respekt, du har udvist for min egen viden og indsigt.

Charlotte kom over og gav mig et knus, og jeg lagde ikke skjul på, at jeg nød det.

– Hvad så, skal vi gå ud og fejre det, eller er vi bare røv kedelige?

– Det eneste jeg ikke vil beskyldes for, er at være kedelig, så lad os bare gå i byen.

Det endte med at vi gik over på Sebastopol.

Under middagen fortalte Charlotte uopfordret, at hun og Peter ikke længere var kærester, og at hun var på udkig efter en ny lejlighed.

Da vi gik tilbage fra Sct. Hans Torv, købte vi en flaske vin, en pose franske kartofler og to sodavand.

Næste morgen kiggede vi hinanden dybt i øjnene og bekræftede gensidigt, at det havde været en super lækker aften.

Torsdag formiddag den 3. februar tog jeg bussen fra Hovedbanegården ud til lufthavnen. Klokken 13.45 landede vi i Frankfurt, og da jeg kom ud af toldslusen, så jeg i øjenkrogen en mand stå med et skilt "Herbert Corporation".

Jeg blev ført ud til en taxa og kørt direkte til hotellet.

Nede i foyeren på hotellet sad Clarence Gailford og ventede, og da jeg gik hen imod hende, rejste hun sig og bød mig velkommen til Frankfurt. Hun virkede umiddelbart en anelse nervøs. Vi bestilte en gin & tonic og en øl og begyndte at planlægge, hvordan de to møder skulle spænde af. Jeg fortalte, at jeg havde brugt tre dage på at forberede mig og følte mig godt rustet til at besvare spørgsmål og drøfte indhold, personer og div. konsekvenser. Clarence takkede smilende for min ihærdighed og fortalte, at den amerikanske udgave af 'Brainstorm' var til salg hos boghandlerne allerede i mandags, og torsdag morgen lå der en fax fra det amerikanske forlag, som fortalte, at bogen var udsolgt hos stort set alle boghandlerne i New York og Washington DC, og det tegnede jo rigtig godt i forhold til de drøftelser, vi skulle have både i dag og i morgen med hhv. Suhrkamp Verlag og Fischer Taschenbuch Verlag.

– Forlagene er informeret om, at du deltager af to årsager: For det første fordi du har skrevet den afhandling, selve romanen bygger på, og for det andet taler du flydende tysk og engelsk, sagde Clarence. Begge forlag har fået tilsendt et eksemplar af den engelske udgave, men kender ikke hele dit baggrundsmateriale. Vi skal være inde på Suhrkamp Verlags hovedkontor på Martin Luther Strasse om små 20 minutter, men det ligger kun 7-8 minutters gang herfra, så det er faktisk nemmere bare at gå derhen.

Vi ankom klokken fem minutter i fire og blev staks vist op på 3.sal ad en stor bred trappeopgang med blåt tæppe på trinene og et flot pudset messinggelænder.

Damen nede fra forhallen bankede forsigtigt på en stor gråhvid dobbeltdør.

– Herein bitte, hørte vi en kraftig mandestemme svare.

Rummet gav mig straks associationer til Molins kontor i Farimagsgade: To store skriveborde, en masse reoler med bøger og et ovalt konferencebord med plads til 8-10 personer. Ved bordet sad der tre herre og en dame, hvoraf den ene af herrerne allerede var ved at rejse sig for at byde os velkommen. Han præsenterede sig selv som direktør, pegede med armen mod damen og en gråsprængt herre med små runde briller og præsenterede dem som hhv. forlagsredaktører og professor i nyere europæisk historie. Clarence præsenterede sig selv og mig, hvorefter vi gav hånd og udvekslede navne. Der stod både isafkølet hvidvin, rødvin og sodavand på bordet. Da vi havde sat os, spurgte direktør Heppelmeier, hvad vi ønskede at drikke, og både Clarence og jeg bad om et glas hvidvin. Der blev skålet diskret og høfligt hele bordet rundt, og herefter begyndte Clarence og Heppelmeier deres indledende drøftelser og forhandlinger på engelsk. Efter et kvarterstid nærmede Heppelmeier sig sagens kritiske kernepunkt, nemlig at den engelske og nu også den amerikanske udgave fastholdt, at romanen var skrevet på baggrund af faktiske hændelser under Anden Verdenskrig, altså indirekte en autentisk krigsroman, og det ville de gerne sikre sig var troværdigt, for iflg. tysk lovgivning var det ikke Herbert Corporation, men Suhrkamp Verlag, der var juridisk ansvarlig for indholdet og div. udmeldinger og påstande. Alternativet var at ændre alle navne på byer/laboratorier og personer, men så faldt romanen nærmest fra hinanden.

Clarence kiggede spørgende over på mig, jeg nikkede smilende og vendte blikket over mod professor Horst Barth, inden jeg begyndte mine udredninger, fremlæggelsen af mine hypoteser og hele den teoretiske baggrund og opbygning. Der gik kun ti minutter, før professor Barth appellerende spurgte Clarence, om hun kunne acceptere, at de efterfølgende drøftelser foregik på tysk indtil han følte sig overbevist om, hvad der var historisk korrekt, og hvad der var ren spekulation.

Hans insinuerende måde at formulere sig på, bragte mig på et splitsekund tilbage til mødet på Farm Hall: Ok, han bad selv om det.

Jeg spurgte Heppelmeier, om han kunne fremskaffe det englænderne kaldte 'en flipover' - nogle store A2 sider, der var sat op på et stativ - så jeg kunne gennemgå de konkrete hændelser og fakta i forhold til den videnskabsteoretiske håndtering og opbygning. Frau Schmied-Mayer vidste med det samme, hvad det var, jeg efterlyste, og lovede at skaffe én i løbet af fem minutter.

Dernæst spurgte jeg, om det var i orden, at Clarence og jeg lige fik en snak i enerum. Ude på gangen fortalte jeg, at jeg helt klart havde oplevelsen af, at der var tale om knald eller fald. Hvis Suhrkamp ville ændre stort set de fleste navne og konkrete tilknytningsforhold, skulle hun ikke sælge nogen licens eller udgivelsesrettigheder, men det havde hun naturligvis allerede selv gennemskuet, så jeg fik grønt lys til at fyre kanonen af.

Jeg brugte 45 minutter og 7 flipoversider, inden Barth kapitulerede, og i den tid havde vi været indenom både videnskabsteoretiske forklaringsmodeller i forhold til propaganda, røgslør og div. manipulationer med dokumenter og hændelsesberetninger, muldvarpe og 'dræberagenter' og en juridisk vurdering af, hvorfor der i hele mit materiale kun var ét enkelt sted, hvor der kunne rejses tvivl om, hvorvidt jeg havde overtrådt et navneforbud, men også den problemstilling fik jeg drejet til, at det aldrig ville holde i en retssal, hvad enten det var i Danmark, England eller Tyskland.

Nu var det Heppelmeier, der gerne ville gå i enerum.

Da alle fire var gået ud af lokalet, rejste Clarence sig og gav mig et stort varmt knus.

– Tom du er fantastisk. Jeg forstod ikke så meget af, hvad der blev sagt, men jeg er god til at læse mennesker, og selv professor Barth overgav sig halvvejs henne i din gennemgang, og de efterfølgende drøftelser opfattede jeg nærmest som en opsummering. Lad os se, hvad de siger, når de kommer tilbage.

Der gik over et kvarter, inden døren blev åbnet. Da alle igen havde sat sig, tog Heppelmeier ordet.

– Suhrkamp Verlag vil gerne byde ind på en licens til at udgive 'Brainstorm over

Manhattan og Dresden'. Når jeg bruger ordet licens, er det fordi, vi godt kunne tænke os at 'indskrive' en stor del af den baggrundsviden, som unge Tom Nolting lige har fremlagt sammen med et udskrift af dét, der blev drøftet i BBC's debatprogram fra Farm Hall, som en 3. persons kommentar til indhold og begivenheder, således at der foregår et parallelt hændelsesforløb. Min forlagsredaktør Frau Schmied-Mayer mener ganske enkelt, at det vil være et scoop i forhold til en tysk udgave og tyske læsere, da det samtidig legitimerer hele troværdigheden. Hvad siger Frau Direktor Clarence Gailford og Herbert Corporation? Jeg ved, I har forhandlinger med Fischer Taschenbuch Verlag i morgen formiddag inden Bogmessen åbner kl. 14, men hvis jeg kan få en forhåndstilkendegivelse på en udgivelseslicens, er Suhrkamp parat til at erlægge en rigtig god betaling.

Clarence kiggede over på mig og lignede én, der havde brug for en tænkepause. Jeg nikkede og slog et slag med hovedet ud mod gangen.

Clarence kiggede over på Heppelmeier og signalerede tænkepause.

Da døren var lukket bag os, og vi gik hen mod trappen, skyndte jeg mig at fortælle Clarence, at det, hende Schmied-Mayer havde foreslået, var et rigtig spændende concept, og at det for læseren måtte virke endnu mere overbevisende i forhold til oplevelsen af, hvordan tingene virkelig var foregået. Og lad dem bare få alt baggrundsmaterialet med i alle de forskellige 'afskygninger', det foreligger, når de oveni er parat til at betale en ekstra god pris. Men jeg ved også, at Allan har indskrevet noget af det i det endelige filmmanuskript, og det er måske nok vigtigt lige at påpege, uden at jeg skal gøre mig alt for klog. Clarence kiggede på mig og nikkede samtykkende.

Tilbage i lokalet bad Clarence om en 'telefonforbindelse til London'. Heppelmeier spurgte høfligt, om det var i orden, at vi andre var i lokalet, hvilket Clarence lige så høfligt svarede nej til.

Lidt længere nede ad gangen var der et mindre kontor, og her kunne Clarence sætte sig og ringe hjem til London og efterfølgende overbringe sine overvejelser og beslutninger til os andre på Heppelmeiers kontor.

Jeg havde kun lige nået at skænke den sidste rest af hvidvinen op i glasset, før Barth nærmest overfaldt mig med spørgsmål: Hvor mange år jeg havde læst historie, og om jeg havde læst både jura og statskundskab ved siden af?

Og hvad med naturvidenskab og videnskabsteori – hvor har du alt det fra?

Jeg var midt i en håbløs udredning af mine studiemæssige forudsætninger, da Clarence kom tilbage og satte sig ved konferencebordet.

– Herbert Corporation vil gerne lave en licenskontrakt med Suhrkamp Verlag, men der skal erlægges en god betaling for det baggrundsmateriale, som er den tyske romans parallelforløb, da der i virkeligheden bliver tale om en dobbeltroman. Det betyder også, at Tom Nolting skal stå som hovedforfatter i den tyske udgave. Dertil kommer, at ca.

en tredjedel af det materiale, Suhrkamp får overdraget, indgår i det filmmanuskript British Paramount Studios har købt, men vores advokat mener ikke, at det skulle give rettighedsmæssige modsætninger, da filmmanuskriptet ikke må udgives i bogform.

Med den udmelding var der lagt op til, at Clarence og Heppelmeier gik i enerum, og knap havde døren lukket sig, før Barth igen kastede sig over mig med nye spørgsmål.

Jeg fik først gjort ham fuldstændig mundlam, da jeg fortalte, at jeg endnu ikke var student og aldrig i studiemæssig sammenhæng havde sat mine ben på et universitet.

Da Heppelmeier og Clarence kom tilbage, var der lagt op til champagne og fest. Der var indgået en aftale mellem Herbert Corporation og Suhrkamp Verlag A.m.b.H, Frankfurt am Main.

Halvanden time senere var vi tilbage på hotellet og gik straks ind i restauranten for at få noget at spise. Clarence bestilte en specialmenu for to personer med forret, hovedret og dessert.

– Hvad kunne du tænke dig at drikke? spurgte Clarence.

– Da forretten er noget med fisk, så synes jeg, vi skal have en Riesling fra Alsace, gerne fra 59, hvis de har det.

Clarence bestilte, og tjeneren kom og præsenterede vinen for hende, som om hun var dronning Elisabeth selv.

– Jeg kommer mange forskellige steder også meget fornemme, men jeg har aldrig fået serveret en vin på samme eksklusive måde som lige nu – det må være en helt speciel drue og årgang, sagde hun, da tjeneren var gået.

– Ja, svarede jeg, det er fuldstændig rigtigt. Vi sidder med kejservinen over alle hvidvine, efter min smag og bedømmelse. En Riesling fra Alsace årgang 59. Det findes nok ikke bedre i hele verden.

Clarence så på mig næsten et minut, inden hun svarede.

– Tom jeg har så mange spørgsmål, jeg godt kunne tænke mig at stille dig og forhåbentlig få svar på, hvis det er i orden, selv om nogle af dem måske er lidt indiskrete? Undskyld, det fik jeg vist ikke formuleret særlig flot, men forstår du, hvor jeg vil hen?

– Ja det regner jeg med, og spørg bare løs, og du behøver ikke at have de store overvejelser og betænkeligheder. Jeg har den dybeste respekt for, at du ikke stiller et spørgsmål for at genere eller såre mig.

Inden snakken for alvor kom i gang, fik vi serveret en lakserulle med rejer og blåmuslinger kogt i fløde og snittede forårsløg og gulerødder. Det var noget af det ypperste og mest delikate, jeg nogensinde havde smagt.

Clarence begyndte at fortælle om sig selv.

– Jeg kom til Herbert Corporation for to år siden for at strømlinie forlaget og øge omsætningen inden forlaget 'støvede helt til'. For næsten præcis otte måneder siden kom én af redaktørerne og lagde din afhandling foran mig på skrivebordet med en bemærkning om, at den måske kunne omskrives og tilrettes et mere læservenligt romanoplæg uden at ændre det historiske indhold. Jeg havde ikke tid til at kigge på noget som helst de første par dage, men titlen blev ved med at dukke op i mine tanker, så tre dage senere tog jeg den med hjem efter arbejdstid. Næste morgen ringede jeg til James Gillmore, som jeg kendte fra mit tidligere job. To timer senere havde jeg et møde med Gillmore, Stephen Wright, som du kender, og en anden journalist med historie som specialområde. Sidstnævnte var enormt fascineret af det koncept, du havde bygget afhandlingen op omkring, men lagde heller ikke skjul på, at der var meget spektakulære betragtninger i spil, men hvis den kunne omskrives, så ville det omvendt sikkert heller ikke rumme de store problemer for Herbert Corporations renommé – og her tog vi så helt fejl, fordi vi gik ud fra, at afhandlingen var forfattet af en anset historiker, men det fandt vi først ud af ikke var tilfældet, efter vi havde givet tilsagn om at købe. Hvad der derefter skete, tror jeg du ved alt om, og som forlag med fokus på historiske publikationer, altså faglitterære udgivelser, høster vi i dag stor anerkendelse for, at vi nu har lagt os i spændingsfeltet mellem fag- og skønlitteratur, og jeg er overbevist om, at BBC-udsendelsen fra Farm Hall blev skelsættende, fordi du allierede dig med ganske almindelige mennesker og inviterede dem med ind i programmet som dommere, og efterfølgende (som seeroplevelse) rystede du hele den indbudte ekspertise, fordi ingen for alvor turde gå i kødet på dig – og i virkeligheden forstår jeg det overhovedet ikke - rent ud sagt. Du har ingen teoretisk eller akademisk uddannelse, men stiller frivilligt op til 'korsfæstelse', og så sker der det stik modsatte, men det var først i Buntingford, at det gik op for mig, at der var noget stort på spil, og lige siden er det bare gået slag i slag – også her i dag. Jeg havde frygtet mødet med Suhrkamp Verlag, fordi de havde meldt ud, at de ville have deres egen historieekspert med, men efter de indledende kritiske spørgsmål, blev han nærmest neutraliseret, og på mig virkede dét, at han appellerede til, at de videre drøftelser måtte foregå på tysk, som et sidste forsøg på at levere varen til Suhrkamp – og derefter blev der kapituleret. Helmut Heppelmeier og jeg kunne derefter forhandle en foreløbig aftale på plads med de specielle rettigheder om en paralleludgivelse, som forlaget gerne ville arbejde videre med.

– Gud, jeg sidder bare og snakker. Vi glemmer helt at smage på den fyrstelige vin, vi har fået serveret. Skål Tom, og foreløbig tak for alt, hvad du har ydet.

– Selv tak. Jeg synes det er spændende, og det udvider da i højeste grad min egen forståelse af mange ting.

Under hovedretten åbnede Clarence for alle de spørgsmål omkring mig og min person, som hun gerne ville have svar på. Jeg følte mig ind imellem som lidt af en pralerøv - men, når hun spurgte direkte, svarede jeg også direkte. Adskillige gange rystede hun på hovedet og sagde 'ufatteligt'. Til slut i snakken spurgte hun ind til den nye roman. Jeg fortalte om Viktor og Emilia, at det *ikke* var opdigtede personer, men to mennesker, jeg havde arbejdet for og snakket meget med for et par år siden. Jeg undlod heller ikke at fortælle, at Viktor lige var død, og at min fortælling om deres liv, nu havde fået en helt anden betydning for mig. Fortællingen begynder i Italien og slutter 15 år senere i Bogense, en lille købstad i Danmark, hvor jeg er opvokset, og de havde deres skrædderforretning. Romanen er ingen 'brainstorm', men en virkelighedsstorm af voldsomme begivenheder før og under krigen, en sibirisk storm af isende kulde, fangenskab og flugt båret af en livgivende kærlighed mellem to mennesker. Desværre er det også sådan, at der ikke er nogen fribilletter til et langt og lykkeligt liv, ligegyldigt om man så har kæmpet og stredes for det som en vanvittig.

Vi sad længe, hvor ingen af os sagde noget, og det blev Clarence, der brød 'stilhedens pagt'.

– Det manuskript vil jeg glæde mig til at læse, og jeg lover dig, at jeg bliver den første, der læser det.

Herefter kom snakken til at dreje sig om de forestående filmoptagelser, specielt de scener, der skulle optages i Danmark. Da vi en flaske rødvin senere gik hver til sit, aftalte vi at mødes til morgenmaden klokken ni.

Under morgenmaden fortalte Clarence Gailford, at hun ville aflyse mødet med Fischer Taschenbuch Verlag, og i stedet pleje andre kontakter, som også var i Frankfurt op til den internationale bogmesse, men at hun meget gerne ville spise en afskedsmiddag med mig her på hotellet mellem klokken 19-20.

Det meste af formiddagen osede jeg rundt inde i den gamle bymidte. Hele det store cirkus omkring bogmessen valgte jeg bevidst fra. Ved halv tolvtiden var jeg imidlertid så gennemfrossen, at jeg var nødt til at finde en hyggelig café, hvor jeg kunne få noget varmt at drikke.

På vej tilbage til hotellet 'faldt' jeg over et antikvariat, som så meget spændende ud. Det var en kælderforretning, dvs. man gik ned ad 6-7 trappetrin til ét stort lokale, som var fyldt med bøger stablet op på gulvet ved siden af de fyldte reoler. Jeg snusede rundt i en halv time, før jeg fandt en bog, jeg kunne tænke mig at købe. Bogen var fra 1905 og handlede om Østens visdom og guddommelige magi, skrevet af en professor og orientalist fra Wien. På forsiden af omslaget var der et maleri, som viser Kungfutse, der holder spædbarnet Buddha, mens den daoistiske vismand Laozi ser på. Satsen var med gotiske bogstaver.

Tilbage på hotellet gik jeg over i baren og bestilte en stor øl, som jeg tog med op på værelset. Jeg kiggede bogen igennem, inden jeg begyndte at læse. Der var en masse mystiske tegninger fra Persien, Indien og Kina.

Det varede mindst en halv time, før jeg havde vænnet mig til de gotiske bogstaver, men så gik det også nogenlunde gelinde. Kulden og øllet må have gjort mig træt og søvnig, for pludselig vågnede jeg med et sæt og var helt i vildrede med, hvor jeg befandt mig. Jeg havde drømt, at jeg mødte Angelika her i Frankfurt, men da jeg begyndte at tale med hende, opdagede jeg, at det var Charlotte. Hun skulle vise mig et meget flot indisk tempel på Orientstrasse, men da vi gik ind gennem den smukt dekorerede portal, befandt vi os i stedet ude i lufthavnen. Vi havde frygtelig travlt. Vi skulle med et fly til Surat i Indien, og jeg kunne ikke finde mit pas. Oppe i flyet sad jeg og fortalte om udbredelsen af zarathustrismen på grænsen mellem Afghanistan og Persien, og hvordan de zarathustriske hymnedigtere havde skrevet med stor inspiration fra det omgivende landskab. Mens jeg var i gang med at berette om den store hymne til Xvarenah, den guddommelige velsignelse, hvor vi møder den mægtige flod Haétumant, som breder sig ud i søen Kangsaoya som symbol på en seksualakt, var det Clarence Gailford, jeg kiggede i øjnene. Det undrede mig meget, men jeg besluttede hurtigt, at det med Angelika og Charlotte måtte være noget, jeg havde drømt, og fortalte videre om, at Zarathustras sæd blev gemt dybt nede i Kangsaoya og bevogtet af flere tusinde værneånder, og når vores tidsalder går mod sin afslutning, vil verdensfrelseren træde op af søen.

Kort før motorerne stoppede rystede hele flyet. Vi greb hinandens hænder, og med ét var vi forenet og nåede lige at få en velsignende orgasme, inden flyet ramte søens blanke og kolde vand...

Stadig i vildrede kiggede jeg på uret: Halv syv.

Jeg gik ud på badeværelset, tog et hurtigt bad, barberede mig og gjorde mig klar til at gå ned og spise. Brudstykker af drømmen spøgte stadig rundt i min bevidsthed, mens jeg gik ned ad trapperne. Jeg kunne ikke få øje på Clarence, så jeg gik over til baren og satte mig. Jeg havde lige fået serveret en øl, da jeg så hun kom ned ad trappen. Vi vinkede kort til hinanden og Clarence kom over og bestilte en gin & tonic. Vi sad og snakkede om, hvordan dagen var gået, og havde kun lige fået drukket ud, da tjeneren kom over og sagde at bordet var parat. Der var bestilt en specialmenu til to, og det var en lige så udsøgt fornøjelse, som i går aftes – det smagte bare helt fantastisk.

Vi snakkede godt sammen under maden, og hun havde meget at fortælle, men ville omvendt også gerne vente til vi var færdige med at spise.

Efter maden satte vi os over i foyerens sofaafdeling, hvor Clarence allerede havde bestilt opdækning med snacks og rødvin, en Valpollicella Barolo.

De sidste 5-10 minutter under desserten havde jeg siddet og studeret den elegante forlagsdirektør, og konklusionen var nærmest givet på forhånd: En smuk og målbevidst kvinde i midten af 30'erne, som forstod at klæde sig, så hun fremstod stilsikker og på det nærmeste perfekt. Hendes mørke hår hang ned mod skuldrene i lange bløde bølger og fremhævede hendes markerede ansigt og flotte brystparti – jo i sandhed en smuk dame, som det var en fornøjelse at være i selskab med.

– Først og fremmest skal jeg beklage, at vi skiltes så tidligt i morges, begyndte Clarence, mens hun skænkede rødvin i glassene. Jeg ringede til Fischer Taschenbuch Verlag lige efter morgenmaden og snakkede med forlagsdirektøren Lorenz Henle i over et kvarter, og vi blev enige om alligevel at mødes, selv om jeg havde givet Suhrkamp Verlag forhåndstilsagn om at måtte udgive bogen i Tyskland. Jeg prøvede, om jeg kunne nå at fange dig, men du var desværre allerede gået, og stor var skuffelsen, da jeg troppede op alene uden dig. Jeg havde nærmest fornemmelsen af, at mødet var blevet gennemtrumfet, fordi de havde set frem til at få nogle seriøse drøftelser med netop dig – og den tydelige skuffelse var jeg nødt til at imødekomme på en eller anden måde. Clarence løftede glasset, vi skålede og nikkede smilende til hinanden.

– Jeg har derfor arrangeret et nyt møde i morgen formiddag klokken ti hos forlaget på Bornheimer Platz – men det er ikke kun det. Under den afslappede snak i dag fortalte jeg om din nye roman, og jeg kunne tydeligt mærke på Lorenz Henle, at det helt sikkert virkede som en bog, der lagde sig tættere op ad den skønlitterære genre, og det matchede helt sikkert mere deres udgivelsesprofil. Han var meget interesseret, og det siger jeg, fordi du selvfølgelig også kan vælge at lade Fischer Taschenbuch Verlag købe udgivelsesrettighederne, hvilket Clarence sagde, mens hun så spørgende over på mig.

Jeg besvarede det spørgende blik med:

– Nej, lad os nu ikke gøre tingene mere kompliceret, end de er i forvejen. Om 3-4 uger er den engelske oversættelse klar, og hvis du siger god for den, så køber Herbert Corporation udgivelsesrettighederne, og så må du køre det videre forløb.

– Det opfatter jeg som en tillidserklæring, sagde Clarence, og vi skal naturligvis gøre alt for ikke at skuffe dine forventninger.

– Det behøver du ikke en gang at sætte ord på, det ved jeg alt om, sagde jeg med et blink i øjet.

Vi løftede glassene og skålede.

– Nu til noget helt andet. På bogmessen i eftermiddags oplevede jeg en interesse for Herbert Corporation, som vi overhovedet aldrig har mødt før. Alene det, at nogen uden for London/England ved, hvem vi er, er det første store skridt frem mod en international anerkendelse. Havde vi været lidt mere forudseende, lidt mere modige og selvpromoverende, kunne jeg have solgt udgivelsesrettigheder til de første syv europæiske lande, ud over England og Tyskland naturligvis, så nemt som at putte isterninger i et champagneglas – men vi tager revanche til november i London.

– Snakker jeg for meget, må du sige til, afbrød Clarence sig selv.

– Nej bestemt ikke, jeg nyder dit engagement og mærker naturligvis også, at det indirekte handler om mig selv – sagt i al beskedenhed.

– Tom det er så skønt at snakke med et menneske som dig, fordi jeg kan tale helt åbent og ærligt uden at være bange for, om jeg skulle have sagt noget forkert, og det betyder rigtig meget for mig.

– Og det samme for mig, svarede jeg hurtigt tilbage. Både i går og her i dag har vi siddet og snakket fortroligt og personligt, men du er forlagsdirektør, og jeg er formelt ingenting – og det har givet *mig* rigtig meget.

Vi skålede og smilede til hinanden, men bag smilene fornemmede jeg også lidt flirteri, men måske var det bare noget, jeg selv så.

– Vi har lige én alvorlig ting mere, vi skal drøfte, før vi går over til en mere selskabelig snak. Jeg fortalte dig i går, at jeg blev ansat i Herbert Corporation for at strømline forlaget og øge omsætningen, og det fik jeg tre år til, og hvis tallene på bundlinien ikke var tilfredsstillende, var ansættelseskontrakten automatisk ophævet, hvilket jeg accepterede som en fair aftale – sådan er forlagsbranchen. I eftermiddags ringede jeg hjem til bestyrelsesformanden for at få godkendt den særlige aftale med Suhrkamp Verlag, og han blev helt euforisk. Da jeg så fortalte, at en hurtig overslagsberegning tydede på, at jeg inden årets afslutning havde mere end tredoblet indtjeningen i Herbert Corporation, blev der helt stille i den anden ende af røret, og jeg ventede mindst ti sekunder, inden jeg sagde noget. I den efterfølgende snak med John Green fik jeg 'carte blanche' til at foretage mig, hvad jeg fandt nødvendigt. Derudover roste han mig meget for min loyalitet, min næse for gode forretninger og mit indblik i den branche, hvor jeg skulle bevise mit værd – og hvorfor fortæller jeg dig det? Det gør jeg selvfølgelig, fordi jeg blev mødt med en næsten lamslående stilhed, da jeg, meget forudindtaget tillod mig at sige, at jeg havde endnu et stort skib på bedding, måske større end 'Brainstorm over Manhattan og Dresden', og skibsbyggeren hed også denne gang Tom Nolting. Stilheden varede så længe, at forbindelsen blev afbrudt. Efter et par minutter ringede jeg op på ny og bad om at få Green i røret.

– Clarence, bestyrelsen star bag dig. Gør hvad du finder nødvendigt, var den direkte og kontante besked.

– Og det havde jeg i øvrigt allerede gjort Tom. Jeg har disponeret således, at dit engagement her i Frankfurt udløser 5.000 £ inklusiv flybilletter og øvrige omkostninger. Retten til at læse manuskriptet til 'Viktor og Emilia' med forhåndskøbsret udløser 3.000 £, og skulle vi mod forventning vælge ikke at udgive romanen, er de 3.000 £ tabt for Herbert Corporation - det er under alle omstændigheder dine penge. Siger vi i givet fald ja til at udgive din roman, skal vi forhandle en kontraktpris, hvor det på forhånd udbetalte beløb, indgår i vores favør. Er det en ok deal for dig, eller skal det skrues anderledes sammen?

– Nej, det lyder helt ok. Jeg har ikke på noget tidspunkt følt, at jeg ikke har fået, hvad der tilkommer mig – tværtimod. Jeg har netop oplevelsen af at være særdeles godt betalt for det, jeg yder.

– Det er du bestemt også, endda bedre end mange af vores andre forfattere sagde Clarence, men det er ikke uden grund. Hvis vi forestiller os, at 'Viktor og Emilia' bliver tilnærmelsesvis lige så stor en succes som din Brainstorm, vil jeg inden for de nærmeste par år måske nå helt op på at have femdoblet Herbert Corporations omsætning sammen med syv andre nye publikationer og måske også fordoblet min egen årsløn, hvem ved?

– Med hensyn til mine penge, skyndte jeg mig at indskyde, vil jeg bede dig om at overføre dem til advokat Salomonsen i Odense, da det er langt det nemmeste – og lige anføre, at de 1.000 £ er udgifter, jeg selv har afholdt.

Efter de forskellige pengemæssige afklaringer blev snakken mere uformel, og på et tidspunkt spurgte jeg Clarence, om hun var gift og havde familie.

– Ja, svarede hun. Robyn og jeg blev gift for syv år siden, men bor i dag hver for sig. Vi har ingen børn, og ægteskabet var måske lidt forhastet, og jeg tror heller ikke ret mange i vores bekendtskabskreds regnede med, at det ville holde. Vi har det imidlertid udmærket med hinanden, og det er rent dovenskab, at vi endnu ikke er blevet skilt. Hvad med dig selv Tom?

– Ja, hvad med mig? Angelika og jeg blev forlovet i juni sidste år og arbejdede sammen på et stort bjerghotel i Sydtyskland, og to måneder senere omkom hun under en bjergtur. Vi styrtede, og jeg overlevede med nød og næppe.

– Det gør mig ondt at høre, skyndte Clarence sig at sige.

– Det er helt i orden med mig. Jeg har bearbejdet ulykken, men kunne desværre ikke være med til begravelsen, da jeg på det tidspunkt stadig lå i koma nede på hospitalet i Garmisch-Partenkirchen.

– Det må have været en frygtelig erkendelse at vågne op til, altså at din forlovede var både død og begravet, hvis du ikke var vidende om nogen af delene?

– Det var det også, men undervejs i min egen sorgproces, havde jeg en god lang snak med Viktor, og hvis nogen kunne fortælle noget om de dybe smerter, livet nogle gange udsætter os mennesker for, så var det ham – selv Jobs Bog i Det Gamle Testamente blegner ved siden af de lidelser, Viktor har været igennem – og nu er han også død.

Ingen af os sagde noget i adskillige sekunder, indtil Clarence forsigtigt spurgte.

– Og det er naturligvis den Viktor, der optræder i romanen, går jeg ud fra.

– Ja, det er det, svarede jeg alt imens jeg fornemmede, at vi skulle snakke om noget mere positivt og livsbekræftende, hvis der på nogen måder skulle blive en hyggelig aften ud af det her.

Jeg begyndte derfor at fortælle om Venedig, og at det var hér, jeg for alvor begyndte på romanen om Viktor og Emilia. Jeg fortalte om turen op ad Canale Grande, om hotellet hvor jeg boede og om mødet med Klaus. Klaus var en meget spændende person, og derudover var han homoseksuel, men lovede ikke at lægge an på mig, fordi han havde set, jeg flirtede med servitricen på den restaurant, hvor vi plejede at spise sammen.

– Det lyder som en rigtig spændende og dejlig tur. Jeg har aldrig selv været i Venedig – men hvorfor valgte *du* lige præcis at tage til Venedig?

Og så begyndte jeg at fortælle om den udstilling på banegården i München, som både Klaus og jeg var blevet fascineret af osv. osv.

– Hvad laver du så nu, altså til hverdag? spurgte Clarence

– Oh, det tror jeg i virkeligheden ikke du ville ønske at høre. Det er så dræbende kedeligt, så de få mennesker, jeg snakker med, er ved at brække sig over mig.

– Det forstår jeg ikke et pluk af Tom – og slet ikke ud fra vores snak her de sidste par dage, så hvis du ikke har noget imod at fortælle det, vil jeg gerne høre, hvad du går og laver i hverdagen.

Da jeg var færdig med at fortælle om mine forskellige daglige såvel som ugentlige gøremål, rystede Clarence smilende på hovedet.

– Der kan du selv se, men jeg havde advaret dig, sagde jeg og smilede tilbage.

– Men alligevel, sagde Clarence, sådan havde jeg slet ikke forestillet mig, dit liv så ud. Nu tror jeg bedre, jeg kan forstå, hvorfor du er så meget anderledes end mange af os andre. Der er kun én ting tilbage, jeg ikke helt forstår betydningen af: Hvorfor skal du absolut gennemføre en daglig løbetur på 10-12 kilometer?

– Det er et spørgsmål med mange svarmuligheder, og det tager lang tid at udrede, hvis du forventer et seriøst svar.

– Fint, sagde Clarence, så gør vi noget helt andet. Vi fortrækker til nogle mere hyggelige gemakker, jeg bestiller en flaske champagne og lidt snacks, og så går vi op på mit værelse og snakker videre deroppe.

Næste morgen skyndte jeg mig ned på mit eget værelse, tog et bad og gjorde mig klar til morgenmaden.

Jeg sad og ventede ved bordet, da Clarence kom ned til morgenmaden. Hun havde allerede bestilt en taxa, men vi var lidt sent på den og havde derfor kun en halv time til morgenmaden.

Mødet inde på Bornheimer Platz hos Fischer forlaget blev en interessant og spændende oplevelse. Ud over forlagsdirektør Henle deltog en forlagsredaktør og en

211

journalist fra 'Frankfurter Algemeine', Helmuth Arntzen, som også havde været med på BBC's Farm Hall møde tilbage i oktober. De var alle meget interesseret i at få at vide, hvordan jeg var kommet på sporet af, hvad der i virkeligheden, altså i det skjulte, foregik i Tyskland under krigen.

Mit umiddelbare svar var meget kontant og åbenbart også meget overbevisende: Søg altid informationer hos de mennesker, der er direkte impliceret i hændelserne, altså de involverede atomfysikere og stol aldrig på forhånd på de oplysninger, der kommer fra de officielle myndigheder, da de har alle muligheder for at manipulere med de faktiske forhold – og her snakker vi både blåstemplede dokumenter og udsagn. Jeg har alle mine oplysninger fra det europæiske atomfysikerfællesskab – og de er troværdige, men også sårbare i forhold til deres renommé.

(Hovedparten af snakken foregik på tysk, og jeg oversatte efterfølgende til engelsk, så Clarence var helt på det rene med, hvad der blev snakket om.)

Herefter spurgte journalisten, om han måtte vende tilbage til Farm Hall programmet. Jeg kiggede på Clarence, vi nikkede begge to samtykkende.

– Det undrer mig stadig den dag i dag, hvordan du inden programmet blev sendt, kunne forudsige og åbent demonstrere, hvilke spørgsmål, der ville blive stillet. De første 25-30 minutter efter din præsentation, trak du så mange tænder ud på de indbudte eksperter, så ingen efterfølgende turde åbne munden – hvordan i al verden kunne du det? Du er jo hverken historiker eller atomfysiker, så vidt jeg har forstået, og kun godt 20 år gammel har jeg lige fået bekræftet.

– Ganske enkelt. Jeg kender alle svarene, jeg mener at vide, hvad der er sandt og hvad der ikke er sandt – og vender du det 180 grader, har du potentielt alle relevante spørgsmål, der kan stilles, specielt af folk med en kritisk eller negativ tilgang. Det svarer lidt til at spille skak mod sig selv og være i stand til at sætte skodder op, hver gang henholdsvis hvid og sort har foretaget et træk. Det var det jeg brugte, og det viste sig at holde stik.

– Ja men, sådan kan man jo ikke tænke, blokere og efterfølgende handle uden at være vidende om, hvad man sekundet forinden foretog sig. Undskyld mig, men det lyder helt sindssygt i mine ører.

– Det er også lidt farligt, svarede jeg smilende, specielt hvis det overdrives. Man skal hele tiden holde en dør åben til den anden bevidsthed, ellers risikerer man at glide ud i en personlighedsspaltning, der hurtigt kan få samme psykiske konsekvenser, som den fysiske spaltning af uranatomet, hvor den ender i en ukontrolleret kædereaktion.

De sad alle fire og kiggede på mig, som om jeg havde sagt noget meget uartigt eller på det nærmeste havde talt sort.

– Tag det roligt, skyndte jeg mig at sige. Jeg er et ganske almindeligt menneske med en lidt højere IQ end gennemsnittet, og mere er der ikke i det.

Den efterfølgende snak drejede sig meget om 'Viktor og Emilia'. Jeg fortalte åbent om alle de forviklinger, misforståelser og overgreb, som i løbet af krigen overgik mine to hovedpersoner – og hvordan det hele ender, får I at vide, når Clarence på vegne af Herbert Corporation fremsender den engelske udgave til gennemlæsning.

Det udviklede sig til en rigtig hyggelig snak, som svingede mellem det sjove og dybt seriøse, og det var først, da jeg tilfældigt kom til at kigge på uret, at jeg løftede venstre arm og bekendtgjorde, at jeg desværre var nødt til at bryde op. Jeg havde lige et fly til København, jeg gerne skulle nå.

Klokken lidt over fem var jeg hjemme i Husumgade. Jeg havde tilladt mig selv at tage en taxa ude fra lufthavnen, og nu havde jeg brug for at slappe af en halv times tid, mens jeg overvejede, hvad jeg egentlig havde foretaget mig i Frankfurt. Oplevelsen med Clarence lørdag nat fyldte meget i mine tanker, og om hun havde forført mig eller omvendt var fuldstændig underordnet – det havde bare været super dejligt, selvom hun var 16-17 år ældre end mig.

Søndag morgen lavede jeg en plan for, hvad der skulle ske de næste tre uger, nu hvor romanen var skrevet færdig. Formiddag med lektielæsning, løbeturen og arbejdet inde i Farimagsgade lå fast – aftenerne skulle gå med at læse statskundskab og international jura, så jeg skulle under alle omstændigheder på biblioteket direkte fra arkivarbejdet mandag.

Det var begrænset, hvad jeg så til Charlotte de efterfølgende to uger. Mandag den 14. modtog jeg en stor kuvert fra Salomonsen. De havde fået overført pengene fra London, og der var blevet oprettet tre forskellige konti i mit 'firmanavn', og de ville naturligvis blive tilskrevet samme rente som den, jeg ville have fået i banken. Når der skulle overføres penge til min konto i Handelsbanken, skulle jeg bare ringe, og så ville der højst gå to hverdage, før de stod på bankbogen.

Om fredagen den 18. kom Charlotte ind i arkivrummet ved firetiden for at høre, om det var i orden, at hun kiggede forbi inde i Husumgade om lørdagen, så vi fællesskab kunne gennemgå hendes mundtlige fremlæggelse. Det syntes jeg lød ganske spændende og takkede for tilliden.

– Tilliden? spurgte hun. Hvad snakker du om?

– Jeg er bare glad for, at du kan bruge mig som sparringspartner og opponent, andet er der så mænd ikke i det.

Charlotte troppede op næste dag klokken et. Umiddelbart efter morgenmaden var jeg gået ned til slagteren og havde købt ind til den helt store middag. Dernæst havde jeg taget en løbetur på mindst 15-16 kilometer, og var i fuld gang med at læse matematik, da hun ringede på.

Hun havde forberedt sig grundigt, og jeg måtte først stille spørgsmål, når hun var færdig med sin fremlæggelse, og det syntes jeg lød meget fornuftigt.

Charlotte brugte præcis 42 minutter på at fremlægge sin kandidatopgave, og på mig virkede det meget overbevisende, uden at jeg kunne byde ind på, hvad en censor og eksaminator kunne finde ud af at stille af spørgsmål.

Under den efterfølgende snak fik jeg et pudsigt indfald, som jeg straks gav videre til Charlotte:

– Kunne du forestille dig en hændelse eller en begivenhed, hvor staten seriøst ville overveje at nedlægge 'kammeradvokaten' som institution set i forlængelse af det interview, du havde med ham juraprofessoren? Og kunne du i givet fald sætte ord på og konkretisere det nærmere? Spørgsmålet er kun relevant, hvis du selv har en formening om, at censor kunne finde på at fyre det af som det sidste spørgsmål i relation til din perspektivering, eller de kunne spørge dig til slut, om *du* havde nogle spørgsmål, og så kunne du jo roligt sige, at det undrer dig, at de ikke har spurgt om lige netop den problemstilling. Skulle de så opfordre dig til at uddybe det nærmere, så fyrer du naturligvis kanonen af – voilá madmoiselle.

Charlotte tænkte sig om i lang tid, inden et stort smil bredte sig.

– Du siger noget Tom. Jeg har endnu små to dage, så hvorfor ikke?

Vi tilberedte maden i fællesskab, og var bagefter også enige om, at det, var vi da vist meget gode til. Klokken syv gik Charlotte. Jeg ryddede det sidste op, og satte mig til at læse.

Jeg var i fuld gang med at arkivere en indviklet sag, hvor en direktør i et stort københavnsk firma gennem tre år havde begået underslæb, sådan som Preben Andersen fremlagde det på firmaets vegne – selv mente den pågældende direktør, at det var en del af en 'skjult' lønaftale indgået i 1961, da døren på det nærmeste blev flået op.

– Så må du gerne sige tillykke til den nye cand.jur. Jeg bestod for en halv time siden, skreg Charlotte glædesstrålende og jublende lykkelig. Jeg rejste mig, ønskede tusind gange tillykke og gav hende et kram og et kys på kinden, selvom jeg ud af øjenkrogene så både hendes far og Preben lige uden for døren.

Vi gik hen på kontoret, hvor jeg hilste på Charlottes mor – de tre sekretærer kendte jeg jo i forvejen. Der var sat glas og to store flasker champagne frem på konferencebordet. Én af sekretærerne skænkede op i glassene, og der blev igen sagt tillykke.

– Jeg mangler stadig svar på et meget vigtigt spørgsmål, tillod jeg mig at hæve stemmen og sige: At du har bestået Charlotte, tror jeg ikke nogen af os, der står her, var i tvivl om, og slet ikke mig, da jeg jo kender din opgave ganske godt. Men hvordan gik det?

– Det gik fantastisk, men før jeg siger mere, synes jeg lige, jeg vil indvie de øvrige i en lille anekdote fra i lørdags. Jeg var hjemme hos Tom for at fremlægge min opgave og runde det hele af, og i den efterfølgende snak kaster han et spørgsmål og en problematik på bordet, som jeg tænkte meget over og endte med at bruge hele søndagen på at afklare, fordi det også åbnede for andre spændende perspektiver. Til slut i eksaminationen havde de kun ét spørgsmål, de godt kunne tænke sig et svar på fra mig, og så kom det spørgsmål, Tom havde stillet mig næsten ordret. Jeg jublede i mit stille sind, men skyndte mig at sige, at det var et vanskeligt spørgsmål, og ikke noget jeg af gode grunde havde haft mulighed at forberede mig på, og derefter fyrede jeg kanonen af, som Tom udtrykte det i lørdags – og ja, jeg fik to 13-taller og en indstilling til senere medaljebedømmelse.

Et sekund eller to var der dødstille i lokalet, men så brød jubelen løs, og jeg gik hen og gav Charlotte et kæmpe knus.

– Fantastisk flot gået. Det kalder jeg overblik, eminent.

– Og i aften skal vi ud at spise for at fejre min veloverståede eksamen, som du altså også har en rimelig stor aktie i, så jeg håber, du har lyst og tid til at deltage. Der er bestilt bord inde på D'Angleterre klokken 19.

– Selvfølgelig deltager jeg gerne, og er meget glad for, at du har medtænkt mig.

Det blev en hyggelig aften, og Charlotte blev fejret på bedste vis.

Senere hjemme i min egen lejlighed var jeg nødt til at overveje, om min flirt med Charlotte var noget, der skulle tages alvorligt, eller bare var for sjov. Jeg besluttede at holde lav profil og lod det i første omgang være op til hende, om der var mere i det, end det vi havde haft sammen.

De næste tre dage var Charlotte ikke på kontoret, men om torsdagen kom Svend Åge Molin ind i arkivrummet. Han havde haft en længere snak med sin datter aftenen i forvejen, og det var gået op for ham, at jeg havde spillet en langt større rolle omkring hendes opgave, end han først havde fået forståelsen af. Det ville han gerne takke mig ekstraordinært for og gav mig fire hundrede kroner, så jeg kunne invitere nogle af mine venner med ud at spise eller bare købe et eller andet vildt til mig selv, fx noget til lejligheden.

Jeg var lige ved at sige 'nej tak' med en bemærkning om, at penge havde jeg nok af, men tog mig selv i det, da det meget nemt kunne opfattes uhøfligt og lidt for hovent. Derfor takkede jeg hr. Molin og sagde, at jeg ville overveje at købe noget til lejligheden – og den omstændighed, at jeg ikke havde én eneste ven udover Charlotte, beholdt jeg for mig selv.

Samme aften skrev jeg et langt brev til Klaus og spurgte ind til, hvordan stemningen i instituttet havde udviklet sig. Dernæst ville jeg gerne vide lidt mere om vores arrangement i påsken, hvor vi skulle mødes, hvor vi skulle bo osv., osv.

Om fredagen kom Charlotte ind i arkivrummet for at sludre lidt. Hun havde brugt de sidste par dage på at fejre sin eksamen og studieafslutning, men var i øvrigt meget opsat på at begynde på sin doktorafhandling, når hun havde fået lidt mere praktisk erfaring og fundet en professor, der kunne befordre hende i det videre forløb. Der var kun én på hele holdet foruden hende, der havde fået samme karakter, så det var jo i virkeligheden fantastisk flot. Peter og hans studiekammerat havde fået hhv. 9 og 8, og det følte hun næsten som den største sejr, da han altid gerne ville spille den kloge og bedrevidende, ikke kun i forhold til hende, men også over for de andre medstuderende.

– Og ved du hvad, jeg har helt glemt at spørge ind til, hvordan turen til Frankfurt gik – det må du meget undskylde.

– Det behøver du ikke undskylde. Jeg synes oprigtigt talt, du har haft rigeligt at se til, svarede jeg, men det gik i øvrigt ganske udmærket både for Herbert Corporation og mig selv. Ved du for resten, at din far i går gav mig ekstra 400 kr. som tak for indsatsen omkring din eksamensopgave?

– Hvad siger du? Nej det vidste jeg ved gud ikke.

– Han foreslog også, at jeg evt. kunne invitere nogle gode venner med ud at spise uden at vide, at jeg kun har én ven her i København, nemlig hans egen datter, så hvis du en af de nærmeste dage har tid og lyst, synes jeg vi i fællesskab skal bruge pengene til en dejlig middag på Peder Oxe.

– Det lyder rart. Det vil jeg da meget gerne – hvad med i morgen?

– Ja, det er fint med mig. Skal vi sige kl. 19?

Efter en lækker middag med god vin sagde vi 'farvel' uden for restauranten. Vi gav hinanden et kram og gik hver til sit. På vej hjem blev jeg igen overmandet af en bitter og smertelig følelse af at være helt alene. Det var ikke ensomheden som sådan, jeg frygtede, men tomheden, når man hverken havde venner eller en kæreste omkring sig – og uvilkårligt kom jeg til at tænke på Angelika og de få måneder, vi trods alt nåede at få sammen. Det slog mig også, at det igen var over en måned siden, jeg havde talt med mine forældre. Måske skulle jeg tage en tur hjem næste weekend? I morgen var jeg nødt til at ringe og fortælle, at jeg levede i bedste velgående og gerne ville besøge dem.

Da jeg kom hjem fra Farimagsgade om mandagen lå der en stor tyk brun kuvert på gulvet i gangen. Afsenderen var, som jeg allerede havde gættet, Poul Mørch. Jeg brugte en time på at slå ned tilfældige steder og læste en 7-8 sider for at få indtryk af, om oversættelsen ramte 'ånden' i mit danske manuskript, og det gjorde den helt bestemt.

Jeg satte mig og skrev et brev til Clarence Gailford og glemte naturligvis ikke at fortælle, at jeg havde nydt de tre dage i Frankfurt og håbede meget, at hun på Herbert Corporations vegne ville synes om 'Viktor og Emilia'.

Næste dag sendte jeg pakkebrevet af sted til London inde fra posthuset på Nørrebrogade på vej ind til Andersen & Molin.

Senere samme eftermiddag bankede Charlotte på døren ind til arkivrummet. Hun havde tilsyneladende brug for at sludre lidt, og for første gang i lang tid havde jeg også selv brug for en uforpligtende snak om alt og ingenting. Charlotte fortalte, at hun skulle begynde i et andet advokatfirma, Bruun Sørensen & Lehmann, om 14 dage for at prøve for alvor at stå på egne ben – og det glædede hun sig rigtig meget til. Jeg fortalte, at jeg her i dag havde sendt min roman til London, og naturligvis var spændt på tilbagemeldingen fra Herbert Corporation. For 6-7 dage siden havde jeg skrevet til min ven Klaus i München, men derudover var der meget stille i Husumgade.

– Skulle vi så ikke finde ud af at gå ud og spise sammen i morgen aften, når du er færdig her i arkivet, og denne gang betaler jeg. Jeg vil gerne fejre, at jeg har fået arbejde, selvom det godt nok er befordret af Preben og min far, men alene det, at jeg ikke længere er 'min fars datter' rent jobmæssigt, synes jeg er værd at fejre – og, så har jeg i øvrigt fået lejlighed på Østerbro, inde på Rosenvængets Allé, som kun ligger en 15-20 minutters gang fra Husumgade.

– Det lyder dejligt. Selvfølgelig skal det fejres.

– Og jeg har fundet et rigtig hyggeligt sted på hjørnet af Fiolstræde og Store Kannikestræde, sagde Charlotte.

– Og et kvalificeret gæt må være 'Det lille apotek', svarede jeg hurtigt, inden Charlotte kunne nå at fuldende sætningen.

– Og hvor kender du så 'Det lille apotek' fra? Jeg troede ikke du gik ud overhovedet?

– Fra dengang jeg gik på Rungsted Statskostskole – jeg elskede at snuse rundt inde i København, når jeg havde mulighed for det.

Charlotte rystede smilende på hovedet:

– Vi har en aftale?

– Ja, naturligvis – jeg glæder mig allerede.

Hele næste formiddag var jeg ude på ASK. Jeg havde en del, jeg skulle følge op på, men opgave- og pensummæssigt var jeg ganske godt med. På trods af det løb tiden alligevel så meget fra mig, at jeg var nødt til at aflyse løbeturen, for at kunne være inde i Farimagsgade klokken to.

Jeg var dybt inde i en sag, hvor et ungt par fra Vallensbæk havde solgt deres rækkehus – troede de. Det viste sig nemlig senere, at de to mennesker, der havde skrevet under på slutseddelen, begge var opført i Riebers og derfor ikke kunne optage lån i RD. Parret havde i mellemtiden allerede købt et nyt hus i Solrød i forvisning om, at huset i Vallensbæk var solgt, samtidig med at ejendomsmægleren allerede havde videresolgt sælgerpantebrevet i såkaldt god tro uden at tjekke køberne, og pludselig var det sælgerne, der stod med 'lorten' i hånden: To huse uden terminsdækning og et ejendomsmæg-lersalær på over 30.000 kr., som var forfaldent til betaling, selvom huset reelt ikke var solgt. Preben havde ført sagen for det unge par og stort set tabt det hele på gulvet over for EDC-mæglernes advokat. Jeg var ved at indskrive mine arkivnotater, da Preben Andersen trådte ind i det lille depot- og arkivrum.

Jeg kiggede spørgende på hr. Andersen, der smilende svarede tilbage, at Svend Åge og ham gerne ville have en snak med mig inde på hans kontor om fem minutter.

– Gør det noget, det varer et par minutter længere, så kan jeg nemlig nå at afslutte den arkivsag, jeg sidder med lige her og nu?

– Nej, det er helt i orden Tom, lød tilbagemeldingen.

Da jeg kom ind på Preben Andersens kontor, som var en smule mindre end Molins, var der dækket op med kaffe, øl og vand på konferencebordet.

Jeg stod lidt måbende og afventende, da jeg ikke var helt på det rene med, om opdæk-ningen gjaldt vores snak eller var beregnet til et efterfølgende møde.

Vi satte os alle tre, og det var Charlottes far, der åbnede snakken samtidig med, at han lagde to arkivsager frem på bordet.

– Først og fremmest skal du vide, at vi er yderst tilfreds med det arkivarbejde du udfører, og at den efterfølgende snak ikke skal opfattes som en negativ kritik af dit job som sådan, men vi har alligevel vores betænkeligheder, når du tillader dig at kommen-tere på udfaldet af de afsluttede sager, som fx den her, hvor du på forsiden har anført: Aftalegrundlaget kompliceret og problematisk.

Jeg har diskuteret det med Preben i forhold til den konkrete sag, og vi er tilbøjelige til at give dig ret – men hvordan kan du med 3-4 ord medtænke en problematik, som overhovedet ikke fremgår af selve sagsakterne? – det kunne vi godt tænke os at få svar på.

– Jeg synes, det er vigtigt, at vi lige kridter banen op, før vi går i gang med at snakke. For det første har jeg ingen ønsker om at fornærme nogen, men kun ambitioner om at yde et kvalificeret arbejde, og omvendt, hvis mine konkluderende udsagn i rubrikken omkring sagsafgørelsen – som jeg for øvrigt først er begyndt at udfylde her for 14 dage siden - er lidt for provokerende, kan I jo bare slå en streg over det – jeg har af gode grunde ikke noget i klemme.

– Tom, du må endelig ikke misforstå os. Vi er kritisk og spørgende, men på ingen måder negativt indstillet over for dit arkivarbejde. Vi værdsætter det meget, men hvor får du dine skarpe vinkler i noterne fra, ville Preben gerne vide – men allerførst skal vi lige have en tår at drikke. Hvad har du lyst til Tom: Kaffe, øl eller sodavand?

– En danskvand tak, sagde jeg til Preben og fortsatte med at fortælle, at jeg jo som bekendt havde læst en del jura i forbindelse med Charlottes kandidatopgave. Derudover havde jeg den sidste måned læst en del statskundskab og international jura om aftenen, så jeg fik langsomt en fornemmelse af at være på hjemmebane, når jeg sad her og skulle arkivere. Juridiske tvister, der kan falde ud til den ene eller den anden side, synes jeg er interessante at forholde sig til, men jeg har det omvendt svært med at arkivere skæbner, mennesker, der kommer i klemme i retssystemet og bliver 'solgt' på en skjult eller underliggende dagsorden.

– Ja, men det er jo ikke noget, du har fra nogen af vores sager, indskød Svend Åge Molin synligt irriteret og en anelse spidst.

– Jo, svarede jeg, naturligvis er det det, og hvis I ikke ønsker at drøfte det, så stopper vi bare. Jeg har som sagt ikke noget i klemme, men jeg vil gerne forklare mig, hvis I har tid og lyst til at høre, hvad sådan en novice som mig egentlig tænker.

– Det vil vi naturligvis meget gerne, indskød Preben Andersen, næsten før jeg havde snakket færdig.

– Godt så prøver jeg at gøre det så kortfattet som muligt. I Retsplejeloven af 1916 står advokatstanden beskrevet som et samfund i samfundet, og den negative udlægning af det kunne sagtens være, at sagfører og advokater tror, at de i kraft af deres uddannelse og embede er hævet over det øvrige samfund, og at de i den overordnede statsforvaltning også tror, at de har en helt speciel rolle og betydning i tilgangen til magten. Når jeg gennemlæser en sag om en direktør, der har begået underslæb, som har ageret tyvagtigt og kriminelt og efterfølgende bliver frikendt på baggrund af 'skjulte lønaftaler', fordi virksomheden beder dig om at lave en aftale uden domsafsigelse, altså reelt et tiltalefrafald og det finder du under de givne omstændigheder er en god løsning. Er det rigtig aflæst?

– Ja, jeg blev bedt om at frafalde søgsmålet, sagde Preben, meget formel og med en afvisende undertone.

– Og sandheden omkring 'de givne omstændigheder' må vel være noget endnu mere ubehageligt, som virksomheden ikke ønsker frem i dagens lys?

– I juridiske tvister af den art findes der sjældent én sandhed, kun magt og argumenter.

– Fint nok, men når sådan en 'juranovice' som mig kan gennemskue, at du måske i virkeligheden er med til at dække over en virksomhed, der er meget flosset i kanten, og hvor der højst sandsynligt er foregået noget endnu mere kriminelt. Hvor efterlader du så det omgivende samfund? Det får aldrig mulighed for at afsløre de kriminelle aktiviteter – hvis de altså har foregået, er jeg nødt til lige at indskyde.

– Som advokat er jeg ikke ligestillet med firmaets aktiviteter, men hyret til at føre en helt konkret sag, og ønsker de efterfølgende at frafalde det oprindelige søgsmål, indstiller jeg naturligvis til, at vi frafalder og indgår kompromis.

– Ja, og herefter er det op til en konkret politianmeldelse og den kommunale skatteligning, hvis virksomheden skal hænges op på ulovlige økonomiske aktiviteter?

– Ja lige præcis, og det må politiet og kommunen så finde ud af.

– Men hvem skal indgive anmeldelsen? I dækker over en virksomhed, der måske i andre sammenhæng er dybt kriminel, mens ham der stjæler en oksesteg i supermarkedet kan risikere at komme i fængsel. Etik og moral er det virkelig uartige ord i juridisk praksis?

– Nu synes jeg du træder fuldstændig ved siden af Tom, sagde Svend Åge.

– Det synes jeg er helt fair, du siger – jeg ser det bare på en anden måde. Og hvis jeg har fyret mig selv på gråt papir, er det helt i orden fra min side, men inden jeg rejser mig og går, vil jeg gerne høre, hvad du, Preben Andersen, har at sige til sagen i Vallensbæk, for i den sag har jeg endda tilladt mig selv at lægge et notat ind.

– Vallensbæk? Hvad var det for en sag? svarede han hurtigt tilbage.

– Bente og Søren Josefsen. 1963. Hussalg og sælgerpantebrev, siger det dig noget?

– Vent lige et øjeblik. Den der unge familie, der købte et nyt hus i Solrød uden at have sikret sig, at de havde solgt deres gamle hus. Jo den kan jeg godt huske.

– Fint, sagde jeg, men inden jeg henter sagsmappen i arkivrummet, skal du svare mig på én ting: Var huset solgt med underskrift på købsaftalen, eller var det ikke solgt?

– Det var solgt, men handelen blev trukket tilbage, da det viste sig, at køberne var insolvente.

– Men vi er forhåbentlig enige om, at der var to underskrifter på købsaftalen: De potentielle købere og ejendomsmægleren?

– Ja, det tror jeg er korrekt.

Da jeg kom tilbage og lagde mappen foran Preben og Svend Åge, sagde jeg meget kort:

– Inden jeg går, vil jeg meget gerne høre dine argumenter for, at du, Preben, opgav at riste den ejendomsmægler på grillen, hvor det var helt oplagt, at han havde lavet noget direkte ulovligt og var grydeklar til at få dom for det. Han overtog og videreformidlede sælgerpantebreve fra salget af huse, han selv havde stået for, og det er i sig selv ulovligt. Da han så 3 uger senere finder ud af, at de købere til rækkehuset i Vallensbæk ikke er kreditværdige, tilbagekalder han sin egen videreformidling af sælgerpanten og fortæller de unge mennesker, at det hus, de troede, de havde solgt, desværre ikke var solgt alligevel.

– Du behøver ikke spille klogsmart over for mig Tom. Forhold dig til det, der står i sagen og intet andet.

– Det er jo præcis det, jeg gør hr. Andersen. På mig virker det som om, der er lavet en forhåndsaftale med modpartens advokat, som gør, at to unge mennesker måske skal leve de næste mange år af deres liv i én stor uoverskuelig gældsætning, fordi I som advokatfirma åbenbart hellere vil bevare et godt forhold til en stor ejendomsmæglerkæde end at kæmpe for den sag, I var blevet betalt for at føre. Og har jeg sagt noget, som er direkte usandt eller kompromitterende, så sig dog noget for guds skyld ét eller andet i stedet for bare at påstå, at jeg spiller smart.

Jeg havde bragt mig selv helt derud, hvor jeg ikke kunne træde tilbage og bare sige 'undskyld'. Jeg spillede spillet og forholdt mig fuldstændig tavs i flere minutter. Rent økonomisk var jeg overhovedet ikke afhængig af jobbet hos Andersen & Molin, og kunne de ikke selv finde ud af at melde tilbage på snakken her, så kunne *jeg* i det mindste fortælle, at jeg stoppede med at arkivere.

Jeg sad sammen med to erfarne advokater, som bestemt ikke havde det rart. Jeg nåede at drikke af danskvanden tre gange, inden Preben Andersen kom på banen:

– Jeg er bange for, du har ret Tom. Jeg er måske den direkte årsag til, at to unge mennesker i dag sidder i et økonomisk uføre. Jeg er også parat til at følge op på sagen, men kan vi ikke aftale, at vi under alle omstændigheder mødes igen alle tre på mandag klokken 14, så kan Svend Åge og jeg også få snakket tingene igennem?

– Jo, hvis det er jeres udspil, så er det en aftale. Overvej også lige, hvad jeg sagde for ti minutter siden. I kan naturligvis bare bede mig om at stoppe og ikke at komme mere, men I kan ikke bede mig om, at jeg ikke forholder mig til de sager, jeg skal arkivere, men omvendt kan I være 100 % sikker på, at jeg aldrig kunne drømme om at videregive informationer til tredjepart – det håber jeg I stadig har fuld tillid til.

Klokken ti minutter over syv gik jeg ned ad de 3-4 trappetrin til 'Det lille apotek'. Jeg spejdede efter Charlotte og fik øje på hende helt nede for enden af lokalet til højre for indgangen. Hun havde okkuperet et tomandsbord, og sad med et glas hvidvin og afventede min ankomst.

Jeg undskyldte forsinkelsen, og forklarede at jeg havde haft en længere snak eller måske snarere et alvorligt møde med hendes far og Preben.

– Og hvad gik den snak så lige ud på?

– Oh, det endte med at blive en smule kompliceret – og højst sandsynligt har jeg fyret mig selv fra arkivjobbet.

Charlotte var lige ved at få vinen i den gale hals:

– Hvad har du gjort? De er begge to så begejstret for dit arkivarbejde – det fatter jeg ikke en pind af.

– Nej det forstår jeg godt. Men efterhånden ved jeg også lidt om jura, så jeg kan hurtigt fornemme på en sag, hvis der er noget galt set ud fra min målestok, og det vil jeg gerne have lov til at melde åbent ud – specielt når der på arkivbladet er en rubrik, hvor der opfordres til at kommentere på præmisserne for kendelsen der, hvor der har været domsafsigelse.

I mellemtiden fik jeg øjenkontakt med tjeneren og bestilte en stor fadøl og en flaske kold Chardonnay.

– Snakken i dag handlede om to sager, hvor jeg efterlyste lidt selvjustits og social ansvarlighed, men i det ene tilfælde kan jeg godt se – efter at have tænkt nærmere over det – at jeg er ude i galt ærinde. I den anden sag, hvor et ungt par fra Vallensbæk sælger deres rækkehus, og nærmest bliver underkendt eller forrådet af den advokat, Preben Andersen, som de havde hyret til at føre sagen, synes jeg det skulle kommenteres i et vedlagt notat.

Vi mødes alle tre på mandag for at snakke det interne problem igennem, men hvis Preben Andersen ikke som minimum er indstillet på at genoptage sagen med henvisning til procedurefejl, så er det simpelthen for svagt. Inderst inde tror jeg imidlertid, at han allerede har taget en beslutning, så lad os nu se, hvad der kommer ud af mødet på mandag. Der er kun firmaets egen forsikring til at betale et evt. erstatningsbeløb.

Tjeneren kom over og serverede min fadøl samtidig med at han satte en isspand med vinen samt to glas på bordet og lagde to menukort.

Charlotte havde stadig lidt vin tilbage i glasset, så vi skålede i hvidvin og øl.

Vi spiste, snakkede og havde det hyggeligt. I snakken lagde hun imidlertid ikke skjul på, at hun inderst inde havde frygtet noget lignende, som det, der var sket i dag:

– Med din skarpe sans for sammenhænge og skjulte motiver, kommer det her slet ikke bag på mig.

I stedet for at bestille endnu en flaske vin tog vi i stedet en taxa til Husumgade.

Charlotte gik først op ad formiddagen, og på det tidspunkt havde vi stort set færdigdrøftet alt omkring Andersen & Molin set gennem de briller, der hedder 'en objektiv sagsarkivering', men også en del om Charlottes behov for arbejdsmæssigt at komme væk fra sin fars firma for netop at kunne frigøre sig fra de familiære bindinger.

Mødet mandag eftermiddag i Farimagsgade varede højst 15-20 minutter.

Jeg blev opfordret til at fortsætte mit arkiveringsarbejde, men skulle fremover vedlægge alle kommentarer vdr. 'domsafsigelse' som note til sagen, hvorefter de selv, Preben og Svend Åge, ville indskrive *det* i rubrikken, som for dem var en vigtig kommentar eller pointe.

For min del beklagede jeg mine kommentarer omkring 'direktørsagen', fordi jeg efterfølgende godt kunne se, at det lige præcis var en af de sager, hvor en advokat ikke må give køb på klientfortroligheden. Omvendt måtte de også gerne forstå, at for hver eneste sag jeg arkiverede, blev jeg lidt klogere på, hvad der foregik såvel i byretten som i landsretten.

På vej hjem til Husumgade fire timer senere var jeg i mellemtiden blevet overbevist om, at Charlotte måtte have snakket med sin far, da både Svend Åge og Preben havde virket meget afklaret omkring min kompetence til overhovedet at byde ind med kommentarer og bemærkninger.

Onsdag den 13. marts var der brev fra Herbert Corporation og Clarence.

Hun havde læst manuskriptet dagen efter, hun havde modtaget det og allerede den følgende dag givet det videre til den forlagsredaktør, Richards, som også havde vurderet hele mit 'brainstormsmateriale'. Tre dage senere havde hun fået det retur med anbefaling om at udgive det, dvs. udfærdige en kontrakt: Autentisk, spændende og gribende – og måske skulle vi overveje at få den trykt i paperbackudgave som årets sensommerroman?

Clarence inviterede mig herefter til London i slutningen af juni (27. – 30.) lige inden filmoptagelserne i København og Rungsted skulle begynde, såfremt jeg underskrev den vedlagte kontakt naturligvis - og denne gang turde de godt satse stort. Hun ville lave et kæmpe pressemøde med Gillmore og Daily Sun plus andre store aviser og forskellige TV-stationer til intet mindre end efterårets største litterære oplevelse: Viktor og Emilia, en storslået roman af samme forfatter som til baggrundsmaterialet bag 'Brainstorm over Manhattan og Dresden'.

Jeg læste kontrakten igennem og var generelt meget tilfreds. Der ville blive overført 15.000 £ til Salomonsen senest 8 dage efter modtagelsen af kontrakten og 'goodwill-satsen' var på 1 % af hver solgt bog ud over et oplag på 60.000 eksemplarer, hvilket var en langt bedre aftale end den første, der var blevet indgået – men denne gang havde jeg heller ikke Stephen 'på hjul'.

Jeg skrev et langt brev til Clarence Gailford, vedlagde den underskrevne kontrakt og sendte det hele af sted allerede næste dag.

På vej hjem fra arkivjobbet gik jeg ind i IRMA på Nørrebrogade og købte to flasker god rødvin, fire øl, div. grøntsager, kartofler og en svinemørbrad. Jeg havde besluttet mig for at lave en delikat middag og fejre, at romanen var blevet solgt og ville blive udgivet engang til september.

Jeg stod ude i køkkenet med et glas rødvin og var i gang med at skære salat alt imens jeg prøvede at gøre status over mit liv og min hverdag. Det så ikke godt ud – overalt var der røde lamper, der blinkede: Ingen får et ultimativt privilegium til 'the front side of life' uden, at det koster 'on the backside'. Det ser ikke godt ud Tom Nolting. Du har kun én ven og fortrolig i København eller for den sags skyld i hele Danmark – alle øvrige venner og bekendte er flere tusinde kilometer væk og langt uden for nærkontakt...

Den lille salatskål var næsten fyldt, da det ringede på døren?

Naturligvis var det Charlotte. Jeg bød hende indenfor og fortalte i samme åndedrag, at jeg var i fuld gang med at lave mad, og at hun var særdeles velkommen til at spise med, hvis hun havde tid og lyst.

Hun gav mig et stort kram.

– Selvfølgelig vil jeg gerne spise med, men jeg kom faktisk for at invitere *dig* ud at spise. I dag er det blevet offentliggjort, at jeg er indstillet til universitetets guldmedalje for min afsluttende eksamensopgave. I præmisserne for udvælgelsen af netop min opgave bliver det fremhævet, at jeg, i modsætning til den anden kandidat, har suppleret min store faglige viden med en kritisk og modig tilgang til en problematik, som egentlig kun har været drøftet 4-5 gange i Folketingets retsudvalg inden for de sidste 10 år, men både min skriftlige og mundtlige besvarelser indikerede stor juridisk og politisk indsigt i det krydsfelt, som jeg specielt mundtligt havde afdækket på en særdeles overbevisende måde.

Hvad siger du så Tom?

Jeg ventede ikke et sekund med at kramme tilbage.

– Jeg siger tillykke, et stort tillykke. Jeg synes du har gjort det helt fantastisk. Det glæder mig enormt, at du turde satse på at slå alle de andre i spurten. I al beskedenhed vil jeg da også gerne udtrykke min respekt for en helt suverän opgave.

– Respekt? Hvad snakker du om? Du har jo selv været med til at skrive den.

– Der tager du fejl Charlotte. Jeg har blot provokeret dig til at tænke anderledes og være lidt mere kritisk over for det bestående – og den udfordring taklede du helt eminent.

– Det er helt i orden med mig, at du gerne vil spille beskeden, men både du og jeg ved, at havde du ikke været inde over selve perspektiveringen, så havde jeg aldrig fået topkarakter eller bare været i nærheden af en guldmedalje.

– Det skal du ikke helt afvise, men du har ret så langt, at der ikke gives medaljer for en god standardopgave, sagde jeg med et drilsk smil om munden.

– Fint, sagde Charlotte. Vi hjælpes ad med maden og tager en hyggelig snak undervejs. Efter i fredags havde jeg et stille håb om, at du ville kigge forbi enten tirsdag eller onsdag. Jeg har behov for, at vi får snakket om vores forhold – hvis der altså er noget?

– Det glæder mig, du tænker sådan og gerne vil have sat ord på, da jeg har præcis samme behov for én eller anden form for udmelding. Da jeg var ude at løbe i tirsdags, havde jeg forinden besluttet at lægge turen forbi Rosenvængets Allé og smide en seddel ind i din brevsprække med en besked om, at jeg ville kigge forbi senere på aftenen, men i sidste øjeblik valgte jeg ikke at gøre det. Jeg var bange for, du ville opfatte det som lidt for anmassende.

– Og det siger du, efter alt det vi har haft sammen de sidste ti uger. Jeg blev her i fredags og overnattede, fordi jeg gerne ville være sammen med dig, og det mærkede og følte jeg, at du også satte pris på. Jeg nyder at være sammen med dig Tom, fordi du netop ikke stiller betingelser og krav, hverken i forhold til det ene eller det andet. Tredje gang jeg havde været i seng med Peter, skulle vi partout være faste kærester, og tre måneder senere insisterede han på, at vi skulle flytte sammen. Det lykkedes mig at trække beslutningen et halvt år, men da Peter i øvrigt er en sød fyr, tænkte jeg: OK, så lad os da bare prøve, sagde Charlotte opgivende.

– Snakker jeg for meget, må du endelig sige til.

– Nej, fortæl bare løs, jeg hygger mig.

Mens jeg ordnede kødet og skar mørbraden ud i bøffer, skrællede Charlotte kartofler og løg, og fortalte videre om sit kaotiske gymnasieliv rent følelsesmæssigt. Hun havde altid været meget flittig og dygtig og meget ombejlet af drengene både i hendes egen klasse og fra parallelklassen, og når alle gerne vil være sammen med én, ender det tit med, at man nærmest ikke er sammen med nogen.

Vi fik lavet en dejlig middag, og fik også en rigtig god snak både under og efter maden. Jeg fortalte om mit forhold til både 'Gertrud og Kristine' – uden vel at mærke at nævne navne - og om min store passion for naturen og bjergene i Østrig, som gjorde, at jeg valgte at droppe ud af gymnasiet efter 1.g og flytte til Sydtyskland. Mit arbejde og liv sammen med Angelika fortalte jeg også om uden at gå i detaljer.

– Og for resten skal vi også lige fejre, at forlaget i London har købt min roman, og vil udgive den i slutningen af sommeren, sagde jeg for at komme væk fra Kranzbach og Angelika.

– Og det siger du først nu, sagde Charlotte og kom over og gav mig et kærligt knus.

– Men hvorfor har du ikke bare fået den udgivet på et dansk forlag, spurgte hun undrende.

– Det kan jeg godt forstå du undrer dig over, men – du kender mig jo efterhånden – også denne bog indeholder en del sprængfarligt materiale både politisk og militært personificeret i et meget stærkt kærlighedsforhold. Jeg havde allerede lavet en forhånds-aftale med Herbert Corporation, hvor jeg på forhånd fik udbetalt godt 30.000 kr., hvis de fik forkøbsretten til udgivelseslicensen, dvs. også forhandlede evt. videresalg til forlag i andre lande fx Tyskland. Jeg har kun betalt knap 4.000 kr. for at få den oversat – i øvrigt hos samme oversætter som oversatte hele mit 'brainstormsmateriale' – så man behøver ikke at være professor i økonomi for at regne ud, at det under alle omstændig-heder kunne svare sig.

– Men nu, hvor de har valgt at udgive 'Viktor og Emilia', hvad får du så for det?

– Jeg får ekstra 120.000 kr. overført til min klientkonto hos Salomonsen, og fra den 27.-30. juni skal jeg til London og lave PR for romanen sammen med forlagsdirektøren.

Charlotte sad med åben mund og store øjne:

– Tom må jeg godt stille nogle rigtig dumme og personlige spørgsmål?

– Ja selvfølgelig. Fyr bare løs.

– Godt. Hvorfor vil du egentlig bruge tid på at blive student, når du stort set kan alt det, der skal til for at blive en god forfatter? – første spørgsmål - Og hvorfor i alverden gider du at sidde og arkivere afsluttede sager hos Preben og min far til 25 kr. i timen, når du på det nærmeste snart må være halvmillionær, så vidt jeg kan regne ud? – og sidste spørgsmål i denne runde – Hvad sker der efter den 1. august? Hvordan vil dit liv og din hverdag komme til at se ud?

– Det var en ordentlig mundfuld, men bliver vi ikke færdig i aften, må vi fortsætte i morgen. Nej, spøg til side. Lad os lige skåle, inden jeg begynder at snakke 'de døde op af graven'.

Vi skålede, mens jeg så smilende over på Charlotte:

– Først skal du vide, at jeg sætter stor pris på at kunne læne mig op ad en så spændende og rar person som dig. Vores venskab har plads til flirt, følelser og erotik, uden at vi dermed sårer eller bedrager en tredje person – og vi behøver ikke spille vildt forelsket over for hinanden. Du er meget vidende inden for hele dit faglige område, og det har inspireret mig ganske meget, så tilbage til det første spørgsmål. Jo naturligvis skal jeg have den studentereksamen, ellers har jeg ingen adgangsbillet til at læse videre i officielt regi. Faktisk har jeg allerede besluttet mig for at læse jura og statskundskab til september. Lige nu læser jeg statskundskab om aftenen som 'godnatlæsning', så jeg regner med at kunne afslutte begge fag inden for de første to år. Derefter vil jeg læse økonomi og filosofi enten i Oxford eller Cambridge.

Charlotte strakte sin arm ud og lagde sin hånd oven på min.

– Tom har du slet ikke lyst til at være sammen med mig, eller andre mennesker for den sags skyld de næste par år?

– Jo naturligvis har jeg det. Men husk du er på arbejde hele dagen, og nogle dage er du måske mere udkørt end andre dage, så lad os for guds skyld give hinanden frirum til at være sammen, når vi har overskud, tid og lyst, og lade vores forhold udvikle sig uden bindinger og snerrende bånd, som næsten altid munder ud i negative vibrationer.

Vi skålede igen, stak hovederne sammen og kælede.

– Det andet spørgsmål. I dag opfatter jeg ikke arkivarbejdet som et lønnet job, men snarere som 'gratis retspraksis': Hver gang jeg åbner en sag, er jeg med på sidelinien, så jeg har i princippet ført lige så mange sager som Preben og din far tilsammen, og det gør det jo ikke mindre spændende, at de er to dygtige advokater på hver deres felt, samtidig med at jeg kan udvikle min helt egen tilgang til sagerne. Jeg er efterhånden blevet dybt fascineret af hele retsproceduren, da folk jo ofte bliver konfronteret med spørgsmål og svar, de normalt ikke ville forholde sig til uden for husets fire vægge. Derfor vil jeg gerne gøre arkivarbejdet færdig, da det er en foræring, som er guld værd – og det handler overhovedet ikke om timelønnen.

Charlotte hævede glasset, og jeg fulgte trop.

– Det sidste spørgsmål har jeg besvaret, men inden den 1. august har jeg stadig en del aftaler og gøremål. I påsken skal jeg mødes med Klaus i Paris, og når jeg kommer hjem fra Paris, hedder det skriftlig eksamen, og fra begyndelsen af juni kommer seks mundtlige eksaminer med et par dages mellemrum. Den 27. juni flyver jeg som sagt til London, og allerede den 3. eller 4. juli starter Michael Howard filmoptagelserne i hhv. Rungsted og København. Der er afsat 10-14 dage til optagelserne, og derefter forestiller jeg mig, at jeg holder mindst tre ugers ferie, hvis jeg kan finde en hyggelig person at slappe af sammen med.

Charlotte så skeptisk på mig:

– Er det så her jeg skal byde ind og sige, at det synes jeg lyder helt fantastisk?

– Lige præcis. Det var i hvert fald det, jeg håbede, svarede jeg hurtigt tilbage.

Charlotte blev og overnattede. Næste morgen skiltes vi nede foran hoveddøren og aftalte at snakke sammen i løbet af ugen. Jeg skulle ud på Titangade, og Charlotte skulle videre i den stik modsatte retning.

På vej hjem fra arkivarbejdet besluttede jeg at ringe til mine forældre, så snart jeg var hjemme hos mig selv.

Jeg skyndte mig at fortælle, at jeg havde læst brevet og beklagede, at der var gået så lang tid, uden jeg havde givet livstegn fra mig, men at jeg i øvrigt havde det godt og trivedes i bedste velgående. Til slut i samtalen fortalte jeg, at jeg havde planer om at komme hjem i næste weekend, hvis det passede dem – og det gjorde det helt afgjort.

Hele denne weekend skulle jeg læse matematik og historie og lave opgaver.

Onsdag lagde jeg min løbetur forbi Rosenvængets Allé og lagde en besked til Charlotte om, at jeg gerne ville kigge forbi torsdag aften, såfremt hun ikke havde andre planer, og det havde hun åbenbart ikke, for da jeg dukkede op lidt over klokken seks, havde hun dækket op med franske kartofler, to flotte rødvinsglas og en flaske Saint Emilion. En lille time senere tog vi S-toget ind til Nørreport.

Charlotte havde bestilt bord på Peder Oxe. Under maden fortalte hun, at der i eftermiddags havde været en lille reception inde på advokatkontoret, fordi Bruun Sørensen og Lehmann gerne ville påskønne, at de havde ansat en cand.jur., som med sin guldmedalje allerede på forhånd bibragte firmaet ekstra interesse og glamour blandt de øvrige advokatfirmaer.

– Det må have været en skøn fornemmelse, men ud over det, så lyder det som om, du er havnet i et firma, som forstår det med personalepleje og korpsånd, sagde jeg og smilede anerkendende til Charlotte.

– Tom, det var det så sandelig også, men i kraft af mit efternavn, så ved alle i firmaet også, hvor jeg kommer fra. Men nu skal vi snakke om noget andet. Jeg kunne godt tænke mig at høre lidt om, hvad du og Klaus skal lave i Paris i påsken.

– Det var et godt spørgsmål Charlotte. Jeg kender ikke Paris og har aldrig været der, men Klaus har været der flere gange, og han skal guide mig rundt. Det kommer helt sikkert til at handle om litterære kultsteder, da han er bidt af digtere som Paul Verlaine og Arthur Rimbaud, Charles Baudelaire, Gautier m.fl. Derudover vil jeg naturligvis insistere på at se Louvre, Triumfbuen og Eiffeltårnet – og så tror jeg rent tidsmæssigt ikke, vi når ret meget mere. Jeg skylder lige at fortælle, at jeg mødte Klaus i Venedig (hvis jeg ikke allerede har fortalt det), at han er et rigtig varmt og spændende menneske, og pt. er han i fuld gang med at færdiggøre sin kandidateksamen indenfor et eller andet litterært problemområde, som jeg intet kendskab har til.

Charlotte sad og kiggede ud ad vinduet med et tomt blik i øjnene:

– Tom, der er ganske givet meget her i verden, jeg ikke forstår, og det indrømmer jeg gerne, men omkring din person, er der sandelig også mange ting, der virker totalt uigennemskueligt for mig. De der forfattere, du nævnte før, kender jeg overhovedet ikke ligesom de bøger, du har stående i din lejlighed. Du lever et liv så at sige uden nogen omgangskreds, uden venner og bekendte, bortset lige fra mig, og når du så er ude, skaffer du kontakter, så man nærmest skulle tro hele verden står til din disposition.

– Du har fuldstændig ret Charlotte. Jeg har ingen omgangskreds her i København fordi jeg stadig arbejder på at gøre mig usynlig, men alligevel har jeg gode venner både i London, Odense og München, og som jeg fortalte i torsdags, så sadler jeg om og begynder et helt andet liv, når hele det her race er overstået en gang i slutningen af juli.

– Og det er du selv overbevist om, du kan gennemføre, spurgte Charlotte med bekymring i stemmen.

– Ja, naturligvis. Hvorfor tror du, det skulle være et problem?

– Det var bare sådan en tanke, jeg fik – mere er der sådan set ikke i det.

Næste dag gik jeg direkte fra arkivarbejdet og over til hovedbanegården. Jeg havde på forhånd kigget tiderne ud og behøvede kun at vente ti minutter, inden toget til Fredericia afgik.

Klokken var kvart over ni om aftenen, da jeg steg ud af rutebilen ude ved Tyrekroen. Da jeg gik ind gennem indkørslen på Alminden, var der tændt lys i hele huset. Jeg åbnede døren, gik ind i køkkenet og råbte 'hallo, er der nogen hjemme', og straks kom min far og mor ud inde fra stuen for at tage imod mig.

– Ja selvfølgelig er vi hjemme. Vi har ventet i flere timer på, du skulle dukke op, sagde min mor og kom hen og krammede.

Vi satte os ved bordet ude i køkkenet. Min far tog tre øl fra køleskabet, og kunne næsten ikke vente med at fortælle, at han var begyndt at arbejde igen, og alt var ved det gamle – nu kunne de igen overskue situationen, og hvis jeg manglede penge, skalle jeg bare sige til. De havde kun brugt 3-4000 kr. af dem jeg havde sat ind på deres konto. Min mor nikkede for ligesom at bekræfte, at det var noget, de havde snakket om. Jeg løftede afværgende hænderne for at signalere, at det havde jeg overhovedet ikke behov for.

Vi snakkede videre om Bogense, hvad der foregik for øjeblikket, og hvordan de selv følte sig til rette omkring snak og sladder, hvis der stadigvæk kørte et eller andet omkring mig.

– Det er fuldstændig stoppet, sagde min far. Det er kun Ågaard og Henningsen, der spørger til dig – og så naturligvis fru Hultberg. Hun er meget bekymret for, hvordan det går med dig. Hun har for øvrigt solgt forretningen til en skræddermester fra Odense, som skal overtage den lige efter påske. Fru Hultberg flytter tilbage til Holbæk.

– Jeg tror hellere jeg må tage ind og få en snak med hende i morgen eftermiddag, når hun har lukket forretningen. Det er måske min allersidste chance, og rent faktisk har jeg noget vigtigt at fortælle hende vedrørende den roman, jeg har skrevet.

– Har du skrevet en roman Tom? Hvad så med din skole og det dér arbejde hos ham advokaten?

– Bare rolig, det kører det hele. Jeg begyndte på romanen allerede, da jeg var i Venedig, og i København har jeg skrevet på den hver aften frem til slutningen af januar, hvor jeg satte det sidste punktum – og nu er den blevet solgt og skal udgives engang efter sommerferien. Den 27. juni rejser jeg til London for at lave et salgsfremstød sammen med det forlag, der skal udgive den.

– Til London, spurgte min mor undrende. Hvorfor skal det foregå så langt væk, hvorfor ikke i København?

– Fordi bogen bliver trykt i England og udgivet på engelsk.

Både min mor og far rystede opgivende på hovedet.

– Det er sådan noget, vi ikke forstår et suk af Tom, sagde min far.

– Men du sagde, den var solgt. Er det så noget du får penge for nu eller først senere? spurgte han, mens han tog en tår af sin øl.

– Der bliver overført godt 150.000 kr. til min konto hos Salomonsen i Odense allerede i næste uge, og måske kommer der endnu flere penge dryppende ind på kontoen op til jul.

Min far nåede ikke at synke øllet og kom til at hoste noget af det ud over bordet. Han havde svært ved at få vejret igen, alt imens min mor bare sad og kiggede på mig uden at sige et eneste ord.

Der var dyb tavshed i flere sekunder, før min mor lænede sig ind over bordet, støttede hovedet i begge hænder og begyndte at græde.

– Tom, sagde hun hulkende, lige siden ulykken med mudderprammen, har du bevæget dig længere og længere væk fra den verden, vi kender og er trygge ved. Vi forstår ganske simpelt ikke, hvor det hele kommer fra og har svært ved indimellem at forholde os til, at det er vores søn, der rejser rundt i Europa på samme måde, som når vi kører til Særslev eller Jullerup. Hvad er det, der er sket? Og alle de mange penge? Misforstå os endelig ikke, vi under dig det bedste, men det kan nogle gange være svært at følge med, når vi ikke aner, hvad du foretager dig, og hvor du er? Har jeg sagt noget grimt eller dumt, må du meget gerne kommentere det Tom.

Jeg tog begge mine forældre i hånden, vi kiggede på hinanden, og selv min mor var i stand til at smile.

– Nej, der er ikke blevet sagt noget dumt. Jeg forstår godt jeres frustration af den simple grund, at jeg selv nogle gange har svært ved at kapere, hvad der foregår, og det bliver naturligvis ikke nemmere af, at vi bor flere hundrede km. fra hinanden, og at jeg rent mentalt er 5000 km. væk fra nærmest alt, hvad der sker og foregår i Bogense. Men til august/september vil tingene stille og roligt ændre sig, når jeg begynder på universitetet.

Herefter fortalte jeg, at jeg skulle mødes med min ven Klaus i Paris i påsken og derfor ikke kom til Bogense, og når jeg kom hjem fra Paris, var der ikke lang tid til, at de skriftlige prøver begyndte på ASK. Herefter handlede det meget om at læse op til de mundtlige eksaminer, og når de er overstået, skulle jeg som sagt til London. Herefter fulgte 14 dage med filmoptagelser i hhv. København og Rungsted. I skal altså ikke regne med at se mig igen før engang i august. I kan imidlertid roligt gå ud fra, at jeg har det godt, og jeg skal nok huske at ringe hjem lidt oftere. Når hele denne virak har lagt sig, regner jeg med at komme et par dage hjem og være sammen med jer – er det i orden?

– Men i øvrigt er I også velkommen til at ringe til mig i stedet for at skrive.

– Kære Tom. Det har vi prøvet mindst 20-30 gange, men du er aldrig hjemme? Og selvfølgelig er du velkommen til at komme hjem et par dage i august. Men sig mig lige, skal du nu også til at lave film?

– Nej jeg skal kun medvirke, være skuespiller. Jeg skal spille mig selv, altså den unge historie- og naturvidenskabsinteresserede gymnasieelev, i jagten på sandheden om atombomben under 2. verdenskrig. British Paramount Studios har købt filmrettighederne og vil gerne have, at jeg skal spille den opstartende hovedrolle. Det er noget, jeg ikke har snakket med jer om tidligere, da jeg ikke var helt sikker på, hvad det ville ende med, men nu er det hele på plads. Jeg glæder mig enormt, fordi jeg også har fået lov til at være med omkring selve filmmanuskriptet.

– Og det er vel så også noget, du får penge for? spurgte min far lidt usikkert i en provokerende undertone.

– Ja naturligvis gør jeg det, ganske meget endda. Jeg har forhåndsgodkendt en kontrakt med British Paramount på 75.000 kr., som jeg skal underskrive i juni, når jeg er i London.

Nu blev der for alvor stille omkring bordet.

Min far rejste sig, fjernede de tomme ølflasker og satte tre nye på bordet.

– Det burde være champagne, der blev sat frem, men det har vi af gode grunde ikke.

Er du klar over Tom, at det, du har tjent de sidste 8-10 måneder, svarer til, hvad jeg har tjent på 20 år eller mere endda. Forskellen er ydermere den, at vi har brugt pengene til at leve for, og du har det hele stående som disponibel kapital på en konto. Din mor og jeg har aldrig haft en opsparing over 1000 kr. – lige bortset fra nu, hvor du har sat penge ind på vores konto. Alene det faktum, at vi har over 20.000 kr. på bankbogen gør, at vi bliver modtaget på en helt anden måde, når vi kommer op i banken, end tilbage i december, hvor jeg blev sygemeldt på grund af mine synsproblemer. Jeg vil også gerne være helt ærlig og sige, at jeg nyder det som min egen stille hævn over 'prominensen'.

Min mor kiggede skarpt over på min far, som havde han sagt noget forkert. Jeg greb udfordringen i luften.

– Far, det forstår jeg udmærket. Jeg har selv for et halvt år siden reageret fuldstændig tilsvarende oppe i Bogense Bank. Hele den der snoppede holdning til de kunder, som er noget ved musikken i byen, er til at brække sig over. Men når det er sagt, vil jeg gerne afslutte vores lille pengesnak én gang for alle. Lige nu har jeg meget store udenlandske indtægter, og derfor har jeg oprettet en klientkonto hos Salomonsen, så jeg er sikker på der bliver svaret skat. Jeg har oprettet mig selv som firma, og får samme renter hos Salomonsen som i banken. Første hverdag i det nye år bliver der fremover overført 15.000 kr. til jeres konto i Bogense bank – bare så I ved, hvor pengene kommer fra. Jeg har så til gengæld en stor forventning til jer som forældre, og det er, at I forstår at forsøde jeres livs efterår med ting og oplevelser, som I end ikke tidligere har turdet drømme om, fx en rejse til Mallorca eller Italien. Jeg håber også, I vil købe jer en bil og kan hente mig i Odense, når jeg skal besøge jer, så jeg er fri for at sidde og skrumle i den der åndssvage rutebil.

Det varede lidt, inden nogen turde sige noget.

– Det kan jeg godt love dig Tom, fik min far sig endelig taget sammen til at svare, når du tager herfra på søndag, er det sidste gang du har kørt med rutebil fra Odense.

– Det glæder mig at høre, det vil jeg se frem til.

Klokken var blevet næsten to, så vi besluttede alle tre at gå i seng.

Jeg vågnede næste morgen kl. kvart over ni. Det var hundrede år siden, jeg havde sovet så længe. Jeg skyndte mig ned i køkkenet for at få noget at spise. Mor var allerede i gang med at bage boller og brød til om eftermiddagen.

Jeg 'pakkede' en dyb tallerken med grovvalsede havregryn, rosiner og en finskåren banan, hældte mælk ud over og dryssede et fint lag sukker ovenpå.

Jeg havde taget løbetøjet med, så da jeg var færdig med morgenmaden, klædte jeg mig om og startede ud på min egen minimaraton. Jeg havde mange uafklarede spørgsmål til mig selv, og dem ville jeg gerne have styr på, inden jeg igen løb ind ad indkørslen på Alminden. Hele vores snak om penge havde efterfølgende irriteret mig så meget, at jeg havde svært ved at falde i søvn, men jeg var også i vildrede, fordi jeg ikke vidste, hvordan jeg ellers skulle få sagt det med den årlige overførsel samtidig med en troværdig udmelding om, at jeg ikke manglede noget rent økonomisk.

Jeg havde tilrettelagt turen således, at jeg først løb ud over strandlodderne til Fogense Strand, derfra videre ind til havnen i Bogense, hen over kirkebakken og videre ud til Stegø og Langø Mølle. Min irritation over mig selv, i forhold til snakken med min far og mor, kørte netop på, at jeg på et tidspunkt var meget usikker på, om det var dem eller mig selv, jeg udstillede. Jeg havde under alle omstændigheder fundet ud af, at sådan en snak, der bevægede sig mellem en eller anden form for selvhævdelse og ydmyghed, håndterede jeg tilsyneladende ikke så godt. Jeg havde også i løbet af aftenen atter engang indset, at vi levede i to vidt forskellige verdener, som godt nok havde berøringspunkter, men aldrig ville kunne forenes – tværtimod fortsatte vi med at glide længere og længere væk fra hinanden. I bund og grund handlede det jo heller ikke om en katastrofe, de skulle bare vide, hvor jeg var, og at jeg havde det godt.

Jeg besluttede mig for at løbe ind gennem Bogense på vej hjem fra Stegø, for lige at aflægge Fru Hultberg et besøg. Skiltet i døren viste 'Lukket', og selv om jeg ringede på til privatboligen tre gange, kom der ingen og lukkede op. Jeg kiggede ind gennem glasdøren til forretningen. Det virkede så tomt og dødt det hele.

Jeg var på vej ud mod Odensevej, da jeg passerede havelågen til Adelgade nr. 56, hvor Gert og jeg tidligere plejede at stå og snakke, da en ubehagelig fornemmelse overmandede mig og nærmest tvang mig til at stoppe op.

Jeg gik stille og roligt videre og først helt ude på Odensevej, hvor det forsænkede grusfortov begyndte, slog jeg igen over i løb.

Allerede inden jeg trådte ind i køkkenet for at fortælle, at jeg var tilbage igen, kunne jeg mærke, der var sket et eller andet glædeligt, og ganske rigtigt.

Jørgen havde ringet ved titiden for at fortælle, at Bodil havde født en datter her i morges, otte dage før den fastsatte termin, men at både mor og barn havde det godt, og både min far og mor var helt oppe at ringe af glæde over at have fået endnu et barnebarn. Jørgens forældre havde også ringet, og de to 'svigerforældrepar' havde ønsket hinanden tillykke.

Resten af dagen blev lidt forvirret, men meget præget af glæde og lykke på Bodil og Jørgens vegne. På et tidspunkt fik jeg dog alligevel spurgt min far om fru Hultberg, uden at han dog havde nogen forklaring på, at der havde virket så stille og dødt.

Søndag formiddag var det min far, der fulgte mig op til Tyrekroen, og vi snakkede biler næsten hele vejen. Den næste måneds tid ville han være på udkig efter en god brugt bil oppe hos Fordforhandleren i Adelgade, og når den rigtige bil var der, ville de slå til.

Han blev stående og vinkede farvel lige indtil rutebilen drejede ind på vejen til Harritslev.

Hele mandag formiddag var jeg ude i Titangade for pensummæssigt at samle op på eksamensfagene – for mit vedkommende alle syv fag.

Inde i Farimagsgade gik arkiveringsarbejdet sin vante gang med den lille ændring, vi var blevet enige om. Min større indsigt og viden omkring de retlige forhold og sammenhæng gjorde, at arkiveringen gik hurtigere og hurtigere, og jeg vurderede, at jeg nok ville være færdig engang i begyndelsen af maj, og det passede særdeles perfekt ind i mine planer.

Charlotte var på kursus i 'Juridisk praksis og sagshåndtering' hele den første uge af april. Vi nåede derfor kun at have to aftener sammen, inden togkonduktøren fløjtede afgang for Parisekspressen onsdag formiddag.

Da kontrolløren havde været og tjekket min billet, tog jeg en digtsamling af Charles Baudelaire, Syndens Blomster, frem fra min sportstaske. Det var en bog, jeg havde købt så sent som i mandags inde i Fiolstræde i den store antikvarboghandel på vej over til Gråbrødre Torv direkte fra arbejdet i Farimagsgade. Det var én af de bøger, Klaus havde haft med i Venedig, og derfor havde titlen fænget med det samme. Den danske udgave var oversat af Sigurd Swane, det var 2. udgave fra 1963, men alligevel var den allerede til salg i en antikvarboghandel. Forrest i bogen havde jeg lagt det sidste brev fra Klaus, hvor han havde beskrevet, hvor vi skulle bo, hvad det var for et hotel, og hvordan jeg fandt det: Når jeg stod af toget på Gare du Nord, skulle jeg tage den lilla metrolinie mod Gare du Montparnasse og stå af enten på station 230 Rennes eller på 257 Saint Placide. Hotellet 'Marie Lefebvre' lå på Rue St. Placid, og her skulle vi mødes mellem klokken 17-19.

Jeg foldede brevet sammen og var overhovedet ikke i tvivl om, hvad jeg skulle foretage mig, når toget stoppede på Gare du Nord, og vendte tilbage til bogen. Digtene var opdelt i seks afsnit med hver deres overordnede tema, hvor 'Leden og idealet' indrammede omkring langt over halvdelen af samtlige digte, og lige bortset fra temaer som 'Billeder fra Paris' og 'Vinen' var det ikke ligefrem de mest livsbekræftende toner, der blev slået an. 'Syndens blomster', 'Oprør' og 'Døden' havde Baudelaire kaldt de tre sidste afsnit, så hvis det var en læser, der søgte opmuntring og livsglæde, var det nok ikke lige den bedste digtsamling at kaste sig over, hvilket også klart fremgik af det første digt, som Baudelaire havde placeret som et slags forord. Det handlede om dårskab, smålighed, synd og anger kastet lige i hovedet som en mærkelig blanding af at blive spyttet på og få en lussing: 'Du hykleriske læser, min broder, min lige'.

Har man som læser bare en smule digterblod i årerne, kan man ganske enkelt ikke læse 'Syndens Blomster' uden at lave notater og bemærkninger til de enkelte digte, da billederne er så komprimerede og visse steder så livsbenægtende, at man nærmest føler sig tvunget til at svare igen på Baudelaires djævelske leg med sin læsers fantasi og forestillinger.

Da vi nærmede os Paris, pakkede jeg det hele sammen og begyndte at kigge lidt interesseret på landskabet.

Få minutter over fem stoppede toget på Gare du Nord, og en lille time senere stod jeg af Metroen på Saint Placide. Da jeg ikke kunne få øje på Klaus i foyeren gik jeg over til receptionen og meldte min ankomst. Da jeg havde udfyldt hotellets registreringsseddel, fik jeg nøglen til værelset sammen med en telefonbesked fra Klaus om, at han tidligst kunne nå at være i Paris klokken ti i aften. Mens jeg pakkede mine ting ud, spekulerede jeg hele tiden på, om Klaus havde problemer, siden han ikke kunne være her på det aftalte tidspunkt.

Da jeg var færdig, gik jeg ned i receptionen og afleverede nøglen. Jeg havde besluttet mig for at gå op til Montparnasse-boulevarden og finde en hyggelig restaurant, hvor jeg kunne få noget at spise.

Lidt over ti var jeg tilbage på hotellet og konstaterede med et hurtigt blik, at nøglen stadig hang i det lille rum med værelsesnummeret bag receptionen og styrede derfor direkte hen i baren. En time senere, hvor Klaus stadig ikke var dukket op, besluttede jeg mig for at gå i seng. Da jeg bad natportieren om nøglen til mit værelse, kiggede han hurtigt på mig:

– Monsieur Nolting, jeg har en meget vigtig besked, sagde han og lagde en seddel foran mig. Det var en besked fra Klaus om, at han var indlagt på Universitetshospitalet i München efter et overfald, men var desværre ikke blevet udskrevet klokken ti i formiddags som lovet. Der stod et telefonnummer på sedlen, som jeg skulle ringe til i morgen formiddag.

Det var i dobbelt forstand en trist meddelelse. Hvis ikke hospitalet ville udskrive ham, måtte det være rimeligt alvorligt, og dermed skulle jeg heller ikke forvente, at han overhovedet dukkede op her i Paris.

Scheisse, rigtig Scheisse, gentog jeg for mig selv et par gange, inden jeg lagde mig til at sove.

Jeg vågnede først klokken lidt over ni næste morgen, og var på ingen måder hverken glad eller opstemt. Tværtimod. Jeg havde haft nogle ubehagelige drømme i løbet af natten, drømme, der var så stærke, at de 'vækkede' mig.

Jeg brugte mindst en halv time på badeværelset, men det meste af tiden gik på spekulationer omkring Klaus. Den Parisertur, jeg havde set frem til, var nu definitivt aflyst. Jeg havde fem dage og måtte prøve at få det bedst mulige ud af det.

Efter morgenmaden gik jeg over i receptionen og bad dem ringe op på det nr., der stod på seddelen. Jeg kom igennem til hospitalet i München, og da jeg forklarede mit ærinde, blev jeg omgående stillet om til Klaus.

Vi snakkede sammen i mindst et kvarter, og bagefter havde jeg det rigtig dårligt. Tirsdag eftermiddag havde Klaus og hans nye kæreste, Friedrich, fejret, at Klaus' kandidatopgave var godkendt. De havde gået hen over Marienplatz med hinanden i hånden, og foran Rådhuset havde de stoppet op og kysset. I samme øjeblik var de blevet overfaldet af to hætteklædte mænd og gennembanket med boldtræer. Det hele varede under et minut. Pludselig var begge mændene forsvundet, og ingen af de forbipasserende havde nået at reagere. I sit forsøg på at beskytte Friedrich havde Klaus pådraget sig 2-3 voldsomme slag i hovedet, som havde afstedkommet en fraktur i hovedskallen, som kunne give både besvimelsesanfald og stærke smerter – derfor var han ikke blevet udskrevet sammen med Friedrich.

Jeg ved ikke, hvor lang tid jeg brugte til at forholde mig til alt det, Klaus havde fortalt, men hændelsen lagde sig helt ind i hjertet af 'Leden og idealet', og jeg havde ufatteligt svært ved at forholde mig til mennesker, som af religiøse og højreekstremistiske årsager kunne begå en sådan udåd. Rent faktisk var jeg nået et godt stykke ned ad Montparnasse og stod foran 'Fontaine de L'Observatoire', inden jeg faldt helt i hak med mig selv. Jeg skulle finde Boulevard St. Michel for at komme ned til Notre Dame, en kirke der var blevet bygget på i næsten 200 år, udsmykket med djævle og dæmoner hugget ud af store sandstensblokke, og med den tilgang til mystik og socialrealisme, som forfatteren Victor Hugo åbenbart mestrede til det perfekte, var romanen om Klokkeren fra Notre Dame nærmest givet på forhånd.

Jeg brugte næsten en hel time ved Notre Dame, og var naturligvis også oppe i tårnet for at få et indtryk af, hvordan Qausi Modo måtte have set ned på pladsen, hvor Esmeralda skulle henrettes.

Fra Place Du Parvis De Notre Dame fulgte jeg Quai des Orfévres frem til Pont Neuf og gik over på den modsatte Seinbred. Jeg havde allerede besluttet, at resten af dagen skulle være en slentretur fra Concordepladsen op mod Triumfbuen ad Champs-Elysées. Det blev en helt fantastisk oplevelse. Jeg havde aldrig set noget lignende. Mondæne forretninger hvor alt var ti gange så dyrt, som det jeg selv havde gættet på. Jeg stoppede ret hurtigt med at gå ind og kigge de forskellige steder og købte naturligvis ikke noget.

Ude fra Triumfbuen valgte jeg at gå tilbage ad det modsatte fortov, og pludselig var det lige før det danske flag blafrede mig lige ind i hovedet. Jeg stod foran en ganske imponerende bygning, som åbenbart var den danske ambassade, og pludselig hørte jeg en indre stemme:

'Og skulle du engang blive færdig med dine mange spekulationer omkring atomkapløbet, må du meget gerne kontakte mig – og gerne direkte på ambassaden i Paris.'

Jeg gik hen til indgangsporten og kiggede på det flot polerede messingskilt:

Den Danske Ambassade. Ingen navne og ikke noget jeg kunne forholde mig til.

Fristelsen til at trykke på knappen under skiltet varede kun et sekund. Jeg grinede lidt over mig selv og gik videre.

Oppe på Montparnasse fandt jeg en souvenirforretning, som også solgte bykort og turistbrochurer. Jeg købte et turistkort, hvor alle Parises seværdigheder var tegnet ind. Bag på kortet var en kort beskrivelse af hver enkelt seværdighed.

De næste tre dage fik jeg for alvor gået Paris tynd og nåede stort set alt det, der var beskrevet og tegnet ind på kortet. Det var dejligt lunt i vejret, så det var i sig selv en stor oplevelse bare at gå rundt og lege turist, men det var af gode grunde slet ikke sådan, jeg havde forestillet mig hjemmefra. Søndag aften begyndte jeg på et brev til Klaus, men magtede ikke rigtigt at gøre det færdigt.

Jeg var først i København kort før midnat mandag aften, og jeg havde desværre ikke penge til en taxa. Hotelophold og mad i Paris havde lænset mig fuldstændig, da jeg jo ikke havde haft nogen at dele hoteludgifterne med. Klokken kvarter i et låste jeg døren op til min lejlighed, satte tasken fra mig i gangen og gik ind i stuen og lagde mig på sofaen med alt tøjet på – helt flad og tappet for alle psykiske ressourcer.

Inde i Farimagsgade spurgte Svend Åge ind til påskeferien, og hvordan opholdet i Paris havde været. Vi udvekslede et par almindeligheder og nogle høflighedsfraser, hvorefter jeg gik hen i depotet for at genoptage mit arkiveringsarbejde. Der var kun 12 af de brune kuverter tilbage i kassen, så det lignede virkelig, at jeg kunne nå at blive færdig senest fredag.

Torsdag efter arbejdstid gik jeg over på Vesterport Station og tog toget til Østerport. Jeg gik ned til Rosenvængets Allé og ringede på hos Charlotte, men hun var tilsyneladende ikke hjemme. Jeg skrev en seddel og skubbede ind under døren.

Da jeg mødte på arbejde næste dag, meddelte jeg Preben og Svend Åge, at jeg regnede med at være færdig med mit arkiveringsarbejde senest klokken fem, og dermed var det så slut for denne gang. De skriftlige prøver begyndte om godt 14 dages tid, og det passede mig derfor glimrende, at jeg fra nu af kun havde min studentereksamen at tænke på. Vi blev enige om, at jeg lige skulle kigge ind på Svend Åges kontor og sige farvel, inden jeg gik.

Klokken lidt i fem hængte jeg den sidste mappe på plads i arkivskabet og gik ind for at sige farvel – og hvilken overraskelse!

Charlotte stod og tog imod mig lige inden for døren, og der var sat både vand, øl og vin frem på konferencebordet. Jeg gav hende en let krammer, mens hendes far inviterede til, at vi skulle sætte os. Det blev ikke nogen lang snak, men i og for sig ganske hyggelig og afslappet. En halv time senere gav vi hånd og sagde farvel. Under snakken havde Charlotte og jeg aftalt at mødes på Sebastopol ved syvtiden og spise en god middag – hun ville gerne høre, hvad jeg havde oplevet i Paris, og jeg ville for min del gerne høre, hvad hun havde lavet i påsken.

Vi havde en dejlig aften, og naturligvis måtte jeg lægge ud med at fortælle den forfærdelige historie om Klaus og hans kæreste, en ubehagelig hændelse, som jo også ændrede hele opholdet for mig. Det betød også, at dét jeg oplevede de fire dage, jeg var i Paris, stort set nok var det samme som det, ni ud af ti turister måtte have set og oplevet. Mens vi sad og snakkede, fornemmede jeg en reserverthed hos Charlotte, som jeg ikke tidligere havde bemærket overhovedet og håbede inderligt, at hun selv ville kunne sætte ord på, hvad det handlede om i løbet af de næste 3-4 dage.

Jeg hørte ikke fra hende hverken lørdag eller søndag, men da jeg selv havde rigeligt at se til med opgaver og repetition af pensum, var det først efter jeg havde været ude i Titangade om mandagen og klædte om til min løbetur, at jeg overvejede, om hendes 'reserverede attitude' måske skyldtes, at hun og Peter igen var begyndt at ses. Jeg overvejede et lille øjeblik at skrive en seddel og lægge løbeturen forbi Rosenvængets Allé, men endte med at beslutte, at det nok var vigtigt, hun selv kom ud af busken, hvis der var noget at fortælle.

Jeg udvidede løbeturen med en ekstra halv time, så jeg kunne nå at få bearbejdet mine egne følelser overfor den situation, at Charlotte og jeg fremover kun var gode venner og ikke havde noget seksuelt sammen. Det var først, da jeg stod under bruseren, jeg nåede frem til en fornuftig erkendelse af, at vores uforpligtende og dejlige forhold netop ikke havde rummet store kærlighedserklæringer – derfor skulle det heller ikke nu måles på forsmåethed og brudte løfter, som aldrig var blevet afgivet.

Jeg lavede en stor kande the, gik ind i stuen og satte mig for at læse historie. Det var et stort pensum, og jeg var nødt til at lave uddybende noter til de forskellige afsnit.

Onsdag aften mens jeg var fordybet i mine matematikopgaver og spændende problemstillinger, ringede det på døren.

Naturligvis var det Charlotte – hvem ellers? Jeg rejste mig, gik ud og åbnede døren og nåede vist nok at få sagt:

– Kom indenfor Charlotte, inden jeg opdagede, det ikke var Charlotte.

Kvinden, der stod foran mig, var én jeg havde hilst på ude på trappeopgangen mange gange uden at vide, i hvilken lejlighed hun boede, eller hvad hun hed.

– Jeg hedder ikke Charlotte, men Amalie og er din overbo, sagde hun med nervøs stemme. Jeg vil bare spørge, om jeg kan låne to æg og en kop mel til en omelet?

Stadig lidt rundforvirret bad jeg hende komme indenfor, så ville jeg se, hvad jeg havde ude i køkkenet.

Et øjeblik efter kom jeg tilbage med tre æg og et thekrus med mel.

– To æg er vist lige i underkanten, så her et ekstra. Kruset kan du bare sætte uden for døren senere i aften eller i morgen.

– Tusind tak, sagde Amalie med et stort smil.

Jeg gik tilbage til mine matematikopgaver, men konstaterede ti minutter senere, at koncentrationen var væk. Jeg kiggede på uret og besluttede mig for at gå ud for at få noget at spise. Allerede på vej ned ad trapperne overvejede jeg, om jeg skulle tage tyren ved hornene og selv opsøge Charlotte, da jeg måske i virkeligheden nok var den nærmeste til at tage det første skridt. Inden jeg nåede op til runddelen var beslutningen truffet – jeg kunne jo altid finde et sted og få noget at spise på tilbagevejen.

Tyve minutter senere ringede jeg på hos Charlotte, og da hun åbnede døren og så, det var mig, fik hun et helt forkert udtryk i ansigtet.

– Kommer jeg til ulejlighed, spurgte jeg hurtigt.

– Både ja og nej. Jeg var faktisk på vej over til dig med en flaske rødvin for at få en snak. Var du kommet fem minutter senere, havde jeg været gået, men kom nu indenfor, sagde hun, alt imens hun virkede lidt beklemt ved situationen.

Inde i den lille sofagruppe sad der en ung mand på 26-27 år. Charlotte præsenterede os for hinanden:

– Det er Tom, jeg lige har snakket så meget om, og – sagde hun henvendt til mig – det er Henrik, som også er ansat hos Bruun Sørensen & Lehmann.

Henrik rejste sig og kom mig i møde med en udstrakt hånd.

– Det var ikke lige sådan, jeg havde forestillet mig, vi skulle mødes, men når det nu ikke kan være anderledes, så henter jeg lige en proptrækker og tre glas, sagde Charlotte med en let nervøs stemme.

Jeg satte mig over for Henrik og tilbød at åbne flasken, da Charlotte kom tilbage, men lod naturligvis hende skænke op og sige skål.

Da vi havde skålet fortalte Charlotte, at hun og Henrik havde deltaget i det samme kursus her lige op til påske og de havde snakket rigtig godt sammen. De havde tilfældigvis været inde på kontoret begge to om lørdagen i påsken for at forberede nogle arbejdsopgaver, og senere havde de besluttet at gå ud at spise sammen. Bagefter havde det bare slået gnister rent følelsesmæssigt, men om søndagen var jeg nødt til at fortælle

Henrik, at der var en tredje person. Da vi to mødtes om fredagen Tom, var jeg stadig usikker på, hvor meget jeg skulle fortælle og valgte slet ikke at sige noget, og lige siden har jeg været i syv sind også i forhold til, hvad jeg i givet fald ville stille Henrik i udsigt. Jeg vil gerne beholde dig som en god ven Tom, også selv om mit og Henriks forhold udvikler sig til at blive mere fast og varigt, men det er jo ikke noget jeg alene kan ønske og afgøre – men lige nu har jeg brug for jer begge to, for selv at kunne hænge sammen.

Henrik og jeg kiggede spørgende på hinanden.

– Her for en time siden fortalte Charlotte om hendes og dit samarbejde omkring kandidatopgaven, og jeg vil meget nødig være årsag til, at et godt og flot venskab går i stykker. Omvendt har jeg en fornemmelse af, at lige præcis Charlotte og jeg kan få et spændende og godt liv sammen, så jeg er heller ikke parat til på forhånd at kaste hånd-klædet i ringen, hvis du forstår.

Nu kiggede vi alle tre på hinanden, men jeg følte, det var min tur til at komme med et bud.

– Gode venskaber er ikke noget, man bare kaster væk, begyndte jeg. Når vi to har nydt hinandens selskab Charlotte, er det jo netop fordi, vi ikke har haft nogen intention om at eje hinanden, hverken fysisk eller følelsesmæssigt – 'andres følelser kan man ikke tage ejerskab af, uden at det går galt', tror jeg vi engang fik sagt til hinanden – og det gælder naturligvis stadigvæk. Ingen af os behøver at føle sig forsmået, fordi der nu er en tredjepart på banen. Det er næsten en naturlov, at det ville komme på et tidspunkt. Skal vi ikke bare være enige om, at det handler om at finde en glæde og livsbekræftelse, der kan løfte tilværelsen en etage eller to op, og ikke om at kravle ned i en mørk kælder. Jeg føler mig bestemt ikke såret, men jeg kan godt lide at vide, hvad det er for et farvand, jeg agerer i, og det ved jeg så lidt mere om nu. Skal vi ikke skåle på det.

– Jo, sagde Charlotte, lad os det. Og jeg synes vi er havnet rigtig godt i vores snak, selvom jeg ikke vil lægge skjul på, at jeg var lige ved at få et føl på tværs, da jeg åbnede døren og så, det var dig. Tak for din måde at være på. Du er i mange henseender ganske enkelt uovertruffen. Med dig som ven kan man klare mange ting her i livet.

Charlottes ord ramte mig som en hård snebold lige midt ansigtet: Klaus.

Jeg havde ikke fået skrevet brevet til Klaus færdigt, men nu var både anledningen og stemningen til at få det gjort – og det skulle være i aften eller i nat.

Fredag den 17. maj afsluttede jeg de skriftlige prøver, og kunne nu koncentrere mig om de mundtlige, som begyndte allerede den 28. maj.

Om formiddagen den 18. modtog jeg en fødselsdagspakke fra mine forældre.

Jeg pakkede den straks ud, men var efterfølgende i tvivl om, om det var min mor eller 'Tøjeksperten', der havde en god smag. Jeg havde fået en lyslilla skjorte og et par mørke bukser – og begge dele passede perfekt og faldt helt i min smag. Londongarderoben var ved at være på plads, men nu var der snart ikke plads til flere 'garderober' i klædeskabet.

Der var også et fødselsdagskort fra Bodil og Jørgen: Fra i dag er du rigtig voksen, og nu er vi godt nok spændt på, hvad der sker fremover! Knus og kram fra søster og svoger.

Jeg ringede til mine forældre for at fortælle, at jeg var meget glad for gaven, og at både bukser og skjorte passede perfekt. Jeg beklagede, at jeg ikke havde tid til at komme hjem, men som vi allerede havde snakket om, kunne det ikke blive før engang i august.

Derefter ringede jeg til Bruun Sørensen & Lehmann og bad om at snakke med Charlotte Molin.

Efter min snak med Charlotte ringede jeg til D'Angleterre og bestilte bord til kl. 19.

Da jeg kom tilbage til Husumgade, stod Amalie med to sække vasketøj og kunne næsten ikke komme ind ad døren. Jeg overtog den ene af sækkene og fulgte hende helt op.

– Mange tak Tom, det var pænt af dig.

– Selv tak. Jeg er glad for at kunne give en hjælpende hånd, og du må gerne sige til, hvis du i forskellige sammenhæng har brug for hjælp.

Jeg havde siddet og læst historie 3-4 timer, da koncentrationen langsomt begyndte at slippe og tillod uvedkommende tanker at overtage min bevidsthed.

Jeg gik ud i køkkenet og hentede en øl fra køleskabet, satte mig ind i sofaen for at føre en dialog med mig selv, hvilket var lige ved at skride helt ud i det rabiate i forhold til nogle selvdestruktive tanker og forestillinger, som jeg selv blev en anelse forskrækket over.

– Tag dig nu sammen mand, om et par timer skal du være sammen med Charlotte og Henrik. Det er din fødselsdag, det skal være sjovt og rart.

Ti minutter senere stod jeg foran Amalies dør. Der var ingen ringeklokke, så jeg var nødt til at banke på. Jeg tror, jeg nåede at banke tre gange, inden døren blev åbnet.

– Åh gud, er det dig Tom. Vil du låne noget?

Jeg tænkte mig kun om et par sekunder, inden jeg svarede:

– Jeg synes, det kunne være både sjovt og spændende, hvis jeg måtte låne 3-4 timer af din tid.

– Hvad snakker du om? Jeg er overhovedet ikke med.

– Undskyld Amalie, det forstår jeg udmærket. Giv mig to minutter, så skal jeg forklare, hvad det går ud på.

– D'Angleterre, du er vanvittig. Det kan jeg ikke, det har jeg slet ikke råd til – beklager.

– Det skal du heller ikke have. Det er min fødselsdag, jeg inviterer. Naturligvis skal du ikke betale.

– Nej, men vi kender overhovedet ikke hinanden?

– Jo det gør vi. Var det ikke dig, der lånte tre æg og et krus mel. Udover Charlotte er du den eneste, jeg kender ved navn her i København, men det er helt i orden, hvis du ikke har lyst. Vi er lige gode naboer af den grund – der er bestemt ikke noget pres, det var bare en pludselig indskydelse, jeg fik. Undskyld hvis jeg er gået lidt for tæt på.

– Må jeg tænke over det i ti minutter?

– Ja naturligvis, og ligegyldigt hvad du beslutter, er vi som sagt stadigvæk gode 'under-overbo' – ok.

Jeg var i fuld gang med at ordne de forskellige fag og diverse bøger i bunker, da det ringede på døren.

– Hej igen Tom. Undskyld jeg var så afvisende før, men jeg orkede bare ikke at begynde og fortælle om de gange, hvor jeg er blevet 'røvrendt' på en invitation, der viste sig at være noget helt andet. Jeg ved ikke hvilke sociale lag du færdes i, men i de kredse, hvor jeg færdes, er en indbydelse til D'Angleterre, ensbetydende med, at man efterfølgende stiller sig til rådighed, og det har jeg slet ikke lyst til – så er det sagt.

– Det forstår jeg særdeles godt Amalie. Du skal kun sige ja, hvis du har tillid til, at jeg naturligvis ikke forventer nogen modydelser, og – hvis du altså selv har lyst til at komme ud at spise lidt ekstravagant og flot. Det var et helt spontant indfald fra min side, men derudover virker du på mig som en rar og spændende person.

– Jeg har ikke mødt noget menneske som dig før Tom. Jeg vil gerne sige 'ja tak' til invitationen. Hvornår skal vi gå herfra?

– Vi kører om en halv time, og til din orientering har jeg inviteret to mere. Der kommer en taxa og henter os, men ring lige på, når du går forbi.

Femogtyve minutter senere ringede det igen på døren. Uden for stod en smuk mørkhåret kvinde i en flot rød tunika med en højhalset hvid T-shirt inde under tunikaen, et par lange mørke bukser, som lige nåede et par centimeter ned over et par elegante sorte støvletter.

Amalie og jeg ankom klokken ti minutter i syv. Vi blev guidet ind til baren og bedt om at vente et øjeblik. Jeg spurgte Amalie, hvad hun havde lyst til at drikke.

– Et glas hvidvin, det vil jeg sætte pris på.

Jeg bestilte et glas Chardonnay og et glas Ripasso Valpollicella.

– Tom det er din fødselsdag, og jeg har ikke engang spurgt, hvor gammel du bliver, sagde Amalie, da vi skulle skåle.

– Jeg bliver 21, men føler nogle gange jeg har levet i mindst 30 år – og nogle gange har jeg balanceret på kanten til hverken at blive 17, 20 eller 21.

– Har tilværelsen været hård ved dig, eller har du bare nogle rige forældre, der klarer alt? ville Amalie gerne vide.

– Oh, det spørgsmål kan jeg ikke svare på lige her og nu - en anden gang måske.

– Var det et dumt spørgsmål, eller ramte jeg bare helt ved siden af?

– Nej Amalie, du skal bare spørge. Som du selv sagde tidligere, kender vi jo ikke hinanden.

– Har du ikke lyst til at vide noget om mig Tom? Hvorfor spørger du ikke?

– Det kan jeg godt fortælle dig. Du kom selv med et meget relevant forbehold, da jeg inviterede dig med herind, og det respekterer jeg. Jeg kunne godt tænke mig at høre noget om, hvem du er, hvad du laver og hvordan din hverdag fungerer, men kun hvis du selv har lyst til at snakke om det. Det skal ikke virke, som om jeg sidder og udfritter dig, hvis du forstår, sagde jeg og følte mig alligevel en smule forlegen.

– Jeg er til gengæld meget nysgerrig efter at høre noget om dig, og hvad du laver. Jeg er ikke helt fri for at have oplevelsen af, at du er en anden, end den du udgiver dig for at være.

Vi kiggede på hinanden og skålede.

– Det må jeg nok sige. Det tegner da i hvert fald til at blive en interessant aften, sagde jeg.

Da jeg satte glasset, så jeg i øjenkrogen Charlotte og Henrik komme ind ad hovedindgangen. De stillede sig op og kiggede rundt, og straks kom der en tjener over til dem. De snakkede sammen ganske få sekunder, hvorefter tjeneren pegede over mod baren, hvor Amalie og jeg sad.

De kom over til os, og vi sagde pænt 'god aften' til hinanden, mens Charlotte kiggede smilende og lidt overrasket til Amalie.

Jeg præsenterede Amalie, min overbo, som jeg havde shanghajet til at være min borddame i aften, hvorefter Charlotte og Henrik præsenterede sig selv.

Charlotte og Henrik fik serveret to glas Chardonnay, hvorefter vi kunne skåle alle fire.

Charlotte var meget nysgerrig og ville gerne vide, hvad Amalie lavede.

– Jeg læser antropologi på 3. år, og er ved at færdiggøre et projekt om hjemløse i København. Når det er afleveret, er vi tre, der tager til Borneo for at studere oprindelig stammekultur, og vi har ikke sat nogen deadline for præcis, hvornår vi vender tilbage og færdiggør vores kandidatopgave, men det bliver under alle omstændigheder inden for det næste år. Charlotte spurgte interesseret ind til, hvordan sådan et studieophold blev finansieret, da hun bestemt forestillede sig, at det måtte være ekstremt dyrt. Amalie forklarede, at de havde fået tilskud fra diverse fonde og private virksomheder, men at de selv skulle betale hver 5.000 kr. – så det var ikke de vilde fester ude i byen, hun brugte weekenden på.

Herefter fortalte Charlotte og Henrik, hvad de lavede, og hvor hårdt det daglige arbejde i en advokatvirksomhed nogle gange kan forekomme, fordi man aldrig nogensinde kun har én sag, men flere løbende.

Til Amalie og Henriks orientering kunne jeg fortælle, at jeg pt. 'læste' til student inde i Titangade på Akademisk Studenterkursus– i al beskedenhed - men fra 1. september skulle læse jura og statskundskab.

Herefter gik snakken på kryds og tværs og endte med, hvad jeg i virkeligheden gik og foretog mig ved siden af mine studier, hvilket Amalie var meget nysgerrig efter at høre mere om.

Inden jeg fik mulighed for at sige noget som helst, kom en tjener over til os for at fortælle at bordet var parat. Vi blev enige om at blive siddende 5-10 minutter længere og drikke ud, før vi satte os til bords.

– Lige nu har jeg virkelig brug for at sige noget, begyndte Charlotte. Tom er ét af de mest beskedne mennesker, jeg kender. Han har hjulpet mig med min kandidatopgave, og det er bestemt hans fortjeneste, at jeg fik både topkarakter og guldmedalje, men jeg har ikke én eneste gang hørt ham fremhæve sig selv. Jeg holder meget af dig Tom – og nu kiggede Charlotte direkte på mig – men vi har aldrig for alvor været forelsket. Vi har et godt venskab, hvor der har været plads til, at vi en gang imellem kunne hygge os efter lyst og behov, uden noget efterfølgende krav på hinandens følelser. Jeg håber, vi bevarer vort venskab fremover, specielt fordi du nu har besluttet dig for at læse jura og statskundskab. Tillykke med fødselsdagen.

– Tak for den smukke fødselsdagstale. Jeg er meget bæret og håber naturligvis også, at vores venskab vil række langt ud i fremtiden. Skål alle tre og tak fordi I ville være med her i aften – og lad os så få noget lækkert at spise.

Da vi rejste os, kom der straks en tjener hen og førte os over til bordet, hvor der stod endnu en tjener til at tage imod os. Han ventede tålmodigt, til vi havde sat os, inden han gennemgik menuen for os.

– Forretten er en flødelegeret jomfruhummersuppe med sauterede tomat og purløgsstrimler. Hertil serveres en Riesling fra Alsace, årgang 1961 efter ønske fra hr. Nolting. Hovedretten er en oksemedaljon med råstegte grøntsager og bagte kartofler, og til hovedretten serveres en Amarone fra Valpollicella. Desserten består af whiskeyflamberede figner med en kugle vanilleis i en sprød nøddekurv. Jeg håber I får en hyggelig aften.

Vi takkede for præsentationen, samtidig med at vi fik serveret en Riesling i isspand. Tjeneren skænkede op og satte flasken tilbage i spanden.

Jeg kiggede rundt på mine tre gæster, hævede glasset og sagde skål.

– Jeg har tænkt meget over det Charlotte sagde over ved baren, og først nu føler jeg mig oprigtig inviteret, føler mig tryg ved at være sammen med tre mennesker, jeg overhovedet ikke kender. Jeg læser antropologi og har måske nogle gange lidt for travlt med at 'læse' folk på forhånd, men i aften er jeg blevet positivt overrasket på trods af de fornemme omgivelser, fordi det er første gang i mit liv, jeg er sådan et sted.

Vi skålede med Amalie mens suppen blev serveret.

Jomfruhummersuppen var delikat, smagte på det nærmeste guddommeligt, men jeg nåede kun lige at skænke den sidste vin op i glassene, før Amalie igen tog ordet.

– Tom du har endnu ikke svaret på, hvad du laver ved siden af dine gymnasiale studier. Du virker som en person, der hviler i sig selv, agerer nærmest hjemvant her på D'Angleterre, men bor i Husumgade i samme opgang som mig - og i Husumgade bor der ingen rige mennesker, skal jeg hilse og sige.

– Der tager du fejl, sagde jeg spøgfuldt og storsmilende, der bor i hvert fald mindst én, selvom jeg måske kun er halvvejs rig. Jeg skriver og har tjent ganske mange penge på mine skriverier, og til juli skal jeg spille én af hovedrollerne i en film, der foregår både i nutiden og under Anden Verdenskrig. Optagelserne skal foregå i Rungsted, på kostskolen, hvor jeg var elev for tre år siden, og derudover skal der også laves optagelser her i København. British Paramount Studios har købt rettighederne og styrer hele planlægningen.

– Er *du* skuespiller? spurgte Henrik, målløs og totalt overrasket. Det havde jeg aldrig gættet.

– Det forstår jeg godt, svarede jeg hurtigt, for det er jeg heller ikke. Formelt set, *er* jeg ikke noget overhovedet, men jeg *kan* åbenbart noget, som nogen sætter stor pris på, også målt i kroner og øre. Men nu kunne jeg godt tænke mig at snakke om noget helt andet. Jeg er drøn nysgerrig efter at høre, hvad en antropolog laver i dagens Danmark.

Inden Amalie nåede at svare, blev hovedretten serveret.

I fem minutter var der ingen, der sagde noget, men på Charlottes opfordring, blev vi enige om at genoptage snakken. Amalie brugte hele hovedretten til at fortælle om sit fag og sin profession, og hun forstod det her med at fortælle, så det var både spændende og underholdende.

Mens de whiskeyflamberede figner 'brændte af', og duften af skotsk whiskey bredte sig, begyndte Henrik at fortælle om, hvad han gik og lavede i sin fritid, hans musiksmag og hvilke bøger, han læste.

Da vi var færdige med desserten, spurgte tjeneren, om vi ønskede kaffe og cognac. Jeg kiggede rundt i den lille kreds, men alle vinkede afværgende. Vi snakkede videre på kryds og tværs en halv times tid, og jeg følte virkeligt, at det var hyggeligt og dejligt afslappende. På et tidspunkt kom tjeneren over for at spørge, om der var andet, vi ønskede, en drink eller en flaske rødvin? Jeg kiggede smilende op på ham og sagde:

– Nej tak, men jeg vil glæde mig til at se regningen.

Han fangede lynhurtigt den underliggende humor, og med et smil og et blink i øjet svarede han:

– Så gerne hr. Nolting. Fornøjelsen er helt på min side.

Da vi rejste os for at gå, spurgte Amalie, om jeg ikke havde lyst til at gå i stedet for at tage en taxa, og det havde jeg bestemt ikke noget imod.

Vi fulgtes med Charlotte og Henrik et kort stykke op ad St. Kongensgade til Gothersgade, og herfra var det stort set bare lige ud til Nørrebro Runddel.

Vi snakkede godt sammen og i mit stille sind, måtte jeg indrømme, at jeg virkelig savnede én at snakke med.

På vej op ad trappen sagde Amalie tusind tak for en super lækker aften, hvorefter vi gik hver til sit.

Tirsdag den 18. juni var sidste eksamensdag. Klokken 13.45 skulle jeg op i engelsk, og så var mit eksamensrace endelig overstået, og jeg kunne begynde at tænke på alt det andet, jeg skulle foretage mig de næste 3-4 uger.

I torsdags havde jeg fået 13 i tysk. Det var med beklagelse, at både eksaminator og censor måtte nøjes med at give mig 13, da karakteren slet ikke signalerede den suveræne beherskelse af sproget, jeg havde demonstreret på de godt femogtyve minutter, prøven varede.

Klokken var tyve minutter over to, da jeg forlod prøvelokalet, men jeg havde slet ikke oplevelsen af, at det havde varet over en halv time. Vi fik snakket om mit kommende besøg i London, min roman og meget andet.

Da jeg kom ud på gangen, stod der en 5-6 personer, inklusiv en fotograf, for at tage imod mig, og mindre end et halvt minut efter jeg havde lukket døren bag mig, blev den igen åbnet.

– Det blev desværre kun et 13-tal unge Nolting. Som min tyskkollega i torsdags ville vi også i dag gerne have kunnet give dig 15, da 13-tallet ikke retfærdiggør din viden og mestring af sproget.

Blitzen på kameraet blinkede et par gange. Rektor kom over og sagde tillykke med det højeste gennemsnit nogensinde for en privatist. Jeg havde i hele forløbet udvist en stor disciplin og en fast vilje til at klare opgaverne og med 13 i alle skriftlige og mundtlige prøvefag, kunne rekorden fremover af gode grunde allerhøjst blive tangeret. Herefter var det meningen, at der skulle tages et billede, hvor rektor og jeg stod mellem eksaminator og censor, men her vinkede jeg afværgende med hånden og frabad mig af personlige grunde, at der ikke blev offentliggjort noget billede af mig i sammenhæng med min eksamen.

På vej hjem, lige før Husumgade, smuttede jeg ind til købmanden og købte 4 øl.

Da jeg kom hjem, ringede jeg til mine forældre for at fortælle, at nu var det hele overstået, og at jeg havde bestået, endda med den højeste karakter, og nu kunne jeg selv bestemme, hvad jeg ville studere og hvor – og det var vigtigt for mig.

Min mor blev glad for at høre min stemme og glædede sig ligeledes over at høre, at jeg var så dygtig. De savnede mig meget og snakkede af og til om, at det virkede som om jeg boede endnu længere væk, end den gang jeg var nede på Kranzbach, men det måtte de vel lære at leve med. Min far havde kigget på en bil i fredags, som de var meget opsat på at købe. Det var en Ford Anglia, den var kun tre år gammel, og de kunne få den leveret allerede på torsdag.

Det syntes jeg lød meget fornuftigt og gentog, at jeg kom hjem og besøgte dem, lige så snart filmoptagelserne i København og Rungsted var færdige.

Efter telefonsamtalen, overvejede jeg et kort øjeblik, om jeg måske skulle tage et smut hjem i weekenden, men slog det hurtigt hen igen – det var ikke lige det, jeg havde behov for nu.

Mine overvejelser blev afbrudt af postbudet, der kom for at aflevere en brevpakke fra Herbert Corporation og et brev fra Klaus. Jeg satte øllene i køleskabet, lavede mig en kande kaffe og satte mig ind i stuen.

Først Clarence. Der var vedlagt et prøvetryk af 'Viktor og Emilia' i paperback. Titelbilledet forestillede en mand, der stod på en bakketop i det sibiriske vinterlandskab og kiggede ud mod den nedgående sol.

Hun begyndte med at beklage, at hun var så sent ude, men håbede, jeg havde forstået, at vi havde en aftale. Der havde været meget at se til de sidste 4-5 uger, men nu var det hele stort set faldet på plads, også med pressemøder og præsentation af romanen. Torsdag skulle seancen foregå i Oxford og fredag i London. Gillmore og Wright kørte showet begge steder, og Gillmore havde sendt en personlig invitation til William Ryle og BBC's kulturafdeling. Jeg måtte gerne forberede mig lige så flot, som jeg havde gjort de to andre gange, med den store forskel, at det denne gang handlede om at præsentere nogle troværdige personfigurer som aktører i et storpolitisk rævespil med frygtelige konsekvenser for tusinder af andre mennesker end lige de to hovedpersoner. Jeg måtte også gerne forberede mig på at læse nogle spændende passager op fra selve bogen.

Så havde Amy McClelland fra BPS kontaktet Herbert Corporation for at få din adresse i København, hvilket vi under de givne omstændigheder hurtigt besluttede måtte være 'ok' efter godt otte måneder. Der var problemer med filmoptagelserne, så det kunne meget vel tænkes, det hele blev forskudt en fjorten dages tid.

Men nu til noget mere glædeligt, skrev hun videre. Fisher Taschenbuch Verlag i Frankfurt vil gerne udgive din roman. Lorenz Henle forespørger imidlertid, om de kan få lov at læse det oprindelige romanforlæg, altså dit danske manuskript Tom, så de med deres udgave ikke allerede er ude i tredje generation rent oversættelsesmæssigt, og jeg har lovet, vi melder tilbage, når du kommer til London. Hun glædede sig i øvrigt til at se mig og kunne også lige her til slut fortælle, at det reviderede oplag af 'Brainstorm' lå klar til at blive distribueret.

Best regards
Clarence Gailford

Det med mit originalmanuskript syntes jeg var helt i orden – hvorfor ikke? Jeg kunne være 'græsk-katolsk', når de bare ville udgive den.

Brevet fra Klaus var knap så opløftende. Han var blevet rigtig glad for mit brev og den forståelse og empati jeg udviste, og den omstændighed, at han havde svigtet mig i Paris, havde givet ham et lille ar på sjælen, som han imidlertid håbede, kunne blive udbedret med en invitation til München engang i slutningen af september. Overfaldet inde på Marienplatz havde han stadig psykiske mén af, men det, der måske gjorde allermest ondt, var hans mistede tiltro til sine medmennesker. Fra nu af turde han aldrig mere vende ryggen til nogen, der bare så en anelse mistænkelige ud.

De to semestre, han havde fået stillet i udsigt i Stokholm omkring opstarten på sin doktorafhandling, var stillet i bero, grundet uoverensstemmelser mellem det tyske og svenske kulturinstitut. Schrödinger havde tilbudt ham en assistentstilling på instituttet, og selv om det netop havde handlet om at komme væk for en periode, så var han nærmest tvunget til at takke 'ja' for i det hele taget at kunne begynde på sin doktordisputats.

Både Friedrich og jeg glæder os til at se dig i München.
Die besten Grüsse
Klaus

Jeg havde svært ved at 'lande' de to breve i min bevidsthed samtidig med at jeg spekulerede som en gal over, hvorfor jeg ikke havde hørt noget fra British Paramount.

I min egen stille rundforvirring gik jeg ud i køkkenet og hentede en øl. Jeg åbnede øllen og blev stående ude i køkkenet. Hvad med aftensmad? Skulle jeg selv bikse noget sammen, eller skulle jeg gå ud at spise?

Jeg var glad for at 'eksamensracet' var overstået, men jeg havde ingen, jeg kunne fejre det med. Amalies og min snak hjem inde fra Kongens Nytorv havde desværre handlet meget om, at vi skulle love hinanden ikke at starte et forhold op, hvor hun var på vej til Borneo, da hun sagtens kunne forestille sig, at det ville give store problemer, fordi hun netop syntes, jeg var en spændende og rar fyr – det var bare det mest forkerte tidspunkt overhovedet. Vi havde efterfølgende snakket sammen nogle gange, drukket et par øl sammen, uden der blev lagt op til noget som helst.

To øl og en halv time senere besluttede jeg i første omgang bare at gå en tur. Jeg følte mig meget rastløs og havde brug for at bevæge mig.

En time senere gik jeg ned ad trapperne til 'Det Lille Apotek'.

Næste dag var der brev fra British Paramount.

Michael Howard fortalte ganske kort, at der var gået ged i planlægningen og det skyldtes flere forskellige omstændigheder, bl.a. havde Niels Bohr Instituttet stillet så mange forhåndsbetingelser for filmoptagelserne, at han havde besluttet kun at filme de ydre rammer i København, og så lave resten som studieoptagelser. Det havde ligeledes været svært at skaffe tilstrækkelig mange statister, som kendte gymnasiemiljøet indefra, til optagelserne i Rungsted – og så var planen begyndt at skride. Jeg skulle være i London onsdag den 25., hvor der skulle laves prøveoptagelser hele dagen. Resten af tiden var de informeret om, at jeg havde aftaler med Herbert Corporation. Howard kom først til København den 7. eller 8. juli og alle optagelser skulle være overstået inden mandag den 15.

Jeg skulle indstille mig på at tage med tilbage til London dagen efter, og hele min rolle skulle gerne være færdigoptaget senest otte dage senere, altså den 25. juli.

Vi glæders os til at se dig

Amy og Michael

Jeg kiggede på kalenderen. Der var translokation på ASK mandag den 24. juni. Den ville jeg melde afbud til og begrunde det med, at jeg allerede havde bestilt en rejse til London, og bede dem fremsende eksamensbeviset med posten. I morgen ville jeg gå ned og købe flybilletten til London, og så havde jeg 3-4 dage til at forberede mig – og jeg var parat til at lave et 'fantastisk show' ikke mindst til ære for William Ryle, hvis han altså dukkede op.

Jeg kiggede på klokken og besluttede mig for at gå over i Irma på Nørrebrogade og købe ind til den helt store middag.

På vej ind i forretningen får jeg pludselig øje på en 'avisbasker' med et billede af mig: Ung student fra ASK slår alle rekorder. Som privatist klarer han på ti måneder at læse hele pensummet op, gå op i alle fag (hvilket man skal som privatist) og scorer topkarakter både skriftligt og mundtligt. Fjorten 13-taller blev det til for unge Tom Nolting.

Jeg skyndte mig ind i forretningen, handlede det jeg skulle og havde travlt med at komme ud igen i en hvis fart.

Hverken ASK eller den tilstedeværende fotograf og journalist havde forstået min appel, og det var under alle omstændigheder for sent.

Jeg havde købt en lille oksefilet, kartofler og salat og fire flasker rødvin. Jeg havde lyst til bare at stå og lave god mad, drikke et par glas rødvin, og spise en god middag med en usynlig ven: Klaus, Clarence, Charlotte, Stephen, Allan, Amalie eller måske Viktor...

Om morgenen fandt jeg onsdagsudgaven af Politiken ude i gangen sammen med en lille seddel fra Amalie:

– Pludselig forstår jeg en hel del mere af det, Charlotte fortalte inde på D'Angleterre. Jeg ville ønske jeg skulle have været til Bornholm i stedet for til Borneo, men sådan er det desværre ikke.

Du skal vide, jeg holder meget af dig – og mere tør jeg ikke skrive.

God tur til London og held og lykke med filmoptagelserne.

Amalie

TILBAGE PÅ DJÆVELENS BJERGKAM

POINT OF NO RETURN

Jeg orkede næsten ikke at åbne avisen, som min overbo Amalie havde puttet ind ad brevsprækken. Det var mig hamrende ligegyldigt, hvad de skrev. I stedet skrev jeg et svar til Amalie på bagsiden af hendes egen seddel:

– Det er desværre ikke alle åbenbaringer her i livet, man har mulighed for at udnytte positivt og til gavn for en selv. Kærlighed, eller følelsen af at holde meget af et andet menneske, er nogle gange underlagt betingelser, der nærmest handler om liv eller død. Jeg håber I alle tre overlever jeres kontakt med de bornesiske stammefolk og vender tilbage med et brag af en kandidatopgave.

Glæder mig til at se dig igen.

De bedste hilsner Tom.

Jeg gik op og stak seddelen ind gennem brevsprækken hos Amalie, fortsatte ned ad trappen og ud på Husumgade. Jeg skulle videre ind mod Vesterbrogade for at købe min flybillet til London – så var det i det mindste gjort.

Tilbage i lejligheden skrev jeg et kort brev til Clarence, hvor jeg fortalte, at jeg allerede kom til London den 25. juni, og hvornår jeg landede. Jeg gik over på Nørrebrogade og postede brevet med det samme, så alle de praktiske forberedelser var på plads – og herefter kunne jeg koncentrere mig om det mere litterære og kunstneriske.

SAS flyet fra København landede klokken 17.15, men jeg var ikke ude af Told- og ankomstslusen før kl. ti minutter i seks. Til gengæld tog det kun ti sekunder at spotte chaufføren med Herbert Corporation skiltet, og en halv time senere holdt vi foran 'The Royal Trafalgar'. Samme procedure, samme værelse og de samme mennesker – det var næsten som at være hjemme. Denne gang havde jeg både kuffert og rejsetaske med, fordi jeg ikke havde lyst til at møde op i samme påklædning alle 4 dage.

Mens jeg udfyldte papirerne i receptionen, var bagagen allerede kørt op på værelset. Jeg gik op for at tage et bad og klæde om, og jeg var kun lige trådt ud af badet, da telefonen ringede. Det var receptionen, som skulle meddele mig, at der sad nogle personer nede i baren og ventede på mig. Jeg skyndte mig at gøre mig færdig og gik ned i baren, hvor Clarence, Gillmore, Stephen og Michael Howard sad og ventede.

Der blev bestilt fem store 'Ginger Ale', og så begyndte snakken og planlægningen. Michael Howard ville gerne forberede mig på, hvad det var, jeg mødte op til onsdag morgen, og da han vidste, at jeg ikke havde medvirket i nogen filmoptagelse før, understregede han flere gange, at det var hårdt arbejde, og det var 'kæft trit og retning' hele vejen igennem – det var kort sagt ham, der bestemte alt, men når det var sagt, ville han også lige sige, at han glædede sig til vores samarbejde. Har du problemer undervejs, må du prøve at finde Amy, og det gælder både her og i Danmark. Da vi lidt senere var færdige med at snakke filmoptagelser, rejse Michael sig og sagde farvel.

Gillmore og Stephen fortalte nu i korte træk, hvordan de havde forestillet sig de to arrangementer torsdag og fredag. Der var flere scenarier: Først en præsentation af forfatteren og bogen, som Clarence stod for, og som højst måtte vare et kvarter. Dernæst var jeg på med en fremlæggelse af jødeforfølgelsen i Europa fra 1938-45, og hvordan der blev samarbejdet mellem de krigsførende nationer i forhold til deporteringen af alle de arresterede jøder rundt om i de forskellige lande. Bogens to hovedpersoner skulle illustrere den lange seje kamp fra udslettelse til en genforening i frihed, en sejr for menneskeligheden og kærligheden. Det var vigtigt også at fortælle, hvordan bogen var blevet til. Herefter oplæsning af de udvalgte episoder fra bogen og til slut spørgsmål fra tilhørere og indbudte journalister.

Jeg fortalte, at det faldt helt i hak med, hvad jeg selv havde forestillet mig og forberedt, så det glædede jeg mig meget til. Clarence fortalte også, at de havde byttet rundt på arrangementerne således, at vi begyndte i London og sluttede i Oxford, hvor det humanistiske fakultet stillede ét af auditorierne til rådighed.

Da vi var færdige med drøftelserne, gik vi ind i restauranten for at få noget at spise.

Filmoptagelserne begyndte kl. 8 og blev præcis så hårde og psykisk belastende, som Michael havde advaret mig om på forhånd. De første tre timer var prøveoptagelser, hvor jeg skulle forberede og spille fire meget forskellige scener igennem, for at de kunne kigge ud, hvordan de skulle arbejde med mig i det videre forløb. Det belastende for mig var netop, at der nogle gange blev talt til én, som om man var det rene lort, men jeg havde gudskelov indskærpet mig selv at ligegyldigt hvad, så skulle jeg tage det som en udfordring, og så var jeg de erfaringer rigere. Kl. 11.30 kom Amy hen til mig for at fortælle mig, at prøveoptagelserne var gået godt. Både Michael og kameramanden Kenneth Cowan var enige om, at det lovede godt for de videre optagelser. Amy foreslog at jeg holdt en lille pause, gik hen i kantinen og fik noget at spise og drikke, og kom tilbage igen om en time.

Der var næsten ingen mennesker i kantinen, og det forstod jeg sådan set udmærket, for alle dem, jeg havde mødt på vej herhen, havde lignet nogle, der var en dag eller to bagud med deres arbejde.

Jeg kom tilbage efter ca. en times tid og overværede et mindre skænderi mellem Michael, Cowan, Amy og to andre personer, jeg ikke havde set før. Snakken handlede om, hvorvidt det overhovedet var formålstjenligt at begynde på de ordinære optagelser med mig, når de endnu ikke havde besluttet, hvem der skulle spille min kæreste. Der var i drejebogen kun tre små scener, hvor jeg ikke spillede sammen med nogen, og derfor mente Amy, det sagtens kunne vente til efter optagelserne i København og Rungsted. Herefter foreslog Michael, at de fik fat i Allan Morrison, for så kunne Allan og jeg bruge resten af dagen til at gennemgå drejebogen for scenerne i Danmark.

Jeg gik tilbage til kantinen for at vente på Allan, som dukkede op allerede en lille halv time senere, og fem minutter efter, havde Allan fundet et lokale, hvor vi kunne arbejde i fred og ro.

Jeg var først tilbage på hotellet kl.19 og meget klogere på, hvad det egentlig var for optagelser, der skulle laves i hhv. Rungsted og København. Selve min andel og rolle i filmen var skåret ned til at være en 'dokumentarpræsentation' af hovedfilmen, men skulle klippes ind tre forskellige steder. Idéen med en helaftensfilm var skrottet. Produceren havde sagt 120 min. og ikke et sekund længere, og der skulle troværdig og fængslende spænding til lige fra starten med skuddene i Buntingford og til bomben over Hiroshima.

Jeg gik direkte ind i restauranten, fandt hurtigt et 2-mandsbord og bad om menukortet og en stor øl. Mens jeg sad og nippede til øllen, undrede det mig, at Michael Howard ikke havde nævnt ét eneste ord om de ændrede planer og om, hvor presset han i virkeligheden selv var.

En time senere slappede jeg af på mit værelse med et glas rødvin. Jeg gik i gang med mine forberedelser til i morgen – jeg havde to dage foran mig, hvor jeg kunne iscenesætte mig selv uden ustandselig at blive korrekset og korrigeret, og det glædede jeg mig til.

Det blev også to spændende og oplevelsesrige dage. Jeg syntes selv, det gik godt om torsdagen, selvom det virkede en anelse for stift og formelt, så jeg besluttede at lave præsentation om til et mere publikumsvenligt show og invitere dem med ind i snakken om, hvordan en roman bliver til og hvordan personprofilerne former sig undervejs i processen.

Clarence og jeg mødtes fredag formiddag inde på forlaget. Jeg gav hende mit danske manuskript med ok for at videregive det til Fisher Tashenbuch Verlag underforstået, at jeg ingen indvendinger havde. Dernæst fortalte jeg hende om mine overvejelser og planer om, hvordan jeg agtede at involvere publikum langt mere end det, jeg havde oplevet i går.

– Clarence, the audience is not my enemy, it is my allied – therefore I want them to join the show, they are my partners.

– Tom, you are amazing. I trust you, so do what you find the best today in Oxford.

Præsentationen i Oxford blev helt speciel, måske også fordi William Ryles far, Gilbert Ryle kom hen og hilste på.

– Min søn, William, har overdraget sin personlige invitation til mig, fordi han er forhindret i selv at møde op, men understregede flere gange, at jeg ikke måtte gå glip af en stor oplevelse. Han har talt meget om dig i forlængelse af din deltagelse i hans debat-program sidste år, men måske mest i forhold til en bog, jeg har skrevet om en filosofisk begrebsanalyse af vores forstand og intelligens. Jeg har taget et signeret eksemplar med som gave og håber meget at høre fra dig, hvis du har kommentarer og bemærkninger til mine analyser og konklusioner. Jeg er naturligvis helt på det rene med, at aftenens pro-gram er noget helt andet med fokus på en autentisk, skønlitterær roman, men jeg glæder mig til at se, hvordan en ung forfatter som dig vil underholde et helt fyldt auditorium.

Ti minutter før Clarence skulle indlede, dukkede Michael Howard op. Nogen måtte have fortalt ham et eller andet?

Da Clarence var færdig med sin præsentation af 'Viktor og Emilia' og overlod taler-stolen til mig, åbnede jeg med en lille advarsel i den mere humoristiske ende af skalaen.

– Hvis nogen af jer tilfældigvis har en forfatter i jeres omgangskreds, så vær forsigtige med, hvad I siger og fortæller, for en dag vil han bruge det i en af sine egne bøger, og I vil måske blive citeret for noget, I aldrig har sagt.

De to primære hovedpersoner i min roman er mennesker, jeg har arbejdet for og kendt, siden jeg var 16 år gammel. Viktor fortalte mig i virkeligheden sin livshistorie, og Emilia uddybede undervejs med sin egen historie. Jeg lavede efterfølgende en historisk research på Viktors lange rejse ind i dødens iskolde favn, hans og tusinders andres kamp for overlevelse i det sibiriske frosthelvede og flugten mod vest, til Finland. Ud over at føre krig mod hinanden kunne en del af de europæiske nationer trods alt finde ud af at samarbejde om én ting: Forfølgelsen af jøderne.

Der er altid mindst to personer i et slagsmål, og når kampen går i 'infight' er der som regel også en taber og en vinder, men i en krigsoptik er der ofte kun tabere, specielt hvis det er to eller flere lande eller folkeslag, der bekriger hinanden indbyrdes: Samaritanerne og jøderne har bekriget hinanden i flere århundrede og jøderne har i lige så mange århundrede haft svært ved at tilkæmpe sig et landområde og oprette en jødisk stat. Når vi omtaler englændere, tyskere eller franskmænd refererer vi samtidig til en nation, som jøderne før 1948 aldrig har kunnet påberåbe sig: De har været spredt ud over det meste af verden i små enklaver, som måtte kæmpe for deres egen overlevelse. De turde ikke integrere sig i de forskellige nationale befolkningsgrupper, fordi de var bange for helt at uddø som et selvstændigt folk, og derfor blev de udsat for had og forfølgelse, også af lande og regimer, der udadtil påstod det modsatte.

Først gang jeg brugte fortællingen om Emilia og Viktor var i ren historisk sammen-hæng som afleveringsopgave på gymnasiet og blev efterfølgende beskyldt for at have fremført racistiske udfald mod navngivne lande og regeringer. Jeg vidste imidlertid, hvad skuespillet gik ud på: Politisk dobbeltmoral af værste skuffe.

Jeg havde imidlertid et andet projekt, der var meget større, og derfor fik 'Viktor og Emilia' lov til at hvile i næsten to år. For godt og vel et år siden kom jeg ud for en meget alvorlig ulykke. Under en højalpin klatretur styrtede min forlovede og jeg. Sikringerne sprang ud af klippevæggen som gummipropper, og først nr. fire kunne modstå det voldsomme træk. Min forlovede omkom, mens jeg overlevede. Seks uger senere indskrev jeg mig på et hotel i Venedig, og her begyndte jeg at skrive den endelige version af romanen. I virkeligheden havde jeg behov for at sætte ord på Angelikas og mit forhold, men valgte at læse dem ind over Viktor og Emilia. Jeg har lagt koder ind, så den opmærksomme læser kan skelne mellem, hvornår det er Viktor, og hvornår det er Tom, der giver sin mening til kende – det samme har jeg gjort med Emilia og Angelika. Essentielt er der stor forskel på Viktors og min kamp for at overleve, at leve videre og forme et nyt liv, men grundlæggende havde jeg gennem min egen kamp fået forudsætningerne for at kunne sætte mig i Viktors sted gennem hele hans kamp for at overleve og blive forenet med sit livs kærlighed trods umenneskelig og uoverstigelig modstand og en endnu større modgang dikteret af en krig, som han overhovedet ikke havde nogen andel i – bortset fra at være jøde.

Jeg vil gerne læse to episoder fra bogen, som samtidig er en slags nøgler til at åbne for kompleksiteten i den samlede roman, da den foregår på 3 forskellige niveauer samtidig: Det personlige plan, det politiske og 'krigsministerielle' plan i Europa og det internationale plan med fokus på menneskerettighederne, nemlig præcis den passage, hvor romanens overordnede problematik for første gang træder tydeligt frem.

Dernæst udpluk fra de mange gange, hvor Viktor føler sig forrådt i det politiske samspil landene imellem: Han er uønsket over alt, og derfor skal han elimineres, gemmes bort i et sibirisk vinterhelvede, hvor ingen kender beretningen om den barmhjertige samaritan.

Viktor har imidlertid en helt anden plan, og derfor er hans sejr også en sejr for hele menneskeheden.

Da jeg tyve minutter senere var færdig, var der dyb stilhed i flere sekunder, inden en kæmpe applaus brød igennem.

Stephen skulle styre slagets gang, men pludselig var der 15-20 personer, der kæmpede for at stille det første spørgsmål.

– Mit navn er Ben Jones, kulturredaktør på 'Britain News of the World'. Jeg har flere spørgsmål, som jeg håber at få svar på. For det første var din indledning et forfriskende pust fra en så ung forfatter som dig. Spørgsmålet lyder: Er det specielt for denne roman, at den endelige udgave skulle gennemgå tre forvandlingsprocesser? Næste spørgsmål handler om oplæsningen. Jeg har et eksemplar af din roman, som avisen modtog i går fra Herbert Corporation. Desværre har jeg endnu ikke nået at læse den, men jeg kunne følge med, da du læste op. Du gjorde det fantastisk medrivende, uden det på noget tidspunkt virkede patetisk. Du gjorde det også på en måde, så man skulle tro du var professionel skuespiller, altså med en værdig distance til personer og indhold. Du kiggede hele tiden ud på os uden én eneste gang at kigge ned. Du lavede en medrivende 'Oplæsningen', fulgte næsten ordret bogen, men du havde ingen bog, du læste op fra - og nu kommer spørgsmålet: Do you really know the whole novel by heart or are you just one of those 'mind machines'?

Jeg lagde ud med at takke for de pæne ord. Dernæst fortalte jeg, at tilblivelsesprocessen for 'Viktor og Emilia' nok var helt specielt af de grunde, jeg allerede havde været inde på - heraf følger også, at jeg stort set kan hele romanen udenad, hvilket vil sige at alle sider med hændelser, problemstillinger, steder og personer er lagret i et slags mentalt arkiv, hvor jeg kan bruge alle fire nøgler for at få det ønskede billede frem. Jeg kan give et andet eksempel. Hvis jeg bruger dobbeltnøglen 'Viktor/Tom' får jeg fremkaldt et billede af side 105, som også er det sted, hvor koden er mest tydelig. Siden handler om nogle eksistentielle overvejelser Viktor gør sig, inden han vover sit tredje flugtforsøg, og den vil jeg sådan set også gerne have lov til at læse op, men jeg begynder nederst på side 104:

Det tog kun ganske få sekunder før der var fuldstændig stille i auditoriet

– Den efterårsnat, hvor Viktor lå vågen helt frem til kl. 4 om morgenen, traf han samtidig den mest afgørende beslutning i sit liv...

Da jeg 6-7 minutter senere var færdig, rejste folk sig og klappede.

Jeg takkede for den flotte tilkendegivelse, men gjorde samtidig opmærksom på, at jeg gerne ville drøfte følelser som had og kærlighed, politik og krigsførelse i forhold til svigt og bedrag, internationale konventioner og manglende kontrol og restriktioner og ikke så meget det konkrete indhold af romanen, for det skulle folk selv have lov til at opleve.

Herefter gik spørgsmål og svar frem og tilbage mellem publikum og mig, og der blev virkelig budt ind med nogle flotte formuleringer og svar. På et tidspunkt fik jeg et signal fra Stephen om, at det var ved at være slut.

– Kære publikum, sagde jeg og løftede begge arme, og straks var der fuldstændig ro i auditoriet. Denne herlige aften nærmer sig sin afslutning. Jeg har i aften hørt rigtig mange gode ting, som jeg tager med mig i mit videre liv. Jeres spørgsmål såvel som jeres svar har også åbnet for en ny eller en anden indgang til 'Viktor og Emilia', en tolkning, som falder helt i tråd med min egen intension. Som det allersidste indslag vil jeg delagtiggøre jer i en psykologisk forståelsesmodel, som efter min bedste overbevisning kan bruges i andre tilsvarende problematikker.

Jeg tegnede en ligesidet trekant på tavlen, placerede apati for oven, gældende både for personers og nationers holdning til konflikter og problemer. Had og kærlighed som de to stærkeste modsætninger omkring de nederste vinkelspidser med hver deres tvillingbegreber: Hævn og respekt. Følelsen af hævn er både en personlig og en kollektiv ytring, og i national sammenhæng kom den tydeligt til udtryk efter afslutningen af 1. Verdenskrig. Udvisning af respekt er igen udslag af oprigtighed (kærlighed), der viser positivt humanitært engagement.

Inde i trekanten tegnede jeg en cirkel, som skulle symbolisere spændingsfeltet mellem de engagerede mennesker. Dernæst lavede jeg en rotationspil, som angav, at de tre vinkelspidser hele tiden var i spil, og hver gang man går ind for at tolke, standser man rotationen på den vinkelspids, der skal uddybes nærmere.

– Dette var også min sidste 'manuduktion' før I selv tager over og former jeres helt egen oplevelse.

Rigtig god fornøjelse med 'Viktor og Emilia', men husk: Jeg har ikke forelagt en facitliste til forståelsen af en sejr for menneskeheden – i sidste ende er alt op til jer selv.

I den efterfølgende stilhed benyttede Stephen chancen til at sige 'Tusind tak for en god aften' og takkede endnu en gang for, at vi var budt velkommen her i Oxford, og mindre end tre sekunder efter blev der klappet og trampet i gulvet.

Gillmore kendte en rigtig god pub ikke ret langt fra Universitetet, så da publikum havde forladt auditoriet, foreslog han, at vi kørte hen og fik en tår at drikke, inden turen gik til London – og Michael tog med.

Vi skålede og var åbenbart lige tørstige alle fem, for det sank gevaldigt i glassene.

– Jeg tror, jeg vil komme til at savne de her 'events', sagde Clarence. Seancen i går var meget professionel, men måske lidt for traditionel og meget forudsigelig. Forløbet her i dag var ganske enkelt uovertruffet, og jeg glæder mig til at læse Ben Jones' artikel i søndagsudgaven af 'The Britain' og naturligvis 'The Suns' nye kulturindstik i søndagsavisen.

– Og i Ben Jones' øjne er du nu også professionel skuespiller, indskød Michael, og han har faktisk en vigtig pointe, som jeg også har skrevet mig bag øret: Du agerer bedst, når du instruerer dig selv.

Vi blev kun siddende en halv time. Stephen, Clarence og jeg kørte til 'The Royal Trafalgar' for at få noget at spise, inden køkkenet lukkede.

Lørdag eftermiddag var jeg tilbage i København. På vej hjem i flyet havde jeg kigget nærmere på 'The Concept of Mind', bogen som Gilbert Ryle havde foræret mig. Vurderet ud fra indholdet af de ti kapitler virkede den spændende og interessant, men jeg kunne ikke koncentrere mig om at gå i gang med selve læsningen under flyveturen.

Da jeg åbnede døren ind til lejligheden, lå der en stor A-4 kuvert fra Akademisk Studenterkursus og et brev fra mine forældre. Brevet fra ASK var mit eksamensbevis plus en kopi, som jeg kunne bruge, når eller hvis jeg søgte optagelse på Universitetet. I brevet fra mine forældre, stod der sådan set ikke andet, end at de glædede sig til at se mig.

Jeg tog en hurtig beslutning og klædte om til en løbetur. Inden jeg stak af, ringede jeg hjem for at fortælle, at jeg kom et smut hjem i morgen og regnede med at blive et par dage. Når jeg havde købt min billet, ville jeg ringe inde fra Hovedbanegården og fortælle, hvornår jeg var i Odense, så far kunne hente mig.

Vi havde tre hyggelige dage på Alminden, inden jeg tog tilbage til København. Jeg havde fået løbet, og jeg fik læst 'The Concept of Mind' færdig. Jeg skulle hjem og ordne optagelsespapirerne til Universitetet, og på mandag begyndte filmoptagelserne i Rungsted. Søndag den 14. skulle alle optagelser i hhv. København og Rungsted være afsluttet, og om mandagen skulle hele filmholdet tilbage til London, men jeg skulle kun være med de første 4-5 dage.

De eneste fra 'gamle dage' jeg fik hilst på i Rungsted var rektor Grange, Christensen og skolebetjenten. Jeg fik en behagelig snak med Grange og Christensen om, hvad jeg havde foretaget mig de sidste to år, og da jeg fortalte, at jeg havde taget min studentereksamen, kiggede de begge to på mig:

– Det ved vi godt Tom, sagde Grange. Vi så dit billede i avisen for tre uger siden, men dine flotte resultater skulle du have 'lagt' her på Rungsted Gymnasium i stedet for inde på ASK, og det sidste sagde han med et smil om munden.

Jeg bad dem om at hilse Østerberg og Bolvig og fortælle, at min roman om Viktor og Emilia også var udkommet i England og til efteråret ville udkomme i Tyskland, så noget godt var der i hvert fald kommet ud af min 'historieopgave'.

Hverken Gertrud eller Kristine var hjemme, og Mogens og Anne-Grethe var i Århus, så det blev fem hektiske dage med optagelser på Rungsted Statskostskole, på havnen og i byen – og alle optagelser var med statister og gymnasieelever, jeg ikke kendte. Torsdag til og med lørdag foregik optagelserne i København. Søndag var fridag, og jeg inviterede Michael, Cowan og Allan på en guidet tur gennem det historiske København og sluttede på Gråbrødre Torv, hvor de fik historien om det gamle munkekloster, og derefter gik vi ind på Peder Oxe og fik en lækker middag.

De næste 14 dage hed studieoptagelser i London, men for mit vedkommende regnede Michael som sagt med, at jeg kunne tage tilbage til København allerede om fredagen.

Jeg så ikke noget til hverken Clarence eller Stephen hele ugen, men Allan og jeg var ude at spise sammen både tirsdag og torsdag.

Det var først, da flyet kørte ud af startbanen på Heathrow, at jeg for alvor kunne begynde at slappe af, og hvordan dette virvar af alle mulige scener og optagelser skulle blive til én sammenhængende film, var mig ganske enkelt en gåde. Det havde været to meget hektiske uger, både fysisk og mentalt, men nu var jeg på vej tilbage til København og skulle bruge de næste 4-5 dage på at planlægge min ferie ét eller andet sted i Sydeuropa. Jeg var træt af at 'læse Tom Nolting', træt af at 'agere Tom Nolting' – nu ville jeg bare have lov til at 'leve Tom Nolting' uden instruktør.

Da vi landede i København, havde jeg besluttet mig for, at jeg ville til Korsika.

Senere lørdag eftermiddag mærkede jeg, hvordan rastløsheden bredte sig. Et kort øjeblik overvejede jeg at tage ud at bade på Bellevue, men det var nok det sidste sted at tage hen, når jeg ikke havde nogen at være sammen med, så jeg besluttede derfor bare at gå en tur.

To timer senere gik jeg ned ad de fire trappetrin til 'Det Lille Apotek'. Jeg var sulten og tørstig. Jeg bestilte apotekets berømte biksemad og en stor øl. Mens jeg ventede på biksemaden, tog jeg en tår af øllen og tog lokalet nærmere i øjesyn. Jeg sad ved det lille bord lige neden for trappen til venstre med frit udsyn til begge afdelinger. Restauranten var stort set fyldt, men jeg skilte mig ud som den eneste, der var helt alene – alle andre var sammen med kæreste, venner eller veninder, og jeg mærkede et lille stik i hjertet af misundelse.

Næste morgen gik jeg op på Nørrebrogade og købte en juice, en avis og et franskbrød med birkes. Da jeg kom tilbage, kogte jeg et æg og dækkede op inde i stuen med lys og servietter.

Under morgenmaden blev jeg forstyrret i min avislæsning, fordi mine tanker hele tiden kredsede om Angelika, og hver gang jeg troede, billedet var skubbet til side, dukkede alle tankerne alligevel op igen et par minutter senere. Det både undrede og irriterede mig, fordi jeg troede, det var noget jeg havde fået på afstand. Tankebillederne efterlod mig i en mærkelig tilstand, hvor skyld var den dominerende følelse. Jeg kunne ikke helt gennemskue, hvad det handlede om samtidig med, at jeg havde fornemmelsen af at udstille mit eget liv over for en eller anden mental overjeginstans. Var det et skakspil med og mod mig selv, jeg var ved at starte op, eller var det bare efterveerne fra de sidste tre ugers stressende aktiviteter. Jeg vidste det af gode grunde ikke, men jeg kendte en god forebyggende aktivitet: En lang løbetur.

Da jeg kom tilbage fra løbeturen, havde jeg taget en vigtig beslutning. Jeg fandt alt mit gamle materiale om 'korsikaneren' frem og gav mig til at læse det hele igennem igen. Sjælen i det folkelige oprør på Korsika skulle blive til en stor roman om Jean Rébellion som den gennemgående figur gennem 300 års undertrykkelse af fremmede magter og lande. Jeg ville afdække hele magtspillet i det vestlige Middelhav set gennem øjnene af de guvernører, konger, kejsere og militære personer, der havde spillet en afgørende rolle under udførelsen af deres magtbeføjelser, som hver gang handlede om at få ram på Jean Rébellion, som skulle være det navn, der gik i arv fra generation til generation op igennem et oprør, der strakte sig over flere århundrede.

Allerede en time senere var jeg på vej ind til Hovedbiblioteket på Kultorvet. To af de bøger, jeg tidligere havde læst, håbede jeg at kunne finde igen, men derudover skulle jeg bruge en del supplerende materiale af socialantropologisk karakter, der kunne retfærdiggøre sjælen i det korsikanske oprør. Jeg ville også prøve om jeg kunne finde nogle bøger om, hvorfor lige præcis Korsika og ikke Sardinien var så interessant i englændernes, franskmændenes, østrigernes eller italienernes 'kikkertsigte'.

Jeg kom tilbage med 5 store bøger, som jeg mente dækkede mit personlige interessefelt ganske godt.

Jeg lagde bøgerne ind på sofabordet i stuen og gik ned til købmanden på Jagtvej for at handle ind til de næste to dage. Mens jeg gik og fyldte varer i kurven tog jeg mig selv i ed på, at 'Korsikaneren' skulle være en leg med mig selv, men stadig en seriøs udfordring omkring at lave en skønlitterær roman ud fra det koncept Suhrkamp Verlag havde valgt med 'Brainstorm over Manhattan og Dresden': Alle de historiske og magtpolitiske rænkespil på de ulige sider og Jean Rébellions heroiske kamp på de lige sider, altså to fortællinger i én.

Jeg burde have kendt mig selv godt nok til at vide, at det var en farlig leg, jeg havde sat i gang. Jeg kom ikke ud at løbe hverken næste dag eller dagen efter. Jeg var travlt optaget af at læse, lave notater og sammenskrive – og holde det hele adskilt i de to parallelle fortællinger.

Når jeg blev sulten, lavede jeg mad uden at skele til, hvad klokken var.

Det var først på 3. dagen efter besøget på Hovedbiblioteket, at jeg kunne mærke på min krop, at der skulle ske noget andet: Jeg havde brug for et break.

Efter morgenmaden klædte jeg om til en løbetur. Jeg havde brug for at gennemtænke hele skriveprocessen lidt på afstand.

Jeg fulgte Jagtvej over til Østerbrogade og derfra videre op ad Strandvejen mod Hellerup, Klampenborg og helt op til Vedbæk. I Vedbæk holdt jeg en lille pause, satte mig ned til havnen, og mens jeg kiggede ud over Øresund, faldt de strukturelle problemer i skrivearbejdet stille og roligt på plads.

Tre en halv time senere løber jeg forbi Vibenshus Runddel og kommer ind på Jagtvej igen. Da jeg er ved at passere en tankstation, kommer der en bil ud med alt for høj fart. Jeg havde ikke nået at bemærke den, og føreren af bilen så overhovedet ikke mig. Jeg løber lige ind i siden på bilen, bliver frygtelig forskrækket og knalder hovedet ind i sideruden, hvor føreren sidder. Derefter ryger jeg baglæns og klasker baghovedet ned i fortovet. Jeg hører bilen bremse og ser manden stå ud. Pludselig er der en 5-6 personer omkring mig, og jeg beder om hjælp til at komme op at stå, men kan ikke selv holde balancen. Få øjeblikke senere hører jeg en ambulance, mærker hvordan to reddere tager fat i mig og lægger mig over på en båre – og fra det øjeblik er alt sort.

Jeg blev vækket af solens skarpe stråler, som stod lige ind i ansigtet på mig. Jeg kiggede mig omkring i lokalet og fik straks associationer til sygehuset i Garmisch. Jeg prøvede at tænke tilbage, men kunne kun huske, at jeg var løbet direkte ind i en rød varebil lige efter Vibenshus Runddel.

Jeg lå længe og prøvede at genskabe et billede af mig selv: Hvem er jeg, hvordan ser jeg ud, og hvad laver jeg?

Det var en sej kamp og indimellem var jeg nødt til at lukke øjnene for bedre at kunne visualisere mine tanker. Det blev en lang vandring tilbage til mig selv, og jeg havde meget svært ved at forstå, hvad der var sket bortset lige fra, at jeg havde slået hovedet.

Jeg lå i en tågeagtig døs med skiftende indtryk fra hhv. London, København og Kranzbach med en altdominerende kvindeprofil lagt ind over de fysiske sanseindtryk, da tre hvidklædte personer dukkede op ved min seng.

– Halløjsa, er man vågnet fra den lange søvn? spurgte en ældre herre med et fint hvidt fuldskæg.

En ung mørkhåret mand kom hen og tog mig i hånden.

– Mit navn er Søren Riis, jeg er overlæge her på intensivafdelingen og har fulgt dig de tre døgn, du har været indlagt. Min kollega her til højre hedder Carsten Hvid og er psykiater. Kvinden ved siden af mig hedder Susanne Larsen og er oversygeplejerske her på afdelingen. Først skal jeg spørge dig om, hvordan du har det? Har du smerter, eller føler du dig utilpas, noget med kvalme eller svimmelhed?

Min mentale døs blev på et sekund forvandlet til en knivskarp bevidsthed:

– Tre døgn? Har jeg virkelig ligget her i tre døgn?

– Ja, svarede Søren Riis, og problemet er, at vi ikke ved, hvem du er, hvad du hedder, og hvor du bor, og politiet har ikke kunnet hjælpe os, da de ikke har nogen efterlysninger, der matcher din alder og dit udseende.

– Jeg hedder Tom Nolting, bor inde i Husumgade nr. 12, føler mig udmærket tilpas, ingen smerter eller kvalme, og i øvrigt vil gerne hjem hurtigst muligt.

– Og du bor helt alene i din egen lejlighed? spurgte Carsten Hvid.

– Ja svarede jeg, det har jeg gjort siden jeg kom hjem fra Tyskland.

– Godt, fortsatte Carsten Hvid, men *vi* har et problem, og det handler om, at vi tror, *du* har et stort problem, og det problem hedder ikke kun Angelika. Du har snakket i vildelse, og jeg har siddet her ved din seng og lyttet adskillelige timer, og jeg er nødt til at fortælle dig, at du har et skyldkompleks, du slet ikke har gjort op med, og derfor har jeg aftalt med Søren Riis, at du ikke bliver udskrevet, før vi to har haft en grundig snak, men hvis du føler dig klar i morgen formiddag, så er det fint med mig.

Jeg mødte op på psykiatriafdelingen næste formiddag klokken ti med den faste over-bevisning, at mødet for mit vedkommende kun gik ud på at få en adgangsbillet til at blive udskrevet.

Carsten Hvid havde ingen intentioner om at holde på mig mod min vilje. Du er ikke en psykiatrisk patient i den forstand. Du kan til enhver tid rejse dig og gå herfra, men jeg har nogle ting, som jeg rent professionelt er nødt til at holde dig op på.

Det, vi kort berørte i går, handler om et psykosocialt traume udløst af et voldsomt chok kombineret med de to slag i hovedet naturligvis. Søren Riis og Susanne Larsen var flere gange ved at miste dig inden for de første 12 timer. Dine ar i hovedbunden og specielt dem på højre skulder fortalte med al tydelighed, at du har været ude for et alvorligt uheld inden for de sidste 2 måske 3 år — men det var i sig selv ikke noget, der kunne sætte hele din organisme i stå, derfor blev jeg tilkaldt. Jeg oplevede din tilstand som en neurotisk affektresonans uden kontrol, en tilstand, som man også kunne kalde en ubevidst identitetsnedsmeltning, et negativt mentalt kraftfelt, som ville lamme alle livsfunktioner.

Jeg kiggede på Carsten Hvid, mens jeg spurgte:

– Udtrykt i ganske almindelige ord og vendinger, betyder det så, at jeg var i gang med slå mig selv ihjel, begå mentalt selvmord?

– Ja, sådan kan du godt udtrykke det.

– Men sådan føler jeg slet ikke, nærmest tværtimod. Jeg er ikke dum, jeg ved godt, hvordan jeg tænker og føler.

– Det handler ikke om at være dum eller fantastisk klog for den sags skyld. Det psy-kosomatiske samspil bliver nogle gange yderligere kompliceret af det, jeg kalder 'neuro-kortslutninger'. Disse mentale kortslutninger kan kun afdækkes og behandles gennem en logisk konfrontation, som er en effektiv og direkte behandlingsmetode uden brug af medicin eller langvarig psykoterapi — og vi kan starte med det samme, hvis du er parat?

Jeg var ikke fri for at føle mig udfordret, og det havde jeg det egentlig godt med.

– Ja tak, lad os bare gå i gang.

– Jeg har et 'spejl', du skal kigge i, men det er kun dig, der kan sætte ord på billederne, hvis der altså dukker nogle op — og du skal give mig lov til at stille spørgsmål, hvis jeg ikke forstår, hvad du siger — er det en aftale?

– Ja, jeg er med.

Rent symbolsk tog Carsten Hvid et stort 'håndspejl' frem med matteret glas, og bad mig holde det op foran mig selv.

– Du løber direkte ind i siden på en rød bil, knalder panden ind i sideruden, falder baglæns og banker baghovedet ned i fortovet. Det er i sig selv slemt, men ikke voldsomt nok til at udløse den efterfølgende psykiske reaktion. Tom, hvad skete der i det øjeblik, du ramte bilen?

Jeg kiggede ind i 'spejlet' og fik billedliggjort det chok, jeg oplevede da bilen ramte mig og omvendt, og det, jeg så, var styrtet på Djævelens Bjergkam sammenholdt med Angelikas død. Carsten Hvid sad og lyttede, mens jeg fortalte om vores kærlighed og det forestående bryllup, som forvandlede sig til et mareridt.

– Det falder udmærket i tråd med det, jeg hørte dig ligge og sige i sengen, altså det psykosomatiske traumebillede.

Det næste, jeg kunne tænke mig at sætte fokus på, er dine nære relationer og bekendtskaber. Uden at citere dig for noget overhovedet, så fik du sagt meget om dine venskaber og forskellige kammeratlige forhold, om meget vidt forskellige personer og steder. Du talte både dansk, tysk og engelsk mellem hinanden, men det, der slog mig mest, var angsten i din stemme, som om du kørte psykisk terror mod dig selv. Jeg ved godt, det lyder voldsomt dramatisk, men i mine øjne er det meget alvorligt.

– Næste billede handler om dit sociale netværk, dine nære og værdsatte relationer til andre mennesker. Hvis vi nu prøver at forestiller os det værst tænkelige, altså at du var død ved ankomsten til Rigshospitalet eller at 'nedsmeltningen' var lykkedes. Hvem ville så efterlyse dig inden for de første otte dage? Efter to uger? Og efter fire uger?

Jeg kiggede ind i det matterede glas for at få et billede af Amalie eller Charlotte, men nej. Amalie var på Borneo, og Charlotte var helt sikkert dybt optaget af sit forhold til Henrik Lehmann og sit arbejde. Salomonsen, Klaus, Clarence, Stephen, Allan – nej. Mine forældre, ja men først efter fire uger, da jeg jo havde fortalt, at jeg ville rejse sydpå.

Efter yderligere to minutter kom svaret stille og roligt:

– Ingen hr. Hvid. Jeg kan ikke komme på nogen, som ville gå så drastisk til værks som at ringe til politiet for at få mig efterlyst. Mine forældre ville først reagere, når der var gået en 6-7 uger.

– Det anede mig Tom. Der er ikke noget forgjort ved at fortælle dig, at det svarer meget godt til de tanker, jeg har gjort mig, inden snakken i dag.

I vores, fagpsykologiske forstand finder man først en egentlig eksistens i mødet med et andet menneske, hvad enten vi snakker kærlighed, venskab eller arbejdsrelaterede 'møder'. Du har tilsyneladende suget dig selv ind i et vakuum, som for bare tre dage siden var livstruende. Du var tæt på at opgive kampen for en mening med dit eget liv. Hvis man opgiver meningen med sit liv, svarer det til, at afisolere alle elektriske ledninger i et kompliceret styresystem – og så kommer kortslutningerne.

Jeg sad længe og tænkte over det, Carsten Hvid havde sagt. Jeg kunne godt se hele forløbet for mig, og det var desværre rigtigt, som han havde fremlagt det. Endnu engang var jeg så at sige reddet i sidste sekund – eller hvad?

For et kort øjeblik gled jeg helt ind i mig selv. Jeg mærkede, hvordan et indre uvejr trak op. Billeder af personer og hændelser kastet rundt i luften som efterårsblade i vinden, og mens stormen raser, står den smukke blodblomst i flor, og snart vil de hjerteformede kronblade dække den stenede jord som et mørkerødt tæppe, blødt og betagende lig kinden på den unge brud.

Jeg står foran den blomsterdækkede indgang og vinker til Angelika, der kommer gående hen imod mig.

Jeg blev kaldt tilbage fra min mentale absence af Carsten Hviids skarpe stemme.

Efter samtalen med Carsten Hvid gik jeg op til Susanne Larsen og blev udskrevet. Mit løbetøj var blevet vasket, og derudover havde jeg kun min hoveddørs- og lejlighedsnøgle. Da vi gav hånd og sagde farvel kiggede Susanne bekymret på mig:

– Og næste gang du tager en løbetur, så husk lige at tage et legitimationskort med i baglommen – ok.

Mit næste møde med Carsten Hvid var allerede fredag klokken 13, altså næste dag. Han havde givet mig en liste med 12 navne med hjem, navne jeg havde nævnt, da jeg lå og talte i vildelse. Det var min opgave at lave et sociogram eller et relationsdiagram mellem mig og de 12 personer. Dem, der betød meget for mig, skulle være tæt på, og dem, der ikke var så betydningsfulde, skulle have større afstand.

Der lå brev fra Amalie og en seddel fra Charlotte og Henrik inde i gangen, da jeg åbnede døren. Brevet fra Amalie var et luftpostbrev stemplet i en by, jeg tydede som Muaratewe på Borneo. De havde store problemer med deres forskellige tilladelser, fordi der også skulle betales bestikkelsespenge, et såkaldt håndteringsgebyr, som var meget almindeligt dernede. Problemet var bare, at så mange penge havde de slet ikke med, så lige nu lignede det noget med, at de nok var nødt til at tage hjem allerede omkring juletid. De havde naturligvis kontaktet det rejseselskab, der havde arrangeret det hele for dem, men det virkede lidt, som om de prøvede at løbe fra deres ansvar. Om to dage skulle de vandre dybt ind i junglen for at møde en stamme, der kun havde haft meget lidt kontakt med den civiliserede verden. Her skulle de bo i 6-8 uger og lave notater om hele deres dagligdag, kultur, religion osv.

Jeg håber, du i det mindste har haft nogle spændende dage i London, og at filmoptagelserne er gået godt. Jeg regner helt sikkert med at møde en verdenskendt forfatter og filmstjerne, når jeg kommer hjem.

Kærlig hilsen
Amalie

Brevet fra Amalie varmede rigtig meget, specielt efter snakken med Carsten Hvid.

Seddelen fra Charlotte og Henrik var kontant, men bestemt sød og betænksom:

– Har været forbi to gange for at sludre og invitere dig med ud i det hektiske byliv, men du er aldrig hjemme – hvad laver du? Kig forbi, når du får tid og lyst.

Charlotte & Henrik

Fredag morgen efter morgenmaden gik jeg i gang med min hjemmeopgave til Carsten – Korsikaneren blev af gode grunde sat på 'stand by'.

Det var lidt nemmere nu efter brevet fra Amalie og beskeden fra Henrik og Charlotte, for nu havde jeg da i det mindste to livliner.

Først lavede jeg en liste over alle de navne, jeg havde haft en nærmere kontakt til sådan rent personligt, og her nåede jeg op på 25 personer. Over for denne liste skrev jeg de 12 navne, Carsten havde givet mig, og over for disse navne skrev jeg navnene på de to personer, som følelsesmæssigt havde betydet mest for mig, nemlig Gertrud og Angelika.

En lille time henne i denne navneleg begyndte alvoren langsomt at gå op for mig. På et halvt år havde jeg manøvret mig ind i et socialt og eksistentielt vakuum, som ubemærket havde suget al mening og betydning ud af mit liv, og når jeg kiggede på det relationsdiagram, jeg havde tegnet, fremgik det tydeligt, at Tom Nolting havde store problemer – og det var jeg nødt til at snakke med Carsten Hvid om.

Jeg kom desværre fem minutter for sent til min konsultation, men da jeg fortalte, at jeg på vejen herhen var kommet i tanke om, at jeg endnu ikke havde ringet til mine forældre, gik jeg direkte hen til én af telefonboksene, da jeg trådte ind i indgangshallen.

Carsten Hvid respekterede min disposition, uden at jeg behøvede at komme med de store undskyldninger. Herefter lagde jeg mine lister og mit relationsdiagram frem på bordet. Jeg fortalte, hvordan jeg var gået i gang med først at liste alle de personer op, som på den ene eller anden måde havde haft betydning for mit liv og min udvikling. Dernæst havde jeg sorteret og indskrænket, og først derefter begyndte jeg på diagrammet. Mens jeg sad og tegnede, blev jeg også klar over, hvor stort omfanget af mit problem i virkeligheden er, og diagrammet endte i et mere eller mindre uoverskueligt kaos. Jeg hader at miste kontrol og overblik, så derfor begyndte jeg at dele diagrammet op i mindre sociale systemer, som også omfatter de hændelser, der har haft betydning for mit liv, og nærmest i perioder været styrende for hele min udvikling både mentalt og socialt. Det blev i alt til syv diagrammer, og da jeg havde lavet det sidste, kunne jeg begynde at dele kaosdiagrammet op i undersystemer og give dem indeks og betegnelser, som refererede til, hvor og hvordan, de havde påvirket mig. Jeg har også prioriteret dem ud fra både et kronologisk og emotionelt perspektiv, og ...

– Har jeg sagt noget galt? Du kigger så skeptisk på mig.

– Nej tværtimod. Du har fortalt og fremlagt i over tyve minutter og ikke sagt ét eneste ord forkert. Jeg skal også være ærlig at sige, at da du gik i går begyndte jeg mit eget lille detektivarbejde for at finde ud af, hvem Tom Nolting er som person. Det lykkedes mig faktisk at stykke så mange brikker sammen, så jeg i dag ved, at jeg sidder over for et yderst intelligent menneske, som under mindre uheldige omstændigheder sikkert *ikke* ville have haft brug for min hjælp overhovedet. Du har pulveriseret billedet af dit problem ved at intellektualisere din egen rolle i forhold til de forskellige hændelser og personer, men selve problemet eksisterer stadigvæk, selvom du prøver at bagatellisere betydningen af det.

– Det er mærkeligt, for i formiddags havde jeg en masse, jeg gerne ville snakke med dig om, og så sidder jeg her og fremlægger 'en psykologiopgave', som om den var løsningen.

– Kan du huske, hvad det var, du specielt gerne ville snakke med mig om, indskød Carsten Hvid hurtigt.

Jeg behøvede ikke nogen tænkepause for at svare.

– Ja, allerførst var det chokbilledet. Jeg løber ind i en rød bil på Tagensvej og genoplever på et splitsekund det tragiske styrt på Djævelens Bjergkam.

– Djævelens Bjergkam? Det var da også et makabert navn på en bjergtinde. Hvor kommer det navn fra?

– Det ved jeg ikke, men et godt gæt er den djævelske udfordring, man udsættes for på vej op ad nordsiden til den højeste af de tre tinder.

– Det vender vi tilbage til om lidt, men hvad var det andet, du gerne ville snakke med mig om?

– På den følelsesmæssige og seksuelle kant har jeg haft tre tætte forhold, hvor Angelika var foreningen af en Gertrud og en Kristine, men det skulle ikke lykkes. På vennesiden har jeg i virkeligheden aldrig haft en god ven, som jeg havde et tæt forhold til – måske lige bortset fra Bent, min klassekammerat fra Bogense Realskole, som omkom under vores katastrofesejlads for en del år siden. På kammeratsiden er der altså heller ingen stærke sociale relationer til at løfte min kamp for en mening med livet, og jeg har således ikke været i stand til at bygge bro over til den lykkelige side af tilværelsen – derimod klæber døden på mig som præstelus, både i forhold til andres og mit eget liv. Fire gange har jeg selv været i spil, men blev trukket i land i sidste øjeblik. Selvfølgelig har jeg problemer, meget store endda, og alligevel synes jeg, jeg klarer mange andre ting fantastisk godt. Jeg tog til Schiffdorf og besøgte Angelikas grav i min sorgbearbejdelse for netop at sige farvel på en anstændig og konfronterende måde, så mine ar kunne heles uden skyldfølelse. Det er åbenbart heller ikke lykkedes. Du må hjælpe mig hr. Hvid. Fortæl mig, hvad det er jeg skal arbejde med.

– Jeg vil gerne hjælpe dig. Jeg er overbevist om, at jeg *kan* hjælpe dig, men de vigtigste ting og tiltag, der skal til for at komme i mål, skal du nødvendigvis selv levere og udføre. Jeg kan ikke handle for dig, på samme måde som jeg heller ikke kunne drømme om at give dig medicin, som sløver dine sanser og dit intellekt.

Jeg anvender en terapiform, hvor du vil blive konfronteret med det, jeg mener, er problemets sande kerne. Vi drøfter i fællesskab, om det nu også er sådan tingene forholder sig, og hvis vi er enige, er det dig, der er problemknuseren, ikke mig – det er dig, der har problemet, ikke mig. Rent billedligt skal du forstå det sådan, at hvis du for 4. gang kommer til mig og fortæller, at du overvejer at begå selvmord, så ville jeg råde dig til at afprøve muligheden, da det efter mine bedste fagpsykologiske input er umuligt at leve de næste 10 år, hvis du hver anden dag ønsker at begå selvmord. Skal vi mødes igen, skal du også være parat til at fortælle alt om dit forhold til dine forældre, til Bent og Gert. Tænk over det, og hvis du er parat, så lad os mødes på mandag samme tid – er det en aftale?

– Ja naturligvis, og det vil jeg se frem til.

Efter konsultationen med Carsten Hvid gik jeg ned ad Nørre Allé til Sct. Hans Torv. Det var et skønt sommervejr, så jeg havde allerede besluttet ikke at gå direkte hjem. Jeg fandt et ledigt bord på fortovet foran Sebastopol og bestilte en stor fadøl. Jeg sad og studere folk, der gik forbi, samtidig med at jeg holdt øje med en gruppe unge mennesker ude midt på torvet. Jeg var kommet til at synes godt om Carsten. Jeg kunne godt lide hans ærlige og direkte tilgang til sine klienter plus den omstændighed, at han åbenbart meget nødigt ville medicinere problemerne væk. Jeg blev revet ud af mine tanker, da der kom et ungt kærestepar og spurgte, om de tomme stole var ledige.

– Ja, vær så god. Sæt jer bare, svarede jeg smilende.

Et øjeblik senere blev min opmærksomhed igen indfanget af de unge mennesker ude på torvet. Én af dem havde taget en guitar frem og prøvede at få et par stykker med til 'Blowing in the wind'. Det lykkedes med hiv og sving at få gang i sangen, men de grinede ind imellem, så det var tydeligt at høre, at det ikke var deres musikalitet og sangstemmer, der var det vigtigste – det afgørende var, at de hyggede sig, og det så det i hvert fald ud til. Jeg kunne ikke undgå at få associationer til græsplænen ved Rungsted Havn, hvor vi havde siddet og hygget os med en øl eller to for tre år siden. Jeg signalerede til tjeneren, og han kom straks hen til bordet.

– Jeg kan se, der sidder elleve unge mennesker ude midt på torvet og hygger sig med lidt musik.

– Ja de kommer af og til, spiller musik og har det rart, men de generer ikke nogen – sådan oplever jeg det i hvert fald ikke.

– Det gør jeg overhovedet heller ikke, tværtimod. Kan du ikke gøre mig en tjeneste og bringe elleve øl ud til dem – jeg betaler naturligvis.

Nu så tjeneren på mig med en helt anden attitude:

– Undskyld, jeg troede du ville brokke dig over, at de larmede. Jeg skal straks bringe øllet ud til dem.

Mindre end tre minutter senere satte tjeneren en bakke med elleve øl foran de unge mennesker, men ham der spillede guitar, vinkede affejende med hånden:

– Ingen af os har bestilt jeres dyre øl. Hvis vi har lyst til en øl, går vi over til købmanden.

– Hos købmanden får I ikke øllet gratis – denne omgang koster ikke noget, alt er betalt. Én af vore gæster syntes åbenbart, I så tørstige ud.

Alle rejste sig op og kiggede over mod fortovsterrassen, og jeg gav mig til kende ved også at rejse mig og skåle ud mod pladsen.

Da jeg kom tilbage i Husumgade lå der et brev fra Salomonsen, hvor han ønskede mig tillykke med min flotte studentereksamen. Han havde tilfældigt set billedet i avisen og læst om det rekordagtige antal 13-taller, som i øvrigt ikke kom bag på ham. Han fortalte også, at der var blevet overført 103.000 kr. fra British Paramount Studios og næsten 32.000 kr. fra Herbert Corporation. Inklusiv disse to sidste overførsler var saldoen på min klientkonto nu 319.834,45 kr. – du er med andre ord en ganske velbeslået ung mand Tom. Salomonsen havde i anden sammenhæng talt med Charlotte og fået at vide, at jeg var tilmeldt det juridiske fakultet i København, og det syntes han lød meget spændende, og håbede vi fortsat holdt den personlige kontakt ved lige.

Venlig hilsen – Carl Christian Salomonsen.

Jeg var frygtelig rastløs, ville en masse forskellige ting, men kunne i sidste ende alligevel ikke beslutte mig. Arbejdet med 'Korsikaneren' var stadigvæk på 'stand by'.

Jeg blev mere og mere irriteret på mig selv og vidste dermed også, at jeg var nødt til at gøre et eller andet, så jeg besluttede at gå ind mod Gråbrødre Torv, få noget at spise og måske gå en tur i biografen bagefter. På vej ind ad Nørrebrogade, lige over for Ravnsborggade, så jeg en kvinde skrå over vejen i en lidt dansende stil. Alle hendes bevægelser mindede i den grad om Gertrud, og jeg var lige ved at råbe, men da hun ovre på den anden side vendte sig om, så jeg med det samme, at det ikke var Gertrud.

Jeg kunne jo prøve at ringe, slog det ned i mig som et lyn.

Jeg overvejede længe, hvad jeg skulle, uden at jeg kunne tage en beslutning. Hvad var det for en kontakt, jeg ville genoptage, og hvad var det egentlig, jeg ville opnå? Inde ved Nørreport Station fandt jeg en ledig telefonboks og ringede.

Efter 15 sekunder var der stadig ingen, der svarede. Jeg lagde røret på, sukkede opgivende og forlod den varme telefonboks.

På vej ned ad Fiolstræde fulgte jeg en spontan indskydelse og gik hen mod det lille Apotek. Der var imidlertid så overfyldt og tilrøget, så jeg valgte en hurtig retræte og gik videre hen mod Gråbrødre Torv. På pladsen foran Peder Oxe var jeg heldig at finde et bord, hvor der kun sad én.

– Er der ledigt? spurgte jeg og pegede på de to tomme stole.

– Ja bitteschön, svarede den unge kvinde stadig med hovedet halvt nede i en turistguide over København.

Jeg kiggede på uret. Klokken var kun lige fem, altså stadig lidt for tidligt til aftensmad, så jeg bestilte et glas hvidvin.

Der fløj tusindvis af tanker gennem hovedet på mig, mens jeg sad og betragtede menneskemyldret nærmest lige foran mig. Jeg var meget spændt på, hvad Carsten Hvid ville byde ind med på mandag, men det var nok ikke smart at forberede mig alt for meget – det handlede vel i bund og grund nok mere om at være parat til at snakke om mine forældre, om Bogense og om Bent og Gert. For første gang gav jeg mig tid til i tankerne at gennemgå, hvad der egentlig skete dengang i Bogense, katastrofesejladsen, fodbold, cykelløb og mit forhold til Lars og Bjarne – men nogen klarhed på noget som helst fik jeg ikke. Jeg blev revet ud af mit kaotiske tankegods, da pigen overfor på 'tyskengelsk' spurgte, om jeg var turist eller kom her fra København.

– Ich wohne hier in Kopenhagen, und meinet wegen können wir ruhig deutsch sprechen, wenn Sie Fragen haben sollte.

– Aber Däne sind Sie nicht. Ich meine eine deutliche münchener Dialekt hören zu können.

– Das letzte stimmt ganz genau. Vor zwei Jahren wohnte ich unten bei Garmisch-Partenkirchen in Bayern, aber ich bin von Geburt Däne.

– Könnte ich bloss mein english auf dieser höhe bringen, aber dann müsste ich vielleicht auch ein Jahr in England verbringen.

– Ja hvorfor ikke, svarede jeg. London er en spændende by, men Cambridge og Oxford har deres helt egen charme med de gamle universiteter.

– Har du også studeret i England? spurgte hun tvivlende og skyndte sig at undskylde, at hun var så indiskret.

– Nej, jeg har ikke studeret, men arbejdet for et forlag i London, sagde jeg mens jeg tog hende nærmere i øjesyn. En ganske flot pige, et harmonisk og pænt ansigt med et langt glat rødbrunt hår.

– For øvrigt hedder jeg Tom, skyndte jeg mig at sige, inden mine blikke blev alt for pinlige.

– Og jeg hedder Liane, Liane Biedermann og kommer fra Münster, Nordrhein-West-falen, hvis det siger dig noget?

Lianes glas var tomt, og selv havde jeg kun ganske lidt tilbage.

– Må jeg byde på noget at drikke? spurgte jeg, og hvad kunne du i givet fald tænke dig?

– Det behøver du ikke, men hvis du har lyst til at spendere et glas kold hvidvin på en vildt fremmed person, siger jeg da mange tak.

Jeg bestilte en flaske Chardonnay. Fem minutter senere satte servitricen to nye glas, en Chardonnay og en spand med is på bordet. Hun åbnede vinen, skænkede op og fjernede de brugte glas.

Vi løftede glassene, nikkede diskret til hinanden og sagde skål.

– Og hvad skal du så lave i København? Det lød før, som om du gerne ville stille nogle spørgsmål?

– Ja, det ville jeg faktisk også. Jeg kom i går eftermiddags, og mit problem er, at jeg skulle have været sammen med en veninde, men hendes kæreste forbød hende i sidste øjeblik at tage med, fordi vi insisterede på, at det kun var os to. Nu er det bare sådan, at det er hende, der kender København, da hun har været her to gange tidligere sammen med sine forældre. Den her turistguide købte jeg i formiddags, og foreløbig har jeg bare vadet rundt for at finde nogle af de steder og bygninger, der er billeder af i bogen. Nu har jeg imidlertid siddet og lavet en liste over de ting, jeg *skal* se og opleve, mens jeg er her. Jeg vil også gerne op at se Kronborg, Hamlets borg, inden jeg tager hjem.

Jeg fik et lynhurtigt 'flashback' til påsken i Paris: Jeg havde helt og holdent lænet mig op ad Klaus, som imidlertid ikke dukkede nop.

– Må jeg se listen? Det kan jo være, jeg kan hjælpe dig med nogle af tingene.

Liane skubbede listen over til mig, mens hun hævede glasset: 'Zum Wohl'.

Vi faldt hurtigt i snak, da jeg måtte gå til bekendelse og fortælle, at jeg hverken havde været i Tivoli, på havnerundfart, I Zoologisk Have eller i Botanisk Have, hvilket jeg undskyldte med, at jeg kun havde boet her i godt ti måneder og havde haft frygtelig travlt med mine studier.

– Og hvad er det så lige for studier? spurgte hun nysgerrigt ind til.

– Jeg skal begynde på tredje semester af jura og statskundskab her til september, løj jeg glat uden at blinke, mens jeg løftede glasset og drak en tår af vinen.

– Men hvad slår du så tiden ihjel med hjemme i Münster? spurgte jeg lidt for henka-stet og nonchalant, kunne jeg høre på min egen stemmeføring, men da var det for sent.

– Jeg læser sociologi og filosofi, og kunne ikke drømme om at slå tiden ihjel, hverken i Münster eller nogen andre steder i verden. Det er én af de mest uintelligente bemærkninger, jeg overhovedet kender. Undskyld jeg siger det så direkte.

– Det skal du ikke undskylde, sagde jeg og rejse mig, men hvis jeg må give dig et kram, for din ærlige og skønne måde at være på, gør du mig en stor tjeneste. Jeg vidste det var tåbeligt sagt, allerede inden min egen stemme klingede ud.

Da Liane rejste sig, opfattede jeg det som en invitation og gav hende et stort kram.

– Det må jeg nok sige, sagde hun, da vi hævede glassene og lod dem støde sammen til en skål, det har jeg aldrig oplevet før, altså at nogen er parat til at indrømme, at de har fyret noget lort af uden åndsvage undskyldninger og forklaringer – og slet ikke en jurastuderende.

Herefter begyndte vi igen at snakke om 'sightseeinglisten', og jeg foreslog en stille og rolig gåtur til Kongens Nytorv og derfra videre over til Nyhavn, men først efter vi havde været inde på Hvids Vinstue. Jeg viste ruten på kortet og lod Liane selv bestemme.

– Men har du i det hele taget tid til det? Hvad med din kæreste, hvad vil hun sige til, at du guider mig rundt her i København en fredag aften?

– Det ved jeg virkelig ikke, men da den person, du hentyder til, ikke findes, så er der heller ingen, der kan føle sig hverken tilsidesat eller på anden måde trådt på. Jeg er min egen herre og har ingen aftaler før på mandag, så du er velkommen til at byde ind, hvis du har lyst - men hvis du hellere vil gå for dig selv, så skal jeg naturligvis ikke trænge mig på.

Jeg tog flasken op af isspanden og fordelte det sidste vin i glassene.

– Det føler jeg bestemt heller ikke, du gør. Jeg vil være rigtig taknemmelig for at have en guide de næste to dage, selvom du hverken har været i Tivoli, Zoologisk Have osv., men det kunne vi så måske gøre sammen lørdag og søndag?

– Det synes jeg lyder rigtig spændende, så lad os starte med at gå ned mod Kongens Nytorv.

Jeg fik øjenkontakt med servitricen og bad om regningen.

Ti minutter senere var vi på vej ned mod Hvids Vinstue. Den forreste del af restauranten ud til Kongens Nytorv var propfyldt, og vi fortrak om til lokalet bag baren. Der var imidlertid også mange mennesker, alt for mange. Jeg kiggede over på Liane og pegede hen mod udgangsdøren, og hun nikkede bekræftende. Da vi kom op ad trappen, var der et ældre ægtepar, der rejste sig fra deres bord, og det overtog vi omgående. Liane var meget betaget af stedet og stemningen, og jeg fortalte, at jeg havde været her adskillige gange, men aldrig oplevet, at der var så propfyldt af mennesker. Det varede også mindst ti minutter, inden vi fik kontakt med en tjener. Jeg bestilte to øl.

Da vi rejste os for at gå videre, insisterede Liane på at betale.

Nyhavn var en skøn blanding af gamle garvede værtshuse, fortovscaféer og folk, der bare sad på bolværket og drak 'høkerbajere'. Vi sad udenfor og spiste og gled helt ind i den betagende stemning, der herskede på den gamle havnefront.

Liane havde fundet et billigt hotel inde på Vesterbro i Absalonsgade, men det var bestemt kun et værelse, hvor man kunne sove, så hun havde ikke frygtelig travlt med at komme tilbage til hotellet.

Næste dag tog vi toget til Helsingør og gik ud og så Kronborg. Bagefter gik vi hen på Axeltorv og fik lidt at spise og en tår at drikke, inden vi tog tilbage til København. Vi havde besluttet os for at gå i Tivoli og bruge et par timer på at gå rundt og prøve nogle af de mange forlystelser. Bagefter ville vi finde et hyggeligt sted at spise og måske vente på at se fyrværkeriet klokken halv tolv.

Efter vi havde spist og gået lidt rundt igen, besluttede vi ikke at vente på fyrværkeriet. Jeg foreslog Liane at vise hende Nørrebro, kvarteret hvor jeg selv boede, et forslag som hun straks bifaldt.

Da vi stod ude ved Søpavillonen og kiggede ud over søerne, begyndte det at regne. Først var det meget stille og blidt, men da vi nåede Blågårdsgade, var vi nødt til at søge ly under en lille forretningsmarkise. Jeg tror kun vi stod dér en 5-6 minutter, før jeg gik ud og prajede en taxa til Husumgade.

Vi nærmest sprang ud af bilen og over til hoveddøren, for nu væltede det ned med vand.

Vi satte de våde sko i gangen og gik ind i stuen. Jeg bad Liane sætte sig i sofaen, og i mellemtiden ville jeg gå ud i køkkenet og se, om jeg kunne finde noget at spise og drikke. Jeg havde en flaske rødvin, to øl og en sodavand – og gudskelov en pose franske kartofler, men døgnkiosken oppe ved Runddelen havde åben helt frem til midnat, og på et eller andet tidspunkt måtte det da holde op med at regne. Jeg tog en lille gråblå keramikskål, som jeg havde arvet efter Charlotte, og fyldte med chips, satte to øl og skålen på en bakke, og gik ind til Liane.

– Hvor er det en hyggelig lejlighed, du har Tom, sagde Liane, da jeg kom ind med bakken. Må jeg godt se de andre rum?

– Ja vær så god. Soveværelset er lige inde ved siden af, og køkkenet har du sikkert kigget ud, hvor ligger. Toilet og bad er lige over for indgangsdøren. Voila mademoiselle, nu skal jeg vise rundt på slottet.

Efter 'rundvisningen' gik Liane over til min bogreol og kiggede på bøgerne. Jeg satte mig i lænestolen, åbnede øllene, satte keramikskålen ud midt på sofabordet og lagde bakken ind under bordet. Liane tog flere af bøgerne ud af reolen, bladrede lidt i dem og satte dem ind igen.

Da hun satte sig, skålede vi, og langsomt bredte der sig et underfundigt smil i hele hendes ansigt:

– Hvor gammel er du Tom? Eller sagt på en anden måde. Du læser ikke jura og statskundskab, men filosofi og videnskabsteori, og den der tåbelige bemærkning i går var kun for at teste mig – er jeg tæt på, eller hvad?

– Både ja og nej. Jeg har læst en del filosofi og videnskabsteori parallelt med matematik og fysik. Så langt er det rigtigt, men jeg har først lige taget min studentereksamen her for en måned siden. Med hensyn til jura og statskundskab har jeg stort set læst alt pligtstoffet for de første fem semestre.

Jeg er tilmeldt det juridiske fakultet her i København med den forventning, at jeg indstiller mig til den juridiske embedseksamen efter 4. semester. Derefter vil jeg læse økonomi ved 'The Economic School of London', inden jeg begynder at arbejde som advokat.

– Nu spørger jeg en gang til. Hvor gammel er du Tom? Og hvor gammel tror du, jeg er?

Jeg kiggede over på Liane.

– Du er omkring 23 år, har læst filosofi og sociologi i tre år og vil sikkert afslutte dine studier inden for de næste to semestre. Jeg er 21 år og er måske kommet lidt skævt ind på det hele, men er godt på vej.

– Ja det er rigtigt. Jeg er 23 år og regner med at afslutte filosofi i det kommende semester. Du har bøger stående - læst og studeret så vidt jeg kan bedømme - som jeg har læst i forhold til mit filosofistudie. Jeg taler om 'Erkenntniss und Irrtum', om 'The Structure og Science', om 'Logik der Forschung' af Popper, Tractatus og Filosofiske Undersøgelser af Wittgenstein, om A.J. Ayer og positivismen og ikke mindst om en signeret udgave af 'The Concept of Mind' fra Gilbert Ryle, og oven i det tre bøger af Nietzsche. Tom, det er ikke noget man læser for at slå tiden ihjel, og man får da ikke et signeret eksemplar af en anerkendt engelsk filosof uden at være personlig inviteret til at følge hans forelæsninger, ikke så vidt mig bekendt i hvert fald?

– Du har fuldstændig ret Liane. Jeg har aldrig slået tiden ihjel, og det var også derfor, jeg blev så ked af den totalt tåbelige bemærkning, og den var ved gud ikke møntet på at teste dig. Jeg har derimod brugt hver eneste dag, hver time og hvert minut til at blive klogere på, hvad livet handler om, og hvordan jeg kan bruge mine helt specielle evner og fortrin i forhold til andre mennesker, men det er desværre ikke helt lykkes for mig. Voldsomme begivenheder har flere gange været lige ved at få mig til at opgive det hele – specielt da vi under en bjergtur styrtede, og min forlovede mistede livet, men lige nu kunne jeg godt tænke mig, vi snakkede om noget andet.

– Det forstår jeg godt Tom. Hvad med i morgen? Det der, jeg sagde i går med

Zoologisk have og Botanisk Have, kan vi for min skyld godt droppe igen, hvis du har et bedre forslag, men jeg synes stadigvæk ikke, du skal føle dig forpligtet til at styrte rundt i København med mig på slæb.

– Det gør jeg heller ikke. Jeg synes faktisk det er rart, og du er et spændende og behageligt menneske at være sammen med. I løbet af næste uge skal jeg nå at planlægge tre ugers ferie, og det kan jeg jo i virkeligheden gøre på et par timer, når først jeg har fundet ud af, hvor jeg vil hen. Arbejdsmæssigt har jeg ligget vandret hele juni og en stor del af juli måned for at klare mine forskellige aftaler, så nu har jeg brug for at komme sydpå og slappe af med et par gode bøger. Lige nu peger 'barometeret' på Korsika. Jeg vil gerne rundt på hele øen, lave research og hente inspiration til en roman om øen og befolkningen, men jeg har ikke besluttet mig endeligt endnu. Det kan også tænkes at det bliver München eller Rom. Jeg har en god ven i München, jeg meget gerne vil besøge, og så må jeg tage til Korsika næste år.

Det var den efterfølgende stilhed, der gjorde mig opmærksom på, at jeg havde sagt noget, jeg nok ikke skulle have sagt – og ganske rigtigt.

Liane kiggede forundret og skeptisk på mig:

– Var det, jeg lige hørte en fortalelse, eller er du også forfatter ved siden af dine studier?

– Forfatter er måske så meget sagt, men rigtigt, jeg har skrevet to bøger inklusiv en afhandling om atomkapløbet under Anden Verdenskrig.

– Er de blevet udgivet, eller venter du på et eller andet forlag skal sige 'ja tak'?

– De er faktisk blevet udgivet, og den første af dem er også ved at blive filmatiseret.

– Men hvorfor i alverden har du ikke et eksemplar af dine egne bøger stående i reolen?

– Det er nok, fordi jeg synes det virker lidt for pralende og selvhævdende, kald det hvad du vil.

– Har du i det hele taget nogle, altså eksemplarer? Og må jeg i givet fald se dem?

– Ja det må du godt. De ligger i en papkasse inde i soveværelset – lige et øjeblik.

Da jeg kom tilbage, havde Liane skænket rødvin op i glassene, og ville gerne sige skål. Vi skålede og jeg lagde den reviderede udgave af 'Brainstorm over Manhattan og Dresden' og en officiel boghandlerudgave af 'Viktor og Emilia' på bordet foran hende.

Liane lænede sig tilbage i sofaen og begyndte at bladre i bøgerne. Der blev helt stille i adskillige minutter. Jeg lod hende læse og kigge i fred og tog i stedet et par mundfulde af rødvinen.

Da hun havde fået tilfredsstillet sin nysgerrighed, lænede hun sig igen frem og lagde bøgerne på sofabordet, og kiggede på mig mens hun rystede på hovedet.

– I går inde på den der restaurant, hvor vi mødtes, og du tilbød at vise mig rundt, var jeg ikke et øjeblik i tvivl om, at du var ude på at score, og jeg tænkte 'Lad ham da bare prøve, hvis han tror, det er så nemt', men sådan har du slet ikke virket hverken i går eller i dag. Så viser du mig din lejlighed, og *det* jeg ser og hører dig fortælle, er lysår fra den der scoretype, jeg havde kigget dig ud til at være.

– Tusind tak, det er jeg da glad for at høre.

– Men jeg er ikke færdig endnu. Du har også skrevet bøger om Tyskland og Anden Verdenskrig, som er udgivet på engelsk, *på engelsk*? Jeg er hverken naiv eller dum, men det her går over min forstand, hvad sker der lige?

– Ja, hvad sker der? Lige nu kæmper jeg for at få en dybere mening tilbage i mit liv. Jeg har rejst rundt, været i London, Cambridge, Oxford og sogar i Frankfurt for at fortælle om mig selv, forsvare mine videnskabelige metoder osv. Jeg er blevet genfortællingens genfortælling, det fortalte menneske uden rindende blod i årerne. Du er allerede én blandt ganske få i hele verden, der ved meget om Tom Nolting. Foruroligende, synes du ikke?

– Jo oprigtig talt Tom. Jeg har kun ét spørgsmål mere, og hvis du ikke har lyst til at svare, så snakker vi om noget andet, men hvad lavede du i Frankfurt, og hvornår var du dernede?

Promotion for mine bøger på bogmessen i februar. Brainstorm udkommer om en måned som specialudgave på Suhrkamp, og 'Viktor og Emilia' kommer på Fisher Taschenbuch Verlag engang i september, så kan du læse begge bøgerne på tysk, men du er velkommen til at beholde de to engelske udgaver, hvis du har lyst.

– Jo tak, det vil jeg bestemt meget gerne, men så skal du love at signere dem, inden jeg rejser. Jeg forstår bare ikke – nej, lad det ligge. Jeg tror du har svaret.

– Vi har ikke mere at drikke. Skal jeg lave noget kaffe eller måske en kande the?

– Hvis du gider lave en kande the, vil jeg blive rigtig glad.

Jeg gik ud i køkkenet, satte vand over gasblusset, fandt posen med 'Earl Grey' frem og gjorde det hele klar. Da jeg kom tilbage i stuen, var Liane i gang med 'Les Fleure du Mal', og jeg lod hende få fred, mens jeg ordnede theen.

– Du har så åbenbart ikke en forlovet eller kæreste, der har forbudt dig at tage alene til København? spurgte jeg for at dreje snakken væk fra mig selv.

Liane kiggede spørgende på mig:

– Nej det har jeg ikke. Hvis jeg havde en kæreste, som min veninde Monika, så havde han fyret sig selv i det øjeblik, han gik ind og ville bestemme over, hvor jeg havde lyst til at rejse hen sammen med min veninde. Jeg håber da, at jeg på et tidspunkt får opbygget et godt partnerskab og et rart forhold med en fyr, jeg respekterer og holder inderligt af, men det bliver aldrig noget ejerskab, hverken den ene eller den anden vej.

– Det svarer helt til mine egne forestillinger, så 'apropos' billetter til Helsingør, kan man så lægge billet ind hos Liane Biedermann?

– Nej det kan man ikke. Min gunst er noget, man skal gøre sig fortjent til, svarede hun med blink i øjet.

– Det lyder også helt fair i mine ører, svarede jeg smilende. Men hvad med i morgen? Det fik vi aldrig på plads – hvad skal vi?

– Ja hvad foreslår du Tom?

– Jeg kunne godt tænke mig at se Botanisk Have, så lad os bare starte der. Fra Botanisk Have kunne vi så gå over i Kongens Have og kigge indenfor på Rosenborg Slot og se kronjuvelerne. Herefter kunne vi finde et listigt sted nede på Bredgade og få en tår at drikke. Når vi har slukket tørsten, går vi ned til Frederikskirken og Amalienborg, hvor vores konge og dronning bor. Fra Amalienborg går vi ned ad Amaliegade til Esplanaden og ser Gefionspringvandet, og når jeg har fortalt det flotte og barske eventyr, som knytter sig til Gefionspringvandet, går vi videre ud på Kastellet, som er en del af Københavns gamle forsvarsbastion. Herefter foreslår jeg, vi tager en taxa til Sct. Hans Torv og indtager en excellent middag på Sebastopol, min yndlingsrestaurant. Hvad siger du til det?

– Du lyder som en professionel turistguide – det kan kun blive spændende.

Liane løftede sin venstre hånd og viste mig sit ur.

– Klokken er tyve minutter over et Tom, hvad gør vi?

– Jeg går ind og skifter sengetøj, så kan du sove i min seng. Jeg tager soveposen og lægger mig inde i stuen, og i morgen tidlig går jeg ned og henter noget lækkert morgenbrød. Hvad siger du til det?

– Jeg synes, det lyder fantastisk, den er jeg med på.

Jeg vågnede næste morgen og var øm i både skuldre og læn. En sovepose er ikke lige verdens bedste madras, og det brugte dynebetræk havde ikke varmet særlig meget. Da jeg ikke kunne høre nogen lyde inde fra soveværelset, gik jeg ud på badeværelset, vaskede mig lidt i hovedet og under armene og børstede tænder.

Små tyve minutter senere var jeg tilbage med friske rundstykker og to stykker wienerbrød. Jeg kunne høre Liane var stået op og gik ud i køkkenet og tilberedte morgenmaden. Liane kom ud og spurgte, om det var i orden, at hun lige tog et bad, inden vi skulle spise.

– Ja gør du bare det. Vi har ikke så travlt, klokken er først halv ni. Jeg har også købt en tandbørste til dig, så du er fri for at stå og børste tænder med pegefingeren, sagde jeg og rakte tandbørsten til Liane.

Da det hele var sat ind på bordet, satte jeg mig mageligt til rette med avisen, søndagsudgaven af Politiken, som jeg havde købt sammen med tandbørsten i kiosken ved siden af bageren.

Den afslappede læsning varede kun til side syv. Her var der et billede af mig foran 'flipoveren' fra BBC's Farm Hall udsendelse. Billedet var sat op lige under hovedover-skriften:

Ung ukendt dansk forfatter er blevet et 'hot' navn i både England og USA, og får nu udgivet en specialudgave af sin oprindelige afhandling/roman 'Brainstorm over Manhattan og Dresden' på Suhrkamp Verlag i Frankfurt.

Længere nede i teksten var der endnu et billede, nemlig dét fra den 18. juni, hvor jeg afsluttede mit sidste fag på ASK.

'Der er på forhånd stor mediebevågenhed omkring udgivelsen, fordi flere eksperter sår tvivl om troværdigheden bag den research, der ligger til grund for den oprindelige afhandling. En historiker ved universitetet i Hamborg er imidlertid ikke i tvivl, ligesom forlagets egen ekspert, er de begge enige om, at materialet har en høj grad af troværdighed. Til Politikens korrespondent udtaler forlagsdirektøren fra Suhrkamp, at den foreliggende bog indeholder alle de oplysninger, referencer og data, som vi nærmest aldrig har haft mulighed for at forholde os til, da det var pålagt et 50 års offentliggørelsesklausul.

Politiken havde imidlertid lavet sin egen research og fundet ud af, at så ukendt er den unge danske forfatter, Tom Nolting trods alt heller ikke. Ud fra en tidligere ar-tikel i Ekstra Bladet tilbage i oktober 1967, handlede det om en superintelligent ung mand, der optrådte i et BBC-program med sine kontroversielle og meget spekulative teorier, som ingen dog for alvor turde udfordre, fordi han tilsyneladende sad inde med en viden, som ikke engang etablerede historikere, havde kendskab til. Han har i andre sammenhæng været i mediernes søgelys, men efter attentatet i England, var han i mange måneder som sunket i jorden – ingen vidste, hvor han opholdt sig. Fra vores billedarkiv har vi fået oplyst, at der er tale om den samme unge mand, som på ASK har bestået sin studentereksamen her i juni måned med rene 13-taller. Alt tyder derfor på, at den unge Tom Nolting bor ét eller andet sted i København eller nærmeste omegn. Akademisk Studenterkursus' sekretariat har forbud om at oplyse noget som helst om hans bopæl. Det drejer sig åbenbart om en ung mand, som elsker at skabe mystik omkring sin egen person. Fra forlaget i London har vi fået oplyst, at roman nr. 2 allerede er på vej til at blive en bestseller i England, og om en måned også udkommer i Tyskland på Fischer Taschenbuch Verlag. Redaktionen her på Politiken undrer sig over...

Pludselig mærkede jeg en varm hånd på min skulder.

– Tak for lån af sengen og tak for badet. Jeg håber ikke, du er fuldstændig radbrækket af at ligge på gulvet? Jeg ifører mig lige en lidt mere anstændig påklædning, inden jeg sætter mig.

Først nu opdagede jeg, at hun kun var iført trusser, og da hun gik hen mod soveværelset, tillod jeg mig at studere hendes smukke slanke krop nærmere.

Da Liane kom tilbage, udtrykte hun stor begejstring for mit flotte morgenbord.

– Hvis jeg kunne finde en kæreste som dig, tror jeg godt, jeg kunne finde på at gifte mig på et tidspunkt.

– Det tror jeg nok ikke lige du skal ønske – altså at finde én som mig - sagde jeg med et hemmelighedsfuldt smil og rakte hende avisen.

Jeg fortalte Liane, hvad der stod i artiklen, og forberedte hende på, at hvis vi skulle gennemføre dagens program, ville jeg gå rundt med en åndsvag kasket, som jeg tidligere havde brugt for at skjule mig bare en lille smule.

– I går aftes havde jeg dig mistænkt for at smøre lidt tykt på, og det syntes jeg var meget sødt. Nu kan jeg imidlertid forstå, at der ligger mere bag, end du sikkert også har fortalt mig.

– Ja, det gør der. Rigtig meget, også længere tilbage. Det handler om død og skyldfølelse, og aftalen i morgen er faktisk en konsultation med en psykiater, der skal hjælpe mig til at gøre det rigtige, så jeg kan få ryddet op i mit mentale mørkekammer og begynde at leve det spændende liv, jeg gerne vil.

Liane kom over og lagde sin venstre arm rundt om min skulder.

– Det kan godt være, at du har svært ved at orientere dig i dit indre kaos, og det kan jeg af gode grunde ikke have nogen kommentarer til, men ud ad til virker du meget rolig og afbalanceret. Jeg nyder at være sammen med et menneske, der har blik for andres behov og byder sig til uden at forvente nogen modydelser. Jeg lå vågen i nat og tænkte, at mit møde med dig var noget af det største, der var sket i mit liv de sidste to år. Du er intelligent og vidende, nem at snakke med uden at du fremhæver dig selv i tide og utide.

Jeg var helt overvældet af Lianes 'indspark', men da jeg ikke rigtig viste, hvordan jeg skulle svare, tog jeg igen fat i dagens program.

Da vi gik ud ad døren en time senere, havde jeg iført mig min skæve kasket, og Liane var vildt betaget.

– Du ser rigtig 'funky' ud Tom, og jeg kan ikke forestille mig, at nogen person overhovedet vil sætte dig i forbindelse med de to billeder i avisen.

Botanisk have viste sig at være en stor oplevelse for os begge to, hvorimod Kongens Have og Rosenborg slot var lidt af en flad fornemmelse. Slottet var lukket for turister på grund af en større renovering, og Kongens Have var bare en park med græsplæner, grusstier og høje træer.

Frederikskirken og Amalienborg slotsplads var da bestemt meget interessant, men i sidste ende var det turistattraktioner.

Turen gennem Kastellet gav os mulighed for at drøfte, hvordan det samlede forsvar for København havde taget sig ud for 200 år siden og åbnede for lidt mere snak og fantasi.

Da vi kom ud på Bernadottes Allé, prajede jeg en taxa til Sct. Hans Torv.

Vi fandt et ledigt bord under markisen foran Sebastopol med udsigt til selve 'torvepladsen'. Det varede kun ganske få minutter, før der kom en tjener hen til os. Jeg kiggede over på Liane, som bare slog ud med armene.

– En flaske Chardonnay og en spand med isterninger.

Fem minutter senere skålede vi, og jeg takkede for en hyggelig, men rent oplevelsesmæssigt måske nok en lidt stille dag – og havnerundfarten havde vi helt glemt.

Liane kiggede på mig med et mærkeligt glimt i øjnene.

– Tom, du er bare superherlig. Jeg tror ikke på skæbnen, men hvor er det dejligt, at et fuldstændigt tilfældigt møde fører os to sammen. Kan vi ikke gøre et eller andet for at holde forbindelsen ved lige?

– Jo det synes jeg lyder meget tiltalende. Da vi gik rundt inde på Amalienborg Slotsplads, overvejede jeg rent faktisk at spørge dig, om du havde lyst til at tage med på en tur til Paris eller Rom, men kort tid efter fandt jeg det alligevel lidt malplaceret, og valgte ikke at spørge. Men nu prøver jeg alligevel.

– Har du lyst til at tage med en tur til Paris, Rom eller Venedig? Jeg skal væk fra København hurtigst muligt og helst hele august.

– Det kan jeg ikke Tom, det koster en formue, og desuden skal jeg begynde at arbejde igen mandag den 12. august. Jeg har et studenterjob i universitetsbogladen, og det vil jeg gerne holde fast ved en halv årstid endnu.

– Det forstår jeg godt, men det kan vi jo planlægge os ud af, hvis det er det, der er problemet. Turen som sådan kommer ikke til at koste dig mere, end hvad du selv har lyst til at bruge af penge. Jeg nyder at være sammen med dig, du er direkte og ærlig, og jeg skal bruge en at gemme mig sammen med. Jeg har masser af penge – så er det sagt. Lad os da bruge nogen af dem i en fælles forståelse af, at vi nyder hinandens selskab.

Liane sad længe uden at sige noget, men det var tydeligt, at der fløj tusindvis af tanker gennem hovedet på hende.

– Jeg er nok nødt til at fortælle lidt mere om mig selv. Jeg har haft to længerevarende forhold, og det sidste gik endeligt i opløsning her i foråret. Fælles for begge forhold er, at det er mig, der har meldt fra. Jeg gider ikke elske med en fyr, som ikke siger mig noget. Vaner i følelsesmæssig sammenhæng er dræbende, og jeg vil gerne udfordres. Udfordringer handler for mig også om gensidig respekt og anerkendelse, som ikke må dø ud efter tre måneder, men forhåbentlig vare 50-60 år. Rent faktisk var det også min venindes kapitulation over for hendes kæreste, der fik mig til at tage til København alene og nærmest på trods – tænk engang, hvad jeg var gået glip af, hvis jeg ikke havde været stædig nok til sige 'Så rejser jeg selv'.

Vi sad og kiggede på hinanden og smilede indforstået.

– Men jeg har et forslag, fortsatte Liane, som går ud på, at vi på onsdag tager toget til Münster. Torsdag og fredag viser jeg dig min højt elskede fødeby, og lørdag tager vi toget til Rom. De tre dage i Münster bor vi i min studielejlighed. Hvordan lyder det i dine ører Tom?

– Jeg synes, det er et udmærket forslag. Det er jeg med på.

Jeg fordelte resten af vinen i glassene. Vi skålede på en god og oplevelsesrig tur til Rom. Herefter snakkede vi om, hvad vi skulle lave mandag og tirsdag. I egen interesse om at skjule mig i mængden foreslog jeg, at vi kunne lave stranddage på Bellevue. Vi kunne tage nogle gode bøger med, slappe af, bade og læse. Det syntes Liane lød rigtig dejligt, men så skulle vi købe ind til, at vi kunne lave aftensmad hjemme i min lejlighed. Den idé købte jeg også omgående, men i aften er vi nødt til ikke at spise her, for jeg har ikke ret meget 'spiseligt' i køleskabet.

– Jeg foreslår derfor, vi går ud at spise, og jeg kendere en udmærket restaurant lige i nærheden, ok?

Tjeneren kom med menukortene, og mens vi sad og overvejede, hvad vi skulle bestille, så jeg ud af øjenkrogen Henrik og Charlotte skrå ind over torvet.

Jeg tog fat i Lianes arm og bad hende undskylde mig et øjeblik, mens jeg rejste mig og skyndte mig efter dem. Da vi kom tilbage alle tre, kiggede Liane spørgende på mig. Jeg præsenterede Henrik og Charlotte som mine gode og eneste venner her i København. Jeg fortalte også, at jeg havde købt lejligheden af Charlotte, og at jeg havde arbejdet for hendes far i syv måneder. Derefter præsenterede jeg Liane for Charlotte og Henrik.

– Liane og jeg er gode venner og mødtes inde på Peder Oxe for to dage siden. Liane kommer fra Münster og læser filosofi og sociologi, og er på en kort sightseeing i København.

Vi satte os ved bordet, og tjeneren kom straks med to ekstra menukort.

Inden jeg nåede at sige mere, spurgte Charlotte, om jeg havde læst Søndags Politiken?

– Ja, det har jeg, og jeg fortalte, at jeg havde i sinde at forsvinde fra København stort set hele august måned, og når jeg kommer tilbage, håber jeg det meste er gået i glemmebogen.

Herefter gik snakken livligt på hhv. engelsk og tysk. På et tidspunkt var jeg nødt til at skære igennem for at fortælle, at vi ikke kunne snakke os mætte, men var nødt til at bestille et eller andet fra menukortet. Der var frit valg, aftenen var på min regning.

To timer senere var Liane og jeg på vej tilbage mod Husumgade. Vi bekræftede hinanden i, at vi nok ikke var helt appelsinfrie, men det havde været ekstremt hyggeligt, og Liane havde snakket rigtig godt med Charlotte.

– Er du klar over, hvor meget Charlotte respekterer dig som person og menneske? spurgte Liane, da vi var på vej ned ad Nørrebrogade. Har I virkelig aldrig været kærester eller været i seng med hinanden?

– Jo, det har vi, men vi er gode venner og ikke forelskede. Jeg tror, Henrik og Charlotte passer ganske godt sammen, sagde jeg uden at kommentere på, at hendes forældre også havde en stor indflydelse på, at Tom Nolting nok ikke lige var det rigtige valg for deres datter.

Næste morgen følte jeg mig endnu mere radbrækket, og havde smerter i både ryggen og hofterne – jeg var nødt til at købe en luftmadras, hvis Liane valgte at sove her endnu to nætter. Jeg bankede på døren ind til soveværelset.

– God morgen, sagde jeg. Har du sovet godt?

– Ja jeg har sovet helt fantastisk, lød Lianes stemme, men giv mig lige 5-10 minutter, så er jeg klar.

– Det passer fint. Jeg går i mellemtiden ned og køber noget morgenbrød.

På vej hen til Runddelen tænkte jeg meget over, hvordan mit og Lianes forhold ville udvikle sig. Lige nu mindede det meget om det, Amalie og jeg havde haft sammen. Vi følte os meget tiltrukket af hinanden, og jeg besluttede mig derfor til, at jeg måtte frem i skoene og fortælle, hvor smuk og dejlig en kvinde hun er.

Efter bageren gik jeg ind i kiosken og købte Politiken og en pakke kondomer – bare for en sikkerheds skyld. Det der med 'at stå af i Roskilde', når man skal til København, er en kæmpe nedtur.

Liane havde lavet the og dækket bord, da jeg kom tilbage med morgenbrødet.

Da jeg satte mig, kom hun over og gav mig et kys og et knus, tæt og inderligt.

– Jeg lå vågen i nat i næsten en time. Ham Tom, sagde jeg til mig selv, han har jo alt det, jeg har ledt efter de sidste to år. Du er nødt til at fortælle ham, hvilket vidunderligt menneske han er at være sammen med, og det må for guds skyld ikke ende med, at det hele bare løber ud i sandet – apropos badetur til stranden.

– Det lyder som sød musik i mine ører Liane. Jeg har lige gået og spekuleret på, hvordan jeg kunne få dig fortalt, hvilken flot og sød pige du er, uden det igen kom til at virke for udspekuleret.

Det var først efter snakken og morgenmaden, jeg kom i tanke om avisen.

I mit stille sind havde jeg ventet, at der ikke var noget som helst omkring mig og min 'Brainstorm', men den forventning blev hurtigt gjort til skamme. På side tre var der et billede af en stor opsat artikel fra 'Die Welt': Ramaskrig og opstand i tyske forskerkredse, endda helt op på regeringsniveau!

Under billedet var der en dansk oversættelse med tilladelse fra den tyske avis.

En videnskabsjournalist fra 'Die Welt' havde opsøgt én af de navngivne fysikere i 'Dresdenergruppen' – hvis eksistens bliver påpeget og dokumenteret af en ung dansk historiker, Tom Nolting, og nu er tilgængelig på Suhrkamp Verlags seneste publikation 'Brainstorm über Manhattan und Dresden'. Den pågældende atomfysiker og pt. seniorforsker ved Laboratoriet for Eksperimentel Fysik ved universitetet i Hamborg, bekræfter i et eksklusivt interview sit medlemskab af den hemmelige gruppe, og at de rent faktisk kun var uger fra at foretage en prøvesprængning, som det også fremgår af bogen. Fysikeren har kun rosende ord at sige omkring Suhrkamps dobbeltroman, hvor venstresiderne indeholder alt den research, som romanen på højresiden er bygget op omkring – et koncept som virker fantastisk troværdigt og som burde skabe skole for, hvordan forskning, faglitteratur og fiktion kan forenes, og dermed gøres tilgængelig for en bredere offentlighed. Til slut i interviewet sprang så den bombe, der havde udvirket det store ramaskrig:

– Siden oktober måned sidste år er tre atomfysikere fra vores gruppe i Dresden afgået ved døden, men det er først her i dag, at dødsfaldene forekommer mig meget mistænkelige. To er omkommet i nogle spektakulære trafikuheld, og den tredje af nogle indre uforklarlige blødninger, som ikke hverken kunne spores eller stoppes. Jeg frygter for min egen fremtid.

– Er der noget galt Tom? Du har ikke sagt et ord i over ti minutter.

– Ja, det kan du lige tro, der er. Endelig er der gået hul på bylden. Én af atomfysikerne fra forskerholdet i Dresden har valgt at stå offentligt frem, men det er i virkeligheden ikke den største nyhed. Samme forsker har, siden jeg optrådte i BBC's 'Farmhall-program', mistet tre af sine tidligere kolleger, som han nu antyder, ligner likvideringer.

– Hvad? Er det noget, du er involveret i?

– Nej for helvede Liane, det håber jeg sandelig ikke, tværtimod! Fokus er rettet tilbage på de oprindelige aktører, nemlig atomfysikere og militærfolk, og jeg skal ikke på banen. Jeg skal i stedet have ringet til min advokat og have overført nogle penge til min bankkonto, og dernæst skal han vide, at jeg er væk hele august måned. Derefter skal jeg lige have ringet til forlaget i London og til mine forældre, så de i det mindste er orienteret om, at jeg ikke er i København, men er taget på ferie i Sydeuropa.

Da jeg forlod lejligheden klokken halv et, valgte Liane at tage ind på hotellet for at hente sin kuffert og tjekke ud. Jeg gav hende en ekstranøgle og lovede at købe ind på vej hjem fra konsultationen med Carsten Hvid. Jeg havde fået klaret mine telefonopringninger, lige bortset fra Herbert Corporation, hvor det var umuligt at komme igennem. Vi havde besluttet ikke at tage ud på Bellevue i dag, men i stedet se at få ordnet alle de forskellige praktiske ting.

Snakken med Carsten Hvid tog omtrent to timer. Omkring Bents og Gerts død var der i virkeligheden ikke så meget at sige eller tilføje, men konklusionen handlede om indestængte skyldfølelser, som jeg på ingen måder var færdige med. Forholdet til min far og mor havde langt hen ad vejen løftet mig ud af et faretruende skyldkompleks, men så sker det værst tænkelige bedst som alt tegner lyst og lykkeligt:

– Angelikas og din klatretur og hendes efterfølgende død. Det er *den* hændelse i dit liv, som du er nødt til at forholde dig til eksistentielt, altså både emotionelt, kognitivt og rationelt – og ikke mindst det sidste, er meget vigtigt.
Carsten stillede nu en række direkte og ubehagelige spørgsmål, hvor det var vigtigt, at jeg ikke besvarede undvigende, men forholdt mig ærligt og åben til såvel spørgsmål som svar. Omkring min egen skyldfølelse fortalte jeg om den snak, jeg havde haft med Viktor Hultberg, og at lige præcis den samtale efterfølgende havde betydet meget for min selvværdsopfattelse.

– Det rokker imidlertid ikke ved, at Angelikas forældre fuldstændig afviste at have kontakt til dig, og at dine egne forældre endda udtrykte forståelse for deres reaktion – du havde jo taget deres datter fra dem, ligegyldigt hvordan tingene blev vendt og drejet. Naturligvis har Viktor Hultberg en rigtig god pointe, og jeg er overbevist om, at du har gjort det helt rigtige udadtil Tom. Indadtil slås du med en djævel, en ubarmhjertig dommer, som ikke vil slippe dig. Det handler stadig om en hårfin balance mellem ansvar og skyld, og i dit tilfælde forværres det hele af, at du i underbevidstheden lader dig styre af en dødsdrift, der er i stand til at kontrollere hele dit nervesystem, når ulykken er ude, sådan som vi oplevede det for otte dage siden. Du har ikke noget billede af de sidste afgørende sekunder, fordi du selv var slået bevidstløs – derfor er du nødt til at vende tilbage til det forbandede bjerg, som stjal dit liv, din lykke og lysten til at leve. Det at klatre var blevet en lige stor del af din selvforståelse, som det liv Angelika og dig var i gang med at bygge op sammen, for også her spillede klatringen en stor rolle, kan jeg forstå.

Jeg gav mig god tid og tænkte meget over, hvad det var, Carsten Hvid lige havde sagt. Jeg vidste også, at det var nu jeg skulle fortælle om Liane og hvad der i øvrigt var sket siden i fredags, inklusiv avisartiklerne i hhv. Politiken og Die Welt.

Jeg begyndte med at fortælle om Liane, hvordan vi havde mødt hinanden, hvad vi havde lavet de sidste tre dage, og hvilke planer vi havde for de næste 14 dage, og måske førte det til en fælles fremtid på længere sigt. Omkring avisartiklerne gjorde jeg mig umage med at få Carsten Hvid til at forstå, at jeg hele tiden havde vidst, at jeg levede med både en indre og en ydre trussel, men nu blev fokus forhåbentlig flyttet væk fra mig og over på de direkte implicerede. De kontroversielle problemstillinger og den indbyggede dramatik i min 'Brainstorm' kunne inden for de næste 2-3 uger udløse de militære skandaleafsløringer, som var omtalt direkte i bogen, og i den sammenhæng måtte jeg gerne være som sunket i jorden, langt væk fra mediernes grådige fangarme.

Nu var det Carsten Hvids tur til at give sig god tid. Han havde læst både Søndagspolitiken og udgaven i dag, og for første gang nogensinde, fortalte han mig, havde han tilladt sig at snakke med sin kone om en 'patient'.

– Det er den Tom Nolting, jeg har en konsultation med i dag, havde han sagt og lagt avisen foran hende, og måske kender jeg kun toppen af isbjerget, men jeg kender det indre monster, der er parat til at lade ham dø.

Klokken var omkring halv fire, da jeg åbnede døren til lejligheden. Jeg fornemmede med det samme, at Liane var der i samme øjeblik, jeg trådte ind i gangen. Jeg bar på to store indkøbsposer fra Irma proppet med hhv. drikkevarer og madvarer til to dage. Liane hjalp mig med at pakke ud, og næsten i munden på hinanden fik vi sagt, at nu var det vigtigt, vi fik sat os og snakket dagens hændelser igennem. Jeg åbnede en flaske rødvin, og Liane tog to glas med ind i stuen. Vi gav hinanden et kram og skålede.

– Inden jeg tjekkede ud fra hotellet, begyndte Liane, ringede jeg til mine forældre for at fortælle, at jeg var på vej hjem, og at jeg havde en god ven fra København med, som jeg gerne vil vise rundt i Münster. Jeg ved oprigtig talt ikke, hvor meget min far har hørt af det, jeg havde fortalt, for han var meget mere interesseret i at høre, om de danske medier havde omtalt den unge danske forfatter og historiker, som lige nu var aktuel med en dobbeltroman hos Suhrkamp, hvor han påviser, at Nazityskland kun var ganske få uger fra en prøvesprængning af en A-bombe sent på foråret 1945, og at det var en hemmelig gruppe af atomfysikere i Dresden, der havde forestået udviklingen.
– Nej, det har jeg ikke set eller læst noget om.

– Nu er én af de implicerede forskere imidlertid trådt frem, og har vedkendt sig sit medlemskab af Dresdnergruppen, og nu begynder lavinen for alvor at rulle i forhold til uopklarede dødsfald blandt de øvrige medlemmer.

– To gange prøvede jeg at fortælle min far, at jeg ikke kunne læse danske aviser, og slet ikke havde tænkt på at købe nogen tyske aviser på en seks dages ferie i København, men han fortsatte i samme spor.

– Det mest mystiske, havde han sagt, er at Frankfurter Algemeine Zeitung havde prøvet, om de kunne tegne et portræt af den unge historiker, men ingen vidste i virkeligheden, hvem han var, og hvor han boede. Suhrkamp Verlag i Frankfurt kunne kun referere til et forlag i London, som igen refererede videre til en advokat i Danmark, der ikke kunne oplyse noget som helst om adresse og bopæl. Efter hans første optræden i England blev han få timer senere udsat for et attentat uden dog at komme alvorligt til skade, men efterfølgende forsvandt han fra jordens overflade. Fire måneder senere optræder han hos Suhrkamp i Frankfurt og overbeviser deres historieekspert om, at han har fat i den lange ende, og at de roligt kan udgive bogen. Atter fire måneder senere, altså i juni optræder denne Tom Nolting igen i England med en ny bog, som afslører, frygtelige sandheder om bl.a. USSR's koncentrationslejre i Sibirien, om jødeforfølgelsen i Europa og forsvinder igen ud af rampelyset, uden nogen når at spotte ham. Frankfurter Algemeine Zeitung har imidlertid fået oplyst, at hans bog nr. 2 'Viktor og Emilia' udkommer på Fisher Taschenbuch Verlag her om en måned.

– Det lyder alt sammen rigtig spændende far, sagde jeg, men kan vi ikke snakke videre, når vi ses på torsdag eller fredag. I morgen skal jeg ud til en stor lækker badestrand lige nord for København sammen med ham min gode ven, jeg omtalte i begyndelsen af samtalen.

Derefter sagde jeg farvel og lagde røret på, inden jeg fortrød og selv begyndte at for-tælle, at jeg tilfældigvis godt kendte den Tom Nolting, han refererede til, sagde Liane med et dybt suk.

– Og ud fra mit omhyggelige referat af samtalen, skal du prøve at gætte, hvilket erhverv min far beskæftiger sig med til daglig, sagde Liane med et beklagende smil.

– Forløbet af jeres samtale kunne meget vel indikere, at han enten arbejder i forlags-branchen eller er journalist?

– Ganske rigtigt. Han er chefredaktør på 'Die Tageszeitung' i Münster, og jeg havde egentlig forestillet mig, at du skulle mødes med mine forældre, så de vidste en lille smule om, hvad det var for en flot fyr, jeg tog til Rom sammen med – men lige pludselig ligner det ikke nogen god idé.

– Nej, det kan jeg kun give dig fuldstændig ret i, men lad os snakke om det senere, sagde jeg og løftede glasset.

– Det var for øvrigt en god, konkret og fremadrettet konsultation med ham psykia-teren. Jeg fortalte også om dig og vores nærmeste ferieplaner, og det var han faktisk en del bekymret over, fordi det gamle 'dødsbo' ikke var gjort op endnu – og han brugte helt bevidst dette udtryk, da det ikke kun handlede om Angelika, men også om min passion for klatring og bjergbestigning - og ingen af de to forhold var afsluttet og gjort op og hang derfor stadig som en ubehagelig dødvægt, der kunne trække mig med ned i dybet endnu en gang. Hvis det kun var en ferieflirt, var det nok ikke så alvorligt, men han fastholdt, det var en farlig leg med ilden, både i forhold til dig og ikke mindst i for-hold til mig selv. Herefter snakkede vi meget om ansvar og konsekvenser, hvor han igen fastholdt, at det ikke var nok at påtage sig et etisk og moralsk ansvar, hvis ikke der blev handlet derefter. Hele snakken endte med, at jeg måtte ændre nogle af planerne for de næste fire uger. Oprindelig havde jeg forestillet mig at stå af i Firenze på vej tilbage fra Rom for at tage toget videre til Livorno og derfra med færgen over til Bastia på Korsika. Her var det så meningen, jeg skulle rundt på øen og lave research til min nye roman, men det er så nu ændret til, at jeg i stedet står af enten i Innsbruck eller i Mittenwald. Mens jeg gik rundt inde i Irma, supermarkedet, diskuterede jeg stadig med mig selv om, hvorvidt det var den rigtige løsning, men da jeg gik ud af døren, var jeg ikke i tvivl. Det handlede ikke om intelligens og almindelig sund fornuft, men om psykiske systemer og reaktionsmønstre, og her var Carsten Hvid på hjemmebane. Vi aftalte at jeg skulle komme igen onsdag den 4. september, og han var meget spændt på at høre, hvad jeg havde fået ud af det.

Da jeg var færdig med at fortælle om mødet med Carsten Hviid kiggede jeg over på Liane for at se, om jeg kunne 'pejle' hendes reaktion på min konsultation med en psykiater – og det kunne jeg ganske tydeligt: Mine øjne mødte et meget betænksomt, men også et frygtsomt blik. Jeg blev en anelse forundret, men skyndte mig at tage hendes reaktion i forsvar. Jeg havde ikke lagt skjul på, at jeg var 'psykiatrisk patient', og det var måske det, Lianes utryghed handlede om. Jeg skrev mig bag øret, at det var noget der skulle tages op ved første givne lejlighed.

Lige nu var det vigtigt at få ringet til Clarence og tjekke op på, hvor meget Herbert Corporation rent faktisk vidste omkring det, der var sket i Tyskland. Jeg advarede på forhånd Liane om, at samtalen sagtens kunne vare mellem et kvarter og en halv time, og det viste sig ikke at være kigget helt skævt ud.

Jeg var heldig at komme igennem allerede ved første opringning, og blev hurtigt stillet om til Clarence, da jeg fortalte, hvem jeg var. Clarence fortalte, at deres telefoner nærmest havde været lagt ned siden i forgårs. Det, der var sket i Tyskland, havde bare fået det hele til at eksplodere, og Clarence var fuldstændig på det rene med, at alle medier nu var ude på at slå en klo i Tom Nolting. Heppelmeier havde også ringet til Clarence for at fortælle, at 2. oplag allerede var i trykken, og de ville satse stort. Amy og Michael havde også ringet, da begivenhederne i Tyskland naturligvis skulle indføjes i det ellers færdigredigerede 'storyboard' – rent dramatisk var det jo i sig selv en kæmpe foræring. Da jeg endelig nåede til at fortælle, hvordan jeg selv havde planlagt at reagere, blev Clarence både beroliget og opstemt på samme tid. Hun syntes, det var en fornuftig og klog disposition. Til slut gav jeg hende mit telefonnummer, men bad hende om ikke at ringe før efter den 4. september, og beklagede i samme åndedrag, at hun ikke for længst havde fået det.

Liane og jeg genoptog snakken fra før, mens vi gik i gang med aftensmaden. Hun var vant til at lave mad, så arbejdsfordelingen faldt hurtig på plads, men hun var meget nysgerrig efter at høre, hvad min nye roman skulle handle om, siden jeg skulle bruge 14 dage på Korsika for at samle materiale og søge oplysninger. Så måtte jeg naturligvis fortælle om 'Korsikaneren', og jeg var stadig i gang med at fortælle om de internationale forviklinger og magtkampe i Middelhavet med Korsika som den forurettede mininnation, da maden var færdig.

– Jeg kan undre mig over, hvordan du vil få flere hundrede års magtkamp flettet ind i en roman, hvor man følger en nulevende rebel og oprører, sagde Liane, da vi satte os til bords.

– Jo ser du, begyndte jeg. Jeg har allerede skrevet en del, men min nye plan går ud på, at alt det historiske materiale, de faktiske hændelser, intrigerne og krigene er en forløbende fortælling på romanens venstre sider, altså alle de lige sider, og på de ulige sider skriver jeg så romanen om Jean Rébellion, Korsikas sjæl, som nødvendigvis hele tiden læner sig op den politiske og historiske udvikling og derfor 'skifter' person en 6-7 gange op gennem fortællingen. Giver det nogen mening? Forstår du ungefähr, hvad det er, jeg vil?

Det mente Liane nok hun kunne følge mig i, og hun syntes det lød som en genial idé.

– Men helt ærligt Tom, du kan da ikke rumme endnu en ny og åbenbart stort anlagt fortælling med krige, undertrykkelse og frihedskampe inde i dit lille hoved oveni alt det andet, du slås med? Jeg kunne godt blive bange på dine vegne. Hvis jeg skulle forholde mig til blot en brøkdel af alt det, der foregår inde i din hjerne, ville mit 'hoved' være sprængt i tusinde stykker for længst, og jeg ville sidde tilbage som en rablende idiot på et eller andet sindssygehospital.

Jeg beroligede Liane med, at lige netop fortællingen om Korsika var noget jeg havde arbejdet med i snart fem år, så der var ikke så voldsomt meget nyt i det, men konceptet, en slags dobbeltroman, var noget helt nyt. Derudover havde jeg udviklet mit helt eget arkiveringssystem, så jeg kunne 'gemme' og 'fremkalde' diverse hændelser og oplysninger ud fra nogle simple nøgleord og følte derfor ikke, at min bevidsthed og tankevirksomhed blev tæppebombet af uvedkommende problemstillinger – jeg kunne sagtens sortere på forhånd. Hele min 'løbefilosofi' var i virkeligheden et godt billede af, hvordan jeg arbejdede med mig selv og fik lukket alt uvedkommende ud af min tankevirksomhed.

Psykosomatisk var jeg i topform, men det betød ikke, at jeg kunne sige mig fri for at have psykiske problemer, som psykiateren havde påtalt, men jeg kunne forholde mig til dem uden at krakelere.

Liane lod sig ikke overbevise, men vi havde en god snak om, hvordan og hvor forskelligt vi mennesker reagerer i pressede situationer.

Det blev halvsent, inden vi kom i seng. Jeg nød oplevelsen af at ligge tæt sammen med en smuk pige, som havde lyst til både at kysse og kramme, men seksuelt havde vi ikke noget sammen.

Næste morgen listede jeg mig ud af sengen uden at vække Liane. Jeg gik ud på badeværelset, børstede tænder og tog et hurtigt bad.

Da jeg kom tilbage med avis og morgenbrød, havde Liane dækket bord og lavet the.

– Noget nyt i avisen? spurgte hun nysgerrigt.

– Næh, kun en ganske lille notits om, at avisen (Politiken) håber at finde mig her i København én af de nærmeste dage, da efterspørgslen på min 'Brainstorm' nu nærmest er eksploderet i Tyskland. Efter 14 dage hos boghandlerne har Suhrkamp Verlag allerede startet trykningen af 2. oplag på 40.000 eksemplarer. Flere tyske aviser har sendt journalister og fotografer til København i håbet om at 'indfange' den unge forfatter, og man undrer sig over, at han ikke selv er interesseret i at træde frem og dermed øge interessen for sin person og sit forfatterskab.

– Og hvad gør vi så lige i dag?

– Vi tager ud på Bellevue. Er det ikke stadig det mest oplagte sted at gemme sig i mængden?

– Problemet er bare, at jeg ikke kan finde min badedragt i kufferten, og inderst inde tror jeg ikke, jeg fik den med.

– Det er da hurtigt klaret. Vi går ind ad Nørrebrogade mod Nørreport Station, og på Frederiksborggade køber du en smart bikini i en af sportsforretningerne. Voilá mademoiselle!

Liane fik købt en super flot bikini i sort, og jeg glædede mig allerede til at vise mig sammen med hende ude på stranden.

Fra Nørreport Station tog vi toget til Klampenborg, og herfra var der kun ti minutters gang ud til Bellevue. Jeg havde taget Baudelaire, 'Syndens Blomster', en kuglepen og noget papir med. Jeg ville prøve at skrive et langt flot digt om København med inspiration fra hans tyve digte om 'Billeder fra Paris'. Liane skulle læse en bog om socialpsykologi af den engelske sociolog George C. Homans, en moppedreng på over 500 sider.

Efter godt fem timer havde vi fået nok strand, vand og sol og gjorde os klar til at tage hjem. I toget fra Klampenborg sad vi over for hinanden. Liane kiggede på mig flere sekunder, inden hun sagde noget.

– Jeg har ligget og læst socialpsykologi hele dagen uden at komme bare i nærheden af det, jeg har oplevet sammen med dig Tom – vores møde står ikke beskrevet i nogen lærebøger. Jeg har kendt dig i fem dage, og det føles nærmest som fem uger. Du er jagtet af medier og presse, og alligevel bevarer du en naturlig afslappet indgang til tingene. Du holder dig på ydmyg afstand af et ulmende mediecirkus, som en hvilken som helst anden person ville have badet sig i, hvis muligheden havde været der. Du giver plads til mig på en måde, der betager mig helt vildt vel vidende, at du også har nogle alvorlige spøgelser, som lurer i underbevidstheden. Du er forstående, sød og rar og hviler fuldstændig i dig selv, og så har du ovenikøbet den mest veltrimmede mandekrop, jeg nogensinde har kærtegnet.

– Lige et øjeblik. Jeg overgiver mig og hejser det hvide flag. Jeg sad lige og overvejede at fortælle dig, hvor skønne de sidste fem dage havde været, og så kommer du mig igen i forkøbet. Jeg glæder mig til, at vi skal opleve Rom sammen. Den der oplevelse fra i dag omkring at være sammen og samtidig være sig selv, er for mig fantastisk vigtig, det er bare superlækkert.

Tilbage i Husumgade skulle vi lige slappe af med en øl, inden vi gik i gang med at lave mad. Jeg lagde Baudelaire og mine skriverier på sofabordet.

– Er det noget jeg må læse? spurgte Liane forsigtigt.

– Ja, for mig gerne, men det er kun et udkast. På et senere tidspunkt agter jeg at skære det til, så 'Form und Gestalt' passer bedre sammen.

Jeg rejste mig, og et par minutter senere og meddelte Liane, at jeg gik op i loftsrummet og hentede papkassen med mit klatreudstyr.

Da jeg kom tilbage i stuen, kunne jeg simpelthen ikke lade papkassen stå uden at åbne den.

Et stykke tid senere under forberedelserne til aftensmaden, hvor jeg stod og skar svinemørbraden ud i bøffer, spurgte Liane:

– Er du sikker på, at du er dansker Tom, altså rent sprogligt og kulturmæssigt? Du er en stor gåde for mig, fordi jeg ikke selv rummer de udtryksmuligheder, du behersker på tværs af sprog og kulturer.

– Nej overhovedet ikke. Jeg er født som et socialantropologisk og psykologisk eksperiment for 21 år siden.

Liane kiggede på mig. Hun sagde ikke noget, men i hendes blik kunne jeg læse ordene: Store idiot. Det var ikke en dårlig joke, jeg appellerede til.

– Undskyld Liane, men nej, og jeg ved heller ikke, hvad jeg skal bruge det til, altså det *kun* at føle sig som dansker, tysker eller englænder. Da jeg arbejdede på Kranzbach og boede sammen med Angelika, oplevede jeg mig selv som tysker, og når jeg inde i DAV Sektion Garmisch blev omtalt som den forrykte dansker, følte jeg de snakkede om en anden. Efter mit første besøg i London, var jeg overbevist om, at jeg en dag ville vende tilbage for at studere og måske endda bosætte mig, og da jeg mødte Klaus i Venedig, hvor han introducerede mig for fransk lyrik og litteratur, var turen til Paris i realiteten allerede aftalt – at det så endte med at blive en helt anden tur end den, Klaus og jeg havde forestillet os, er jeg i dag rigtig ked af – men tilbage til Bellevue. Når jeg bruger

Baudelaire og 'Syndens Blomster' som inspiration til mit eget digt, så 'svarer' jeg naturligvis på fransk. Jeg kan godt lide det franske sprog, og jeg nyder at formulere mig på fransk, også selv om det måske en gang imellem lyder lidt ubehjælpsomt.

– Det er ikke *det*, jeg snakker om Tom. Du ligger ude på stranden og skriver et mammutdigt på fransk, og jeg forstår kun halvdelen, selvom jeg har læst det to gange. Hvor flot eller ubehjælpsomt det er lavet, kan jeg ikke vurdere, men personligt ville ikke turde formulere mig skriftligt på fransk overhovedet, og du gør det bare som det mest naturlige i denne verden. For mig er det meget tankevækkende – derfor spurgte jeg.

Vi nød den fælles madlavning og snakkede videre, mens den store menu tog form.

Efter aftensmaden brugte jeg en halv time på at pakke min rygsæk. Sportstasken skulle rumme det tøj, jeg skulle bruge i Münster og de første par dage i Rom. Når vi så skiltes i Garmisch-Partenkirchen – toget stoppede nemlig ikke i Mittenwald – ville jeg låse sportstasken ind i et bagageopbevaringsskab på banegården, så jeg kun havde min rygsæk.

Lianes bagage var i store træk allerede pakket, så da jeg endelig var færdig, kunne vi sætte os hen og hyggesludre over et par glas rødvin.

Vi gik i seng ved ellevetiden, fordi Liane følte sig træt, men i virkeligheden tror jeg, hun var begyndt at blive bekymret for, hvordan de 3-4 dage i Münster skulle spænde af.

Lidt over klokken et listede jeg mig ud af sengen og gik ind i stuen og satte mig. Jeg havde haft en mærkelig og ubehagelig drøm og var vågnet op totalt desorienteret. Selve drømmebilledet var helt tydeligt en kamp mellem det gode og det onde, men det foruroligende var, at jeg repræsenterede de onde kræfter i et kæmpe publikumsshow, hvor jeg læste op af menneskets selvudslettende manifest, og alle klappede højlydt.

Jeg hentede den sidste øl ude i køleskabet, og satte mig for at skrive et brev til Clarence Gailford. Da jeg var færdig, skrev jeg et langt brev til Salomonsen og bad ham foretage forskellige dispositioner på mine vegne. Herefter brugte jeg næsten en time på at opdatere min egen livshistorie, og inden jeg listede tilbage i sengen ved femtiden, havde jeg også nået at overveje, hvordan jeg kunne stille den samlede presse skakmat og samtidig sikre mig, at der ikke verserede mærkelige historier og rygter om min person og mine forskellige gøremål, og det skulle jeg bruge Lianes far til, såfremt hun var enig og han i givet fald indvilligede.

Næste morgen var det Liane, der havde været hos bageren og i kiosken. Jeg sov stadig, da hun blidt klaskede avisen i hovedet på mig og fortalte, at morgenmaden var serveret. Jeg kiggede forskrækket på uret og sprang ud af sengen.

Den varme the gjorde godt og jeg elskede duften af nybagt morgenbrød.

– Kunne du ikke sove, siden du stod op i nat?

– Jeg havde en åndsvag drøm, og da jeg først var vågnet, kunne jeg ikke falde i søvn igen, derfor satte jeg mig ind i stuen, svarede jeg på Lianes spørgsmål.

Jeg havde lige lagt en skive ost på et rundstykke, da jeg på side fem så en artikel:

TOM NOLTING KØRT NED AF EN BIL UD FOR ESSO-TANKEN VED VIBENSHUS RUNDDEL.

Herefter var der en beskrivelse af hele forløbet, at jeg var blevet slået bevidstløs af sammenstødet med bilen og kørt til Rigshospitalet i ambulance med udrykning. Den pågældende journalist kunne også fortælle, at jeg havde slået hovedet så kraftigt, så jeg nu led af voldsomme smerter, hukommelsestab og identitetsforstyrrelser, og nu fik konsultationer hos en psykiater, som var tilknyttet Rigshospitalet. I værste fald kunne man frygte, at en spændende og udfordrende karriere var slut for den unge talentfulde forfatter og kommende videnskabsmand. Det havde ikke været muligt at få oplyst Tom Noltings adresse og bopæl fra hospitalet, men avisen regnede helt sikkert med, at de senest i løbet af dagen kunne fortælle mere om, hvor den unge mand boede. Politiken var også kommet i besiddelse af oplysninger via Gymnasiet i Rungsted, at der var ved at blive indspillet en film med samme titel som bogen, altså den første som Tom Nolting havde skrevet i samarbejde med en engelsk Journalist. I begyndelsen af juli havde der været optagelser både i Rungsted og København, hvor Tom Nolting spillede én af hovedrollerne. Vi taler således ikke kun om en superintelligent ung mand, men også om en person med *mange* talenter – og skulle det hele allerede nu være slut, taler vi om en personlig tragedie og katastrofe set i lyset af årsagen til ulykken.

– Er du dårlig? hørte jeg Lianes bekymrede stemme.

– Ja, det kan man vist roligt sige, svarede jeg og rystede opgivende på hovedet. De har fundet ud af, at jeg blev kørt ned af en varebil for 14 dage siden, og nærmest er total syg oven i hovedet. De har også fundet ud af, at British Paramount Studios er ved at lægge sidste hånd på en film over 'Brainstorm', at der har været filmoptagelser her i Danmark, og at jeg spiller én af hovedrollerne.

– Hvad for noget? Sig det lige igen. Du har ikke sagt ét eneste ord til mig om, at du *også* er skuespiller.

– Liane for helvede, jeg er ikke skuespiller – den rolle, jeg spiller, er mig selv.

Liane sad i flere minutter, før hun igen sagde noget.

– Tom langsomt forstår jeg bedre, hvorfor de alle sammen jagter dig. Du oser af

291

sensation og mystik. Du er alt det ingen enkelt person kan være. Du kan ikke fortsat gå og gemme dig – hvad er det du er bange for?

– Jeg er ikke bange for noget, men det er bare ikke sådan et liv, jeg vil leve. I nat sad jeg faktisk og spekulerede på, om din far måske kunne hjælpe, og det var endda inden det forfærdelige vrøvl i avisen i dag, men måske havde jeg ubevidst frygtet noget i den retning. Det er heller ikke første gang, jeg vender rundt og går den stik modsatte vej.

– Hvad skulle min far i givet fald gøre? spurgte Liane.

– Jo ser du, og så fortalte jeg om alle mine overvejelser sidst på natten. Da jeg var færdig, kiggede Liane smilende på mig.

– Det synes jeg lyder spændende. Det bliver uden tvivl den største fjer han kan sætte i hatten i år.

En halv time senere ringede jeg til mine forældre. Min mor blev overstrømmende glad for at høre min stemme, og da jeg fortalte, at jeg havde det udmærket – og ligegyldigt hvad de måtte høre eller læse, så fejlede jeg ikke noget, tværtimod. Jeg var på vej til Rom sammen med en sød pige fra Tyskland, som jeg havde truffet for 5-6 dage siden her i København. Vi skulle med toget inde fra Hovedbanegården om små tre timer. Jeg lovede højt og helligt både at sende postkort og ringe hjem med mellemrum, men dig og far må for guds skyld ikke fortælle nogen, hvor jeg er taget hen.

Inderst inde vidste jeg godt, at jeg var i gang med at fuldføre et følelsesmæssigt bedrag og et kæmpe svigt. Jeg havde købt mig aflad på flere fronter og på bedste vis udlignet min gæld til min mor og far. Jeg havde sørget for, at de én gang om året ville modtage en stor hilsen fra deres søn og indirekte advaret dem om, at jeg nok aldrig vendte tilbage. Jeg havde lavet aftaler med Salomonsen som sikrede mit eget videre forløb, men den omstændighed at vi ikke åbent kunne sige farvel til hinanden, nagede mig helt ind i sjælen. Det, jeg til gengæld havde oplevet de sidste 14 dage, bestyrkede min egen tro på, at der ikke rigtig var andre muligheder.

Vi tog en taxa ind til Hovedbanegården klokken et. Toget til Hamborg afgik klokken halv to.

Vi var i Münster lidt over klokken halv otte og tog en taxa til Coerdestrasse, hvor Liane havde sin studielejlighed. Vi var begge to frygtelig tørstige og sultne. Liane kendte en god restaurant, hvor de bare lavede verdens bedste wienerschnitzler, kun ti minutters gang fra Coerdestrasse, så vi satte bagagen og skyndte os ud igen.

Vi bestilte to store øl og to wienerschnitzler, og de smagte aldeles fremragende.

På vej tilbage til lejligheden ringede Liane til sine forældre for at fortælle, at hun var tilbage i Münster. Da hun kom ud af telefonboksen, smilede hun over hele ansigtet. Liane fortalte, at de var blevet helt rundt på gulvet over, at jeg ringede, og ikke mindst over, at vi gerne ville kigge forbi i morgen og sige 'god dag', når vi havde været rundt i

Münster – jeg plejer nemlig at holde mine bekendtskaber langt væk fra mine forældre, bare så du ved det.

Da Liane var færdig med at pakke sin kuffert ud, lagde vi os til at sove.

Jeg var meget betaget af den gamle bykerne i Münster. På begge sider af hovedgaden var der arkader med buehvælvinger, og henne på torvet var der et springvang, som straks gav mig associationer til Venedig, og det handlede både om arkitekturen og stemningen. Liane fortalte, at det meste af den gamle bydel var rekonstrueret og genopbygget efter Anden Verdenskrig, fordi det hele havde været mere eller mindre sønderbombet af de Allierede, da der angiveligt havde været en større våbenproduktion i nogle de store maskinfabrikker i byen.

– Hvorfor er der så mange sølv- og guldsmedeforretninger, spurgte jeg Liane om på et tidspunkt, men det kunne hun ikke svare på. Det var ikke noget, hun overhovedet nogen sinde selv havde tænkt over.

Klokken halv fire mødte vi op hos Lianes forældre. De boede ude i et eksklusivt vil-lakvarter, og i betragtning af, at de kun var to mennesker, forekom huset mig voldsomt stort. Jeg var på forhånd blevet orienteret om, at hendes forældre hed Anna og Heinz.

Vi blev geleidet ud i en stor lys vinterhavestue, hvor der var dækket op med kaffe og kage. Liane præsenterede mig for sine forældre, og omvendt – uden at nævne mit fulde navn - og jeg præsenterede mig selv som Lianes rejsekammerat til Rom og fortalte lidt om København og Fyn, hvor jeg oprindelig kommer fra.

Under kaffen var de meget nysgerrige efter at høre, hvordan vi havde truffet hinanden, og med en indbydende armbevægelse over mod Liane, lagde jeg op til, at det måtte hun hellere selv fortælle. Derefter spurgte Lianes mor, hvordan jeg havde råd til at invitere en pige med til Rom, som jeg kun havde kendt i 6-7 dage? Det var jo ikke kun rejsen, hvad med hotel, mad osv.?

– Det har Liane og jeg naturligvis drøftet, og jeg tror, jeg har fået hende overbevist om, at otte dage i Rom på ingen måde dræner min økonomi. Vi snakker fantastisk godt med hinanden, så hvorfor skulle vi ikke tilbringe endnu nogle herlige dage sammen, endda i en by, jeg har nogle ganske særlige forventninger til – og måske er det dét, der skal til, for at vi kan lære hinanden bedre at kende.

Heinz var meget benovet over, at jeg talte et nærmest perfekt tysk.

Vi snakkede efterfølgende videre om de spændende hovedstæder i Europa, og om det Berlin, som pt. ikke kunne være Tysklands hovedstad.

Under snakken fremhævede jeg London, som en fantastisk spændende by: Trafalgar Square, Picadelly Circus, China Town og The Strand.

– Du taler som om du har været der ofte, sagde Lianes far spørgende.

– Ja svarede jeg. Jeg har været der flere gange, og har også fået en del gode venner i London, men jeg har også været i Cambridge og Oxford, og én af de to byer kunne godt blive mit fremtidige hjemsted, medmindre Liane og jeg skulle finde ud af at lave noget sammen enten i Frankfurt eller München.

Den bemærkning skabte en lammende stilhed et øjeblik. Anna og Heinz kiggede over på deres datter, og Liane kiggede over på mig med et bebrejdende blik

– Undskyld, sagde jeg og løftede afværgende hånden. Det var bare et forsøg på at være lidt morsom.

– Hvad laver en ung mand som dig, siden du kan færdes hjemvant i London, bo i København og rejse det halve Europa rundt? spurgte Heinz. Dit tysk er perfekt, som jeg påtalte for lidt siden, og hvis jeg ikke vidste bedre, ville jeg tro, du kom fra området omkring Erlangen og Nürnberg – er du født dansker, eller er din familie oprindelig af tysk afstamning?

– Nej, det er vi ikke, men jeg er så heldig, at jeg taler både tysk, engelsk og delvis fransk, og det har gavnet mig meget i mine studier.

– Det er falsk beskedenhed. Tom taler tre fremmedsprog mange gange bedre, end mit engelske. Han har udgivet bøger på både engelsk og tysk, og elsker at skrive meget alvorlige digte på fransk. Det sidste sagde Liane samtidig med, at hun kiggede direkte på mig. Jeg læste blikket som 'skal det være nu' og nikkede tilbage.

– Far, kan du huske, da vi snakkede sammen i tirsdags. Du havde så travlt med at fortælle om en ung dansk forfatter, der var forsvundet fra mediernes søgelys, så du nærmest ikke hørte, hvad jeg gerne ville fortælle om alt det, jeg havde oplevet i København. Derfor kunne jeg godt tænke mig at vide, hvad du så i mellemtiden har fundet ud af?

– Fundet ud af? Jeg har ikke fundet ud af noget som helst. Tageszeitung er i den sammenhæng ingen stor avis, men heller ingen andre tyske eller for den sags skyld danske aviser er åbenbart kommet i nærheden af hvem og hvad, der i virkeligheden gemmer sig bag navnet Tom Nolting – denne person er én stor gåde, og måske findes han slet ikke som enkeltperson, har Süddeutsche Zeitung en artikel om i dagens udgave.

– Jo far, svarede Liane, naturligvis gør han det. Han sidder lige over for dig.

Luften, den lyse stemning alt frøs fast på et splitsekund.

– Hvad? Er du virkelig *den* Tom Nolting? spurgte Heinz forundret og mistroisk, mens han vendte blikket direkte over mod mig.

– Ja, jeg er Tom Nolting. Liane og jeg mødtes helt tilfældigt i København, som hun allerede har fortalt og beskrevet. Da vi rejste fra København i går, var der allerede vilde rygter i gang om, hvor medtaget jeg var af mit lille trafikuheld for 14 dage siden, og det var virkelig grove ting, der blev fremført. Hvis du og 'Tageszeitung' vil levere spalteplads, giver jeg dig mulighed for at lave et totalt 'follow up', et eksklusivt interview, og hvis interessen er så stor, kan du vel sagtens sælge interviewet til de store aviser. For mig er det vigtigt at få aflivet alle mærkelige rygter og konspirationer, og at det, der bliver skrevet og offentliggjort, er renset for gisninger og sladder. Det må af gode grunde ikke fremgå, at Liane og jeg er i Rom, eller hvad jeg foretager mig resten af august måned, men du må gerne referere til, at jeg først regner med at være tilbage i København senest søndag den 1. september.

Heinz Biedermann sad i flere minutter uden at sige noget, men endelig genfandt han mælet.

– Der er to ting, vi er nødt til at forholde os til. Hvis mit interview skal virke troværdigt fra allerførste ord, er jeg tvunget til at fortælle, at det er dig Liane, der har mødt Tom i København i din ferie og inviteret ham til Münster. Alle andre forklaringer vil blive gennemhullet på mindre end en time. Dernæst skal vi i morgen have taget et billede af dig Tom foran Universitetets hovedindgang, og ét af jer to sammen, og det kunne sagtens være ved springvandet på den gamle torveplads, og dermed er også den billedmæssige dokumentation på plads. Vi får avisens fotograf til at tage billederne, så han efterfølgende også kan optræde som vitterlighedsvidne.

Det lød alt sammen meget fornuftigt, og både Liane og jeg nikkede bekræftende.

– Med hensyn til interviewet eller artiklen, rækker min forhåndsviden ikke til at kunne afdække ret meget, da jeg stort set ikke ved meget mere, end det jeg fortalte Liane i telefonen, sagde Lianes far i et lidt opgivende tonefald, bogen har ganske enkelt ikke været til at opdrive.

– Det har jeg taget højde for, så derfor har jeg forberedt 17 spørgsmål i toget så at sige på dine vegne, såfremt du sagde 'ja' til planen. Mine svar på spørgsmålene beskriver og fortæller, hvad jeg har foretaget mig de sidste to år og skulle gerne tegne en profil af en person, som vil have lov til at leve et ganske normalt liv på gehørig afstand af en selviscenesættende medieverden.

Vi sad alle fire og kiggede lidt ubeslutsomt på hinanden.

– Hvad med en kold øl og en lille tænkepause. Jeg har stadig svært ved at kapere hele situationen, sagde Heinz Biedermann.

– Tak, sagde Liane og jeg i munden på hinanden og smilede over vores egen reaktion.

Lianes mor, Anna, hentede tre øl og et glas hvidvin til sig selv. Herefter gik snakken på kryds og tværs, og vi blev hurtige enige om ikke at lave noget i dag, men vente med det hele til i morgen. Heinz og Liane ville gerne læse spørgsmålene, og det syntes jeg var en god idé, og mens de læste, fortalte jeg Anna om København, og hvad Liane og jeg havde oplevet.

En time senere kørte vi ud til en smuk gammel kro lidt uden for Münster, hvor Lianes forældre inviterede på middag.

Da vi næste formiddag ankom til Biedermanns villa, var fotografen fra 'Tageszeitung' allerede arriveret. Vi kørte ud til Universitetet og tog alle billederne derude. Fotografen mente ikke, vi behøvede at bruge tid på at køre ind til den gamle bydel, blot for at tage et billede af Liane og mig sammen.

Klokken tre var vi færdige med interviewet og alt skrivearbejdet, og Anna forkyndte, at hun i aften ville lave en delikat middag. Vi havde med andre ord god tid, så Liane og jeg valgte at gå en lang tur.

Det blev en lang tur. Hun havde mange spørgsmål, fordi der var så mange ting i alt det, jeg havde snakket med hendes far om, som hun hverken kunne fatte eller forstå, men hendes interesse var oprigtig og dybt empatisk, så jeg uddybede gerne nogle af de forklaringer, jeg allerede havde givet.

Senere under middagen var det 'brainstormfilmen' og 'Viktor og Emilia', der blev snakket mest om. Det var en afslappet og hyggelig snak, og da vi senere gik tilbage til Coerdestrasse, var Liane ikke bleg for at sige, at denne aften havde været én af hendes bedste oplevelser sammen med sine forældre. Den nat elskede vi for første gang.

Søndag morgen to dage senere klokken 8.25 steg vi ud af toget på Roms nye Hoved-banegård.

Vi brugte omkring ti minutter på at finde turistinformationen for at få et hotelværelse, hvilket lykkedes blot et karter senere. Det var et 3-stjernet hotel to sidegader fra den smukke Piazza Navona med de tre flotte fontæner.

Hele Rom osede af kultur og historie, og allerede i løbet af de første tre dage fik vi så meget 'ind under huden', at vi næsten var ved at brække os over påtrængende guider, som mente, at lige præcis det historiske minde, var noget alle simpelt hen skulle have set og oplevet.

Om tirsdagen købte vi 'Die Welt' i en lille international aviskiosk for enden af Via Cola di Rienzo og fandt et bord på en fortovsrestaurant ved Piazza del Poppolo. Både Liane og jeg var jo en del spændt på, om andre aviser havde bidt på krogen og trykt interviewet fra 'Tageszeitung' i Münster – og det havde de.

Mens Liane kiggede i avisen, bestilte jeg to øl.

'Die Welt' havde en dobbeltsidet artikel med Heinz Biedermanns interview sammen med to billeder, ét hvor Liane og jeg stod sammen, og ét hvor det var tydeligt at se, jeg stod foran Universitetet i Münster. Avisen (journalisten) undrede sig meget over, hvor-dan Biedermanns datter overhovedet havde kunnet finde Tom Nolting i København, når stort set alle andre havde løbet panden mod en mur af tavshed. Der måtte altså have været kontakt mellem Heinz Biedermann og Tom Nolting, inden datterens besøg i Kø-benhavn. Efter interviewet fulgte en artikel, hvor journalisten gennemgik Suhrkamps udgave af 'Brainstorm over Manhattan og Dresden. Det undrede ham meget, at ingen langt tidligere havde taget højde for, at denne unge mand var et superintellekt, som havde fuldstændig styr på, hvad han havde skrevet, sagt og forholdt sig til. Avisen opfordrede nu eksperterne, historikere og naturvidenskabsmænd til at tage stilling til, at manden havde ret i stedet for at bruge tid og energi på at mistænkeliggøre hans øvrige udsagn og konklusioner. Biedermanns interview fortæller os jo i al sin enkelthed, hvad det er, vi her i Tyskland har valgt at lukke øjnene for, og hvad De Allierede har valgt at blåstemple som sandheden om afslutningen på Anden Verdenskrig – nu må vi se i øjnene, at mange ting skal revurderes.

Da vi havde drukket vores øl, rejste vi os, lod avisen ligge på bordet og gik ind i parken, Villa Borghese, for at slappe af og nyde hinandens selskab.

De tre sidste dage brugte vi på at slentre rundt uden nogen bestemte turistattraktioner for øje, men naturligvis skulle vi se Peterskirken og Engelsborg.

Vi snakkede meget om samfundsforhold og politik, både når vi gik, og når vi sad og nød stemningen og et glas vin på én af de mange fortovscaféer. Vi havde også store filosofiske debatter kørende omkring den materialistiske, altså Karl Max's historie- og samfundsopfattelse, og her var vi bestemt ikke enige.

Fredag aften, hvor vi sad på en restaurant ud til Piazza Navona og havde bestilt to pizzaer og en flaske Valpollicella, faldt snakken helt naturligt på os selv og vores forhold. Vi havde ikke været sammen seksuelt siden den nat i Münster, og det handlede sådan set ikke om, hvor meget eller hvor vildt jeg havde forestillet mig opholdet i Rom skulle have været, men dét, der bekymrede mig, var snarere det modsatte, nemlig fornemmelsen af at Liane gled længere og længere ud af det tætte fortrolige kram, vi tidligere havde givet hinanden. Der var stadig en lille rød alarmpære, der blinkede inde i baghovedet. Det røde lys handlede om Lianes reaktion på mig som 'psykiatrisk klient'.

Jeg bragte det selv på bane, fordi vi allerede i København havde aftalt at være åbne og ærlige over for hinanden. Liane kunne godt forstå min bekymring, da hun selv havde noget af den samme oplevelse. Hun kunne også sætte ord på.

– Lige siden den nat hjemme i Coerdestrasse, hvor vi elskede, har jeg spekuleret på, om det var det rigtige i relation til at udbygge et forhold, som inden for de nærmeste 2 år realistisk må anses for at være umuligt at indfri både rent følelsesmæssigt og fysisk. Jeg vil heller ikke lægge skjul på, at selv om jeg holder meget af dig, så kan jeg godt blive lidt bange for den rolle, som både dit navn og din person spiller, ikke kun i Tyskland med åbenbart også i England og USA. Jeg kan ikke integreres i din verden, det har jeg slet ikke forudsætninger for, og derfor vil jeg komme til at virke som en bremseklods, både for mig selv og for dig. Det er også rigtigt, at jeg på dine vegne er bange for det enorme psykiske pres, du udsætter dig selv for. I mine øjne lurer katastrofen lige om hjørnet – også selv om du siger, du har styr på det.

Lianes udmelding gjorde rigtig ondt, fordi jeg ikke følte hun havde forstået pointen i det interview, hendes far og jeg i fællesskab havde strikket sammen. Naturligvis skulle jeg studere de næste 2 år i København, og Liane fik travlt med sine afslutningsopgaver det næste års tid, men alligevel, vi kunne da ses en gang om måneden, måske? Jeg følte mig også et eller andet sted fravalgt på nogle præmisser, som jeg netop selv tog afstand fra, og oven i det, var der en lille snært af vrede og skuffelse, fordi jeg ikke længere orkede at fortælle folk, hvem *jeg* er. Jeg kunne i sin tid have valgt en professionel cykelkarriere, men besluttede at vende om og gå den anden vej. Jeg styrede mod et andet mål, som efterfølgende viste sig at skabe endnu større problemer, men det kunne jeg heller ikke rigtig bruge til noget lige nu.

Vi fik en hyggelig aften ud af det på trods af de gensidige frustrationer. Følelsesmæssigt var der skruet ned for blusset, og vi fornemmede helt sikkert begge to, at vi nu var ved at glide fra hinanden, inden der for alvor havde været gjort et forsøg på at opbygge et tæt og forpligtende forhold.

På banegården i Garmisch halvandet døgn senere, gav Liane udtryk for, at hun glædede sig til den 17. august, hvor vi havde aftalt, jeg kom tilbage til Münster selvom det kun var for en kort bemærkning.

Det var først, da toget var kørt, at jeg med sikkerhed vidste, at det var sidste gang Liane og jeg så hinanden. Jeg pakkede sportstasken med alt det, jeg ikke skulle bruge, og afleverede den i bagageopbevaringen under min egen adresse, spændte rygsækken foran på brystet og i taljen og begav mig ud mod Partnachklamm. Det var over tre uger siden, jeg havde løbetrænet, så jeg skulle være forsigtig med ikke at lægge for hårdt ud. Da jeg kom ud på den anden side af Partnachklamm og fulgte vejen op mod Reintal, følte jeg mig veltilpas og glad. Det psykiske pres var allerede begyndt at lette stille og roligt – jeg var hjemme igen.

Lidt over klokken fire nåede jeg Oberreintalhütte. Jeg spændte rygsækken af og satte mig ved et bord ude på terrassen. Der sad kun fem gæster foruden mig. Mit blik gled automatisk op mod tinderne på Djævelens Bjergkam, mens jeg genkaldte mig billederne fra september sidste år. Jeg havde svært ved at forholde mig til, at det kun var små tretten måneder siden, Angelika og jeg var her sammen – jeg følte det, som var det mange år siden. I mit stille sind måtte jeg give Carsten Hvid ret: Fortrængningen havde slået lidt for effektivt igennem, for nu, hvor jeg sad her samme sted, som vi havde siddet og planlagt vores bryllup, vidste jeg, at jeg nok aldrig ville kunne finde en ny Angelika – på bare tre måneder nåede vi at få et helt liv sammen...

– Og hvad kunne De tænke dem? hørte jeg pludselig en kvindestemme spørge.

– En stor fadøl i første omgang, svarede jeg og lod igen blikket glide op mod de stejle bjergtinder.

Da hun kom tilbage med øllet, meddelte jeg, at jeg regnede med at blive her i tre dage med halvpension, og at hun kunne sætte min fortæring og overnatning på én samlet regning.

– Er De medlem af Deutscher Alpenverein?

– Nej ikke længere. Tidligere var jeg medlem af Sektion Garmisch, men har desværre ikke fået mit medlemskab fornyet for i år, så lav bare afregningen ud fra de gængse standardbetingelser og priser.

Da hun var gået, kunne jeg ikke undgå at tænke tilbage på de gode venskaber fra min tid i Garmisch-afdelingen af Deutscher Alpenverein. Igen et område af mit liv, som havde været underlagt en voldsom fortrængning, men nu optrådte de alle sammen igen i mit indre fotoalbum.

Tyve minutter senere hankede jeg op i rygsækken og gik ind for at skrive mig ind i gæstebogen.

– Har De nogen specielle planer i forhold til bjergture og bestigninger, når De nu skal være her i tre dage, spurgte hytteværten meget høfligt.

Jeg kiggede på ham og svarede:

– Ja, det har jeg. I morgen tager jeg Leutasher Dreitorspitze, stiger ned til Meilerhütte og kommer tilbage hertil sidst på eftermiddagen, og i overmorgen handler det om tinderne på Djævelens Bjergkam, og vil gerne anmode om at få morgenmaden stillet frem senest klokken seks.

Hytteværten kiggede på mig og spurgte, om jeg var på det rene med, at specielt turen op til Djævletinderne kun var for 'professionelle', og i modsat fald måtte han på det kraftigste fraråde mig, overhovedet at begynde opstigningen.

Nu var det min tur til at kigge på ham:

– Tag det roligt, jeg har både sikringer, slynger, ekstra karabiner og reb med. Derudover kender jeg ruten – jeg har været der før.

Turen op til Leutascher Dreitorspitze næste dag blev en gudeoplevelse. Det eneste sikkerhedsudstyr, jeg havde taget med på denne tur, var nogle få sikringer og tre slynger.

På mindre end en time var jeg tilbage i 'topgear'. Det var lækkert og spændende igen at udfordre mig selv og klipperne, og efter ca. to timer stod jeg på toppen af den frygtede tinde og skreg ud over Leutaschdalen:

'Jeg er tilbage!'

En time senere sad jeg nede på terrassen foran Meilerhütte.

Jo, jeg *var* vendt tilbage. Fra Vestlige Dreitorspitze havde jeg stort set løbet, hoppet og sprunget som en bjerggimse hele vejen ned, og nu skulle jeg bare have en stor øl og en obstler, inden jeg fortsatte ned ad stien mod Oberreintalhütte.

Klokken var kun lidt over fem, da jeg var tilbage i hytten. Jeg hentede min studieblok og en kuglepen og satte mig ud på terrassen. Solen var væk, men det var stadig lunt og dejligt.

– Og hvad kunne De tænke dem? hørte jeg hytteværten spørge.

– En øl tak, svarede jeg og så op på ham.

– Hvordan gik turen så i dag?

– Udmærket. Det er fantastisk at klatre igen, selvom udfordringerne i dag ikke var de allerstørste, men de kommer til gengæld i morgen.

Værten gik tilbage til hytten, og ganske få minutter senere stillede han en velskænket fadøl foran mig, samtidig med at han rakte hånden frem:

– I øvrigt hedder jeg Toni Neurather. Min kone Gabi og jeg har overtaget forpagterskabet her i Oberreintalhütte den 1. april i år. Vi kommer begge to fra DAV Sektion München.

Jeg rejste mig og gav hånd:

– Tom Nolting. Jeg kommer fra Danmark, sagde jeg, fordi jeg følte jeg skulle sige et eller andet – men selvfølgelig kendte han mit navn fra Gæstebogen, også at jeg kom fra Danmark.

Toni Neurather trak en stol ud og satte sig ved siden af mig.

– Jeg har i en anden anledning snakket med Sepp Winther, vores formand i DAV Sektion Garmisch, her for et par timer siden. I den sammenhæng tillod jeg mig at spørge til dit medlemskab, fordi jeg syntes, du skulle have din rabat, hvis det handlede om, at du bare ikke havde fået fornyet dit årskort. Der blev helt stille i telefonen. Jeg måtte sige 'hallo' to gange, før Sepp reagerede. Du er rent faktisk æresmedlem i Sektion Garmisch og har været det siden oktober sidste år. Via Schloss Kranzbach blev der gjort mange forsøg på at komme i kontakt med dig, men du var som sunket i jorden. Jeg skal hilse dig mange gange fra Frau Heggmann, fra Hillmaier, Mattias og naturligvis Sepp. Der er mange flere, der gerne vil hilse på dig, hvis du har tid og mulighed, og Sepp ville gerne have, at du ringer tilbage i aften, når du har spist, hvis du altså, situationen taget i betragtning, har lyst til at møde nogle af dine gamle venner. Min indre verdens ydre verden begyndte at rotere omkring et fixpunkt ét eller andet sted over horisonten på min egen himmelrand. Jeg følte mig utilpas, nærmest svimmel og en smule ubehagelig til mode over, at det end ikke var strejfet mig at ringe til Sepp for at fortælle, hvor svært det var for mig at håndtere det, der var sket...

– Er der noget galt? hørte jeg Toni spørge, og stemmen lød, som om den kom meget langt væk fra.

– Nej, jeg tror jeg klarer det. Jeg var på en lille rundrejse i mit eget univers, og det føltes ikke særlig rart.

Efter aftensmaden spurgte jeg, om det var i orden, at jeg lige ringede til Sepp Winther.

– Ja naturligvis, svarede Gabi Neurather, nu skal jeg komme med telefonnummeret.

– Det behøver du ikke, det er skrevet ind i telefonbogen, svarede jeg hurtigt og bankede kort på pandeskallen med ringfingeren.

Jeg aftalte med Sepp, at jeg kom forbi Hindenburgstrasse onsdag, når der var klubaften. Jeg fortalte, at jeg glædede mig, og at jeg havde det dårligt med, at jeg ikke havde ladet høre fra mig – men det sidste års tid havde været en meget vanskelig og problematisk periode, og det handlede ikke kun om Angelikas død.

Efter samtalen med Sepp satte jeg mig ud på terrassen med skriveblok og kuglepen. Det var stadig lunt. Jeg var lettet og glad over, at jeg inden for de nærmeste dage kunne få de sidste uafklarede ting visket ud på den tavle, som i langt højere grad, end jeg havde været klar over, havde styret mit liv nede fra underbevidsthedens uransagelige skjul. Det var også først nu, jeg turde vedstå over for mig selv, at den fortælling, der betød allermest for mig, var min egen livshistorie - da jeg i Venedig begyndte at skrive på romanen om Viktor og Emilia, var det samtidig opstarten på 'Tom Nolting'.

Toni kom ud med en stor fadøl.

– Freundliche Grüsse von Mattias. Er hat mit Sepp gesprochen und sofort hier angerufen, sagde han og satte øllen foran mig.

– Besten Dank, sagde jeg storsmilende.

Jeg sider og lader blikket zoome ind på tinderne på 'Teufelsgrat', et imponerende og flot syn: 250 m lodret op fra den øverste ende af det store stenfelt i Oberreintalkar.

I morgen vil jeg stå og kigge ned i den langstrakte Leutaschdal og lade blikket glide videre sydpå mod Inndalen og igen mærke et betagende sug i mellemgulvet. For et kort øjeblik vil dette storslåede landskab tilhøre mig, være en del af min identitet og min selvforståelse.

Jeg skrev et brev til Salomonsen, hvor jeg fortalte, at jeg havde taget min beslutning, og at han gerne måtte iværksætte de dispositioner, jeg tidligere havde omtalt, samme dag som han modtog dette brev. Bagefter fik jeg opsummeret og sammenfattet mine dagbogsnotater siden Münster, hvilket tog næsten to timer.

Vi var fire, der spiste morgenmad næste dag klokken lidt over seks, og allerede klokken halv syv var jeg på vej op mod Oberreintalkar med alt mit udstyr pakket ned i rygsækken. Halvanden time senere var jeg kommet op gennem det lange stejle stenfelt, og kunne nu begynde at klargøre mit udstyr.

Godt en time senere stod jeg på den første tinde, Oberreintalschrofen og kunne skue hen over Djævelens Bjergkam mod de tre andre tinder. Det var herfra og hen til Teufel-spitze det for alvor blev vanskeligt og udfordrende, specielt når jeg skulle passere det sted, hvor Angelika og jeg var styrtet ned. Jeg havde ingen mad taget med, kun to drik-kedunke med vand – jeg havde lånt en ekstra af Toni. Selve klatringen var indtil nu gået forbavsende godt, og jeg mærkede glæden og begejstringen ved igen at takle de fysiske og psykiske udfordringer, og det var ganske som forudset først, da jeg kom frem til den passage, hvor sikringerne var blevet revet ud af klippen, at vanskelighederne meldte sig, men da jeg tyve minutter senere stod på toppen af Hundstallsköpfe var det med en salig fornemmelse i hele kroppen: Nu skulle 'Djævelens Tinde' bestiges.

Klokken lidt over to var 'Djævelen' besejret, og efter en kort pause, var jeg igen på vej tilbage. Det blev en sej og barsk affære. Flere gange måtte jeg sætte en sikring og en slynge for at læne mig væk fra klippen så jeg kunne kigge ned og finde de gode greb og steder, hvor jeg kunne sætte fødderne. To gange rystede mine knæ så meget, at jeg var ude af stand til at klatre og måtte sikre mig ekstra, så jeg kunne hvile ud og få bugt med både angst og træthed. Det blev ikke bedre af, at jeg indimellem bebrejdede mig selv, at jeg ikke var stoppet på Hundstallköpfe, men fortsat selvom jeg egentlig havde klaret det, jeg var kommet efter.

Der var kun en halv time til aftensmaden, da jeg endelig nåede tilbage til Oberrein-talhütte. Toni stod på terrassen og tog imod mig. Jeg nærmest klaskede ned på en stol lige ved siden af ham og sagde:

– Jeg gjorde det. Jeg klarede at få bugt med den satans djævel.

Han kiggede uforstående på mig.

– Hvad mener du?

Jeg pegede op mod den bagerste af tinderne.

– Ham der, og ham her, sagde jeg og vendte fingeren ind mod mit eget bryst.

Toni rystede på hovedet.

– Nu skal jeg komme med en stor øl, sagde han og gik hen mod indgangsdøren.

Lige inden jeg skulle til at råbe det glade budskab op mod bjergene bemærkede jeg, at der sad 3-4 andre mennesker på terrassen og fik i sidste øjeblik undertrykt mit pri-malskrig.

Jeg nød det kolde øl, som var det en gave fra guderne. Jeg glædede mig til aftensmaden og en god nats søvn. Jeg overvejede et kort øjeblik, om jeg skulle spørge Gabi, om jeg måtte låne telefonen for at ringe hjem, men opgav lige så hurtigt igen: Min samtale med

Sepp i går var undtagelsen, der bekræfter reglen om, at hyttetelefonerne ikke må bruges af gæsterne til private samtaler.

Efter aftensmaden satte jeg mig til at læse og lave dagbogsnotater. Mens jeg skrev, overvejede jeg, om jeg i morgen, når jeg kom ned til Garmisch, alligevel skulle ringe til Liane for at fortælle, at jeg ikke kom til Münster. Det var kun et lille kapitel i mit liv, men i mit 'kaotiske sind' havde jeg brug for at få sagt ordentlig 'farvel', hvis jeg fremover ville bevare min selvrespekt?

Jeg besluttede at se tiden an, og vente til jeg var nede i Garmisch igen. Der var mange selvmodsigende tanker, som for rundt i hovedet, men jeg vidste også, at jeg skulle passe på ikke at slække på de 'vandtætte skodder', der skulle skærme for mit næste store projekt.

Tankemæssigt var jeg ved at opbygge et labyrintspil, hvor jeg samtidig skulle sikre mig, at kun jeg selv – og ingen andre – kendte udgangen, ellers var det i ordets bedste forstand et dødsensfarligt spil!

Efter at have sundet mig et øjeblik, gik jeg i gang med at planlægge min tur ind i Karwendelgebirge.

Næste dag efter frokost pakkede jeg min rygsæk, sagde farvel og på gensyn til Gabi og Toni, og begav mig ned mod Garmisch. Jeg skulle finde et 'Zimmer frei', hvor jeg kunne overnatte, få et bad og vaske mit snavsede undertøj.

På vej ud af Partnachklamm strejfede det mig, at jeg tidligere havde set ikke mindre end 2-3 skilte på Hindenburgstrasse med 'Zimmer frei', så det satsede jeg på var rigtigt, og at der i givet fald var noget ledigt.

Jeg gik ind på banegården for at tjekke op på min bagage, og på vej ud strejfede mit blik avisholderen uden for den store banegårdskiosk.

Süddeutsche Zeitung havde en stor forsideartikel:

Endnu to atomfysikere vedkender sig deres arbejde i den hemmelige 'Dresdner-gruppe'. Jeg fiskede hurtigt 2 DM op af lommen og gik ind og købte avisen.

Godt 50 meter fra nr. 38 hvor DAV Sektion Garmisch, havde deres klublokaler, fandt jeg et værelse med morgenmad – nogle gange er man bare ekstrem heldig.

Jeg skyndte mig i bad, vaskede undertøj og strømper i håndsæbe, vred det hårdt op og hang det til tørre. Derefter satte jeg mig ud på den lille balkon for at læse avisen.

Suhrkamp Verlag havde begået et scoop med deres paralleludgave af Tom Noltings 'Brainstorm'. Aldrig før havde der været så stor interesse for en dokumentarroman, og Fisher Taschenbuch Verlag havde fremskyndet udgivelsen af Tom Noltings 2. roman, Viktor og Emilia, som også udspillede sig under Anden Verdenskrig, og de litteratur-anmeldere, som havde læst den engelske udgave, lovede hele den tyske læserskare en kæmpe litterær oplevelse. Forlaget Herbert Corporation i London, som havde købt rettighederne til begge romaner, havde udsendt en pressemeddelelse, hvoraf det fremgik, at bøgerne nu ville blive udgivet både i Holland, Frankrig, Spanien, Italien og Danmark, som er det land forfatteren kommer fra. Interessen for bøgerne og forfatteren blev naturligvis ikke mindre af, at han legede kispus med pressen og medierne. Han havde udset sig en mindre avis i Münster til at fortælle om sig selv og sine motiver til at skrive om 'Jagten på A-bomben' og om personerne i Viktor og Emilia, og da pressen mødte op i Münster mandag den 5. august, var den ensomme ulv igen forsvundet ud i skovene, og ingen kunne fortælle, hvor den holdt til.

Indtil i går havde redaktionen på Süddeutsche Zeitung fundet denne adfærd lidt for bevidst iscenesat og popularitetsskabende, men så var der kommet et telegram fra New York, fra deres udsendte medarbejder, der vendte op og ned på det hele. Budskabet var i al sin enkelthed, at flere amerikanske radiostationer og aviser mente, at den unge danske forfatter skulle fængsles og anklages for højforræderi mod de nationer, der havde sendt deres unge mænd i døden. Krigens sande helte blev forrådt af en ung nazisympatør. De Allierede havde i forvejen et lidt uldent indtryk af, hvor Danmarks 'engagement' havde været de første fire år af krigen – og én af aviserne beklagede direkte, at attentatet i Buntingford var mislykkes.

(Bemærkninger og kommentarer jeg syntes var fuldstændig misvisende og i højere grad afslørede deres egen primitive tankegang)

Andre radiostationer og aviser havde en langt mere imødekommende indgang til bogens problematik og opfordrede direkte den siddende regering i USA til at lave en undersøgelse af, om de fremførte påstande virkelig var sande. Både de såkaldte 'venner og fjender' havde travlt med at anskaffe sig bogen, så den var næsten permanent udsolgt i alle boghandler...

Jeg lagde avisen fra mig med en bemærkning til mig selv om, at det nok ikke var lige nu, jeg skulle tage en tur til New York, og ligegyldigt hvad jeg foretog mig, og hvordan jeg forklarede mig, ville jeg blive mistænkeliggjort.

Hele denne mediestorm underbyggede i høj grad rigtigheden og retfærdiggørelsen af mit næste store forehavende.

Jeg kiggede på uret, men vidste egentlig godt, at tiden var løbet fra mig, og nu sad der måske en 7-8 mennesker og ventede på, jeg skulle dukke op. Jeg skyndte mig ud ad døren og allerede et par minutter senere ankom jeg til lokalerne for Sektion Garmisch, hvor fem mand fra Öztalgruppen plus naturligvis Fra Heggmann, Hillmaier og Sepp ventede. Jeg gik rundt og gav hånd og hilste personligt på dem alle sammen og huskede også at takke Mattias for øllen. Jeg fik også lige fortalt, hvor meget det varmede og glædede mig, at så mange havde lyst til 'at hilse på', inden Martin Ostler var nysgerrig efter at høre, hvordan det var gået oppe på Djævelens Bjergkam.

– Skal jeg være helt ærlig – og det tør jeg godt i det her selskab – så var det en psykisk overvindelse af de helt store, og to gange var jeg lige ved at gå i panik, men jeg klarede det, og nu står jeg her sammen med jer.

– Tog du alle fire tinder på kammen eller kun Scharnitzspitze, ville Peter gerne vide.

– Jeg klarede dem alle fire, men det var som sagt meget tæt på at gå galt igen, og måske er det også derfor, jeg er glad for, at jeg gjorde det.

Herefter gik snakken på kryds og tværs, og da Hillmaier satte øl frem løftede stemningen sig yderligere en tand. Jeg nød at være blandt gamle venner, og jeg takkede Toni mange gange for, at han havde forespurgt til mit medlemskab af DAV.

Det var først en time senere, da Hillmaier tog ordet, at det var tæt på, der gik skår af glæden:

– Tom, vi har udnævnt dig til æresmedlem her i Sektion Garmisch, fordi du allerede den aften, du meldte dig ind, samtidig udfordrede garvede medlemmer her i klubben, da du bekendtgjorde, at du gerne ville deltage i 'Rundt om Zugspitze løbet'. Resultatet kender vi alle, men det, der var så befriende, var at møde en person, som bare sagde, 'det vil jeg gerne være med til – jeg må da være mindst lige så god som de andre'. Retfærdigvis skal jeg lige sige, at det var du bestemt ikke. Nej, du var langt bedre, men ydmyg og med respekt for alle, der havde deltaget. Da din forlovede og dig så styrtede på vej op ad Djævelens Bjergkam, var det en katastrofe, da vi alle frygtede at have mistet både dig og Angelika. Vi mistede ikke dig Tom – og dog alligevel. Du overlevede, men forsvandt mildest talt sporløst efter udskrivelsen fra sygehuset i Garmisch. For tre eller fire dage siden får vi så at vide, at du er tilbage og har tænkt dig at udfordre 'Djævelen' endnu en gang. Du har den ånd og gejst, der gør en almindelig mand til en ekstrem god klatrer og bjergbestiger – derfor æresmedlemskabet selvom du kun er 21 år, hvorefter han overrakte mig mit livsvarige æresmedlemskort.

Til de andre i lokalet vil jeg bare sige, at Tom ikke kun er en dygtig klatrer, men åbenbart også en spændende og eftertragtet forfatter. Helt tilfældigt købte jeg i dag Süddeutsche Zeitung og blev helt utilpas over at læse, hvordan Tom åbenbart er blevet jagtet af pressen de sidste mange måneder, hvis jeg har forstået artiklen rigtigt. Jeg mener også at have forstået, at du ikke ønsker at optræde offentligt, da der både er chikane og dødstrusler forbundet med en sådan optræden – derfor kære venner: Ingen af os har været sammen med Tom Nolting i aften, hvis en eller anden emsig journalist skulle finde på at spørge.

Flere af de tilstedeværende var fuldstændig desorienteret, og det kunne jeg naturligvis godt forstå, og derfor følte jeg også, at jeg skulle forklare mig. Da jeg var færdig, modtog jeg en stille applaus som tilkendegivelse af, at alle havde forståelse for den måde, jeg havde valgt at agere på – først og fremmest handlede det om at sætte dagsordenen for sit eget liv.

Da jeg næste dag gik ned til morgenmaden, havde jeg pakket rygsækken. Mindre end en time senere sad jeg i toget til Mittenwald. Fra Mittenwald tog jeg Karwendelsteig, en vandresti som førte ned mod Scharnitz og derfra videre op mod Karwendelhaus, hvor jeg havde planlagt min første overnatning.

Om torsdagen brugte jeg under to timer til at komme over til Falkenhütte, og da jeg vandrede ned mod hytten gennem den blomstrende eng og så de lodrette klippevægge rejse sig knap 100 meter bag det store kampestenshus, vidste jeg, at jeg var kommet tilbage til det hjerterum, Angelika og jeg i fællesskab havde 'tømret sammen'.

Jeg satte mig på den lille terrasse bag huset, men det varede kun ganske få minutter, før hytteværten kom ud. Jeg bestilte en øl og gjorde samtidig opmærksom på, at jeg gerne ville blive et par dage. Da han kom tilbage med øllet, havde jeg fundet mit skrivegrej frem og var i fuld gang med at følge op på, hvad der var sket og foregået siden Oberreintalhütte. En halv time senere gik jeg ind for at få glasset fyldt op og aftale nærmere omkring afregning i forhold til det samlede ophold.

– Er De medlem af den tyske eller østrigske alpeklub, spurgte han meget nøgternt uden at kigge på mig.

– Jeg er medlem af DAV Sektion Garmisch, svarede jeg kort og lagde det medlemskort, som Hillmaier havde givet mig, på udskænkningsdisken foran ham, tog min øl og gik ud på terrassen.

Da jeg havde drukket min øl og var færdig med skriverierne, besluttede jeg mig for at gå en tur ned til Kleiner Ahornboden, sætte mig ind på Ladizalm og bare nyde, at jeg var væk fra hele det mediecirkus, der var under opsejling.

Jeg satte rygsækken over til muren og forsvandt ned ad stien til Kleiner Ahornboden, lykkelig og nærmest euforisk over, at dette var min helt egen verden.

Tre timer senere var jeg tilbage i Falkenhütte, og denne gang præsenterede værten sig personligt:

– Det glæder mig at have et æresmedlem fra Sektion Garmisch blandt mine gæster. Jeg har givet dig et eneværelse oppe i tagetagen og håber meget, du vil få nogle spændende klatreture her i Laliderwände, sagde han og rakte mig mit medlemskort.

– Tusind tak, sagde jeg, fordi jeg ikke lige anede, hvad fanden jeg ellers skulle sige, og det slog mig pludselig, at det skete tit, når folk overraskede mig med en positiv tilkendegivelse.

Efter aftensmaden satte jeg mig udenfor. Det var stadig meget lunt, faktisk så varmt og trykkende, at det kunne ende med et voldsomt tordenvejr, men det blev ikke til andet end nogle meget dumpe brag i det fjerne.

Turen i morgen havde jeg kigget ud, og det skulle handle om Dreizinkenspitze og Laliderspitze, og det kunne sagtens tage mellem 5-7 timer i bedste fald.

Jeg var af sted fra Falkenhytte allerede ved 8-tiden. Det havde været lummert hele nat-ten, så i dag var jeg ikke i tvivl om, at det ville ende med en tordenbyge, men håbede inderst inde, at jeg i hvert fald kunne nå Dreizinkenspitze, inden det gik løs.

Efter godt en time var jeg nået frem til selve indstigningen. Det havde buldret lidt ude i det fjerne, men jeg håbede stadig, at der ville gå et par timer eller tre inden det for alvor tog fat.

Efter en udfordrende og spændende klatretur på små to timer stod jeg ved det lille messingkors på den højeste af de tre Zinkenspitzen. Jeg var træt, sulten og tørstig og var nødt til at holde en pause selvom tordenvejret var lige oppe over. Himmelen var mørk og truende, og tordenbragene fik nærmest luften til at dirre. Inden jeg var færdig med at pakke min rygsæk om og gøre klar til nedstigningen, var det allerede begyndt at regne. I begyndelsen var det en stille og silende regn, men det varede kun et kort øjeblik, så befandt jeg mig bogstaveligt talt midt i et frygteligt uvejr: Lynene skar gennem luften og oplyste et kort sekund bjergene som var de fanget i et skarpt projektørlys, og jeg kunne ligefrem mærke de stakatoagtige rystelser fra de voldsomme tordenbrag på min egen krop.

I løbet af få minutter var jeg totalt gennemblødt, og regnen gik fra at være lun til at være isende kold, så mine fingre begyndte at fryse. Under et lynnedslag fik jeg øje på en klippeafsats et stykke længere nede, og selv om den ikke lå direkte op til min nedstig-ningsrute, var jeg nødt til at satse på, at det var muligt at komme derover – hvis jeg ikke prøvede, ville det sikkert alligevel ende med en katastrofe.

Udfordringen blev præcis så stor, som jeg havde frygtet, fordi mine fingre var ved at blive stive af kulde samtidig med, at jeg rystede over hele kroppen, og angsten kravlede ind under huden og gjorde ondt værre.

Det lykkedes at nå afsatsen, selvom jeg gled de sidste tre meter, mens jeg bare håbede, at den var bred nok til at jeg kunne blive liggende uden at fortsætte ud over kanten.

Jeg tror, jeg brugte omkring fem minutter på at få styr på mine tanker og min situation som helhed. I første omgang var jeg reddet, men jeg var ikke engang halvvejs nede ad bjerget og havde endda bragt mig selv ud i en meget vanskelig position rent klatrermæs-sigt: Under afsatsen var der en næsten lodret klippevæg på over 25 meter.

Mens jeg sad og filosoferede over, hvordan det hele skulle ende, gik det pludselig op for mig, at ingen stort set vidste, hvor jeg befandt mig, da jeg ikke havde meddelt hyt-teværten, hvilke tinder og ruter, jeg havde tænkt mig at udfordre. Det var rigtig usmart, for hvis det skulle ende med at gå ravende galt, kunne de i værste fald lede efter mig i ugevis uden at finde mig... - og pludselig gik det i al sin enkelthed op for mig, at jeg havde fået foræret en eminent exitmulighed med den allerstørste troværdighed overhovet.

Efter godt og vel en times tid drev uvejret nordpå og ud af bjergene. Jeg gik i gang med at skifte tøj selvom det tøj, jeg tog op af rygsækken, var en anelse vådt og klamt, men jeg havde dog mulighed for at få varmen igen.

Da jeg endelig var klar til at starte nedturen, var min nye plan færdigeksponeret og 'billederne' ville tale for sig selv: Nu måtte det briste eller bære

'Garmischer Zeitung' 08.16.1969

Ung dansk bjergbestiger meldt savnet under en alenebestigning i hjertet af Karwendelbjergene.
Torsdag den 15. august om morgenen forlod den 21-årig Tom Nolting Falkenhütte for at bestige nogle af de meget svære og udfordrende tinder. Omkring klokken 13.30 blev der opbygget en voldsom uvejrszone over hele området fra Innsbruck til Mittenwald og Krün. Det lynede og tordnede, mens regnen væltede ned i tove. Under sådanne forhold er det vigtigt for alle, der befinder sig ude i bjergene på diverse vandre- eller klatreture, at de hurtigst muligt søger skjul både for regn og lynnedslag, men hænger man alene midt på en klippevæg, kan det naturligvis være næsten umuligt at finde skjul. Hytteværten i Falkenhütte har fortalt os, at det drejer sig om en rimelig rutineret bjergklatrer, som er æresmedlem af DAV Sektion Garmisch, så alle holder vejret og håber, at han dukker op inden for de næste tolv timer. Desværre var der ikke indført noget i hyttebogen om, hvad det var for bjergtinder den unge Tom Nolting ville udfordre.

'Garmischer Zeitung' 08.18.1969

Den unge danske bjergklatrer må nu anses for at være omkommet.
I over to døgn har seks personer fra bjergredningstjenesten i Mittenwald ledt efter den unge dansker, Tom Nolting, men uden held.

Indsatslederen gør opmærksom på, at når de ikke har fundet ham, så kunne det tyde på, at han er gledet ned i en klippespalte og måske først vil blive fundet om 2-3 uger, eller i værste fald først til næste år. Vi har overfløjet området med helikopter uden at finde et eneste spor af den forulykkede. Hvis han havde været i live, ville han helt sikkert have anbragt en beklædningsgenstand et sted, hvor han vidste, vi kunne få øje på den.

To politibetjente fra Garmisch-Partenkirchen tager i morgen op til Falkenhütte for at afklare de nærmere omstændigheder og bringe hans forskellige ejendele ned til politistationen. Herefter betragter vi det som en ren politisag, men naturligvis vil vi stadig have et par mand til at lede efter ham.

'Frankfurter Allgemeine/Süddeutsche Zeitung/Hamburger Abenblatt' 08.20.1969

Ung lovende og genial forfatters tragiske endeligt.

Det var med dyb beklagelse, at vi i går her på avisen kunne konstatere, at den i Østrig savnede og formodet omkomne danske bjergbestiger er identisk med den Tom Nolting, som på forlaget Suhrkamp har udgivet en bestseller, 'Brainstorm über Manhattan und Dresden', der overgår alt, hvad vi har set de sidste ti år. Forfatterens person har været genstand for megen presseomtale og mediejagt lige siden bogen første gang blev udgivet i London for godt et år siden.

Tom Noltings anden roman 'Viktor og Emilia', som her i Tyskland udgives af Fisher Taschenbuch Verlag, afdækker blandt andet politisk følsomme detaljer omkring jødeforfølgelsen i Europa, hvor der i krigens opstart 1939-1942 var en tæt trafik af personoplysninger mellem De Allierede og Aksemagterne. Derudover skulle bogen også rumme voldsomme angreb mod USSR's koncentrationslejre i Sibirien.

Vi har talt med forlagsdirektør Horst Heppelmeier fra Suhrkamp Verlag, og han er den første til at beklage den tragiske hændelse.

– Jeg har aldrig før mødt en person, der var så vidende og intelligent. Vi havde et møde på et par timer, hvor han ved siden af de andre ting, der blev drøftet, gennemgik hele sin videnskabsteoretiske tilgang til hans 'Brainstorm' uden nogen hoverende bemærkninger omkring andres manglende viden eller ihærdighed for at få sandheden frem. Han var behagelig at snakke med og kunne skifte mellem engelsk og tysk i forhold til at holde direktøren fra det engelske forlag orienteret – og faktisk virkede det, som om de kørte et fantastisk makkerskab. Jeg har ikke tidligere mødt eller set noget lignende, og både min forlagsredaktør og jeg vidste, vi havde en kommende bestseller inden for rækkevidde, sluttede Heppelmeier.

På grund af et attentatforsøg og andre trusler, har Tom Nolting valgt at holde sig helt væk fra mediernes søgelys, indtil han for nylig valgte at træde frem med et stort anlagt interview i 'Münster Tageszeitung' - og hvordan chefredaktør Heinz Biedermann er kommet i kontakt med Tom Nolting, valgte han selv at fortælle i optakten til interviewet. Det var hans datter Liane Biedermann, der havde mødt Tom Nolting i København og inviteret ham med til Münster.

Vi har researchet både i København, London og i Sydtyskland, hvor Tom Nolting tidligere har arbejdet som 'Hausmeisterassistent' på et stort Hochgebirgserholungsheim i mere end et år, men har valgt ikke at bringe nogen overskrifter og uddybende historier før den nærmeste familie med sikkerhed ved, om han rent faktisk er omkommet.

Vi har kontaktet Liane Biedermann, som har været sammen med Tom Nolting i ugerne op til den tragiske hændelse, for at få et interview med en person, som har været meget tæt på den unge forfatter. Samtalen med Liane udviklede sig imidlertid til et mere dybdegående interview og vil derfor først blive bragt i morgendagens avis.

Tilbage står imidlertid den kendsgerning, at vi taler om en ung mand, som åbenbart flere gange har kigget døden i øjnene, er blevet jagtet af medierne og på det seneste endda i grænseoverskridende grad. Forfulgt og jaget valgte han derfor at skjule sig. Det er således også dobbelt tragisk, hvis hans død viser sig at skyldes, at han bliver ramt af et helt tilfældigt lynnedslag, mens han hænger totalt blottet og ubeskyttet på en klippevæg.

Süddeutsche Zeitung 08.21.1969

Ein exklusives Interview mit Liane Biedermann über die letzten Tage Tom Noltings
Indledningsvis skal ,avisen' endnu engang bekræfte, at eftersøgningen af den unge danske forfatter til årets to mest efterspurgte krigsromaner i Tyskland er endeligt indstillet. Bjergredningstjenesten er bekendt med, at Tom Nolting var en særdeles habil bjergbestiger, og hvis han havde overlevet det fatale styrt, ville han, i kraft af sin fantastiske kondition, havde været i stand til at kravle hele vejen ned til Falkenhütte. Vores udsendte medarbejder i Garmisch-Partenkirchen, har de seneste to dage researchet for at finde frem til, hvor Tom Nolting har færdes, og hvem der kendte ham. Han var medlem DAV Sektion Garmisch og deltaget i flere skrappe klatrekurser for øvede bjergbestigere og opnåede allerede som 21-årig at få tildelt et livslangt æresmedlemskab. Og her løb vores journalist panden mod en mur: Ingen i DAV Garmisch ønskede at udtale sig om personen Tom Nolting. Vores udsendte medarbejder fik en ubehagelig association til det, man tidligere betegnede som en 'klostered' – alle han talte med, sagde det samme: Ingen kommentar.
Forelagt denne optakt eller indledning, hvad er så din umiddelbare kommentar, Liane?
– Jeg nåede at være sammen med Tom de 16 af hans sidste 21 eller 22 dage, og den association, som jeres udsendte medarbejder fik omkring begrebet 'klostered', er meget tæt på en 'mavefornemmelse' jeg selv oplevede - noget lidt spøgelsesagtigt - som jeg bare ikke kunne sætte ord på. Personen Tom Nolting var og er stadig et mysterium for mig. Han var det mest komplekse menneske, jeg nogensinde har mødt eller for den sags skyld forestillede mig, jeg skulle løbe ind i ved en tilfældighed, der grænser til det helt usandsynlige.
De første to dage læste jeg ham helt forkert, fordi jeg kiggede på ham gennem den optik, jeg er vant til at betragte unge fyre, som i forlængelse af en indledende og ganske uskyldig snak lægger op til mere. Tom havde en aura eller en udstråling, som langt overskyggede alle de forsøg på 'flirteri', jeg tidligere har mødt. Tom levede faktisk i sit helt eget kloster. Han var disciplineret i en grad, som kun de færreste vil kunne matche. Alt i hans liv og hverdag var organiseret og tilrettelagt ud i mindste detalje, og alligevel kunne han improvisere på en afslappet og rar måde.

Tilbage til jeres møde i København Liane: Hvornår gik det op for dig, at Tom var lynende intelligent, så skarpsindig, så han kunne gennemskue fortielser og løgne som andre historikere har blåstemplet som 'historiske kendsgerninger'?

– Hvis jeg skal være helt ærlig, så gik det ikke op for mig, før vi 'flygtede' fra København, og dog. På 4.dagen, hvor vi var sammen, lavede vi vores helt private strandparty på Bellevue nord for København, fordi Tom mente, det var det mest oplagte sted at gemme sig for de sensationslyste journalister og medier: Hvilken journalist render rundt på en stor offentlig badestrand med en notesblok og skuldertaske. Jeg lå og læste sociologi, et hovedværk af George C. Homans, som jeg skulle opgive til den forestående eksamen, mens Tom var i gang med en digtsamling af Baudelaire: Syndens blomster.

Vi badede og hyggede os med de medbragte drikkevarer, alt imens vi læste og lavede noter. Da vi 5 timer senere var tilbage i Toms lejlighed, så jeg, at han havde et indstik i 'Syndens blomster'. Det var et svar til Baudelaire på 4 sider - og på fransk – hvor han havde skiftet Paris ud med København, og lavet sin helt egen lyriske fortælling.

Jeg fik lov at læse digtet, og da jeg havde læst det, vidste jeg, at jeg var gået i clinch med et superintellekt. Jeg er 23 år og på vej til at aflevere min kandidatopgave i sociologi, og han var først lige på vej, men allerede nået ti gange så meget, som jeg kun tør drømme om at opnå i hele min karriere. Hele hans historiske viden, som jeg i øvrigt ikke kan kommentere på i detaljer, fordi det rækker langt ud over mit eget vidensfelt, men jeg antager – ud fra mit korte kendskab til personen Tom Nolting – at han lige præcis her, på den naturvidenskabelige og historiske scene er blevet ansporet af sit skarpe kritiske intellekt og måske er endt op med at blive slave af en umættelig trang til at afsløre historiske bedrag og politisk propaganda. Jeg har en klar oplevelse af, at han kunne gennemskue netop de blåstemplede sandheder om Anden Verdenskrig for efterfølgende at agere som en haj, der har 'lugtet blod'.

Der havde været 2 eller 3 artikler i aviserne omkring personen Tom, som inviterede ham til at træde frem i offentligheden vel vidende, at der et halvt år forinden havde været et mordattentat imod ham. Nogle gange er medierne så selvoptaget og naglebeskuende, så det nærmest gør ondt at betragte det udefra: Alt handler stort set kun om øget oplagstal og øget fortjeneste. Deres sensationslystne jagt på personer med en 'skandalehistorie' i bagagen, gør dem i mine øjne nærmest kriminelle – og det gælder ikke kun i forhold til Tom Nolting.

Liane, mener du dermed, at vores intentioner og arbejde på at afdække de faktiske kendsgerninger omkring alvorlige hændelser og begivenheder i samfundsrelateret sammenhæng dybest set er en kriminel handling?

– Vi taler slet ikke samme sprog, og det er nok det, der er det største problem. Naturligvis er der ting og begivenheder, som pressen skal følge tæt og konfronterende op på som f.eks. mordsager, gidseltagninger, økonomisk kriminalitet og politiske skanda-lesager, men nogle gange er det bare som om pressen og de øvrige medier overhovedet ikke har nogen stopklodser. I dag er jeg overbevist om, at det er jer, der er skyld i hans død – alle jer journalister, der sætter en forsidehistorie i dagens avis højere end selv et menneskeliv. Tom var en særdeles dygtig bjergklatrer eller bjergbestiger, kald det, hvad I vil. Uvejret inde i Karwendelbjergene havde han set komme, og var endda også blevet informeret af hytteværten, og alligevel vælger han at udfordre både vejrguderne og sig selv. Hvorfor? Fordi alternativet var et liv, han ikke kunne holde ud at leve. Da vi var i Rom kom jeg lidt ubetænksomt, men dybt ærligt til at fortælle ham, at jeg, for hver dag der gik, blev mere og mere utryg i hans selskab, da det åbenbart ikke kun var journalister, der jagtede ham på livet.

Da jeg havde sagt det, kunne jeg godt se, at jeg havde ramt ham meget hårdt i 'hjerte-regionen'. Jeg fik forklaret mig meget dårligt, og skaden var sket. Jeg ville gerne have haft fortalt Tom, at det ikke var ham som person og menneske, men den store medieinteresse, der fik mig til at træde tre skridt baglæns: Hvis nogen ville likvidere ham, kunne jeg sagtens risikere at ryge med i samme ombæring. Jeg fornemmede helt klart den trussel, som nærmest klæbede sig til Tom.

Tom valgte en ultimativ udfordring tæt op ad grænsen til selvmord, men det var jer, der pressede ham helt ud i det ekstreme. Da vi skiltes på banegården i Garmisch-Parten-kirchen og aftalte, at vi skulle mødes i Münster den 17. august, vidste jeg inderst inde, at jeg aldrig ville se ham igen.

Jeg synes stadigvæk, du mangler at forklare dig i forhold til det spændende og meget komplekse menneske, Tom Nolting, som åbenbart også fascinerede dig. Han var yngre end dig og skulle efter sigende også have været meget attraktiv både på den ene og den anden måde, hvis du forstår?

– Jeg forstår udmærket dine hentydninger, men jeg kan ikke umiddelbart se med hvilken interesse, der bliver spurgt. Mit helt private forhold til Tom, hvor kort det end varede, er på ingen måde noget, der skal foldes ud i en weekendudgave af Süddeutsche Zeitung. Jeg har ikke mere at tilføje og betragter interviewet som afsluttet.

KØBENHAVN

Den 24. august var der en artikel i Berlingske Søndagsudgave, 'Weekendavisen', om advokaten bag Tom Nolting og hans bogudgivelser i England og Tyskland.

De to journalister, Frank Halgren og Bjarne Arvidsen, der stod bag artikelen, beklagede i indledningen, at landsretssagfører Carl Christian Salomonsen ikke selv havde ønsket at deltage, og at forældrene i Bogense kun havde meget lidt at fortælle om deres søns ubegribelige og nærmest forrykte karriere. De sad tilbage med en følelse af, at det var tredje gang de mistede ham, og de ville gerne have lov til at bearbejde deres sorg alene og langt væk fra mediernes søgelys

Der var imidlertid sket så meget omkring personen Tom Nolting de sidste 3-4 år, så det med danske øjne betragtet ville være interessant at undersøge hele forløbet fra Rungsted Statskostskole og frem til det fremprovokerede 'selvmord' dybt inde i Karwendelbjergene, som det blev beskrevet i et eksklusivt interview med Liane Biedermann i Süddeutsche Zeitung for kun 3 dage siden. Dernæst undrede det de to journalister, at ingen af Tom Noltings bøger endnu var udgivet på et dansk forlag, så et godt sted at starte var måske i virkeligheden hos forlaget i London: Herbert Corporation og forlagets direktør Clarence Gailford.

På Rungsted Statskostskole var der heller ikke rigtig nogen, der ville stå frem, men rektor Erik Grange, som var bekendt med Tom Noltings 'Brainstorm' og havde læst den i originaludgaven, nåede alligevel at få fortalt, at Tom blev frarådet at udgive sin 'afhandling' om atomkapløbet af dekan Michael Rechendorff på Københavns Universitet, da der var alt for mange kompromitterende oplysninger om nulevende tyske atomfysikere, og derfor valgte Tom at kontakte en landsretssagfører for at få en konkret vurdering af risikoen for en efterfølgende injuriesag, og det var den vej rundt manuskriptet endte i London.

Der var mange ting i artiklen, som gav stof til eftertanke, men det krævede tid at researche på alle de mange løse ender.

Berlingske Tidende har de sidste tre dage haft begge de to journalister på opgaven omkring Tom Nolting for at finde ud af, hvad det er for et menneske, der gemmer sig bag dette pt. nærmest ikoniske navn, et superintellekt, der valgte at sætte sig op imod både de politiske og de militære instanser i såvel Europa som i USA, men også med en voldsom anklage mod USSR og de sovjetiske vasalstater.

Med udgangspunkt i den nuværende situation i Tyskland, hvor flere atomfysikere nu er trådt frem, fordi de frygter for deres eget liv, er seancen fra BBC's liveudsendelse fra Farmhall trådt ind i en helt ny virkelighed: En ung mand på 19 år stod over for et 'publikum' på måske 10 millioner seere og spillede 'dobbelt jeopardy' med de mest prominente historikere og journalister. Offerfåret, Tom Nolting, blev til løven, der åd alt og alle – måske ikke så meget i kraft af hans historiske viden, men mere i forlængelse af hans kritiske superintellekt: Ingen turde udfordre ham, fordi han på forhånd vidste, hvad de ville spørge om.

Efterfølgende blev han tvunget til at gå under jorden på grund af et skudattentat i Buntingford/England.

Et halvt år senere udkommer hans bog om 'Viktor og Emilia', hvor hele jødeforfølgelsen i Europa bliver vendt 180 grader: Frankrig, Belgien, Holland, Tjekkoslovakiet og Polen bliver udstillet som samarbejdsnationer med Nazityskland.

Bogen bliver udgivet i både England og Tyskland, og pludselig er Tom Nolting igen i mediernes søgelys, men ingen ved, hvor han opholder sig: Han er som sunket i jorden. Vi har prøvet at lave research inde på Akademisk Studenterkursus, men der var ikke én eneste studerende, der kendte Tom Nolting personligt eller bare som studiekammerat. Han gik op til studentereksamen som privatist og kom kun inde på Titangade for at aflevere sine skriftlige opgaver og få nye udleveret.

Via diverse skatteoplysninger, som Berlingske Tidende er kommet i besiddelse af, fremgår det imidlertid, at Tom Nolting har arbejdet som studentermedhjælper i et advokatfirma her i København i lige netop den periode, hvor der var mest tumult omkring hans navn, nemlig firmaet 'Andersen & Molin' inde på Nørre Farimagsgade.

Bjarne Arvidsen og Frank Halgren ringede ind til firmaet og fik oplyst, at Tom havde arbejdet med arkivering af gamle sager, men var stoppet helt tilbage i maj måned. Sekretæren hos 'Andersen & Molin' fortalte imidlertid også, at den person, der havde haft mest kontakt til Tom Nolting var Molins datter Charlotte, som nu boede ude på Østerbro.

En time senere ringede de på ude i Rosenvænget, men der var ingen hjemme.

Ved et tilfældigt krydstjek samme eftermiddag opdagede Frank Halgren, at 'Andersen & Molins' nærmeste samarbejdspartner var advokatfirmaet ' Salomonsen & Eigenbrot' i Odense. Der var altså en forbindelse mellem Tom Nolting og de to velanskrevne advokatfirmaer. Salomonsens rolle var sådan set belyst i de forskellige afskygninger, hvor han havde varetaget Tom Noltings interesser, men hvad var det for et arkiveringsarbejde Tom Nolting havde lavet inde i Nørre Farimagsgade? – hvis det altså ikke var noget helt andet, han i virkeligheden havde beskæftiget sig med? Så var der naturligvis også lige det med den der psykiater inde fra Rigshospitalet? Molins datter, Charlotte, var også tilknyttet firmaet i samme periode? – altså tilbage til Rosenvænget, men denne gang ringede Frank Halgren, inden han tog af sted.

– Hallo. Det er Henrik Lehman.

– God dag, Henrik. Mit navn er Frank Halgren. Jeg ringer inde fra Berlingske Tidende og vil meget gerne have en snak med Charlotte Molin – er hun hjemme?

– Nej, hun kommer ikke hjem før om et kvarters tid, måske 20 minutter. Hvad drejer det sig om?

– Det handler om Tom Nolting, hvis det siger dig noget?

– Jo, det siger mig faktisk en hel del. Charlotte og jeg har ikke kunnet undgå at følge med i den tragiske hændelse, der er overgået Tom, men hvad er det, du vil snakke med Charlotte om?

– En hvis Liane Biederman har givet et interview i Süddeutsche Zeitung for et par dage siden, hvor hun beskylder medierne for at have presset Tom helt ud på grænsen til selvmord, og i den forbindelse...

– Charlotte og jeg kender godt Liane, og vi er begge to tilbøjelig til at give hende ret, så tilbage til spørgsmålet: Hvad er det, du vil snakke med Charlotte om?

– Kan jeg ikke få lov til selv at spørge Charlotte om det? Jeg vil gerne komme forbi om en halv time, og ønsker hun ikke at snakke med mig, kører jeg igen. Er det en ok udmelding?

– Nej, det er det faktisk ikke. Jeg vil give den videre til Charlotte, så hun selv kan bestemme, hvorvidt hun ønsker at tale med dig eller ej. Hvis du giver mig et telefonnummer, kan hun ringe dig op.

Henrik fik Frank Halgrens navn og et telefonnummer.

En halv time senere ringede Charlotte til Frank Halgren og frabad sig hans besøg og anden form for kontakt. Som afslutning på den korte samtale understregede hun også, at hun ville ringe til sin far og sikre sig, at ingen i firmaet udtalte sig om Tom Nolting.

Frank Lænede sig tilbage i stolen lamslået over, den afvisning og fjendtlighed han havde mødt de sidste to dage. Næsten pr refleks genkaldte han sig bemærkningen fra journalisten på Süddeutsche Zeitung: Det er som om Tom Nolting er beskyttet af en klostered.

Men hvordan kunne et så ungt menneske nå at opbygge et netværk af loyale personer og medsammensvorne, som bare alle afviste at udtale sig til pressen omkring hans person?

Næste formiddag brugte Bjarne og Frank over en time på at samle de mange forskellige tråde omkring Tom Noltings færden og gøren de sidste par år. De havde to billeder af Tom. Ét fra 1965 taget på Odense Cykelbane, hvor han får overrakt pokalen for Begyndermesterskabet og et billede inde fra Akademisk Studenterkursus tilbage i juni måned, hvor han modtager sit sidste 13-tal i engelsk.

Med 5 tegnstifter satte de billederne op midt på en total ryddet opslagstavle og begyndte derefter at trække linjer ud til de forskellige hændelser og begivenheder, steder og personer: Bogense, Odense, Rungsted, Garmisch-Partenkirchen, Aarhus, London, København, Venedig, Frankfurt og Paris. Derefter tilføjede de kontakter og navne og lavede 'røde relationsbånd' mellem de forskellige personer.

Hovedparten af de røde tråde gik igennem én person: C.C. Salomonsen? Salomonsen og Eigenbrot var begge af jødisk afstamning. Kunne det tænkes, at det var dem, der havde leveret baggrundsmaterialet for jødeforfølgelsen i romanen om 'Viktor og Emilia'?

Der var ingen vej udenom. Hvis de ville lave en stor opsat artikel i næste weekendudgave af 'Berlingeren', måtte de forbi Odense og samtidig lave en afstikker til Bogense. Måske kunne de få Toms forældre til at bløde lidt mere op via en personlig kontakt – og måske var der også andre personer, der ønskede at udtale sig.

De besluttede at ringe til Salomonsen. Frank forklarede, at sagen havde taget en lidt anden drejning, men hvis de overhovedet skulle have mulighed for at dokumentere den mediehetz, der havde været omkring Tom Nolting, var de nødt til at vide mere omkring alt det andet, der var foregået.

Allerede samme eftermiddag kl. 17 ringede de på hos advokatfirmaet Salomonsen & Eigenbrot inde på Albani Torv i Odense.

De fik en lang snak med både Carl Christian Salomonsen og Morten Eigenbrot. Naturligvis havde de begge jødiske aner, men det var ikke dem, der havde leveret det historiske og dokumentariske baggrundsmateriale til 'Viktor og Emilia', men vist nok en skræddermester med polsk afstamning i Bogense.

Herefter gjorde Bjarne og Frank meget ud af at fortælle, at der ikke var nogen skjult dagsorden for mødet eller samtalen, men at de seriøst arbejdede på at tegne et billede af en ung lovende forfatter og videnskabsmand, som desværre lod sig presse til den ultimative udfordring med døden til følge – hvorfor?

Var det et pres udefra eller var det en indre dødsdrift, der skulle udleves? Vi er overbevist om, at det er omgivelsernes og pressens reaktion på den katastrofale dødssejlads, der tænder for Toms indre 'kognitionsreaktor', hvorved hele hans intelligenspotentiale frigøres og kræver udfordringer, og når først sådan en fastlåst energiressource slippes fri, så udvikler processen sig frem mod en forudsigelig katastrofe - for at blive i hans eget sprog.

Herefter fortalte Carl Christian helt åbent og ærligt om sit møde med Tom Nolting, og hvordan den første kontakt blev til en gensidig fortrolighed. Senere udviklede det sig til et venskab og et partnerskab, hvor Salomonsen varetog alle Toms udenlandske indtægter.

– Som advokat er jeg nødt til at sige, at jeg undervejs i mit eget liv har følt mig nødsaget til at gå på kompromis med nogen af de ting og værdier, som jeg tidligere værdsatte meget højt. Første gang var, da jeg samlede Tom op lige uden for Bogense, hvor han var blevet kørt ned af en bil bagfra. Jeg vidste, hvem det var, men kunne af gode grunde ikke sige det, men fra det øjeblik havde jeg en kontakt og en alliance med en ung mand, som kom til at betyde en hel masse for os begge to fremover. Næste gang var det endelige opgør med Grethe Offenbach og de mange brodne kar i politietaten, men det klarede pressen og politiet selv på bedste vis, uden at jeg behøvede at stå frem i forhold til ulykken med min nevø. Jeg fik også Tom overtalt til ikke at udtale sig til pressen, og det voldte ham overhovedet ingen problemer, da han slet ikke havde behov for at fremtræde som den forurettede eller som offer for andres laster og problemer.

Omkring hele problematikken med 'Brainstorm over Manhattan og Dresden' følte jeg sådan set bare, at det var 'pay back time' fra min side, men kontakten til Herbert Corporation satte pludselig gang i udviklingen, og efter attentatet i Buntingford, var jeg klar over, at Tom havde fat i halen på en rigtig stor og farlig fisk – uden at jeg i øvrigt kunne gøre noget som helst.

I over et halvt år lykkedes det for Tom at skjule sig for nysgerrige journalister og mediegrippe, men omkring afslutningen af hans studentereksamenen og det helt fantastiske resultat vidste alle, der interesserede sig for Tom Nolting, at han boede et eller andet sted i Københavnsområdet.

Via Herbert Corporation i London har jeg også fulgt med i Toms anden roman.

'Viktor og Emilia' udkom i Frankfurt med en mediebevågenhed, der var helt exceptionel. Af det første oplag på 40.000 eksemplarer var de 10.000 reserveret fem boghandlere i Frankfurt, så der i hvert fald var bøger nok til de første tre uger, men efter 15 dage var alt udsolgt.

Klatreulykken inde i Karwendelbjergene gjorde det bestemt ikke mindre interessant, og at specielt Süddeutsche Zeitung havde fremhævet så mange hemmelighedsfulde sider af forfatteren, udvirkede kun en endnu større interesse og efterspørgsel.

Personligt glæder jeg mig til, at begge Toms bøger bliver udgivet på et dansk forlag, for så tror jeg, der begynder en helt ny diskussion omkring personen Tom Nolting.

Jeg har naturligvis været en del i kontakt med Toms forældre og prøvet at få dem til at forstå, at der var tegn i sol og måne på, at det på et tidspunkt måtte ende på denne måde – det lindrede ikke sorgen, men gjorde forhåbentlig deres bekymringer mindre belastende.

Som tidligere antydet er man nogle gange nødt til at gå på kompromis med sine egne værdier, og det er som oftest, når ens holdning til tingene får alvorlige konsekvenser for andre personer. Det ved jeg positivt, Tom har gjort op til flere gange. Jeg mener også, at det er svært for en mand i min profession at bevæge sig på kanten af loven, men desværre er det også sådan, at vi advokater nok er ganske dygtige til at vende og dreje lovens ord og bogstaver til egen fordel – og det har jeg også selv gjort i forhold til de telefonsamtaler jeg havde med Tom her midt i august, hvor jeg blev bedt om at overføre hele saldoen på hans klientkonto og øvrige løbende indbetalinger til en nærmere angivet bank i Schweiz. Beløbet skulle indsættes på en konto tilhørende en Jean Nouveauvie, en person, jeg ikke tidligere har hørt om i relation til Tom. Det drejede sig om rigtig mange penge, og jeg prøvede først at overtale ham til at vente, men efter yderligere to telefonsamtaler indvilligede jeg i at efterkomme hans ønske.

Han ringede mig op en sidste gang samme dag, som han var på vej ind i Karwendel-bjergene.

Jeg har haft mine spekulationer, og det har været meget svært, men jeg er parat til at tilgive hvad som helst i den foreliggende sammenhæng, også selv om jeg er vidende om, at det har haft store omkostninger for en del mennesker tæt på Tom Nolting.

Under samtalen med Salomonsen undfangede Bjarne og Frank – helt uafhængig af hinanden – den samme geniale idé: At skrive den sande fortælling om Tom Nolting.

Da de havde sagt farvel til Carl Christian, gik de ud i byen for at få noget at spise, og det var under middagen, de med et smil og et lille grin undervejs skiftedes til at fortælle om deres helt geniale idé. Franks efterfølgende kommentar var meget tør og konstaterende:

– Bjarne, jeg tror vi har arbejdet lidt for tæt sammen i lidt for lang tid, når vi begynder at tænke de samme tanker og få de samme ideer.

Næste formiddag kørte de til Bogense. De ville naturligvis gerne prøve, om de trods alt kunne få en god snak med Toms forældre, Karen og Verner. Deres håb var naturligvis, at de nu havde en helt ny tilgang til samtalen, som netop ikke handlede om nogen forsidehistorie i morgendagens avis.

Der holdt allerede to biler i indkørslen ude på Alminden, og de valgte derfor at par-kere deres bil i vejkanten lige efter indkørslen.

Tre gange måtte de banke på døren, inden der kom nogen og åbnede. Det var en ung kvinde i slutningen af 20'erne, der sagde 'god dag' og meget hurtigt fortsatte med, at hvis vi kom fra Jehovas Vidner, så havde de ikke noget at snakke med os om.

Frank gættede på, at det måtte være Toms søster Bodil, og skyndte sig at sige, at de ikke var Jehovas Vidner, og at de ikke kom for at tale om Gud og himmeriget, men gerne ville have en snak med Tom Noltings forældre, hvis de var hjemme.

– Hvis ikke I er Jehovas Vidner, så må I være journalister, og dem ønsker mine forældre under ingen omstændigheder at tale med, blev der svaret hurtigt tilbage.

– Vi vil gerne forklare os, begyndte Frank meget roligt og indladende. Og ja, vi er journalister, men vi jagter hverken skandaler eller sensationer i forbindelse med Toms død. Vi havde i går en lang og meget oprigtig snak med landsretssagfører Salomonsen, fordi vi godt kunne tænke os at udgive en bog, en sandfærdig fortælling om Tom Nolting mod alle odds. Det kræver imidlertid, at vi får en indgående snak med alle de mennesker, der kendte Tom – specielt hans forældre, familie og nærmeste venner. Kunne du ikke spørge din far og mor om de under de omstændigheder alligevel godt kunne tænke sig at snakke med os.

Bodil bad dem om at vente, mens hun gik ind for at spørge sine forældre.

Mindre end tre minutter senere kom hun tilbage og fortalte, at de indledningsvis gerne ville tage en snak – og det udelukkende på grund af, at de havde haft en lang snak med landsretssagfører Salomonsen.

Bjarne og Frank kiggede på hinanden: Nu var det op til dem selv. Det blev en svær snak. Bodil og hendes mand Jørgen deltog også, specielt i relation til at Tom havde boet hos dem i små tre måneder tilbage i 1967.

Lige efter katastrofesejladsen følte Karen og Verner, at de kom meget tæt på deres søn, men fra det øjeblik, hvor han blev optaget på Rungsted Statskostskole, begyndte han at glide fra dem. Det var rent faktisk første gang de følelsesmæssigt havde mistet deres kære søn, og da han senere meldte sig ud af gymnasiet og tog til Aarhus for at tjene penge til at komme tilbage til Kranzbach, blev følelsen af at miste endnu stærkere.

Efter den tragiske klatretur, hvor Angelika omkom, og Tom 6 uger senere kom tilbage til Danmark, flyttede han næsten omgående til København for at gøre sin studentereksamen færdig. Han begyndte også at tjene mange penge på sin bog og sine forskellige optrædener i London. Så kom attentatforsøget, og nu kunne han det rent følelsesmæssigt næsten ikke klare mere, og vi sad tilbage med en ubehagelig fornemmelse af, at det nok blev os, der en dag skulle begrave ham og ikke omvendt. Salomonsen har været flink til at ringe og tage en snak med os om alt det, Tom har været igennem. Han har også oplyst os om, at politiet i Garmisch-Partenkirchen senest den 1. september vil udstede en officiel dødsattest, og dermed lukke sagen ned.

En halv time senere var Frank og Bjarne på vej tilbage til Odense eller snarere til København. Med sig havde de en stående invitation til at ringe eller møde op ude på Alminden igen, når der var behov for det, men som både Karen og Verner havde understreget flere gange, så havde de et endnu mindre kendskab til deres søn liv end f.eks. landsretssagfører Salomonsen.

Tre dage senere var Karen og Verner på vej til København for at gøre boet efter deres søn. Salomonsen havde arrangeret et møde med Charlotte Molin, som var den advokat Tom havde købt lejligheden af. Hun havde også lovet at rekvirere en låsesmed, der kunne åbne hoveddøren og sætte en ny lås i. Karen og Verner havde aldrig været i København før og havde store problemer med at finde Husumgade og ikke mindst en parkeringsplads.

Charlotte sad og ventede på dem inde i lejligheden, og havde også lagt de forskellige dokumenter og papirer frem, som skulle udfyldes.

Efter de havde præsenteret sig og hilst på hinanden, fortalte Charlotte uopfordret, hvordan hun havde mødt Tom, og hvor meget han havde betydet for hende. Det var tydeligt, at det var svært for hende. Karen bemærkede at hun havde tårer i øjnene, og var intuitivt helt på det rene med, at der også her var noget, de overhovedet ikke havde kendskab til. De fik også at vide, at der havde været en meget flot artikel om Tom i søndagsudgaven af 'Berlingeren', et farvel til en ung lovende dansk forfatter og videnskabsmand.

Tom havde efterladt en total rengjort lejlighed, hvilket overhovedet ikke overraskede Charlotte. De gennemgik i fællesskab alle rummene, og inde i soveværelset, under sengen, fandt de en papkasse adresseret til C.C. Salomonsen. Papkassen var lukket med tape, men Charlotte forklarede, at de juridisk set havde deres fulde ret til at åbne den og se, hvad den indeholdt, hvilket de valgte at gøre i fællesskab. Indholdet var en masse noter og tætskrevne sider om Toms eget liv, et udkast til en selvbiografi. Karen og Verner kom straks til at tænke på de to journalister, der havde besøgt dem ude på Alminden, og det var helt sikkert noget, de kunne arbejde videre på, men først ville de tage en snak med Salomonsen.

En lille time senere, havde de fået alt på plads. Alle nødvendige dokumenter var udfyldt, og Charlotte havde lovet at sælge lejligheden og mente bestemt, at en realistisk salgspris i dag ville ligge omkring de 60.000 kr., og det var lige før, hun allerede havde en køber på hånden. De skulle imidlertid være opmærksom på, at der i salgsøjemed var indført en klausul, hvor det samlede overskud skulle forvaltes af landsretssagfører Salomonsen iflg. en tinglyst testamenteerklæring.

Karen og Verner kiggede på hinanden og smilede lidt vemodigt:

– Det er lige præcis vores kære søn i en nøddeskal, og naturligvis har vi ingen indsigelser.

Det blev næsten midnat, inden Karen og Verner var tilbage på Alminden.

Næste dag satte de sig for at se nærmere på indholdet i papkassen. De brugte næsten hele dagen på at læse og gennemgå kapitler i deres egen søns liv, som de var helt uvidende om.

To dage senere havde de et møde med landsretssagfører Salomonsen omkring indholdet af papkassen. De ville gerne overgive det i hans varetægt, men det afviste han høfligt og bestemt. Han syntes de skulle gemme det som kære og fortrolige minder om deres søn, noget som de kunne tage frem, når de fik behov for at være tæt på den person og det menneske, de havde mistet.

Salomonsen var selv lidt ked af, at han havde fået fortalt alt for meget til de to journalister, og ville derfor gerne opfordre til, at alle nære personer omkring Tom undlod at udtale sig overhovedet. Hvis Frank og Bjarne ville skrive en spændende roman om en kontroversiel hovedperson, så måtte de selv opfinde ham i det miljø, hvor de færdedes.

Efter ganske få overvejelser var både Verner og Karen enige i helt at stoppe med videregivelse af oplysninger og informationer omkring Tom.

På lang sigt havde det været et nådesløst opgør på både den ene og den anden bane, men det skulle bevares som et rent familieanliggende.